指匠情挑

Fingersmith

Sarah Waters

莎拉・華特絲——著 章晉唯——譯

目錄

第一部

第一章 8

第二章 36

第三章 64

第四章 88

第五章 115

第六章 140

第二部

第七章 168

第八章 193

第九章 219

第十章 245

第十一章 274

第十二章 299

第十三章 329

第三部

第十四章 376

第十五章 408

第十六章 442

第十七章 481

後記 515

謝詞 516

莎拉・華特絲年表 517

《指匠情挑》作品大事紀 519

獻給 Sally O-J

第一部

第一章

我那時候的名字叫蘇珊・純德。大家都叫我蘇。我知道自己是哪一年生，但多年來，我都不知道自己幾月幾日出生，於是我將生日選在耶誕節。我想我算是孤兒吧。我知道我媽死了，但從未見過她，因此她對我毫無意義。要說誰是我媽，我會說是薩克斯比太太，至於我爸爸，我會說是易卜斯先生，他在倫敦自治市區的蘭特街開了間鎖鋪，離泰晤士河不遠。

＊＊＊

我記得，這是我第一次思考這世界以及我在世上的位置。

有個叫芙羅拉的女孩付了薩克斯比太太一分錢，帶我去劇院乞討。那時候，因為我頭髮生得漂亮，大家都喜歡帶著我去乞討。芙羅拉也算標致，看起來就像我姊姊。那天晚上，她帶我去瑟里碼頭一帶，看聖喬治馬戲團演出。那天搬演的戲是《孤雛淚》。印象中那齣劇非常恐怖。我記得那裡有個斜斜的看台，下方有個中庭區。我還記得有個喝醉的女人抓我洋裝的緞帶。火光讓舞台看起來陰森森的，演員吼來吼去，觀眾不住地大叫。有個角色戴著紅假髮和八字鬍，不斷跳上跳下，我相當確定外套底下其實是隻猴子。更可怕的是還有隻紅眼大狗，不斷瘋狂吠叫。但最可怕的莫過於狗主人——情夫比爾・賽克斯。他拿棍子揍可憐的南西時，我們這排人全站起來。有人丟了隻靴子上台。我身旁一個女人大喊：

「噢！你這禽獸！混球！四十個像你一樣的惡霸也及不上一個她！」

我不知道是因為人都站起來，害看台上下震動，還是那女人的叫喊，抑或看到南西臉色蒼白地倒在比爾・賽克斯腳邊動也不動，突然之間，恐懼襲上我心頭。我以為我們全會被殺死。我不禁放聲尖叫，芙羅拉沒辦法讓我安靜下來。剛才往台上喊的女人雙手伸向我，朝我面露微笑，結果我叫得更響了。芙羅拉不知所措地哭了起來。我想她那時才十二、三歲吧。後來她帶我回家，薩克斯比太太賞她一巴掌。

「妳在想什麼？居然帶她去看戲？」她說：「妳怎麼不跟她坐在樓梯上就好？我孩子租出去，可不是要給人蹧蹋成這副德性，她叫到臉色都發青了，妳有什麼毛病？」

她將我抱到大腿上，我眼淚又奪眶而出。「好了，好了，小乖乖。」她說。芙羅拉站在她面前，雙頰脹紅，手指捲著臉頰旁的頭髮，一聲不吭。薩克斯比太太生起氣來像魔鬼一樣恐怖。她望著芙羅拉，腳上那便鞋在地毯上輕輕點著，搖椅從頭到尾都沒停過（那張木搖椅是她的位子，沒人敢坐，晃起來總是吱呀作響），並用粗糙的手拍著我顫抖的背。然後……

「我知道妳的把戲。」她低聲說。她知道每個人的把戲。「妳偷到什麼？幾條手絹，嗯？幾條手絹，還有女士的皮包？」

芙羅拉將頭髮拉到嘴上咬著。「一個皮包。」她說完，過了一會又說：「還有一瓶香水。」

「拿出來。」薩克斯比太太伸出手說。芙羅拉臉色一沉，但仍乖乖將手伸向腰際，接著伸入衣裙上的破洞裡。原來那不是破洞，她裙子裡居然縫了個小絲袋，你能想像我當時有多驚訝。她拿出一個黑布包，還有一個瓶子，瓶栓繫著一條銀鍊。包裡有三分錢，還有半個肉蔻。也許是從拉我洋裝的醉女身上偷來的。瓶栓拔起後，瓶子散發玫瑰香。薩克斯比太太嗅了嗅。

「虧妳偷這麼少。」她說：「是吧？」

芙羅拉頭一甩。「我原本可以偷更多的。」她望了我一眼說：「要不是她鬧的話。」

薩克斯比太太彎身又打她一巴掌。

「要是我知道妳要幹麼。」她說：「妳根本沒這機會。我這回好好告訴妳。妳若想找個孩子偷東西，帶其他孩子，不准帶蘇。聽到沒有？」

芙羅拉一臉不悅，但還是回答明白了。薩克斯比太太說：「很好。去吧。東西留下，不然我就向妳媽告狀，說妳去找上流男人廝混。」

後來她帶我去她床上，先用雙手摩擦被子，將床弄暖，然後彎腰朝我手指呼氣，讓我身子溫暖。所有孩子中，她只對我如此呵護。她說：「妳現在不怕了吧，蘇？」

但我還是很怕，於是我告訴她。我說我怕情夫會來找我，用棍子打我。她說她聽過這情夫，據說他只會虛張聲勢。她說：

「妳說的是比爾．賽克斯，對不對？哎，他住克勒肯威爾那邊。他才不敢來自治市區。他惹不起自治市區的男人。」

我說：「可是，喔，薩克斯比太太！妳沒看到可憐的南西，他把她打倒在地，還殺了她！」

「殺了她？」她說：「南西？怎麼會？她一個小時前才來這裡。她只是臉被打了。現在她換了髮型，妳要是再看到她，絕不會發現她臉上有傷。」

「可是他不會再打她嗎？」我說。

她當時告訴我，南西最後醒悟，離開了比爾．賽克斯。她在沃平那一帶遇到個好男人，他替她安排一份工作，在一間小商店賣糖果小老鼠和菸草。

她將我脖子旁的頭髮撥開，在枕頭上鋪平。如我所說，我當時頭髮相當美（不過我長大之後，頭髮變成普通的棕髮），薩克斯比太太會先用醋洗，再梳到頭髮發亮。她將頭髮鋪平，抓起一綹頭髮，用雙唇親吻。她說：「如果芙羅拉再帶妳去偷東西，妳來告訴我，知道嗎？」

我說好。「乖女孩。」她說。然後她走了，還拿走了蠟燭，不過門只半掩，窗上是蕾絲窗簾，街燈能透入房中。這裡不曾全然漆黑，也不曾寧靜無聲。樓上有好幾間房，男男女女不時會來住。他們笑笑鬧鬧，砰砰作響，錢幣常落到地上叮叮噹噹，他們有時還會跳舞。牆另一頭住著易卜斯先生的姊姊，她長年臥床，經常尖叫驚醒。整棟房子四處都是薩克斯比太太的孩子，他們從頭到腳包得緊緊的，躺在搖籃中，像鹽箱中的鯡魚。晚上只要有任何動靜，他們都會受到驚動，嗚咽哭泣。這時薩克斯比太太會拿瓶琴酒過來，用銀製小湯匙餵他們喝一點，湯匙碰到玻璃瓶時，會發出叮鈴聲響。

不過今天晚上，樓上房間想必是空的，易卜斯先生的姊姊也安安靜靜。也許因為四下無聲，孩子都睡得很沉。習慣吵吵鬧鬧的我，反而睡不著了，心裡反覆想著殘忍的比爾．賽克斯，以及他腳邊動也不動的南西。附近房子傳來一個男人的咒罵聲。風聲呼嘯，教堂整點的鐘聲響徹街道，更增添詭異的氣氛。我心想，芙羅拉的臉不知道還會不會痛。我心想，對一個拿棍子的男人來說，克勒肯威爾和自治市區不過是咫尺之遙。

我小時候想像力就很豐富。蘭特街上後來出現腳步聲，有人走到我們家窗外，緊接著我聽到狗發出低吟，還有狗用爪子抓門的聲響。店鋪門把悄悄轉動時，我嚇得從枕頭彈起，差點尖叫。但在我叫出來前，那狗吠了一聲，叫聲聽起來很熟悉。我想我知道了，那不是劇院的紅眼大狗，而是我們家的狗傑克。傑克的戰鬥力跟磚塊差不多。接著一聲口哨傳來。比爾．賽克斯的口哨聲絕對沒這麼悅耳。是易卜斯先生。他剛才出門去買熱騰騰的肉布丁，來當自己和薩克斯比太太的消夜。

「嘿？」我聽到他說：「聞聞這上面的肉汁……」

接下來他說的話聽不清楚了，我躺回了床上。當時我應該是五、六歲。不過我記得非常清楚。我記得自己躺在床上，聽著刀叉和瓷器聲。薩克斯比太太嘆了口氣，用便鞋點著地板，椅子吱呀作響。我記得自己前所未有地看透一件事。世界上有邪惡的比爾．賽克斯，也有善良的易卜斯先生，還有南西，而人生在世，禍福有命。我慶幸自己人生已和南西一樣——我的意思是在幸福的一端，擁有糖果小老鼠。

多年後，我看了第二次《孤雛淚》，我當然知道南西終究是死了。那時，芙羅拉身為指匠的工夫已不俗。瑟里碼頭那一帶她已看不上眼，她都去西區劇場和音樂廳行竊，身手矯捷，像鹽一樣穿梭在人群中。但她後來沒再帶我出門，和其他人一樣，她也怕薩克斯比太太。

可憐的女孩，她有一次偷女士手環時被逮個正著，最後以竊賊的罪名被流放。

＊＊＊

蘭特街上，每個人多多少少都是竊賊。雖說是賊，但我們不會自己下手，而是專門幫忙。芙羅拉從衣縫掏出皮包和香水那次，我的確目瞪口呆，但在那之後，我再也不感到驚訝了。易卜斯先生的店鋪每天都有人光顧，不是手裡拿著包裹，就是外套、帽子、袖子或褲襪內藏有暗袋。若沒人來，那天可無聊了。

「你好嗎，易卜斯先生？」來的人會說。

「還行，小伙子。」易卜斯先生會回答。他說話鼻音很重。「有什麼事嗎？」

「沒事。」

「有貨要給我嗎？」

那人會眨個眼。「找到寶啦，易卜斯先生，這東西可不尋常……」

每個人來劈頭總這麼說。易卜斯先生會點點頭，關上店門的百葉簾，轉動鑰匙。他行事謹慎，從來不在窗邊先看一眼贓物。他鎖鋪櫃台後方掛了條綠毛呢布簾，布簾後有條通道，直通我們家廚房。如果來的賊他認得，他會帶他到廚房的桌子旁。「來吧，小伙子。」他會說：「我不是對每個人都這樣。但你我算熟。說來，你算是我們一家人。」他會請那人將貨放到滿是杯子、麵包和茶匙的餐桌上。

薩克斯比太太有時會在那兒餵寶寶流質食物。小賊看到她會脫下帽子。

「妳好嗎，薩克斯比太太？」

「都好，親愛的。」

「妳好嗎？蘇？妳長這麼大啦！」

我覺得他們比魔術師還厲害。他們能從大衣和袖子變出小筆記本、絲質手絹、懷錶、珠寶、銀盤、銅製燭台和襯裙，有時甚至是整套衣服。「這可是好東西。」他們一面放，嘴上會一面說。易卜斯先生會搓著雙手，一臉期待。但他仔細端詳贓物之後，表情總會垮下來。他雙頰蒼白，嘴唇乾淨，八字鬍整齊，長得一副忠厚老實的模樣。當他表情一垮，簡直教人心碎。

「垃圾。」他會搖搖頭說，手指摸著一張紙鈔。「難賣。」或是，「燭台啊……我上週才拿到一批上等貨，白廳[1]那偷來的。結果賣不掉，連送也送不掉。」

他會站起，彷彿心裡拿定價碼，卻不敢跟那小賊開口，怕侮辱到他。等他說出口，小賊馬上嗤之以鼻。

「易卜斯先生。」他會說：「那點錢根本不值得我大費周章從倫敦橋走來。你做人可得公道。」

但這時易卜斯先生早已走到錢盒，在桌上數著先令：一枚、兩枚、三枚……他會停住手，將第四枚錢幣留在手上。小賊看到銀幣的光芒，像是獵犬看到野兔。易卜斯先生總將錢幣擦得亮晶晶的，正是為了這一刻。

「不如算五枚吧？易卜斯先生？」

易卜斯先生會抬起老實的臉，聳聳肩。

「我也想，小伙子。我真想啊。如果你帶了罕見的玩意兒來，我絕對會出個好價錢。但是，這東西——」他會朝面前的手絹、筆記本或散發光澤的銅器一揮。「這不過是廉價的玩意兒。多給我就賠本了，我要是賠本，薩克斯比太太的孩子也就少一頓飯。」

他會將先令遞去，小賊會接下，將錢收進錢包，扣好外套，咳嗽幾聲，或擦擦鼻子。

這時易卜斯先生會彷彿心軟下來，而再次走到錢盒旁。「你早上吃了嗎，小伙子？」他會說。小賊總是回答：「連塊麵包都沒吃。」這時易卜斯先生會再給他六便士，叮囑他這錢一定要拿去買早餐，別拿去賭馬了。小賊這時會說這一類的話：

「你人真好，易卜斯先生，一直都對人這麼好。」

易卜斯先生憑他看似誠實和公平的模樣，跟人交易往往能賺到十到十二先令。當然，絲綢和燭台的事全是胡謅的。他識貨得很。小賊走了之後，他會和我眼神相交，朝我眨個眼，並再次搓著雙手，眉開眼笑。

1 白廳（Whitehall）是英國西敏市內的一條路，英國政府和不少公務機關都位在這條路上，而周圍的區域也可稱之為白廳。

「好了，蘇。」他會說：「妳要不要拿塊布，幫我把這玩意兒擦亮？晚點妳要是有空，如果薩克斯比太太沒吩咐妳幹活，看能不能借妳的巧手，處理這些手絹。去拿小剪子，也許再加上根針，把上頭繡字拆了，記得特別小心，可別太粗魯，這可是細亞麻平布。妳知道嗎，孩子？拆的時候小力點，別把布挑破……」

我想我就是這樣學會認字母的。不是一字字寫下，而是一字字拆下。我記得自己名字的形狀，是因為拿到一條繡著蘇珊的手絹。至於閱讀，我們都懶得學。薩克斯比太太其實勉強識字，易卜斯先生甚至還會寫字。但對我們其他人而言，那只是一個概念。應該要說，那就像會希伯來語或翻筋斗。對猶太人和雜耍表演者來說，那確實受用。但那是他們的事，一般人何必學呢？

總之，這是我當時的想法。不過我還是學會了其他事，像我因為處理不少錢學會了算術。如果是真幣，我們當然會留起來，但如果拿到劣質的假幣，我們便會把它們弄得烏黑油膩再設法脫手，這也是我在這裡學到的伎倆。絲綢和亞麻布只要用特殊的手法洗淨，好好壓平，就能看起來跟新的一樣。拿到寶石時，便要用醋來清洗。我們拿到銀盤的話，吃飯時會拿來用，但只會用一次，因為上頭有家族飾章和燙印。吃完飯之後，易卜斯先生會將碗盤和杯子拿去熔成銀條。黃金和白鑞也一樣。他從不冒險，這便是他厲害之處。東西進我們家廚房是一個樣子，出去便換了個樣子。贓貨通常從蘭特街店門口進來，然後從後門出去。如果你走出後門，面對的不會是街道，而是一條隱祕的小道和一塊昏暗的空地。站在空地上，你也許會迷失方向，但內行人會知道哪兒有路。只要沿著狹窄的路向前，便會通到一條小巷，小巷會接到一條彎曲昏暗的小路，沿著小路走，會通到鐵路拱橋下方。穿過拱橋之後（我不會透露是哪一座，但我心裡有數），會看到一條更昏暗的小路，再走沒多久，便能神不知、鬼不覺來到河邊。那裡停泊了幾艘船，還有兩、三個我們熟識的船夫。其實那條曲折的路線上都住著自己人，像易卜斯先生的姪子都住在那，我管他們叫表哥。透過他們，我們能將贓物賣到倫敦各個角落。我們什麼都賣，而且脫手速度之快，絕對令你咋舌。八月我們會賣大冰塊，冰塊送到買家手上時只會融掉四分之一。夏天要賣陽光也行，易卜斯先生肯定找得到買家。

簡而言之，東西進我家門很少會留下，通常轉眼間便會脫手。不過，有樣東西彷彿抵抗住了銷贓之路的巨大吸引力，進家門之後，他們從未脫手。唯有那東西，易卜斯先生和薩克斯比太太不曾估價。

當然，我指的是我。

我必須感謝我的母親。她的人生是場悲劇。她在一八四四年某天晚上來到蘭特街。「她是個很可愛的女孩子，肚子圓滾滾的，懷著妳。」薩克斯比太太會說。在我懂事之前，我一直以為她指的是母親將我藏在身下。也許將我藏在裙子的暗袋，或裹在外套內襯裡。因為我知道她是個賊。「這賊真不簡單！」薩克斯比太太會說：「好大膽！而且怎能這麼美？」

「真的嗎？薩克斯比太太？她很美嗎？」

「她比妳還美，但像妳一樣，她有張瓜子臉，身子單薄，瘦得像紙片似的。我們將她安置在樓上。除了我和易卜斯先生，沒人知道她來這裡。她說她被通緝了，警方有四個分局想抓她，如果他們抓到她，她會被吊死。她犯了什麼罪？雖然她說她只偷了東西，但我想一定是更嚴重的事。因為我知道這人不是省油的燈，像她生妳的時候，我發誓，她完全沒叫，甚至連一聲都沒吭過。她望妳一眼，親吻妳小巧的頭，然後給了我六英鎊，將妳託付給我——不是零錢喔，是完完整整的六枚金幣，每一枚都是真的。她說她要幹最後一筆大的，成功的話，她會賺一大筆錢。等風頭過去，她打算回來接妳……」

薩克斯比太太是這麼說的。每次故事一開始，她語氣都很平靜，但最後都會熱淚盈眶，全身顫抖。她當時一直盼著我母親回來，但她從未現身。後來傳來噩耗。她幹的那票失敗了。有人為錢跟賊拚命，最後丟了小命，殺死他的便是我母親。她的同夥因此將她告發。警察最後逮到她，她在牢裡關了一個月後，便被公開吊死了。

由於她犯的是謀殺罪，他們在馬販巷監獄屋頂將她處以絞刑。薩克斯比太太站在我出生的房間，從窗邊親眼目睹處刑過程。

那裡能看得一清二楚。大家都說那是南倫敦視野最好的地點。處刑日時，大家甚至願意花錢買這扇窗前的位置。當絞刑台活門喀啦打開，有些女孩總會尖叫出聲，但我從來不會，甚至也不曾打寒顫或眨眼。

「那是蘇珊．純德。」這時有人會悄聲說：「她母親以謀殺罪被吊死。她好勇敢，對不對？」

我喜歡聽他們稱讚我。誰不想？但實情是，我一點都不勇敢（我現在也不在乎誰知道了）。要勇敢面對，首先妳心裡一定要感到難過。但我怎麼可能為我一輩子都不認識的人感到難過？我想母親被吊死確實很可憐。不過，反正她死都死了，我很慶幸她是殺死守財奴，而不是犯下像掐死嬰兒這種邪惡的罪名。她害我成了孤兒，這點確實令人難過，但我認識的女孩中，有的母親是酒鬼或瘋子。她們不但恨自己母親，更無法和她們待在同一個屋簷下。我寧可母親死了，也不要有爛媽媽！

我寧可母親是薩克斯比太太。她待我一直都很好，明明只收了一個月的錢，卻照顧了我十七年。這不叫愛，什麼才叫愛？她明明可以把我送去孤兒院。她明明可以狠下心來拋棄我，任我在搖籃中受寒哭泣。但她很寶貝我，不但不讓我去偷東西，怕我被警察抓走，還讓我睡在她床上，睡在她身旁。她用醋滋潤我的頭髮，把我像珍寶一樣疼惜。

而我根本不是珍寶，連顆珍珠都稱不上。我的頭髮最後仍變得和一般人一樣粗糙。我的臉平凡無奇。我會開普通的鎖，也會刻普通的鑰匙。錢幣拋到地上，我一聽便能分辨是真幣還是假幣。但這些技能只要好好學，任何人都辦得到。除了我之外，其他嬰兒進門都只待一陣子，不是被母親帶走，便是找到新母親，或不幸喪命。當然，沒人來帶走我，最後我不但沒死，也平安長大，換我拿著琴酒和銀湯匙，走到一個個搖籃旁餵嬰兒。有時我會發現易卜斯先生望著我，眼中發光，彷彿他驚覺我其實也算是件贓物，納悶我怎麼留在屋裡這麼久，並在腦中尋思適合的買家。但有人提到血緣和血濃於水的事時（大家時不時會聊到），薩克斯比太太的臉色都會沉下來。

「過來，乖女孩。」她會說：「讓我好好看看妳。」她會以雙手捧住我的頭，用大拇指撫摸我的雙頰，凝視我的面容。「我從妳臉上看得到她。」她會說：「她現在望著我，像那天晚上一樣。她想著她會回來，讓妳過好日子。怎能料到事與願違？可憐的女孩，她永遠回不來了！但妳將來一定會過好日子。妳將來一定會，蘇，我們生活也會更好……」

她說了一遍又一遍。只要她抱怨或嘆氣（或從搖籃旁站起，手揉著背時），她的雙眼便會找到我，接著神情會舒展開來，流露出滿足。

但蘇在這裡，她彷彿這麼說。現在我們日子過得很辛苦。但蘇在這裡。有她在未來就沒問題……

我讓她這麼想，但我心裡有數。我曾聽說，她許多年前懷有自己的孩子，最後卻是死胎。我覺得她深情凝視著我時，眼中看到的應該是女兒的臉。但我一想到便會打寒顫，因為一切好詭異，我被愛不光是因為我是我，而是因為一個我素未謀面的人……

那段時光，我以為我了解何謂愛。我以為我什麼都懂。若你問我我未來以何為生，我大概會說我想養嬰兒。我也許會想嫁給賊或買賣贓物的商人。我十五歲時，有個男孩為我偷了一枚別針，說他想親我。過了一會，又出現另一個男孩，他會站在後門以口哨吹〈鎖匠的女兒〉一曲，明擺著要讓我臉紅。薩克斯比太太把他倆都趕走了。就像其他事，她對我的感情也管得很緊。

「幹麼，她想把妳留給誰？」男孩子會說：「艾迪王子[2]啊？」

我想蘭特街的過客都覺得我很遲鈍。我是指反應不快。也許以自治市區標準來看是這樣。但我覺得我夠聰明了。從小在這棟房子裡長大，幹這樣的勾當，不可能看不清事情背後的道理——所謂種什麼因，得什麼果。

你跟上了嗎？

＊＊＊

你一直在等我開始述說我的故事吧？也許我還在賣關子，但我的故事其實早就開始了，只是我跟你一樣仍

2 艾伯特．維克托王子（Albert Victor Edward, 1864-1892），愛德華七世（Edward VII, 1841-1910）之子，維多利亞女王的孫子，當時為英國王位第二順位繼承人。

蒙在鼓裡。

＊＊＊

我以為故事是從這裡開始的。

事情發生在某個冬夜，耶誕節過後幾個星期，也就是我剛滿十七歲的時候。那是個月黑風高的夜晚，天寒地凍，濃霧瀰漫，但要說是霧，又像是雨；要說是雨，更像是雪。夜愈黑，愈適合竊賊和銷贓的商人，尤其烏漆墨黑的冬夜更是難得，這時尋常老百姓都乖乖待在家裡，有錢人則會到鄉下度假。倫敦的豪宅門戶緊閉，空無一人，彷彿巴不得等賊上門。這樣的夜裡我們通常會拿到不少好貨，易卜斯先生會大賺一筆。寒風刺骨，竊賊上門來也都懶得討價還價。

蘭特街房內其實挺溫暖的，因為除了廚房的爐火外，還有易卜斯先生鎖鋪用的焊爐。他焊爐的黑炭下總留著一把火，畢竟隨時會有好貨進門，馬上需要加工或融化。那晚有三、四個男孩在幹活，他們熔著金幣上的黃金。薩克斯比太太坐在一旁的木製大搖椅上，身旁的搖籃裡有兩個嬰兒。那時房裡還有兩個和我們住在一起的孩子，一男一女，分別是約翰·佛魯姆和丹蒂·瓦倫。

約翰大概十四歲，身材瘦小，皮膚黝黑，愛拿刀玩。他一直都在吃，我覺得他肚裡有長蟲。今晚他在吃花生，殼吐了一地。

薩克斯比太太看到了。「有點規矩行不行？」她說：「你弄髒之後，蘇可要負責收拾。」

約翰說：「可憐的蘇，我心都淌血了。」

他根本不在乎我。我覺得他嫉妒我。他像我一樣，還在襁褓便住進這個家。他母親也早早逝世，使他和我一樣淪為孤兒。不過，他從小就長得怪模怪樣，沒人想領養，於是薩克斯比太太在他四、五歲時把他送去教區濟貧院。沒想到，他竟三番兩次從濟貧院跑回來。每次我們打開店門，都發現他睡在門階上。最後她委託一個船主帶他出海。他隨船雲遊四方，最遠甚至到了中國。他返航回到自治市區時，口袋多了不少錢拿來說嘴。那筆錢撐了一個月。現在他賴在蘭特街，幫易卜斯先生幹活，除此之外，他在丹蒂幫忙下也幹些不正當的勾當。

丹蒂二十三歲，一頭紅髮，傻里傻氣的。不過她雙手白淨，縫紉工夫一流。她現在正替約翰把狗皮縫到偷來的狗身上，想假裝狗是更好的品種，好魚目混珠。

最近約翰常和狗賊合作。那人有兩隻母狗，待狗發情時，他會牽狗上街，引誘其他飼主的狗，等狗到手，他便會要求十鎊的贖金。這招對賽狗飼主或感情用事的婦人甚是有效。但有的飼主打死不付錢。你就算切斷狗尾巴，寄給他們，他們連一文錢都不會付，非常冷血。這時約翰的朋友會把抓來的狗掐死，賤價賣給他。狗肉怎麼處理我不知道。約翰也許當兔肉賣，或自己吃了。但狗皮就如我所說，他會要丹蒂縫到野狗身上，然後他會將狗帶去白教堂市場，當名種狗賣。

她想用剩下的毛皮替他做件大衣。那天晚上她便坐在一旁縫著。大衣毛皮來自四十種不同的狗，衣領和肩膀都已縫好，袖子也完成半截。毛皮被火烤得熱烘烘的，散發出濃烈的狗騷味，我們的狗聞了都靜不下來（不是老狗傑克，而是另一隻棕狗，牠以小說的惡賊查理·瓦格為名[3]）。

丹蒂時不時舉起大衣，讓我們看大衣縫得多好看。

「對丹蒂來說，幸好你沒多高，約翰。」有次她舉起大衣時我說。

「對妳來說，幸好妳還沒丟了小命。」他回嘴。他很在意自己的身高。「不過對我們來說就可惜了。我多希望大衣袖子上有塊妳的皮，就縫在袖口，正好能拿來擦鼻子。妳的皮和牛頭犬或拳師犬的毛皮縫在一起應該看不出差別。」

他拿起隨身攜帶的刀，用大拇指摸了摸刀刃。「我還沒拿定主意。」他說：「不如哪天晚上，我趁妳睡覺

3　出自一八六五年一本廉價小說《查理·瓦格：新一代傑克·雪柏德》，作者不詳。傑克·雪柏德（Jack Sheppard, 1702-1724）是十八世紀著名大盜，而查理·瓦格則是虛構人物，書中描寫他為倫敦最成功的盜賊。

割下妳一層皮。丹蒂，到時候我請妳把那塊皮縫上去，妳看怎麼樣？」

丹蒂搗嘴尖聲大笑。她手上戴了枚戒指，但因為戒指太大了，所以她手指有纏著線。那條線已又黑又髒。

「你真的很壞！」她說。

約翰微微一笑，用刀尖挑著一顆爛牙。薩克斯比太太這時開口說：

「說夠了沒？再說小心我把你頭摘下來。敢再嚇蘇試試看。」

我馬上回答，如果我會被約翰．佛魯姆這幼稚鬼嚇到，我乾脆割喉自殺算了。約翰說他願意替我代勞。薩克斯比太太聽了從椅子上坐起，搧他一耳刮子。還記得好久好久以前，她也賞過可憐的芙羅拉一巴掌。這幾年間，她打了不少人——全是為了我。

約翰瞪她一會，彷彿想還手，接著他轉過來瞪我，彷彿想痛打我一頓。丹蒂在椅子上移了移身子，他冷不防轉身打她。

「我真搞不懂。」他打完之後說：「為什麼大家都看不起我。」

丹蒂哭了出來。她拉住他的袖子。「不要理他們說什麼，約翰。」她說：「我對你不離不棄啊，對不對？」

「對，這倒是。」他說：「不離不棄，像黏在鏟子上的狗屎。」他把她手推開，她抱著狗皮大衣，埋頭啜泣，身子在椅子上搖晃。

「好了，丹蒂。」薩克斯比太太說：「妳縫得那麼好，別把衣服弄壞了。」

她哭了一分鐘。後來焊爐旁一個男孩被錢幣燙到手指，嘴裡不住罵髒話。她聽到破涕為笑。約翰又放了顆花生到嘴裡，並把殼吐到地上。

我們接下來享受了大約有十五分鐘寧靜的時光。查理．瓦格躺在火堆前，身子抽動，在睡夢中追著馬車。牠的尾巴曾被馬車輾過，因此扭曲變形。我拿出撲克牌玩接龍。丹蒂繼續縫衣服。薩克斯比太太打起盹。約翰無所事事坐在椅子上，時不時瞄一眼我的牌，告訴我要放哪裡。

「方塊侍衛放到愛心皇后上。」他會說。不然就是：「老天！妳真的很笨耶！」

「你真的很討厭耶！」我會回嘴，並繼續玩牌。那副牌很舊了，像塊破抹布一樣破破爛爛的。以前有人拿這副牌作弊，後來爭吵之中被人殺死。我重新發牌，並稍微調整椅子角度，不讓約翰看我牌怎麼放。

就在此時，好多事情同時發生，一個寶寶從睡眠中轉醒，放聲哭泣。查理．瓦格也驚醒，吠了一聲。一陣狂風吹來，壁爐火焰高升，竄到了煙囪，大雨落在黑炭上滋滋作響。薩克斯比太太倏地睜開眼。「那是什麼？」她說。

「什麼是什麼？」約翰問。

然後我們全都聽到了。房子後方的通道傳來砰一聲。緊接著又是砰一聲。接下來，撞擊聲變成腳步聲。腳步聲一步步傳來，最後停在廚房門前。四下鴉雀無聲，一秒鐘之後，門口傳來沉緩的敲門聲。

叩、叩、叩。就像這樣，像劇場裡鬼魂回來的敲門聲。總之，賊不會這樣敲門，賊敲起門總是又輕又快，一聽就知道要幹買賣。但是這敲門聲讓人摸不透，什麼都有可能。也許不是好事。

我們腦袋瞬間動得飛快。大夥面面相覷，薩克斯比太太手伸進搖籃，抱起寶寶，將寶寶的臉埋入懷中，掩住哭聲。約翰抓住查理．瓦格，握住牠的嘴。焊爐旁的男孩變得像老鼠一般安靜。易卜斯先生壓低嗓子說：「有誰在等人嗎？小傢伙，把東西收一收。手指燙到先別管了。如果是條子，我們都完了。」

他們收起金幣，還有熔下來的金子，並用手帕包起，將手帕塞到帽子和褲子的暗袋。其中一人是易卜斯先生的姪子費爾，年紀最大的他馬上走到門邊，背平貼著牆，一手伸入大衣。他進過兩次牢，平時經常發誓說自己絕不要再被關第三次。

敲門聲又響起。易卜斯先生說：「都收好了？好，小傢伙，別緊張，別緊張。蘇，親愛的，妳替我開個門好嗎？」

我再次望向薩克斯比太太，她點點頭，我走到門前，拉開門閂。門朝我迎面衝開，費爾以為有人撞門。我瞥見他身體緊貼著牆，手中的刀已舉起，隨時準備動手。但門衝開不是因為人，而是因為風。風順勢颳進廚房，吹熄一半的蠟燭，焊爐火星四濺，我的撲克牌全飛到空中。舉目望去，通道上站著一個人，他身穿黑色衣服，腳邊放個皮袋，全身溼淋淋的，水珠從他身上不斷滴下。昏暗的天光下，他雙頰蒼白，嘴上留著八字鬍，眼睛藏在帽子的陰影之中。要是他沒開口，我真認不出他。他說：

「蘇！妳是蘇吧？感謝老天！我走四十英里的路就是為了見妳。還不快請我進門？真是快冷死我了！」

我總算認出他來了，不過我已經一年多沒見到他。你在蘭特街找一百個人，也找不到一個像他這樣說話的。他叫理查．瑞佛斯，或是迪克．瑞佛斯，有時又叫理查．威爾斯。但我們都叫他另一個名字，薩克斯比太太見我只盯著那人瞧，便開口問道：「到底是誰啊？」而我回答時，就是用那名字。

「是紳士。」我說。

當然是用我們的唸法。唸這詞時，正牌的紳士會用上每一顆牙齒。我們唸的時候，那個詞好比一條魚，我們會將它去骨切片——含糊唸成「森四」。

「是紳士。」我說，費爾馬上收起刀，吐了口口水，走回焊爐。薩克斯比太太從椅子上轉過身，寶寶脹紅著臉，從她懷中掙開，張開嘴巴。

「紳士！」她大喊。寶寶放聲大哭，約翰放開查理．瓦格，牠邊叫邊衝向紳士，前掌放到他大衣上。「你真嚇死我們了！丹蒂，拿燭芯把蠟燭點一點。把水拿去熱，沏壺茶。」

「我們以為你是條子。」紳士進廚房時我說。

「我還真凍到快變冰條子了。」他打個寒顫，放下行李袋，脫下溼透的帽子和手套，並褪下滴水的大衣。大衣一進到溫暖的屋內，馬上冒起蒸氣。他摩擦雙手，然後用手梳了梳頭。他留著長髮和鬍子，因為下雨的關係，原本糾結的頭髮變直，顏色也更加烏黑，散發光澤。他手上戴著幾枚戒指，背心放了一只懷錶，錶鍊上有顆寶石。我一眼便看出戒指和懷錶是贗品，寶石也只是鉛質玻璃。不過，雖說是贗品，工夫可不馬虎。

丹蒂點燃蠟燭後，屋裡亮多了。紳士仍不住搓手，並環視四周，點點頭。

「你好嗎？易卜斯先生？」他語氣輕鬆。「你們好嗎，小傢伙？」

易卜斯先生說：「還不賴，小老弟。」男孩都沒答腔。費爾自顧自地說了一句：「他專走後門的，是吧？」

另一個男孩聽了大笑。

男孩子總覺得像紳士這樣的男人是玻璃。

約翰也放聲大笑，笑得比其他人更響。紳士望著他。「哈囉，小王八。」他說：「你家猴子跑哪去了[4]？」

約翰的面色蠟黃，大家總說他是義大利人。他聽到紳士這麼說，伸手挖鼻孔。「小心我幹死你。」他說。

「你想幹我呀？」紳士微笑說。他朝丹蒂眨眼，她趕緊別開頭。「哈囉，美人兒。」然後他彎腰搔著查理．瓦格的耳朵。「哈囉，瓦格。警察在哪？嘿？警察呢？把他們趕走！」查理．瓦格興奮地大鬧。「乖狗狗。」紳士起身撥掉狗毛。「乖狗狗。幹得好。」

接著他走到薩克斯比太太椅子前。

「哈囉，薩太太。」他說。

寶寶剛才喝了口琴酒，哭一哭又安靜了。薩克斯比太太伸出手。紳士握住她的手，先親吻她的指節，接著親吻指尖。薩克斯比太太說：

「從椅子起來，約翰，讓紳士坐。」

約翰一臉便要發作，但後來還是乖乖起身，換坐到丹蒂的凳子上。紳士坐下來，雙腿伸向壁爐。他身材高大，雙腿修長，年紀約莫二十七、八歲。約翰在他身旁看起來像六歲一樣。

薩克斯比太太盯著他，他打呵欠，揉了揉臉，然後和她目光交會，露出微笑。

「唉呀，對了。」他說：「生意如何？」

「滿好的。」她回答。寶寶安穩地躺著，她像拍我一樣拍著他。紳士朝寶寶點點頭。

「這個小寶貝，」他說：「是養的？還是家人？」

---

4 維多利亞時代對於義大利移民的刻板印象。許多從義大利帕馬地區來的移民都是雲遊音樂家和街頭表演者，因此一講到義大利人，便會想到一名手風琴手配上一隻猴子。

「當然是養的。」她說。

「是男的還女的？」

「男的，老天保佑！又是一個沒有母親的孤兒，要由我一手撫養長大。」

紳士傾身靠近她。

「這孩子真幸運！」他說著眨個眼。

薩克斯比太太喊道：「哎唷！」她臉羞得都紅了。「你別灌迷湯了！」

不管是不是玻璃，他確實會逗得女人臉紅。

＊　＊　＊

我們叫他紳士，因為他真的是個紳士。他說自己曾上過貨真價實的紳士學院，父母和姊姊也都是上流人士。不過，他讓他們傷透了心。他曾經很有錢，結果因為賭博賠光了。他父親氣得發誓，家裡不會再給他任何一毛錢，於是他不得不用傳統的方式掙錢，換句話說，就是偷拐搶騙。他幹這行簡直如魚得水，我們都說他家族一定有人專幹髒活，而家族邪惡的血統透過他展露無遺。

別看他這樣，他畫得一手好畫，曾在巴黎經營偽畫生意。生意失敗之後，我記得他有一年時間從事翻譯，將法文書翻成英文，或將英文書翻成法文。總之，他每次翻的內容都不一樣，每次都用不同書名出版，光同一個故事就出版了二十本截然不同的書。他最常幹的就是詐騙，常出入高級賭場裝成賭徒，畢竟他輕而易舉便能裝出老實的樣子，和上層階級打成一片。女士尤其為他傾心。他有三次差點娶到富家千金，但每次千金的父親都心生懷疑，害他詭計落空。他賣了不少假銀行的股票，毀了不少人的人生。他英俊瀟灑，自然最得薩克斯比太太的心。他一年會來蘭特街一次，賣贓物給易卜斯先生，拿走一些假幣，順便打聽道上風聲和小伎倆。

我覺得他今天一定帶了贓貨來。從反應來看，薩克斯比太太應該也這麼想。見紳士在壁爐前身子漸暖，丹蒂也把加蘭姆酒的熱茶端來，薩克斯比太太便將熟睡的寶寶放回搖籃，順了順大腿上的裙襬說：

「好了，紳士，真高興見到你。原本以為你得再過一、兩個月才會來。你這回帶了什麼好東西來給易卜斯先生？」

紳士搖搖頭。「我恐怕沒帶東西給他。」

「什麼？完全沒有？你聽到了嗎？易卜斯先生？」

「真令人難過。」易卜斯先生在焊爐旁應聲說。

薩克斯比太太壓低聲音，彷彿心照不宣。「這麼說，你有東西要給我嗎？」

但紳士又搖搖頭。

「也沒有給妳的東西，薩太太。」他說：「沒有妳的；也沒有給加里波底[5]的（他指的是約翰）；也沒有給丹蒂、費爾和男孩子的；甚至沒有給查理．瓦格的。」

他一邊說，目光一邊掃過全場，最後他視線停到我身上，不發一語。我撿起散落一地的撲克牌，正在照花色分類。約翰、丹蒂和仍紅著臉的薩克斯比太太也循著目光望來，我看到他的目光便放下牌。紳士馬上伸手將牌拿起，並開始洗牌。他手總閒不下來。

「好，蘇。」他雙眼仍盯著我，他的藍色雙眸好清澈。

「好什麼？」我問。

「妳覺得怎麼樣？我這趟來就是要找妳。」

「她！」約翰語氣嫌惡。

紳士點點頭。「我這次來有個提議要給妳。」

「提親啦！」費爾說。他偷聽到了。「蘇，小心啊，他就想娶妳啊！」

---

5 義大利人名。

丹蒂尖聲大笑，男孩子全都竊笑著。紳士眨眨眼，終於轉頭，傾身朝薩克斯比太太說：

「叫我們焊爐旁的朋友迴避一下，好嗎？但留下約翰和丹蒂，我可能需要他們幫忙。」

薩克斯比太太猶豫了一下，朝易卜斯先生使個眼色，易卜斯先生馬上說：「好了，小伙子，金幣上的金子熔了不少，可憐的女王快熔到剩影子，再搞下去我們都要犯叛國罪了。」他提個桶子來，把火燒的金幣一枚枚丟入水中。「聽那金子滋滋作響！」他說：「聽金子的準沒錯。好了，金子說什麼？」

「拿了就走[6]，杭佛里叔叔。」費爾說。他穿上大衣，把衣領翻起。其他男孩也做了同樣的動作。「再見。」他們說著朝我、約翰、丹蒂和薩克斯比太太點點頭。他們沒和紳士打招呼，而紳士則一一望著他們經過。

「在街上要當心啊，小伙子！」他們關上門時紳士大喊。我們聽到費爾又呸了一聲。

易卜斯先生插入鑰匙，鎖上門，走來替自己倒了杯茶。他像丹蒂剛才一樣，嘩啦倒了點蘭姆酒。蘭姆酒的香氣隨蒸氣飄起，和炭火、金子、狗皮與冒著白霧的大衣氣味混合。雨水輕輕落在爐架上。約翰嚼著花生，伸手挑起舌頭上的殼。易卜斯先生挪動提燈。桌旁每個人的面孔和雙手都照得一清二楚，但房間四周卻一片漆黑。

一分鐘之間，沒人吐出一個字。紳士手上仍洗著牌，我們各自坐在位子上看著他。易卜斯先生眼神最專注。他瞇起眼，微微歪著頭，簡直像沿著槍管瞄準他。

「所以，孩子。這是門什麼樣的生意？」他說。

紳士抬頭。

「生意啊。」他說：「這門生意是這樣的……」他抽出一張牌，面朝上放到桌上。那是一張方塊國王。「想像一個男人……」他邊說邊放下那張牌。「一個老人，有其獨到知識的哲人——講白了就是個學者。他性格怪異，離群索居，他的莊園地屬偏僻，附近只有一座名不見經傳的小村莊，離倫敦足足有好幾公里遠。總之，暫且別管那是哪裡。他有間巨大房間，裡頭堆滿了書籍和印刷品，他全世界最關心的就是那堆書，以及他在編撰的大作。姑且稱之為一部字典吧。那部字典記錄了他所有的書籍。另外，他對圖畫也情有獨鍾。他想彙整圖畫，做成精美的畫冊。但光憑一己之力實在辦不到。於是他在報紙上刊登消息，徵求……」他又在先前那張牌旁邊放下另一張牌，這次是黑桃侍衛。「徵求一個聰明的年輕人來幫他整理書畫。話說這聰明的年輕人最近在倫敦賭場無人不知，無人不曉，正好需要隱身鄉野，找個包吃包住的工作避風頭。於是這年輕人循廣告去面試，順利應徵上這份工作。」

「這聰明的年輕人就是你。」易卜斯先生說。

「聰明的年輕人正是我。你反應真快！」

「而那偏僻的莊園……」約翰臉色很臭，但他聽了紳士的故事忍不住插嘴。「可說堆滿金銀財寶。你打算偷天換日，把所有寶箱和寶櫃鎖都撬開，一掃而空，所以你來找易卜斯先生借工具，再找個女的設計他。你想要蘇裝作沒見過世面，睜大她天真無邪的眼睛，幫你去探路。」

紳士頭一歪，吸了口氣，舉起一根手指，在空中誇張地晃了晃。然後……

「他窮酸得很！」他說：「那偏僻的莊園是個天殺的鳥地方，已有兩百年歷史，烏漆墨黑，寒風冷冽，從地板到屋頂都沒半毛錢。順道一提，那屋頂時不時還會漏水咧。恐怕連地毯、花瓶或盤子都不值個屁。那鄉紳吃飯用瓷器，跟我們一樣。」

「活脫是個守財奴！」約翰說：「但鐵公雞的錢都存在銀行裡，不是嗎？你只要讓他寫份文件，把遺產全留給你不就得了。所以你這趟來是想要一瓶毒藥——」

紳士搖搖頭。

「連一點點毒藥都不用？」約翰滿心期待。

「一點都不用，一滴都不要。何況他銀行裡也沒半毛錢。至少都不在老頭名下。他生活寧靜，怪里怪氣

---

6 出自莎士比亞諷刺拜金主義的劇作《雅典的泰門》。劇中雅典泰門慷慨好施，周圍的人卻藉此騙取他的錢財，最後他傾家蕩產，含鬱而終。

的，根本不知錢為何物。但說到這裡，你們大概心裡有底，他不是一個人住。聽著，他這個同居人呢……」

他放下一張紅心皇后。

「嘿嘿。」約翰面露邪笑。「老婆，好玩了。」

但紳士再次搖搖頭。

「這麼說是女兒了？」約翰說。

「不是老婆，也不是女兒。」紳士說，他雙眼和手指都放在皇后鬱悶的臉上。「是外甥女。她的年紀……」他望向我。「大概是蘇的年紀。長相嘛，挺標致的。這小姐很規矩，善解人意，知書達禮。」他微笑。「說直白點，就是害羞又矜持。」

「根本是塊木頭！」約翰聽得津津有味。「拜託，至少告訴我她很有錢。」

「沒錯，她很有錢。」紳士點頭說：「但就像毛毛蟲美麗的翅膀，目前還沒長成；或像三葉草，得經蜂蜜採集才會有豐富的花蜜。約翰，她是遺產繼承人。她確實有一大筆財產，而她舅父一毛都動不了。但這筆遺產背後有個古怪的條件。她結婚之前，這筆錢分毫都不能動用。如果她終身未嫁，錢會屬於她的親戚。如果她嫁了個丈夫……」他用白淨的手指撫摸撲克牌。「她會跟女王一樣享盡榮華富貴。」

「多富貴？」易卜斯先生說。他從剛才到現在都沒吭聲。紳士聽到他問，抬頭凝視著他。

「一萬英鎊現款。」他低沉地說：「還有五千英鎊基金。」

火焰中的黑炭「劈啪」一聲。約翰從爛牙縫之間吹了聲口哨，查理・瓦格吠了一聲。我望向薩克斯比太太，但她傾著頭，神情凝重。易卜斯先生喝口茶，略有所思。

「我想那老頭看她看得很緊，是吧？」他吞下茶說。

「很緊。」紳士點頭說，身子向後退開。「他多年來把她當祕書，常要她唸書給他聽，一唸就是好幾小時。我想他根本沒察覺她已長大，成為一個淑女。」他嘴角泛起一抹暗笑。「不過，我覺得她有所自覺。我剛開始整理圖畫，她便突然對繪畫有了興趣，說想學畫，並希望我當她老師。繪畫的事情我略知一二，所以沒問題。

而懵懂的她對畫畫一無所知，連粉彩跟粉紅豬都分不清楚。但她喜歡上畫畫課。噢！學得可勤了。我們上了一星期的課，我教她線條和陰影。到第二週，我們從陰影教到構圖。第三週就是令人臉紅心跳的水彩教學。接下來，融合油彩。第五週——」

紳士閉上眼。

「第五週，你就搞她！」約翰說。

「第五週，我們的課程便取消了。」他說：「你以為名門淑女會跟男家教獨處一室？我們身邊一直都有個愛爾蘭侍女監視。每次我手指接近小姐，或是溫熱的呼吸撲上她白皙的小臉蛋，她馬上會咳嗽，甚至發脾氣。真是個中規中矩的老頑固，結果她染上猩紅熱，現在快死了，可憐的賤貨。如今侍女走了，只剩個女管家，但管家太忙了，根本沒時間陪著小姐上課。所以繪畫課不得不停止，調色板上的顏料也日漸乾去。現在我只有吃飯時才會見到小姐，但她舅父就在一旁。有時我經過她房門會聽到她嘆氣，如此而已。」

「就這麼剛好。」易卜斯先生說：「就在你正要得手的時候。」

「沒錯。」紳士說：「正是這樣。」

「可憐的小姐！」丹蒂雙眼盈淚說。「而且她很美不是嗎？你剛說身材和臉蛋都不錯？」

紳士態度輕描淡寫。「我想算能吸引男人目光吧。」他聳聳肩說。

約翰大笑。「我倒想吸引她目光！」

「我也想吸引你目光，」紳士平靜地說，然後眨個眼。「用拳頭。」

約翰笑容一垮，他站了起來。「你敢來試試看！」

易卜斯先生舉起雙手。「你們兩個！夠了！我看不下去了，居然當著女人和小孩的面鬧！約翰，坐下來，不要鬧事了。紳士，你說要提一筆生意，我們聽到現在都只聽到酥皮。肉餡呢？孩子？肉餡在哪裡？更重要的是，蘇西怎麼幫得上忙？」

約翰踢了一下椅腳，隨即坐下。紳士拿出一包香菸。我們靜靜等他開口，他拿出火柴，劃開火焰，我們看到他雙眼閃爍著火光。然後他再次靠向桌子，摸著上頭三張撲克牌，撫平牌的四角。

「你想知道肉餡在哪。」他說：「好吧，就在這裡。」他點了點紅心皇后。「我打算娶這女孩，奪走她的財產。我打算把她……」他把牌滑到一旁。「從她舅父身邊偷走。如你們剛才所聽到，我其實已經在做了，但她是個古怪的女孩，她自己的決定是靠不住的。如果她新來的侍女心思細膩，為人一板一眼，我到手的鴨子就會飛了。我這趟來倫敦是替老頭的畫冊找書封。我想先派蘇回去，讓她去當小姐的侍女，這樣她之後就能幫我追求她。」

他轉身和我四目相交，蒼白的手仍不經意玩弄著牌，接著他壓低聲音。

「還有另一件事。」他說：「我需要蘇幫忙。我娶這女孩之後，當然不希望她待在身邊。我認識個男的能幫我擺脫她。他有地方能關住她。那是間瘋人院。他會緊緊看著她，然後最後說不定……」他話沒說完，但把牌翻面朝下，手指按在牌上。「我是會娶她。」他說：「不過，套句約翰常說的，純粹看在錢的分上，我會搞她一次。接著我會神不知鬼不覺將她送入瘋人院大門。哪有差？我剛才不就說她人不聰明嗎？但我希望事情萬無一失。我需要蘇在她身旁敲邊鼓，別讓她胡思亂想，讓她迷迷糊糊落入我的圈套。」

他又吸口菸，大家的目光又像之前一樣聚集到我身上。當然，除了薩克斯比太太。紳士說話時她都默不作聲，我看到她剛才倒了點茶在茶碟上，在碟子裡晃了好一陣子才拿到嘴邊。她不喝熱茶，說熱茶會害嘴唇變粗糙。當然，我這輩子不曾看過嘴唇比她柔嫩的女人。

現在，在寂靜中，她放下茶杯茶碟，抽出手絹擦擦嘴。她看著紳士，終於開了口。

「全英國那麼多女孩子，為什麼選蘇？為什麼選我的蘇？」

「正因為她是妳的，薩太太。」他回答：「因為我信任她，因為她是個好女孩。我的意思是，她是個壞女孩，不太守規矩。」

她點點頭，接下來問：「那你錢打算怎麼分？」

他再次望向我，但他話仍對著她說。

「她會拿到兩千鎊。」他拂著八字鬍說：「小姐的首飾、衣服和珠寶也都任她挑。」

＊＊＊

這樁生意就是如此。

我們仔細考慮。

「妳覺得怎麼樣？」他最後說。這次他是對我說。我沒答腔，他便繼續說：「對不起，我硬把這樁生意交到妳手上，但妳看得出來，我時間不多，一定要趕快找到合適的女孩。我希望那個人是妳，蘇。比起其他人，妳是我心目中最好的人選。如果妳不接受，盡快告訴我，好不好？我才能趕快去找別人。」

「丹蒂可以。」約翰聽到這句便開了口。「丹蒂當過侍女。對不對，丹蒂？她在佩克漢的莊園服侍過一個小姐。」

「就我記得，」易卜斯先生喝了口茶說：「丹蒂因為拿帽針刺小姐的手臂，丟了那份工作。」

「她對我很壞。」丹蒂說：「害我一口氣嚥不下。這女孩聽起來不壞。你剛才說她是塊木頭。服侍木頭我一定沒問題。」

「他問的是蘇。」薩克斯比太太靜靜地說：「她還沒回答。」

大家再一次望向我，我感受到他們的目光，心裡不禁緊張起來，我別開頭。「我不知道。」我說：「我覺得這陰謀很奇怪。要我去當小姐的侍女？我怎麼知道該怎麼做？」

「我們可以教妳。」紳士說：「既然丹蒂懂，她也可以教妳。那有多難？妳只需要坐在一旁傻笑，隨時遞上嗅鹽[7]。」

7 由於穿著緊身馬甲，維多利亞時代女性經常頭暈目眩，甚至昏厥，因此隨身攜帶嗅鹽醒神。

「假如小姐不想要我當她侍女呢？她為何會用我？」我說。

但這點早在他算計裡。他什麼都想好了。他說他會告訴她，我是他以前奶媽妹妹的小孩。一個生活困苦的城市女孩。他覺得小姐會看在他的情分上雇用我。

「我們會替妳寫封推薦信，信末簽上鳥街屁女士什麼的，反正她根本搞不清楚。她從來沒接觸過社會，倫敦跟耶路撒冷都分不清。她又能問誰？」他說。

「我不知道。」我又說一次。「假如她不如你所想地在乎你呢？」

他故作謙虛。「唉呀。」他說：「我雖然不才，但青澀的小女孩喜歡我，我也算看得出來吧。」

「假設……」薩克斯比太太這時插口。「她沒那麼喜歡你？假設她又是另一個班波小姐或芬區小姐呢？」

班波小姐和芬區小姐是另外兩個差點落入他詭計的繼承人。他聽到她倆的名字，哼了一聲。「她才不會跟她們一樣。」他說：「我心裡有底。那兩個女孩都有父親。父親總是未雨綢繆，處處請律師打理。這女孩的舅父哪有這種遠見，目光頂多停在書的最後一頁吧。至於她不夠喜歡我的話，哼，我也只能說她以後一定會喜歡上我。」

「喜歡到不惜離開舅父家？」

「那地方無聊得緊。」他回答：「年輕女孩根本不想待在那。」

「但以她這年紀來說，你打的如意算盤會有問題。」易卜斯先生說。當然，因為他幹這一行的關係，對法律總會略知一二。「她二十一歲之前，必須得到舅父的首肯才能結婚。就算你手腳俐落，偷偷摸摸把她帶走，他仍能再次把她帶回去。到時候，就算你是她丈夫也沒個屁用。」

「但她真成為我妻子的話，就有差了。你聽懂的話。」紳士奸笑。

丹蒂一臉茫然。約翰看到她的表情。「搞她啊。」他說。

「那她這輩子都完了。」薩克斯比太太說：「沒有好人家會想娶她了。」

丹蒂目瞪口呆。

「這我們管不著。」易卜斯先生舉起一手，然後轉頭向紳士說：「這事挺困難的。非常困難。」

「我沒說不難。但我們必須把握機會。我們有什麼損失？如果一切落空，至少蘇能度個假。」

約翰大笑。「度假。」他說：「肯定是度假啊。被抓到就能他媽的好好度個長假。」

我咬著嘴唇。他說得對。但我煩惱的不是風險。一個竊賊在意危險的話，一定會弄到自己發瘋。我只是不確定自己想不想度假。我不確定自己想不想離開自治市區。我有次和薩克斯比太太去布倫萊探望親戚，結果染了蕁麻疹回來。我記得鄉下又安靜又不舒服，鄉下人不是傻傻的，就是吉普賽流浪漢。

我怎麼可能跟傻里傻氣的女孩生活？雖然丹蒂有點神經質，偶爾舉止稍嫌粗野，但那女孩跟丹蒂差多了。她可能會大發雷霆，搞不好會想掐死我，方圓好幾公里內沒有半個人會聽到我呼救。吉普賽人也救不了我，他們只在乎自己。大家都知道，就算你身體著火，吉普賽人也不願越過街道賞你一口口水。

「這女孩……她是怎麼樣的人？你說她腦袋怪怪的。」我說。

「不是怪怪的。」紳士說：「只是有點神經質。她天真無邪，自然可愛。她沒有接觸過外在世界。她像妳一樣是個孤兒，但妳身邊有薩克斯比太太教妳各種事情，她卻孤苦無依。」

丹蒂此時望向他。她母親是個酒鬼，最後淹死在河中。她父親以前會毆打她，還把她姊姊活活打死。她小聲說：

「紳士，你這次打算做的，應該是件可怕的壞事吧？」

在她開口那一刻之前，我不認為我們有人想到這點。丹蒂一說，我望向四周，沒人敢和我對上眼。

紳士大笑。

「壞事？」他說：「我的天啊，丹蒂，當然是壞事！但這壞事幹下去，就能聽到一萬五千英鎊唱歌。噢！那可是美妙的歌聲，要怎麼罵隨便你們。但話說回來，你們以為那筆錢是正當賺來的嗎？怎麼可能！錢絕對是髒的。那都是像她一樣的家族從窮人身上搜括來的。每個先令都害死二十個窮人。妳聽過羅賓漢吧？」

「當然聽過！」她說。

「對，蘇和我就像他一樣。替窮人從富人手中奪回他們應得的錢。」

約翰露出鄙笑。「狗屁一堆。」他說：「羅賓漢是人人稱頌的大英雄。劫富濟貧？你救濟的貧窮百姓在哪！你想搶小姐，不如去搶你媽算了。」

「我媽？」紳士面紅耳赤。「我媽關這什麼事？我媽吊死算了！」然後他看到薩克斯比太太的眼神，趕緊轉向我。「噢，蘇。」他說：「不好意思。」

「沒關係。」我馬上說。我望向桌前，所有人再次陷入沉默。也許大家都像平時處刑日，心裡都在想：「她好勇敢，對不對？」我希望他們這麼想。不過，我又有點不希望如此。因為像我之前說的，我一點都不勇敢，但這十七年來大家都以為我很勇敢。現在紳士登門拜訪，說他要找一個大膽的女孩。他說自己在寒風刺骨、陰冷潮溼的天氣中走了四十英里，就為了來找我。

我抬頭和他四目相交。

「兩千英鎊，蘇。」他輕聲說。

「那數目確實誘人，沒錯。」易卜斯先生說。

「還有衣服和珠寶！」丹蒂說：「噢！蘇！妳穿戴起來會多美啊！」

「妳看起來會像個名門小姐。」薩克斯比太太說。我聽到她說的話，看到她的雙眼，知道她正凝望著我。就像過去許多次一樣，她從中看到我母親的面容。妳未來一定會過好日子，我彷彿聽得到她的聲音。妳將來一定會過好日子，蘇，我們生活也會更好……

她終究是對的。命運從天而降，我的好日子總算來了。我能說什麼？我再次望向紳士。我心臟大力跳動，彷彿有把鐵錘擊打著胸口。我說：

「好吧。我答應你。但兩千英鎊不夠，我要三千英鎊。而且如果小姐不要我，把我送回家，我還是要一百英鎊，畢竟我時間和精力都花在上頭。」

他猶豫了一會，仔細考慮。當然，這都只是做做樣子。過沒多久，他露出微笑，並朝我伸出手，我也伸出手。他使勁握了握，放聲大笑。

約翰皺眉瞪著我。「我敢打賭她一星期就會哭著回來。」他說。

「我回來會穿著天鵝絨洋裝。」我回答。「長手套會穿到這裡，帽子上還會有面紗，錢包裡裝滿銀幣。而且你必須叫我小姐。妳說對不對？薩克斯比太太？」

他吐了口口水。「要我叫妳小姐？我不如把舌頭拔了！」

「這你別費心，我這就來幫你拔！」我說。

我聽起來好幼稚。但我本來就還是個孩子！也許薩克斯比太太也這麼想。因為她只靜靜坐著，不發一語，一手放在柔軟的嘴唇上，雙眼凝望著我。她露出淺淺的微笑，但表情似乎透露出一絲不安。我依稀覺得她好像很害怕。

也許她真的很害怕。

也許是回想的緣故，畢竟我知道接下來發生的事多麼陰暗恐怖。

第二章

後來我才知道，嗜書如命的老頭叫克里斯多佛．里利。他外甥女的名字叫茉德。他們住在倫敦西邊，美登赫再過去一點，靠近一個叫馬洛的村莊，他們的宅邸叫荊棘莊園。紳士打算兩天後，先單獨送我坐火車過去。他說他自己必須至少在倫敦多待一星期，把老頭書封的事搞定。

我其實不喜歡自己必須一人跋涉前往莊園。我西邊最遠只到過克雷蒙公園，星期六晚上，我偶爾會跟易卜斯先生的姪子去那裡看人跳舞。我曾在那裡目睹一個法國女孩表演走鋼索渡河，結果她差點摔下去。那真的好精采。據說她有穿褲襪，但我覺得她的腿跟全裸一樣。我記得她走鋼索時，我站在巴特西橋上，面前就是漢墨斯密和一片鄉村景色，一眼望去只有樹林和山丘，看不到半根煙囪和教堂的尖頂。噢！那看了真讓人寒毛直豎。假如你那時跟我說，我有朝一日將離開自治市區，拋下朋友、薩克斯比太太和易卜斯先生，孤身翻過一座座陰暗的山丘，到另一頭的莊園當侍女，我一定會當場大笑。

但紳士說我必須快點動身，以免小姐（里利小姐）意外聘了另一個女孩當侍女，破壞我們的計畫。他來蘭特街的隔天馬上寫封信給她。他寫道，他希望她原諒他冒昧寄信，但他方才探望了他的奶媽。對小時候的他而言，奶媽情同母親。他發現奶媽的妹妹之前不幸逝世，並留下一個女兒。這女兒命運乖舛，奶媽日日為她擔憂。當然，奶媽妹妹的女兒指的是我。故事是這樣，我原本是個小姐的侍女，後來小姐出嫁到印度，我便失去這份工作。我現在在找服侍其他小姐的機會，但大城市中處處充斥誘惑，可能會害我走上歧路。他希望小姐好心給我一個機會，遠離萬惡的城市，諸如此類。

「如果她真相信這蹩腳的說詞，紳士，那她一定比你當初說的還蠢。」我說。

但他說，在河岸街到皮卡迪利街之間，一週裡恐怕有五個晚上會有一百個女孩聽得津津有味。倫敦富人素來鐵石心腸，若他們聽了這故事都願意慷慨解囊，更不用說茉德．里利小姐了，她獨自一人，不諳世事，心中悲傷之餘也沒人好商量，怎麼可能狠心拒絕？

「妳到時候就知道了。」他說。他將信密封好，寫上地址，請鄰居的孩子拿去郵局。

接下來，由於他胸有成竹，他說必須馬上開始訓練，讓我成為一個稱職的侍女。

他們先洗淨我的頭髮。當時我和眾多自治市區的女孩一樣將頭髮梳成三束，插上髮梳，盤在後頭，兩側則留了些大鬈髮。若先以糖水將頭髮濡溼，再用熱鐵桿燙捲頭髮，頭髮燙完就會變硬，並能維持一星期，甚至更久。但紳士說，他覺得鄉下女孩留這髮型過於時髦。他要我先將頭髮洗得平平順順，接著簡單梳成中分，並在腦後盤個素髻，用髮簪固定。他要丹蒂也去洗淨頭髮。這段時間我將頭髮梳了又梳，夾了又夾，反覆練習一陣，他滿意之後便要我將丹蒂當作里利小姐，以同樣的方式替她打理。他就像個姑娘家似的對我們挑東挑西。整理好頭髮之後，丹蒂和我頂著張圓臉，打扮樸素得像要進修道院一樣。約翰覺得我們醜死了，他說在乳牛場放上我倆的畫像，牛奶都會臭酸結塊。

丹蒂聽了氣得伸手將髮簪抽下，丟到壁爐中。髮簪上頭還帶有幾根頭髮，火焰馬上嘶嘶燒起。

易卜斯先生對約翰說：「你能不能別老是惹你小女友哭啊？」

約翰大笑。「我就喜歡她哭。」他說：「淚流多了，她臭汗才會流少點。」

他這人著實壞透了。

不過，即使嘴上不說，他對紳士的計畫確實充滿興趣，其實我們全都是，我從沒見過易卜斯先生這副模樣，店鋪門上的百葉簾一直垂著，焊爐熄了也渾不在意。有人上門來打鑰匙，他都一一回絕。兩、三個小偷帶了贓物來，他也搖搖頭。

「這會不行，孩子。今天沒辦法。我手頭上有點事。」

他那天早上只讓費爾進門。進門之後，易卜斯先生要他坐下，紳士前一晚列了張清單，他照著單子交代費爾去把東西搞到手。費爾聽完，壓低帽子離開了。兩小時後，他手裡拿著個袋子和一只帆布皮箱回來，東西來自一個他認識的傢伙，那人在河邊有間倉庫，專幹不乾淨的買賣。

皮箱是給我帶去鄉下的。袋子裡則裝著一件棕色的毛呢洋裝，尺寸差不多合我身子，還有件斗篷、一雙鞋和黑色絲質長襪，除此之外，還有一團貨真價實屬於淑女的白色貼身衣物。

易卜斯先生解開袋子口的繫繩，朝內望了望，看到內衣，便起身坐到廚房另一端，他在那放了個布拉默鎖，時不時喜歡拆解開來，上粉保養後重新組裝。他要約翰隨他過去，幫忙拿螺絲。紳士則一件件將淑女的衣物拿出，攤放在桌上，接著在桌旁放張廚椅。

「好了，蘇。」他說：「假設這張椅子是里利小姐。妳要怎麼替她著裝？妳先從長襪和內褲開始吧。」

「內褲？」我說：「你是指她光著身子？」

丹蒂手摀住嘴，吃吃笑了。她現在坐在薩克斯比太太腳邊重新燙捲頭髮。

「光著身子？」紳士說：「廢話，當然光溜溜的。不然呢？不管是衣服髒了或她想洗澡，她本來就會脫下衣服。那時妳的工作就是接下髒衣服，並替她換上乾淨的衣服。」

我從沒想過這件事。我想像自己站一旁，拿內褲給全裸陌生女孩的畫面。有次有個全裸的陌生女孩一邊尖叫，一邊跑下蘭特街，警察和護士在後頭追著她。若里利小姐突然受了驚嚇，我要抓住她怎麼辦？我雙頰不禁發燙，紳士馬上察覺了。「拜託。」他差點笑出來。「妳該不會無法接受吧？」

我頭向上一揚，裝出不在乎的樣子。他點點頭，拿起一件過膝長襪和一件內褲，長襪和內褲在他手中晃動，他放到椅座上。

「接下來呢？」他問我。

我聳聳肩。「我想，大概是內衣吧。」

「她的『內襯衣』，用詞正經點。」他說：「而且穿上前，妳一定要先把衣服烘暖。」

他把內衣拿起，舉到廚房壁爐前，然後小心翼翼將內衣掛到內褲上方的椅背上，彷彿椅子真穿上了衣服。

「現在換她的馬甲。」他接著說：「她會要妳幫她綁緊，愈緊愈好。來，妳來綁綁看。」

他將馬甲掛到內衣上，繫帶垂在背後。他傾身穩住椅子，要我拉緊繫帶，並打個蝴蝶結。綁完之後，繫帶在我手掌上留下紅白相間的痕跡，彷彿我剛才被打了手心。

「她為什麼不像普通女生一樣，穿繫帶在前的馬甲？」丹蒂看了不禁問道。

紳士答道：「因為那樣一來，她就不需要侍女了。如果她不需要侍女，她就不知道自己是個小姐了，是不是？」他眨個眼。

馬甲穿好後便輪到吊帶背心，接著是胸襟，還有九層箍圈的裙撐，最後又加上幾件絲質的襯裙。紳士請丹蒂上樓，拿瓶薩克斯比太太的香水來，他要我將香水噴到內衣緞帶間的木椅背上，說那裡是里利小姐的喉嚨。

而且穿衣過程中我必須說：

「小姐，能請您舉起雙手嗎？我要將飾邊拉平。」

還有：「小姐，您想穿皺褶邊的？還是荷葉邊的？」

還有：「您現在要穿上了嗎？」

「您要勒緊一點嗎？」

「您要再緊一點嗎？」

「噢！我勒痛您的話，還請您原諒。」

＊　＊　＊

最後，我來回彎腰起身，忙來忙去，熱得像頭豬。里利小姐則坐在那，馬甲緊裹上身，襯裙鋪展在地，身子如玫瑰散發芬芳。但當然，眼前這里利小姐可沒肩膀和頸子。

約翰說：「小姐話不多，是吧？」約翰趁易卜斯先生替布拉默鎖上粉的同時，一直朝這兒偷看。

「她可是名媛淑女。」紳士摸著鬍鬚應道。「個性自然害羞。但不管蘇和我教她什麼，她馬上都能學會。是不是呀，親愛的？」

他蹲到椅子邊，手指撫過鼓鼓的外裙，手順勢從裙襬鑽入，向上摸進絲質襯底。他動作老練，就我看來，他很熟悉這檔事。他愈摸愈高，雙頰也隨之泛紅，絲布窸窸窣窣，襯裙不住鼓動，椅子在廚房地板上來回震動，椅腳也發出微微尖響。最後椅子停了下來。

「好了，可愛的小騷貨。」他柔聲說，並抽出手，手中拿著一隻長襪。他將長襪遞給我，打個呵欠。「現在該上床睡覺了。」

約翰仍盯著我們，一句不吭，只擺動著腿，眨眨眼睛。丹蒂揉揉眼，頭髮才捲好一半，散發出濃郁的太妃糖氣味。

我著手解開背心腰部的緞帶，抽開馬甲的繫帶，將衣服鬆開。

「小姐，能請您抬起腳嗎？讓我幫您把這脫下？」

「小姐，能請您氣吸小口點嗎？這樣胸衣才能鬆開。」

＊　＊　＊

他要我如此反覆練習一個多小時。接著他熱好一個熨斗。

「麻煩妳吐口口水，丹蒂？」他說著將熨斗舉到她面前。她乖乖唾了沫，口水在熨斗上滋滋作響。紳士掏出根菸，用火燙的熨斗點燃，站到一旁抽菸去了。薩克斯比太太還沒想到要經營收養所之前，曾在洗衣廠當熨衣婦，這會兒由她教我小姐的衣服該如何熨燙和摺疊。我想這大概又花了一小時。

然後紳士要我上樓，穿上費爾為我拿來的洋裝。那是件素色的棕色洋裝，跟我髮色差不多。我們廚房牆面也是棕色的，所以我再次下樓時幾乎隱身了。我比較想要藍色或紫色的洋裝，但紳士說棕色適合騙子或僕人。

適逢其會，我去荊棘莊園正是這兩個身分。

我們聽了齊聲大笑。我在廚房走動，習慣這身裙襬（因為很窄），並讓丹蒂看哪邊太鬆，需要調整。紳士要我站好，試著行屈膝禮。做起來比說起來困難多了。要怎麼說隨便你，但我不曾服侍過老爺，也不曾為任何人屈膝行禮。紳士一直要我反覆蹲站，最後我都快吐了。他說，對小姐的女僕來說，屈膝禮要做到像放屁一樣，變成反射動作。他說我只要抓到訣竅，一輩子都不會忘。至少他這點說對了，我至今屈膝禮依舊行得乾淨俐落。只不過現在行禮要看我想不想了。

總而言之。我們練完屈膝禮之後，他要我熟習自己的假生平。接著，他叫我站在他面前，像考天主教教義一樣，一一問我的背景。

「好。」他說：「妳叫什麼名字？」

「蘇珊啊？」我說。

「名字是蘇珊，那妳姓什麼？」

「蘇珊・純德啊？」

「要回答：『蘇珊，先生。』妳一定要記得，我在荊棘莊園不是紳士。我是理查・瑞佛斯先生。妳一定要尊稱我為先生，也要尊稱里利『先生』，而妳也要照小姐的意思，好好稱呼『小姐』、『里利小姐』或『茉德小姐』。而我們全會叫妳蘇珊。」他皺了皺眉。「不要叫蘇珊・純德好了。如果事跡暴露，他們可能會追查到蘭特街來。我們一定要替你找一個更適合的假姓——」

「薇樂婷[8]。」我不假思索脫口而出。我能說什麼？我那時才十七歲，又特別喜歡愛心。紳士聽到了，嘴角勾起。

「好極了。」他酸溜溜說：「多適合上台表演啊。」

8　薇樂婷（Valentine），和聖瓦倫丁日，也就是情人節同字。

「我真的認識有人姓薇樂婷！」我說。

「是沒錯。」丹蒂說：「佛洛伊．薇樂婷，她還有兩個姊妹。我的天啊，可是我好討厭她們。妳不要用她們的姓啦，蘇。」

我咬著手指。「好像也是。」

「當然不要。」紳士說：「太花稍的姓會害死我們。這是攸關生死的計畫。我們需要低調、不惹人注意的名字。我們需要一個……」他思考著。「無法追查來源的姓，但又必須讓人記得……布朗？搭配妳的洋裝？還是……對，可不是嗎？就叫史密斯吧。蘇珊．史密斯。」他微笑。「畢竟，妳也算某種工匠[9]。我指的是這種的。」

他手張開，把手掌轉過來，彎起中指。配上那手勢，他指的工匠是「指匠」，在自治市區，指匠就是賊的代稱，我們再次笑得前俯後仰。

最後他咳了咳，擦去眼淚。「老天，好好笑。」他說：「好了，我們問到哪了？啊，對。再跟我說一次。妳叫什麼名字？」

我說出口，結尾不忘加上先生兩字。

「非常好。妳家住哪裡？」

「我家在倫敦，先生。」我說：「我母親死了，我和阿姨住在一起。就你小時候的那個奶媽，先生。」

他點點頭。「細節記得很清楚。但是說得不得體。別鬧了，我知道薩克斯比太太有好好教妳。妳現在不是在賣紫羅蘭花。再說一次。」

我做個鬼臉，但接下來小心翼翼地說：

「我阿姨就是小時候陪伴您長大的奶媽，先生。」

「好，好多了。在來這裡之前，妳在哪裡工作？」

「我原本在梅費爾區服侍一位小姐，先生。她後來結婚，搬去印度，打算請當地的侍女服侍她，所以就不用我了。」

「我的天啊。妳真可憐，蘇。」

「是的，先生。」

「里利小姐讓妳來荊棘莊園工作，妳感謝她嗎？」

「噢！先生！真謝死我啦！」

「又在賣紫羅蘭花了！」他揮揮手。「算了，差不多了。但妳別一直大膽地盯著我看，好不好？妳應該盯著我鞋子。就這樣，很好。現在跟我說，這很重要，照顧新小姐時妳負責哪些工作？」

「我早上必須叫她起床。」我說：「替她倒茶。我要替她沐浴更衣和梳理頭髮。我一定要維持珠寶整潔，絕不能手腳不乾淨。她想散步我就陪她散步，想坐著我就陪她坐著。我會隨身帶著扇子，以免她覺得太熱；帶著披肩，以免她覺得太冷；帶著香水，以免她頭痛；也要帶著嗅鹽，以免她頭暈。她上繪畫課時我要陪在身旁，她臉紅時我要假裝沒看到。」

「太棒了！妳的個性怎麼樣？」

「老實可靠。」

「那妳的目標是什麼？除了我們沒人知道的真相？」

「她會愛上您，為了您離開舅父。她會讓您一夕致富，而您，瑞佛斯先生，會讓我一夕致富。」

我抓起裙子，熟練地向他行屈膝禮，這段時間雙眼都緊盯著他的靴尖。

丹蒂鼓掌。薩克斯比太太雙手摩擦說：

「三千英鎊，蘇。噢！我的媽呀！丹蒂，抱個寶寶過來，我手裡要拿個東西捏著。」

紳士站到一旁，點了根香菸。「還不賴。」他說：「真的不錯。我覺得現在只需要多練習而已。我們晚一

---

9 布朗（Brown），布朗英文為棕色之意。史密斯（Smith），意為鐵匠。

點再試一次。」

「晚一點？」我說：「噢！紳士，你還沒結束啊？如果里利小姐會為了討好你雇用我，那她哪會在意我到底做得好不好？」

「她也許不會介意吧。」他回答。「以她會介意或懷疑的程度，我們可以乾脆幫查理．瓦格穿上圍裙，送牠去好了。不過，妳要騙過的不只她。當然還有那老頭，她舅父。除此之外，他身邊還有一大堆僕人。」

「他的僕人？」我之前從沒想到。

「當然了。」他說：「你以為大宅子會自己打理自己？首先是總管魏伊先生——」

「姓魏伊！」約翰嗤之以鼻。「有人給他取外號叫米奇[10]嗎？」

「沒有。」紳士說。他轉向我。「魏伊先生。」他再次說：「不過我覺得他應該不會常跟妳接觸。但還有女管家史黛西太太，她恐怕會盯妳盯得很緊，妳跟她相處一定要小心。接著還有魏伊先生的小廝查爾斯，廚房裡也有一、兩個女孩在那工作，客廳玄關也有一、兩個女僕，最後還有馬夫、馬童和園丁。但妳應該不大會見到他們，別擔心。」

我驚慌地望著他。我說：「你從來沒提過他們。薩克斯比太太，他有提到他們嗎？他有說過我必須在一百個僕人面前扮演侍女嗎？」

薩克斯比太太抱著寶寶，像揉麵糰一樣逗著他。「說真的，紳士。」她頭也不轉地說：「昨晚僕人的事你倒是隻字未提。」

他聳聳肩。「小細節而已。」他說。

小細節？他就是這副德性。事情明明只透露一半，卻裝作全盤托出，毫無保留。

但現在太遲了，已無法回頭。隔天紳士又替我加緊練習；再隔一天，他便收到里利小姐的回信。

他直接去市中心的郵局收信。如果我們請人送到家裡，鄰居不免會好奇。他拿信回來之後，在眾人目光下打開信。我們屏息以待。易卜斯先生手指在桌面上輕敲，我知道他很緊張，所以我也更緊張了。

那封信不長。里利小姐首先說，很高興收到瑞佛斯先生的信，她覺得他很貼心，很關心他的奶媽。她希望有更多人能像他一樣善良又體貼！

她說她舅父最近脾氣不好，因為瑞佛斯先生不在身邊。宅子裡變得又安靜又無趣。也許是天氣害的，這幾天似乎又變天了。至於她的侍女，可憐的愛涅絲……紳士看到這，將信斜放，湊到光下細看。她得到一個令人開心的消息，愛涅絲順利康復了——

我們聽到這消息，全抽口氣。薩克斯比太太閉上眼，我看到易卜斯先生望了一眼冰冷的焊爐，計算這兩天休工的損失。但這會紳士笑了。侍女命是沒丟，但她大病初癒，元氣大傷，心情又低落，他們要送她回科凱了。

「天佑愛爾蘭！」易卜斯先生說，他拿出手帕擦擦頭。

紳士繼續讀信。

「我很樂意和你提到的女孩見面。」里利小姐寫道。「我希望你馬上將她送來。我很感激有人惦記我。雖然我生活受到不少人照顧，但我其實很珍惜他人的關心。如果她天性善良，又願意來此，那我相信我一定會好好愛她。瑞佛斯先生，她會成為我最珍貴的人，因為她來自有你的倫敦。」

他再次泛起笑容，將信拿到嘴前，來回拂過雙唇。他的假戒指在燈下閃爍。

當然，正如這聰明的惡魔所保證，一切順利。

那天晚上是我在蘭特街的最後一夜，也是紳士騙取里利小姐財產詭計的首夜。易卜斯先生派人去買烤肉慶祝，並將細鐵杆放到火堆中，準備做蛋蜜酒。

晚餐是豬頭，豬耳朵裡塞滿了餡料。這是我最喜歡的一道菜，大家特地為我準備的。易卜斯先生將切肉刀拿到後門門階，一手扶著門柱，挽起袖子，彎腰磨刀，我望著他，頭皮忽然有種奇怪的感覺。我想起小時候每

---

10 米奇·魏伊（Milky Way），英文為銀河的意思。

逢耶誕節，他會把刀放到我頭上，看我長多高，並在門柱上劃下刀痕記錄。他這時將刀按在石頭上，來回磨利，最後把刀交給薩克斯比太太。在家裡，她負責切肉。她將耳朵分別給易卜斯先生和紳士；豬鼻給約翰和丹蒂；最軟的豬頰肉給她和我。

如我所說，全是為我買的。但是我不知道，也許是因為看到門柱上的刻痕，也許是想到以後再也喝不到薩克斯比太太的豬頭骨燉湯，也許是豬頭看起來愁眉不展，再加上豬睫毛和豬鼻毛沾著如眼淚的黏稠糖蜜。總之，我們圍桌吃飯時，我心情好難過。約翰和丹蒂吃得狼吞虎嚥，不斷拌嘴笑鬧，紳士開玩笑時，約翰偶爾會動火，接著再生悶氣。易卜斯先生和薩克斯比太太一樣，慢條斯理地吃著大餐。而我撥動著盤中的豬肉，毫無食欲。

我把一半豬肉分給丹蒂。她把肉給約翰。他張口一咬，像狗一樣咆叫一聲。

盤子清掉之後，易卜斯先生打好蛋汁，加入糖和蘭姆酒，準備做蛋蜜酒。他倒好七杯酒，從焊爐拿起鐵杆，在空中甩一下降溫，並將鐵杆放入杯中。就像點燃葡萄乾布丁上的白蘭地一樣，每個人都喜歡看那一刻，並聽到蛋蜜酒滋滋作響。約翰說：「一根給我放好不好，易卜斯先生？」他剛吃飽，臉色紅潤，像油彩一樣充滿光澤，也像是玩具店櫥窗廣告中男孩的臉蛋。

我們坐在桌前，大家聊著等紳士騙到錢，我帶著三千英鎊回家之後，日子會變得多好過，我仍安安靜靜的，但似乎沒人察覺。最後薩克斯比太太拍了拍肚子說：

「易卜斯先生，不如你為寶寶吹首安眠曲？」

易卜斯先生口哨吹得像茶壺一樣溜，能吹上一個小時。他把杯子放到一旁，將鬍子上的蛋蜜酒擦乾淨，吹起了〈油布外套〉。薩克斯比太太跟著曲子哼，後來熱淚盈眶，哼得斷斷續續。她丈夫是個水手，最後消失在海上——我指的是離開她了。他住在百慕達群島。

「好聽。」這首歌吹完之後她說：「但下一首麻煩來點開心的，我的天啊！不然我都悲從中來了。我們讓年輕人跳個舞吧。」

易卜斯先生聽了吹首輕快的曲調，薩克斯比太太拍著手，約翰和丹蒂起身將椅子清開。「薩克斯比太太，妳能幫我保管耳環嗎？」丹蒂說。他們跳起波卡舞，腳重重踩地，壁爐上的陶瓷飾品都不住地震動，灰塵揚起好幾公分高。紳士起身靠牆看著他們，一邊抽菸，一邊大喊：「嘿呦！」或「好，約翰！」彷彿笑看一場他沒下注的鬥犬賽。

他們問我要不要加入，我說我不要。灰塵害我打噴嚏，而且我那杯酒用的鐵杆太燙，蛋都凝固了。薩克斯比太太替易卜斯先生的姊姊裝了一盤切好的肉和一杯酒，我說我會替她送去。「好，乖女孩。」她打著節拍說。我端起杯盤，拿了根蠟燭，溜到樓上去。

我以前總是覺得冬夜踏出廚房像是踏出天堂。雖說如此，我一直沒回到大夥身邊，易卜斯先生的姊姊在熟睡，我便將食物留在一旁，去照顧被樓下跳舞聲驚醒的寶寶。最後我沿著樓梯平台到一條小走廊上，經過我和薩克斯比太太同住的房間，走上另一段樓梯，來到我出生的小閣樓。

閣樓總是冰冰冷冷。今晚有點風，窗子又沒關緊，所以裡頭比平常更冷。地板是一般的鋪木地面，上頭鋪著厚地毯。牆面除了洗手台旁一塊擋水的藍色小油布，沒有任何裝飾。洗手台上掛著一件背心和襯衫，還有一、兩條可拆式領子，都是紳士的。他來的時候都睡在這裡，不過他應該會在廚房和易卜斯先生鋪張床。要是我來選，我也一定會選擇睡在廚房。他鬆垮的高筒皮靴放在地上，泥土已刮乾淨，皮面擦得晶亮。他的包包放在一旁，裡頭的白色衣物都被半拉出來。椅子上有幾枚他放口袋的錢幣、一包香菸和封蠟條。錢幣非常輕。封蠟質地鬆脆，像太妃糖一樣。

床鋪得亂七八糟的。上頭鋪著紅色的天鵝絨窗簾，吊環已拆下來了。那窗簾是從一間火燒房拿來的，上頭仍飄散著煤味。我將窗簾當斗篷披到肩上，然後捻熄燭火，站到窗戶旁，一邊顫抖，一邊望向外頭的屋頂和煙囪，還有馬販巷監獄，也就是我母親被吊死的地方。

玻璃窗上結了新霜，如花朵般綻放，我用手指去碰，冰霜融化為髒水流下。我仍聽得到易卜斯先生的口哨聲和丹蒂的腳步聲，但在我面前，自治市區的街道一片漆黑。城市窗戶的燈火零落，街上偶爾會出現馬車燈，投出一道道黑影，接著不時會看到一抹人影，快步穿過冰冷的黑夜，像幽影一般閃過，來去無蹤。我想到城市中所有的賊，還有賊的孩子。然後我想到老百姓，他們住在倫敦更明亮的區域，住在別的房子和街道上，過著各自的生活（陌生又平凡的生活）。我想到住在莊園裡的茉德．里利。她不知道我的名字。三天前，我也不知道她的名字。她不知道丹蒂．瓦倫和約翰．佛魯姆在廚房跳著波卡舞的同時，我站在這裡，計畫要毀掉她的一生。

她究竟是怎麼樣的人？我以前認識一個叫茉德的女孩，她只有半邊嘴唇。她老誇口說自己因為和人打架才失去半邊嘴唇。但我知道實情，她出生便長這樣子。她根本手無縛雞之力。最後她死了。不是打架死的，而是吃了塊腐敗的肉。殺死她的是一口腐肉，就這樣。

但她皮膚非常黑。紳士說他的茉德很美，長得很標致。但我試著想像時，腦中只出現一個纖瘦、直挺、棕黑的身影，像我綁馬甲的廚椅一樣。

我又試了一下屈膝禮。天鵝絨窗簾讓我動作變得十分笨拙。我又試了一次，心中突然一陣恐懼，冷汗直流。

遠處傳來開門聲，廚房門打開了，樓梯傳來腳步聲，薩克斯比太太喚著我。我沒回答。我聽到她走到下方臥室找我，然後一陣靜默，接著她腳步聲又響起，正走上閣樓樓梯，手上的燭光漸漸閃現。她爬上樓有點喘，只有一點點而已，她雖然身材矮胖，但其實滿能動的。

「蘇，妳在這裡嗎？」她輕聲問：「妳一人待在黑漆漆的地方嗎？」

她環視四周，一一看過我剛才看過的東西，像錢幣、封蠟、紳士的靴子和皮袋。她走到我身旁，伸出溫暖乾燥的手，摸摸我的臉頰。這時候，彷彿她搔了我癢，或動手捏了我一把，我情不自禁開口說：

「如果我辦不到怎麼辦，薩克斯比太太？萬一我做不到呢？如果我無法鼓起勇氣，害妳失望呢？我們是不是其實該派丹蒂去？」

她搖搖頭，露出微笑。「好了。」她說。她帶我到床邊，我們坐下來，她將我的頭放到她大腿上，然後拉開我臉頰旁的窗簾，撫摸我的頭髮。「好了。」

「那裡很遠嗎？」我望著她的臉問。

「沒那麼遠。」她回答。

「我在那裡的時候，妳會想我嗎？」

她從我耳後拉起一縷頭髮。

「每分鐘都想。」她低聲說：「妳是我女兒不是嗎？我難道不擔心嗎？但紳士會陪在妳身邊。如果是尋常的壞蛋，我絕不會讓妳去。」

至少這是實話。但我心跳還是好快。我又想像一次茉德．里利坐在房中嘆息，等我解開她的馬甲，並在火堆前烘好睡衣。可憐的小姐，丹蒂這麼說。

我在嘴裡暗自咬著嘴唇，然後說：「但我真的該做嗎，薩克斯比太太？」我說：「這次計畫非常卑鄙，也很骯髒，不是嗎？」

她望著我的眼睛，然後抬起目光，頭朝窗外的景色點了點。她說：「我知道要是她的話，一定毫不猶豫。我也知道，她看到妳現在要做的事，內心不只有恐懼，肯定也充滿驕傲。而且那份驕傲甚至能勝過她的恐懼。」

我聽了不禁沉思半晌。我們沉默不語好一會。然後我問她一個我從未提過的問題。我住在蘭特街那麼多年，見過無數竊賊和騙子，我從來沒聽過任何人問起。我悄聲問：

「薩克斯比太太，妳覺得吊死時會痛嗎？」

她撫摸我頭髮的手停下來。不久又繼續摸，和之前一樣令人安心。她說：

「我覺得除了脖子上的繩子，應該不會有什麼感覺。我覺得應該很癢。」

「很癢？」

「或刺刺的。」

她手仍不斷摸著我的頭。

「但滑門打開那一刻呢？」我說：「那一刻不會有感覺嗎？」

她腳動了動。「滑門打開的時候……」她終於說：「也許會抽動一下。」

我想著我見過在馬販巷監獄處刑的人。他們確實不斷抽動。他們會一直抽搐亂踢，像猴子木偶玩具。

「但最後只是一瞬間。」她繼續說：「我覺得會快到感覺不出痛楚。而且蘇啊，妳知道他們處刑女人時會用特別的繩圈，讓人死得更快嗎？」

我又抬頭望向她。她把蠟燭放地上，光從下方照亮她的臉，雙頰彷彿腫起，雙眼更顯得蒼老。我打個寒顫，她手伸到我肩膀，用力摩擦著天鵝絨布。

然後她歪頭。「易卜斯先生的姊姊又迷糊了。」她說：「不斷喚著母親。可憐人，她已經喚她喚十五年了。我不想變成那個樣子，蘇。我覺得結束生命有很多方法，最後還是乾淨俐落離開人世最好。」

她說了這句話，並眨個眼。

她說了這句話，態度似乎很認真。

不過，我有時確實不禁納悶，她這麼說會不會只是在安慰我。

但我那時沒多想。我只起身親她，把她剛才摸亂的頭髮撥整齊，廚房門砰一聲又打開，這次樓梯的腳步聲更沉重，丹蒂的聲音傳來。

「蘇，妳在哪裡？妳不來跳舞嗎？易卜斯先生都緊張了，我們底下笑成一團，玩得很開心耶。」

她的呼喚吵醒一半的寶寶，然後他們的哭聲吵醒另一半的寶寶。但薩克斯比太太說她會去照顧他們，我走下樓，這次換我當紳士的舞伴跳舞了。他帶我跳一首華爾滋。他喝醉了，緊緊抱著我。約翰和丹蒂又跳一次，我們在廚房裡撞來撞去半個小時。紳士仍一直鬼叫：「好，約翰！」還有「來啊，小子！來啊！」易卜斯先生中途一度停下，在嘴唇上抹了點奶油，讓口哨吹得更順。

＊ ＊ ＊

隔天中午，我離開了他們。我把所有東西裝進帆布面的行李箱，穿上樸素的棕色洋裝和斗篷，並在扁扁的頭髮上戴了頂軟帽。三天下來，我已經學完紳士要我知道的事。我熟悉自己的假身世以及新的名字——蘇珊．史密斯。我在廚房吃最後一餐時（最後一餐是麵包配乾肉，肉真的非常乾，都黏在我牙齦上了），只剩最後一件事要做，紳士馬上著手。他從袋中拿出紙筆和墨水，替我寫了封推薦信。

他一會就寫好了。當然，偽造文書對他來說是家常便飯。他拿在空中，讓墨水風乾，然後唸出信來。信是這麼寫的：

「敬啟者：梅費爾區偉克街的艾麗絲．登菈凡女士推薦蘇珊．史密斯小姐——」信就這麼寫下去，我忘記剩下的內容，但聽起來沒問題。他又把信放下，仿造名媛小姐娟秀的簽名，然後把信拿到薩克斯比太太面前。

「妳覺得呢，薩太太？」他笑著說：「這樣能把蘇送入好人家工作嗎？」

薩克斯比太太說她無從判斷。

「這你最懂，親愛的。」她別開頭說。

當然，我們在蘭特街找人幫忙的話，推薦信根本不重要。有時會有個嬌小的侏儒來替寶寶洗尿布和洗地板。不過她也是個賊。畢竟我們不可能請正常的女孩進家門。一般人只要進屋子裡三分鐘，目睹我們幹的勾當，我們就完了。我們不可能讓這種事發生。

薩克斯比太太推開面前的信，紳士又讀了第二次，然後朝我眨個眼，將信摺好並封上蠟，放到我行李箱中。我吞下最後一口乾肉和麵包，繫好斗篷。來和我告別的只有薩克斯比太太。約翰．佛魯姆和丹蒂下午一點之前都不會起床。易卜斯先生去堡區撬保險箱了。他一小時前親了親我的臉頰，並塞給我一先令。我戴上帽子。帽子和我的洋裝一樣，都是樸素的棕色。薩克斯比太太幫我把帽子戴正，雙手放到我臉上，露出笑容。

「老天祝福妳，蘇！」她說：「妳會讓我們發大財！」

她笑容變得好勉強。我以前從來沒和她分開超過一天。她別開身子，掩飾她落下的眼淚。

「快把她帶走。」她對紳士說：「快把她帶走，不要讓我看到！」

＊　＊　＊

於是，他手摟住我肩膀，帶我走出家門。他請一個男孩拿我的行李箱跟在後頭。他打算帶我搭馬車到帕丁頓車站，目送我上火車。

那天天氣灰暗陰鬱。即使如此，畢竟我過河機會不多，我說我還是想走到南華克橋上看一下風景。我以為我從那裡能看到全倫敦，但我們愈往那走，濃霧愈是緊鎖。到橋邊時，四周一片模糊，只看得到聖保羅座堂黑色的大圓頂，和河上一艘艘駁船，城市化為一塊塊黑影，但看不到美好的事物。美好的事物不是消失在白霧中，就是也成了黑影。

「想到河在底下流，還真奇妙。」紳士從橋邊看，並彎身吐了口口水。

我們沒料到會起霧。馬車車速慢到像在爬似的，我們雖然攔到馬車，但二十分鐘後，我們付錢下車，索性用走的。我原本是要搭一點鐘的火車，結果我們快步走過大廣場時，就聽到一點的鐘聲，不久一點十五分的鐘也響了，然後是一點半的鐘。鐘聲沉悶，有氣無力，令人心慌氣惱，彷彿鐘體和鐘舌都裹上了法蘭絨布。

「我們要不乾脆回頭。」我說：「明天再出發？」

但紳士說，馬洛那裡已安排車夫和一台小馬車來接我，他覺得晚到總比不到好。

總之，我們好不容易到帕丁頓車站時，發現所有火車都延誤了，和街道上的馬車一樣，火車全都開不快。我們還得等一個小時，那時車站人員才會舉高牌子，宣布前往布里斯托的火車開始登車。我會搭這班火車到美登赫轉車。我們坐立不安，站在滴滴答答的時鐘下朝冰冷的雙手呵氣。雖然他們點亮大燈，但白霧和蒸氣交融，瀰漫在拱廊間，讓四周變得昏暗無比。由於阿爾柏特親王過世，車站牆邊都掛著黑布，布上有一條條的鳥糞痕跡。難得一個富麗堂皇的地方，卻害我覺得陰森恐怖。當然，我們身邊還是擠得滿滿都是人，有人邊等邊咒罵，有人匆忙擠過人群，有人放任孩子和狗鑽過大家腳下。

「幹你媽的。」一台輪椅車壓到紳士腳尖，他氣急敗壞地罵道，隨即彎腰擦掉靴子上的塵土，然後站直身子，點了一根菸，咳了咳。他翻起衣領，頭上戴著黑色寬簷軟帽。眼白泛黃，彷彿沾到了蛋蜜酒。那一刻，他看起來不像是會讓女孩傾心的對象。

他又咳了咳。「也幹你媽的爛菸，什麼廉價東西。」他說著從舌頭挑起一根鬆落的菸草。這時他看到我的目光，臉色一變。「幹你媽的貧窮生活，爛事一籮筐。蘇？再過不久妳我都不用再忍受這種鬼日子了。」

我別開頭，不發一語。前一晚，我才和他跳了一支輕快的華爾滋。現在出了蘭特街，離開薩克斯比太太和易卜斯先生，四周擠著滿腹牢騷的男男女女，他彷彿只是個陌生人，而且我會怕他。我心裡想，你對我什麼都不是。我差點又說我們乾脆掉頭回家算了。但我知道我說出口，他會更生氣，搞不好會破口大罵，所以我保持沉默。

他抽完菸，又點了一根。接著他去撒泡尿，我也去撒了泡尿。我在整理裙子時聽到哨聲響起，回來時，看到車站人員已宣布上車，大半群眾都動了起來，揮汗如雨地衝向月台的列車。我們隨人群擠去，紳士帶我走向二等艙，把行李箱拿給在車頂固定行李袋和行李箱的人員。我坐到一個臉色蒼白的婦人身旁，她懷中抱個嬰兒。她對面坐兩個看起來像胖農夫一類的人。我覺得她很高興看到我上車，因為我穿著整齊體面。哈哈！她看不出我是在自治市區混的女賊。我後頭跟著一個男孩和他爸爸，手裡提著鳥籠，裡面有隻金絲雀。男孩坐在農夫身旁，他父親坐在我旁邊。車廂歪了一下，咿呀作響，我們全抬起頭，盯著天花板飄下的塵土和油漆，行李在車頂拖動，砰砰作響。

一分鐘之後，車門關上了。方才上車一片混亂，我根本沒注意紳士。他剛剛將我送上車之後，轉身去和列車人員說話。現在他來到窗前說：

「妳到的時候天恐怕都黑了，蘇。但我想小馬車會在馬洛站等妳。我相信馬車不會走。希望不會有問題。」

我不由得一陣心酸和恐懼，心裡馬上有底，馬車絕不會等我。我趕緊說：

「跟我一起去，好嗎？送我到莊園？」

但怎麼可能？他搖搖頭，一臉歉意。兩個農夫、女人、男孩和父親全看著我們。我想他們都在納悶我說的是哪個莊園，還有這戴寬簷軟帽、講話斯文的男人怎麼會跟我這樣的女孩說話。

這時，行李員從車頂爬下，哨聲再次響起，火車突然震動，開始向前。紳士跟著車走，舉帽送別，火車漸漸加速，然後他便走了。我看到他轉身，戴上帽子，翻起領子，轉眼間就消失了。車廂大聲地咿呀作響，開始搖晃。女人和其他人雙手抓住皮吊環，男孩臉湊到窗前。金絲雀的鳥嘴放到籠子上。嬰兒開始放聲哭泣，一哭就是半個小時。

「妳沒有琴酒嗎？」我最後忍不住問那女人。

「琴酒？」她說，彷彿我說的是「毒藥」一樣。她皺了眉頭，不再理我。看來有我坐旁邊，她果然還是默默不高興，狗眼看人低的臭女人。

＊＊＊

一路上，她都是這副德性，嬰兒也一直吵；籠中的金絲雀翅膀不住地拍打；對面的父親已陷入熟睡，發出鼾聲，男孩則揉了紙球，自顧自地玩耍；兩農夫抽著菸，心情看來愈來愈糟。濃霧遲遲不散。列車顛簸抵達美登赫時，竟然晚了整整兩個小時，害我錯過前往馬洛的列車，必須等下一班。我這趟旅程簡直要人命。我身上沒帶食物，因為我們以為抵達荊棘莊園時，我應該來得及和僕人用下午茶。中午吃過麵包和乾肉之後，我什麼都沒入口。那時乾肉卡在牙齦，吃得我怪不舒服，但經歷七小時，好不容易抵達美登赫站時，如果再吃一次，我會說那是美味的一餐。美登赫車站和帕丁頓車站截然不同，那裡沒有咖啡和牛奶攤販，也沒有麵包店。那裡只有一間賣食物的，此時店門已深鎖。我坐在行李上。濃霧刺激著我的雙眼。我擤鼻涕時，手帕上一團烏黑。

一個男人看到我擤鼻涕。「別哭了。」他笑著說。

「我沒有哭！」我說。

他眨眨眼，然後問我叫什麼名字。

在城裡和人打情罵俏是一回事。但我現在不在城裡，所以我不理睬他。往馬洛的火車進站後，我坐到車廂最後頭，他坐前面，但座位面對著我。他花一小時想跟我對到眼。我記得丹蒂說她有一次坐火車，附近有個男的解開褲子，對她露屌，要她握住。她握了，他給了她一英鎊。如果這男的要我碰他老二，不知道我會尖叫、別開頭或真的去碰。

但話說回來，我去的地方有一英鎊也沒用。

總之，那麼大的錢平時根本用不到。丹蒂那一鎊錢一直都沒花，還怕她父親發現她幹壞事。她將錢藏在牆中鬆脫的磚頭後面，並在磚頭上畫下只有自己知道的特殊記號，並把牆粉刷了。她說她臨終前會告訴我們，讓我們用那一鎊埋葬她。

火車上那男的一直盯著我，但我不確定他有沒有解開褲襠。終於，他帽子一斜，朝我行個禮下車了。後來又過了好幾站，車廂的其他人一一下車，每一站都沒人上車。車站規模愈來愈小，愈來愈陰暗，最後車站除了一棵樹什麼都沒有。舉目望去，車站四周全是樹林，樹林外就是灌木林，再過去便一片白茫（灰白的濃霧，不是褐色的霧），頭頂上是烏黑的夜空。樹林和灌木叢緊密交織，天比我所想的更黑，感覺很不自然，火車終於來到最後一站，也就是馬洛站。

這站下車的只有我。我是最後一個乘客。車站人員喊出站名，並來幫我拿行李。他說：

「妳這需要人搬吧。沒人來車站接妳嗎？」

我跟他說，有人會駕小馬車來接我去荊棘莊園。他問我說，我是不是指來拿郵件的小馬車？如果是的話，那輛車大概三小時前離開了。他上下打量我。

「妳從倫敦來的，是不是？」他說。他朝從車廂探頭的司機員喊：「她從倫敦來的，要去荊棘莊園。我跟她說，荊棘莊園的馬車已經走了。」

「一定走啦，這時間。」司機員喊。「一定走啦，我敢說是三小時前走的。」

我站在原地，全身打顫。這裡比倫敦冷多了，不但比家裡陰冷昏暗，空氣中的氣味也更詭異，而且（我之前不就說過了嗎？）這裡的人都是愛喊來喊去的白痴。

「這裡沒有出租馬車嗎？」我問道。

「出租馬車？」車站人員說。他對司機員大喊：「她想要叫出租馬車！」

「出租馬車！」

他們齊聲大笑，笑到咳嗽。車站人員拿出手帕，擦了擦嘴說：「笑死我了，噢！天啊，笑死我了。出租馬車？這裡是馬洛耶！」

「幹，閉嘴啦。」我說：「去你們的，幹。」

我提起行李，走向遠方的一、兩盞燈火，我想那一定是村莊的方向。車站人員說：「說什麼，賤人！我會好好跟魏伊先生說這事。看他怎麼想。帶著妳倫敦那張臭嘴來到這裡！」

我不知道接下來該怎麼辦。我不知道荊棘莊園距離多遠。我甚至不知道我該走哪條路。倫敦在四十英里外，而且我很怕牛。

但畢竟鄉下的路不像城裡那麼複雜。眼前只有四條路，而且每一條路最後都通往同一個地方。我開始走，大概一分鐘之後，我後頭出現馬蹄聲和咿呀的車輪聲。一輛馬車駛到我身旁，馬車夫停下車，舉起燈，看了看我的臉。

「妳是從倫敦來的蘇珊．史密斯吧？」他說：「茉德小姐一整天都在為妳擔心。」

* * *

他已經上了年紀，名字叫威廉．印克。他是里利先生的馬夫。他搬好行李，扶我上車坐到他旁邊的座位，策馬向前。上路之後，風迎面吹來，我不禁渾身發抖，他發覺了便伸手替我拉了條格紋毛毯來，蓋住我的腿。

荊棘莊園離車站大約七英里遠，他抽著菸斗，維持不疾不徐的速度。我跟他說濃霧和列車誤點的事。即使人遠在馬洛，天也已黑，四周還是瀰漫著薄霧。

「倫敦嘛，倫敦的霧可有名了，不是嗎？常來鄉下嗎？」他說。

「不常來。」我說。

「之前在城市當侍女，是吧？上個地方還不賴吧？」

「滿好的。」我說。

「以侍女來說，妳腔調滿特別的。」他說：「有去過法國嗎？」

我猶豫一下，順了順大腿上的毛毯。

「一、兩次。」我說。

「法國人大都很矮，是吧？我指這腿特別短。」

其實，我只認識一個法國人。他是個竊賊，不知何故，大家都叫他德國人傑克。他算高的了，但我順著威廉．印克的話說。

「我想算矮吧。」

「我想也是。」他說。

四周鴉雀無聲，一片漆黑，我都能想像馬蹄、輪子和我們的談話聲傳到遠方。後來我聽到不遠處傳來沉緩的鐘響。這鐘聲感覺和倫敦恰恰相反，非但不會令人心情愉快，反而相當悲傷。鐘敲響了九下。

「那是荊棘莊園的整點鐘響。」威廉．印克說。

接著我們沉默不語，過沒多久，我們來到一道高聳的石牆旁，並沿著牆向前。不久石牆接到一座巨大的拱門，然後我看到牆後灰色宅院的屋頂和尖形的窗戶，房子一半爬滿了常春藤。我覺得這房子算大了，但又不如紳士天花亂墜形容的那麼宏偉和冰冷。但當威廉．印克慢下馬，我拉開腿上的毛毯，伸手要拿行李時，他說：「等一下，親愛的，我們還有半英里才到咧！」他對拿燈來到房門口的人喊道：「晚上好，麥克先生。我們進門後就把大門關了吧。史密斯小姐到了，你看，平安無事。」

我以為是荊棘莊園的房子居然只是門房的小屋！我瞠目結舌，一句話都說不出口，馬車駛過那棟房子，開進一條彎路，眼前光禿禿的樹木夾道排列。接著馬車開入一座山谷，剛才鄉間道路平坦寬闊，空氣清新不少，但這時空氣又漸漸變得滯悶。悶到我覺得溼氣籠罩住了臉龐、睫毛和嘴唇，於是我閉上眼。後來空氣感覺沒那麼潮溼之後，我才又睜開眼。馬車再次爬升，穿出兩排路樹，開上一片碎石地。濃霧中矗立一座陰森高大的建築，窗內昏暗無光，也許都拉上了窗板，牆面的常春藤奄奄一息，兩根煙囪飄出稀微的灰煙。這就是荊棘莊園，茉德．里利的大宅，如今也是我稱為家的地方。

我們沒有經過大宅正門，馬車從側邊繞上一條通向後方的路，經過庭園、小屋和門廊。房屋牆面依舊烏黑陰暗，窗板深鎖，不時還聽到狗的吠叫。其中一棟建築上方有個白色的大圓鐘，鐘面上巨大的指針標示著時間，剛才響徹曠野的鐘聲便是它了。威廉．印克將馬車停在鐘下，扶我下車。屋子打開一道門，一個女人站在那裡盯著我們，外頭天寒地凍，她將雙手扠在胸前。

「史黛西太太聽到馬車聲出來啦。」威廉說。我們越過庭園，走向她。我們上方有個小窗，我似乎看到一道燭光，然而燭光搖曳閃爍，轉眼便熄滅了。

門後是一條走廊，走廊另一頭是寬敞、明亮的廚房，比我們蘭特街的廚房大上五倍，白色的牆面掛著一排鍋子，天花板的橫梁垂下的鉤子上掛著幾隻兔子。乾淨的大桌旁坐著個男孩、一個女人和三、四個女孩。當然，他們全都瞪著我瞧。女孩打量我的軟帽，還有斗篷的剪裁。她們穿著一般僕從穿的連衣裙和圍裙，於是我沒多花心思觀察。

史黛西太太說：「好了，虧妳這麼晚才到。再晚一點妳就要在村莊過夜了。我們這裡滿早就寢的。」

她大概五十歲左右，戴著一頂摺邊的白帽，說話時總感覺跟人對不上眼。她將鑰匙隨身掛在腰間。那串鑰匙設計簡單古樸，複製起來毫不費力。

我簡短向她行個屈膝禮。我原本想回嘴說，她才該慶幸我沒在帕丁頓車站掉頭回家，但話到嘴邊忍住了。我還真希望掉頭不幹咧。不管是誰，光是從倫敦折騰四十英里來到這裡，都會覺得自己不該離開倫敦。不過，我沒這麼說。我反而說：

「是的。幸好馬車最後還是來接我了，這點我非常感激。」

桌旁的女孩聽到我說話都開始竊笑。剛才和他們坐在一起的女人起身（後來我才知道原來她是廚師），去替我拿托盤盛餐點。威廉．印克說：

「史密斯小姐是從倫敦一個好人家那裡來的，史黛西太太。她去過法國好幾次呢。」

「是喔。」史黛西太太說。

「只有一、兩次。」我說。現在大家心裡一定都覺得我在吹牛皮。

「她說那兒的人腿都非常短。」

史黛西太太點個頭。桌旁的女孩又咯咯笑了，其中一人悄聲說句話，害那男孩臉都紅了。不過這時托盤端來了，史黛西太太說：

「瑪格莉特，妳把這端到我房間。史密斯小姐，我先帶妳去洗手洗臉的地方。」

聽起來她要告訴我廁所在哪裡，我說沒問題。她給我一根蠟燭，帶我走進另一條走廊，不久通到一個小院子，那裡有個廁所，釘子上插著廁紙。

接著她帶我去她的房間。房中有個壁爐架，上頭放著白蠟花和畫框，畫中是一名水手，我想那便是去跑船的史黛西航海官。旁邊還有另一張天使的畫，畫全用黑髮做成。我想那是已故史黛西先生的頭髮，代表他已回到神的懷抱[11]。她坐下看我吃晚餐。晚餐有碎羊肉、麵包和奶油。你也許能想像，我當下餓到吃得狼吞虎嚥

---

11 維多利亞時代的人對於髮型相當講究，不僅象徵地位，也是情感生活的投射。他們會以頭髮做成藝品悼念親人。

的。吃到一半，外頭就傳來和剛才一樣沉緩的鐘聲。已經九點半了。我說：

「鐘整晚都會響嗎？」

史黛西太太點點頭。「晝夜不停，整點和半點鐘都會響。里利先生喜歡規律度日。妳之後就曉得了。」

「里利小姐呢？」我一邊說，一邊用手捏起嘴角的麵包屑。「她人怎麼樣？」

她順了順圍裙。「茉德小姐喜歡舅父喜歡的生活方式。」她回答。

然後她重新修飾了說法。她說：

「妳之後就知道了，史密斯小姐。茉德小姐儘管是這裡的大小姐，但她年紀尚輕。僕人是我在管的，所以不勞她費心。而我當管家也好一段時間了，替大小姐管好女僕對我來說不是難事。但說實話，管家還是要聽命行事，茉德小姐的吩咐有些我真不明白，一點都不明白。女孩子家這年紀的決定，我總覺得不大明智。但我們就且行且走吧。」

「我相信里利小姐不管做什麼，事情最後都會圓滿的。」我說。

她說：「我身邊的僕人都很稱職，這點不用擔心。這地方中規中矩，史密斯小姐，我希望妳能習慣這裡的生活。我不知道妳上個地方怎麼做事情，也不知道倫敦的侍女要負責哪些工作。我不曾去過倫敦……」她從沒去過倫敦！「所以我不了解。但如果妳替其他女孩著想，我相信她們也會替妳著想。當然，男人和馬童的話，我希望除了分內事，妳沒事別找他們攀談……」

她說了足足十五分鐘。如我之前所說，她目光都不曾和我相交。她告訴我能在大宅的哪裡走動，我必須在哪吃飯，能用多少糖和啤酒，還有我何時可以洗內衣褲。她說，茉德小姐茶壺中的剩茶，上一個侍女會留給廚房的女孩子喝。茉德小姐剩下的蠟燭也必須交給魏伊先生。魏伊先生會知道該剩多少根殘燭，因為蠟燭是他分配的。軟木塞要給磨刀童查爾斯。骨頭和皮革是廚師的。

「不過，茉德小姐洗手檯上的肥皂。」她說：「如果乾到搓不出泡沫的話，妳可以自己留著。」

看，這就是僕人，不放過任何一點好處。蠟燭最後一小段和肥皂，說得好像我會斤斤計較！如果我先前沒深刻感受，此時我還真明白了那三千鎊多令人期待。

接著她說，吃完的話，她會帶我去我的房間。但她叮嚀我，路上不得出聲，因為里利先生喜歡屋子安安靜靜的，他受干擾會大發雷霆，茉德小姐神經也一樣敏感，因此她常常無法好好休息，心情也總焦躁不安。

她說完之後拿起燈，我拿起蠟燭。她帶著我步入走廊，走上一條黑暗的樓梯。「這是僕人走的路。」她邊走邊說：「除非茉德小姐要妳走其他路，不然妳一定要走這樓梯。」

我們愈接近樓上，她的聲音和腳步愈輕。我們走上三段樓梯後，她終於帶我到一道門前，悄聲說這是我的房間。她手指放到雙唇上，緩緩轉動門把。

我這輩子從來沒有自己的房間，現在也沒特別想要。但既然我一定要有自己的房間，我想這個房間就夠了。房間小巧樸素。只消用紙花布置一下，再加上幾個狗石膏像，便會美一點。這裡的壁爐上有面鏡子，爐前有塊地毯。床邊放著我的帆布行李箱（肯定是威廉．印克拿上來的吧）。

床頭旁有另一道門，門緊緊閉起，門上有個鑰匙孔，卻沒有鑰匙在上頭。「那道門通往哪裡？」我問史黛西太太，以為那通往另一條走廊，或是個壁櫃。

「那是茉德小姐的房間。」她說。

「茉德小姐就在隔壁，睡在床上？」我問。

也許我說得太大聲了，但史黛西太太全身顫抖一下，彷彿我剛才尖叫或吵鬧。

「茉德小姐睡得不安穩。」她低聲說：「如果她半夜醒來，會希望女僕能到她身旁。她不會叫妳，因為妳現在還是陌生人。我們會請瑪格莉特搬張椅子，坐在門口，明天早上她會替茉德小姐拿早餐和更衣。接下來，妳便要準備進門，讓茉德小姐見見妳。」

她說她希望茉德小姐會喜歡我。我說我也希望。

接著她離開了，腳步非常輕，但她走到門口停了一下，手摸著鑰匙圈上的鑰匙。我看到她這麼做心一涼。因為她那一刻看起來像個監獄看守。我忍不住說：

「妳不會把我關在這吧？」

「關在這？」她皺眉回答：「我幹麼關妳？」

我說我不知道。她回頭望了我一會，下巴縮了縮，關上門走了。

我舉起拇指比了一下。去妳的！我心想。

我坐到床上。床很硬。不知道上一個侍女得猩了紅熱之後，床單和毯子有沒有換過。房間一片漆黑，看不清楚。史黛西太太拿走了燈，我將燭火放到通風處。火焰搖曳，投出陣陣黑影。我解開斗篷，但沒脫下來。我全身痠疼，不僅因為天冷，也因為長途跋涉，而且剛才食物來得太晚，害我肚子隱隱作疼。現在十點鐘了。我們在倫敦總會笑不到半夜就睡的人。

其實還不如進監獄算了，我想。監獄可能還熱鬧點。這裡萬籟俱寂，你若豎耳傾聽，耳朵都會感到焦慮。你若起身走到窗邊向外望，只會看到院子和馬廄一片漆黑，遠方原野毫無動靜，還會發現自己站在好高的地方，差點沒昏倒。

我想起我和威廉·印克在門口時，看見了窗口閃現火光。不知道那火光是在哪個房間。

我打開行李箱，看著我從蘭特街帶來的東西。話說回來，裡頭沒有一樣東西是我的，都是紳士要我帶的內衣和襯裙。我脫下洋裝，把衣服貼在臉上一會。洋裝也不是我的，但我看到丹蒂縫的縫線，便用鼻子去聞。我覺得她的針線留下一絲約翰·佛魯姆狗皮外套的味道。

我想起薩克斯比太太用豬頭骨做的濃湯味。說來奇怪，我腦中竟然冒出所有人一起用餐的畫面，他們也許想著我，也許想著不相干的事。

你看，如果我是愛哭鬼，我眼淚早就撲簌簌落下了。

還好我不是動不動就哭的女孩子。我換上睡袍，又穿起斗篷，下身還穿著長襪和沒扣好的鞋子。我望向床頭旁那道緊閉的門，還有上頭的鑰匙孔。我不知道茉德那一側是不是插著鑰匙，並且上了鎖。如果我走去彎身偷看，不知道會看到什麼。都想到這地步了，哪可能不去看一眼？但當我躡手躡腳走去，彎下腰，將臉湊到鑰匙孔前，只看到昏暗的燈光和一道影子。模模糊糊的，什麼也沒有，看不到誰在睡覺或醒著，也沒見到什麼焦慮的女孩。

不過我又心想，不知道聽不聽得到她呼吸。我站起身，屏住呼吸，將耳朵平貼到門上。我聽到自己的心跳和熱血流竄，還聽到一個接近耳邊的微小聲響，一定是木門中爬動的蟲子。

除此之外，什麼聲音都沒有。我起碼聽了有一分鐘，也許兩分鐘吧。最後我放棄了，脫下鞋子和襪帶，上床睡覺。被子又冷又溼，像是塊餅皮一樣。我把斗篷鋪在被子上，多一層保暖。而且要是有人晚上來抓我，我便能直接抓起斗篷，拔腿就跑。畢竟世事難料。蠟燭我沒捻熄。魏伊先生要罵就讓他罵吧。

就算是賊也有弱點。房中鬼影幢幢，被單依舊冰冷。大鐘一聲聲響起，十點半、十一點、十一點半、十二點。我一人躺在床上發抖，一顆心全想念著薩克斯比太太、蘭特街和我的家。

第三章

他們早上六點叫醒我。蠟燭當然燒完了，厚重的窗簾也遮蔽了天光，我睜開眼時還以為仍是半夜。瑪格莉特敲我房門時，我也以為自己還在蘭特街。我甚至以為她是剛從監獄逃出來的小賊，找易卜斯先生替她鋸開腳鐐。我們家偶爾會遇到這種事，有時賊是熟識的好人，有時是走投無路的壞蛋。有一次有人嫌易卜斯先生鋸得太慢，還拿刀抵住他的喉嚨。所以我一聽到瑪格莉特敲門，便從床上彈起來大喊：「噢！拿好！」但我到底在說什麼，誰該拿什麼，我其實也搞不清楚。我想瑪格莉特也糊塗了。她臉貼到門上輕聲問：「妳說什麼？」她替我拿壺溫水來，並替我生火。接著她手伸到床下，拿起夜壺，倒到水桶裡，並用掛在圍裙的溼布擦乾淨。

在家我都自己洗夜壺。現在看到瑪格莉特把我的尿倒到水桶，我心裡覺得有點奇怪。但我還是說：「謝謝妳，瑪格莉特。」但我說出口馬上後悔，因為她一聽，頭便往旁邊一甩，彷彿在說，妳以為自己是誰，居然謝我？

這就是僕人。她說我可以去史黛西太太的房間吃早餐，然後便離開了。臨走前，我覺得她朝我的連身裙、鞋子和敞開的行李箱瞄了一眼。

我等壁爐漸漸暖起來才起身更衣。天氣太冷了，根本無法梳洗。我的洋裝感覺一片溼黏。我打開窗簾，讓外頭光線照進來，前一晚燭光下看不清楚，現在我發現天花板已受潮，出現一條條棕色的痕跡，牆面的木板都發霉變白。

隔壁房間傳來低沉的對話聲。我聽到瑪格莉特說：「是的，小姐。」最後傳來關門聲。

在這之後，房內一片安靜。我決定下樓吃早餐。到了樓下，我在昏黑的走廊上迷了路，走到廁所那側的院子。現在我才發現，廁所周圍都是蕁麻，地磚也長滿雜草。房子牆面爬滿常春藤，有些窗子甚至沒有窗玻璃。紳士說得對，這地方根本沒東西好偷。僕人的事他也說對了。我後來總算找到史黛西太太的房間，房裡頭有個男的，他身穿馬褲和長襪，頭上戴頂撒了粉的假髮[12]。那便是魏伊先生了。他說他做里利先生的總管已經四十五年，看上去年紀也差不多。女孩端早餐進門時會先拿給他。早餐吃的是醃豬腿肉和一顆蛋，配一杯啤酒。他們每一餐都喝啤酒，莊園還有專門釀酒的房間。還敢說倫敦人是酒鬼！

魏伊先生幾乎沒跟我說話，光是和史黛西太太講了管理房子的事。他只問我之前在哪個家族底下做事。我跟他說是梅費爾區偉克街的登菈凡家，他點點頭，裝模作樣說他好像認識。光從這點來看，你就知道他滿口胡說八道。

他七點一到便離開了。史黛西太太在他走之前，都不會起身。她站起來時說：

「史密斯小姐，託妳的福，茉德小姐昨晚睡得很好。」

我不知道該說什麼。還好她繼續說下去。

「茉德小姐很早起。她要妳馬上去找她。上樓前請先洗淨雙手好嗎？茉德小姐和她舅父一樣一絲不苟。」

就我看來，我的手夠乾淨了，但我還是到房間角落的石水槽又洗了一次。

我聞到口中飄來的啤酒味，後悔自己剛才喝酒，也後悔剛才經過院子的廁所時，怎麼沒順便上一下。我現在肯定找不到廁所在哪。

我好緊張。

她帶我上樓。我們一樣走僕人的樓梯，但後來進到一條更整潔的走廊，走廊上只有一、兩道門。她敲了敲其中一道門。我沒有聽到回應聲，但史黛西太太聽到了。她挺起胸膛，轉動鐵門把，帶我進去。

這間房間和其他房間一樣昏暗。牆面全鋪著舊黑木，地板也是黑色的，地上什麼都沒有，只有兩張不起眼

12 維多利亞時期，男性假髮會撒上帶有香氣的白粉，凸顯出白色並掩蓋臭味。

的土耳其地毯，地毯不少地方都磨損了。房中有幾張沉重的大桌子，一、兩張硬背沙發。房間裡還有一幅畫，畫的是一座棕色的山丘，花瓶裡裝著乾燥花，另一個玻璃盒中有隻死蛇，蛇嘴裡銜著一顆白蛋。窗外的天空一片灰濛，光禿禿的樹枝溼漉漉的。小巧的窗戶裝有鉛條裝飾，風一吹來，窗框和鉛條會卡答作響。

巨大古老的壁爐生著一團小火，火焰劈啪作響，而在那裡，一個女孩站在壁爐前，凝視著虛弱的火焰和白煙，她聽到我的腳步聲，轉過身來，表情驚慌，雙眼眨了眨。她就是茉德．里利小姐，這房子的大小姐，也是我們計謀的最終目標。

根據紳士形容，我以為她一定長得清新脫俗，美麗絕倫。但她完全不是。至少我當時打量她，心裡一點都不覺得，我甚至還覺得她長相格外平庸呢。我個子算矮，她也只比我高一到兩吋，換句話說，她也不算高䠷。她的髮色比我淡，說不上是金髮。她眼珠呈褐色，顏色比我淺一點。而她的嘴唇飽滿，雙頰柔嫩，不得不說，這兩處我確實輸她，因為我喜歡咬嘴唇，臉上也長著雀斑。大家都說我的臉蛋太尖，像個小女孩，至於這點的話……哼，如果茉德．里利站到大家面前，我倒想聽聽大家的想法。說我像小女孩，那她就像嬰兒了。她看起來就是個年少無知的小女孩，或像不懂事的小傻瓜。如我剛才所說，她見我進門，稍稍嚇一跳，然後便朝我走一、兩步，蒼白的臉頰染上一抹紅霞。接著她停下來，雙手嫻熟地交疊在裙子前。裙子是件傘裙，長度不長，讓她腳踝畢露（我從來沒見過這樣的裙子，尤其穿在她這年紀的女孩子身上）。她腰間繫條飾帶（她腰細得好誇張），頭上戴著天鵝絨髮網，雙腳穿著紅色毛織便鞋，雙手上戴著白淨手套，手腕處釦子緊扣。她說：

「史密斯小姐。妳就是史密斯小姐，對不對？妳要來當我的侍女，從倫敦來的！我可以叫妳蘇珊嗎？我希望妳會喜歡荊棘莊園，蘇珊。我希望妳會喜歡我。不過莊園跟我其實都乏善可陳。我想妳一定能輕鬆勝任工作。真的很輕鬆。」

她聲音輕柔甜美，每句話彷彿都有點猶豫，邊說邊歪著頭，目光不敢直視我，雙頰仍一片羞紅。我說：

「我相信我會很喜歡您，小姐。」然後我想起我在蘭特街的訓練，便抓起裙子，行了個屈膝禮。我站好之後，她露出笑容，站過來牽起我的手。

她望向我身後，看著站在門邊的史黛西太太。

「別讓我耽擱妳，史黛西太太。」她體貼地說：「但我知道妳一定會善待史密斯小姐。」她和我眼神交會。「蘇珊，妳大概已經聽說，我跟妳一樣是孤兒。我小時候才來到荊棘莊園，當時我年紀尚小，根本沒人在乎我。從那時起，史黛西太太便處處關心我，讓我懂得何謂母愛，她對我的付出一言難盡。」

她微笑並歪著頭。史黛西太太避開她的目光，但眼皮翻動，臉頰微微紅起。我自己根本不覺得她像個母親，但僕人替有錢人工作，總會日久生情，像狗喜歡上惡霸一樣。這種事時有耳聞。

總之，她眨了眨眼，又有禮地待一分鐘，接著便離開了。茉德再次泛起笑容，拉我到壁爐旁的硬背沙發坐下。她坐在我旁邊，問我這趟路的事（她說：我們以為妳走丟了！），後來她還問我房間的事。床還可以嗎？早餐習慣嗎？

「而且妳真的是……」她問：「真的是從倫敦來的嗎？」我離開蘭特街之後，所有人都在問我這問題。彷彿我非得來自別處！但說實話，我覺得她問的方式比較不一樣。她神情專注，滿懷期盼，不是鄉下人目瞪口呆的模樣，彷彿她對倫敦充滿憧憬，想聽到任何關於倫敦的事。

當然，我當時覺得自己知道原因。

接下來，她告訴我當她的侍女必須負責的事。我其實也早已心裡有數，不外乎要在她身邊陪她，和她到庭園散步，整理她的洋裝。她垂下雙眼。

「妳之後會發現，荊棘莊園衣服相當落伍。」她說：「我覺得其實沒差，因為沒什麼人來拜訪。我舅父只希望我乾乾淨淨的。但當然，妳一定看慣了倫敦的造型。」

我想到丹蒂的頭髮和約翰的狗皮大衣。「看了不少。」我說。

「還有妳上一個小姐，」她又繼續問：「她一定很時髦吧？我猜她看到我恐怕會笑話我！」

她邊說臉又更紅了，並再次別開目光。我心裡又想：「傻子！」

但我說出口的是，艾麗絲小姐（紳士為我杜撰的小姐）心地善良，絕不會嘲笑別人，她心底知道，華麗的衣服沒有價值，因為真正重要的是衣服底下的人。我覺得這番話說得滿聰明的。她似乎心有同感，因為我說完之後，她以全新的目光望著我，臉頰潮紅退去後，她再次牽起我的手說：

「我覺得妳是個好女孩，蘇珊。」

「艾麗絲小姐常這麼說，小姐。」我說。

這時我想起紳士為我寫的推薦信，覺得現下是個好時機，便從口袋將信拿出，交給她。她起身撕開封蠟，然後走到窗邊，將信湊到天光下讀。她端詳著那封信良久，中間偷瞄我一眼，我心跳不禁加快，怕她發現事有蹊蹺，但事情不是如此，我發現她拿著信的手在顫抖。我猜她跟我一樣，對正式的推薦信一點概念都沒有，只是在自忖該說些什麼。

一想到她沒有母親，沒人教她這些事，確實教人唏噓。

「好。」她說著將信摺得小小的，放進自己的口袋。「艾麗絲小姐對妳的評價確實很高。我想妳離開她一定很難過。」

「是的，小姐。」我說：「但其實您也知道，艾麗絲小姐去了印度。我想那裡的太陽太大，我怕自己會受不了。」

她露出笑容。「妳比較喜歡荊棘莊園灰濛濛的天空嗎？妳知道，陽光不曾照亮室內。我舅父不准。光太強會傷到畫。」

她大笑，露出小巧潔白的牙齒。我也笑了，但嘴巴緊閉著。我至今仍一口黃牙，當時恐怕更黃。看到她的牙齒，我覺得自己的牙齒簡直不堪入目。

「妳知道我舅父是個學者嗎？蘇珊？」她說。

「我聽說了，小姐。」我說。

「他有一個大藏書室。全英國莊園最大的藏書室。我想妳馬上就會看到。」

「我相信一定很壯觀，小姐。」

她又笑了。「妳喜歡讀書，對吧？」

我吞了吞口水。「讀書，小姐？」她點點頭，殷殷期盼。「算是吧。」我終於回答。「我相信我會愛讀書，如果有機會接觸的話。我的意思是……」我咳了咳。「如果有人給我讀的話。」

她雙眼盯著我。

「我的意思是，能學的話。」我說。

她盯著我，眼睛睜大，然後不可置信地輕笑一聲。「妳在開玩笑。」她說：「妳怎麼可能不識字？說真的？一個字、一個字母都不會？」她笑著笑著，眉頭皺起。她旁邊的小桌上有本書。她半皺著眉頭，半掛著笑容，把書交給我。「來。」她親切地說：「我想妳只是謙虛。隨便唸一段看看，唸不好沒關係。」

我拿著書，不發一語，冷汗直流。我翻開其中一頁。上面密密麻麻都是黑色印刷字。我又翻到另一頁。那頁更看不懂。我感到茱德的目光像火焰燒著我羞紅的臉。我感覺到那份無聲的尷尬，臉又更燙了。冒險一下吧，我心想。

「我們……」我試著搪塞，「在天上的父[13]——」

但接下來的我都忘了。我闔上書，咬著嘴唇，望著地板。我既羞愧又難過，心想：「這下完了，我們的計謀到此為止。她不會想要一個不能替她唸書，或不能寫漂亮草書的侍女！」我抬起目光，望著她說：

「我可以學，小姐。我願意學。我相信我學得起來，一眨眼工夫就學好——」

但她搖著頭，臉上表情令人不解。

「學？」她溫柔地拿回書，傾身說：「噢！不用！不，不用，我不准。不要讀書！啊，蘇珊，如果妳是我舅父的外甥女，並在這間房子生活，妳就懂讀書是什麼意思。真是的！」

她露出笑容。她原本臉上仍掛著笑容，和我對望，但這時荊棘莊園的巨鐘沉緩敲響八聲，她臉上笑容倏地

---

13 出自〈主禱文〉，是基督宗教最為人所知的禱詞，也是最熟悉的經文。

垮下。

「好了。」她別開身子說：「我要去找里利先生了。等到鐘響一點時，我才會自由。」

她說這句話時，我覺得聽起來就像故事書中的女孩。故事書裡的女孩不都有個神奇的舅父嗎？像巫師、野獸之類的？她說：

「蘇珊，一點的時候來我舅父房間找我。」

「好的，小姐。」我說。

她神色茫然，打量四周。壁爐上方有面鏡子，她走到鏡子前，將戴著手套的雙手放到臉上，然後摸著領子。我看她向前傾身，她短洋裝隨著動作向上，露出她的小腿。

她在鏡中看到我的目光。我又行了一個屈膝禮。

「要我離開嗎，小姐？」我說。

她從壁爐前退開。「留下來。」她手揮了一下說：「幫我把房間收拾好，好嗎？」

她走向門口，但她手握住門把時又停下腳步。她說：

「我希望妳在這裡很快樂，蘇珊。」現在她又臉紅了。我看到之後，臉比較不紅了。「妳在倫敦的阿姨一定很想妳，我希望她不會太傷心。我記得瑞佛斯先生說是阿姨，是嗎？」她垂下目光。「我希望瑞佛斯先生過得很好，妳見到他的時候，他好嗎？」

她語氣輕描淡寫，彷彿隨口問出這句話。騙子也會用這伎倆，他們會在一堆假錢中丟入一枚真幣，並假裝每一枚都是真幣。說得像她在乎我和我阿姨一樣！

「他過得很好，小姐。他要我向您致上他最真誠的心意。」我說。

她此時已開門，身子在房門外，遮著半邊臉。「他真這麼說？」她說。

「真的，小姐。」

她額頭靠著木門。「我覺得他人真好。」她輕柔地說。

我回想起，他那時蹲在廚椅旁，手鑽入好幾層襯裙裡，嘴裡說可愛的小騷貨。

「我想他人真的很好，小姐。」我說。

這時，房子某處傳來一串急促的搖鈴聲。「舅父來了！」她失聲驚呼，回頭張望。她們都沒關，趕緊轉身跑走了。我聽到穿著便鞋的她啪啦啪啦衝下樓，樓梯的木板發出咿呀聲響。

我等了一下，然後走向門，用腳把門關上，再走回壁爐旁讓雙手取暖。我離開蘭特街之後，身體不曾暖過。我抬起頭，看到茉德剛才照的鏡子，起身望著自己臉上的雀斑和牙齒。我伸出舌頭，搓搓雙手笑了。她真的跟紳士所說一樣，已經愛他愛得神魂顛倒。那三千英鎊看來可以清點入袋，寫上我名字，醫生也能拿著拘束衣，站在瘋人院門口待命了。

我那時看到她，心裡是這麼想的。

但我想到這件事，心裡並不痛快。不得不說，就算只是在心裡竊笑，我都感到很勉強，但問題出在哪，我說不上來。我想應該是那股陰鬱的氣氛害的。她走了之後，這房子變得更黑暗、更寂靜。除了灰燼從壁爐滑下及玻璃窗格震動的聲響，四下沒有一絲動靜。我走到窗前，冰冷的空氣迎面撲來。窗台上有放紅色小沙包阻隔寒風，但沒什麼作用。沙包全都已潮溼發霉。我伸出手指摸其中一個沙包，沙包在指尖留下一抹綠痕。我全身顫抖望著風景。雖說是風景，但也就是一片綠野和樹林。草坪上有幾隻黑鳥在吃蟲，我心想，不知道倫敦在哪個方向。

我好想聽到嬰兒的哭聲，或易卜斯先生姊姊的聲音。我甚至願意出五英鎊，換一小包贓物，或幾枚假幣讓我弄髒。

後來我想到另一件事。茉德剛才說幫我把房間收拾好。這裡是獨立的房間，我想這應該是她的會客室，所以應該還有一間寢室。房子的牆面都鋪上黑色的橡木板，門板和門框密合，一眼望去烏黑難辨。後來我發現對面的牆上有條縫，並慢慢望出個門把，我定睛看了好一會，才彷彿天光乍現，門從黑暗中浮現。

如我所料，那道門通往她的房間。當然，她寢室中有另一道門通往我的房間，我前一晚就站在另一頭，偷聽她的呼吸聲。現在我看到門的這一邊是什麼樣子，才知道從那偷聽實在是太蠢了。那是一間平凡的淑女房，裝潢不算奢華，但也夠美了，房間飄散淡淡的香氣，床四角各有一根高柱，上頭掛著床簾，床正上方罩著一面舊的波紋織毯。我不知道睡在這種床上會不會打噴嚏，因為床上方那塊織毯看起來九十年沒拆下來了，上頭一定積了一堆灰塵、死蟲和蜘蛛。床已鋪好，但床上有件睡袍。我把睡袍摺好，放到枕頭下。枕頭上有幾根淺色的頭髮，我拿到壁爐燒了。侍女工作也就這麼回事。煙囪中間有面古老的大鏡子，像大理石一樣斑駁，攙雜銀灰色的花紋。鏡子再過去有個老式的小衣櫥，木門表面烏亮，雕滿花草和葡萄藤紋飾，四處有點裂痕。我敢說這衣櫥製造的年代，小姐們身上還只穿著樹葉呢，因為櫥架上只有六、七件樸素的洋裝，而那架子已被壓得吱呀作響，還有個裙撐在裡頭，害衣櫥門關都關不上。我見了不禁又想到她沒母親的事。要是有媽媽的話，她媽一定會替她把該作古的玩意丟一丟，替女兒準備時髦流行的衣服。

但根據我們蘭特街的生意經，好東西就要好好整理。我將洋裝一件件拿起。洋裝每一件都一樣短，造型奇怪，只適合少女身分。我將衣服抖平，好好放回架上。我壓平裙撐之後，用隻鞋卡好，這下衣櫥的門總算能好好關上。衣櫥在其中一個壁龕裡，另一個壁龕放著一張梳妝檯。檯上散落著梳子、瓶罐和髮簪（我把這些東西也擺放整齊），底下有一排精美的抽屜。我拉開抽屜，裡面有……嗯，這倒少見。裡面全是手套。比女裝店裡的手套還多。最上頭的抽屜全是素白色的手套，中間抽屜裡是黑絲手套，最下層放的是米黃色連指手套。

手套手腕內側都以紅線繡上字，我猜拼的是茉德的名字。只要拿把剪刀和針來，我應該能拆乾淨。當然，我沒這麼做。手套整整齊齊放在抽屜，不需我整理。我再次巡視一次房間，把每樣東西都摸透。其實房裡也沒多少東西好看，但有樣東西還是令人好奇，她床旁的桌上放著一個鑲象牙的小木盒。

木盒鎖上了，我拿起來的時候，盒子沉沉發出一點喀啦聲響。附近沒看到鑰匙。我猜她把鑰匙放在身上，也許繫在繩子上。但是，這鎖很陽春，就像將牡蠣泡到海水一樣，只要拿根鐵絲，鎖馬上應聲而開。我用了根她的髮簪。

木盒裡墊了一層長毛絨。盒子的鉸鏈是銀製的，並上了油，所以沒發出聲音。我不知道自己以為會發現什麼，也許是紳士送的東西，珍貴的信物、信件、小紙條或情書。但裡頭放的是個繫在褪色緞帶上的金框，金框中放了張小巧的肖像畫，畫中的人是個容貌優雅的金髮女士。她眼神溫柔，身穿二十年前的洋裝，金框看來年代久遠。她一點都不像茉德，但我猜這一定是她母親。不過我也想到，如果真是她母親，茉德沒把她的肖像掛在胸前，反而鎖在木盒裡，這點著實令人納悶。

我把金框拿在手裡，反覆去看，想找出蛛絲馬跡。我剛才把金框拿起來時，它就像屋裡所有東西一樣冰冷，如今金框在我手中漸漸熱了起來。這時房子某處傳來一個聲音，我突然想到，如果茉德、瑪格莉特或史黛西太太進到房間裡，發現木盒開著，而我杵在原地，手裡還拿著肖像，那豈不完蛋了。我趕緊把框放回原位，鎖好木盒。

剛才拿來撬鎖而變彎的髮簪我留起來了。我怕茉德看到以為我是賊。

＊＊＊

收好之後，我沒事做了，便在窗邊又站了一會。十一點鐘，一個女僕拿了個托盤上來。「茉德小姐不在。」我看到銀茶壺時說，但茶是給我喝的。我小口喝著茶，刻意喝久一點。然後我把托盤端下去，心想別讓女僕再跑一趟。但他們看到我把托盤拿到廚房，女孩全瞪著我，廚師說：

「哇，不會吧！如果妳嫌瑪格莉特手腳太慢，最好去跟史黛西太太反映。但我敢說，菲伊小姐不曾嫌過誰怠慢了。」

菲伊小姐就是之前染上猩紅熱的愛爾蘭侍女。我只是好心，沒想到竟顯得比她驕傲，對我來說太不公平了。但我沒吭聲。我心想：「妳們不喜歡我就算了，反正茉德小姐喜歡我！」

因為所有人中，只有她一人對我好言好語。忽然之間，我好希望時光加速，不為別的，就是想早點見到她。

在荊棘莊園，至少你隨時都知道時間。十二點鐘響了，然後十二點半鐘，我走到樓梯間，原地打轉好一會，後來一個女僕經過，才告訴我藏書室在哪。藏書室在二樓，就在一條迴廊上，迴廊看得到正門廳堂和一座巨大的木樓梯。但一眼望去，這裡和其他地方一樣，依舊令人感到昏暗寒酸。你望向四周，絕不會相信自己在知名學者的家裡。藏書室門旁有一面盾形木板，上頭掛著某種動物的頭，眼眶中嵌著一顆玻璃眼珠。我站在那，摸著上頭小巧的白牙，等待一點的鐘聲。門後傳來茉德的聲音。聲音很輕，但語氣平靜，不疾不徐，好像在替舅父唸書。

鐘聲響起，我伸手敲門。一個嗓音細尖的男人請我進門。

我先看到茉德。她坐在書桌前，雙手捧著一本書。她雙手赤裸，白色的小手套整齊放在旁邊，身旁有一盞裝著燈罩的檯燈，光線集中照向她手指，在印刷書襯托下，手指更顯白皙。她上方有面窗，玻璃上了黃漆。在她四周牆面上全是書架，架上滿滿都是書。我這輩子沒見過這麼多書，數量好驚人。一個人需要讀多少故事啊？我望著那滿坑滿谷的書，全身顫抖。茉德起身，闔上面前的書，戴起白手套。

她望向右側，門擋住我的視線，所以我看不見。一個乖戾的聲音響起：

「什麼事？」

我把門推更開，看到另一扇黃窗，更多書架和書，以及第二張大書桌。這張桌子堆滿了紙頁，還有另一個裝著燈罩的檯燈。後頭坐著茉德的舅父里利先生。我只要描述當時看到他的樣子，你基本上就了解這個人了。

他身穿天鵝絨大衣，頭戴天鵝絨帽，帽上有條紅羊毛線頭翹著，也許帽上原本有條流蘇吧。他手中拿著一支筆，筆懸在空中。茉德的手潔白乾淨，但他那隻手卻是黑的，像是一般人手指會有的菸草漬一樣，他手上沾滿墨汁。不過他頭髮是白的，下巴鬍子刮得一乾二淨。他嘴巴小巧，毫無血色，但他又尖又硬的舌頭簡直一片黑，他翻書頁時一定習慣舔手指。

他雙眼濡溼無神，還戴了副綠色鏡片的眼鏡。他看到我說：

「妳是誰？」

茉德扣著手套的鈕釦。

「這是我的新侍女，舅父。」她輕聲說：「史密斯小姐。」

綠色眼鏡後方，我看到里利先生瞇起雙眼，眼眶中又泛出更多淚水。

「史密斯小姐。」他望著我，卻在和外甥女說話。「她跟上次那個一樣是教皇狗[14]嗎？」

「我不知道。」茉德說：「我沒有問她。妳是教皇狗嗎？蘇珊？」

我不知道那是什麼意思。但我說：「不是，小姐。我應該不是。」

里利先生馬上用手掩住耳朵。

「我不喜歡她的聲音。」他說：「她不能閉嘴嗎？她不能輕聲細語嗎？」

茉德微笑。「她可以，舅父。」她說。

「那她為什麼在這裡打擾我？」

「她來接我。」

「接妳？」他說：「鐘響了嗎？」

他手伸到背心口袋，掏出一塊巨大古老的金色問錶[15]，歪頭聽著鈴聲，這才張開嘴恍然大悟。我望向茉德，她佇立原地，手仍在扣著手套。我向前一步想去幫她。里利先生一看到，身子馬上像木偶劇中的龐趣先生[16]扭動，黑色的舌頭也飛舞起來。

14　原文為Papist，新教徒對天主教徒的蔑稱，專指信奉羅馬天主教義，認為教皇擁有至高權力的基督教徒。

15　問錶（repeater）即會報時的錶，只需撥一下錶上的滑桿或壓下按把，錶即會發出鈴聲報時。這種錶的作用是在黑暗中可以知道時間。

16　此處指的是《龐趣和茱蒂》（*Punch and Judy*）木偶劇，最初起源於十六世紀義大利，後來傳至英國，正式成為家喻戶曉的經典角色。

「手指，女孩！」他大喊：「手指！手指！」

他黑色的指頭指向我，手中的筆不住晃動，墨汁飛濺一地。我後來發現，他書桌下的地毯都黑黑的，看來他大概常揮舞手中的筆。但那一刻，他怪模怪樣，聲音刺耳，嚇得我魂都快飛了。我以為他什麼病發作了。我又向前一步，沒想到他叫得更大聲。茉德終於來到我身旁，摸著我的手臂。

「不要怕。」她輕聲說：「他只是在說這個，妳看。」她指著我腳邊，在門和地毯之間，黑木板上鑲有一塊銅板，上頭有一隻手，食指比向一邊。

「舅父不希望僕人看他的書。」她說：「怕把書弄壞。舅父不准僕人超過這個標誌。」

她將便鞋鞋尖踏到銅板上。她面容柔滑如凝脂，聲音如流水輕盈悅耳。

「她看到了嗎？」她舅父說。

「有。」她回答，並收回腳。「她看得很清楚。她下次就會知道了。對不對，蘇珊？」

「是的，小姐。」我說。我不知道該說什麼，或眼睛要放哪裡，或放誰身上。印刷書給人看了，書會壞掉？這種事我還是第一次聽到。但說實在的，我哪裡懂？再加上這老頭陰陽怪氣，嚇得我不知所措，我當下也就信了。「是的，小姐。」我再次回答，然後補上一句：「是的，先生。」

我行屈膝禮。里利先生哼一聲，透過綠色鏡片瞪著我。茉德扣好手套，我們轉身準備離開。

「要她輕聲細語，茉德。」她帶上門時他說。

「好的，舅父。」她喃喃答道。

出來之後，走廊彷彿天昏地暗。她帶我穿過迴廊，走樓梯到她三樓的房間。房裡已備有餐點，銀茶壺中裝著咖啡。但她看到廚師準備的餐點，臉上露出厭惡的表情。

「蛋。」她說：「非得弄得軟軟的。妳覺得我舅父怎麼樣？蘇珊？」

「我相信他非常聰明，小姐。」我說。

「他是。」

「我想他在寫一本巨大的字典？」

她眨眨眼，然後點頭。「字典，對。必須花好幾年工夫。我們現在寫到F。」

她抬頭望向我，彷彿想看我有什麼想法。

「好厲害。」我說。

她又眨了眨眼，拿湯匙敲開第一顆蛋。她看著裡面的蛋白和蛋黃，皺了皺眉，放到一邊。「幫我吃這個。」她說：「全都給妳吃。我吃麵包配奶油就好了。」

一共有三顆蛋。她這麼挑剔，也不知道是哪裡有問題。她把蛋給我，我一邊吃，她一邊看著我，同時她也吃著麵包，喝著咖啡，中途一度搓揉手套一分鐘，口裡說著：「沾到蛋黃了，妳看，手指碰到了。噢！白色沾到黃色好明顯，好討厭！」

用完餐之前，我發現她一直皺著眉頭，不斷盯著黃點瞧。瑪格莉特上樓端走餐盤時，她起身走進房間。回來之後，她的手套恢復潔白。她已去抽屜換了雙新手套。我後來替她填煤炭才發現，舊的那雙她已丟到壁爐裡，小羊皮碰到火焰便縮起，乍看像是洋娃娃的手套。

＊＊＊

那時候，她當然可說是個純真的女孩子。但真如紳士在蘭特街所說瘋了，甚至傻了嗎？我當時不這麼想。我只覺得她非常孤獨，有點書呆子氣，感到生活百無聊賴。在這樣的莊園裡，誰不會呢？我們吃完之後，她走到窗前，天空灰濛濛的，彷彿不久便會下雨，但她說她突然想出去走一走。她說：「好，我要穿什麼好呢？」我們站在小巧的黑色衣櫥門前，瀏覽她一件件大衣、帽子和靴子，打發快一個小時。我想她就是想殺時間。我正笨拙地為她繫著鞋帶，她雙手放到我手上說：

「慢慢來。我們何必趕呢？又沒跟人約，有什麼好急的，對吧？」

她微笑，但神情透露著悲傷。我說：

「是的，小姐。」

最後，她穿一件灰白大衣，手套上又套一雙連指手套。她帶個小皮包，裡頭裝著手帕、水瓶和剪刀。她要我帶著，沒告訴我帶剪刀要幹麼。我想她可能想剪花。她帶我走下大樓梯，來到正門口，魏伊先生聽到我們下樓，馬上跑來拉開門閂。「妳好嗎？茉德小姐？」他躬身說。然後又說：「妳呢，史密斯小姐？」廳堂相當陰暗。我們走到外頭時，不禁站在原地眨眼，雙手放到額頭上遮著天光和朦朧的太陽。

我晚上初次看到這棟房子時，濃霧密布，感覺十分陰森，我原本以為大白天會好點，結果反而更糟。我想這裡以前曾是座富麗堂皇的莊園，但現在煙囪像醉漢東倒西歪，屋頂長滿綠蘚和鳥巢。另一種死氣沉沉的藤蔓植物攀在牆上，過去長過藤蔓植物的地方，也留下一道道汙痕。之前砍下的常春藤蔓全堆積在牆底。房子有座宏偉的對開式正門，但雨水讓木門膨脹，只剩半邊門能打開。茉德要把裙撐壓平，側著身子才走得出去。

看她從陰森的房中走出，畫面十分詭異，像一顆從牡蠣殼滾出來的珍珠。

看她回家更詭異，彷彿牡蠣殼打開，把珍珠吞回去。

庭園沒什麼好看的。門前就那條路，一路延伸到綠林道，接著便是宅子四周光禿禿的碎石地。那裡還有個地方稱為藥草園，裡頭長滿蕁麻。附近有座雜草叢生的樹林，裡面的路都已封起。樹林邊有棟用石頭建的小屋，屋子沒有窗戶，茉德說那是冰屋。她會說：「我們到門口看一下裡頭。」說完她站到門口，看著一塊塊霧白色的冰塊，等身子發抖才離去。冰屋後面有條泥濘的小道，沿著小道走會去到一棟紫杉圍繞的古老紅色禮拜堂，禮拜堂大門深鎖，荒廢已久。這是我這輩子見過最奇異、最安靜的地方。我在那沒聽過鳥叫。我不喜歡去那裡，但茉德常走那條路。因為禮拜堂旁有塊墓園，里利家族的人都葬在那裡。有座墳只立了個簡單的石墓碑，那是她母親的墓。

她會坐在那，眼睛眨都不眨，看著那墓一小時。她的剪刀不是為了剪花，而是為了清理墓旁的雜草。她會拿溼手帕去擦墓碑上的鉛字，上面是她母親的名字。

她會擦到雙手顫抖，不住喘氣。她拒絕我幫她。第一天我想幫忙，她說：

「整理母親的墳墓是女兒的責任。妳去走一走，不要看著我。」

於是我讓她自己去弄，而我則在墓園中漫步。地面堅硬，我的靴子走起來特別響。我邊走邊想自己的母親。她沒有墳，殺人犯沒有墳，屍體會直接丟到土坑，撒上生石灰。

你曾在蛞蝓背上撒過鹽嗎？約翰．佛魯姆以前會撒。他看到蛞蝓身上嘶嘶作響，冒出白泡，會放聲大笑。他有次對我說：

「妳媽就像這樣嘶嘶作響。她冒泡，然後臭死十個人！」

他不曾再說過，因為我立刻拿了把廚房用的剪刀抵住他脖子。我說：「有其母必有其女，小心我殺了你。」真該讓你看看他嚇死的表情！

如果茉德知道我身上流著殺人犯的血，不知道她會怎麼看我。

但她從未問我。她那天只靜靜坐著，凝視著母親的名字，我則四處晃晃，一步步踏著地。最後她嘆口氣，環視四周，擦拭雙眼，拉起披帽。

「真是個傷心地。」她說：「我們再走一段。」

她帶我走出紫杉林，回到樹籬間的小道，然後我們離開樹林和冰屋，走到庭園的邊緣。來到這裡之後，如果沿著圍牆的路走，會找到一道門。鑰匙她放在身上。走出門會來到河邊。從房子裡看不到這條河。那裡有個古老的碼頭，大半已經腐爛，還有艘翻倒的平底船能當椅子坐。河道不寬，水流平靜，堆滿河泥，河裡魚兒往來游動。河岸長滿了又長又密的燈心草，茉德緩慢走到草旁，緊張地盯著草叢和河水交界的陰暗處。我猜她怕蛇。她拔起一根蘆葦，折下一截，然後坐在河邊用飽滿的雙唇咬著蘆葦草。

我坐在她身旁。那天沒風，但很寒冷，四周靜到耳朵都痛了，空氣感覺十分稀薄。

「這河滿美的。」我客套說。

一艘駁船經過。船上的人看到我們，手扶帽致意。我揮揮手。

「船開往倫敦。」茉德望著他們的背影說。

「倫敦？」

她點點頭。我那時不知道（誰猜得到呢？），那條微不足道的小河居然是泰晤士河。我以為船會開到大河上，然後繼續往倫敦開去。總而言之，一想到這條河能通往城市，搞不好會從倫敦橋下流過，我不禁嘆口氣。我轉身看著船沿河道轉彎，消失在視線之外。引擎聲漸漸遠去，煙囪排出來的煙融入灰色的天空，不久便不見蹤影。空氣再次稀薄起來。茉德仍咬著那一截蘆葦坐在地上，目光茫然。我拾起一顆顆石頭，丟到水中。她看著我丟石頭，每次石頭噗通落入水中，她都眨眼。後來她帶著我回家了。

我們回到她房間。她拿塊東西出來縫。那是塊顏色難以形容、不成形的玩意兒，我不知道那是要當桌布還是怎樣。我沒見過她縫其他東西。她戴著手套縫，縫線歪七扭八，後來她直接把一半的縫線扯掉，害我看了好緊張。我們坐在劈里啪啦的壁爐前，有一搭沒一搭聊著天（我忘記聊什麼了），天色漸黑，女僕拿了蠟燭進來，外頭這時也起了風，窗戶喀啦喀啦響起。我暗自對自己說：「老天，讓紳士快來！我覺得這樣待一週我會死掉。」我打個呵欠，茉德和我四目交會，然後她也打了個呵欠，害我不禁又打個大呵欠。她終於把手上的布放到一旁，縮起雙腳，頭枕在沙發椅的扶手上，靜靜睡去。

七點鐘響前，也沒別的事好做。她聽到鐘聲便打個大呵欠，手揉揉眼睛起身。她每天七點鐘會再次更衣，換上絲質的手套，和舅父吃晚餐。

她和他吃了兩個小時。當然，我不在場，我和其他僕人在廚房吃晚餐。他們告訴我，里利先生吃飽之後，喜歡叫外甥女坐在客廳唸書給他聽。我想，那就是他的樂趣吧，因為據說他幾乎沒有客人，就算有，也都是來自牛津或倫敦嗜書如命的紳士。那時，叫茉德唸書給所有人聽，便是他的娛樂。

「可憐的孩子，她除了讀書，什麼都不會嗎？」我問。

「她舅父不准。」一個女僕說：「他非常寶貝她。幾乎不讓她出門，擔心她會斷成兩截。妳知道，她隨時戴手套也是她舅父吩咐的。」

「夠了！」史黛西太太說：「茉德小姐聽了會怎麼說？」

那女僕一聽便不說了。我坐在座位上思考里利先生的事，他戴著紅帽子，有個金問錶，架著綠色眼鏡，手指和舌頭都黑不溜湫。然後我又思考茉德的事，她嫌棄雞蛋，認真擦著母親的墳墓。她舅父用這種莫名其妙的方式寶貝她，難怪她變成怪里怪氣的女孩。

我那時以為自己摸透她了。當然，我根本一無所知。我吃著晚餐，聽僕人聊天，沒說什麼話。後來史黛西太太問我，要不要和她與魏伊先生到她房間吃甜點？我想我應該要去。我坐在那，看著那張用頭髮做成的畫。魏伊先生唸美登赫報紙上的新聞給我們聽，無非是公牛撞破圍欄，或教堂牧師講道時有趣的內容，史黛西太太聽了搖著頭說：「哎唷，你們聽過這樣的事嗎？」魏伊先生會咯咯笑說：「史密斯小姐，妳瞧，我們的新聞比得上倫敦吧！」

除了他的聲音，另一頭也依稀傳來笑聲和椅子摩擦地面的聲響，那是廚師、女幫廚、威廉．印克和磨刀童了，他們在廚房有說有笑。

後來莊園的鐘聲響起，僕人的鈴聲隨之敲響，代表魏伊先生要去服侍里利先生就寢，我則要去服侍茉德就寢。

我上樓時差點又迷路了。即使如此，她看到我仍說：

「是妳嗎？蘇珊？妳動作比愛涅絲快。」她微笑。「我覺得妳也比較漂亮。我覺得紅頭髮的女生都不漂亮。妳覺得呢？髮色淺的也是。我喜歡黑頭髮，蘇珊！」

她晚餐喝了紅酒，我喝了啤酒。我們其實都有點醉意。她要我站在她身旁，面對壁爐上的銀色大鏡子，兩個人頭靠頭比較髮色。「妳的頭髮比較黑。」她說。

然後她離開壁爐邊，讓我幫她換上睡袍。

替廚椅更衣終究跟現實有段差距。她站在那直打哆嗦說：「快！我要冷死了！喔，老天！」她房間和其他地方一樣陰冷，我手指冰冷，碰到她時，她都不禁抽開身子。不過後來我手指暖和起來了。替小姐脫衣服很麻煩。她的馬甲細長，前方有著金屬的釦環。我想我說過她腰相當細，醫生看了恐怕會怕她身體出問題。她的裙撐是用彈簧做成。髮網下的頭髮插了好多根髮簪，加起來足足有半磅重，頭頂還插著一根銀髮插。她的襯裙和內衣都是素白棉布織成。不過在層層衣服下，她的肌膚如奶油般白皙光滑。我心想，太柔嫩了，這一碰就瘀青了吧。她像隻少了殼的龍蝦，穿著長襪站在原地，等我替她拿睡袍，她手臂高舉過頭，雙眼緊閉。有一刻，我轉身望著她。她毫不在意我的目光。我看著她的胸部，她的屁股，她的毛髮和潔白純淨的全身，彷彿庭園柱檯上的雕像（毛髮除外，她的毛髮像鴨羽毛一樣呈棕褐色）。她全身晶瑩透亮，彷彿散發著光。

不過，白歸白，她卻蒼白得令人擔心，我趕緊替她穿上衣服。我將她的洋裝整理好，放到衣櫥，用力關上門。她坐著打呵欠等我替她梳頭髮。

她長髮披散於肩，亮麗動人。我握在手中，邊梳邊想這頭髮能賣多少錢。

「妳在想什麼？」她雙眼透過鏡子望著我。「想妳之前的小姐嗎？她的頭髮比較美嗎？」

「她頭髮不美。」我說。然後心底暗暗對艾麗絲小姐感到愧疚，「但她走路姿態滿美的。」

「我姿態美嗎？」

「您也很美，小姐。」

她確實很美。她雙腳小巧，腳踝如腰一般纖細。她露出微笑。就像剛才比較頭髮一樣，她要我把腳放到她腳旁。

「妳的腳跟我差不多漂亮。」她好心說。

她爬上床，說她不喜歡在黑暗中睡覺。她枕頭旁有個燈心草燈，外頭罩著個鋁製燈罩，以前守財奴愛用的那種，她叫我用蠟燭將燈點亮，並吩咐我不要拉上床簾，留個口讓她看房間。

「還有，妳別把房門關緊，好嗎？」她說：「愛涅絲以前從不關門。妳來之前，我不喜歡瑪格莉特坐在門口。我都會怕我做噩夢叫她。瑪格莉特碰我都掐得很用力。蘇珊，妳的手雖然和她一樣粗糙，可是妳比較溫柔。」

她說這句話時，手放到我的手上。我碰到她手上的小羊皮時不禁打了個冷顫，因為她才脫下絲質手套，又戴上另一雙白色手套。她收回雙手，手臂鑽到毛毯裡。我把毛毯拉平，開口說：

「這樣就好了嗎？小姐？」

「對，蘇珊。」她回答，隨即轉頭，讓臉頰貼著枕頭。她不喜歡頭髮搔到脖子，所以她將頭髮向後鋪展，髮絲延伸到陰影之中，烏黑細長像一條繩子。

我將蠟燭拿開時，陰影像浪潮湧到她身上。她的房間雖然有一盞昏暗的床頭燈，但她床上一片漆黑。我半掩房門，聽到她抬起頭。「開大一點。」她輕聲喚道，於是我把門再打開一點。我站在房內揉揉臉。我才到荊棘莊園一天，但感覺像是我這輩子最漫長的一天。我拉衣服上的繫繩拉得兩手痠痛，一閉上眼就看到鈕釦鉤。替她脫過衣服後，給自己脫衣顯得很無聊。

我終於坐下，吹熄蠟燭。我聽到她動了動。房中沒有半點聲響。我清楚聽到她從枕頭抬起身子，翻身。她伸手拿出鑰匙，插入小木盒。木盒鎖「咔」一聲打開，我起身心想：「哼，笨手笨腳的，安靜還不簡單。我手腳可比妳和妳舅父想得還輕。」我走到門邊偷看。她身子從床簾探出，手裡拿著美麗女人的肖像畫（她母親）。我看她拿起肖像畫，吻了一下，再輕聲傾訴。然後她嘆口氣，將畫放下。她將鑰匙藏在床邊一本書中。我竟然沒想到要去那裡找。她把木盒鎖起，好好放到桌上，伸手再碰一下、兩下，然後人縮進床簾，動也不動了。

我也看累了，於是回到床上。我房間黑得像墨汁一樣。我摸索著找到毛毯和被子，拉開被子鑽進去，像青蛙一樣冰冷地躺在狹窄的侍女床上。

＊＊＊

我不知道睡了多久，醒來時也搞不清是什麼可怕的聲音吵醒我。一、兩分鐘間，我不知道自己雙眼是睜開還是閉起。四周一片漆黑，眼睛不論是否打開都毫無差別。後來我望向打開的門，茉德房中透出一道微弱的光芒，我才知道自己沒在做夢。我覺得自己剛才聽到「砰」一聲，接著似乎是一聲哭喊。但等我睜開眼，四周卻一片寂靜。我抬起頭，心跳好快，突然之間，我聽到哭叫聲了。是茉德，她嚇得失聲尖叫，喊著之前的侍女：

「愛涅絲！喔！喔！愛涅絲！」

我不知道進房會看到什麼。也許有賊從窗戶闖入，拉著她的頭，把她頭髮割下。但窗戶雖然仍不斷震動，玻璃都沒有破。房裡除了她沒別人，她人在床簾旁，被子和毯子裹得緊緊的，頭髮四散遮著半邊臉。她臉色蒼白，神情古怪。我知道她眼睛是棕褐色的，現在看起來卻像黑的。像歌裡的波麗．帕金斯，眼睛黑得像梨核一樣[17]。

她又叫一次：「愛涅絲！」

「我是蘇，小姐。」我說。

「愛涅絲，妳聽到那個聲音了嗎？門關著嗎？」她說。

「門？」門是關著的。「有人在這裡嗎？」

「一個男的？」她說。

「一個男的？賊嗎？」

「在門邊？不要走，愛涅絲！我怕他傷害妳！」

她好害怕。她簡直嚇破膽了，看她那樣子，我也開始感到害怕了。我說：「我覺得這裡沒別人，小姐。」

我說：「我點根蠟燭看看。」

但你曾用裝鋁燈罩的燈心草燈點過蠟燭嗎？我怎麼試，燭芯都點不著。她繼續啜泣，又一直叫我愛涅絲，最後我手開始發抖，蠟燭都拿不穩了。

「別哭了，小姐。沒有別人在，如果有的話，我叫魏伊先生來抓他。」我說。

我拿起燈心草燈。「別把燈拿走！」她馬上大叫。「拜託妳，不要！」

我說我只會把燈拿到門口，讓她看門口沒人。她邊啜泣邊抓著被子，我拿燈走到臥房門口，猶豫不決，不斷眨眼，最後將門拉開。

門外一片漆黑。幾件家具的輪廓從黑暗中浮現，彷彿《阿里巴巴》故事中藏有盜賊的大竹籃。我想我大老遠從自治市區來到荊棘莊園，最後被賊殺死，那該有多衰啊。要是那賊我認識怎麼辦？例如是易卜斯先生的姪子？這種怪事可沒少過。

我站在門口，望著眼前一片黑，心裡害怕，腦中胡思亂想，好想大叫我是自己人（以免真有賊在裡頭），要他們別動手。但當然，會客室空無一人，靜得跟教堂一樣。我看清楚之後，快步走到會客室門口，查看走廊。走廊上也是一團黑，毫無動靜。遠方巨鐘滴答作響，四周窗戶震動。但話說回來，身穿睡袍，孤身一人拿著燈心草燈，站在昏黑寂靜的大房子裡，感覺還是不大安心，畢竟就算沒賊，恐怕也有鬼。我趕緊關上會客室的門，走進茉德房間，順手帶上房門，來到床邊，將燈放好。

「妳看見他了嗎？噢！愛涅絲，他在那裡嗎？」她說。

我正要回答，但我停下來。因為我剛才瞥到角落的黑衣櫥，感覺有點不對勁。那裡有個細長白色的東西反射著光，並靠在木頭上滑動……唉，我之前不是說過我想像力很豐富嗎？我以為茉德過世的母親變成厲鬼來抓我，心臟簡直快從嘴巴跳出，嘴裡都嘗到心的味道了。我放聲尖叫，茉德跟著尖叫，然後緊抓住我，泣不成聲。「不要看我！」她哭喊。然後又說：「不要走！不要離開我身邊！」

後來我看清那白色東西的真面目，不禁在原地左右跺腳，差點沒笑出來。

那只是她的裙撐而已，我把裙撐和一隻鞋塞到衣櫥，結果現在全彈開來。衣櫥門彈開時撞到牆，這才吵醒我們。裙撐現在掛在衣鉤上，不斷震動。我的腳步也讓彈簧隨之晃動。

17 出自〈帕丁頓綠野的美麗波麗．帕金斯〉（*Pretty Polly Perkins of Paddington Green*）一曲的歌詞。這首歌發表於一八六四年，作者為英國音樂廳歌手哈利．克里夫頓（Harry Clifton, 1832-1872）。

如我所說，我一看到快笑出來。但我再次望向茉德，她雙眼仍烏黑瘋狂，面色蒼白，而且她手抓得好緊，我想要是我笑的話，她可能會覺得我很無情。我雙手摀住嘴，呼吸穿過顫抖的手指，我的牙齒開始打顫。我這輩子還沒覺得這麼冷過。

「沒事，小姐。什麼都沒有。您只是在做夢而已。」我說。

「做夢？愛涅絲？」

她頭靠在我懷裡，搖搖頭。我把她臉頰的頭髮向後撥，抱著她讓她慢慢冷靜。

「好了。」我接著說：「再睡一覺吧？我幫您把毛毯蓋好，來。」

但我讓她躺下後，她抓得更緊。「不要離開我，愛涅絲！」她又說。

「我是蘇，小姐。愛涅絲得了猩紅熱，回科凱了。記得嗎？您該躺好了，不然您也會著涼。」我說。

她這時望著我，雙眼依舊黑溜溜的，但似乎清醒一點。

「不要離開我，蘇！」她輕聲說：「我好怕自己做的夢！」

她呼吸甜美，雙手和手臂溫暖，臉龐如象牙和雪花石膏般光滑。幾週之後（如果我們計畫成功），我想她會躺在瘋人院的床上。那時候，誰能對她好呢？

於是我稍稍抽開身子，接著便從上方爬過她，鑽到她旁邊的毛毯下。我一手環抱她，她馬上靠到我懷裡。這至少是我做得到的事。我將她抱緊。她身材無比纖瘦，不像薩克斯比太太，一點都不像，反而像個小孩子。她身子仍略微顫抖，眨眼時，我感到她睫毛拂過我喉嚨，像羽毛一般。但不久之後，她身子不再發抖，睫毛再次拍動一次，接著便靜止不動。她放鬆下來，散發著溫暖。

「好女孩。」我悄悄說，怕驚動到她。

＊ ＊ ＊

隔天早上，我比她早一分鐘醒來。她張開眼看到我，默默掩飾她的不安。

「我晚上做噩夢驚醒嗎？」她避開我目光說：「我說了什麼傻話嗎？有些女孩會打呼，大家說我睡覺會胡言亂語。」她臉紅了紅，然後輕笑。「但妳人真的很好，還來陪我！」

我沒跟她說裙撐的事。八點鐘她去找她舅父，後來一點鐘我去找她。我這次有留意地上的手指。然後我們去庭園散步，去了墓園和河邊。她縫布、打盹，晚上鐘聲響起，她便去吃晚餐。我和史黛西太太坐到九點半，接著上樓服侍她上床。全都跟第一天一模一樣。她說：「晚安。」頭躺到枕頭上。後來我站在房間，聽她打開木盒，從門邊偷看她拿出肖像畫，親了一下，然後收好。

後來我吹熄蠟燭還不到兩分鐘，她就輕聲呼喚：「蘇！」

她說她睡不著，說她很冷，說她想要我陪她睡，以免她驚醒。

她隔天晚上也這麼要求。後天晚上也一樣。「妳不介意吧？」她問我。她說愛涅絲都不會介意。她問：「妳在梅費爾區曾跟艾麗絲小姐一起睡嗎？」

我能說什麼？就我所知，小姐和侍女像尋常女孩同住一房應該是很正常的事。

我和茉德一起睡，起初也很正常。她再也沒做噩夢了。我們就像一對姊妹，真的非常像一對姊妹。我一直想要一個姊妹。

後來紳士來了。

第四章

我記得大概兩週之後他也到了莊園。僅僅兩週而已，但在荊棘莊園中生活毫無變化，時間變得無比緩慢，每天都悠閒、安靜而漫長，兩週堪比四週。

總之，這兩週時間，我觀察出莊園中各種特殊的作息和規定，也與其他僕人熟悉了彼此。有一陣子，我不明白為何他們不喜歡我。我下樓到廚房時，逢人便會問好，像是：「妳好嗎？瑪格莉特？今天好嗎？查爾斯（他就是磨刀童）？」或「妳好嗎？凱克柏太太[18]（她是廚師，那真的是她的名字，不是笑話，沒有人會笑她的名字）？」查爾斯會呆望著我，彷彿嚇到不敢說話。凱克柏太太會酸溜溜地回答：「好得很，謝謝妳。」

我想他們很氣我，因為我讓他們想到自己在寧靜邊陲的地方生活，倫敦那些光鮮亮麗的事物他們一輩子都看不到。有一天，史黛西太太把我拉到一旁。她說：「史密斯小姐，麻煩跟妳借一步說話。我不知道妳上個地方的規矩……」她每次跟我說話都會先說這句。「也不知道倫敦是怎麼做事情的，但在荊棘莊園，人與人之間的關係不可馬虎……」

結果原來是因為我先向幫廚和磨刀童打招呼，才向凱克柏太太打招呼，因此她覺得自己受到侮辱。另外，查爾斯覺得我早上向他問好是存心調侃他。這都是無稽之談，甚至是不足道的事，說出來簡直教人笑掉大牙。但這對他們來說是生死攸關的大事。如果你未來四十年都要端盤子、烤糕餅，這種事當然舉足輕重啊。總之，如果要跟他們打好關係，我必須步步為營。我送查爾斯一些我從自治市區帶來、動都沒動過的巧克力。我送瑪格莉特一塊香皂，至於凱克柏太太，我則送她一雙黑長襪，這是紳士要費爾去贓物倉庫替我拿來的。

我說如果冒犯到他們，希望他們別放在心上。後來早上在樓梯間遇到查爾斯，我都會別開頭。在這之後，他們對我好多了。

這就是所謂的僕人。僕人說：「我為老爺著想。」其實是在說：「我為自己著想。」我無法忍受這種虛偽。荊棘莊園中，他們每人多少都在幹些偷雞摸狗的勾當，但全都偷些小東西，真正的賊被人看到偷這些東西簡直丟臉死了。例如，凱克柏太太會從里利先生的肉汁攢下脂肪，偷偷賣給屠夫的小鬼頭。或者，瑪格莉特會從茉德的內衣偷偷拆下珍珠鈕釦，謊稱鈕釦掉了。觀察三天之後，我全都搞懂了。我好精明，簡直是薩克斯比太太親生的女兒。至於魏伊先生，他鼻子側邊有個小疣。在自治市區，我們稱之為「酒痘」。他身為總管，你覺得他到哪喝酒？他鑰匙圈上有里利先生地窖的鑰匙。那把鑰匙可亮的咧！再說，我們在史黛西太太房間吃完飯，他總特別殷勤，替大家收托盤。他以為沒人看到，但我發現他會把每杯剩下的幾滴啤酒全倒進一個杯子，然後一口喝盡。

我全都看在眼裡。當然我都默不作聲。我可不想惹上麻煩。他要喝死自己，我也無所謂。反正我大部分時間都和茉德在一起。我也習慣在她身邊。她有自己吹毛求疵的地方，但沒什麼大不了的，不會影響到我。而且我最細心了，日常小事難不倒我，像收洋裝、整理髮簪、髮插和盒子等工作，我愈做愈開心。我以前都幫嬰兒穿衣服，現在也漸漸習慣替她更衣。

「小姐，能請您舉起雙手嗎？」我會說：「抬起您的腳。放下來，好，再來是這邊。」

「謝謝妳，蘇。」她總是喃喃說。有時她會閉上雙眼。「妳好了解我。」她會說：「我覺得妳都知道我手腳形狀了。」

我最後確實瞭若指掌。她的好惡我全都了然於心，我知道她愛吃什麼，不吃什麼。像廚師一直準備蛋，我後來便去跟她說換成湯。

「清湯。」我說：「愈清愈好。好嗎？」

---

18 凱克柏（Cakebread），英文由蛋糕（Cake）和麵包（Bread）兩字拼成。

她皺了皺眉說：「史黛西太太會不高興。」

「又不是給史黛西太太吃的。」我回答：「而且史黛西太太不是茉德小姐的侍女。我才是。」

於是她後來都改準備湯了。茉德吃得乾乾淨淨。「妳幹麼笑？」她吃完之後焦慮地問。我說我沒笑。她放下湯匙。接著她像之前一樣皺起眉頭，望著手套。手套濺到湯汁了。

「那只是水。」我望著她的臉說：「不會傷到您。」

她咬著嘴唇，把雙手放到大腿上，端坐了一分鐘，中途一直瞄著她的手，愈來愈焦慮。終於她說：

「我想水裡有點油……」

這時候，與其看她心煩，我會乾脆去房間替她拿雙新手套。「我來吧。」我說著會解開她手腕上的鈕釦。雖然一開始她不讓我碰她的手，但因為我說我會溫柔，她最後漸漸讓我碰了。她指甲變長時我會替她剪，她有一把銀色的剪刀，形狀像隻飛鳥。她的指甲柔軟整潔，像小孩子一樣長得很快。我剪時她會縮手。她雙手也像其他地方，皮膚柔嫩到不可思議，我每次看到，腦中都浮現粗糙尖銳的東西，怕她不小心碰到而留下痕跡。她再次戴上手套之後，我都會鬆口氣。我會將大腿上彎彎的白色指甲掃起，丟到火裡。她會站在壁爐前，看指甲燒黑。我焚燒從梳子和髮插上清下的頭髮時，她也會皺著眉頭看，看頭髮像蟲一樣在炭火上扭動，並著火燒成灰燼。有時我會陪她一起看。

荊棘莊園不比家裡，沒什麼東西好看。所以我們便會欣賞單純的景色，像煙囪升起的煙，天空飄動的雲。每天我們會到河邊，看河水起伏。「秋天會淹水。」茉德說：「水會將所有燈心草淹沒。我不喜歡這樣。有些晚上，白霧會從河水飄來，幾乎要籠罩我舅父的房子……」她顫抖。她總是說我舅父的，從來不說我的房子。這季節的土地蓬鬆酥軟，靴子踏上去時她說：「草多脆啊！我覺得河水過不久要結冰了。妳看見河水流得多勉強嗎？河水想流動，但冷得快停下來了。妳看到了嗎，蘇？這裡，燈心草之間？」

她凝視河水，皺起眉頭。我望著她臉上的神情。然後就像面對湯汁一樣，我說：「只是水而已，小姐。」

「只是水？」

「泥水。」

她眨眨眼。

「您冷了。」我這時說：「來吧，我們回屋裡去。我們出來太久了。」我將她手臂勾到我手臂上。我沒多想，她手臂卻僵住了。但隔天（或後天），她又挽起我的手，而且手不再僵硬。後來，我想我們自然而然就會勾著手……我不知道。好久以後，我才納悶起這件事，並試著回想。但那時我只記得，我們曾經會分開走，後來會一起走。

雖然大家叫她小姐，她終究是個小女孩，是個從來不知玩樂的女孩子。有一天，我在整理抽屜時，發現一疊撲克牌。她說，她覺得應該是她母親的。她只看得懂花色而已（她居然把侍衛叫成騎士！），於是我教她一、兩種自治市區裡常玩的簡單遊戲，像全四牌和普特牌[19]。我們一開始用火柴或木片當籌碼。後來我們在另一個抽屜找到一盒小籌碼，籌碼都是用珍珠母做成，形狀像魚、鑽石和新月。後來我們都用籌碼來玩。珍珠母拿在手上感覺滑順冰涼。我是指在我手上，茉德當然仍戴著手套。她放牌的時候都很規矩，一定和底下的牌對整齊。過一會，我也開始對齊。

我們邊玩邊聊天。她喜歡聽我講倫敦的事。「倫敦真的那麼大嗎？」她會問：「那裡有劇院嗎？還有他們說的什麼『時裝店』？」

「還有餐廳、各式各樣的店，另外還有公園呢，小姐。」

「公園，像我舅父的庭園一樣嗎？」

「有點像。」我會回答：「但當然裡面全都是人。小姐，大還小？」

「大。」她放下一張牌。「妳說擠滿了人，是嗎？」

「我牌更大。這個。我三條魚，您兩條。」

19 全四牌（All Fours）和普特牌（Put）皆屬於吃牌遊戲，兩者皆為英國常見的紙牌賭博遊戲。

「妳好會玩！妳說，擠滿了人嗎？」

「當然了。但很暗。切牌嗎？」

「暗？妳確定嗎？我聽說倫敦很明亮。到處都有……我想應該是……瓦斯燒的大燈？」

「大燈當然有啊，像鑽石一樣亮！」我說：「像在劇院和音樂廳常見到。小姐，您可以在那裡跳上一整晚的舞——」

「蘇，跳舞？」

「跳舞啊，小姐。」她臉色變了。我將牌放下。「您喜歡跳舞，沒錯吧？」

「我——」她臉紅，垂下目光。「我從來沒學過。妳覺得……」她說著抬起頭。「我可能在倫敦當個小姐。我是說……」她趕緊補了句。「如果有機會去那裡的話，妳覺得我可能在倫敦當個小姐，但不跳舞嗎？」

她一手摸著嘴唇，非常緊張。我說：「可以啊，我想。但您不想學嗎？您可以請個跳舞老師。」

「可以嗎？」她一臉不可置信，然後搖搖頭。「我不知道……」

我猜測她在想什麼。她可能在想紳士，要是他發現她不會跳舞會說什麼。她可能在想，他在倫敦見到的所有女孩個個都會跳舞。

我看她焦慮了一、兩分鐘，然後起身說：「來，很簡單，您看——」

我讓她看幾種舞的舞步。然後我請她起身，和我一起練習。她像根木頭站在我手臂之間，緊張地盯著雙腳。她的便鞋會被土耳其地毯絆到。於是我將地毯收起，她的腳步好動多了。我教她吉格舞，然後是波卡舞。我說：「看。我們飛起來了，對不對？」她緊抓著我的衣服，我覺得衣服都快被扯破了。「這邊。」我說：「現在換這邊。記得，我是男生。當然如果是跟真的男生跳會更順——」

這時她又跌倒了，我們分別倒到不同的椅子上。她手扠著腰，呼吸急促，雙頰紅通通的，滿是汗水。她的裙子鼓鼓的，像是盤子上畫的荷蘭小女孩。

她和我眼神交會，露出笑容，不過神情依然緊張。

「我到倫敦時應該可以跳舞。」她說：「對不對，蘇？」

「您一定可以。」我說。那一刻，我發自內心這麼想。我將她拉起，我們再跳一會。後來，我們停下來，她身子漸漸冷了，便站到壁爐前伸出冰冷的雙手取暖。這時我才想起，當然，她永遠到不了倫敦。

雖然我預先知道她的命運（我心裡有數，畢竟我插一手了！），但這一切其實感覺像一則故事或一部劇作，我只是知道其中一個角色的命運而已。另一頭才是爾虞我詐的現實世界，我會在餐桌前吃著豬頭，喝著蛋蜜酒，薩克斯比太太和約翰．佛魯姆會邊笑邊想，等紳士將錢騙到手之後，我會如何揮霍。但是茉德的世界好奇特、好平靜，而且與世隔絕，相較之下，遠方的另一個世界好辛苦，而且遙遠到彷彿失去了意義。起初，我會自忖：「紳士來時，我會這樣。」或「他把她關進瘋人院之後，我會那樣。」但每當我在心底說完，轉過頭，看到如此單純善良的她，腦中邪惡的想法馬上會煙消雲散，於是我又會繼續替她梳頭，調正洋裝上的飾帶，也不是說我感到愧疚。至少那時候還好。我當時只覺得，我們朝夕相處，與其耿耿於懷，心中糾結，不如對她好一點，少想一點她的未來比較好。

當然，對她來說不一樣。她對未來充滿期待。她喜歡說話，但更喜歡默默思考。我會在一旁，看著她表情的變化。晚上我會躺在她身旁，感覺著她思緒奔馳，感到她身體發熱，也許在黑暗中臉紅。我知道她在想紳士，納悶他到底多快才會回來，猜他有沒有想她。我其實可以跟她說有。但她從不提起他，連名字都不曾說過。她只有問過一、兩次關於我阿姨，也就是紳士奶媽的事。但我其實不希望她問，因為每當她提到她，我都會想到薩克斯比太太，然後我便會想家。

＊＊＊

結果某天早上，我們聽說他要回來了。那是個尋常的早晨，但茉德醒來之後，揉揉臉頰，全身縮了一下。也許這就是大家說的預感。不過這是我事後才想到的。那時我看到她揉著臉頰，便問：「怎麼了？」

她用舌頭過去舔。「我覺得有顆牙怪怪的。」她說：「有一角會刮我嘴巴。」

「我看看。」我說。

我帶她到窗邊，雙手捧著她的臉，伸手去摸她牙齒。我馬上就摸到那顆尖牙。

「哇，真的比——」我開口。

「比毒蛇的牙齒還尖嗎，蘇？」她說。

「比針還尖，我原本是要這麼講，小姐。」我回答。我去她針線盒拿了個頂針。頂針是銀色的，和飛翔的剪刀湊成一對。

茉德撫摸下顎。「妳認識被蛇咬過的人嗎？蘇？」她問我。

該怎麼回答呢？她腦袋瓜老想些有的沒的。也許因為在鄉下生活久了吧。我說我不認識。她望著我，再次張開嘴巴，我戴上頂針，摩擦尖牙，將尖角磨平。我看過薩克斯比太太幫嬰兒磨牙好幾次了。當然，嬰兒身子總會亂扭，而茉德身子動也不動，她粉嫩的嘴唇微張，臉向後仰。她雙眼起初閉著，後來睜開眼，凝視著我，臉頰淡淡泛起一層紅暈。她吞嚥時，喉嚨上下起伏，溼暖的氣息吹到我手上，讓我手漸漸溼了。我磨一磨，用大拇指感覺了一下。她又吞了口口水，眼睫毛拍動，和我四目相交。

這一刻，門口突然傳來敲門聲，我們兩人都嚇一大跳。我退開來。敲門的是一個女僕。她用托盤端封信進來。「給茉德小姐的信。」她行個屈膝禮說。我看了一下字跡，馬上知道那是紳士寫的。我心一沉，茉德也是，我想。

「拿來這裡好嗎？」她說。接著又說：「可以也幫我拿披肩嗎？」她臉不紅了，不過臉頰被我壓到的地方隱約發紅。我把披肩披到她肩膀，感到她身子在發抖。

我在房間走來走去，整理書和靠枕，將頂針收進盒子裡，彷彿渾不在意，卻默默盯著她。我看她將信翻來覆去，手不斷摸索著。當然，她戴著手套不好撕開信封。於是她偷瞄我一眼，垂下雙手。她全身仍在發抖。雖然她故作輕描淡寫，毫不在意，一切卻盡在不言中。她解開一隻手套，手指剝開封蠟，將信從信封拿出，以赤裸的那隻手拿信閱讀。

她幽幽長嘆口氣。我拿起一塊靠枕，拍開灰塵。

「好消息嗎，小姐？」我說，因為我覺得我應該這麼問。

她猶豫一下，然後說：「非常好的消息……」她回答。「我的意思是，對我舅父來說。這是瑞佛斯先生從倫敦捎來的信，妳猜怎麼著？」她露出笑容。「他明天就要回到荊棘莊園了！」

＊　＊　＊

那笑容一整天都掛在她嘴邊，像一抹水彩。下午她從舅父那回來，不願縫東西，也不願散步，甚至不願玩牌，反而在房中踱步，有時站在鏡前，摸著眉毛和飽滿的嘴唇。沒和我說半句話，眼中也幾乎沒有我。

我還是拿出撲克牌，自顧自玩著。我想起紳士告訴我們這計謀時，將國王和王后放到蘭特街廚房桌上。然後我想到丹蒂。她那淹死的母親會用牌算命。我看過她算好幾次。

我望向茉德，她站在鏡前做白日夢。我說：

「您想知道您的未來嗎？小姐？您知道看牌能解讀未來嗎？」

她聽了不再端詳自己的臉，轉過來看我。過了一會，她說：

「我以為只有吉普賽女人辦得到。」

「可不要跟瑪格莉特或史黛西太太說。」我說：「其實，我祖母是吉普賽公主。」

畢竟，就我所知，我祖母確實可能是吉普賽公主。我將牌組收起，拿給她。她猶豫一下，然後坐到我身旁，順平蓬蓬的裙襬說：「我要怎麼做？」

我說她必須閉上眼睛，想著她心中最想知道的事，她照做了。然後我說，她必須拿著撲克牌，將最上面七張牌面朝下放在桌上。我記得丹蒂的媽媽是這麼做的，也可能是九張牌。總之，茉德放了七張。

「現在，您真的想知道未來？」我望著她眼睛說。

「蘇，妳別嚇我了啦！」她說。

我再說一次：「您真的想知道嗎？撲克牌告訴您的事，您一定要照做。要是您要牌指示一條道路，後來卻選擇另一條道路的話，您會招致霉運。您保證會依照牌的指示行動嗎？」

「好。」她輕聲回答。

「好。」我說：「現在攤在眼前的牌述說著您的人生。我們來看看第一個部分。這些牌會述說您的過去。」

我翻開前兩張牌，分別是紅心王后和黑桃三。我記得這兩張牌，廢話，因為我趁她閉上眼睛時做牌了。面對這情況，我想任誰都會做牌吧。

我看一會說：「嗯。牌透露出悲傷的訊息。這代表著一個善良美麗的女子，看。後來出現分別，以及衝突與不和的開端。」

她瞪大眼睛，一手放到喉嚨上。「繼續說。」她臉色慘白。

「我們再來看看。」我說：「接下來三張牌。這些牌述說您的現在。」

我手勢優雅地把牌翻開。

「方塊國王。」我說：「代表一個嚴厲的老先生。梅花五代表一張乾渴的嘴。黑桃騎士──」

我故作沉吟。她彎向我。

「他代表什麼？」她說：「騎士？」

我說他是個騎馬而來的年輕男子，而且心地善良。她望著我，看來既驚訝又深信不疑，我幾乎有了罪惡感。她低聲說：「我真的怕了啦！不要翻最後的牌。」

「小姐，我一定要翻。不然您會倒大楣。來看。這幾張牌揭示您的未來。」我說。

我翻開第一張牌。黑桃六。

「一段旅程！」我說：「也許，是跟里利先生？搞不好是指一場心靈之旅……」

她沒答腔，只凝視著我翻開的牌。然後：「翻開最後一張牌。」她悄聲說。我翻開來。她先看到了。

「方塊王后。」她突然皺起眉頭說：「她是誰？」

我不知道。我原本是想放紅心二，代表著戀人。但最後我把牌搞混了。

「方塊王后。」我最後說：「我想代表巨大的財富。」

「巨大的財富？」她身子向後靠，望向四周褪色的地毯和黑橡木牆。我將牌收起，並重新洗牌。她順了順裙襬，站起身說：「我不相信妳祖母真的是吉普賽人。妳長得太漂亮了。我才不相信。而且我不喜歡妳算命。這是僕人才會玩的遊戲。」

她離開我身邊，再次站到鏡子前。我以為她會轉身，說些緩和氣氛的話，但她沒有。她離開時動到一張椅子，我看到那張紅心二。原來牌掉到地上了。她剛才腳踩在牌上，鞋跟把牌面都踩皺了。牌上的凹痕很深。在那之後幾週我們玩牌時我都認得出那張牌。

＊　＊　＊

那天下午，她叫我把牌收起來，說她只要看到牌就頭暈，而且晚上她異常焦慮。她爬上床，請我替她倒一小杯水。我更衣時，看到她拿起個瓶子，滴了三滴進杯子。那是安眠藥。那是我第一次見到她服藥。她喝下之後便打起呵欠。不過隔天我醒來時，她已經醒了。她躺在床上，嘴裡咬著一縷頭髮，凝視著床頂的花紋。

「用力梳我頭髮。」更衣時，她站在我面前說：「用力梳，讓頭髮有光澤。喔，我臉頰白得多嚇人！幫我捏臉，蘇。」她抓起我的手指，用力壓到臉上。「捏我的臉頰，不要怕弄傷我。我寧可臉頰瘀青也不要一臉慘白！」

她雙眼發黑，也許是安眠藥的緣故。她眉頭緊皺，我聽到她說寧可瘀青，不禁有點擔憂。我說：

「站好，不然我怎麼幫您換衣服。好多了。好了，您要穿哪一件洋裝？」

「灰色那件？」

「灰色看起來不夠搶眼。還是藍色那件……」

藍色能襯托出她頭髮的美麗。她站在鏡子前，看我替她扣緊衣服。我慢慢向上扣，她臉色漸漸平靜。然後她望著我，看著我蓬蓬的棕色羊毛洋裝。她說：

「妳的洋裝太樸素了，蘇，是吧？我想妳應該換一套。」

「換？我只有這套。」我說。

「妳只有這套？天啊。我已經看膩了。艾麗絲小姐人這麼好，妳以前服侍她都穿什麼？她從來沒把自己的洋裝給妳嗎？」

我覺得紳士這點真的失策了（我現在也覺得當時的自己有理），居然只讓我帶一件洋裝來荊棘莊園。我說：

「事情是這樣的，小姐，艾麗絲小姐心地好，像天使一樣，但她對東西會有點捨不得。連身裙她都拿回去了，要給印度那邊的侍女穿。」

茉德黑色的眼珠子眨了眨，一臉同情。她說：

「倫敦的小姐都這樣對待侍女嗎？」

「只有捨不得的小姐會，小姐。」我回答。

她接口說：「好吧，我沒什麼好捨不得的，來。妳一定要再有一件洋裝，早上的時候穿。除了那件，也許還要有一件是為了……例如，我們有客人來的時候？」

她躲到衣櫥門後，不讓我看到她的臉。她說：

「好，我想我們尺寸一樣。看，這裡有兩、三件洋裝我從來沒穿過。妳喜歡裙襬長一點，我知道。我舅父不喜歡我穿長裙，他覺得長裙不健康。但他當然不會在意妳的穿著。妳只要把縫線拆掉，把布料放低一點就行了。妳會，對吧？」

是啦，我以前確實很常拆縫線，有需要的話，我也能縫條直線。我說：「謝謝您，小姐。」她將洋裝拿到我身前。那件洋裝很怪，材質是橘色天鵝絨，上頭有流蘇，配上寬版的裙子，彷彿裁縫店突然吹來一陣強風，把這幾塊布全吹在一塊。她打量我一陣，然後說：

「噢！試試看嘛，蘇，穿嘛！來，我來幫妳。」她靠近我，開始脫我衣服。「看，這我也會，跟妳一樣。現在我是妳的侍女，妳是我的大小姐！」

她有點緊張地笑，手上沒停過。

「哇，妳看鏡子。」她最後說：「我們根本是姊妹！」

她把我棕色的舊洋裝脫下，幫我穿上那件奇怪的橘色洋裝，再把我拉到鏡子前，並拿著鈕釦鉤幫我勾釦子。「吸氣。」她說：「吸大口一點！洋裝很緊，但會給妳小姐該有的身段。」

當然，她的腰更細，個頭還比我高兩、三公分。而且我的頭髮比較烏黑。我們兩人並肩的畫面十分滑稽，一點都不像姊妹，只像兩個怪人。我穿上洋裝之後，整截腳踝都暴露在外。如果自治市區有哪個男孩看到，不如叫我一頭栽死算了。

但這裡沒有自治市區的男孩，也沒有自治市區的女生。而且那是上好的天鵝絨。我站在原地，拉著裙子上的流蘇，茉德則去珠寶盒拿胸針，她將胸針別到我胸口，歪著頭打量我。這時會客室傳來敲門聲。

「是瑪格莉特。」她說著臉上紅了紅。她喊道：「我在房間，瑪格莉特！」

瑪格莉特進門，行了屈膝禮，並直直望著我。她說：

「我來替您拿托盤，小……噢！史密斯小姐！是妳嗎？我簡直分辨不出妳跟小姐了！」

她滿臉通紅，茉德像個小女孩一樣，躲在床簾後面，一手摀著嘴。她笑得花枝亂顫，黑色的眼珠子閃爍光芒。

「假設……」瑪格莉特走了之後她說，「假設瑞佛斯先生跟瑪格莉特剛才一樣，把妳認成我？那我們該怎麼辦？」

她說完又笑得花枝亂顫。我凝望鏡子，露出笑容。

被認成一位小姐很特別，不是嗎？

我母親一定也這麼希望。

反正事成之後，我能隨心所欲挑選她的洋裝和珠寶。我現在只是提早開始。我收下那件橘色洋裝。她去找舅父時，我坐下來，將裙襬放低，並調鬆腰身。我可不要為了十六吋的腰受傷。

＊＊＊

「好了，我們美嗎？」我接茉德回來時她說道。她站著打量我一番，然後伸手拍著自己的裙襬。「這裡有灰塵。」她大叫。「是舅父書架上的！噢！都書害的，那些臭書！」

她快哭了，雙手不斷搓揉。

我把灰塵拍掉，好希望自己能告訴她，她只是在白操心。她就算穿著麻布袋，長得像搬煤工，只要銀行有一萬五千鎊在茉德．里利小姐名下，紳士都會想娶她。

我明明心裡有數，卻要裝作不知情地看著她，搞得我彆扭死了。要是換個女生，這事簡直荒唐可笑。我會問她：「您哪裡不舒服嗎，小姐？需要我替您拿什麼？要我拿鏡子來給您照臉嗎？」她會回答：「不舒服？我只是感覺很冷，走一走讓血液循環。」然後她又會說：「鏡子，蘇？我要鏡子幹麼？」

「我覺得您比平常在意自己的臉，小姐。」

「我自己的臉！我為何會特別對臉感興趣？」

「我其實也說不上來，小姐。」

我知道像我那次一樣，他的火車四點會到馬洛，威廉．印克會去接他。三點時，茉德說她想坐在窗邊縫東西，說那裡光線好。當然，那時天都要黑了，但我不吭聲。喀啦作響的窗戶和發霉的沙包前方有個鋪了軟墊的座位，那是房中最冷的地方。她硬是裹著披肩坐了一小時半。她全身顫抖，瞇眼做著針線，不時偷偷瞄向房子前那條路。

我心想，如果那不是愛，那我就是荷蘭人；而如果這是愛，那戀人也不過是像呆頭鵝和呆頭鴿，我很高興我不是他們。

最後，她手放到心口，不小心喊出聲來。她看到威廉．印克的馬車燈，馬上站起來，從窗邊走到壁爐前，雙手緊握。馬蹄聲從碎石路傳來。我說：「那是瑞佛斯先生嗎？小姐？」她回答：「瑞佛斯先生？時間已經這麼晚了嗎？真的耶。我舅父不知道會多開心！」

她舅父先去迎接他了。她說：「也許，他會叫我過去迎接瑞佛斯先生。我裙子整齊嗎？我是不是該穿灰色那件？」

但里利先生沒有叫她。我們聽到談話聲，接著樓下房間便關上門。過一小時，一個女僕才上樓來通知我們，瑞佛斯先生到了。

「瑞佛斯先生在他之前的房間安頓下來了嗎？」茉德說。

「是的，小姐。」

「瑞佛斯先生長途跋涉之後，我想他一定非常累吧？」

瑞佛斯先生後來請人回覆，說他不算太累，並期待在晚餐時與里利小姐和她舅父見面。在那之前，他不會貿然打擾里利小姐。

「我了解了。」她聽到之後說，隨即咬著嘴唇。「請告訴瑞佛斯先生，她不會覺得是打擾，如果他想來找她……來她的會客室……在晚餐之前……」

她像這樣滿臉通紅，支支吾吾一分半鐘，女僕終於聽清楚訊息離開了。她去了十五分鐘。回來時，她帶著紳士來了。

他踏進房間，起初沒看我一眼。他雙眼全在茉德身上。他說：

「里利小姐，我現在蓬頭垢面，一身狼狽，謝謝妳還願意見我。真的很像妳！」他聲音溫柔動聽。至於狼狽……哼，他身上沒一處不乾淨，我猜他馬上回房換一件大衣。他頭髮梳得光亮，鬍子整齊，小指戴著一枚內斂的小戒指，但除此之外，他赤裸的雙手非常乾淨。他的打扮完全符合他心中的期待。一眼望去，他就是個英俊、好心的紳士。最後他轉向我，我向他行個屈膝禮，面露羞怯。

「這不是蘇珊．史密斯嗎！」他說著望著我一身天鵝絨，嘴角勾起笑意。「但我本以為她也是個小姐，真的！」他走向我，牽起我的手，茉德也走到我身旁。他說：「我希望妳喜歡在荊棘莊園的生活，蘇。服侍新的小姐時，我希望妳有好好表現。」

「我也希望，先生。」我說。

「她是個非常好的女孩。」茉德說：「真的非常好。」

她語氣緊張，充滿感激，像和陌生人聊天找話題，硬提到自己的狗一樣。

紳士握一下我的手，然後放開。他說：「當然，她當然是個好女孩。我敢說每個女孩都是好女孩，里利小姐……只要有妳當榜樣的話。」

她臉上紅潮才稍退，這會又紅起。「你人真好。」她說。

他搖搖頭，咬著嘴唇。「每個紳士人都很好……」他喃喃說：「只要與妳相伴。」

現在他臉頰和她一樣紅。我敢說他一定是靠憋氣讓臉變紅的。他雙眼凝視著她，她也望向他，露出笑顏。最後她笑出聲來。

這時我第一次覺得他說得沒錯。她確實很標致，她非常美，身材苗條纖細。看她站在他身旁深情凝望著他，我便明白了。

他們就是呆頭鵝和呆頭鴿。巨鐘響起，兩人嚇一跳，別開頭。紳士說他不該打擾她太久。「晚餐希望能和妳一起用餐，還有妳舅父？」

「還有我舅父，對。」她輕聲說。

他朝她行禮，並走向門口。他快走出門時，彷彿想起我，演啞劇似地拍拍口袋。他掏出一先令，招手要我去拿。

「這給妳，蘇。」他說著拉起我的手，將先令放到我手中。那是枚假幣。「一切都好嗎？」他悄聲補一句，不讓茉德聽到。

我說：「噢！謝謝你，先生！」我又行一次屈膝禮，並眨個眼。沒想到，這兩個動作同時做很怪，我建議沒事最好別這麼做。我擔心自己一眨眼，屈膝禮便會不穩；而我行屈膝禮的同時，眨眼也失去了它的意義。不過我覺得紳士沒注意。他只心滿意足笑了笑，又躬身行個禮離開了。茉德看我一眼，默默回到房間，關上門。我不知道她在裡頭幹什麼。我靜靜坐著，過了半小時後，她才喚我進房間，替她換晚餐要穿的洋裝。

我坐在那，拋著那枚先令，心想：「哼，假幣跟真幣一樣會發亮。」但我心裡默默有點不高興，也不知道為什麼。

＊＊＊

那天晚餐後，她在客廳多待了一、兩小時，唸書給舅父和紳士聽。我那時還沒進過客廳。我沒跟她一起時，我都是趁著吃飯，從魏伊先生和史黛西太太口中得知她究竟做了什麼。我依然會在廚房吃晚餐，晚餐結束後也會去史黛西太太房間，大多數夜晚都相當無聊。不過這天不一樣。我下樓看到瑪格莉特拿著兩根叉子，翻著一大塊烤火腿，凱克柏太太拿湯匙淋上蜂蜜。瑪格莉特嘟嘴說，蜂蜜火腿是瑞佛斯先生最喜歡的一道菜。凱克柏太太說，她很樂意為瑞佛斯先生做菜。

她沒穿老舊的羊毛長襪，反而換上我給她的那雙黑絲長襪。女僕也都換上特別多花邊的帽子。磨刀童查爾斯將頭髮梳平，旁分線直得像把刀。他坐在壁爐旁的板凳上吹口哨，替紳士的靴子搽著鞋油。

他和約翰．佛魯姆同年，約翰長得黑不溜湫的，但查爾斯生得滿俊的。他說：「這事妳怎麼看，史黛西太太？瑞佛斯先生說倫敦看得到大象。他說他們把大象關在倫敦公園的獸圈，像我們養羊一樣。只要付六便士，小孩就能騎大象。」

「哇，老天爺啊！」史黛西太太說。

她衣領上別個胸針。那是悼念用的胸章，上頭有更多黑髮裝飾。

大象！我心想。我看得出來紳士對他們的影響，像是一隻公雞走進一籠母雞中，他們全都鼓動起翅膀。他們說他很英俊。他們說他比許多公爵出身都好，懂得善待僕人。他們說像他一樣聰明的年輕人再次回到荊棘莊園，對茉德小姐實在是美事一樁。要是我此時起身罵他們傻，並告訴他們瑞佛斯先生根本是魔鬼的化身，因為他打算娶茉德小姐，占有她的財產，然後把她關起來，甚至希望她死，他們絕對不會相信。他們會說我瘋了。他們永遠會相信紳士說的話，不會相信我這種人。

當然，我沒打算吐露半個字。我的想法都藏在心底，晚些時候，我們在史黛西太太房間吃完甜點，她坐在椅子上，手摸著胸針，默默不語。魏伊先生拿報紙去廁所了。里利先生晚餐時，他拿了兩瓶好酒過去。所有人中，他是唯一見到紳士來，反而悶悶不樂的人。

＊　＊　＊

至少，我想我很開心。「妳很開心，」我告訴自己。「只是妳不知道。妳跟他私下見面時，妳就會感覺到了。」我想我們一、兩天內會設法見面。但等真的見到面，已經是快兩週後的事了。當然，茉德不在的話，我根本沒理由在房子四處亂晃。我從來沒見過他的房間，他也不曾來過我的房間。而且，荊棘莊園的日子過得非常規律，像是一成不變的大型木偶秀。早上鐘聲叫醒大家，我們各自穿梭於固定的房間，依序做著同樣的事情，最後晚上鐘聲又響起，大家便各自回到床上。地板上彷彿設好溝槽，人人都綁在木桿上，沿著溝槽四處滑動。而房子側邊彷彿設著巨大手把，有隻巨手不斷轉動發條。有時候，窗外一片漆黑，或濃霧籠罩，我都會想像著那根手把，懷疑耳中聽到發條的聲音。我漸漸擔心，若某天發條不再轉動，到底會發生什麼事。

鄉下生活就會讓你胡思亂想。

紳士來時，木偶秀彷彿卡了一下。槓桿發出聲響，大家在桿子上顫動，一、兩條新溝槽出現，然後一切依舊平順，只是出現不同的秩序。茉德現在不會去替舅父唸書，協助他寫筆記。她會留在房間。我們會坐著縫東西或玩牌，並去河邊、紫杉林和墓園散步。

至於紳士，他早上七點起床，在床上用早餐。查爾斯負責招呼他。八點他便開始協助處理里利先生的圖畫。里利先生會一一指示他做事，因為不論是圖畫或書，里利先生都一樣偏執。他替紳士準備了一間小房間，讓他在裡頭工作，那裡比藏書室更狹窄、更陰暗。我想那些圖畫想必年代久遠，十分珍貴。我從來沒見過任何一幅畫。沒人見過。里利先生和紳士都隨身攜帶鑰匙，不管人是否在房間內，他們都會將房門鎖上。

他們會工作到一點，然後吃午餐。茉德和我會一起默默吃午餐。她有時根本不吃，只靜靜等待。然後一點四十五分，她會拿出繪畫工具（紙、鉛筆、顏料、卡片和木三角板），每次都以同樣的順序，排列得整整齊齊。她不讓我幫忙。如果筆刷掉了，我接住，她會把所有東西都再次拿起（紙、鉛筆、顏料和三角板），重新排列整齊。

後來我不再碰了，只在一旁看著。我們兩人會聽兩點鐘聲敲響。一分鐘之後，紳士會來上課。

起初，他們都待在會客室。他會在桌面放上蘋果、梨子和水壺，她嘗試在小卡上動筆畫時，他會站在一旁點頭。畫筆拿在她手裡簡直像把鏟子，但紳士會拿起她畫的鬼畫符，歪著頭，瞇著眼說：

「里利小姐，我覺得妳漸漸掌握訣竅了。」

或說：「跟上個月相比進步好多！」

「你真的這麼覺得嗎？瑞佛斯先生？」她會滿臉通紅回答：「梨子不會有點細嗎？我是不是應該多練習透視法？」

「透視法也許不盡完美。」他會說：「但妳擁有超越技巧的天分，里利小姐。妳的雙眼能看到物品的本質。我都快不敢站在妳面前了！我擔心妳將雙眼望向我會發現什麼。」

他會說這種話，語氣起初會十分強烈，然後聲音漸漸放柔，斷斷續續，吞吞吐吐。她則會像一尊女蠟像，因為太靠近火而融化。她會再試畫一次水果。這次梨子畫得像香蕉一樣。紳士見了會安慰說光線不好，或畫筆品質低劣。

「里利小姐，我多想帶妳到倫敦的工作室啊！」

那是他替自己捏造的生活。換言之，就是藝術家的生活。他說自己住在切爾西區[20]的一間房子裡，認識許多才華洋溢的藝術家。茉德問：「也有認識女藝術家嗎？」

「當然了。」他那時回答：「因為我認為……」說到這，他搖搖頭。「唉，我的想法很叛逆，不是每個人都能接受。來，把這條線畫實一點。」

他走向她，手放上她的手。她臉轉向他說：

「跟我說你的想法好不好？你直說無妨。我不是小孩子，瑞佛斯先生！」

「妳確實不是。」他凝視她的雙眼，溫柔回答。然後露出驚訝的表情，並繼續說：「畢竟，我的想法也不算離經叛道。其實是關於妳——也就是女性，以及所謂的創造力。里利小姐，我覺得有個東西，女性一定要擁有。」

她吞嚥口水。「什麼東西，瑞佛斯先生？」

「跟我一樣的自由。」他溫柔回答。

她倏地不動，接著不安地扭動身子。椅子發出吱呀一聲，她彷彿被聲音嚇一跳，將手抽回。她抬頭望向鏡子，發現我雙眼望著她，馬上滿臉羞紅。紳士這時也抬頭從鏡中看著她。她臉更是發燒，羞得垂下雙目。他目光從她身上掃向我，然後再移回到她身上。他雙手舉到八字鬍上，撫摸一下。

她又將筆刷放到畫中水果上，這時……「噢！」她大叫，顏料流下，宛如一滴淚水。紳士說沒關係，這堂課上得差不多了。他走到桌旁，拿起梨子，將果粉搓掉。茱德在筆刷和鉛白間放著一把小摺刀，他拿起刀，將梨子切成三等份。他一片拿給她，一片留給自己，最後一片，他將上頭果汁甩了甩，拿給我。

「快熟了，我想。」他眨個眼說。

他將梨子放入口中，用力咀嚼兩下，鬍子流下白色的汁液。他略有所思舔舔手指。我也舔著自己的手指。茱德難得手套髒了卻沒有反應，她神情凝重坐在椅子上，梨子拿在唇前，小口吃著。

我們腦中都思考著各自的祕密——真正的祕密、見不得光的事和數不盡的心機。我現在回想當時情況，試圖釐清誰暗藏心事，誰一無所知，誰通曉一切，誰是騙子，我最後都不得不放棄，因為一想到我頭都暈了。

＊＊＊

最後他說她可以去畫自然景物試試看。我馬上猜到那是什麼意思。那代表他會以教學的名義，帶她在庭園隨處散步，並悄悄躲到暗處獨處。我想她也猜到了。她擔心地問：「妳覺得今天會下雨嗎？」她面向窗外，雙眼望著雲朵。這時已是二月底，天氣依然天寒地凍，但瑞佛斯先生再次回來之後，所有人都精神一振，氣候彷彿也變得更加宜人。風不再那麼強，窗戶也不再震動。天空不再灰濛濛的，透出柔和的光芒。草坪長出如撞球檯般青翠的綠葉。

以前早上我和茱德獨自散步時，我會走在她身旁。當然，她現在和紳士一起散步了。他伸出手臂，她猶豫一下才勾住他的手臂。我想她之前已習慣勾著我的手，現在應該自在多了，但她和他一起走路時，全身都很僵硬。他總用些不著痕跡的伎倆，悄悄將兩人距離拉近。他會彎下頭，湊近她的臉，假裝幫她撥掉衣領上的灰塵。一開始，兩人會相敬如賓，但漸漸距離會消失。最後他的袖子會摩擦她的衣袖，她裙子的褶邊會摩擦他的

20　倫敦著名高級住宅區。

褲管。我背著她的顏料包、筆刷、木三角板和凳子走在後方，所以我全都看在眼裡。有時他們會離我愈來愈遠，彷彿完全忘記我。茉德不時會想起來，回頭說：

「蘇，妳真好！妳不介意再走點路吧？瑞佛斯先生說再走四分之一英里就到了。」

瑞佛斯先生總是這麼說。他和她在庭園漫步，說自己在尋找適合的風景，但其實只是製造耳鬢廝磨、談情說愛的機會。而我只能默默扛著畫具，跟在後頭。

當然，我是他們能一起散步的原因。我必須緊盯著紳士，以免他踰矩。

我確實時時盯著他，同時也盯著她。她有時會望向他的臉龐，但大都望著地面。有時，她會興奮地望向一朵花、一片葉或一隻撲翅的鳥兒，這時他會半轉過身，和我目光相交，露出邪惡的笑容，但她再次望向他時，他表情又會變得親和友善。

看到他那時的樣子，你一定會說他愛上她了。

看到她那時的樣子，你一定會說她愛上他了。

但我也看得出來，她害怕自己翩翩飛舞的心。他不能太過急躁。除了讓她挽著手臂，繪畫時引導她的畫筆之外，他不曾觸碰她。他會靠近她看她上色，兩人呼吸會交融，頭髮彼此交錯，但如果他貿然貼近她，她會縮身離開。此外，她仍時時戴著手套。

他最後選上河邊一角風景，於是她每天都會來到這裡，提起筆在畫布增添幾筆黯淡的燈心草。傍晚她會坐在客廳，為他和里利先生唸書。晚上她睡覺時變得更焦躁，有時邊睡邊顫抖，有時則服下更多安眠藥。她顫抖時，我會以雙手抱住她，直到她平靜下來。

我替紳士安撫她。再過一陣子，他會希望我讓她緊張，但我現在的工作是盡力讓她安心，並替她打理生活，讓她打扮得漂漂亮亮的。我會用醋洗她的頭髮，並將髮絲梳得平滑亮麗。紳士來到會客室時會打量她一陣，然後行禮。當他說：「里利小姐，我覺得妳每天都變得更美了！」我知道他句句發自肺腑。但我也知道，這番誇獎不是說給她聽的（畢竟她什麼都沒做），而是說給打理一切的我。

我注意著小細節，猜想每個動作的含義。他當然不能明白將一切說出口，但如我所說，他會用眼神和笑容暗示。我們仍在伺機私下見面，正當我們快心灰意冷，機會終於來了。而且這機會還是茱德創造的，她天真地將機會交到我們手中。

某天早上，天色尚早，她從窗邊看到他。她站在窗前，頭靠在窗玻璃上說：

「看，瑞佛斯先生在草坪上散步呢。」

我走過去站到她身旁。正是他，他抽著菸，漫步在草坪上。太陽還沒高升，陽光斜照，他的影子拉得好長。

「他真高啊，不是嗎？」我說完瞄一眼茱德。她點點頭。她的呼吸讓玻璃起霧，她伸手擦去霧氣，然後說：「噢！」她一聲驚呼，好像他摔一跤似的。「噢！他的菸熄了。可憐的瑞佛斯先生！」

他看著烏黑的菸頭，嘴巴不斷吹著，然後手伸進褲子的口袋找火柴。茱德又擦一下玻璃。她說：「喔，他點得著嗎？他有火柴嗎？喔，我覺得他沒有！二十分鐘前，七點半的鐘已經響過了。他再一會就要去找我舅父。沒有，他口袋裡沒有火柴……」

她望向我，擰著雙手，彷彿心都碎了。

「不抽菸不會死的，小姐。」我說。

「可是瑞佛斯先生好可憐。」她又說：「喔，蘇，如果妳快點，妳可以拿火柴給他。妳看，他把香菸收起來了。他看起來多難過！」

我們沒有火柴。瑪格莉特把火柴收在圍裙口袋。我告訴茱德時，她說：

「那拿蠟燭去！什麼都好！從壁爐拿塊炭去！喔，妳快一點吧？不要說是我叫妳去的，記得！」

你敢相信她叫我做這種事嗎？她居然叫我用火鉗夾燒紅的木炭，衝下兩段樓梯，幫人在早上點菸？你敢相信我照做了嗎？哼，要不是我現在是侍女，我才不幹。紳士看我橫越草坪走向他，並發現我手中的東西，失聲大笑。

我說：「好了。她要我拿這個替你點菸。開心點，她在看呢。可以的話，最好裝模作樣一下。」

他頭沒動，雙眼瞄向她窗戶。

「真是個好心的女孩。」他說。

「你根本配不上她，這點我心知肚明。」

他露出笑容，但就是紳士對侍女的親切笑容。我想像茉德望著這一切，呼吸變快，在窗玻璃上吹出陣陣霧氣。他低聲說：

「我們進度如何，蘇？」

「滿好的。」我回答。

「妳覺得她愛我嗎？」

「噢！愛死了。」

他掏出銀盒，拿出一根香菸。「但她沒親口跟妳說？」

「她不用說。」

他彎身湊近炭。「她信任妳嗎？」

「我想她不得不信任我。她身邊沒有別人了。」

他吸著菸，然後嘆口氣。煙將冰冷的空氣染成藍色。他說：「她是我們的了。」

他退開一點，然後用眼神示意。我看出他想幹麼，便讓炭落到草坪上，讓他彎腰幫我拿。「還有別的消息嗎？」他說。我低聲跟他說安眠藥及她害怕做夢的事。他邊聽邊笑，拿火鉗不住翻動紅炭，最後他終於夾好，起身將火鉗交到我手中，讓我握緊。

「安眠藥和夢的事之後也許派得上用場。」他低語。「但現在妳知道妳該怎麼做嗎？好好照顧她。讓她愛妳。她是我們的珍珠，蘇。不久之後，我會撬開殼，把她拿去兌現……這樣拿好。」他恢復正常語調說。魏伊先生從前門走來，檢查門為何開著。「像這樣，炭就不會從火鉗掉出來，燒到里利小姐的地毯……」

我向他行屈膝禮，他向後退開。魏伊先生人還在門口，他蹲了蹲，望向太陽，並拿起假髮撓頭。於是紳士又低聲說一句：

「他們在蘭特街打賭呢。薩克斯比太太賭五鎊妳會成功。她還要我替她親妳。」

他嘟起嘴，無聲送來一個吻，接著便叼住菸，吐出更多藍煙。他鞠個躬。頭髮散落到衣領。他舉起白皙的手，把頭髮撥到耳後。

我看到魏伊先生站在階梯上，像自治市區的小伙子狠狠盯著他，彷彿不確定自己到底要嘲笑他，還是把他揍一頓。但紳士眼神無辜。他抬起臉迎向陽光，伸展身子，讓茉德從房間暗處好好看他。

＊　＊　＊

那天之後，她每天早上都會站在那裡看他散步抽菸。她會站在窗邊，臉貼著玻璃，玻璃會在她額頭留下印子。她蒼白的臉龐會出現一個完美的紅圓圈，彷彿發了燒。我覺得每天那痕跡都變得更深、更顯眼。

她望著紳士，我則望著他們倆。我們三人等待著感情有所突破。

＊　＊　＊

我原本以為可能只需要兩、三個星期。但兩星期過去，我們毫無進展。後來又過了兩個星期，一切如常。她非常有耐心，而屋內大小事都毫無意外，平穩順利。她偶爾會稍稍跳脫原本的生活節奏，多接近紳士一點，而他也會偷偷從生活中找機會接近她，但兩人只因此進入新的節奏。但我們需要的是整件事失控。

我需要她吐露心聲才能順勢幫助她。我暗示她千百次了，例如瑞佛斯先生人真好，他有多帥、身世多好；或她舅父似乎很喜歡他，她好像很喜歡他，他好像也很喜歡她；我甚至說，如果別的小姐考慮嫁人的話，她不覺得像瑞佛斯先生這樣的紳士是不二人選嗎？我給她無數機會，她卻不曾對我敞開心房。季節轉換，天氣變冷一陣，接著變得更為溫暖。不知不覺三月到了，四月也近在眼前。等五月一到，里利先生的畫冊便會完成，紳士到時便必須離開莊園。但她仍一聲不吭。紳士也不敢逼她，擔心一步錯著，她便會被嚇跑。

我愈等愈焦慮，紳士也愈等愈焦慮。我們三人都像內鬼一樣神經兮兮。茉德會為了房外的腳步聲，焦慮好幾個小時。每次鐘聲響起，她都會嚇一跳，害我也會跟著嚇一跳。上課時間一到，她總是畏縮著身子，注意著紳士的腳步聲。只要他一敲門，她便會嚇得跳起或尖叫，或把手中杯子摔破在地。晚上的時候，她會睜大雙眼，僵硬地躺在床上，即使睡著也會喃喃低吟，翻來覆去。

我心想，這全是為情所困啊！我不曾見過這樣的事。我想著在自治市區，愛情會如何正常發展，而通常郎有情、妹有意時，大家會怎麼做。

我想如果像紳士一般的男生喜歡我，我會怎麼做。

我想也許我該把她拉到一旁，像好姊妹一樣勸勸她。

但後來我怕她覺得我沒禮貌而作罷——事後回想，其實很莫名其妙。

* * *

那都是後話了。總之在那之前，有件事發生了。隨著感情升溫，兩人終於有了突破。事情總算失控，等待也終於有了結果。

她讓他吻了她。

不是吻她的雙唇，而是更親密的部位。

我知道，因為我看到了。

那是四月的第一天，事情發生在河邊。那天天氣比往年還來得溫暖。灰色的天空中，陽光燦爛地照亮大地，每個人都說待會會打雷。

她在洋裝外穿上外套和斗篷，結果太熱了。她把我叫過去，請我拿著斗篷，後來索性也把外套交給我。她坐在畫前畫著燈心草，紳士在她身旁，望著畫微笑。陽光讓她瞇起雙眼，她時不時伸出手，遮擋刺眼的陽光。手套和臉上都沾了不少顏料。

空氣溫暖沉滯，但大地摸起來仍相當冰冷，寒冬的冷意依舊密封在土地中，河邊也仍然潮溼。燈心草散發惡臭。河上傳來像鎖匠銼刀的聲音，紳士說那是牛蛙。長腳蜘蛛和甲蟲在河岸爬行，附近還有一叢矮樹叢，樹上毛茸茸的蓓蕾長得結實緊緻。

我坐在樹叢旁翻倒的平底船上。紳士替我把船拖到圍牆邊，他盡可能讓我和茉德隔開距離。我的工作就是把蜘蛛趕離蛋糕籃。茉德畫圖時，紳士在一旁微笑觀看，有時會將手放到她手上。

她畫著圖，豔陽向西落下，灰色的天空染上一抹紅霞，空氣變得更沉悶。這時我睡著了。我夢到蘭特街，夢到易卜斯先生在焊爐旁燙到手大叫，叫聲讓我轉醒過來。我在平底船上驚醒，一時不確定自己身在何處。我環視四周，茉德和紳士不見人影。

凳子還在，醜巴巴的畫也在原地。筆刷在（一支筆落在地上），顏料也還在。我走過去，撿起地上的筆。我想畢竟是紳士，他確實可能丟下一切，自己先把她帶回家，讓我善後，再滿身大汗追上他們。但我無法想像她會跟他單獨離開。我不禁為她感到害怕。我覺得自己像真的侍女，擔心著小姐的安危。

這時，我聽到她低語的聲音。我走一小段，看到他們。

他們沒走遠，只沿著河邊向前，來到河水彎向圍牆的地方。他們沒聽到我靠近，也沒抬頭。他們一定是沿著燈心草叢一起漫步，後來他終於對她開口。這是他第一次趁我不在身邊和她說話。我好奇他說了什麼，才讓她像這樣依偎著他。她頭靠在他衣領旁，裙子後方高高拉起，幾乎要露出膝蓋。但她臉仍堅定地別向另一頭，她雙臂垂在身側，像個洋娃娃。他嘴巴靠近她頭髮，朝她輕聲耳語。

就在這一刻，我站在遠方看到他牽起她纖細的手，緩緩將手套拉下一半，然後親吻她赤裸的手掌。

看到這一幕，我知道他擄獲了她的心。我想他嘆口氣，她也嘆口氣。我看到她全身軟倒在他懷中，顫抖一下。她裙子掀得更高了，露出她長襪的上緣，還有白皙的大腿。

空氣如糖蜜般黏稠。我的洋裝溼黏，緊貼在身上。這種天氣穿洋裝，哪怕是鐵棍也會流汗。而哪怕是彈珠做的眼睛，也會如我情不自禁地望著他們。我無法別開目光。他們動也不動，她蒼白的手碰觸他的鬍子，手套在她指節上皺成一團，裙子高高掀起，眼前的景象像魔咒般擒住我。牛蛙的鳴叫震耳欲聾。河水如舌頭舔著燈心草。我看他垂下頭，再溫柔地親她一次。

看到他這麼做，我應該要很高興才對。但我一點都不高興。我想像他鬍子摩擦她的手掌。我想到她皎白柔嫩的手指，潔白圓潤的指甲，那是我早上才替她剪好的。我這段時間為她更衣，為她梳頭，保持她的整潔和儀容，全都是為了這一刻，全都為了他。現在，有別於他黑色的外套和頭髮，她看起來輕盈白皙，細緻動人。我覺得她可能會斷成兩截，甚至他會吞噬或弄傷她。

我撇開頭，感到那天的熱氣迎面撲來，空氣沉悶，燈心草氣味濃厚刺鼻。我轉身，躡手躡腳回到畫旁。一分鐘之後，空中響起一聲悶雷，再過一分鐘我聽到裙子的聲音，茉德和紳士快步沿圍牆走來，她手臂勾著他，手套已扣好，目光望著地面。他一手放在她手上，垂著頭。他看到我，對我使個眼色說：

「蘇！我們不想叫醒妳。我們剛才在散步，望著河不知不覺忘我了。天色變暗，我想快下雨了。小姐的大衣在妳那嗎？」

我不發一語。茉德只盯著自己的腳，也默不吭聲。我替她披上斗篷，拿起畫、顏料、凳子和籃子，跟著她和紳士穿過圍牆的門，走回屋子。魏伊先生替我們打開大門。他關上門時，雷聲大作，烏黑豆大的雨滴從天而降。

「剛剛好！」紳士望著茉德輕聲說，並讓她收回手。

那是他親過的那隻手。她一定仍感覺得到他嘴唇的觸感，因為我看到她別開身子，將手放在胸前，手指撫摸著手掌。

第五章

雨下了一整夜。河水從地下室門縫流入廚房、蒸餾室和食物儲藏室。我們晚餐不得不快點吃完，讓魏伊先生和查爾斯堆沙包。我和史黛西太太站在樓梯的窗口邊，看著雨水滂沱，雷電交加。她搓了搓手臂，望著天空。

「海上的水手很辛苦。」她說。

我提早回到茱德的房間，坐在黑暗中，她進來時，一時間沒發現我在。她站在原地，雙手摸著臉。這時雷電再次閃現，她看到我，嚇一大跳。

「妳在啊？」她說。

她雙眼睜大。她剛才和舅父及紳士在一起。我心想：「她現在要一五一十跟我說了。」但她只站在原地，凝視著我，雷聲響起後，她轉身走開。我隨她進到臥房。她讓我更衣，像倒在紳士懷裡一樣全身軟弱無力，她稍稍將他親吻過的手收到身後，彷彿保護著那隻手。她躺在床上文風不動，但不時從枕頭上抬頭。閣樓上傳來雨水規律的滴答聲響。「妳有聽到雨聲嗎？」她說，然後她語氣更溫柔了，「雷聲愈來愈遠了……」

我想到地下室不斷灌入水。我想到海上的水手。我想到自治市區。雨水會讓倫敦的房子發出呻吟。我不知道潮溼的房子咿呀作響時，薩克斯比太太是不是躺在床上想著我。

三千英鎊！她那時說。我的媽呀！

茱德再次抬起頭，吸一口氣。我閉上雙眼。「來了。」我心想。

但最後她什麼都沒說。

* * *

我醒來時，雨已經停了，屋子四下無聲。茉德躺在床上，臉色如牛奶一樣蒼白。早餐送上來，她把餐點推在一旁，一口也不吃。她輕聲說些不著邊際的話，神情舉止都不像個陷入熱戀的人。但我當時以為，她很快就會談起感情的事。我猜她可能一時受到衝擊，不知做何感想吧。

她一如往常望著紳士散步抽菸，他去找里利先生時，她說她想散個步。陽光微弱，天空依舊一片灰濛，四處都是鉛黑色的水窪。一夜大雨之後，空氣清新如洗，讓我感到噁心。我們還是一樣去了樹林和冰屋，然後去禮拜堂和墓園。我們來到她母親的墓時，她坐近一些，凝視著石碑。石碑被雨水淋得發黑，墳墓間的草不算濃密，稀稀疏疏。兩、三隻大黑鳥小心地徘徊在我們身旁找蟲吃。我看牠們啄食。我想我嘆了口氣，因為茉德望著我，表情十分溫柔（稍早她還皺著眉，表情凝重）。她說：

「妳很難過，蘇。」

我搖搖頭。

「我覺得妳很難過。」她說：「是我的錯。是我把妳帶來這寂寞的地方，每次卻只想著自己。但妳一定懂得原本擁有母親的愛，後來卻失去的感受。」

我別開頭。

「沒關係。」我說：「我沒放在心上。」

「妳真勇敢……」她說。

我想到我死在絞刑台上的母親。我突然好希望她是個普通女子（我以前不曾如此希望過），以普通的方式死去。茉德彷彿猜到了，她低聲問道：

「妳母親……如果妳不介意我問的話……妳母親是怎麼過世的？」

我想了一會。我最後說，她吞了根針，窒息而死。

我真的認識一個女人是這樣死的。茱德大眼望著我，手放到喉嚨上，隨即垂下目光，望著母親的墳墓。她輕聲說：「如果那根針是妳餵她的，妳會有什麼感受？」

這是個怪問題。但當然，我現在已經習慣她說一些奇怪的話了。我跟她說，我應該會覺得很羞愧，心裡很難過。

「妳會嗎？」她說：「我很想知道。因為我出生害死了母親。是我害死她的，像親手拿刀刺死她一樣！」

她神情古怪地望著沾滿紅土的手指。我說：

「什麼鬼話。誰讓您這樣想的？那些人真該死。」

「沒人讓我這樣想。」她回答：「是我自己想的。」

「那就更糟糕了，因為您很聰明，怎麼會這樣想？女孩子怎能阻止自己出生！」

「我希望我不要出生！」她說，幾乎是用喊的。墓碑間一隻黑鳥飛起，翅膀在空中拍打，聽起來像一塊地毯被懸在窗外撢灰。我們兩人轉頭去看牠振翅飛起，我再次望向她時，發現淚水在她眼眶中打轉。

我心想：「妳有什麼好哭的？妳戀愛了，妳戀愛了啊。」於是我試著提醒她。

「想想瑞佛斯先生。」我開口。但她聽到那名字，全身顫抖。

「看天空。」她迅速說。天空又變黑了。「我覺得不久又要打雷了。看，又下雨了！」

她閉上眼，讓雨滴落在臉龐，過一會，我分辨不出哪些是雨水，哪些是淚水。我走向她，碰觸她的手臂。

「披上斗篷。」我說。雨下得又急又大。她像個小孩讓我替她戴上兜帽，並繫好帶子，我心想，如果我再不帶她離開墓園，她一定會在這淋得全身溼透。但最後我只拉著她跌跌撞撞躲到小禮拜堂門口。門已鎖起。門上有條生鏽的鐵鍊，上面還有個掛鎖，幸好禮拜堂前有個木板腐爛的門廊。雨水打得木頭不斷震動。我們的裙襬顏色變深，全被雨水淋溼。我們彼此站近，肩膀緊靠著禮拜堂的門，大雨滂沱，水滴如飛箭般直直射下。上千支箭射向一顆可憐的心。她說：

「瑞佛斯先生向我求婚，蘇。」

她語氣平淡，像個小女孩在唸課文。雖然我迫不及待想聽她說，但我回答時，每個字卻跟她一樣沉重。我說：

「噢！茉德小姐，我真是太高興了！」

一滴雨落在我們兩人的臉之間。

「妳真的高興嗎？」她說。她雙頰潮溼，頭髮黏在臉頰上。「那……」她哀傷地說：「我要說對不起，因為我沒有答應他。我怎能答應？我舅父……我舅父永遠不會放我走。我要再過四年才二十一歲。我怎能請瑞佛斯先生等我那麼久？」

當然，我們早猜到她會這麼想。我們也希望她這麼想，因為只要她萌生這念頭，她肯定已準備好和他私奔，並暗中成婚。我小心翼翼地說：「您舅父的態度您確定嗎？」

她點點頭。「只要還有書要唸、要做筆記，他絕不會放過我。而且永遠都有更多的書！再說，他自視甚高。我知道瑞佛斯先生出身好，可是——」

「可是……您舅父覺得他社經地位不夠高？」

她咬著嘴唇。「他要是知道瑞佛斯先生向我求婚，一定會把他趕走。但是，他在這裡的工作一結束，也一定會離開！他一定會走……」她話音顫抖。「那時候，我要怎麼和他見面？四年時間，又怎能教人不變心？」

她雙手摀住臉，真心啜泣起來。她肩膀不斷顫抖，看了教人於心不忍。我說：「您別哭了。」我摸著她臉頰，撥開上頭的髮絲。我說：「真的，小姐，您別哭了。您覺得瑞佛斯先生現在會放棄您嗎？他怎麼會呢？您對他來說比什麼都重要。您舅父看到這點，最後也會接受的。」

「他一點也不在乎我是否幸福。」她說：「他只在乎他的書！他對待我就像書一樣。我不該被拿走，不該被人碰到，不該被人喜歡。我就是要永遠關在這陰暗的地方！」

我從未見過她如此怨恨。我說：

「我相信您舅父愛著您。但瑞佛斯先生……」我話卡在喉嚨裡，不禁咳了咳。「瑞佛斯先生也愛您。」

「妳覺得他愛我嗎，蘇？昨天妳睡著的時候，他在河邊好激動。他提到倫敦、提到他的房子和工作室。他說他希望能帶我去那裡，不是當他學生，而是成為他的妻子。他說那是他最想要的事。他說他覺得自己無法再等了！妳覺得他是真心的嗎？蘇？」

她靜靜等我回答。我心裡想：「那倒是不假，全是肺腑之言。他好愛那筆錢。我想他此時錯失良機，真的會想死吧。」我說：

「我確定，小姐。」

她盯著地面。「可是他要怎麼做？」

「他一定要向您舅父提親。」

「不行！」

「那……」我吸一口氣。「您必須找別的方法。」她一聲不吭，但頭稍微轉動。「您必須做一件事。」還是沒反應，我繼續暗示：「不是……還有另一個方法嗎……？」

她抬起雙目，望著我，眨了眨眼，吞回淚水。她目光焦慮，左右掃視，然後頭靠近我，輕聲說：

「妳不會說出去吧？蘇？」

「說什麼，小姐？」

她又眨眨眼，猶豫萬分。「妳一定要答應我不說出去。妳一定要發誓！」

「我發誓！」我說：「我發誓！」（我心裡一直在想：快啊，說出口！）因為我其實知道她要說的祕密，但看她欲言又止，真教人難受。

後來她真說了。「瑞佛斯先生……」她更是壓低聲音。「他說我們可以趁夜裡逃走。」

「夜裡！」我說。

「他說我們可以私下結婚。他說我舅父可能會來抓我，但他覺得不可能。只要我成為……我成為他妻子的話。」

她說出口時，臉色瞬間變得慘白，我看到血色從她雙頰消失。她望著母親墳墓的石碑。我說：

「您一定要跟隨自己的心，小姐。」

「我不確定。我還是不確定。」

「但您怎能愛他，卻又拱手放開他！」她眼神變得奇怪。我說：「您愛他，不是嗎？」

她稍稍別開身子，表情仍十分古怪，而且都不答腔。後來她說：

「我不知道。」

「不知道？您怎麼會不知道這種事？您看到他的時候，血液不會沸騰嗎？他的聲音，不會令您心跳加速？他的觸摸，不會令您顫抖嗎？您晚上不會夢到他嗎？」

她咬著豐滿的唇。「這樣就代表我愛他嗎？」

「當然！還能有別的意思嗎？」

她沒回答，反而閉上雙眼，打個寒顫。她雙手握在一起，再次撫摸昨天他吻過的地方。

這時我才發覺，與其說她在撫摸，不如說在擦拭。她不是在珍惜那個吻。她覺得他那一吻像烙痕，像癢疹，像木刺，她不斷想將那回憶抹去。

她一點也不愛他。她懼怕他。

我深吸口氣。她睜開雙眼，和我眼神交會。

「您要怎麼辦？」我輕聲說。

「我能怎麼辦？」她全身打顫。「他想要我。他向我求婚。他想要我成為他妻子。」

「您可以……拒絕。」

她眨了眨眼，彷彿不敢置信。我也不敢置信。

「拒絕他？」她緩緩說：「拒絕？」然後她表情變了。「從我窗前眼睜睜看他離去？還是他離開時，我該躲進舅父窗戶昏暗的藏書室，那樣的話，我就不用目睹他離去。但這樣一來，這樣一來……噢！蘇，妳不覺得我一輩子都會惋惜自己可能擁有的人生嗎？妳覺得還會有人來到這裡，並且有他一半那麼想娶我嗎？我有什麼選擇？」

她的目光堅定又赤裸，我不敢直視她。一時間，我說不出話來，我只別開身子，垂頭望著木門、生鏽的鐵鍊和掛鎖。掛鎖是最普通的那種。易卜斯先生曾教過我，牢牢護衛好重要部位的鎖最討厭、最難解開。我閉上雙眼，看到易卜斯先生的臉，也看到薩克斯比太太的臉。三千英鎊！我深吸口氣，轉頭再次望向茉德說：

「嫁給他，小姐。不要等您舅父的首肯了。瑞佛斯先生愛您，愛不會傷人，連隻跳蚤都傷不了。您過一陣子便能學會愛他了。在那之前，您就偷偷和他走吧，照他所說的做。」

一瞬間，她看起來好心痛，彷彿暗自希望我說什麼都好，就是不要這麼說，但那神情一閃而逝。後來她表情豁然開朗。她說：

「好。就這麼做。但我不能自己走。妳不能讓我自己一個人跟他走。妳一定要跟我一起走，答應我。答應我妳也會來，和我一起開啟新生活，在倫敦當我的侍女！」

我答應她。她發出緊張尖銳的笑聲，然後原本哭哭啼啼、心情低落的她，一下子變得幾乎飄飄欲仙。她提起紳士跟她形容的房子，還有倫敦的時尚，還說到時候我要幫她挑衣服。她還提到她那時會擁有自己的馬車。她說她會幫我買漂亮的洋裝。她說她到時候不會叫我侍女，而會說我是她的伴。她說她會替我雇個侍女。

她簡短說了句：「因為妳知道的，我只要一結婚……就會變得非常有錢？」

她全身打顫，露出笑容，並抓住我的手臂，將我拉近，與我頭靠著頭。她臉頰冰涼，肌膚和珍珠一樣光滑。她頭髮上沾有一滴滴雨水，顯得無比光亮。我覺得她在啜泣，但我沒有抽開身子看她怎麼了。我不希望她看到我的臉，因為我想我雙眼一定透露著悲傷。

＊＊＊

那天下午，她像平常一樣拿出顏料，架起畫板，但筆刷和顏料都沒沾水。紳士來到會客室馬上走向她，站到她面前，彷彿想將她拉進懷裡，卻又感到害怕。他呼喚她的名字——不是里利小姐，而是茉德。他語氣既熱情又溫柔，她聽了全身顫抖，遲疑一下，最後點點頭。他大吐一口氣，抓起她的手，跪到她身前。我覺得這有點太過頭了，就連她也面露懷疑。她說：「不行，不能在這裡！」並馬上望向我。他看到她的表情說：「可是在蘇面前可以吧？妳告訴她了嗎？她全都知道了？」他生硬地轉向我，彷彿除了她，看什麼都令他眼睛不舒服。

「啊，蘇。」他說：「如果妳曾真心對待小姐，現在當她最忠實的朋友吧！如果妳曾祝福一對被愛沖昏頭的情侶，現在真心祝福我們吧！」

他緊緊望著我。我也緊緊盯著他。

「她答應要幫我們了。」茉德說：「但是，瑞佛斯先生——」

「噢！茉德。」他聽了說：「妳這是要羞辱我嗎？」

她低下頭。她說：「好吧，理查。」

「好多了。」

他仍跪在地上，臉向上揚。她一手摸著他臉頰。他轉過頭，親吻她雙手，接著她馬上收回手。她說：

「蘇會盡力幫助我們。但我們一定要小心，理查。」

他露出微笑，搖搖頭。他說：

「妳現在了解我了，難道覺得我不夠小心嗎？」他起身從她身邊退開。他說：「為了愛，妳知道我會多小心嗎？妳看，看我的雙手。假設我的手裡有張蛛網，那代表我的野心。而蛛網中央有一隻寶石色的蜘蛛，那隻蜘蛛就是妳。我會像這樣將妳捧在手心，溫柔又小心，不會讓妳感到絲毫震動，讓妳不知不覺就被我帶走。」

他說著將白皙的手合起，她仔細望向他雙手之間時，他攤開手掌，放聲大笑。我別開目光。我再望向她時，他已牽起她的手，輕輕放到心上。她似乎放鬆一點了，兩人坐下低聲交談。

我想起她在墓園說的話，想起她怎麼搓揉著手掌。我心想：「那不重要，她現在已經全忘了。他這麼英俊，感覺這麼善良，她怎能不愛他？」

我心想：「她當然愛他。」我看他靠向她，撫摸她，讓她臉紅。我心想：「誰不會愛上他呢？」

他抬起頭，看到我目光，我傻傻地也臉紅了。他說：

「蘇，妳真的很盡責。妳時時都注意著小姐。以後我們肯定很高興有妳在。但今天……嘿，妳沒別的事好做嗎？」

他雙眼朝茱德臥房示意一下。

「如果妳進去的話，房間裡有個先令等著妳。」他說。

我幾乎要站起來走進房間了。我已經習慣扮演僕人。這時我看到茱德。她臉上血色已經消失。她說：「但瑪格莉特或別的女僕經過門口怎麼辦？」

「她們沒事為何要來？」紳士說：「就算她們來了，她們會聽到什麼？我們只要不出聲音，她們就會離開了。」他朝我一笑。「聽話，蘇。」他狡猾地說：「對戀人好一點。妳不曾有過心上人嗎？」

他說這句話之前，我可能還會乖乖離開。現在我突然想到，他以為自己是老幾？他假裝自己是個爵爺，但他明明只是個騙子。他手指上戴著假戒，口袋裡的錢全是假錢。茱德的祕密我知道得比他還多。我晚上睡在她的床上。我讓她像姊妹一樣愛我，他卻只讓她害怕。要讓她討厭他，對我來說易如反掌！他只要現在隨時能親吻她，最後能娶她，我想也就夠了。我不會現在拋下她，任他欺侮擺布，害她焦慮緊張。我心想：「去你的，反正我一樣會拿到我的三千英鎊！」

於是我說：「我不會離開里利小姐。她舅父不會允許這種事。如果史黛西太太聽到，我會被趕走。」

他望著我，皺起眉頭。茱德完全沒望向我，但我知道她心裡感激。她柔聲說：

「好了，理查，我們不該逼蘇。很快我們就能有足夠的時間在一起，對不對？」

他聽了說確實如此。他們在壁爐前親密地依偎，過一會，我走去坐在窗前縫東西，不打擾他們深情對視。

我聽到他窸窣低語，發出呼哧呼哧的笑聲。但茉德默默不語。他離開前牽起她的手，用嘴親吻，她全身劇烈顫抖，我回想她每一次顫抖的模樣，納悶自己怎麼會誤以為那是戀愛。門一關上，她便像往常一般站到鏡前，端詳自己的臉。她站在那裡一分鐘，然後轉身，非常緩慢、輕盈地一步步走著，從鏡前走到沙發，從沙發走到椅子旁，從椅子走到窗邊。簡言之，她橫越整間房，最後來到我身旁。她彎身看我縫的布，天鵝絨髮網中的頭髮垂下，輕拂我的頭髮。

「妳縫得真好。」她說。但我這次其實縫得不好。下針太用力，縫線歪七扭八。

她挺起身子，沉默不語。她深吸一、兩口氣。我覺得她有事情想問我，但不敢問。最後她再次走開了。

＊＊＊

我們的陷阱終於設好了（雖然我不常放在心上，卻也費了一番努力才走到這一步），我好希望時間快轉，盡快捕獲獵物。里利先生雇用紳士當助理只到四月底，而紳士打算待到最後一刻。「這樣一來，那老頭才不會用毀約為由指控我。」他大笑對我說：「或毀了別的東西。」他打算照原訂時間離開，換言之，就是四月最後一天的晚上。但離開莊園之後，他不會跳上前往倫敦的火車，反而會躲在附近，趁夜深人靜，回來莊園接我和茉德。他順利偷走她之後馬上會娶她。這事愈快愈好，要趁她舅父發現，派人來找她，並將她抓回家前搞定。他全都準備好了。他不能騎馬或駕車把她載走，因為他不可能通過大門。他打算駕船從河邊帶她走，並到某個偏僻的小教堂結婚，在那裡，沒有人會知道她是里利先生的外甥女。

還有一件事，兩人必須在教區生活十五天以上，才能在教堂結婚。但就像其他事情一樣，他這點也搞定了。茉德答應嫁給他幾天後，他便找個理由，騎馬去美登赫一趟。他在那兒獲得特別的結婚許可（那代表他們不用刊登結婚公告），然後他在郡裡到處繞，尋找適合的教堂。他找到了，那地方不僅小，也很殘破，根本沒有名字。總之，他是這麼跟我們說的。他說牧師是個酒鬼。教堂附近有間農舍，農舍的主人是個養黑面豬的寡婦。他給她兩英鎊，她說她會給他一間房，發誓不管誰問起，她都會說他在那兒住一個月了。

那種女人會為紳士這種男人做任何事。他那天晚上回到荊棘莊園，像隻鼬鼠般得意，而且比平常更意氣風發。他來到茉德的會客室，要我們坐下來，低聲說明他的安排。

他說完之後，茉德臉色蒼白。她最近食不下嚥，臉瘦了一圈，雙眼都有黑眼圈。她雙手緊握。

「三週。」她說。

我想我懂她的意思。她剩三週讓自己愛上他。我看她在腦中數著日子，靜靜思考。

她在想一切塵埃落定之後會發生的事。

＊＊＊

因為，她不曾學會愛他。她不喜歡他親她，也不喜歡他碰她。她總是拚命縮身躲著他。退無可退時，又必須逼自己面對他，讓他將自己拉近，讓他撫摸頭髮和臉龐。我想他起初以為她真心拒絕，後來我猜他反而喜歡上她彷彿欲擒故縱的步調。他會先溫柔待她，然後稍稍踰矩，見她難受或慌張，便會說：

「噢！妳怎麼忍心。我覺得妳只是在玩弄我對妳的愛。」

「才沒有。」她會回答：「沒有，你怎麼能說這種話？」

「我不覺得妳愛我。」

「你說我不愛你？」

「妳都不表現出來。莫非……」說到這，他狡猾地瞄過來，看我一眼。「莫非妳心裡有別人？」

這時她便會讓他吻她，彷彿為了證明她心裡沒有別人。她會像木偶一樣僵硬，或是全身軟弱無力。有時她幾乎要哭出來。他會安慰她。他會罵自己畜生，不值得擁有她，應該將她交給更好的人。這時她會再讓他親吻她。我會在窗邊寒冷的位置聽到嘴唇相觸的聲音。我會聽到他手鬼鬼祟祟摸上她裙子。我時不時會望向他們，確保他沒有太過分。但那時，我不知道何者比較令人心痛，是看到她表情僵硬，面頰慘白，雙唇埋在他鬍鬚中，還是和她四目交會，望著她眼眶中的淚水流下雙頰。

＊　＊　＊

「別鬧她了，好不好？」有天她舅父叫她去找一本書，我對他說：「你難道不知道她不想要你糾纏她嗎？」

他一臉莫名其妙，望了我一會，接著抬起眉毛，神色驚訝。「不想要？」他說：「她想得很。」

「她很怕你。」

「她怕她自己。像她那樣的女孩總是這樣。但她們儘管扭動、矜持沒關係，最後她們都會想要同一件事。」

他頓了頓，然後大笑。他覺得這只是個骯髒的笑話。

「她從你身上想要的是離開荊棘莊園。」我說：「其他事她根本不懂。」

「女人全都說她們不懂。」他打呵欠回答。「她們心裡、夢裡其實再明白不過。從母奶便一脈相傳。妳沒聽到她在床上的聲音嗎？她不是蠕動、喘息嗎？她是為我喘息。妳聽仔細一點。我應該來跟妳一起聽。要嗎？我今晚可以去妳房間嗎？妳可以帶我去找她。我們可以看她心跳得多快。妳可以幫我把她洋裝脫下，讓我好好觀察。」

我知道他只是在亂講話。他絕不會為了這種蠢事，冒著被逮到的危險過來。但我聽到這段話，腦中畫面浮現：我想像自己脫下她的洋裝。我滿臉通紅，別開身子說：

「你永遠找不到我房間。」

「我應該可以輕鬆找到。我有房子的地圖，磨刀童給我的。他是個乖巧的小男孩，管不住自己的嘴巴。」他又仰頭大笑，身子在椅子上伸展。「只是妳想一想！她怎麼會受到傷害？我會像隻老鼠一樣，無聲無息。這我最擅長了。我只想在一旁看。還是她會像詩裡描寫的女孩子，希望醒來能看到我[21]。」

我聽過不少詩，全都是關於賊被士兵抓走，離開愛人懷抱之類的。還有一首是關於貓被推入井裡。但我不知道他提到的這首詩，我不禁滿肚子火。

「你不要鬧她。」我說。也許他聽出我語氣變了。他望過來，語氣不再輕描淡寫。

「噢！我的寶貝蘇。」他說：「妳生氣啦？在莊園生活一段時間，過慣好日子啦？妳家裡那副德性，還認識一幫狐群狗黨，誰想得到妳會喜歡上服侍小姐！如果薩克斯比太太、丹蒂和約翰看妳臉紅成這樣，他們會怎麼說？」

「他們會說我心地善良。」我勃然大怒。「也許我真是如此。這有什麼錯？」

「他媽的。」他也發火了。「像妳這樣的女孩，心地善良有個屁用？丹蒂那樣的女孩，又能怎樣？只會害死她而已。」他朝茉德去找舅父時通過的那扇門擺頭說：「妳覺得她希望妳有良知？她只想要妳替她繫馬甲，替她拿梳子梳頭，替她倒夜壺而已。老天啊，看看妳！」我轉身拿起她的披肩，隨手開始摺。他從我手中奪下。「妳什麼時候變得這麼溫順，愛整齊？妳覺得妳欠她什麼？聽我說。我了解她們這種人，我曾是他們其中之一。別跟我說得好像她是好心才把妳收留在荊棘莊園，好像妳天生就溫柔婉約！說到底，妳的心——照妳的說法——和她一模一樣，也都像我和大家一樣。人心跟瓦斯管上的儀表其實差不多，把錢投進去才會發動。薩克斯比太太應該教過妳。」

「薩克斯比太太教過我許多事。」我說：「而且跟你現在說的不一樣。」

「薩克斯比太太對妳過度保護了。」他回答：「太保護了。自治市區的男孩子說妳蠢還真沒錯。保護太久了。簡直像這樣保護著。」他伸出拳頭。

「你也只能幹自己拳頭。」我說。

他鬍子下的雙頰發紅，我以為他要起身打我。但他只從椅子傾身，抓住我的椅子扶手。低聲說：

21　浪漫派詩人濟慈（John Keats, 1795-1821）所寫的〈聖艾格尼絲節前夕〉（*Eve of St. Agnes*）。

「再讓我看到妳鬧脾氣，我會像顆石頭一樣把妳丟了，蘇。妳聽懂了嗎？現在事情眼見就要成了，就算不得已，沒有妳我還是能搞定。她會照我說的去做。我可以說我倫敦的老奶媽突然生病，需要外甥女照顧？那時妳要怎麼辦？妳回蘭特街時，想穿著舊洋裝，空手而歸嗎？」

「我會告訴里利先生！」我說。

「妳覺得他忍受得了妳，還願意聽妳說話嗎？」

「那我會告訴茉德。」

「去啊。妳乾脆順便說我有條尖尾巴，還有偶蹄？如果讓我登上舞台，我就能化為魔鬼犯罪。但現實生活中，沒人料到會遇上我這種人。她一定不相信妳。她沒本錢相信妳了！因為她跟我們一樣已無法回頭，她不嫁給我人生就差不多毀了。她必須照我的話做，不然她這輩子只能待在這裡，一事無成。妳覺得她希望如此嗎？」

我能說什麼？她已明白跟我說，她絕不要這樣度過餘生。所以我不答腔。但那天之後，我覺得我恨他。他坐在自己的椅子上，手按著我椅子扶手，雙眼瞪著我一會，這時樓梯傳來茉德便鞋的聲音，一秒之後，她出現在門口。當然，他這時已回位子坐好，並換了個表情。他站起身，我也站起來，萬念俱灰中行個屈膝禮。他馬上走向她，帶她到壁爐邊。

「妳很冷吧。」他說。

他們站在壁爐旁，但我從鏡子看著兩人的臉。她望著爐床的木炭。他望著我。然後他嘆口氣，搖搖討人厭的頭。

「噢！蘇。」他說：「妳今天特別嚴肅。」

茉德抬頭。「怎麼了？」她說。

我吞口水，不發一語。他說：

「蘇好可憐，她對我無比厭煩。妳剛才不在的時候，我一直逗她。」

「怎麼逗她？」她皺眉笑著問。

「唉，就不讓她縫東西，一直聊妳啊！她說自己有顆溫柔的心，結果事實上完全相反。我跟她說我看不到妳，眼睛都發疼了，她叫我把眼珠挖出來，包在法蘭絨巾裡，留在自己房間就好。我說我沒聽到妳甜美的聲音，耳朵一直耳鳴，她想叫瑪格莉特拿蓖麻油來灌我耳朵。我給她看我需要妳親吻的白淨手掌，她叫我把這雙手——」他頓了頓。

「怎麼樣？」茉德說。

「好好收到口袋裡。」

他露出笑容。茉德望我一眼，面露懷疑。「可憐的手。」她最後說。

他抬起手臂。「但我的手仍想要妳的吻。」他說。

她猶豫一下，然後用自己纖細的雙手捧著他的手，並用雙唇碰一下他指節。「不是那裡。」她一親，他馬上說：「不是那裡，這裡才對。」

他手腕翻面，露出手掌。她又猶豫一下，然後垂下頭去親吻。他的手覆住她的嘴巴和鼻子，還有半張臉。他和我使個眼色，點著頭。我轉開頭，不想看他。

＊　＊　＊

他說對的事，我也只能吞下去。但茉德的事他說錯了。不管他說什麼人心和瓦斯管，我都知道她是純真善良、溫柔美麗的好女孩。但我的事他說對了。我回自治市區怎能空手而歸？我這趟來是為了替薩克斯比太太賺大錢。我回家怎麼面對她和易卜斯先生（還有約翰）？並解釋我放棄計畫，放棄三千英鎊是因為——因為什麼？因為我的感情比原本所想的細膩？他們會說我是膽小鬼。他們會當著我的面笑我！我聲名在外，我可是謀殺犯的女兒。大家對我有所期待，感情細膩可不在其中。對不對？

話說回來，就算我放棄，又怎麼救茉德？假設我甩頭回家，紳士還是會娶她，並把她關起來。假設我揭發他，他會被趕出荊棘莊園，里利先生會把她看得更緊，到時候，搞不好她進瘋人院還比較好。不論如何，她的命運都不大好。

她的命運好幾年前便已注定。她像是在洶湧河水中的細枝，也像牛奶一般，白潔純淨，天真單純。她生來注定受到玷汙。

何況，我出身的地方沒人好命。雖然她前景堪憂，但那代表我也要被拖下水嗎？

我覺得不用。所以如我所說，雖然我為她難過，但我並不想拯救她。我不曾真心想坦承真相，揭露紳士的真面目。換言之，我不曾想破壞計畫，也不曾想放棄那筆錢。我讓她誤以為他是個好人，並愛上了她。我讓她誤以為他親切溫柔。我心底明知道他只想擄獲她、騙她、幹她和囚禁她，但我袖手旁觀，看著她逼自己愛上他。我眼睜睜看她日漸消瘦，臉色蒼白，畏畏縮縮。我看她將臉埋進雙手，指尖拂過發痛的額頭，默默希望自己不是自己，希望荊棘莊園不是舅父的房子，希望紳士不是她必須嫁的對象。我痛恨這一切，但只能別開頭。

我心想，沒人能挽救這一切。我心想，那是他們的事。

但怪就怪在這。我愈不去想她，愈常對自己說「她對妳毫無意義」，愈想把她從我心裡抹除，她就愈占據我的心。我和她朝夕相處，心裡想的全是我將葬送她的未來，害我幾乎不敢碰她，或與她目光相交。每天晚上，我都背對她，用毛毯蓋住耳朵，怕聽到她嘆息。但她去找舅父時，即使隔著牆，我卻能感覺到她，就像傳說能感應出黃金在哪的瞎賊。不知不覺，我們彼此之間彷彿連著一條線，不論她在何方都將我拉向她。感覺就像——

感覺就像妳愛她，我心想。

這想法改變了我。我變得緊張又害怕。我覺得她會一眼看穿我。搞不好紳士、瑪格莉特和史黛西太太也看得出來。我想像事情傳回蘭特街，傳到約翰耳中。尤其是約翰。我想像他的表情和笑聲。「我做錯什麼？」我想像自己辯解。「我什麼都沒做！」而且我真的沒有。如我所說，我只是這樣想著她，這樣感覺她而已。但後來就連她鞋子、長襪等衣物，在我眼中似乎都不同了。衣服彷彿保留著她的身形、溫度和氣味，我不再喜歡將衣物摺起。她的房間也似乎不同了。我變得喜歡走來走去（就像我第一天到荊棘莊園一樣），看她拿過或碰過的東西，像她的小木盒、母親的肖像和她的書。她在瘋人院有書可以看嗎？她的髮插上還留有她的頭髮。那時會有人幫她梳頭嗎？還有她的鏡子。她喜歡站在靠近壁爐的地方，我也開始站到同一個地方，學她端詳自己的臉。

「再十天。」我會對自己說：「再十天，妳就會變有錢人！」

但我每次說出口，莊園的鐘聲會響起，然後我便會打個寒顫，想到我們的計畫又往結尾推進一小時，陷阱的利牙又靠得更近，咬得更緊，更難撬開。

當然，她也感到時間一分一秒過去。她生活變得更僵硬和規律，無不照著過去的習慣，像個發條娃娃，散步吃飯，更衣就寢。我想她這麼做是不想讓人起疑。不然就是不想讓時間過得太快。我觀察她喝茶的模樣。她會拿起茶杯，啜一口，放下，再拿起來啜一口，簡直像個機器人；我也看她縫衣服，動作慌亂急躁，縫線歪七扭八。這一切都讓我不忍卒睹。我想起自己曾把地毯收起，和她跳波卡舞。我想起我曾替她磨平她的尖牙。我想起自己捧著她的下巴，手摸到她溼潤的舌頭。那時候，這不過是日常瑣事。但我現在無法想像自己將手指放入她嘴中，卻沒有一絲邪念……

她又開始做夢。她晚上會醒來，迷迷糊糊的。她有一、兩次從床上坐起。我睜開眼，發現她詭異地在房間裡走來走去。「妳在嗎？」她聽到我翻身會這麼說，然後會回到我身旁，躺下來全身發抖。有時她會伸手來找我。不過她雙手一碰到我便會縮回去。有時她會暗自啜泣，或會問些奇怪的問題。「我是真實的嗎？妳看得到我嗎？我是真實的嗎？」

「繼續睡吧。」有天晚上我說。那時已接近計畫尾聲。

「我不敢睡。」她說：「噢！我好怕……」

她聲音這次一點也不迷糊，反而柔和清澈，散發悲傷，我聽了不禁清醒過來，並轉頭望向她。我看不到她的臉。她晚上的燈心草燈熄了，可能燈芯碰到燈罩或燒完了吧。床簾像平常一樣都已拉下。我想時間應該是凌晨三、四點。床上一片漆黑，像個密閉的箱子。她的呼吸從黑暗中吹來，拂著我的嘴。

「怎麼了？」我說。

「我做夢……夢到我結婚了……」她說。

我轉過頭。她的呼吸吹著我的耳朵。寂靜中，呼吸聲變得十分大聲。我又移動一下頭。我說：

「您不久也真的要結婚了。」

「真的嗎？」

「您知道的啊。好了，快睡吧。」

但她不睡。我感覺她靜靜躺著，但全身非常僵硬。我清楚感覺到她心臟大力跳動。最後她再次輕聲開口：

「蘇——」

「什麼事，小姐？」

她舔了舔嘴唇。「妳覺得我人好嗎？」她說。

她像個孩子一樣問出口。她的話令我不安。我再次轉過身，雖然眼前一片漆黑，我仍試著去看她的臉。

「好啊，小姐？」我瞇著眼說。

「妳真這麼想？」她鬱悶地說。

「當然了！」

「我不希望妳這麼想。我不希望我是好人。我希望……我希望我很聰明。」

「我希望您好好睡覺。」我心想。但我沒說出口，反而說了另一句：「聰明？您不聰明嗎？您明明才這麼大年紀的女生，已讀了那麼多您舅父的書？」

她沒回答，只像剛才一樣僵硬地躺著。但她心臟跳得更大力了。我感到她心突然跳一拍。我感覺她深吸口氣，並憋住氣，最後才開口。

「蘇。」她說：「我希望妳告訴我——」

告訴我真相，我以為她要這麼說，我的心臟跟她一樣大力跳著，身體冒汗。我心想：「她發現了。她猜到了！」我心裡幾乎想著：感謝老天！

但不是。她要說的完全不是這句話。她又吸口氣，我感覺她努力鼓起勇氣，想問出這可怕的問題。我其實早該想到了，因為我覺得她這個月一直想問，卻問不出口。最後，她脫口而出。

「我希望妳告訴我……」她說：「妻子在新婚之夜必須做的事！」

我聽到之後臉紅了。她或許也臉紅了。但房裡太黑，什麼都看不到。

「您不知道？」我問。

「我知道……有事情要做。」

「但您不知道是什麼事？」

「我怎麼會知道？」

「但說真的，小姐。您是說，您不知道？」

「我怎麼會知道？」她從枕頭仰起大聲說：「妳不懂嗎？妳不懂嗎？我甚至連自己不知道什麼我都不知道！」她發抖。接著我感到她讓自己冷靜下來。「我想……」她異常平靜地擠出話。「我想他會親吻我。他會這麼做吧？」

我再次感到她的呼吸拂過我面龐。我感受到那個詞：親吻。我又臉紅了。

「他會嗎？」她說。

「會，小姐。」

我感覺她點點頭。「親我臉頰？」她說：「我嘴巴？」

「親您嘴巴，我想。」

「我的嘴巴。當然……」她雙手伸到臉上。黑暗中，我終於看到了她潔白的手套，聽到她手指滑過她的雙唇。聲音似乎被放大了。床變得更小更黑。我好希望燈心草燈沒燒完。我好希望鐘聲響起（我想這是唯一一次）。但四周一片寂靜，只有她的呼吸聲。四下漆黑，只看得到她白皙的雙手。世界也許萎縮了，也許消失了，但我不得而知。

「還有呢？」她問：「他會想要我做什麼？」

我心想：「趕快說清楚。最好說快一點，而且要直白清楚。」但對她，我難以啟齒。

「他會想……」過一會我說：「他會想抱您。」

她手不動了。我想她在眨眼睛，我覺得我聽到她眨眼的聲音。她說：

「妳是說，他會站著將我擁入懷中？」

她說出口時，我馬上想像她在紳士懷裡。我看到他們站著，像有時在自治市區夜裡會看到的男女，站在門口或靠著牆相擁。一般人都會刻意別開頭。現在我試著轉開目光，但我當然辦不到，因為我根本什麼都看不到，四周只有黑暗。我的想像投射出了人影，如走馬燈一樣明亮。

我後來發現她在等我回答。我慌張地說：

「他不會想站著。站著太克難了。除非沒有地方躺，或動作要快的時候才會站著。一個有禮的紳士會在沙發或床上擁抱妻子。床當然最好。」

「床上。」她說：「像這張床嗎？」

「大概像這種。不過我想兩人完事之後，羽毛絨要重新弄整齊恐怕會累死！」

我大笑，但笑得太大聲了。茉德嚇得縮一下身子，然後似乎皺起眉頭。

「完事……」她喃喃說，彷彿搞不清楚這個詞的意思。接著她問：「完什麼事？擁抱嗎？」

「結束那件事。」我說。

「妳是指擁抱嗎？」

「結束那件事。」我轉頭，然後又轉回來。「這裡好暗！燈在哪？結束那件事。我說得不夠明白嗎？」

「我希望妳能再說明白一點，蘇。妳只提到床、羽毛絨。但那跟我有什麼關係？妳提到那件事。那件事是什麼事？」

「那件事就是接下來的事。」我說：「先親吻，然後在床上擁抱之後的事。那才是正事。親吻只會讓您想要開始。然後會有一股感覺湧上，像、像想要隨著音樂或心情跳舞。您從來不曾——？」

「從來不曾什麼？」

「沒事。」我說。我仍不安地移動著身子。「您不用太在意。很簡單的，跟跳舞一樣。」

「但跳舞不簡單。」她繼續追問：「跳舞要有人教才會跳。妳教我我才會了。」

「這個不一樣。」

「為什麼？」

「跳舞有許多方式。這件事只有一個方式。您只要開始了，自然而然就會了。」

我感到她搖搖頭。「我覺得我不會自然而然學會。」她可憐地說：「我不覺得親吻能讓我想要開始。瑞佛斯先生的吻不曾讓我有感覺。也許、也許我的嘴唇少了特定的肌肉或神經——？」

我說：「天啊，小姐。您是女生還是醫生啊？您的嘴唇當然沒問題。您看。」她讓我氣得受不了。我像彈簧一樣被她弄得神經緊繃。我從枕頭仰起頭來。「您的嘴唇在哪？」我說。

「我的嘴唇？」她驚訝地回答：「在這。」

我找到她的嘴唇，親吻了她。

我知道該怎麼做，因為丹蒂曾教過我一次。但是親吻茉德和親她截然不同。感覺彷彿在親吻黑暗，彷彿黑暗有生命，有形體，有滋味，溫暖且靈活。她的嘴唇一開始動也不動。後來她也朝我迎來，雙唇張開，我感到她的舌頭，她的吞嚥，我感到——

我原本只是要教她。但我的雙唇和她緊貼時，我感到欲火燃起，剛才提到親吻時會有的欲望全湧上來。我頭腦發昏，雙頰比之前更加發燙。那像酒一樣讓我醉了。我抽開身子。她的氣息吹上我的嘴，感覺十分冰冷。

我的嘴和她糾纏後一片濡溼。我悄聲說：

「您有感覺嗎？」

這句話聽起來很怪，彷彿那吻讓我舌頭怎麼了。她沒回答。她沒動，也呼吸著，但全身毫無動靜，我突然想：「要是我害她靈魂出竅怎麼辦？要是她永遠醒不過來怎麼辦？我該怎麼跟她舅父說？」

然後她稍微移動了身子，接著才開口。

「我感覺到了。」她說。她的語氣和我一樣奇怪。「妳讓我感覺到了。好奇妙，那真的讓人好想要。我從來沒有——」

「那感覺想要的是瑞佛斯先生。」我說。

「是嗎？」

「我想沒別的可能。」

「我不知道。我不知道。」

她悶悶不樂地說。但她又移動身子，朝我靠近。她雙唇又接近我的嘴唇，好像不大清楚自己在做什麼，或其實她知道，但情不自禁。她又說一次：「我好怕。」

「不要怕。」我馬上說。因為我知道她絕對不能害怕。假如她這麼怕，難道要毀約不嫁給他嗎？

我是這麼想的。我覺得我必須告訴她怎麼做，不然她太害怕會破壞我們的計畫。於是我又親吻她，並撫摸她的臉龐。我從我們雙唇交會處摸起（嘴唇邊柔軟溼潤的地方），接著我找到她的下巴、雙頰和額頭。我之前觸碰過她，幫她洗過澡，也替她換衣服，但不曾如此感受著她。她好光滑！好溫暖！感覺我從黑暗中，召喚出她的體溫和身形，彷彿在我手下，黑暗慢慢成形，迅速成長。

她開始顫抖。我想她仍很害怕。後來我也開始發抖。在這之後，我沒有再想起紳士。我只想著她。她臉上流下淚水時，我將淚水吻去。

「妳是珍珠。」我說。她好潔白！「珍珠、珍珠，妳是珍珠。」

＊＊＊

黑暗中很容易說出口。要做也真的非常容易。但隔天早上我醒來，看到床簾透進的灰色天光，想起我昨晚做的事，心裡只想著：我的天啊。茱德仍安穩睡著覺，她的額頭緊皺，嘴巴張開。她的嘴唇乾了。我的嘴唇也乾了，我伸手摸摸自己的嘴唇。然後手馬上放下，因為上面都是她的味道。聞到那氣味，我體內不禁顫抖，感覺像昨夜遺留下來的影子。當時我緊依著她的身子，那股顫抖突然攫住我。攫住我們兩人。自治市區的女孩稱之為到了。他讓妳到了嗎？她們說那就像打噴嚏一樣；但噴嚏根本不能比，一點都不像——

我一想起，身子又顫抖起來。我將一根指尖放到我舌頭上。味道很濃烈，像醋，也像血。像錢的味道。

我愈來愈害怕。茉德稍微動了動身子。我起身，目光不敢投放到她身上。我走進自己的房間，漸漸覺得身體不舒服。也許我昨晚真的喝醉了，也許晚餐喝的啤酒釀壞了，也許我發燒了。我洗淨雙手和臉，水冰得讓我臉感到刺痛。我洗淨雙腿之間，換衣服。接著我靜靜等待。我聽到茉德醒來，身體翻動，便緩緩走向她。透過床簾的縫隙，我看到她了。她已從枕頭上坐起，並試著繫上睡袍的帶子。我昨晚把帶子解開了。

我看到這幕，體內再次顫抖。但她抬頭望向我，我別開頭。

我別開頭！她沒要我去她身邊。她沒開口。她看我在房間走來走去，但她一語不發。瑪格莉特拿來木炭和水。她跪在壁爐前時，我站在衣櫥前拿衣服，滿臉通紅。茉德留在床上。後來瑪格莉特離開了。我拿出洋裝、襯裙和鞋子，並把水盆拿過來。

「您過來吧。」我說：「我來幫您更衣？」

她過來了。她站著緩緩抬起雙臂，我褪下她的衣服。她的大腿上留有紅印。她腿間的毛又捲又黑。她胸部上有個深紅色的瘀痕，那是我昨晚親太用力留下的。

我把那痕跡蓋起。她其實可以阻止我。她可以將手放到我手上。畢竟，她是我的小姐！但她什麼都沒做。

我帶她到壁爐銀色的鏡子前，她垂下目光，讓我梳理、固定她的頭髮。我碰到她的臉時，就算她有發覺我手指發抖，她也沒開口。我快弄好時，她才抬起頭，和我四目相交。然後她眨眨眼，好像思索著話語。她說：

「我睡得很熟。對不對？」

「對。」我說。聲音在顫抖。「沒做夢。」

「沒做夢。」她說：「只有一個夢。但那是個美夢，我覺得……我覺得妳在那個夢裡，蘇……」

她雙眼望著我的眼睛，彷彿在等我回應。我看到她喉嚨脈搏鼓動。我的脈搏也跟她一樣，心臟在我胸中怦怦作響。現在回想起來，我那時如果將她拉向我，她會親吻我。如果我那時說，我愛妳，她也會回應，接下來一切都將改變。我也許能救她，也許能找到什麼方法（我不知道），讓她逃離她的命運。我們也許可以騙過紳士，也許能跟她逃到蘭特街——

但如果我這麼做，她會發現我是個壞人。我想跟她吐實，全身卻發抖得更厲害。我辦不到。她太單純了，太善良了。要是她身上有汙點、心裡有一絲壞念頭的話該有多好！但她都沒有。只有胸前深紅色的瘀傷，而且輕輕一吻就留下了。她在自治市區要怎麼生活？

而且，我要是帶她回到自治市區，我要怎麼生活？

我再次聽到約翰的笑聲。我想到薩克斯比太太。茉德望著我的臉。我將最後一根髮簪插到她頭髮上，替她戴上天鵝絨髮網。我吞了吞口水說：

「在您的夢裡？我想不是，小姐。不是我。我會說……我會說是瑞佛斯先生。」我站到窗邊。「看，他在那裡！他香菸已經快抽完了。您快來看，不然會錯過他的！」

＊　＊　＊

我們一整天彼此都很尷尬。我們一起散步，卻離得很遠。她伸手要勾我手臂，我卻抽開身子。那天晚上，她上床之後，我站在床邊拉下床簾，我望著她身旁的空位說：

「現在晚上變溫暖了，小姐。您覺得自己睡會不會比較好……？」

我回到自己狹窄的床上，被子像一層層酥皮。一整晚，我都聽到她翻身嘆息。而我也翻身嘆息。我感覺我們之間那條線不斷拉扯我的心，讓我心好痛。有好幾次，我都差點起身走向她。有好幾次我都心想，去找她！妳在等什麼？回到她身邊！但每次，我都會想到這麼做的後果。我知道自己躺在她身旁一定會想碰她。她呼吸拂著我雙唇時，我一定會想親吻她。而我親吻她的話，一定會想拯救她。

於是我什麼都沒做。隔天晚上也是，接下來的夜晚都一樣。再過不久便不會再有這樣的夜晚了。原本十分緩慢的時間突然變得飛快，四月底轉眼間就到了。那時，一切都太遲了。

第六章

紳士先走了。里利先生和茉德站在門口和他道別。我在房間窗前看著他們。她和他握握手，他行個禮。然後馬車載他出發前往馬洛車站。他戴著帽子，雙臂交叉，臉對著我們，他的雙眼一會看她，一會看我。

我心想，惡魔走了。

他沒有打手勢，因為那只是多此一舉。他已經跟我們確認過計畫，我們都牢記在心。他會搭火車坐到約三英里的地方，然後等待夜晚降臨。我們會在茉德的會客室準備半夜出發。鐘十二點半敲響的時候，他會在河邊和我們碰頭。

那天過得與以往每一天都相同。茉德和以前一樣去找她舅父，我在她房間徘徊，看著她的東西。只是這次，我當然是在看我們該帶什麼。我們吃了午餐，然後去庭園散步，走到冰屋、墓園和河邊。這是我們最後一次這麼做，但事情卻全無變化。是我們變得不一樣了。我們沉默不語地走著。我們的裙襬不時會靠在一起，有一次，甚至手也交觸了，但我們都趕緊分開，彷彿會刺痛一般。但因為我不敢看她，所以我不知道她有沒有像我一樣臉紅。在房間裡，她像尊雕像文風不動站著。我時不時會聽到她嘆氣，那就是唯一的動靜了。我坐在桌前，桌上的盒子裡裝滿她的胸針和戒指，我用茶碟盛醋，替她擦亮寶石。我寧可找些事做，也不要呆等。她中途有來看一下，然後拭著眼淚走開了。她說醋薰到了她的眼睛。我的眼睛其實也刺刺的。

後來天黑了。她和我分別去吃晚餐。到了樓下，廚房每個人都鬱鬱寡歡。

「瑞佛斯先生一走，一切好像都不同了。」他們說。

凱克柏太太神色黯淡，彷彿烏雲密布。瑪格莉特湯匙掉到地上時，凱克柏太太用杓子打得她尖叫。後來，我們才開始吃飯沒多久，查爾斯突然大哭，哭到跑出廚房去擦下巴的鼻涕。

「他真的很難過。」一個女僕說：「他打定主意要去倫敦當瑞佛斯先生的家僮。」

「給我回來！」魏伊先生站起身大喊，假髮上的白粉紛飛。「你這年紀的孩子，跟那種傢伙一起，太丟人了！」

但不論魏伊先生或誰怎麼勸，查爾斯都沒回來。他這段時間替紳士送早餐，擦亮他的靴子，還刷洗他漂亮的大衣。現在他只能待在全英國最安靜的房子裡，磨磨刀、擦擦玻璃杯。

查爾斯坐在樓梯上哭，頭撞著欄杆。魏伊先生過去打他一頓。我們聽到他拿皮帶抽查爾斯的背，查爾斯不住哀叫。

那頓飯吃起來更難受了。我們默默吃著飯，吃完之後，魏伊先生回來了，他臉色脹得發紫，假髮歪一邊，我沒有跟他和史黛西太太到房間吃甜點。我說我頭痛，其實也不算說謊。史黛西太太打量我一陣，然後轉開頭。

「妳怎麼身子這麼差，史密斯小姐。」她說：「我想妳是把健康都忘在倫敦了。」

但她怎麼想我不在乎。我再也不會見到她，或者魏伊先生、瑪格莉特和凱克柏太太。

我道晚安，走上樓。茉德當然仍和舅父在一起。她回來之前，我照計畫整理行李，我把所有洋裝、鞋子以及所有該帶的東西收好。全都是她的東西。我把棕色的羊毛洋裝留在這裡，我已經超過一個月沒穿過這件洋裝了。我把它放在行李箱底部。行李箱也會留下。我們只會提行李袋。茉德找到兩個她母親的舊行李袋。皮革都已受潮，長出一片白黴。上頭的銅牌有刻字，字母清楚到連我都認得出來。上面有個M，還有個L。因為她母親的名字縮寫和她一樣。

我在裡頭鋪上紙，然後把行李塞緊。我將擦亮的珠寶放進比較重的行李袋，這袋我會負責背。我將珠寶用布包起，以免一路顛簸，失去光澤。我還放了一只她的手套——白色的羔羊皮手套，釦子是珍珠做的。她只戴了一次，以為掉了。我想留起來紀念她。

我覺得自己的心碎成兩半。

後來她從舅父那裡回來了。她擰著雙手。「噢！」她說：「我的頭好痛！我以為他今晚不放我走了！」

我早猜到她今天會頭痛，因此跟魏伊先生要了點酒，給她安神。我請她坐下，喝點酒，然後我用酒沾溼手帕，擦拭她上眼窩。沾了酒的手帕如玫瑰一般紅，而我擦拭過的地方也呈深紅色。我感覺她臉涼涼的。她眼皮跳了跳。她一睜開眼，我便退開來。

「謝謝妳。」她悄聲說，目光溫柔。

她又喝了更多酒。那是好酒。我喝下她剩下的酒，酒液像一把火燒過我。

「好。」我說：「您要換衣服了。」她穿著晚餐的衣服。我拿出她散步穿的衣服。「但裙撐一定要留下來。」沒有空間可以放裙撐。少了裙撐，她洋裝的短裙總算成了長裙，而且她看起來更瘦了。她最近變瘦了不少。我給她一雙又短又寬的靴子穿。然後給她看行李袋。她用手摸著，搖搖頭。

「妳什麼都準備好了。」她說：「我絕不可能這麼面面俱到。沒有妳的話，我絕不可能辦得到。」

她和我四目相交，眼神充滿感激和悲傷。天曉得我露出什麼表情，我別開頭。女僕一一上樓時，地板咿呀作響，然後整棟房子安靜下來。鐘聲再次響起，已經九點半了。她說：

「再三個鐘頭，他就會來了。」

她畏畏縮縮，語氣緩慢，就像她說「三週」時一樣。

＊ ＊ ＊

我們將會客室的燈捻熄，站在窗邊。我們看不到河，但看得到庭園圍牆，並想像後頭清涼平靜的河水像我們一樣靜靜等待。我們站了一小時，幾乎沒交談。有時她會發抖。「您會冷嗎？」我這時會這麼說。但她不冷。最後連我也等到受不了了，心中開始浮現各種焦慮。我擔心自己可能沒打包好。我擔心忘了帶她哪件衣服、哪件珠寶或忘了白手套。我明知道我有把手套放進去，但我變得跟她一樣，像熱鍋上的螞蟻。我留她在窗邊，走進臥室，打開行李袋。我拿出所有洋裝和衣服，重新打包。結果，當我將皮帶繫上釦環時，皮帶斷了。皮帶太老舊，幾乎不成形。我拿了根針，硬是將皮帶縫緊。我用嘴巴把針線咬斷，線嘗起來鹹鹹的。

然後我聽到茉德會客室的門打開。

我心跳一下，急忙將行李袋藏到床邊陰影處，站在原地，豎耳傾聽。一點聲音也沒有。我走到會客室的門口，往內看。窗簾拉開了，月光照進來，但會客室是空的，茉德不見了。

她沒關門。我躡手躡腳走去，瞇眼望向走廊。這時除了房子正常的呢喃聲，我覺得自己又聽到一個聲音。也許是另一扇門打開又關閉的聲音，距離很遠。但我無法確定。我輕聲叫喚：「茉德小姐！」但在荊棘莊園，即使是輕聲細語也顯得無比大聲，我沉默下來，屏息去聽，雙眼瞪著黑暗，向走廊前進幾步，再聽一次。我雙手緊握，緊張到難以言喻。但說實話，我也很生氣。因為在這大半夜，沒個解釋、沒留句話就亂跑出去，還不就她才做得出來？

十一點半鐘響時，我又喚她一次，又沿著走廊走了幾步。但後來我腳絆到地毯，差點摔跤。這房子她熟得很，沒點蠟燭也沒問題，但我對這裡非常陌生，我不敢隨她亂跑。要是我在黑暗中拐錯彎？搞不好再也找不到路回來了。

於是我只能等待，時間一分一秒倒數。我回到她臥室，將行李袋拿到會客室。然後我站到窗邊。今晚是滿月，夜色明亮。房子前的草坪鋪展延伸，圍牆就在另一頭，牆外便是那條河了。紳士在河上某處，正朝我們慢慢靠近。他會等多久？

我焦急緊張，冷汗直流，最後十二點鐘響了。我站起來，每一聲鐘聲都令我打顫。鐘聲敲完最後一聲，餘音迴盪。我心想：「完了。」正當我這麼想，我聽到她靴子輕柔的聲音。她出現在門口，黑暗中她臉色蒼白，呼吸急促得像隻貓。

「原諒我，蘇！」她說：「我去舅父的藏書室。我想看最後一眼。但除非我確定他睡了，不然我不能進去。」

她全身發抖。我想像蒼白纖細的她，無聲無息一人待在黑暗的書本之間。「沒關係。」我說：「但我們動作要快了。來，快點。」

我將斗篷拿給她，並扣好自己的斗篷。她望向四周將拋下的一切，牙齒開始打顫。我把最輕的行李袋給她。然後我站在她面前，一根手指放到她嘴上。

「好，冷靜點。」我說。

我的緊張感全消失了，我突然無比冷靜。我想到我母親，他們抓到她之前，她肯定在黑暗中偷偷摸摸穿梭無數寧靜的街道和房屋。我骨子裡罪犯的血像酒一樣湧上全身。

＊　＊　＊

我們從僕人走的樓梯下樓。我前一天小心翼翼上下走過一次，留心哪幾階特別會發出聲響。現在我牽著她，帶她跨過那幾階，注意她腳落在哪裡。走廊這一頭，有扇門通往廚房，另一扇門通往史黛西太太的房間，我要茉德停下來，豎耳傾聽一陣子。她手仍留在我手中，沒有收回。一隻老鼠快速地沿壁板跑走，除此之外，四下毫無動靜。地板鋪著厚毯，緩和了鞋聲，只聽得到我們的裙襬窸窣作響。

通往庭園的門已被鎖上，但鑰匙仍插在上頭。我先把鑰匙抽出來，將鑰匙上點牛脂，接著將更多牛脂塗到門上下兩處的門閂上。牛脂是我從凱克柏太太的碗櫥偷來的。下次將牛脂賣給屠夫的小鬼頭時，她大概會少賺六便士吧！茉德瞧我將鎖上油，滿臉驚奇。我輕聲說：

「這不難。要是想從門外進來，那才傷腦筋。」

我朝她眨個眼。幹這行就是有這成就感。這一刻，我其實還暗自希望關卡再有挑戰性一點。我舔掉手指上的牛脂，肩膀靠著門，將門頂進門框，接著鑰匙順利轉動，門閂像嬰兒一般乖乖滑開。

外頭的空氣清新寒冷。月光照出大片的陰影。幸好有這些影子。牆邊的影子最深，於是我們放輕腳步，沿牆快步從一個影子躲進另一個影子，接著迅速穿越草坪一角，躲到樹籬和樹林之中。她又握住我的手，我示意她往前跑。中途她只猶豫一次，我發覺她停下腳步，便也轉過身，發現她凝視著房子，神情古怪，表情一半是害怕，一半卻帶著微笑。窗邊沒有火光。沒有人在看。房子矮矮扁扁的，像是劇場中的布景。我讓她看了快一分鐘，才拉起她的手。

「好了，我們得走了。」我說。

她轉身之後，再也沒回頭。我們迅速走到庭園的圍牆邊，並沿牆走上潮溼彎曲的小徑。矮樹叢勾著斗篷的羊毛布，草叢中各種生物跳動，不時掠過面前。一張張蜘蛛網像玻璃線一樣閃閃發亮，我們不得不把蛛網踩破走過去。四周的聲音非常嚇人。我們呼吸愈來愈粗重。我們走了好久，我以為我們錯過了通往河岸的門，但這時小徑愈來愈清楚，明亮的月光照耀下，拱門出現在眼前。茉德超過我，找出她的鑰匙，等我們出去之後，便鎖上門。

我們走出庭園，我呼吸稍微順暢了點。我們放下行李袋，靜靜站在牆邊的陰影下。月光照亮河岸對面的燈心草，乍看下像一根根長矛，有著尖銳的矛尖。河面映著月光，看似一片潔白。四周只剩流水和鳥囀聲，偶爾還有魚躍出水面的聲響。紳士依然不見蹤影。我們比計畫早到河邊。我仔細聽，察覺不到任何聲響。我望向天空，看著頭頂上的星星。星星多到不可思議。後來我望向茉德。她用斗篷裹著臉，見我望著她，便伸手牽起我的手。她牽我的手，不是因為要跟著我，也不是要人安慰。她想牽著我的手，因為那是我的手。

一顆星星劃過天空，我們兩人轉頭望著它。

「那代表好運。」我說。

這時荊棘莊園的鐘聲響起。十二點半了。鐘聲穿過庭園清晰可聞，清朗的空氣讓鐘聲變得更為明亮。一時間，餘音繞耳，但鐘聲之中，突然傳來另一個輕盈的聲音。我們聽到馬上鬆手站開。遠方船槳吱呀作響，劃過水面。銀白色的河道轉彎處，浮現一艘船的黑影。月光灑落河面，我看到船槳起落，並提高起來，收入船中。

四周萬籟俱寂，小船緩緩滑向燈心草叢，紳士從座位上蹲站起，船身隨之搖擺，再次發出吱呀聲。我們藏身在圍牆陰影下，因此他看不到我們，但率先踏出陰影的不是我，而是她。她拖著僵硬的腳步，走向河邊，並接下他拋來的繩圈，緊緊拉住船，讓船緩緩靠向岸邊，並安穩停下。

我不記得紳士有沒有開口。我覺得他沒正眼看過我。不過他扶茉德從老舊的碼頭上船之後，也伸手扶我走過腐爛的跳板。我想當時我們從頭到尾都沒說話。我記得船身很窄，我們坐下時裙子都順勢蓬起。紳士舉起船槳，將船掉頭，船再次搖晃，我突然好怕船翻覆，並想像水淹過裙襬，將我們吞噬。但茉德坐得很穩。我看到紳士打量著她。但依然沒人說話。我們剛才動作相當迅速，船此時馬上飛快向前，順流而下。我們沿著庭園圍牆向前好一陣子，經過我目睹他親她手的地方，然後圍牆便轉了個彎，消失在視線之外。河岸出現一排陰暗的樹林。茉德坐在船上，目光望著大腿。

我們一路都非常小心。夜晚一片寂靜。紳士盡量讓船駛在河岸的陰影中，只有樹林稀疏時，我們才會被月光照耀。但附近沒人在看我們。河邊即使有人家，每間房子也都大門深鎖，屋內一片漆黑。中途河道一度變寬，河中央出現一塊塊沙洲，沙洲上不只停著駁船，還有吃著草的馬匹，他收起槳，讓我們靜靜順河漂流。依然沒有人聽到我們經過，也沒人探頭來看。後來河道又變狹窄，我們繼續向前，河岸上不再有房舍和船隻。夜色昏暗，月光斑駁，船槳吱呀作響，紳士雙手上下起伏，八字鬍旁的臉頰一片蒼白。

我們沒有在河上待太久。到了距離荊棘莊園大約兩英里處，紳士將船靠岸。他稍早便是從這裡出發的。他將馬繫在這裡，馬背上有個女用的馬鞍。他牽我們走上岸，並扶茉德上馬，將行李袋掛在兩側。他說：

「我們還有一英里左右的路程。茉德？」她沒答腔。「妳要勇敢。我們現在快到了。」

接著他望向我，點點頭。我們出發了。他牽著馬轡，茉德弓著背，全身僵硬，我則跟在後頭。我們一路上還是沒遇到人。我再次望向星空。家鄉星星不曾如此明亮，夜空也不曾如此漆黑晴朗。

馬沒有上馬蹄鐵。馬蹄落在泥土路上發出沉悶的聲音。

我們走得很慢。我想是為了茉德，怕路程顛簸害她不舒服，但無論如何，她臉色仍舊很難看。最後我們來到了紳士找到的落腳處。那裡有兩、三棟歪斜的農舍，還有一座陰暗的教堂。她未曾看起來如此憔悴。一隻狗跑來，大聲吠叫。紳士一腳踢去，牠驚叫一聲。他帶我們走進最接近教堂的農舍，門打開，一個男人走出來，後頭跟著個手拿提燈的女人。他們一直等著我們。替我們準備房間的就是那女人。她打個呵欠，不過也沒忘了伸長脖子好好看一下茉德。她朝紳士行個屈膝禮。那男的是教區的神職人員，或牧師……總之，怎麼稱呼不重要了。他行了個禮，一身髒兮兮的白長袍，臉上鬍子都沒刮。他說：

「你們晚上好。晚上好，小姐。今晚天氣真好，正適合冒險！」

紳士只說：「一切都準備就緒了嗎？」他手臂伸向茉德，想扶她下馬。但她自己雙手撐在馬鞍上，笨拙地滑下馬，並遠離他。她沒走來我身邊，反而一人站在一旁。那女的仍在打量她。她仔細望著她慘無血色、端莊美麗的面龐，察覺她一臉憔悴，我知道她在想什麼（任誰都會這麼想）。她一定覺得茉德懷孕了，並出於恐懼才和他結婚。也許紳士之前和她談房間的事時，也故意誤導她。因為要是跟里利先生鬧上法庭，他只要能證明茉德在荊棘莊園就已懷孕，案件便對他有利。之後，還可以謊稱寶寶流產了。

我心想，再給我五百鎊，我就願意作證。

我站在一旁，看那女的打量茉德，心裡充滿厭惡，但我心裡仍出現了這念頭。我甚至恨自己這麼想。牧師上前來，又行個禮。

「全都準備好了，先生。」他說：「不過有件小事……由於這情況特殊——」

「對，是的。」紳士說。他將牧師拉到一旁，拿出錢。馬匹甩甩頭，另一個農舍走出一個男孩將馬牽走。他也望了茉德一眼，但後來他目光轉到我身上，並朝我碰了碰帽子致意。當然，他沒看到誰騎馬，我又穿著她的舊洋裝，乍看之下儼然就是個小姐。她站在一旁，看來孤僻又畏畏縮縮，就像個侍女。

她沒看到，她雙眼望著地板。牧師將錢收進長袍貼身的口袋裡，然後搓搓雙手。「太好了。」他說：「小姐要換衣服嗎？想先進房間嗎？還是我們現在就完成這樁美事？」

「我們現在結一結。」其他人還沒答腔，紳士便說。他脫下帽子，梳一下他的頭髮，撥了撥耳際的鬈髮。

茉德站在原地，全身僵硬。我走到她身旁，將兜帽好好拉起，將斗篷皺褶整理好，雙手梳理她的頭髮，摸摸她的雙頰。她不肯看我。她臉好冰冷。她的裙襬烏黑，像是染上出喪的顏色。她的斗篷上沾有泥巴。我說：「您的連指手套給我，小姐。」因為我知道她底下戴著羔羊皮的白手套。我說：「婚禮別戴米黃色的連指手套，戴白手套比較好。」

她讓我褪下手套，雙手交叉站在原地。那女人對我說：「小姐沒捧花嗎？」我望向紳士。他聳聳肩。

「妳想要花嗎，茉德？」他隨口問道。她沒答腔。他說：「好吧，我想我們不要介意這種小事。好了，牧師，麻煩你——」

「你至少給她一朵花吧！只要一朵就好，讓她帶進教堂！」我說。

那女人沒說之前我根本沒想到，但現在……噢！冰冰冷冷帶她來這裡娶她，卻連束花都沒有，真是太殘忍了，我真的受不了。我說得咬牙切齒，紳士望著我，眉頭皺起，牧師一臉訝異，那女人臉上則帶著歉意。這時茉德目光轉向我，緩緩地說：

「我想要花，理查。我想要花。而且蘇也要有花。」

她每提到花這個字，語氣都變得更奇妙。紳士嘆口氣，暴躁地搜尋四周。牧師也四處去找。時間已經一點半左右，月光照不到的地方十分昏暗。我們站在泥濘的空地上，周圍是荊棘樹籬，一眼望去都是一團黑，就算裡頭有花，我們也絕對找不到。我對女人說：

「妳沒有我們能拿的花嗎？種在花盆裡之類的？」她想了一會，快步走回農舍。她出來時手中拿著一枝乾葉，葉片渾圓像先令一般，顏色白得像紙片，在幾根纖細葉莖上顫抖，彷彿隨時會斷掉。

那是銀扇草[22]。我們站在原地望著它，沒人肯說出它的名字。後來茉德接下樹枝，分了幾根給我，大部分留給自己。在她手中，葉片抖得更厲害了。紳士點了根菸，抽兩口，然後把菸丟開。菸在黑暗中暗暗發光。他對牧師點點頭，牧師拿起提燈，帶頭引領著我們穿過教堂大門，沿著一條小道向前，兩旁都是傾頹的墓碑，月光下出現一條條黑色的長影。茉德和紳士並行，他勾著她的手臂。我和那女人一起走。我們是證人。她叫克林姆太太。

「從大老遠過來？」她問。

我沒回答。

教堂以燧石建造，即使月光照耀，仍看起來非常黑。教堂內有粉刷，但白漆已經發黃。聖壇和長椅附近點了幾根蠟燭，幾隻蛾在燭光旁飛舞，有的死在蠟油上。我們沒坐下，直接走向聖壇，牧師拿《聖經》站在我們面前。他眨眼看向書頁，並開口誦讀經文，唸得七零八落。克林姆太太像匹馬一樣呼吸粗重。我站在一旁，手中拿著下垂的銀扇草枯枝，看茱德站在紳士身旁，緊握手中的銀扇草。我親吻過她，也曾躺在她身上，以滑溜的手撫摸她，甚至喚她為珍珠。除了薩克斯比太太，她是對我最好的人。我一心想毀了她，但她卻讓我愛上她。

她要結婚了，心裡卻怕得要死。不久之後，再也不會有人愛她了。

我看到紳士望著她。牧師看著書咳了咳。他儀式已經進行到要問現場是否有人反對兩人結婚，他舉目望向現場，一時間，教堂無聲無息。

我屏住呼吸，不發一語。

於是他看向茱德和紳士，問他們剛才同樣的問題。他說審判日一到，大家都必須說出內心不可告人的祕密，與其等到那時，不如現在向彼此坦承。

現場再次一片沉默。

接著他轉向紳士。「你願意……」他宣讀剩下所有的誓詞，然後問：「你願意愛她，忠誠於她，直至死亡嗎？」

「我願意。」紳士說。

22　銀扇草，又稱金錢花，歐洲西亞野地常見，不畏寒。英文名為honesty，意味誠實，暗諷此時人人各懷鬼胎。

牧師點點頭。接著他面對茉德，問她一樣的話，她猶豫一下，然後開口。

「我願意。」她說。

紳士看來鬆口氣。牧師脖子伸了伸，並舉手搔了搔癢。

「誰來行交手儀式？」他問。

我沒動靜，後來紳士轉向我，點頭朝我示意，我走到茉德身旁，他們告訴我要怎麼牽起她的手，交給牧師，再由牧師將她的手放入紳士手中。我好希望克林姆太太能代替我。她沒戴著手套的手指僵硬冰冷，像蠟做的一樣。紳士握住她的手，複述牧師唸的話。然後茉德牽著他的手，複述同樣的話。她的聲音微弱，像飄入黑暗的一縷輕煙，轉眼間不見蹤影。

紳士拿出一枚戒指，再次牽起她的手，替她戴上，同時不斷複述著牧師的話，說他會珍惜她，付出一切。戒指不適合她，看起來很怪。燭光下戒指看來是金的，但其實是假的（我後來看清楚了）。全都是假的，而且爛透了。牧師又唸起另一段祈禱詞，然後舉起雙手，閉上雙眼。

「兩人在上帝見證下結合。」他說：「不可分開。」

就這樣。

他們結婚了。

＊＊＊

紳士親吻她，她站在原地搖晃，彷彿頭暈目眩。克林姆太太低聲說：

「她不知道自己被什麼東西撞上了，妳瞧她。她之後就知道了。他專挑鮮花來採啊。嘿嘿。」

我沒轉向她。如果我轉身，可能會揍她一拳。牧師闔上《聖經》，從聖壇帶我們到房間裡登記。紳士在上面簽上大名，而茉德簽上她的名字（現在已是瑞佛斯太太了）。克林姆太太和我在旁邊簽上我們的名字。紳士已經教過我怎麼寫史密斯，但是我下筆時仍笨手笨腳，滿懷羞愧。我羞愧的竟是這件事！房間昏暗，滿是霉味。屋梁上有東西鼓動著翅膀，也許是鳥或蝙蝠。我看到茉德盯著上方的陰影，彷彿害怕有東西會俯衝下來。

紳士抓住她手臂，帶她走出教堂。雲遮住了月光，夜晚變得更暗了。牧師和我們握握手，再向茉德行禮，便離開了。他腳步飛快，一邊走一邊脫長袍，長袍下穿著黑衣。他像捻熄燭光一樣讓自己消失了。克林姆太太帶我們去她的農舍。她拿著提燈，我們跟在她身後，一路跌跌撞撞，她的門廊很矮，把紳士帽子都撞掉了。她帶我們走上一座歪斜的樓梯，窄到我們裙子都快擠不過去，後來到了一塊平台上，大小大概就一架碗櫥大，我們擠在那一會，茉德斗篷的袖口不小心垂在提燈口燒焦了。

那裡有兩道門，通往兩間臥室。第一間地上有個貨板，貨板上有個狹小的稻草墊，這間是給我的。第二間有張比較大的床、一張扶手椅和衣櫥，那是給紳士和茉德的。茉德走進門，雙眼盯著地板，面無表情。房裡點了根蠟燭。她的行李袋放在床邊。我走到行李袋旁，將她衣服一件件拿出來，放入衣櫥。克林姆太太說：「多好的布料啊！」她站在門口看。紳士和她站在一起，表情古怪。當初教我怎麼摺襯裙的是他，但現在他看到我拿出茉德的內衣和長襪，竟一臉恐懼。他說：

「好，我去樓下抽最後一根菸。蘇，妳會把這裡整理得舒服一點吧？」

我沒回答。他和克林姆太太下樓，靴子像雷聲一樣響，門、木板地和歪斜的樓梯震動。我聽見他走到外頭，點根火柴。

我望向茉德。她手中仍握著那根銀扇草。她向我走近一步，急促地說：

「如果我晚一點叫妳，妳會來嗎？」

我從她手中接過銀扇草，替她脫下斗篷。我說：「別想了。一分鐘就結束了。」

她右手抓住我的手腕，她這手仍戴著手套。她說：「聽我說，我是認真的。不管他做什麼。如果我叫妳，告訴我妳會來。我會給妳錢。」

她的語氣很怪。她的手指顫抖，但卻牢牢抓住我。她說要給我錢，就算只是一法辛[23]也令人難過。我說：

「您的安眠藥呢？看，水在這裡，您可以服藥，這樣就睡得著了。」

「睡？」她說。她失聲大笑，笑得上氣不接下氣。「妳覺得我新婚之夜會想睡覺？」

她把我手推開。我站在她背後，開始替她脫衣服。我脫下洋裝和馬甲時，轉身輕聲說：

「您最好用一下夜壺，還有在他來之前洗乾淨雙腿。」

我覺得她打了個寒顫。我沒看她，但聽到了潑水聲。然後我替她梳頭髮。那裡沒有鏡子讓她看，她坐到床上，望向身側，那裡沒有桌子，沒有木盒，沒有肖像，也沒有燈。我看到她將手伸到眼前，彷彿她瞎了。

這時屋子大門關上了，她馬上平躺下來，抓住被子拉到胸前。白色的枕頭上，她臉看起來很黑，但我知道她臉色蒼白。我們聽到紳士和克林姆太太在底下的房間聊天。他們的聲音很清楚。木板地的縫隙透出微弱的光線。

我望向茉德。她和我四目相交。她雙眼烏黑，但像玻璃閃爍光芒。「妳還要別開目光嗎？」她看我別開頭輕聲說。於是我轉回去望向她。雖然她臉色憔悴，令我不忍卒睹，但我仍情不自禁地凝視著她。紳士繼續聊天。微風吹進房內，燭火搖曳。我打個寒顫。她仍凝視著我的雙眼。然後她再次開口。

「過來。」她說。

我搖搖頭。她又說一次。我又搖搖頭，但後來我還是走到她身旁，輕手輕腳跨過吱呀作響的木板地，她伸起雙臂，將我臉拉近，並親吻我。她用她飽滿的雙唇親吻我，淚水讓她嘴巴散發鹹味。我情不自禁回吻著她。我的心臟像一塊凍結於胸中的冰，被她火燙的雙唇融化，像水一般潺潺流動。

但她接下來這麼做。她手仍捧著我的頭，用力將我的嘴抵住她雙唇，然後她抓起我的手，先放到她胸上，然後放到被子凹陷處，也就是她雙腿之間。她用我的手指不斷摩擦下體，我手指不禁發燙。

她那一吻在我心中喚起的甜美感受瞬間變質，化為滿腔恐懼和驚惶。我抽起身子，收回手。「妳不肯嗎？」她伸手柔聲問道：「為了今晚，妳不是做過嗎？難道妳不能在我身上留下妳的吻，妳的撫摸，幫我忍受他的吻和碰觸？不要走！」她又抓住我。「妳之前默默離開了。妳說當時是我夢到了妳，但我現在不是在做夢。我真希望我在做夢！天曉得，天曉得，我好希望現在是一場夢，等我醒來，人能回到荊棘莊園！」

她手指從我手臂鬆開，身體向後，倒到枕頭上。我站在一旁，手不斷握緊又鬆開。我害怕她的目光、她的每一句話，和愈來愈激動的聲音。我也好怕她尖叫、昏倒或大喊，讓紳士和克林姆太太聽到我親吻她（我真該死！）。

「噓！噓！」我說：「您現在嫁給他了。您不一樣了。您已為人妻子，一定要——」

我沉默下來。她抬起頭。下方提燈已被拿起，慢慢移動。紳士的靴子聲從狹窄的樓梯傳來。我聽到他腳步慢下，在門口踟躕了一會。也許他在想自己該不該敲門，因為他在荊棘莊園都會敲門。最後他緩緩將大拇指放上門閂，走進門來。

「準備好了嗎？」他說。

他帶進了夜的寒意。我沒有對他或她說任何一個字。我沒有望向她的臉。我回到房間，躺在床上。我躺在黑暗中，穿著斗篷和洋裝，用枕頭摀住頭。每次我晚上醒來，唯一聽到的就是小蟲在稻草墊裡爬行的聲音。

＊＊＊

早上，紳士來到我房間。他穿著白襯衫。

「她找妳，給她換衣服。」他說。

他下樓吃早餐。茉德則在房間吃，房間有個托盤，上面放個盤子，盤子裡有蛋和腰子。但她一口都沒吃。她坐在窗邊的扶手椅上動也不動，我馬上了解她接下來的日子都會如此。她的表情平靜，但眼神黯淡。她雙手

---

23 相當於四分之一便士。

赤裸。金色的戒指閃耀光芒。她望向我時，眼神溫柔、詭異又茫然，就像望著盤中的蛋、窗外的景色或我舉起的洋裝一樣。我和她說話，問她一些小事時，她聽完後會靜默一會，然後會眨眨眼，才開口回答，彷彿每個問題和答案，甚至她說話時喉嚨的起伏，都令人驚奇且耐人尋味。

我替她換完衣服後，她坐回窗邊。她雙手手腕一直向上彎著，手指稍稍抬起，彷彿就算是放到柔軟、蓬蓬的裙子上都會受傷。

她頭歪向一邊。我覺得她可能在聽荊棘莊園的鐘聲。但她不曾提起舅父和過去的生活。

我端起她的夜壺，到房子後面的廁所倒掉。我走到樓梯旁時，克林姆太太來找我。她手臂掛著一床被單。她說：

「瑞佛斯先生說床上的被單需要更換。」

她那副模樣彷彿想朝我眨個眼！我故意不給她機會。我全忘了這部分。我緩慢地走上樓梯，她跟在身後，氣喘吁吁。她向茉德行個不標準的屈膝禮，然後走去床邊，把毛毯拉開。床上有幾滴黑色的血跡，並有身體壓過、抹開的痕跡。她站在那看著血跡，然後和我目光交會，彷彿在說：「噢！我不敢相信。沒想到真是為愛結婚！」茉德坐在一旁，望向窗外。樓下紳士刀叉碰到盤子叮噹作響。克林姆太太掀起床單，看血有沒有沾到底下的床墊。沒沾到，她很滿意。

我幫她換床單，然後跟她到門口。她又行了一次屈膝禮，看到茉德溫柔又古怪的目光。

「難過啊，對不對？」她低聲說：「也許想媽媽了？」

我起初沒答腔。後來我想起我們接下來的計畫。我難過地想，算了，最好早點開始。我和她站在小平台上，關上門。我悄聲說：

「難過不足以形容。她的腦袋有問題。瑞佛斯先生一心愛著她，絕不會忍受別人閒言閒語。他帶她來這寧靜的地方，就是希望鄉村的空氣能讓她平靜一點。」

「讓她平靜？」她聽了說：「妳是說……我的天啊！她不會跑出去，把豬全放了，或是放火把這裡燒了吧？」

「不會，不會。」我說：「她只是、只是想太多而已。」

「可憐的小姐。」克林姆太太說。但我看得出來她思考著此事。她可沒料到會有個瘋女孩在家裡。她只要拿托盤上樓，便會偷瞄茉德，並趕緊放下托盤，彷彿擔心被咬。

「她不喜歡我。」茉德看到她這麼做了兩、三次之後說。我吞了吞口水說：「不喜歡妳？怎麼會！她為什麼會不喜歡妳？」

「我也說不上來。」她低聲說，低頭看著雙手。

後來紳士也聽她提起這事，他便私下來找我。「幹得好。」他說：「讓她和克林姆太太害怕彼此，卻又不明說。非常好。等到要叫醫生來時，這會幫上忙。」

* * *

他等了一週才找醫生來。我覺得那是我一生中最難受的一週。他跟茉德說他們應該待一天就好。但隔天早上，他看著她說：

「妳臉色好蒼白，茉德！我覺得妳身體不大好。我覺得我們應該多留幾天，等妳身體好一點。」

「多留幾天？」她說，語氣平淡。「但我們不能去你在倫敦的房子嗎？」

「我真的覺得妳狀況不大好。」

「不好嗎？可是我感覺很好。不然你問蘇。蘇，妳跟瑞佛斯先生說我身體好不好？」

她坐在那兒發抖。我不發一語。「就再多待一、兩天。」紳士說：「等妳好好休息，冷靜下來之後。也許這幾天妳多躺在床上好好休息？」

她開始啜泣。他走到她身旁，她不禁打個寒顫，哭得更大聲了。他說：「噢！茉德，看妳哭我的心都要撕裂了！如果我覺得對妳來說比較好，我當然會馬上帶妳去倫敦，我甚至會親自抱著妳去。妳覺得我不願意嗎？但妳看看自己的樣子，難道妳還能說自己沒事嗎？」

「我不知道。」她這時說：「這裡好陌生。我好怕，理查——」

「在倫敦不會更陌生嗎？而且妳在那不會怕嗎？那裡又吵又擠又黑。噢！不，妳要先待在這裡。這裡有克林姆太太照顧妳，讓妳舒舒服服的——」

「克林姆太太討厭我。」

「討厭妳？噢！茉德。妳又在胡思亂想了，沒想到妳會這麼想，害我好內疚，蘇應該也會覺得內疚，對不對，蘇？」我不回答。「她心裡當然也這麼想。」他藍色的眼珠狠狠瞪著我。茉德也望向我，然後別開頭。紳士雙手捧著她的頭，親吻她的額頭。

「好了。」他說：「我們不要再吵了。我們就再留一天，一天就好，等妳臉頰恢復血色，妳眼睛恢復精神！」

＊＊＊

他隔天又說了同樣的話。第四天他對她很凶，說他一心想帶他新娘回切爾西，結果她卻存心讓他失望、拖延他。第五天，他擁她入懷，熱淚盈眶，說他愛她。

後來，她再也不問他們要待多久了。她臉頰從未紅潤，雙眼依舊無神。紳士吩咐克林姆太太給她各種營養的食物，她端來更多雞蛋、腰子、肝、油膩的培根和血腸。肉讓房間飄散酸臭味。茉德都不吃。結果都給我吃了，畢竟總要有人吃。我吃著食物，她只坐在窗邊，凝望窗外，手轉著指頭上的戒指，伸展雙手，或將一縷頭髮拉到嘴邊。

她的頭髮和雙眼一樣黯淡。她不讓我替她洗，也幾乎不讓我梳，她說她受不了梳子劃過她的頭。她一直穿著從荊棘莊園逃出來時的那件洋裝，裙襬仍沾著泥巴。她將最好的那件洋裝給我（絲質的那件）。她說：

「我在這何必穿呢？我寧可看妳穿。與其放在衣櫥裡，不如妳穿還比較好。」

我們的手指在絲布下相會，兩人都趕緊縮回手，向後退開。除了來這裡的第一天，她再也沒嘗試親吻我。我收下洋裝，拿起針線，坐著把腰身鬆開，至少這能打發這段難受的時間。她看我修改衣服，似乎很高興。我改好之後穿上洋裝，站到她面前，她表情詭異。「妳看起來好美！」她紅著臉說：「顏色很能襯托妳的眼睛和頭髮。我就知道。妳現在看起來就是個美女，對不對？而我看起來相貌平平，妳不覺得嗎？」

我從克林姆太太那替她要來一面小鏡子。她顫抖著手將鏡子拿到我們面前。我想起她之前在房間幫我打扮，說我們是姊妹。那時她看起來多開心，臉色多圓潤，態度多自在。她以前多喜歡站在鏡前，為紳士將自己打扮得漂漂亮亮的。我懂了！從她絕望、狡黠的目光中，我終於明白了！她很開心自己愈來愈不起眼。因為她以為這樣一來，他就不會想要她了。

我曾經可以跟她說，他無論如何都會想要她。

而現在，紳士和她相處得如何，我毫無頭緒。除非必要，不然我絕不跟他說話。我該做的還是會做，但我放棄感覺，不再思考，彷彿與世隔絕，悲傷茫然地完成工作。我幾乎跟她一樣憂鬱。不過老實說，紳士自己也心事重重。他每天只會來親吻或騷擾她一會，其他時間他都待在克林姆太太的客廳抽菸。煙會從木板飄上來，和酸臭的肉味、夜壺和被單的氣味混在一起。他騎馬離開過一、兩次，去打聽里利先生的消息，但他只聽說荊棘莊園最近不大平靜，卻沒人知道細節。晚上他會站在房子後面的欄杆前，望向一隻隻黑面豬，或在小路和墓園附近走一走。不過他走起路來不若以前氣勢凌人，抽起菸來也不瀟灑自若，反而邊走邊扭動，彷彿知道我們會盯著他，並受不了身後投來的目光。

到了晚上，我會替她更衣，他會來房中，我則會離開他們，獨自躺在我的房中，將頭埋到枕頭和窸窣作響的床墊之間。

我以為他只需要跟她做一次就好。我以為他會怕她真的懷上孩子。但他已嘗到她雙手多細緻嬌嫩，胸部多豐盈柔軟，嘴唇多溫暖滑順，我想他還有別的方式能享受她。

每天早上，我進房找她，她臉色都變得更蒼白，身材更瘦，精神較前一晚更茫然。而他漸漸避開我的目光，手一直摸著八字鬍，趾高氣揚的模樣已蕩然無存。

至少他心底知道自己做了什麼骯髒事。這殘忍的混蛋。

* * *

最後他終於請醫生來了。

我聽到他在克林姆太太的客廳寫信。醫生是他的舊識。我相信這人原本也是幹髒活的，或許是賣墮胎藥，後來為了安全，決定去幹瘋人院這行。但對我們來說，他幹過髒活，便代表他會保密。他不在紳士的計畫中。紳士才不願意讓他分一杯羹。

何況，一切都非常合理。還有克林姆太太可以作證。茉德很年輕，性子又讓人捉摸不定，多年來與世隔絕。她似乎和紳士彼此相愛，但他們才剛結婚不到一小時，她就變得怪里怪氣的。

我想任何醫生聽了紳士的說詞，看到茉德和我那時的樣子，肯定會做出同樣的判斷。

他帶了另一個醫生來，那是他的助手。要把一個小姐關起來，必須經過兩位醫生鑑定。瘋人院院址靠近里丁。他們的馬車很古怪，窗上裝著像百葉窗的窗板，後面還設有尖刺。不過他們這趟來不是要帶走茉德。他們這次只是來鑑定她的狀態，之後才會來把她帶走。

紳士跟她說，他們是他的畫家朋友。她似乎毫不在意。她讓我替她梳洗乾淨，整理洋裝，但接下來她都待在椅子上，沉默不語。她只有在看到馬車駛來時望了一眼，呼吸稍稍加速。不知道她有沒有像我一樣發現窗板和尖刺。醫生下馬車。紳士馬上從屋子走去和他們說話，他們彼此握手，交頭接耳，賊賊地看向我們的窗戶。

接著紳士回屋裡，讓他們在外面等候。他來到樓上，搓著雙手，臉上帶著笑。他說：

「嘿，怎麼想得到！我的朋友葛雷維和克里斯帝從倫敦來看我了。茉德，妳記得我提過他們倆吧？我相信他們絕對沒想到我真的結婚了！他們親自來見證這件奇事。」

他仍笑容滿面。茉德卻不肯看他。

「親愛的。」他說：「妳會介意我帶他們上來見妳嗎？他們現在在克林姆太太那兒。」

我聽到他們在客廳低語，口氣嚴肅。我知道他們在問什麼問題，也知道克林姆太太會怎麼回答。紳士等茉德開口，發現她不答腔，便望向我。他說：

「蘇，妳能跟我來一下嗎？」

他使個眼神。茉德目光跟著我們，眨著眼。我跟他走到歪斜的樓梯平台，他關上房門。

他悄聲說：「我覺得他們來看她的時候，妳不要在場。我會注意著她，或許讓她緊張一點。妳在她身旁讓她太平靜了。」

「不要讓他們傷害她。」我說。

「傷害她？」他差點大笑出來。「這些人是流氓。他們當然希望瘋子都安全。要是可以，他們會把瘋子關到防火的金庫裡，當金塊、銀塊保護，一輩子靠他們過活。他們不會傷害她。但他們也懂得這行的道理，稍有問題傳出，他們就毀了。我的說法是沒問題，但他們必須親眼看看她，跟她聊聊天，也必須跟妳確認。當然，妳知道該怎麼回答吧。」

我臉一垮。「我知道嗎？」我說。

他瞇起雙眼。「別跟我玩遊戲，蘇。我們現在都快結束了。妳知道該說什麼吧？」

我聳聳肩，仍臭著臉。「我想是吧。」

「很好。我會先帶他們見妳。」

他原本想用手拍我，我躲過並走開了。我走進我狹小的房間等他們。過一會兒，醫生進門。紳士和他們一起進來，然後關上門，站在門口，雙眼盯著我。

他們都像紳士一樣高，其中一人身材結實。兩人都穿著黑外套和商人靴[24]。他們移動時，地面、牆面和窗戶都不斷震動。只有一人開口（瘦的那個），另一人只在一旁看著。他們向我行個禮，我回以屈膝禮。

「啊。」唯一開口的醫生見我行禮，輕輕應一聲。他是克里斯帝醫生。「好，我想妳知道我們是誰。妳不介意的話，我們可以問妳一些比較冒昧的問題嗎？我們是瑞佛斯先生的朋友，聽到他結婚以及妻子的消息，我們覺得非常好奇。」

「是。」我說：「你指的是我家小姐的事。」

「啊。」他又出個聲。「妳的小姐。好，現在再告訴我一次。她是誰？」

「瑞佛斯太太。」我說：「也就是之前的里利小姐。」

「瑞佛斯太太，也就是之前的里利小姐。啊。」

他點點頭。另一個保持沉默的醫生（葛雷維醫生）拿出鉛筆和筆記本。克里斯帝醫生繼續說：

「妳的小姐。那妳是……？」

「她的侍女，先生。」

「當然了。妳叫什麼名字？」

葛雷維醫生握著鉛筆，準備寫下記錄。紳士和我眼神交會，點點頭。「蘇珊．史密斯，先生。」我說。

克里斯帝醫生目光緊緊注視著我。「妳似乎有點遲疑。」他說：「那是妳的名字，妳確定吧？」

「我當然知道自己的名字！」我說。

「說得也是。」

他微笑。我的心跳得好大力。也許他發現了。他態度似乎友善一點。他說：

「好吧，史密斯小姐，妳能告訴我們妳認識小姐多久了……？」

這就像上次在蘭特街，我站在紳士面前，讓他確認我的角色一樣。我告訴他們關於梅費爾區艾麗絲小姐的事，還有紳士以前奶媽的事，還有我過世的母親，最後我談到茉德。我說她之前似乎喜歡瑞佛斯先生，但現在新婚之夜一週後，她變得非常悲傷，魂不守舍，讓我非常害怕。

葛雷維醫生寫下一切。克里斯帝醫生說：

「害怕。妳是說為自己害怕？」

「不是為我自己感到害怕，先生。為她害怕。我覺得她可能會自殘，她感覺好痛苦。」我說。

「我了解了。」他說，接著又說：「妳喜歡妳的小姐。妳剛才說的都是她的好話。現在，告訴我一件事。妳覺得要怎麼樣才能讓小姐康復？」

「我覺得——」我說。

「是？」

「我希望——」

他點點頭。「說吧。」

「我希望你們能照顧她，先生，好好看著她。」我語氣急促。「我希望你們能找個地方，讓她待在那裡，不要讓誰去碰她或傷害她——」

我的心臟彷彿瞬間卡到了喉嚨上，我的聲音哽咽，淚水湧出。紳士雙眼仍盯著我。醫生伸手牽起我的手，握住手腕的地方，好像我們很熟似的。

「好了，好了。」他說：「妳別難過了。妳的小姐一定會得到妳所希望的照顧。她其實很幸運，有像妳這麼善良又忠心的侍女！」

他輕拍、撫摸我的手，隨即放開。他望向他的錶，並和紳士目光交會，點點頭。「非常好。」他說：「非常好。現在，能請你帶我去見……？」

24　維多利亞時期靴子都以繫帶高筒為主，穿脫不易，常有各式問題，後來J．史巴克霍爾（J. Sparkes-Hall）設計了彈性鬆緊靴。早期男女適用，因為便於行走，受商人喜愛，便稱之為商人靴。

「當然。」紳士馬上說：「當然，這邊請。」他打開門，他們轉身背對我離開了。我望著他們的背影，突然一股感覺湧上心頭。究竟是悲傷，還是恐懼，我說不上來。我向前一步，大聲叫住他們。

「她不喜歡蛋，先生！」我大喊。克里斯帝醫生半轉過身。我手原本舉在空中，此時放下了。「她不喜歡蛋。」我變得無力地說：「只要是蛋都不喜歡。」

我只想得到這點。他露出微笑，行個禮，但動作有點好笑。葛雷維醫生在他筆記本寫上不喜歡蛋（或假裝記錄）。紳士帶領兩人走到隔壁茉德的房間，然後回來找我。

「他們見完她之前，妳都會待在這吧？」他說。

我沒回答。他關上我的房門。但牆薄得像紙一樣，我聽到他們走來走去，聽到醫生低沉含糊地問問題。過沒多久，便傳來她一陣陣的啜泣聲。

＊＊＊

他們沒問她太久。我想他們從我和克林姆太太口中已經得到證詞。他們離開後，我去找她，紳士站在她椅子後面，雙手捧著她蒼白的臉。他剛才傾身望著她，也許是低聲說些情話逗她。他看我進門，便站直身子說：

「蘇，妳看小姐。妳不覺得她雙眼更亮了一點嗎？」

她眼睛很亮，因為最後一滴淚水仍在眼眶打轉，而且她眼眶紅紅的。

「您還好嗎，小姐？」我說。

「她很好。」紳士說：「我覺得有朋友來訪讓她打起精神了。我想親愛的克里斯帝和葛雷維很喜歡她。而且妳說說看，蘇，看到先生開心，哪個小姐不會心花朵朵開？」

她別開頭，舉起手，無力地撥開他放在她臉上的手指。他仍捧著她的臉一會兒，這才走開。

「我怎麼那麼傻。」他對我說：「我一直要瑞佛斯太太待在這安靜的地方休養身體，以為寧靜的生活能幫助她安定心神。現在我懂了，她需要的是城市充滿活力的生活。葛雷維和克里斯帝也看清這點。他們好希望我們去切爾西生活。妳猜怎麼著？克里斯帝要借我們他的馬車和馬車夫。我們明天就出發。茱德，妳覺得呢？」

她剛才目光望著窗外。現在她抬起頭，望著他，蒼白的雙頰稍稍發紅。

「明天？」她說：「這麼快？」

他點點頭。「我們明天就走。住到大房子裡，那裡有舒適安靜的房間，還有稱職的僕人等著妳。」

＊　＊　＊

隔天，她如常將早餐的蛋和肉推到一旁，但就連我也吃不下。我替她更衣時都不敢看她。我熟悉她每一個部位。她仍穿著同一件舊洋裝，上頭仍沾著泥，我則穿著絲質的那件。即使要長途旅行，她也不讓我換一件，不過我知道衣服會發皺。

我想穿這件回自治市區。我不敢相信天黑之前，我會再次回到家中，見到薩克斯比太太。

我替她打包，動作緩慢，心不在焉。其中一個袋子裡裝著她的衣服、便鞋、安眠藥、軟帽和髮刷。那包行李要給她帶去瘋人院。另一袋則裝著其他東西。那是留給我自己的。唯有之前提到的那只白手套，我先擱在一旁。行李袋裝滿之後，我將手套摺整齊，夾在洋裝束胸裡，貼著我的心。

馬車來了，我們都準備好了。克林姆太太送我們到門口。茱德戴著面紗。我扶她走下歪斜的樓梯時，她緊抓著我手臂。我們走到農舍外時，她抓得更緊了。她已待在房間一個多星期。她看到天空和黑色的教堂時，身體縮了一下，彷彿連柔和的空氣都隔著面紗賞她一巴掌。

我手覆住她的手。

「老天保佑妳，小姐！」紳士付她錢時，克林姆太太大喊。她站在那兒望著我們。第一天晚上幫我們牽馬的男孩也再次出現，目送我們離開，有一、兩個孩子也出來看，他們站在馬車兩邊，手撥著門上被黑漆蓋掉的舊金色紋飾。馬車夫朝他們揮舞馬鞭，將他們趕開。他將我們的行李綁在車廂上方，然後放下階梯。紳士扶茉德上車，將她的手從我身上拉走。他和我眼神交會。

「好了，好了。」他彷彿在警告我。「沒時間多愁善感了。」

她頭向後靠坐著，他則坐在她旁邊。我坐在兩人對面。門上沒有把手，只有一把鑰匙，像是保險箱一樣。馬車夫關上門之後，紳士把門鎖上，再將鑰匙放入口袋裡。

「我們要坐多久？」茉德問。

他說：「一小時。」

這趟路感覺不止一小時，彷彿過完了一輩子。那是個溫暖的日子，陽光穿過玻璃窗，照得車廂發燙，而窗戶也全都封死了。我想是為了防止瘋子跳車。最後紳士索性拉了拉繩索，將百葉窗關起來。於是我們在熱氣和黑暗中顛簸，沉默不語。不久我開始想吐。我看到茉德頭靠著座位的靠墊晃動，但看不清她眼睛睜著還是閉著。她雙手放在身前，緊緊交握。

但紳士感覺很煩躁，他鬆開領口，看看錶，並撥弄著袖子。他還兩、三次拿出手帕來拭額。每次馬車慢下來，他便會靠近百葉窗，從縫隙朝外看。後來馬車慢到幾乎要停下來，開始轉彎。他又望一眼，坐直身子，拉緊領帶。

「我們快到了。」他說。

茉德頭轉向他。馬車又變慢。我拉了繩索，打開百葉窗。我們來到一條綠林道口，面前矗立一座石拱門，石門下設有鐵柵大門。一人正將門拉開。馬車扯動一下，我們便沿著綠林道向前駛，最後到了道路尾端的一棟房子。雖然房子比較小巧整潔，但和荊棘莊園滿像的。房子窗戶都設有鐵柵。我看著茉德，看她有什麼反應。她將面紗拉起，從窗邊向外望，雙眼依然平靜呆滯，但我覺得呆滯中，我依稀看到她有所領悟或恐懼。

「別害怕。」紳士說。

他只說了這句話。我不知道他是對她說，還是對我說。馬車又轉個彎，然後停下來。葛雷維醫生和克里斯帝醫生在那等著我們，他們身旁有個壯碩的女人，她的袖子捲到手肘，洋裝外還有一條帆布圍裙，像屠夫一樣。克里斯帝醫生走向前。他有跟紳士一樣的鑰匙，並打開他那側的門。茱德聽到聲音身子縮了一下。紳士手放到她身上。克里斯帝醫生行個禮。

「你們好。」他說：「瑞佛斯先生。史密斯小姐。瑞佛斯太太，妳一定記得我吧？」

他手伸出。

他將手伸向我。

＊　＊　＊

我覺得有一秒鐘時間停止了。我望向他，他點點頭。「瑞佛斯太太？」他又說了一次。然後紳士傾身向前，抓住我的手臂。我起初以為他打算拉住我，後來我才發現，他在把我推出車外。醫生抓住我另一手。他們將我抬起來。我的鞋子踏到了馬車的階梯上。我說：

「等一下！你們在幹麼？幹什麼——？」

「別掙扎，瑞佛斯太太。」醫生說：「我們是來照顧妳的。」

他揮揮手，葛雷維醫生和那女人走過來。我說：

「你們要抓的人不是我！你們在幹什麼？瑞佛斯太太？我是蘇珊．史密斯！紳士！紳士，跟他們說！」

克里斯帝醫生搖搖頭。

「腦袋還是存有可憐的幻想？」他對紳士說。

紳士點點頭，不發一語，彷彿他傷心到說不出話。我還真希望看到他傷心！他轉身拿了個行李袋下來。茱德母親的行李袋。克里斯帝醫生把我抓得更緊。「好了。」他說：「妳怎麼可能是以前在梅費爾區偉克街的蘇珊．史密斯呢？妳難道不知道世上根本沒有這個地方嗎？來吧，妳心底知道。我們會讓妳坦然接受真相，不過大概需要一年的時間。來吧，不要再扭了，瑞佛斯太太！別把妳漂亮的洋裝蹧蹋了。」

我不斷掙扎，想掙脫他的手。聽到他的話，我不禁停下。我望著絲質洋裝的袖口，還有自己的手臂。我最近因為滋補不少營養，手臂豐滿又光滑，然後我望向腳邊的行李袋，上面銅牌刻印著——M還有L。

那一刻我才終於發現紳士在我身上玩的骯髒把戲。

我失聲咆哮。

「去你媽的混蛋！」我大叫，全身再次掙扎，努力衝向他。「王八蛋！噢！」

他站在馬車廂門口，車子因重量歪向一邊。醫生把我抓得更緊，表情變得更嚴厲。

「我們這裡可容不下這種不雅的話，瑞佛斯太太。」他說。

「蠢蛋。」我對他說：「你看不出他幹了什麼嗎？你看不出他的詭計嗎？你要抓的不是我，是——」

我仍不斷掙扎，他依舊抓著我，但我望向他身後搖晃的馬車。紳士已經坐回座位，他手掩著面。茉德坐在他旁邊，陽光透過百葉窗在她臉上投射出一條條光。她面龐乾瘦，頭髮黯淡無光。她的洋裝破破爛爛，就像僕人穿的衣服。她情緒激動，淚水奪眶而出，但躲在淚水後的目光卻冰冷堅定，像大理石，又像黃銅。

像珍珠一樣堅硬，裡頭藏著決心。

克里斯帝醫生看到我的目光。

「好了，妳為何要瞪她？」他說：「我想妳認識自己的侍女吧？」

我無法開口。但她卻開口了。她用顫抖造作的聲音說：

「我可憐的小姐啊。噢！我心都碎了！」

＊　＊　＊

你以為她是隻天真的呆頭鴿。呆頭鴿個屁。那賤婊子從頭到尾都知情。她打從一開始就跟紳士一夥。

第二部

第七章

一切的開端，我想我太熟悉了。那是我人生犯的第一個錯。

＊　＊　＊

我想像一張桌子，上頭流滿鮮血。那是我母親的血。血太多了。血多到像墨水一樣汩汩流出。為了不要讓血流到木板地上，桌下放了無數個瓷碗。因此在母親的尖叫聲之間，房內都充滿「滴！答！滴！答！」的聲響，彷彿有個不規律的時鐘。除了這些聲音外，周圍還有其他微弱的喊叫聲。那是瘋子的尖叫，還有看護的喝斥和吶喊。因為這裡是座瘋人院。我母親是個瘋子。桌上的皮帶緊緊扣著她，以免她摔到地上。另一條皮帶把她的上下顎分開，以免她咬到舌頭。有條皮帶將她雙腿分開，讓我從她雙腿間出生。我出生時，在場的女人連皮帶都不敢解開，怕她會把我撕成兩半！她們將我放到她胸前，我的嘴找到她的乳房，張口吸吮，四周全安靜下來。只剩鮮血不斷滴落的聲音——滴答！滴答！那聲音宣示著我生命的開端，以及她生命的終結。沒多久，滴答聲愈變愈慢。我母親的胸膛緩緩起伏，升起最後一次之後，永遠落下了。

我感覺到了，吸得更用力。這時女人將我從她身邊抱走。我哭出聲，她們便打我。

＊　＊　＊

人生頭十年，我是瘋人院所有看護的女兒。我覺得她們愛我。病院裡有隻虎斑貓，我想我就像那隻貓一樣，只是她們能用緞帶打扮的寵物。我穿一件跟她們樣式一樣的深灰色洋裝，也穿著圍裙，戴著便帽。她們給我一條皮帶，上面有一串小巧的玩具鑰匙，叫我「小看護」。我輪流睡在她們的床上，跟著她們走進一間間病房，看她們工作。那間瘋人院規模不小（我想對小時候的我來說感覺更大了），分成兩個區域，一邊關女病人，一邊關男病人。我只看得到女病人。我不介意和她們待在一起。有些人像看護一樣會親吻、照顧我。有些人會摸著我的頭髮失聲哭泣。我讓她們想到自己的女兒。其他人就比較麻煩了，大家會叫我站到她們面前，拿根我專用的木杖打她們，看護見了會哈哈大笑，說她們從沒見過比這更好笑的事了。

我在這裡學到了紀律和秩序，也順理成章了解何謂瘋狂。後來才發現，這對我的人生有所幫助。

我懂事之後，她們給我一枚金戒指，說是我父親的，還說肖像中的女士是我母親。雖然我不曾體會何謂父母的愛，但那一刻，我也明白了自己是孤兒。不過因為我有一群寵愛我的母親，聽到自己的身世，我並未感到難過。我以為看護是因為愛我，才給我衣服穿，讓我溫飽。我相貌平凡，但在沒有孩子的世界裡，我彷彿是個美女。我歌聲甜美，善於認字。我以為自己會當一輩子看護，和瘋子嬉嬉鬧鬧，直到終老。

到九歲和十歲時，我們都不作他想。但我十一歲某一天，瘋人院的看護長找我去看護休息室。我原本以為她要給我小點心。我錯了。她跟我打招呼時神情古怪，並躲避著我的目光。那裡有另一個人。她說他是個紳士，但那時候，這個詞對我來說毫無意義。不久之後，那個詞將代表許多事。「站過來。」看護長說。紳士看著我。他穿著黑西裝，手戴著一雙絲質黑手套，手裡拿根枴杖，上頭有個象牙製的圓握柄，他撐著枴杖彎身打量我。他黑色的頭髮斑駁，臉色蒼白，宛如一具死屍，雙眼藏在有色眼鏡後方半隱半現。尋常的孩子也許不敢看他，但我不是尋常的孩子，我誰也不怕。我走到他正前方。他張開嘴，舌頭滑過嘴唇。他的舌尖是黑的。

「她個頭怎麼這麼小？」他說：「可是腳步聲倒很重。她聲音怎麼樣？」

他聲音低沉，飄忽不定，滿腹牢騷，像一個瑟瑟發抖的人的影子。

「對這位紳士說句話。」看護長輕聲地說：「說妳現在好不好。」

「我很好。」我說。也許我太大聲，害紳士吃了一驚，臉皺成一團。

「夠了。」他說著舉起手，接著說：「我希望妳能輕聲細語？妳能點頭嗎？」

我點點頭。「可以。」

「妳能保持沉默吧？」

「可以。」

「那別出聲。——好多了。」他轉向看護長。「她戴著她母親的肖像。非常好。那能提醒她母親的遭遇，這樣她也許就不會落入相同的命運。但我不喜歡她的嘴唇。太厚了。未來命不好。還有她背老駝著，一副懶懶散散的樣子。她腿又是怎麼回事？我可不要一個粗腿的女孩。妳們幹麼把她的腿藏在長裙裡？我這麼吩咐嗎？」

看護長臉紅了。「先生，這只是無傷大雅的事，看護讓她穿院裡的制服，只是覺得好玩。」

「我付妳錢是要讓看護找樂子嗎？」

他枴杖伸到地毯上，下巴動了動。他再次轉向我，但對看護長說話。他說：「她書讀得怎麼樣？她手漂亮嗎？來，給她一本書，讓她唸。」

看護長拿了本《聖經》，打開來拿給我。我讀一小段，紳士臉再次皺起。「唸輕一點！」他罵道，最後我聲音小到像在呢喃。接著他要我抄寫那段書，並在一旁盯著。

「小女孩的字。」我寫完之後他說：「而且不夠俐落，處處有襯線的痕跡。」但他聽起來很滿意。

我也很滿意。我從他語氣中知道我字很漂亮，彷彿是天使留下的字跡。事後我會希望自己當時字跡潦草，弄得紙頁烏漆墨黑，因為我的人生便毀在我秀麗的字跡上。那紳士全身使勁撐在枴杖上，頭垂得老低，越過眼鏡上緣，我看到他毫無血絲的眼白。

「好，小姐。」他說：「妳想不想來住在我房子裡？別把那怪嘴唇對著我，知道嗎！妳要不要跟我來，過整潔的生活，學寫漂亮的字？」

聽到這話，還不如直接揍我一頓。「我一點都不想。」我馬上回答。

看護長說：「說什麼！茉德！」

紳士嗤之以鼻。他說：「到頭來，她還是繼承了母親的脾氣。不過，至少她也繼承了她那雙美腿。妳喜歡跺腳啊，小姐？哼，我房子很大。我們會幫妳找個房間，離我愈遠愈好，讓妳愛怎麼跺就怎麼跺。妳在那裡儘管發神經，也沒人會理妳。放著放著，我們搞不好還會忘了餵妳，害妳餓死。妳覺得怎麼樣──嗯？」

他站直身子，拍了拍大衣的灰塵，但上頭根本沒有灰塵。他對看護長叮囑一陣，再也沒瞧過我一眼。他走了之後，我拿起剛才讀的《聖經》扔到地上。

「我不要去！」我大喊：「他不能逼我！」

看護長將我擁入懷中。我曾見過她拿著藤條對付脾氣不好的瘋子，但現在她穿著圍裙緊抱著我，哭得像個小女孩，並且沉重地告訴我我的未來將是如何，也就是要住在我舅父的房子裡。

＊　＊　＊

有人會雇用農夫飼養肉牛。我母親的哥哥則雇用瘋人院的看護替他撫養我長大。現在他打算帶我回家，將我大卸八塊。一夕之間，我必須拋下我的瘋人院洋裝、鑰匙圈和木杖。他派女管家帶一套衣服來，並依照他的喜好打扮我。她替我帶了靴子、羊毛手套和一件暗黃色的洋裝。那是小女孩穿的洋裝，噁心得要命，裙襬只到小腿，肩膀到腰部都有一截截骨架。她將繫帶拉緊，聽到我埋怨，又故意拉得更緊。看護見她如此都暗自嘆息。她要帶我走時，她們紛紛上前親吻我，並摀住雙眼。這時其中一人拿把剪刀湊到我頭上，剪下一綹頭髮保存在鏈墜裡。其他人見了，也從她手中接過剪刀，或拿出自己的刀子和剪刀，又拔又剪的，扯下我不少頭髮。她們像海鷗爭食一般，爭奪著落下的髮束。她們的聲音刺激了關在房間的瘋子，害她們尖叫起來。我舅父的僕人趕緊將我拉走。外頭停了輛馬車，馬車夫在車旁等著我們。我們駛出瘋人院之後，大門重重關上。

「這種地方怎能撫養女孩啊！」她說，並拿了條手帕擦著嘴。

我不跟她說話。洋裝好僵硬，勒得我身體發疼，呼吸急促，靴子也磨著我的腳踝。我的羊毛手套刺著皮膚。最後我忍不住把手套從手上扯下。她看我這麼做，一副幸災樂禍的樣子。「脾氣很壞，是吧？」她說。她籃子裡裝著要編織的東西，還有一包食物，裡頭有麵包捲、一包鹽和三顆白色的水煮蛋。她在裙子上滾動兩顆蛋，把蛋殼弄裂。蛋白呈灰白色，蛋黃乾得跟粉末一樣。我記得那氣味。第三顆蛋她放到我大腿上。我不肯吃，任憑蛋在我大腿上滾，後來蛋掉在車廂地板浪費掉了。「嘖嘖。」她見了說。她後來開始編織，過沒多久便垂頭睡著了。我身子僵硬，坐在她身旁，心裡滿是悲憤。馬匹緩緩拉著車，路途還很遙遠。我們穿越樹林時，我的臉會映照在如血一般黑的窗玻璃上。

除了瘋人院，我沒見過其他房子。我早已習慣瘋人院高聳的圍牆，封閉的窗戶，以及陰森的氣氛，但第一天最令我不知所措的卻是舅父莊園中的寂靜。馬車停在一扇門前，門板高聳沉重，從中分成兩瓣。門在我們注視下緩緩往內拉開，彷彿不住震動。開門的人身穿黑色絲質馬褲，頭戴一頂我以為是撒了粉的帽子。「那是魏伊先生，妳舅父的總管。」那女人臉湊到我旁邊說。魏伊先生觀察著我，然後望向她。我想她一定朝他使了眼色。馬車夫替我們放下階梯，但我不讓他攙扶我的手。魏伊先生向我敬禮時，因為我看過好幾次看護笑著向女瘋子行屈膝禮，我以為他只是在逗著我玩。他示意我進門，黑暗籠罩到我暗黃色的洋裝上。他關上門之後，黑暗更加凝重。我的耳朵彷彿潛入水中或灌了蠟，不斷耳鳴。這便是我說的寂靜。有人會在莊園種植藤蔓植物，而舅父種植的則是寂靜。

魏伊先生目送女人帶我上樓梯。階梯不平，地毯也破破爛爛，再加上新靴讓我笨手笨腳，我中途跌了一跤。「起來，孩子。」她見我跌倒，便伸手來扶我，這次我沒甩開了。我們爬了兩截樓梯。我們爬得愈高，我心裡愈害怕。因為這房子嚇死我了。天花板好高，牆不像瘋人院只有平整的底漆，反而掛滿肖像畫、盾牌和生鏽的刀劍，甚至有釘在木框上的動物。樓梯螺旋向上，形成環繞大廳的迴廊，每個轉角都連接到一條走廊。陰暗的走廊中，隱約都有個臉色蒼白的僕人，像是蜂巢中的幼蟲，看我一步步穿越這棟房子。

但我不知道她們是僕人。我看到圍裙，以為她們是看護。我以為那些陰暗的走廊兩旁都是房間，住著安靜的瘋子。

「她們幹麼看我?」我問那女人。

「嗯?看妳的臉啊。」她回答:「看妳是不是跟妳母親一樣美。」

「我有二十個母親。」我聽到說:「我比她們每一個人都美。」

那女人停在一道門前。「心美人才美。」她說:「我指的是妳親生母親,過世的那位。這是她之前的房間,現在是妳的房間。」

她帶我進會客室,然後再進到臥房中。窗戶震動,彷彿有人在敲窗。就算是夏天,這房間也會散發寒意,而此時正值冬天。我走向壁爐的小火堆(我個頭太矮,還照不到上面的鏡子),站在那兒發抖。

「妳手套應該戴著。」那女人看我朝雙手呵氣。「不然乾脆給印克先生的女兒。」她把斗篷從我身上脫下,然後抽下我頭髮上的緞帶,用斷梳幫我梳頭。「妳再亂動啊。」她見我閃躲就說:「反正痛的是妳,我又不會痛。唉,那些女人把妳頭髮弄成什麼德性!她們真是群野蠻人。弄成這樣,我要怎麼幫妳弄整齊。好了,來。」她手伸到床下。「我們來看妳用夜壺。來啊,別裝害羞了。妳以為我沒看過小女孩拉裙子撒尿啊?」

她雙臂交叉望著我,然後她用水沾溼布,幫我擦臉和雙手。

「我還是女僕時,看過別人服侍妳母親。」她邊說邊粗魯擦著。「她沒像妳這麼不知感激。在瘋人院裡,她們沒教妳一點教養嗎?」

我好想要我的木杖。那麼我就會讓她知道什麼是我學到的教養!但我也觀察過瘋子,懂得如何假裝無力地站著,但其實偷偷找麻煩。過沒多久,她退開來,擦乾雙手。

「老天,什麼野孩子!希望妳舅父有想清楚,才把妳接過來。他好像以為能讓妳成為小姐。」

「我不想變成小姐!」我說:「我舅父不能逼我。」

「要我說的話,在他房子裡,他想幹麼便幹麼。」她回答:「唉唷。瞧妳害我們弄得多晚了。」

遠處傳來沉悶的三聲鐘響。那是莊園的鐘聲。我從小到大都聽著類似的鐘聲,並看著瘋子起床、更衣、祈禱和吃飯，所以我以為那是某種信號。我心想，現在總算要見到瘋子們了！但我們從房間走出時，房子依舊靜穆無聲。就連隨時待命的僕人都去休息了。我的靴子再次絆到地毯。「腳步輕點！」那女人低聲說，並擰我手臂一把。「這裡就是妳舅父的房間，看。」

敲門之後，她帶我進房。數年前，他便請人在玻璃窗上了色，現在冬陽照在窗上，散發詭異的色彩。牆上有一排排黑壓壓的書脊。我以為那是某種雕刻或建築設計。我當時只見過兩本書，一本外皮漆黑，書脊滿是皺褶，那本便是《聖經》。另一本書是適合瘋子閱讀的詩歌，外皮是粉紅色的。我以為所有印刷的文字所說的都是真實的事。

那女人讓我站在門前，並站在我後面，她雙手像爪子扣在我肩膀上。大家稱為「我舅父」的男人從書桌後方站起，桌上堆滿散落的書頁。他頭戴天鵝絨帽，上頭有條起毛的流蘇晃來晃去，眼前戴著另一副顏色比較淺的有色眼鏡。

「所以，小姐來了。」他走向我，下巴動著。那女人行個屈膝禮。「她脾氣如何，史黛西太太？」他問她。

「非常壞，先生。」

「我從她眼神看得出來。她的手套呢？」

「扔了，先生。她不想戴。」

我舅父靠近。「一開始就要鬧得這麼難看啊。手伸出來，茉德。」

我不願伸出手。那女人抓住我手腕，將我手拉起。我手指細瘦，指節處微微鼓起。我以前都用瘋人院劣質的肥皂洗手。我的指甲很髒，卡著瘋人院的泥土。我舅父握著我指尖。他自己的手上沾有一、兩滴墨漬。他搖搖頭。

他說：「唉，要是我想讓粗糙的手碰我的書，我叫史黛西太太替我帶個看護來就好了。但我不能給看護一副手套，逼她好好保養自己的手。妳的話就沒問題。嘿，讓妳看看如果小孩不乖乖戴手套，要怎麼讓手變柔軟。」他手放進大衣口袋，從中掏出一條絲布包裹的金屬珠子（那是學者用的其中一項工具），原本的功能是用來壓平翹起的書頁。他把工具繞成圈，像在掂重一樣，然後俐落打到我發皺的指節上。在史黛西太太幫忙下，他抓起我另一隻手，也打一下。

珠子打在手上像鞭子一樣，但由於外表是絲布，不會打得皮開肉綻。第二下落下時，我像狗一樣驚叫一聲，剎那間痛楚、憤怒和驚訝交織。史黛西太太放開我手腕時，我將手指放到嘴上，失聲哭泣。

我舅父聽到全身縮了縮。他把珠子收進口袋，雙手急忙摀住耳朵。

「安靜，女孩！」他說。我全身顫抖，卻止不住哭。史黛西太太伸手掐我肩膀，害我哭得更響了。這時我舅父又把珠子拿出來，我終於安靜了。

「哼。」他低聲說：「妳未來不准忘記戴手套，嗯？」

我搖搖頭。他幾乎泛起笑容。他望向史黛西太太。「妳會替我提醒外甥女她的新功課吧？我希望她能聽話一點。我這裡容不下發飆或耍脾氣。很好。」他揮揮手。「好了，讓我跟她獨處。別跑太遠，記得！要是她不聽話，妳要來抓住她。」

史黛西太太行屈膝禮，並摸一下我顫抖的肩膀。她假裝糾正我駝背，實際上又偷擰我一把。雲飄過太陽前，黃色的窗戶忽亮忽暗。

「好了。」女管家走了之後，我舅父說：「妳知道我為何把妳帶來這裡吧。」

我舉起發紅的手指擦鼻子。

「讓我成為小姐。」

他簡短地乾笑一聲。

「讓妳成為祕書。妳看看，這牆上全是什麼？」

「木頭，舅父。」

「書，女孩。」他說。他走去牆邊，從架上拿下一本書翻開。書皮是黑的，因此我以為那是本《聖經》。我判斷其他書都是詩歌，因為我想詩歌的書皮可能有好幾種顏色，也許適用於不同的瘋狂程度。我覺得自己能先想到此事很了不起。

我舅父將書拿到胸前，點了點書脊。

「看到書名了嗎，女孩？不要往前！我叫妳看，沒叫妳動。」

但書離我太遠了。我搖搖頭，淚水又要奪眶而出。

「哈！」我舅父見我無助，大呼一聲。「我就知道妳看不到！看下頭地板上，小姐。下面！再過去一點！妳看到妳鞋旁那隻手了嗎？那隻手是我諮詢眼科醫師意見之後——就是看眼睛的醫生——照我意思設的。這些可不是尋常的書，茉德小姐，一般人絕對不准看。要是妳超出手指半步，我會把妳當傭人一樣處罰。我會把妳雙眼鞭到流血。那根手指所劃出的是純潔的界線。妳有朝一日會跨過那條線。但要等妳準備好，時間我說了算。聽懂了嗎，嗯？」

我聽不懂。我怎麼聽得懂？但我已懂得察言觀色，並假裝點點頭。他將書放回原位，依依不捨望著架上那本書平整的書脊。

那本書的外皮是高級貨（我後來會很熟悉這本書），也是他最喜歡的一本。書名是——

我跳太快了，這時候的我還是純潔的，而且還能維持一段時間。

我舅父說完話之後，好像忘了我。我站在原地十五分鐘，他後來抬頭才發現我，並揮手要我出去。我開門把又費了好一番工夫，門把吱呀作響，他聽了臉又皺成一團。我關門之後，史黛西太太從陰影中衝出，帶我上樓。「我想妳餓了。」我們邊走她邊說：「小女孩常肚子餓。我敢說妳現在要是能吃顆白煮蛋，肯定感動得痛哭流涕。」

我很餓，但我不願承認。她搖鈴喚個女孩來，女孩端來一片餅乾和一杯甜紅酒。她把食物放到我面前，面露微笑。那笑容莫名地令人難受，倒不如給我一巴掌。我好怕自己又哭出來。但我吃著餅乾，把眼淚吞下肚，女孩和史黛西太太站在一起，邊看邊竊竊私語。後來她們便留我一人在房裡。房間變得很黑。我躺在沙發上，頭枕著一塊軟墊，蓋著我的小斗篷，撫摸我被打得紅通通的小手。甜紅酒讓我昏昏欲睡。我醒來時，看到黑影幢幢，史黛西太太拿燈站在門口。我心裡無比恐懼，感覺時間過了好幾個小時。我覺得鐘剛才似乎響過，現在應該已經七、八點了。

「可以的話，我希望現在能回家。」我說。

史黛西太太笑了。「妳說那群野女人的房子？那什麼鬼地方，妳居然說是家！」

「我覺得她們會想我。」

「我敢說她們很高興擺脫妳這壞脾氣的白臉小孩。過來。該上床睡覺了。」她將我從沙發拉起，開始脫我的洋裝。我從她手中掙脫，並揮手打她。她抓住我手臂，並扭我的手。

「妳沒有權利傷害我！妳根本不是什麼東西！我想要愛我的媽媽！」我說。

「妳媽媽在這。」她說著拉扯我喉嚨上的肖像畫。「那就是妳在這裡唯一的媽媽。妳能知道她長什麼樣子就要感恩了。好了，站好別動。妳一定要穿上這個，才有小姐的樣子。」

她把硬邦邦的暗黃色洋裝和裡面所有衣物脫下，替我穿上一件女孩子的馬甲，並拉緊繫帶，馬甲勒得比剛才那件洋裝更緊。外頭她再替我套上一件睡袍，讓我戴上白色皮手套，用針線把手腕處縫死。我全身上下只有雙腳是赤裸的。我倒到沙發上，雙腿亂踢。她把我抓起來，將我搖來搖去，最後抓住我不動。

「聽好。」她說，她臉一陣紅一陣白，每口喘息都噴到我臉上。「我以前有個女兒，她死了。她有一頭黑色的秀髮，個性像隻小羊一樣溫馴。為什麼黑髮的乖孩子會死，但像妳一樣脾氣差的金髮女孩卻活下來，這我不懂。妳母親明明家財萬貫，為何變成一個爛貨，最後害死自己，而我卻要活著照顧妳的手指頭，讓妳成為小姐，這我也不懂。妳儘管哭得呼天搶地，我絕不會心軟。」

她把我拉起來，拖進臥房，要我爬上滿是灰塵的高大床鋪，然後放下床簾。壁爐旁有一道門，她跟我說那通往另一個房間，裡面住著另一個脾氣很壞的女孩。那女孩晚上會仔細聽，如果我沒有乖乖睡覺，亂哭亂鬧，她馬上就會聽到。到時候，她下手可不會留情。

「好好禱告。」她說：「求天父原諒妳。」

接著她拿起提燈離開了，我置身於恐怖的黑暗之中。

我覺得這對一個孩子來說特別可怕，就連現在也心有餘悸。我躺在床上，內心痛苦又恐懼，努力豎耳去聽，四周卻一片寂靜。我睡不著，感到反胃、飢餓、寒冷和孤獨，眼皮內彷彿比外頭都亮。馬甲像一隻手緊抓著我。我手塞在粗硬的皮手套裡，指節漸漸開始發腫。巨鐘齒輪時不時會發出聲音，並規律敲響。為了安慰自己，我開始想像房子某處有瘋子走來走去，看護在一旁照顧他們。後來我開始想像這裡的生活作息。也許他們會允許瘋子出去散步。也許哪個瘋女人會認錯房間進來？睡在隔壁的壞脾氣女孩會不會就是個瘋子？她待會搞不好會悄悄溜進房來掐死我！一想到此，我馬上聽到附近出現細微的動靜，距離非常近，簡直近在咫尺。我想像有一千張臉藏在床簾後面，一千隻手搜索著我。我嚇得淚流滿面，但身上的馬甲讓我連哭都很吃力。我不希望黑暗中的瘋女人發現我，所以我盡力維持不動，但我愈憋愈難過。不久，有隻蜘蛛或蛾拂過我臉頰，害我以為有隻手伸進來掐我。我驚慌掙扎，可能還放聲尖叫。

開門聲傳來，床簾縫隙透入一道光。一張臉出現，並靠近我。一張友善的臉，不是瘋子的臉，她是稍早替我端餅乾和甜酒來的女孩。她穿著睡袍，頭髮已放下。

「好了，好了。」她輕聲說。她動作很溫柔，把手放到我頭上，撫摸我的臉，我漸漸冷靜下來。我的淚水自然流下。我說我怕瘋子，她笑了出來。

「這裡沒有瘋子。」她說：「妳想到另一個地方了。好了，妳不高興自己離開那裡嗎？」我搖搖頭。她說：「好吧，妳只是剛到這裡覺得陌生。妳不久就會習慣了。」

她拿起燈。我看到她要走，馬上又開始哭。「怎麼了，妳過一會就睡著啦！」她說。

我說我不喜歡黑。我說我怕一個人睡。她猶豫一下，也許怕史黛西太太發現。但我敢說我的床比她的床柔軟多了。而且那時是冬天，寒意侵肌透骨。她最後說她會躺在我身旁，等我睡著再走。她捻熄蠟燭，黑暗中我聞到一陣煙味。

她告訴我她的名字叫芭芭拉。她讓我將頭靠在她身上。她說：「看，這跟妳舊家是不是一樣舒服？妳不喜歡這裡嗎？」

我說如果她每天晚上都陪我睡，我可能會喜歡一點，她聽到又笑了，然後移了移身子，舒服地躺到羽毛墊上。

她馬上沉沉睡著，就像一般的女僕一樣。她身上散發紫羅蘭面霜的氣味，洋裝胸口上有條緞帶，我用戴著手套的雙手將緞帶拉出，緊緊握著，等待睡意。我彷彿跌入了漆黑的深淵，而那是唯一能拯救我的繩索。

＊　＊　＊

我跟你述說這些事，是為了讓你明白過去哪些力量曾影響我，並造就現在的我。

＊　＊　＊

隔天，我待在冰冷的房間裡縫東西。那時我已忘記前一夜的恐懼。手套害我笨手笨腳的，我不斷刺到手指。「我不做了！」我大叫著把布撕破。史黛西太太見狀便打我。我的洋裝和馬甲很硬，她打我背時反而打到手掌痛。雖然是件小事，但也令我暗自竊喜。

我記得，我剛到莊園時經常被打。怎麼可能不被打呢？我過慣活潑的生活，習慣病院的喧鬧和二十個女人的寵愛。如今在舅父家，時時要安靜，作息要規律，害我脾氣更加暴躁。我想我原本很乖巧，但他們愈約束我，我愈任性。我會將桌上的茶杯和茶碟掃到地上。我會躺著亂踢雙腳，直到靴子飛落。我會尖叫到喉嚨流血。每次我都會受到懲罰，而且一次比一次嚴厲。他們會把我手腕和嘴巴綁起來。他們會把我關進房間或碗櫥。有一次我打翻蠟燭，害椅子燒到冒煙。魏伊先生氣得把我拖過庭園和僻靜的小路，將我關進冰屋。我現在已不記得那地方多冷。我只記得一塊塊灰色冰塊，像無數個時鐘，在寂靜的冬日中滴答作響（我原本以為冰塊會像水晶一樣晶瑩剔透）。冰塊滴滴答答過了三個小時。史黛西太太來找我時，我蜷縮得像個鳥巢，身子僵硬，無法打直，虛弱到彷彿被人下藥。

我想她嚇到了。她悄悄將我帶回房內，走的是僕人的樓梯，她和芭芭拉替我泡澡，並用酒按摩我的手臂。「如果她雙手不能動就完了。我的天啊，他會殺了我們！」

看她這麼害怕，實在大快人心。那一、兩天，我都常嘟囔自己手指發疼，沒有力氣，然後觀賞她驚惶失措的樣子。後來我太忘我，不小心捏她一把。於是她發現我雙手力氣大得很，馬上又開始處罰我。

＊　＊　＊

這樣的生活維持了大概一個月吧，但我當時年紀小，那段時間感覺相當漫長。我舅父則靜靜等待，像有人在替他馴馬一樣。他時不時會叫史黛西太太帶我去藏書室，問她目前進展。

「怎麼樣，史黛西太太？」

「還是不大乖，先生。」

「脾氣還是暴躁？」

「暴躁，而且嘴巴很利。」

「妳用盡方法了？」

她點點頭。他叫我們離開。後來我又鬧了更多次脾氣，吞下更多怒氣和眼淚。晚上芭芭拉搖搖頭。「什麼樣的小女孩，這麼調皮！史黛西太太說她從來沒見過像妳這麼愛搗蛋的小孩。妳為什麼不乖呢？」

我在上一個家很乖，結果看看我的下場！隔天早上，我把夜壺打翻，踩得地毯上都是。史黛西太太雙手揮舞，氣得大叫，並甩我一巴掌。我衣服穿一半，仍頭暈目眩，她便把我從臥室拖去舅父房門口。

他看到我們，全身畏縮一下。「老天，怎麼了？」

「喔，太可怕了，先生！」

「不是她又搗亂了吧？妳把她拉到這裡，她要是發飆，把書弄壞怎麼辦？」

但他仍聽她一五一十稟報，並一直盯著我。我全身僵硬站在原地，一手摀住火燙的臉頰，金髮披散在肩上。

中途他脫下眼鏡，閉上雙眼。他雙眼少了眼鏡，在我眼中感覺十分赤裸，眼皮變得異常柔嫩。他舉起拇指和烏黑的食指捏住鼻梁。

「唉，茉德。」他邊捏邊說：「真是壞消息。史黛西太太、我、還有所有僕人都在等妳學好規矩。我真希望看護有好好管教妳。我原本希望妳聽話一點。」他走向我，眨著眼，手放到我臉上。「不要躲，女孩！我只是想看妳的臉頰。我想很痛吧。史黛西太太大手一揮可不得了。」他看了看四周。「好，我們有什麼冰涼的東西，嗯？」

他有把細長的銅製裁紙刀，刀鋒是鈍的。他彎腰，把刀面貼到我臉上。他動作很輕，卻令我害怕。他的聲音像女孩一樣細柔。他說：「看到妳受傷我很難過，茉德。我真的很難過。妳以為我希望妳受傷？我為什麼會希望妳受傷呢？其實希望受傷的是妳自己，因為是妳自找的。我想妳一定喜歡被打。臉比較涼了，對不對？」他轉動刀刃。我打個寒顫，赤裸的雙臂竄上一股寒意。他嘴巴動了動，然後重述：「所有人都在等妳學好規矩。嗯，我們荊棘莊園的人最會等待了。我們可以慢慢等、慢慢等、一等再等。史黛西太太和我的僕人會慢慢等，那是他們的職責。我是個學者，天生就是等待的料。看看妳四周，看看我收藏的書。妳覺得沒耐心的人辦得到嗎？我的書收藏不易，累積過程緩慢。我曾氣定神閒度過漫漫長日，而我有時盼到的那些書，比妳品質還差咧！」他放聲大笑，如今他的笑聲格外沙啞。他將刀尖移到我下巴，頂高我的臉，打量一陣。然後他放下刀走回原位，將眼鏡掛鉤塞到耳後。

「如果她再搗亂的話，」他說：「我建議妳拿藤條打她，史黛西太太。」

＊＊＊

也許孩子終究像馬，能慢慢馴服。我舅父回到堆積成山的紙頁中，並要我們離開。我聽話地繼續縫東西。我不反抗不是因為怕被藤條打，而是因為我見過那令人戰慄的耐心。說到耐心，沒人比得過瘋子。我見過瘋子做一些無止無盡的事情，有的會將沙從一個破杯子倒到另一個破杯子，有的會數破洋裝上的縫線或陽光中的微粒，有的則會試著從隱形的帳本中算出總和。要是她們是富有的紳士（而不是女人），她們搞不好會成為學者或管家。當然，這是事後得知舅父特殊的癖好之後才有的想法。那天，年紀小的我只看到表面。但我懂得那黑暗和寂靜。沒錯，舅父的癖好實質上散發出黑暗和寂靜，如水和蠟一樣充滿整棟屋子。

我愈掙扎，愈會被吸入其中，最後我定會淹死。

我當時不希望這樣。

於是我放棄掙扎，隨波逐流，順著黏稠、迴旋的水流載浮載沉。

＊＊＊

也許，那就是我在莊園的第一課。但隔天八點，我正式的課程開始了。我從來沒有接受過女家庭教師的教導。我舅父決定親自教我，他命魏伊先生在藏書室地上的手指銅板旁放了書桌和凳子。但凳子太高了。我的雙腿會在空中擺盪，再加上鞋子很重，我坐久了腳最後都會麻掉。但只要我稍有動靜，不論是咳嗽或打噴嚏，我舅父就會過來，用絲布珠繩打我手指。他所謂的耐心終究不大可信，他嘴上雖說不想傷我，但他其實經常傷害我。

不過，藏書室為了防止書發霉，至少比我房間溫暖。我也發現自己寧可寫字，也不願縫東西。他給我一支筆芯柔軟的鉛筆，寫字時不會發出聲音，還有一盞設有綠色燈罩的檯燈，保護我的眼睛。

燈點亮後會散發出悶燒沙土的氣味。非常古怪。我後來變得好討厭那味道！那是我青春年華乾枯的氣味。我的工作枯燥乏味，主要是將古老書籍上的文字抄寫到皮革精製的書上。書不厚，我抄寫完之後，要用一塊橡皮擦將紙頁擦乾淨。比起我抄寫的內容，我更記得這段過程。紙頁經過摩擦會變得又髒又脆弱。看到紙頁上有汙痕，或聽到紙被撕破，神經敏感的舅父都會無法忍受。大家都說，小孩子會怕死人的鬼魂，我小時候最怕的，卻是上一堂課寫下的字沒擦乾淨。

我稱之為上課，但我上的課和正常女生截然不同。我不會歌唱，但我會以輕柔清晰的聲音朗誦文章。我不會認花朵和鳥的名字，但我會分辨各種書籍的書皮，例如我分得出皮革來自摩洛哥或俄國，是小牛皮還是未經鞣製的粗皮。我也會分辨紙張，像紙是荷蘭或中國製的，是雜色紙或絹紙。我也學到關於墨水的知識，如何切筆以及如何使用吸墨粉。另外，我還學到各式各樣字體，像無襯線體、粗襯線體、埃及體等，以及各種尺寸印刷字型的名稱，像派卡、貝瑞維爾、翡翠、紅寶石、珍珠……它們用珠寶命名，這根本是詐騙。因為它們如壁爐中的煤渣一樣死板無趣。

但我學得很快。季節更迭，時光飛逝，我慢慢得到一些小獎勵，像新的手套、軟底便鞋和洋裝。新洋裝和第一件洋裝一樣硬，不過是天鵝絨做的。後來我獲准去餐廳吃晚餐了。我會坐在橡木大桌一端，用銀製餐具吃飯。我舅父會坐在另一端，旁邊放個讀書架。他吃飯時很少說話，但要是我不幸叉子掉了，或刀子磨到盤子，他便會抬起頭，用溼潤可怕的眼睛瞪著我。「妳手有問題嗎，茉德？怎麼讓餐具發出那聲音？」

「刀子太大、太重了，舅父。」我有次語氣煩躁地回答他。

於是他把我刀子拿走，讓我用手吃東西。他喜歡吃血淋淋的肉、心和牛腳，於是我的小羊皮手套染成了深紅色，彷彿回到羊皮最原始的模樣。我失去胃口，只喝了點酒。盛酒的水晶杯上刻了一個M。放餐巾的銀環上頭也印著同一個字母，黑色的字跡已黯淡變色。那不是我的名字，而是要提醒我母親的下場，她叫瑪莉安，名字開頭和我是同一個字母。

她葬在淒涼的庭園中最寂寞的地方。無數白色碑石中，她的墓是唯一用灰色石碑的。史黛西太太曾帶我去看她的墓，並要我維持墓的乾淨。

「妳要心存感激。」史黛西太太說，她雙手交叉在胸前，看我修剪叢生的雜草。「以後誰來替我掃墓？我肯定會給人忘了。」

她丈夫死了。她兒子是個水手。女兒過世後，她取下她黑色的鬈髮，做了個裝飾畫。她幫我梳頭時都彷彿我頭髮帶刺一樣。我還真希望如此。我想她沒拿藤條打到我，肯定心有不甘。但她還是常擰得我手臂青一塊、紫一塊。其實比起之前又哭又鬧，我已乖巧不少，沒想到她見了反而更生氣。我發現之後，便故意逆來順受，任她發洩，害她一口氣無法舒坦。她愈罵我、捏我（捏了說實在也是白捏），我其實愈痛快，因為那只暴露出她內心的悲痛。我後來常帶她去墓園，並在母親的墳前用盡全力，大聲嘆息。不久之後，我暗中得知她女兒的名字（我真是太聰明了！）。正好廚房的貓生了一窩小貓。我便養一隻當寵物，並以她女兒命名。史黛西太太在左近時，我便會大聲呼喚：「波莉，來！喔，波莉！妳好可愛喔！妳黑色的毛好美！來，給媽媽親一個。」

瞧，這地方把我逼成什麼德性？

史黛西太太聽到會全身顫抖，眼睛一直眨。

「把那隻噁心的貓帶走，叫印克先生淹死牠！」她受不了時會對芭芭拉說。

我會掩面跑去，想著我失去的家，還有愛我的看護，滾燙的淚水便會冷冰冰出現在我眼中。

「噢！芭芭拉！」我大喊：「拜託不要！答應我妳不會這麼做！」

芭芭拉說她絕對不可能做這種事。史黛西太太便要她走了。

「妳這狡猾、惹人厭的小孩。」她說：「別以為芭芭拉心底不知道。別以為她看不透妳和妳的歪腦筋。」

但這時哭得一把鼻涕、一把眼淚的人反倒是她，而我端詳著她，眼中早已沒了淚水。因為她對我來說算什麼？現在誰對我來說重要了？我之前一直覺得我的看護母親會派人來救我，結果半年過去後，又過了半年。後來我再多等半年，還是連個人影都沒有。我相信她們忘記我了。「想念妳？」史黛西太太冷笑一聲說：「幹麼？我敢說瘋人院來了個新女孩，脾氣比妳好多了。她們能擺脫妳一定很開心。」沒多久，我相信她了。我開始忘記一切，新生活使回憶漸漸淡去。不過，那段回憶不時會出現在夢中，或突然浮現心頭，令人感傷和心煩，正如同書上偶爾沒擦乾淨的字跡。

我恨我親生母親。她是第一個拋棄我的人，不是嗎？我把她的肖像畫放到床邊的小木盒中，但她甜美白皙的臉蛋跟我一點都不像，我愈看愈恨。「我來親吻媽媽道晚安。」我有次說著打開木盒。但我其實只是為了折磨史黛西太太。我將肖像畫拿到嘴上，她在一旁看著，以為我很難過。我卻悄聲說：「我恨妳。」我的呼吸在金框蒙上一層霧氣。我那天晚上如此，隔天、後天也一樣。最後我像時鐘一樣規律，發覺自己不這麼做在床上會輾轉難眠。後來，肖像畫還必須輕放，緞帶上不能有一點皺痕。如果金框放到木盒的天鵝絨布上撞到了，我會將金框重新拿起，小心翼翼再放一次。

史黛西太太會露出古怪的表情看著我。而芭芭拉來之前，我從來不會靜靜躺好。

＊＊＊

同一時間，我舅父觀察著我的作業，發現字體、穩定度和聲音都有長足進步。他以前偶爾就會邀請幾位紳士來荊棘莊園，如今他要我站在他們面前唸書。書中的文字很陌生，我雖然唸了，但不明白內容。紳士聽我唸書時都會神情古怪地望著我（像史黛西太太一樣）。我後來漸漸習慣了。唸完之後，我舅父會要我行屈膝禮。我屈膝禮特別優雅。紳士會拍手，然後來和我握手，或撫摸我的手。他們經常跟我說，我多麼天賦異稟。我也相信自己是某種神童，在眾人目光下羞紅了臉。

白花捲起凋零前，總會先散發光彩。有一天，我來到舅父房中，發現我的小書桌不見了，他在書堆中騰出一塊位置給我。他看到我的表情，示意我過去。

「脫下手套。」他說。我脫下手套，碰到一般東西的表面時，身體不禁顫抖。那天外頭沒有陽光，天氣寒冷而寧靜。那時我來荊棘莊園已經兩年了。我的臉仍像孩子一樣渾圓，嗓音尖細。我還沒像女人一般流血。

「好了，茉德。」舅父說：「妳終於跨越那塊銅板手指劃出的界線，來面對我的書了。接下來，妳要學習此事真正的價值。妳會怕嗎？」

「有一點點，舅父。」

「怕是應該的。因為確實是令人害怕的事物。妳以為我是學者，嗯？」

「是的，舅父。」

「其實，我不只是個學者。我是個百毒收藏家。這些書……瞧，看清楚了！看清楚了！它們就是我說的毒。而這本——」他說到這，慎重其事將手放到散落書桌的紙頁上。「這是本索引。這本書會引導其他人收藏和研究。完成之後，這本書將成為世界上本主題最完整的作品。我撰寫編修，已投注無數年的苦心，因此我會繼續堅持，直到作品完成。我接觸此毒多年，已不再受到影響，我的目標是要讓妳也不受影響，並協助我工作。我的眼睛……妳看我的眼睛，茉德。」他脫下眼鏡，臉湊到我面前。我身子畏縮一下，就像之前看到他赤裸細柔的臉一樣。但現在也發現他戴有色眼鏡的原因：他眼睛表面有一層膜，彷彿蒙上一層白霧。「我的視力愈來愈糟了。」他說著戴上眼鏡。「妳的眼睛會代替我的眼睛。妳的手會成為我的手。妳如今已能雙手赤裸來到這裡，在正常的世界裡……我指的是出了這房間的世界，一般人要碰硫酸和砒霜一定要戴上手套，保護血肉之軀。妳跟他們不一樣。這裡才是妳生活的常態。我將妳一手培養而成。我一點一滴謹慎餵食妳毒物。現在來承受更重的劑量吧。」

他轉身從櫃子上拿一本書，交到我手中，並將我手重重按在上面。

「這事不要跟其他人說。記得我們的工作多麼珍貴罕見。一般人眼睛和耳朵未受訓練，乍看之下會認為這事駭人聽聞。若妳說出去，他們會覺得妳受到玷汙。妳聽懂了嗎？毒已沾上妳的嘴唇，茉德。在心底記好。」

那本書叫《拉上窗簾：羅拉的教育》。我獨自坐在一旁，翻開書頁，終於了解我朗誦的內容，以及眾紳士為何鼓掌。

＊＊＊

世俗大眾稱此為「情欲」。我舅父專門收集這類作品，將書本收藏於架上，保持乾淨和整齊，但出於奇妙的原因。他收集不是為了作品本身，不，從來不是如此，反而是為了滿足某種莫名的欲望。

我是指學者的欲望。

「妳看，茉德。」他會拉開書櫃玻璃門，手指拂過架上的書封，輕聲對我說：「妳有注意到紙頁上的大理石花紋嗎？還有書脊的摩洛哥羊皮革？書緣的燙金？仔細看這書封加工的裝飾，看。」他將書斜過來給我看，又捨不得讓我碰。「別碰，別碰！啊，還有看這個。哥德體，然後妳看，標題特別描了紅邊。首字都加上了花紋，頁邊空白和文字一樣寬。多麼奢侈！還有這個！封面用素皮紙，但妳看這裡，這卷頭插畫——」插畫是一個女人倒臥在沙發上，一個紳士在她身旁，他的小兄弟露在外頭，頂端發紅。「這是波瑞[25]的復刻版畫，相當罕見。我年輕的時候在利物浦的攤販買的，只花一先令。現在五十鎊我都不賣。來，來！」他看我臉紅了。「別像女學生一樣羞怯了！我帶妳來我家，教妳關於我收藏的一切，難道是要看妳臉紅嗎？哼，別再鬧了。來這裡是工作，不是休閒娛樂。鑽研形式一段時間，妳很快就會忘記內容了。」

他這句話說過無數次。但我不相信他，畢竟我當時才十三歲。起初這些書令我恐懼。因為孩童長成男女之後，居然會做出書中描繪的事，這真的太可怕了。他們會漸漸擁有性欲，身體出現祕密的器官和空腔，內心容易躁熱和心焦，並渴望肉體酥麻的結合。我想像自己的嘴被人用雙唇堵住。我想像自己張開雙腿，受手指撫摸和穿透……如我所說，我才十三歲。恐懼轉為躁動，日夜折磨著我。每天晚上，我躺在熟睡的芭芭拉身旁，卻無法入睡。有一次，我拉開毛毯，看著她胸部的曲線。後來我漸漸喜歡看她洗澡和更衣。舅父的書上都說雙

---

25 波瑞（Antoine Borel, 1743-1810），法國色情畫家、插畫家和版畫家，最著名的作品是《芬妮・希爾：一個歡場女子的回憶錄》插圖。

腿應該很光滑，但她的雙腿長著黑色的毛髮；兩腿之間應該光潔美麗，但她胯下毛髮卻最為濃密。我一直想不透。後來有一天，她看到我盯著她看。

「妳在看什麼？」她說。

「妳的屄。」我回答：「為什麼這麼黑？」

她驚恐地退開，放下裙子，雙手遮住胸部。她臉頰羞紅。「噢！」她大叫：「什麼啊！妳從哪裡學到這種話的？」

「我舅父教的。」我說。

「噢！妳這騙子！妳舅父是個紳士。我去告訴史黛西太太！」

她去說了。我以為史黛西太太會打我，結果她像芭芭拉一樣嚇得退開。但後來史黛西太太拿塊肥皂來，要芭芭拉抓住我，並將肥皂緊緊塞到我嘴裡，前後摩擦我的雙唇和舌頭。

「愛說惡魔的話，是不是？」她邊洗我嘴邊說：「像個蕩婦，像個淫邪的野獸？像妳的垃圾母親？是不是？是不是？」

然後她放開手，害我摔在地上。她站起之後，雙手嫌惡地擦拭著圍裙。從那天起，她要芭芭拉晚上睡在自己床上，只叮囑她要打開房門，並多點盞燈。

「感謝老天，至少她戴著手套。」我聽到她說：「那樣的話，她才不會更不乖……」

我一直洗我的嘴，直到舌頭破皮流血。我不斷哭泣，但仍嘗得到薰衣草的味道。我想毒終究滲入了我的嘴唇。

* * *

但我不久便不在乎了。我的屄跟芭芭拉一樣長出毛髮，我明白舅父的書中充滿各種錯誤，而我恨自己誤以為那是真的。我雙頰不再發燙，臉不再發紅，四肢也漸漸冰冷麻木。內心的不安化為滿腔不屑。我成為舅父培養的人，一個藏書人。

「《好色的土耳其人》。」我舅父會從書堆中抬頭說：「那本書在哪裡？」

「在這裡，舅父。」我會回答。因為一年之內，我已知道書架上每本書的位置。我明白了他編撰巨大索引書的計畫，這本書叫《普里阿普斯[26]和維納斯之世界書目》。他將我奉獻給普里阿普斯和維納斯，像其他女孩奉獻自己，學習使用針線或織布機一樣。

我漸漸認識他的朋友，也就是那些來訪的紳士，他們之後仍會來聽我朗誦。我如今知道他們是出版商、收藏家、拍賣商，也是他作品的欽慕者。他們會寄書來，一週比一週多，還會寄信來：

「『里利先生：關於克萊蘭[27]。那本關於雞姦的書已失傳，巴黎的格利維說他不知道。我該繼續搜索嗎？』」

舅父聽我唸信，眼鏡後的他雙眼緊閉。

「妳覺得呢，茉德？」他說：「唉，算了。克萊蘭先別管了，等春天再打聽看看。好，好。我看看……」他拿起桌上的一疊紙張。「那來整理《激情盛典》好了。我們從霍崔伊那借來，還在第二冊是吧？妳把它抄下來，茉德……」

「好。」我說。

你覺得我很聽話吧。不然我該怎麼回答？很早之前，我有次不小心打個呵欠。我舅父望著我，筆離開紙頁，緩緩轉動鋼筆尖。

「看來妳覺得工作很無聊。」他最後開口。「也許妳想回房間。」我不吭聲。「妳想嗎？」

---

26 普里阿普斯（Priapus）是希臘神話中的生殖之神。

27 克萊蘭（John Cleland, 1709-1789），英國小說家，著名作品為《芬妮・希爾：一個歡場女子的回憶錄》，出版後成為經典禁書。

「也許吧，舅父。」我過一會兒說。

「也許。非常好。把書放回原位，回房間去。但是茉德——」我走向門口，他最後補一句。「請妳跟史黛西太太說，不要添壁爐中的柴火。妳不會以為我讓妳偷懶，還會替妳付柴火錢吧，嗯？」

我猶豫了一會兒，然後走出房間。那時正巧又是冬天。這裡感覺永遠都是冬天！我在房中裹著大衣，撐到晚餐時間，並換衣服下樓。但到了餐桌，魏伊先生舀食物到我盤子時，我舅父阻止他。「不准給她肉。」他邊說邊把餐巾攤在大腿上。「偷懶的女孩不准吃。我莊園裡不允許這種事。」

後來魏伊先生把盤子拿走了。他的小廝查爾斯一臉歉意。我好想打他。但我只能坐在餐桌旁，雙手擰著裙子，像吞下淚水一樣吞下怒火，聽著舅父烏黑的舌頭咀嚼肉塊的聲響，並等他讓我離席。

隔天八點，我又回到房間工作，從今以後小心不再打呵欠。

＊　＊　＊

後來幾個月裡，我長高了，身材愈來愈苗條，膚色愈來愈蒼白。我變得成熟漂亮。裙子、手套和便鞋都變得太小了。舅父依稀察覺，便吩咐史黛西太太照原來的款式，替我裁幾件新洋裝。她裁好布料之後，要我自己把洋裝縫好。看到舅父依個人喜好替我打扮，我想她心裡一定有種落井下石的快感，不過話說回來，也許悼念女兒久了，她也忘記小女孩終將長成女人。總之，我在荊棘莊園已有好長一段時間，已在規律中找到安寧。我習慣了手套和硬邦邦的洋裝，繫繩解開時身子還會畏縮。現在只要換下洋裝，我便感覺自己彷彿赤裸，像舅父毫不遮掩的眼睛一樣缺乏安全感。

我有時會做噩夢。有次我發燒，有個醫師來看我。他是舅父的朋友，也曾聽過我朗誦。他柔軟的手指放在我下顎上，大拇指抵著我臉頰，並拉下我的下眼瞼。他問：「妳常有奇怪的想法，心神不寧嗎？想必如此。妳不是尋常的女孩。」他撫摸我的手，替我開了藥，並叮嚀一滴藥必須配上一杯水。「這是安定心神用的藥。」

芭芭拉在史黛西太太監督下調配好藥。

後來芭芭拉結婚，便離開了我，我又有了另一個侍女。她的名字叫愛涅絲。她身材嬌小，和鳥一樣輕盈，像用網子捕來的幼鳥。她有一頭紅髮，皮膚白皙，長著雀斑，像受潮的紙張一樣。她年方十五，天真無邪。她覺得舅父人很好。起初她也覺得我人很好。她讓我想起過去的自己，以及自己原本該有的模樣，但我卻再也無法找回原本的自己。我因此特別討厭她。她只要笨手笨腳，或動作慢了點，我便會打她。她一緊張，又更加笨手笨腳，於是我便會再打她一次，害她失聲哭泣。滿臉淚水的她仍有著我過去的樣子。我愈看出相似處，下手愈重。

＊　＊　＊

我的人生飛逝。你可能會以為我不諳世事，不明白自己變得多奇怪。但除了舅父的書之外，我也閱讀其他書籍，也曾偷聽到僕人的耳語，看過他們的表情。男女僕常對我投以詭異和同情的目光，因此我心裡非常明白自己異於常人。

我和小說中最淫亂的紈袴子弟一樣見多識廣，但來到舅父家之後，我卻沒看過世界，頂多出過庭園圍牆外而已。因此，我無所不知，也一無所知。接下來，你一定要記得這點。你一定要記得我做不到的事，以及沒見過的事物。例如，我不會騎馬或跳舞，不曾拿錢幣消費過，也不曾看過戲劇、鐵路、高山或海洋。

我從未見過倫敦，但我覺得我算熟悉那座城市。我從舅父的書裡讀到過。我知道倫敦市中心有條河，跟流經庭園外的河是同一條，只是河道變得更寬。我喜歡想著這點，在河邊散步。那裡有一艘倒反的老舊平底船，船體大半腐爛了。在我眼中，船底的洞彷彿嘲笑著我永遠囚禁於此的處境。但我喜歡坐在船上，望著河邊的燈心草。我記得《聖經》一則故事，有個孩子乘籃子順水而下，被國王的女兒發現[28]。我希望自己能發現一個孩子。但不是為了養他！而是想讓孩子在荊棘莊園長大，最後取代我，讓我乘上籃子順水而去。我常幻想自己在倫敦會有的生活，以及誰會撿到我。

那時我仍年輕，喜歡幻想。我長大一點之後，不再那麼常去河邊散步。我多半站在窗邊，望著遠方，知道河水就朝著那裡流動。我通常一站好幾個小時。有一天，我在舅父藏書室漆黃的玻璃上，以指甲刻出一道細小俐落的新月形缺口，後來我偶爾會靠在窗前，將眼睛湊上去。像難掩好奇的妻子，雙眼貼到櫃子的鑰匙孔，窺視裡面的祕密。

但我其實是在櫃子之中，渴望出去……

＊　＊　＊

我十七歲那年，理查·瑞佛斯來到荊棘莊園，他帶來一個計畫和一個承諾，並告訴我，他會把一個好騙的女孩騙來，幫助我逃走。

28　由於希伯來人愈來愈多，對埃及人造成威脅，埃及法老下令希伯來人生的男嬰要丟到尼羅河。約基別生下摩西之後，便把他藏在河邊蘆葦叢中，最終被法老女兒發現並認養。

第八章

我說過，我舅父偶爾會邀請紳士同好用餐，然後晚一點聽我唸書。今天便是如此。

「今晚打扮整齊，茉德。」我站在藏書室扣著手套時他說：「我們有客人。除了霍崔伊、哈斯還有另一個傢伙，一個陌生人。我希望能雇他來為我們的圖畫裱框。」

我們的圖畫。我們有另一間書房，裡面有好幾個書櫃，抽屜裡都裝滿淫穢的版畫，那都是舅父收集書時，陸陸續續隨手收集來的。他嘴上一直說要找個人來切邊和裱框，但一直找不到適合的人選。畢竟要做這工作，性子要很特別才行。

他看到我的眼神，嘟起嘴。「另外，霍崔伊說要給我們一份禮物。他找到一個文本的版本，我們還沒編入索引。」

「真是個好消息，舅父。」

我語氣似乎過於冷淡，幸好我舅父生性冷漠，並未注意。他只將手放到面前一疊紙上，將紙頁分成不平均的兩堆。「好，好。我看看……」

「我能離開了嗎，舅父？」

他抬頭。「時鐘響了嗎？」

「我想是的。」

他掏出口袋中的報時錶，放到耳邊。藏書室的鑰匙在旁無聲地搖晃。鑰匙掛在一條褪色的天鵝絨線上，固定在錶的冠軸上。他說：「那去吧，去吧。讓老頭子繼續埋首書中。去好好玩一玩，不過，別玩得太凶，茉德。」

「是的，舅父。」

我不時會好奇，他以為我出藏書室的這段時間在幹什麼。我覺得他已習慣活在書的世界裡，那裡的時間已經扭曲，甚至不再流動，而我則像個長不大的孩子。有時我也會幻想，我身上的洋裝和天鵝絨飾帶又短又緊，簡直像中國裹小腳的習俗，將我束縛成形。我一直覺得舅父已老態畢露，不會再變化（我想他這時還不到五十歲吧），就好比琥珀中的蒼蠅，固定其中，永恆不變。

我留他一人瞇眼盯著紙上的文字。我穿著軟底鞋，輕盈無聲地回到房間，愛涅絲在房裡。

我看到她在縫衣服。她見我進門，身體嚇得縮了一下。你知道對脾氣如我的人來說，這一縮多令人惱火？我站到她旁邊，看她縫衣服。她感受到我的目光，全身開始發抖。她的縫線變得又長又歪。最後，我把針從她手中接過來，輕輕用針尖刺她的肉，然後抽起，再插回去，反覆六、七次，直到她的指節雀斑間有了一堆針刺的傷口。

「今晚有不少紳士要來。」我邊刺邊說：「其中有個陌生人。妳覺得他會年輕又英俊嗎？」

我這句話只是隨口說說，當作在鬧著玩。對我來說毫無意義。但她聽到了，雙頰發紅。

「我不知道，小姐。」她眨著眼，轉開頭回答。不過她手沒收回去。「也許吧。」

「妳這麼覺得啊？」

「誰曉得呢？他也許很帥。」

我仔細看著她，腦中突然有了新的想法。

「妳希望他帥嗎？」

「希望，小姐？」

「希望，愛涅絲。我覺得妳很希望耶。要不要我告訴他妳住哪間房？我不會在門外聽。我會把門鎖上，不會有人打擾你們。」

「噢！小姐，別胡說了！」

「有嗎？來，把手心朝上。」她照做了，我針刺更重。「說妳討厭有根東西在妳手上啊！」

她痛得將手縮回，放到嘴裡，哭泣起來。我看著她的淚水，並看她用嘴巴吸吮著我刺出的傷口。我先是心驚，還有點擔心，最後卻感到厭煩。我站到震動的窗邊，望著延伸到圍牆邊的草坪，想著那頭的燈心草和泰晤士河，讓她自個去哭。

「妳能安靜點嗎？」她還在抽抽噎噎。「看看妳！為一個紳士哭哭啼啼！妳難道不知道他不可能英俊，甚至不可能年輕嗎？妳難道不知道，紳士永遠都不可能那麼完美嗎？」

但當然，沒想到他居然英俊又年輕。

「這位是理查．瑞佛斯先生。」我舅父說。這名字聽起來就像個成功人士。當然後來我發現，這名字如同他的戒指、笑容和舉止，全都是假的。但此時，我站在客廳，他起身向我敬禮，我怎麼會懷疑呢？他五官清秀，甚至牙齒也潔白乾淨，他比我舅父高了快一呎。他頭上塗了髮油，頭髮梳理整齊，不過特別的是他留了長髮，其中一縷鬈髮低垂在他額頭上。他會反覆用手撥著額前的頭髮。他的雙手修長細嫩，十分白皙。不過有根指頭上有黃色的菸漬。

「里利小姐。」他說著朝我躬身。那縷頭髮向前落下，他舉起有菸痕的手將頭髮向後撥。他的聲音非常小，我想是舅父在一旁的關係。他來之前，霍崔伊先生一定叮嚀過他。

霍崔伊先生是倫敦的書商和出版商，來過荊棘莊園多次。他牽起我的手親吻。哈斯先生來到他身後。他是我舅父年輕時的舊識，現在是個收藏家。他也牽起我的手，但他直接將我拉近，親吻我的臉頰。「親愛的孩子。」他說。

我在樓梯上常被哈斯先生嚇到。他喜歡站在一旁看我爬樓梯。

「您好嗎，哈斯先生？」我向他行屈膝禮說。

但我一心注意的是瑞佛斯先生。有一、兩次我頭轉向他，都發現他雙眼緊盯著我，略有所思。他不停打量著我。也許他沒料到我會長這麼美。也許我沒有像傳聞那麼美。我看不出來，但晚餐鐘聲響起時，我走到舅父身旁，讓他帶我到餐桌上，我看到瑞佛斯先生猶豫了一下，然後選擇我身旁的位置。我不希望他坐我旁邊。我覺得他會繼續觀察我。我吃飯時不喜歡別人盯著看。魏伊先生和查爾斯輕手輕腳替我們倒酒。我依舊用刻著M的水晶杯。食物分到我們盤子上之後，僕人便離開了。莊園有客人時他們從不久留，只在每一道菜間出現。像做所有事情，荊棘莊園吃飯也配合著鐘響。晚宴總計一小時半。

我們今晚吃兔肉湯，下一道是鵝肉，鵝皮酥脆，近骨處肉質粉嫩，鵝內臟則在調味後放在盤子供大家傳取。霍崔伊先生拿了美味的腎，瑞佛斯先生則拿了心臟。他將盤子遞給我，我搖搖頭。

「妳大概沒什麼胃口。」他看著我的臉低聲說。

「妳不愛吃鵝嗎？里利小姐？」霍崔伊先生問。「我大女兒也不吃。她一想到幼鵝，眼淚就流出來了。」

「希望你有去接她眼淚，好好留起來。」哈斯先生說：「我滿想看到用女孩子淚水做成的墨水。」

「墨水？別跟我女兒說，拜託你。我必須聽她們發牢騷已經夠煩了。要是她們又想到，可以把牢騷印到紙張上讓我讀，我保證我不如一死了之。」

「淚水拿來做墨水？」我舅父說，他反應比大家慢一拍。「什麼鬼話？」

「女孩的淚水啊。」哈斯先生說。

「哪來的顏色。」

「有喔。真的，先生，真的有。我覺得淚水帶著細微的顏色。也許是粉紅色或紫羅蘭色。」

霍崔伊先生說：「搞不好要看女孩為了哪種心情流淚？」

「沒錯。你說得完全正確，霍崔伊。看悲傷的書流淚，淚水就是紫羅蘭色的；看開心的書喜極而泣，淚水就是粉紅色的。書也能用女孩的頭髮來裝訂……」他望向我，神情變了，並拿餐巾擦擦嘴。

「是了。」霍崔伊說：「我真好奇有沒有人嘗試過。里利先生？關於書封和書頁裝訂，想必你聽說過各種野蠻的故事……」

這話題他們討論了一會兒。瑞佛斯先生在一旁聽，不發一語。當然，他注意力全放在我身上。我心裡想，也許他會趁他們聊天向我開口。我希望他開口。不，我不希望他開口。我喝口酒，突然心生厭煩。我像今天邊吃晚餐，邊聽舅父的朋友追究一些微不足道的無聊事，已經不知道多少次了。出乎意料，我腦中突然浮現愛涅絲的身影，看到她用嘴輕嘗著手掌流出的血珠。舅父清了清喉嚨，我眨眨眼。

「所以，瑞佛斯。」他說：「霍崔伊跟我說，他雇用你將法文翻譯成英文。但如果是他出版社的作品，我想不是多出色的作品。」

「確實不算出色。」瑞佛斯先生回答。「不然我恐怕不敢翻譯，因為那根本不是我所長。在巴黎生活時，我只學到日常的詞彙，不過，我上次去法國其實是為了學畫。我希望找到一個能讓我發揮所長的工作，先生，我不想再把糟糕的法文翻譯成爛英文了。」

「好的，好的。我們再看看。」舅父微笑。「你想看我收藏的圖畫嗎？」

「非常想。」

「好，哪天來看看吧。我想你會發現那些圖畫相當精美。不過，比起書，我比較不在乎畫。也許你聽說過……」他頓了頓。「我那本索引？」

瑞佛斯先生頭彎過來。「聽起來是相當不平凡的作品。」

「確實不平凡。嗯，茉德？但我們會心虛嗎？我們說了會臉紅嗎？」

我知道自己雙頰冰冷，他的臉則和蠟燭一樣蒼白。瑞佛斯轉身，用他暗藏心思的目光盯著我。

「那本大作目前怎麼樣？」霍崔伊隨口問道。

「快好了。」舅父回答：「差一點點。我在找裝訂師了。」

「多大本？」

「一千頁。」

霍崔伊先生揚起眉毛，十分驚訝。如果舅父耳朵沒那麼敏感，他恐怕還會吹口哨。他又拿了另一片鵝肉。

他邊拿邊說：「這麼說，自從上次聊過之後，又多了兩百頁。」

「當然，第一冊是這樣。第二冊會更厚。你怎麼想，瑞佛斯？」

「嘆為觀止，先生。」

「有見過這樣的書嗎？關於這主題的世界索引？有人竟說英國科學精神已死。」

「那你可說讓英國科學起死回生啊。這真是傑出的成就。」

「確實不簡單。尤其要知道，這主題的研究上有諸多曖昧不明之處。例如，我收集的文本中，作者都必須改名或匿名隱藏真實身分。而且文本印刷出來之後，相關資訊常有疏漏和錯誤，出版和印刷的時間、地點等細節也經常失實。嗯？再者，每一本書的書名都曖昧不明，都必須暗中流通，鮮為人知，一定要透過祕密的通路，多方打聽才能入手。你想想，要製作索引，就必須一一查對。等明白這一切難處之後，先生，再來跟我說這有多耗時費力！」他身體顫抖，生硬乾笑。

「真是難以想像。」瑞佛斯先生說：「這索引的分類是照……」

「如果有查明來源的話，會依標題、作者、出版日期分類。但可不只如此，先生。我們還有照情欲的內容來分類。我們甚至列表整理，分法相當嚴謹。」

「列出作品種類嗎？」

「情欲的種類！我們現在編到哪了，茉德？」

紳士轉向我。我喝一口酒說：「編到人獸交。」

舅父點點頭。「是了。」他說：「瑞佛斯，這樣你懂嗎？這本索引對於研究此領域的學生會有多大助益？這本著作將成為名副其實的《聖經》。」

「肉身成為道[29]。」霍崔伊先生微笑說道，得意地咀嚼這句話。他和我眼神交會，眨了個眼。不過，瑞佛斯先生仍望著我舅父，目光熱誠。

「真是偉大的抱負。」他說。

「還耗時費力。」哈斯先生說。

「沒錯。」霍崔伊先生說，並再次轉向我。「里利小姐，妳舅父恐怕要繼續無情地壓榨妳了。」

我聳聳肩說：「我從小到大都為此訓練，就像僕人一樣。」

哈斯先生說：「僕人和年輕小姐天差地別。我說過多少次了，不是嗎？女孩的雙眼不該耗費在閱讀上，她們的小手不該因為拿筆而粗糙。」

「我舅父也是這麼想。」我伸出戴著手套的手說，但我心裡卻想，他顧慮的當然是書，而不是我的手指。

他這時開口：「她一天工作五小時又怎麼樣呢？我可是工作十小時！而且不為了書，我們要為什麼努力？嗯？想想斯瑪特和德伯瑞。或想想提尼厄斯，一生致力於收藏，不惜為圖書館殺了兩個人。」

「想想佛黑赫．文生[30]，他為了收藏殺了十二個人！」霍崔伊先生搖搖頭。「不，不，里利先生。你讓外甥女工作不要緊，但別讓她為了文學殺人，不然我們永遠不會原諒你。」

眾人大笑。

「唉呀，唉呀。」我舅父說。

我仔細看著我的手，不發一語。透過盛著深紅色酒液的玻璃杯，我的手指看起來像紅寶石一樣紅，母親的名字幾乎看不到了，後來我轉動杯身，刻紋又躍入眼簾。

---

29 引用自《聖經》〈約翰福音〉第一章第十四節：「道成為肉身。」此處將句子反轉。

30 斯瑪特（Christopher Smart, 1722-1771），倫敦宗教詩人和作家，因宗教狂熱被關入瘋人院，代表作為《大衛之歌》（*A Song to David*）。德伯瑞（Richard de Bury, 1287-1345），英國主教、作家和藏書家，並以談論書籍知識的《書之愛》（*Philobiblon*）一書聞名。提尼厄斯（Johann Georg Tinius, 1764-1846），德國牧師和藏書狂，為書傾家蕩產，並私用教會公款和殺人，最終入獄。佛黑赫．文生（Frère Vincente）是個虛構的西班牙僧侶，也是藏書狂和殺人犯。一八三六年首度出現在法國報紙上，後來被誤以為是真人真事，傳誦到歐洲各地。

＊　＊　＊

再兩道菜之後，我才離席，接下來我必須在客廳枯坐，等待兩聲鐘響，眾紳士才會進來。我聽到他們喃喃交談的聲響，好奇我不在場他們都聊什麼。最後他們進門時臉上都泛著紅光，呼吸都散發著菸臭。霍崔伊先生拿出個用紙和繩索包裝的小包裹交給舅父，舅父笨手笨腳拆開包裝。

「好，好。」他說著說著，書終於拿了出來，他把書拿到眼前，「啊哈！」他雙唇蠕動。「妳看，茉德，看，這傢伙替我們挖出什麼寶。」他給我看那本書。「瞧，妳覺得怎麼樣？」

那只是本普通的小說，外皮惹眼卻俗不可耐，但卷頭插畫倒沒見過，算本罕見的書。我看了看，情不自禁感到一絲興奮，並有些頭暈目眩。我說：「無庸置疑是件珍貴的大禮，舅父。」

「看這花飾？妳看到了嗎？」

「我看到了。」

「我想我們沒考慮到這可能性。真沒想到。我們必須回頭看看。我們還真以為條目齊全了！明天就重新整理。」他伸展脖子，滿心期盼，並陶醉其中。「現在的話，好，脫下手套吧，女孩。妳覺得霍崔伊帶書來，是要妳在書皮上抹肉汁嗎？好多了。我們來聽一段。請妳坐下來唸給我們聽。哈斯，你也坐下吧。瑞佛斯，仔細聽我外甥女的聲音，聽她朗誦多麼溫柔清脆。我親自教她的。唉唷，唉唷！妳弄皺書脊了，茉德！」

「嘿，里利先生，她沒弄皺啦。」哈斯先生說，他一雙眼緊盯我赤裸的雙手。

我將書放到檯子上，小心攤開書頁。我將檯燈轉過來，讓明亮的光照在文字上。

「我該唸多久，舅父？」

他將錶拿到耳邊。他說：「到下一聲鐘響。好，注意了，瑞佛斯，告訴我你在別的英國紳士客廳有沒有見過這種表演！」

＊＊＊

如我所說，這本書如常充滿了庸俗淫蕩的描述，但舅父說得對，我已訓練有素。我的話音清晰，語調真切，文字入耳婉轉動人。我唸完時，霍崔伊先生大力鼓掌，哈斯先生泛紅的臉更紅了，表情五味雜陳。舅父脫下眼鏡，坐在椅子上，頭斜到一邊，雙眼瞇在一起。

「文字確實俗了。」他說：「但我書架能讓你容身，讓你有個家，也有兄弟。明天我會把你放到書架上。花飾啊，我確定我們沒想到。茉德，書闔上，沒摺到吧？」

「沒有，舅父。」

他戴上眼鏡，將眼鏡鉤掛到耳後。哈斯先生倒了杯白蘭地。我扣上手套，順了順裙子的皺褶。我將檯燈轉開，捻熄燭火。但我隨時意識著自己的動作，也意識著瑞佛斯先生。他聽完我唸書顯然毫無興奮感，他雙眼望著地板，但他雙手緊握，一手拇指緊張地輕敲著另一手拇指。這時他起身說壁爐很熱，令他全身發燙。他在客廳中走了一分鐘，僵硬地彎身看著我舅父的書櫃。他雙手背在身後，但拇指仍不斷搓動。我想他知道我在看他。不久，他靠近我，和我目光相交，小心翼翼行個禮。他說：「離壁爐那麼遠很冷。里利小姐，妳不想坐到離火焰近一點的地方嗎？」

我回答：「謝謝你，瑞佛斯先生。我坐這裡就好。」

「妳喜歡冰冷的地方。」他說。

「我喜歡待在暗處。」

我又露出微笑，他覺得那像是邀請，於是他將大衣向後一撥，拉拉褲子，坐到我身旁，距離不至於太近，雙眼仍望著舅父的書架，彷彿注意力都在書本上。但他開口時，壓低了嗓子。他喃喃說：「妳知道，我也喜歡待在暗處。」

哈斯先生朝我們望一眼。霍崔伊先生站在壁爐旁，手拿著玻璃杯。舅父身體深深倒入椅子之中，翼形的椅背擋住了他的視線，我只看得到他乾燥的嘴巴，嘴唇滿是皺紋。「最偉大的情欲時代？」他說：「我們已經錯過了，先生，晚生了七十年啊！現代稱之為情色文學的小說往往諷刺尖酸、荒誕不經，給馬蹄鐵匠看我都會感到羞愧……」

我忍住一個呵欠，瑞佛斯先生察覺便轉向我。「失禮了，瑞佛斯先生。」我說。

他頷首。「也許妳不喜歡妳舅父研究的主題。」

他仍壓低著聲音，於是我也順著他將聲音壓低。「我是舅父的祕書。」我說：「主題是否有趣與我無關。」

他再次頷首。「噢！也許吧。」趁我舅父長篇大論，他說：「我只是感到好奇，面對撩動人心、教人害羞的作品，小姐居然能泰然處之，不為所動。」

「但關於這件事，我想不會大驚小怪的小姐多得是。畢竟了解愈多，愈不為所動，不是嗎？」我和他四目相交。「當然，我說的並非實際經驗，只是從書上看來的知識。但有件事我能肯定，如果聖餅和酒看多了，教士也會發現自己對教堂的祕密喪失熱情。」

他目不轉睛，聽到最後他不禁大笑。

「妳非常特別，里利小姐。」

我別開頭。「我知道。」

「啊。現在妳語氣變諷刺了。也許妳覺得自己受教育不是一件好事。」

「正好相反。變更聰明怎麼會是壞事呢？例如，即使紳士大獻殷勤，我也永遠不會受到迷惑。紳士奉承小姐的招數五花八門，而我正好是個專業鑑賞家。」

他將白皙的手放到胸上。「那我確實該害怕了。」他說：「如果我只想奉承妳的話。」

「紳士腦中多半只打著這主意，我還沒見過別的意圖。」

「也許妳平時看的書中沒寫到。但現實生活中，動機可不少，其中之一尤為重要。」

「這些作品創作時都有個目的，我想你說的是那件事吧。」我說。

「噢！不是。」他露出微笑。他聲音壓得更低。「讀這些書時，確實是為了那件事，但寫書的人是為了更強烈的欲望。當然，我指的是錢。每個紳士都想要錢。而對於其實不那麼紳士的我們來說，最在乎錢了。——對不起，我不是故意讓妳難堪。」

我剛才臉紅，或身體縮了一下。現在我鎮定下來說：「你忘記了，我從小就經過訓練，不會感到難堪。我只是很驚訝。」

「那我很高興自己讓妳驚訝了。」他伸手拂鬚繼續說：「能在妳平靜和規律的生活中掀起一陣漣漪，我備感榮幸。」

他說得彷彿意有所指，讓我雙頰更加發燙。

「你對我的生活有什麼了解？」我問道。

「沒什麼，觀察這棟房子推測出來的……」

他聲音和表情再次變得一片空白。我看到哈斯先生歪頭盯著他，然後故意喊道：「瑞佛斯先生，這件事你怎麼想？」

「哪件事，先生？」

「霍崔伊現在正提倡的攝影術。」

「攝影術？」

「瑞佛斯。」霍崔伊先生說：「你是個年輕人。幫我解釋。要記錄情色，難道有比攝影更完美的方式——」

「記錄！」舅父暴躁地說：「當然用文字啊！這時代怎麼回事！」

「——記錄情色，哪個方式比得過攝影？里利先生認為，攝影科學和放蕩生活的精神水火不容。我反倒認為攝影反映了生活的圖像，並有一大優點。生活，尤其是縱欲的時光，有朝一日勢必結束和凋零，但透過攝影便能永久長存。」

「書本不也能長存嗎？」我舅父問，手拉扯著椅子扶手。

「只要文字仍在，書本自然能長存。但攝影超越文字，超越口語所能表達。不論是英國人、法國人或野蠻人，一張照片都能教人性欲高漲。它比我們所有人都能活更久，將繼續撩撥後代的情欲。攝影獨立於時間之外，不會受到淘汰。」

「攝影過沒多久就會被拖入歷史了！」舅父回答：「它現在正一點一滴走入歷史！攝影馬上會過時，徵兆像輕煙一樣，無處不見！你看看，不管是便鞋、洋裝或頭上的打扮，都有過時的一天。你把照片給孫子看，他只會覺得是古色古香的玩意兒，還會嘲笑你在八字鬍上蠟！反觀文字，霍崔伊，文字啊……嗯？文字在暗處挑逗我們，並依個人想像力打扮妝點。你不覺得嗎？瑞佛斯？」

「是的，先生。」

「你知道我不允許我的收藏中有銀版相片之類的鬼東西吧？」

「我覺得你非常明智，先生。」

霍崔伊先生搖搖頭。他對我舅父說：「你還是認為攝影只是流行，有朝一日會消失？你哪天一定要來霍利韋爾街，在我店裡待一小時。我們現在有一本本相冊，供人選擇。好多人都為此來光顧。」

「你的顧客都是粗人。我跟他們有何相干？瑞佛斯，你見過他們。你對於霍崔伊這門生意有什麼看法？」

這話題看來一時二刻不會結束，他無法迴避。他回答之後，和我眼神交會，彷彿在道歉，接著便起身走到舅父身旁。他們聊到十點的鐘聲響起。這時我離開他們，回到房間。

那是星期四晚上的事。瑞佛斯先生將在荊棘莊園待到星期日。隔天他們去欣賞舅父的藏書，因此我不用去藏書室了。晚餐時他繼續觀察我，接著聽我唸書，但接下來他又必須和舅父坐在一起，不能來到我旁邊。星期六我和愛涅絲在庭園散步，沒見到他。不過星期六晚上，舅父要我讀一本古老的作品，算是他的珍藏。我唸完之後，瑞佛斯先生坐到我身旁，仔細欣賞精緻的書封。

「你喜歡嗎？瑞佛斯？」舅父見他來看問道：「你知道這非常珍貴吧？」

「無庸置疑，先生。」

「而你覺得我說珍貴，是代表這本書世上沒有幾本吧？」

「對，我是這麼想的。」

「我想也是。但我們收藏家所說的珍貴，有另一個意思。你覺得一個獨一無二的東西，要是沒人要，還算得上珍貴嗎？我們稱之為死書。但假設有本書有二十本複本，卻有一千人想得到。這二十本書每一本都比獨一無二那本書來得珍貴。你懂我的意思嗎？」

瑞佛斯先生點點頭。「我懂。東西珍貴與否是看有多少人想要。」他望向我。「這本書確實別具古風。我們剛才聽的這本書有多少人想要收藏？」

舅父故意賣關子。「到底有多少人呢，先生？我這樣回答你吧，把它放到拍賣會上就知道啦！哈？」

瑞佛斯先生大笑。「確實，沒錯……」

但在禮貌之下，他看來別有心思。他咬著嘴唇。黑鬍間的牙齒泛黃，像豺狼一般，但他的嘴唇意外柔軟粉嫩。舅父喝酒，霍崔伊先生撥動柴火時，他都不吭一聲。後來他才又開口。

「里利先生，同一個買家在找尋兩本書呢？這樣書的價值怎麼計算？」他說。

「兩本書？」舅父放下玻璃杯。「一套兩冊的書？」

「兩本相輔相成的書。有人有一本，打算找另一本。第二本找到之後第一本價值會提高嗎？」

「當然了，先生！」

「我想也是。」

「買家會不惜砸下重本購買這種書。」哈斯先生說。

「沒錯。」舅父說：「沒錯。當然，你會在我的索引書中看到此類型的書籍……」

「索引。」瑞佛斯先生輕聲說，而其他人繼續聊天去了。我們坐在原地聽（或假裝在聽），不久他轉身望著我。「我可以問妳件事嗎？里利小姐？」他說。我點頭之後他問：「妳舅父的工作完成之後，妳覺得自己要做什麼？等一下，妳為何露出那表情？」

我想我可能露出酸溜溜的笑容。我說：「你的問題毫無意義，我根本無法回答。我舅父的工作永遠不可能完成。時時有人創作新書；有太多佚失的書必須重新發現。這工作有數不清的變數。他和霍崔伊先生永遠都在爭論。你看他們倆。即使他現在出版了索引，他馬上會開始著手補編。」

「這樣一來，妳打算一輩子都在他身邊？」我不回答。「妳跟他一樣打算一生致力於此？」

「我沒有選擇。」我最後說：「我的專長寥寥無幾，而且你已經發現了，那少數專長還滿奇怪的。」

「妳是個小姐。」他輕聲說：「而且年輕貌美。我現在說這話可不是在獻殷勤，妳知道。我只是在陳述事實。其實妳未來有無限可能。」

「你是個男人。」我回答：「男人的事實和小姐不一樣。我向你保證，我什麼都辦不到。」

他猶豫了一下，也許是喘口氣。接著他又開口：「妳可以……結婚。」他說：「那是個辦法。」

他說這句話時眼睛盯著我剛才唸的書，我聽到他說的話，大笑起來。我舅父以為我聽到他說的無聊笑話，頭轉過來點兩下。「妳也這麼覺得，茉德？看吧，哈斯，就連我外甥女也覺得……」

我等著舅父頭再次轉開，不再注意我。然後我手伸向檯子上的書，輕輕掀開書封。「你看，瑞佛斯先生。」我說：「這是我舅父的藏書票，他所有的書中都有。你看懂它的設計嗎？」

藏書票上有他的紋章，那巧妙的圖案是他親手設計。圖案中央有一朵形狀奇異的百合花，像根陽具，下方有一枝荊棘，從根部向上延伸環繞著百合。瑞佛斯先生彎頭來看，點點頭。我闔上書。

「有時候，」我低著頭說：「我覺得我自己身上一定也貼著藏書票。我已被標籤、記錄和上架，差不多就像舅父的書一樣。」我抬頭和他四目交會。我雙頰發熱，但語氣依舊冰冷。「兩天前你說你觀察出這棟房子的事。那你當然了解。不論是書本或我，我們都不是為了正常的理由而存在。我舅父讓我們與世隔絕。他說我們是毒，會不小心傷到他人雙眼。但話說回來，他又稱我們為他撿來的孩子，從世界各個角落來到他身邊，有的富有、養尊處優，有的窮酸可憐，有的受了傷，有的斷了脊骨，有的俗麗，有的噁心。雖然他全都嫌棄，但我想他最喜歡的其實就是噁心的孩子。因為它們是其他父母拋棄的書，當然我指的是其他書商和收藏家。我就像它們一樣，我原本有家，後來遭自己的家拋棄——」

現在我語氣不再冰冷，每一句話都衝擊著我的情緒。瑞佛斯先生察覺，彎身溫柔地將舅父的書從檯子拿起。

「妳的家……」他頭靠近我時喃喃說：「瘋人院。妳常懷念自己在那裡的時光嗎？妳會想著母親，感到她的瘋狂在體內流竄嗎？里利先生，你的書。」我舅父剛才忽然望過來。「你介意我拿嗎？先生，麻煩你跟我解說一下，這本書珍貴是因為哪些特色……？」

他一瞬間轉換口氣，讓我大吃一驚。我不喜歡被嚇到。我不喜歡失去控制。但現在他起身將書拿回壁爐旁，有一、兩秒的時間我竟然失了神。等我回過神來，我手放在胸口，呼吸急促。突然之間，我坐的地方變得天昏地暗，我的裙子彷彿是滲入沙發布的黑血，而我放在心口上下起伏的手，則如一片白葉飄蕩在洶湧的黑暗之中。

我不會昏倒。只有書裡的女孩才會故意讓紳士英雄救美。但我想我臉色蒼白，表情痛苦，因為霍崔伊先生望過來時，他的笑容馬上垮下。「里利小姐！」他說著過來握住我的手。

哈斯先生聽了也趕來。「親愛的孩子，怎麼了？」他緊抱著我，手放我腋窩附近。

瑞佛斯先生仍待在一邊。舅父一臉怒容。「哼，哼。」他說：「這會又怎麼了？」他闔上書，但手指小心翼翼夾在書中。

他們搖鈴叫來愛涅絲。她進門之後，眨眼瞧著紳士，神情畏怯地向舅父行屈膝禮。時間還沒十點。「我很好。」我說：「你們不用擔心。我只是突然累了。對不起。」

「對不起？呸呸呸！」霍崔伊先生說：「我們才該道歉。里利先生，你真是個暴君，把外甥女累成這副可憐的模樣。我常提醒你，這就是證據。愛涅絲，扶住小姐的手臂。來，走穩。」

「妳走得上樓梯嗎？」哈斯先生憂心地問。我們要走上樓時，他站在走廊看。我看到瑞佛斯先生站在他身後，但我沒和他對到眼。

客廳門關上之後，我將愛涅絲推開，在房中找尋冰涼的東西放到臉上。最後我走到壁爐前，臉頰貼在鏡子上。

「妳的裙子，小姐！」愛涅絲說。她將裙襬從壁爐中拉出。

我感覺好怪，腦中一片混亂。莊園的鐘聲一直沒響起。等鐘聲敲響，我感覺就會好多了。不論瑞佛斯先生知道什麼、如何得知或有何意圖，我都不去想了。愛涅絲侷促地半蹲在一旁，手仍抓著我的裙子。

鐘聲響起。我從壁爐旁退開，讓她替我更衣。我心跳比較順了點。她服侍我上床，放下床簾。夜晚一如往常，毫無特別之處。我聽到她回到房間，解開洋裝。如果我現在抬起頭，透過床簾的縫隙望過去，我會看到她跪在地上，雙眼緊閉，雙手如小孩緊緊交握，嘴唇蠕動。她每天晚上都禱告能回家，睡覺時能安穩。

她禱告時，我打開小木盒，向我母親的肖像低聲咒罵。我閉上雙眼，心想我才不要看妳的臉！但腦中浮現這念頭之後，我知道我一定要這麼做，不然我整晚都會輾轉反側，害自己生病。我狠狠盯著她淺色的雙眼。他剛才說，妳會想著母親，感到她的瘋狂在體內流竄嗎？

我會嗎？

我把肖像畫放到一旁，叫愛涅絲幫我倒杯水。我喝了一滴藥。我不確定一滴夠不夠，於是又滴了一滴。喝完後我躺下來，頭髮披散在身後。我戴著手套的雙手開始發麻。愛涅絲站在一旁等待。她自己的頭髮已放下。她睡袍潔白乾淨，因此頭髮看來比平常更紅、更粗糙。她纖細的鎖骨上彷彿有條藍痕，大概只是陰影吧，但也有可能是瘀青（我不記得了）。

我終於感到藥效從我肚子擴散。

「沒事了。」我說：「去吧。」

我聽到她爬上床，蓋上毛毯。四下一片寂靜。過了一會，某處傳來機械發出的嘎吱聲和低鳴。那應該是莊園時鐘齒輪的聲音。我躺著等待睡意，但睡意遲遲不來。我四肢無法平靜，開始抽搐。我血液沸騰，熱血湧入我手指腳趾的末端，在全身亂竄。我抬起頭，輕聲叫喚：「愛涅絲！」她沒聽到；或她聽到了，但不敢回應。

「愛涅絲！」終於，我的聲音令我失去力量。我平躺在床上放棄了。時鐘再次呻吟，鐘聲響起。遠處傳來別的聲響。我舅父早睡。我聽到房門一一關上，眾人低聲交談，樓梯上傳來腳步聲。紳士一個個走出客廳，回到各自的房間。

＊＊＊

這時，我大概睡著了。但就算睡了，可能也只睡一下下。因為我突然驚醒，睡意全失。我知道自己不是聽到聲音，而是感覺到一絲動靜。除了動靜，還有火光。床簾後方的燈心草燈芯突然閃爍，門和窗玻璃都在框中晃動。

房子張嘴呼吸。

我突然發現，今夜畢竟不像其他夜晚。我彷彿受到某個聲音召喚，從床上起身。我站在通往愛涅絲房間的門旁，從她沉穩的呼吸確定她已熟睡。然後我拿起燈，赤裸著雙腳走進會客室。我走到窗玻璃前，雙手抵著倒影，在窗上圍出一塊玻璃，臉湊近，望向黑夜中熟悉的碎石地和草坪。一時間，我什麼都沒看到。然後我聽到一聲輕微的鞋聲，緊接著又是另一聲。一根火柴無聲燃起，照出一人修長的手指。那人頭彎向火焰時，眼窩更顯深邃，英俊耀眼。

理查．瑞佛斯和我一樣失眠，他在荊棘莊園的草坪上漫步，或許也等著睡意。天氣寒冷，不適合散步。菸嘴附近，他口中呼出的霧氣比煙還白。他拉緊領口，然後抬頭，彷彿知道自己會看到什麼。他沒點頭，也沒有比出任何手勢，只靜靜凝視著我。香菸的火光一明一滅，一明一滅。他的站姿愈來愈不自然。

他頭緩緩移動，剎那間，我明白他在做什麼了。他在打量房子的外觀，並數著窗戶。

他在計算我的房間在哪裡！他確定好路線之後，扔下香菸，用腳跟踩熄菸頭。他越過碎石道，一路走回來，然後有人讓他進了門（我想是魏伊先生）。我看不到。我只聽到前門打開，空氣受到擾動。我手中的燈再次閃爍，窗玻璃晃動。但這次，房子屏住呼吸。

＊　＊　＊

我雙手摀住嘴，看著玻璃上的自己嬌柔的臉龐，它步步退到窗外的黑暗中，彷彿漂流或飄浮於空中。我心想，他不會來！他不敢來！然後我又想，他一定會來。我走到門口，耳朵貼著木板。我聽到一個聲音，然後是腳步聲。腳步聲後來變更輕，又一扇門關上。當然，他會等魏伊先生回房睡覺。他一定會等到那時候。

我拿起燈，加快腳步。燈罩在牆上投出一道道火光。我沒時間更衣了。沒有愛涅絲幫忙，我無法自己換衣服。但我知道我不能穿著睡袍見他。我找到長襪、吊帶、便鞋和斗篷。我試著把散亂的頭髮綁起來，但我不大會用髮簪，而且我還戴著手套，讓我更笨手笨腳（何況我還吞了安眠藥）。我心中無比害怕。我心跳再次加快，彷彿對抗著安眠藥，彷彿一艘努力向前划的小艇，對抗著昏沉的河流。我手按到心上，感到自己柔軟的胸部，胸部毫無束縛令人心慌，也不安全。

但安眠藥的力道超越了恐懼。畢竟那就是安眠藥的功效，專門安定心神。不久他來了，並用指甲輕敲我的門。我見到他時一臉冷靜，馬上說：「你知道我的侍女雖然睡了，但距離不遠。只要我一出聲，她便會醒來。」他敬禮，一語不發。

我以為他會吻我嗎？他沒有這麼做。他只鬼鬼祟祟走進門，環顧四周，眼神和打量房子時一樣，鎮定且略有所思。他說：「我們別靠近窗戶，火光從草坪上一目了然。」然後他朝另一道門點點頭。「她睡在那裡嗎？她不會聽到我們？妳確定嗎？」

我以為他會擁抱我嗎？他一步也沒靠近。但我仍感到他大衣散發寒夜的氣息。我聞到他頭髮、八字鬍和嘴上的菸味。我不記得他有這麼高。我走到沙發一側，手抓著椅背，緊張地站在那裡。他站在另一頭，稍微朝我彎身，悄聲說話。

他說：「對不起，里利小姐。我深夜造訪是情非得已。但我費了好一番工夫才來到荊棘莊園，明天恐怕見不到妳一面就必須離開。妳了解我。妳此時願意見我，我絕不會譴責妳。如果侍女醒來，妳就說妳睡不著，是我擅作主張，不請自來。我之前在別人家中就曾不規矩，由此妳可知，我實際上是什麼樣的人。但里利小姐，今晚我沒打著歪腦筋。我想妳確實了解我？我覺得妳心底其實希望我來？」

我說：「我知道你以為自己窺見不可告人的祕密。例如我母親是個瘋子，母親過世之後，我舅父將我從瘋人院接回。但那不是祕密，人人都知道。每個僕人也都知道。我更被禁止遺忘。若你打算藉此占什麼便宜，恐怕只能失望了。」

他說：「不好意思，我不得不讓妳想起那些事。那些事對我來說毫無意義，那只是妳來荊棘莊園的經過，並解釋了妳舅父硬將妳留在身邊的原因。我想，妳母親不幸過世，唯一占到便宜的人就是他。請恕我直言，我其實是個壞人，因此我最了解其他壞人的心思。妳舅父是最邪惡的那種，他只在家中作惡，因此所有惡行都能偽裝成老人的怪癖。別告訴我妳愛他。」他看到我的表情，馬上補一句。「那只是禮數。我知道妳根本不在乎。這也是我深夜造訪的原因。妳跟我，我們有自己做事情的規矩，或者說，我們會選擇適合自己的方式。至於現在，請妳坐下來，我們以紳士和小姐的身分說話好嗎？」

他手比一下，過一秒（彷彿在等女僕端上茶點），我們各自坐到沙發上。我的黑斗篷敞開，露出了睡袍。我拉緊斗篷時，他別開目光。

「好，我來告訴妳我知道的事。」他說。

「我知道除非結婚，不然妳將一無所有。我起初是從霍崔伊那裡聽說的。不管是倫敦或巴黎非法的書店和出版社，他們常聊到妳的事。也許妳心底有數吧。他們將妳形容得像珍禽異獸。里利先生像訓練猴子一樣，在荊棘莊園訓練出一位絕世美人，她會替紳士朗誦淫蕩下流的文章。搞不好還提供更多把戲。我想我不需要告訴妳所有流言蜚語，妳大概猜得到。那對我來說毫無意義。」他和我目光交會，然後別開頭。「不過，霍崔伊心地算好，更關鍵的是，他覺得我為人正直。他出於同情，告訴我一些關於妳的事，包括妳母親過世、妳所繼承的遺產和附帶的條件。身為單身漢，常會聽到女孩子的消息，通常一百個女孩中只有一個值得去追……但霍崔伊說得沒錯。我打聽了妳母親遺產的事，而妳價值……嗯，妳知道妳值多少錢嗎，里利小姐？」

我遲疑一下，搖搖頭。他說出那筆數字，比舅父書櫃上最貴的書還多出數百倍；比最廉價的書還多數千倍。這是我唯一知道的計價方式。

「那是一大筆錢。」瑞佛斯先生看著我的臉說。

我點點頭。

「如果我們結婚的話。」他說：「那筆錢會歸我們。」

我不發一語。

「我老實說吧。」他繼續說：「我來到荊棘莊園原本是打算用老方法騙妳。也就是先引誘妳離開舅父家，得到妳的財產，最後再把妳拋棄。但我十分鐘內就看出，妳的生活讓妳成為什麼樣的人，因此我知道我絕不可能得逞。再者，我了解那樣等於侮辱妳。畢竟這只是讓妳成為另一種俘虜。我不想這麼做。我寧可讓妳自由。」

「你對我真體貼尊重。」我酸溜溜地說：「假設我不想要自由呢？」

他簡短地回答：「我覺得妳渴望自由。」

這時我別開臉，怕臉頰上的紅潮會被他發現。我設法用穩定的口吻說：「你忘了一件事，我想要什麼不重要。這就好比問我舅父的書想不想從書櫃跳下來。他對待我跟書本一樣——」

「對，對。」他不耐煩地說：「妳說了好幾次。我想妳平常大概將這件事掛在嘴邊。但這話是什麼意思？妳已經十七歲了。我二十八歲，多年來我一直相信自己應該成為有錢人，悠閒度日。結果如今在妳面前的我卻是個惡棍，手頭不算窮，但也不算寬裕，過沒多久，我又要想方設法撈錢。妳覺得自己厭倦生活嗎？想想看我有多厭倦！我幹過不少卑鄙下流的事，每次都覺得那是最後一次。相信我，那種成天浪費時光、滿腦子痴心妄想、自以為是現實的日子，我太了解了。」

他手伸到頭上，把額上的頭髮向後梳，蒼白的臉和黑眼圈讓他瞬間老了好幾歲。他柔軟的領子被領帶繫得發皺，鬍子有一根已成灰白。他像一般男人一樣，喉結奇妙起伏，彷彿希望有人將之壓碎。

我說：「這太瘋狂了。我覺得你瘋了。你居然闖進莊園，坦承自己是個大壞蛋，還以為我會隨便讓你進門。」

「但妳確實讓我進門了。妳最後決定見我，也沒有召喚侍女過來。」

「你引起我的好奇心。畢竟你親眼看到了，我在這裡的日子多乏味。」

「妳想要在平靜的生活中尋找一點波瀾？為何不乾脆拋下一切？妳只要嫁給我就行了。就這樣，一眨眼！馬上自由！」

我搖搖頭。「你不可能是認真的吧。」

「但我很認真。」

「你知道我的年紀。你知道我舅父絕不會答應你娶我。」

他聳聳肩，輕描淡寫地說：「當然，我們得用計才行。」

「你想叫我隨你為非作歹？」

他點點頭。「對。但其實我覺得妳一隻腳早已踏進來了——別露出那種表情。別以為我在開玩笑。妳還沒聽我說完。」他嚴肅起來。「我現在跟妳提的事違反常理，但也是個天大的好機會。這不是一般妻子服從丈夫的關係。世人所說的婚姻，其實是奴從的關係，讓人合法強奪和盜取另一人的權利。我跟妳說的不是這個，那不是我要的。我說的是自由。女性通常沒有的自由。」

「但是要靠……」我差點大笑。「結婚達成？」

「在特殊的條件下，靠一場婚禮。」他再次梳一次頭髮，吞了吞口水。我終於看出他很緊張，可能比我還緊張。他靠得更近了。他說：「我想比起其他女孩，妳比較大膽，也比較狠得下心？妳的侍女真的在睡覺，沒在門邊偷聽吧？」

我想著愛湼絲，還有愛湼絲身上的瘀青。但我不吭聲，只望著他。他手摸著嘴。

「里利小姐，我看走眼的話，就只好請上帝保佑了！」他說：「現在，聽好。」

以下就是他的計畫。他打算從倫敦帶個女孩來荊棘莊園，讓她成為我的侍女。他打算利用她，然後騙她。他說他現在腦中就有個人選，她跟我同年，膚色相近。她是個小賊，為人不算謹慎，也不太精明。他覺得他只要假意分她一些零頭，她馬上會落入圈套。「例如，兩、三千英鎊。我相信她沒那見識，不敢要求更多。以賊來說，她沒見過世面，不過她就像世界各地的賊一樣，都以為自己早已見過大風大浪。」他聳聳肩。反正金額根本不重要，她不論要求多少錢，他都會答應。畢竟她最後連一毛的影子都看不到。她會以為我是個天真的女孩，並相信自己在幫忙誘拐大小姐。她會說服我和他結婚，然後我們會將她關進——他遲疑一下才說出口——瘋人院。進瘋人院之後，她會取代我的身分。那時她肯定會奮力抵抗。這樣正合他的意！因為她愈抵抗，瘋人院的看護更會認為她徹底瘋了，並嚴加看管。

他最後說：「里利小姐，瘋人院會將她當作妳。她會擁有妳的名字，成為妳母親的女兒和妳舅父的外甥女。簡而言之，她會承擔妳過去所有的身分。想想看！他們像幫妳褪下斗篷一般，把過去沉重的人生從妳肩膀卸下，如此一來，妳便能擺脫束縛，隱身於世，隨心所欲到世界上任何地方，開始新生活，並重新照自己所願打造身分。」

＊　＊　＊

這是自由——罕見且充滿罪惡的自由。他來到荊棘莊園，提供這個機會。至於報酬，他希望得到我的信任，並要我保證未來守口如瓶，除此之外，他還要我一半的財產。

＊　＊　＊

他說完之後，我別開臉，坐在原位沉默一分鐘之久。最後我說：

「我們絕對辦不到。」

他馬上回答：「我覺得我們辦得到。」

「那女孩會懷疑我們。」

「她會被我說的陰謀迷惑住。她會跟所有人一樣，先入為主地解讀所有見到的事情。她對妳舅父一無所知，只會看到這樣的妳。換到她的角度，誰不會相信妳天真無邪？」

「那她家的人，那群賊。他們不會來找她嗎？」

「他們確實會找她。世上成千上萬個賊每天都在搜尋詐騙、搶劫自己的朋友。找不到的話，他們就會覺得她已遠走高飛。他們會詛咒她一陣子，然後忘了她。」

「忘了她？你確定？她沒有……沒有母親嗎？」

他聳聳肩。「有個類似母親的角色。一個監護人，一個阿姨。她經常失去孩子。我覺得她不會為了另一個孩子大費周章。尤其如我所說，她要是認為這孩子騙了大家，遠走高飛，更不會在意。妳懂嗎？在大家印象中，她是個唯利是圖的賊，所以她消失也不會讓人起疑。她不是個正直的女孩，不會有人在乎一個女賊。」他頓了頓。「不過，瘋人院會嚴加看管她。」

我別開頭，凝望遠方。「瘋人院……」

「對不起。」他馬上說：「但大家對妳和妳母親的刻板印象，對我們很有幫助。大家對女賊也有刻板印象。妳一定懂箇中道理，畢竟這麼多年來，妳都背負著汙名。妳總算可以利用這點，一舉拋開過去的枷鎖。」

我仍望向他方。我再次害怕他會察覺他每一句話都令我動搖。我心情震盪，甚至連自己都害怕。我說：

「聽你這樣說，好像我的自由對你來說多重要。但你真正在乎的是錢。」

「我大方承認了，不是嗎？但話說回來，妳的自由和我的錢無法分割。在錢拿到手之前，那便是妳的保護和擔保。妳可以不信任我，畢竟我沒信用可言，但妳可以相信我很貪婪，在莊園圍牆之外，那比信用更可靠。

妳不久就會明白。我也許能教妳怎麼利用這點。我們可以在倫敦買棟房子，偽裝成夫妻。當然，大門關上之後，我們可以分開生活。」他笑著補一句。「但一旦我們錢到手，妳的未來將由自己掌握。那時妳唯一要做的就是矢口不提這筆錢的事。妳明白嗎？我們一旦下定決心，一定要信任彼此，不然就完了。我可不是在開玩笑。希望妳不要誤會，這件事其實很危險。也許妳舅父故意不讓妳了解法律……」

我說：「正因為我舅父控制我的人生，所以我不擇手段也要逃走。可是——」

他等我繼續說，但我沒再開口，他便說：「唉，我不求妳現在給我答案。我這趟的目的是讓妳舅父雇用我，讓我待在這裡處理他的圖畫。我明天會去看那些圖畫。如果他不留我，我們就必須重新計畫。但無論如何，總是有辦法的。」

他手再次撥開眼前頭髮，彷彿又老了幾歲。十二點鐘聲響起，壁爐中的火一小時前就熄了，房裡冷得可怕。我突然感到寒意撲身。他看到我打冷顫，可能以為那是恐懼或遲疑。他彎過身來，終於握住我的手。他說：「里利小姐，妳說妳的自由對我來說一點都不重要，但我見過妳的生活。看到妳受人擺布，淪為奴隸，被迫做些下流事，並受哈斯那樣的傢伙調戲和侮辱。只要心懷良知，誰不想讓妳自由？想想我的提議，然後想想妳的選擇。妳可以等待另一個追求者。但妳舅父帶來的人當中，能遇到合適的對象嗎？就算找到了，那人在處理遺產上會像我這麼有良心嗎？他會善待妳嗎？假設妳想等舅父過世，但他晚年視力變弱，四肢虛弱發抖，一定會要求妳花更多時間工作。好不容易熬到他過世，妳都幾歲了？假設三十五或四十歲吧。妳的青春年華全浪費在書本上，而且還都是爛書，那些書霍崔伊都只賣一先令，買書的也不過是布商跑腿工或辦事員之流。而妳的遺產數年來會白白放在銀行金庫。就算妳終於成為荊棘莊園的女主人，莊園鐘聲每半小時敲響時，只會計算著妳空洞的餘生。」

他說話時，我沒看他的臉，反而望著腳上的便鞋。我腦中再次浮現我不時想像的畫面——我全身被緊緊束縛，渴望向外掙脫。服了安眠藥之後，畫面變得更強烈，我看到自己全身扭曲，肉體散發腐臭，氣味濃重刺鼻。我文風不動坐著，然後抬頭望向他。他凝視著我，等待我的答案。他其實已經說服我了。不是因為他描述了我待在荊棘莊園的未來。畢竟他說的事，我在許久以前便心裡有數。我被他說動，純粹是因為他願意來到這裡。他不但擬定了計畫，還橫跨四十英里，偷偷潛入無聲的莊園，闖進漆黑的房間。這一切不為別的，只為了找我。

＊＊＊

至於倫敦的女孩，他會在一個月內用類似的方式說服她。不久的未來，我會流下兩行淚，對她重述他剛才說的這段理由。而此時的我，未曾將她放在心上。我心裡頭完全沒有她。

＊＊＊

我說：「明天你去觀賞舅父的畫作時，請記得，雖然卡拉齊比較珍貴，但多說羅曼諾的好話。另外，稱讚摩蘭，貶低洛蘭森[31]。他覺得洛蘭森是個俗人。」

這就是我唯一說的。我想，這句話已足夠。他和我目光交會，點點頭，面無表情。我想他知道此刻我不希望看到他的笑容。他鬆開手，站起身，撥平大衣。此舉打破了我們預謀不軌的氣氛，現在他聳立在房中，顯得相當突兀。我希望他離開。我又開始發抖，他看到之後說：「很抱歉打擾妳這麼久。妳一定又冷又累。」

31　卡拉齊（Agostino Carracci, 1557-1602），義大利畫家和版畫家。記載各種性愛體位的《姿勢》（*I Modi*）一書現存的版畫，據傳可能是他的版本。羅曼諾（Giulio Romano, 1499-1546），拉斐爾的門徒，他的風格偏離了文藝復興古典主義，奠定十六世紀風格主義。摩蘭（George Morland, 1763-1804），英國畫家，擅長畫田野風光。洛蘭森（Thomas Rowlandson, 1756-1827），英國漫畫家，以諷刺社會和政治的插畫知名，也曾畫過色情畫。

他靜靜看著我。也許他暗自揣度我的力量，心裡有點動搖。我全身抖得更嚴重。他說：「我說的這些話，不會害妳不安，或過於焦慮吧？」

我搖搖頭。但我不敢從沙發起身，以免我雙腿打顫，好像身心非常脆弱一樣。我說：「你可以離開嗎？」

「妳確定？」

「非常確定。你離開我會好過一點。」

「沒問題。」

他想再多說幾句。我別開頭，不讓他說話，不久我聽到他小心翼翼踏過地毯，輕聲走出房中，並關上房門。我又坐了一會兒，然後起身，將斗篷衣襬塞到雙腿間，戴起兜帽，躺到又硬又滿是灰塵的沙發軟墊上。

這不是我的床，就寢的時間已經過去，我身邊空無一物，沒有母親的肖像畫、木盒和侍女。那些是我睡覺時習慣在身邊的事物。但今晚一切都已失序，我所有規律都被打破。我的自由朝我招手，它無法計量，令人恐懼，又如死亡般無可避免。

我睡著了，夢中我乘著一艘雄偉的船，快速劃過漆黑寂靜的水面。

第九章

我想即使在那時……或該說尤其是那時，我們才剛攜手合作，兩人關係薄弱，陰謀仍不成形，我其實隨時可能打退堂鼓，放棄他野心勃勃的計畫。我記得我一醒來便萌生退意。昨天寂靜的深夜裡，他像剝開毒藥的包裝紙一般，在這個房間牽起我的手，悄悄透露他危險的計畫，但天蒙蒙亮、大鐘敲響半小時鐘聲的冰冷早晨中，同一個房間瞬間回到過去死板的模樣。我躺在沙發上，靜靜望著四周。房中每條弧線、每個角落、每一寸我都瞭若指掌。猶記得十一歲時，我來到詭異的荊棘莊園裡曾失聲哭泣。我受不了莊園的清幽和寂靜，不熟悉曲折的走廊，不習慣凌亂的牆面。我那時以為自己永遠都適應不了莊園的生活。當時在莊園裡，我覺得自己格格不入，莊園若是腸道，我就是尖刺、倒鉤、芒刺或木刺。但荊棘莊園一點一滴改變了我，將我吸收吞噬。我感到身上羊毛斗篷壓著我，心想我永遠不可能逃走！我注定逃不出去！荊棘莊園絕不會讓我逃走！

但我錯了。理查．瑞佛斯進到荊棘莊園就像酵母孢子落入麵糰，一切已徹底改變。八點鐘，我去藏書室馬上被趕回來。他和舅父在一起看書，聊了整整三個小時。下午舅父要我下樓去跟眾紳士道別時，離開的只有霍崔伊先生和哈斯先生。我在大廳見到他們，他們扣起厚重的大衣，戴上手套，舅父拄著枴杖站在一旁，瑞佛斯站在稍遠的地方，他雙手插在口袋裡，望著前方。他第一個看到我，和我四目相交，但並未有任何反應。其他人聽到我的腳步聲，抬頭望向我。霍崔伊先生微笑。

「美麗的葛拉蒂亞[32]來了。」他說。

---

32 希臘神話中有兩個葛拉蒂亞（Galatea），一個是賽普勒斯雕刻家畢馬龍（Pygmalion）以象牙雕出的作品，後來成了真人。另一個則是獨眼巨人迷戀的海仙女（Nereid），她是海仙女中最美的一位。

哈斯先生已戴好帽子，現在又脫下來，雙眼盯著我的臉問：「是指女神還是雕像？」

「噢！兩者都像。」霍崔伊說：「但我指的是雕像。里利小姐皮膚十分白皙，你不覺得嗎？」他牽起我的手。「我女兒會多羨慕妳啊！她們為了變白還吃陶咧！妳知道嗎？白陶土。」他搖搖頭。「我覺得流行白色皮膚對健康非常不好。至於妳，里利小姐，我又覺得好痛心。我每次離開妳都這麼覺得！妳舅父真是太不人道了，居然把妳留在這地方，害妳臉色蒼白像蘑菇似的，一副楚楚可憐的模樣。」

「我已經習慣了。」我輕聲說：「而且我想是因為房子昏暗才讓我顯得更白。瑞佛斯先生沒有要跟你們一起走嗎？」

「光線不足真的很煩，里利先生，我快看不到我大衣上的鈕釦了。你不打算加入文明社會，替荊棘莊園安裝瓦斯嗎？」

「只要我還繼續收藏書的話。」我舅父說。

「那就是永遠不會了。瑞佛斯，瓦斯會害死書。你知道嗎？」

「我不知道。」理查說。然後他轉向我，壓低嗓子補充：「不，里利小姐，我現下還不會回倫敦。妳舅父人很好，給我一件小工作，要我整理他的版畫。看來我們都對摩蘭情有獨鍾。」

他雙眼陰沉烏黑，若藍眼睛真能以黑來形容，便是他現在眼中的顏色。霍崔伊先生說：「里利先生，你看這樣吧。圖畫裝訂期間，不如讓你外甥女來霍利韋爾街？里利小姐，妳不想在倫敦度個假嗎？來，看妳那樣子真該來一趟。」

「她不行。」舅父說。

哈斯先生靠近。他穿著厚重的大衣，已汗流浹背。他牽起我的指尖。「里利小姐。」他說：「如果我有機會——」

「好了，好了。」舅父說：「你們愈來愈討人厭了。我的馬車夫在等著呢，看。茉德，妳退後，別擋著門……」

「一群傻子。」兩位紳士走了之後他說：「是不是，瑞佛斯？來吧，我等不及了。你工具帶了嗎？」

「我馬上去拿，先生。」

他行禮離開了。我舅父也正要離去，忽然他轉身望著我，眼神略有所思，然後揮手要我靠近。「手給我，茱德。」他說。我以為他想要我攙扶他上樓。但我伸出手臂時，他握住我手，將我手腕抬到眼前，拉開袖子，瞇眼看著那截皮膚。他盯著我的臉頰。「他們說很白是吧？像蘑菇一樣白？嗯？」他嘴巴蠕動。「妳知道哪裡會長蘑菇嗎？妓女身上！」他大笑。「現在不白了吧！」

我面紅耳赤向後退。他仍大笑著，並放開我的手，轉身獨自走上樓梯。他穿著一雙軟布便鞋，腳跟的襪子都露在外頭。我看他爬樓梯，想像恨意像鞭子或棍子，讓我拿在手中，掃過他的腳，害他跌倒。

我站在原地幻想這畫面，聽他漸行漸遠，此時瑞佛斯走回樓上的迴廊。他沒在找我，也不知道我仍佇立在前門的陰影中。他雖然只是走著路，但腳步格外輕快，手指還輕敲著迴廊的欄杆。我想他甚至還吹口哨或哼歌。荊棘莊園不常出現這類喧鬧的聲音。由於我被舅父的話刺傷，心情激動，那聲音彷彿是木柱和橫梁偏移的聲響，教人感到刺激又危險。我想他一步步踏過古老的地毯時，一定揚起陣陣灰塵。我抬起頭，目光隨他的腳步移動，深信我看到油漆的碎片從天花板翩翩落下。那景象令我目眩神馳。我想像莊園因為他帶來的衝擊，牆壁崩裂，瓦解傾倒。我只擔心自己來不及逃出去。

* * *

但我也害怕逃跑。我想他心底知道。哈斯先生和霍崔伊先生離開之後，他無法和我單獨說話，也不敢再次闖進我房間。但他知道他一定要確認我已下定決心。他靜靜觀察，等待機會。他仍會和我們吃晚餐，不過他只會坐在舅父身旁。但某天晚上他沒頭沒尾地說了這句話：

「里利小姐，我其實心裡有點過意不去，現在妳舅父因為我，心思暫時不在索引上，妳一定感到非常無聊。我想妳一定迫不及待想回到書堆中工作。」

「書本？」我說。然後我目光落到盤中碎肉，「當然了，非常想。」

「我希望我能為妳做些什麼，排遣這段沉悶的日子。妳有沒有什麼作品，像油畫、素描之類的，我可以在閒餘的時間替妳裱褙？我想妳一定有吧。因為從窗外望出去，莊園處處都是美麗的景色。」

他揚起眉毛，像指揮家舉起指揮棒一樣。當然，我什麼不會，最會順從他人的暗示。我說：「我不會畫圖，也不會素描。沒有人教過我。」

「什麼，不曾畫畫過嗎？請原諒我，里利先生。不得不說，我原以為你外甥女在女性藝術上肯定有相當的程度。不過，其實現在學也行，一點也不痲煩。里利小姐可以跟我上課，先生。我能不能在下午空閒時教她？我在這方面有點經驗，我在巴黎有三個月都在教一位伯爵的千金畫畫。」

舅父瞇起眼。「畫畫？」他說：「我外甥女學那個幹麼？茉德，妳想幫忙我們製作圖冊嗎？」

「我指的是單純作畫，先生。」我還沒開口，瑞佛斯便語氣溫和地解釋。

「單純作畫？」我舅父朝我眨眨眼。「茉德，妳覺得呢？」

「我恐怕一竅不通。」

「一竅不通？哼，這倒是真的。我剛把妳帶來時，妳的手確實笨得很，筆觸都不穩，連現在也是。瑞佛斯，告訴我，學畫能讓我外甥女的手變穩嗎？」

「我想一定有幫助，先生，這點無庸置疑。」

「那茉德，讓瑞佛斯先生教妳吧。總之，我也不喜歡妳沒事幹。嗯？」

「是的，舅父。」我說。

理查望著前方，眼睛蒙上一層白霧，像是熟睡時蒙上瞬膜的貓。不過，我舅父垂頭望著盤子時，他瞬膜馬上收起，雙眼赤裸裸地和我交換眼神。那一瞬間，他心照不宣的神情令我打個寒顫。

別誤會，我不是小題大作。我發抖確實因為害怕。我害怕他的計畫，害怕成功，也害怕失敗。不過我也為他膽大無畏的態度發抖。或者說，他的大膽挑動了我的身體，好比一根琴弦震動時，意外引起尋常絲線的共鳴。他第一天晚上便對我說，我十分鐘內就看出，妳的生活讓妳成為什麼樣的人。他還說，我覺得妳一隻腳早已踏進來了。他說對了。若我過去不曾理解何謂「狡猾」（就算懂，也舉不出例子），如今我終於明白了。

＊　＊　＊

他每次來到我房間，將我的手牽起，雙唇吻上我的指節，冰冷邪惡的藍色眼珠轉動，我都明白這就叫「狡猾」。如果愛涅絲看到，她不會懂。她以為這叫獻殷勤。才不是！他只是在耍無賴。我們布置紙張、鉛和顏料時，愛涅絲會在一旁看著，他會站在我身側，彎身指導我畫弧線和曲線。一般男人開口隨時會想提高音量，通常不適合低語，若真的壓低音量，聲音往往會不由自主顫抖或停頓，但他不一樣，他嗓音不但能深深壓低，又能像音符般清楚。她隔了半個房間，坐在一旁縫東西時，他會神不知、鬼不覺帶著我一步步確認他的計畫，直到每個細節都清楚了。

「非常好。」他會稱讚我，像個稱職的繪畫大師，指導著優秀的女學生。「非常好。妳學得很快。」

他會露出笑容，挺直身子，將頭髮向後撥，望向愛涅絲，並發現她也看著他。她會急忙轉開目光。

「嘿，愛涅絲。」他會說，像獵人瞄準小鳥一樣看出她的緊張。「妳覺得小姐的藝術天分怎麼樣？」

「噢！先生！我根本不懂啊。」

他會拿起一根鉛筆，走近她。「妳看到了我請里利小姐拿鉛筆吧？但她握得太秀氣了，其實應該要握實一點。愛涅絲，我覺得妳的手應該能把鉛筆握得更好。來，試試看？」

他一摸到她手指，她馬上臉紅。

「妳臉紅了嗎？」他這時驚訝地說：「妳是不是覺得我對妳不尊重？」

「沒有，先生！」

「那妳為何要臉紅？」

「我只是有點熱，先生。」

「熱嗎？在這十二月天？」

諸如此類。他和我一樣擅長玩弄人於股掌之間。察覺這件事之後，我其實應該小心一點。但我當時並未放在心上。他愈挑逗她，愛涅絲愈不知所措，像陀螺一樣，鞭子不斷抽打便轉得更快！我自己也比平常更常逗她。

「愛涅絲。」她替我更衣或梳頭時我會說：「妳在想什麼？想瑞佛斯先生嗎？」我握住她手腕，感覺皮下的骨頭扭動。「妳覺得他帥嗎？愛涅絲？我從妳眼神看得出來，妳覺得他很帥！年輕女生不都喜歡帥哥嗎？」

「小姐，我真的不知道！」

「妳怎麼這麼說？妳這騙子。」我捏她身體有肉的地方。當然，她身上哪裡好捏我早已摸透。「妳不只是個騙子，還是個婊子。妳跪在床前請求天父原諒時，有把這幾條罪放到妳的清單上嗎？妳覺得祂會原諒妳嗎？愛涅絲？我想祂一定會原諒紅髮女孩，因為紅髮女生天性淫邪，幹壞事也是情有可原。如果天父害她天天欲火焚身，又要懲罰她，那祂真是太殘忍了。妳不覺得嗎？瑞佛斯先生看著妳時，妳覺得欲火焚身嗎？妳會情不自禁豎耳去聽他輕快的腳步聲嗎？」

她說她沒有，並以母親的生命發誓！天曉得她心裡怎麼想。但她必須這麼說，不然這齣戲就演不下去了。她必須這麼說，並心甘情願被捏，才能證明自己潔身自愛、守身如玉。而我一定得捏她，因為照理來說，如果我是個正常女孩，有顆正常的心的話，我應該也會渴望著他。

可是我從來沒有感覺到。不要想像我有。梅黛會為凡爾蒙[33]傾心嗎？我不想有這感覺。有的話，我會恨死自己！從我舅父書中，我只知道那有多齷齪。那像是傷口發炎的癢，只能躲在櫃子或布簾後，以溼黏的肉體發洩，才能獲得滿足。他來了之後，彷彿同類相聚，我胸中只感到一股親近感，相較之下其實更彌足珍貴。要我來說，那感覺就像一道籠罩莊園的黑影，或像攀上牆的開花植物。但這棟房子早已布滿陰影和汙痕，所以沒人注意到。

也許除了史黛西太太吧。因為我想只有她望向理查時，會懷疑他究竟是不是他所自稱的紳士。我有時會瞄到她的表情。我覺得她看透他了，她覺得他來這裡，是為了騙我和傷害我。但因為她內心仍怨恨著我，於是她一聲不吭，像懷抱垂死的孩子般懷抱著這份希望，嘴角帶著微笑，等待我身敗名裂的那天。

＊ ＊ ＊

當時，這些細節都像陷阱的鋼架，也像是一股股力量，拉緊彈簧，磨利齒刃。當一切準備就緒，理查便說：「現在該動手了。」

「我們一定要擺脫愛涅絲。」

他雙眼盯著愛涅絲，低聲說道。她此時正坐在窗前彎身工作。他語氣冷酷，眼神穩定，讓我近乎害怕。我不由自主向後退開。他望向我。

「妳知道我們一定要這麼做。」

「當然了。」

「妳知道要怎麼做嗎？」

我在這一刻之前都沒想到。現在我看到他的表情了。

「像這樣品行端正的女孩，」他繼續說：「其實這算是唯一的辦法。她不敢多嘴，比起恐嚇、收買都來得可靠……」他拿起筆刷，拂在嘴唇上，開始隨意來回揮舞。「細節交給我。」他自在地說：「其實也沒多複雜。一點都不複雜——」他微笑。她從眼前的工作抬頭，他和她目光相交。「今天天氣怎麼樣，愛涅絲？」他說：

---

33 出自法國小說家拉克洛（Pierre Laclos, 1741-1803）的作品《危險關係》，書中梅黛因為嫉妒情夫要娶一名年輕女子，便和凡爾蒙聯手，打算毀了那女子的名聲。

「還是好天氣嗎？」

「滿好的，先生。」

「很好。非常好……」我想她這時一定垂下頭了，因為他親切的表情消失了。他將筆刷放到舌頭上，將刷毛吸成尖的。「我今晚就動手。」他略有所思地說：「好嗎？就這麼辦。我會像去妳房間一樣，自己去她房間。妳唯一要做的就是讓我有十五分鐘時間和她獨處……」他再次望向我。「然後如果她大叫，別過來。」

＊＊＊

在這之前，一切都像某種遊戲。紳士和年輕女士在鄉下莊園中不都會玩遊戲嗎？打情罵俏，互相吸引？如今，我的內心第一次動搖或退縮。愛涅絲那天晚上替我更衣，我無法正視她。我撇開頭。「今天妳可以把通到妳房間的門關上。」我說，我感到她怔了一下。也許她聽出我語氣有所遲疑，心裡感到疑惑。我不敢看著她離開。我聽到門閂拉起，還有她喃喃的禱告聲。我聽到他來到她門口，她禱告聲突然停止。她終究沒叫出聲。如果她叫出聲，我真能狠下心不去救她嗎？我不知道。但她沒叫，她只提高聲音，先是訝異，而後是憤怒，然後我想她感到驚惶失措吧。但這時她聲音突然變小，不知是被遏止，還是受到安撫，過了一會兒又傳來幾聲低語，還有布料和肢體的摩擦聲……最後一片沉默。沉默最恐怖。因為房中並非鴉雀無聲，反而依稀傳來踢腿和扭動的聲響，好比透過望遠鏡，水面看似平靜，實則暗潮洶湧。我想像她顫抖哭泣，衣服被扯開，但她長滿雀斑的手臂不由自主抱住他下壓的背，蒼白的嘴迎上他——

我雙手摀住嘴，感到手套粗糙乾燥的布料，然後我摀住耳朵。我沒聽到他離開的聲音。我不知道他走了之後，她做了什麼。我繼續讓門關著，最後我服下安眠藥，沉沉睡去。隔天早上我醒得晚了，我聽到她從床上虛弱地喚著我。她說她病了。她打開嘴，讓我看嘴唇內側。她雙唇發紅腫脹。

「猩紅熱。」她輕聲說，不敢看我。

大家擔心會傳染。這怎麼會傳染！總之她搬到了閣樓，房內還熱著一盤盤醋。那味道令我作嘔。我後來只再見到她一次，那天她來和我道別。她面容消瘦，眼上帶著黑眼圈，並剪了頭髮。我伸手去牽她的手時，她嚇得全身畏縮，也許怕我打她。我只輕輕親吻她的手腕。

然後她不屑地看著我。

「妳現在對我倒溫柔。」她收回手說，並拉下袖子。「現在妳有另一個人可以欺負了。祝妳好運。我倒想看看他傷害妳之前，妳能不能先傷害他。」

＊＊＊

她說的話令我心情稍微動搖，但影響不大。她走了之後，我彷彿忘了這人。理查也離開了。其實他三天前便離開莊園，去替我舅父辦事，並執行我們的計畫。我的心思都在他身上，當然還有倫敦。倫敦！我從來沒去過那裡，但我朝思暮想，甚至覺得自己已熟悉那座城市。我會在倫敦找到自由，放開自我，找到另一種生活。我將擺脫規律，擺脫書封和裝訂，擺脫書本！我家不准出現紙！

我躺在床上，想像我在倫敦住的房子。我辦不到。我只看到一間間驕奢淫逸的房間，好比昏暗的房間、封閉的房間、房間中的房間、地牢和監獄、普里阿普斯和維納斯的房間……這一連串的想法令我無比焦躁。我放棄了。我相信我腦中房子的樣貌未來一定會愈來愈清晰。我起身踱步，再次想到理查在城市巷弄間穿梭，潛入河岸邊黑暗的盜賊老巢。我想像盜賊態度粗魯和他打招呼，他脫下大衣和帽子，在壁爐邊烘著雙手，環顧四周。我想像他像麥基斯[34]一樣，望著一張張凶惡的臉龐，像維森太太、貝蒂・達克西、珍妮・戴佛和莫莉・布

---

34 出自英國劇作家約翰・蓋伊（John Gay, 1685-1732）的《乞丐歌劇》（*The Beggar's Opera*），麥基斯是劇中主角，四處飄泊，風流倜儻，後面五人都是劇中貧民女子。

蘭森，最後他找到他想要的人選……

蘇琪．陶卓。

她。我想像著她。腦中的她活靈活現，我彷彿知道她膚色白皙，體型圓胖。我知道她走路的樣子，她雙眼的顏色肯定是藍色。我開始夢到她。在夢中她開口說話，讓我聽到她的聲音。她說出我的名字，然後大笑。

我正想像著她，一回神，瑪格莉特便拿著他寫的信進門來了。

她上鉤了，他寫。

我讀完信，一頭倒到枕頭上，將信拿到嘴上。我用雙唇貼住信紙。其實他算我的愛人吧，也許是她也不一定。因為我現在渴望她，就像渴望愛人。

但比起愛人，我更渴望自由。

＊　＊　＊

我將他的信扔入火中，動筆寫下我的回信：我希望你馬上將她送來。我相信我一定會好好愛她。她會成為我最珍貴的人，因為她來自有你的倫敦！——我們在他離開之前就想好用字遣詞。

寫完之後，我只需再靜待兩天，第三天她便會來到莊園。

她三點會抵達馬洛車站。我派威廉．印克準時去接她。我坐在房中，感到她一點一滴接近，結果馬車卻空著回來。火車因為大霧誤點了。我起身踱步，無法平靜下來。五點鐘我又派威廉去了一次。他再次空手而回。接下來我必須跟舅父吃晚餐了。查爾斯替我倒酒時，我問他：「有任何史密斯小姐的消息嗎？」但我舅父聽到我低語，叫查爾斯走了。

「茉德，妳寧可跟僕人說話，也不想跟我說話嗎？」他說。理查走之後，他脾氣變得很暴躁。吃完飯之後，他故意選了本內容滿是凌辱情節的書要我唸。我沉著自若朗誦各種暴行，心情慢慢冷靜。但上樓回到寒冷無聲的房間時，我再次感到焦慮。瑪格莉特替我更衣，服侍我上床之後，我起身踱步。我一會站到壁爐前，一會站到門口，一會站到窗前，尋找馬車燈的蹤影。後來我看到了。車燈出現在濃霧之中，燈不算亮，在黑暗中隱隱發光。馬車車身晃動，再加上車行駛在樹林間，光線忽明忽滅，彷彿是種警告。我手按著心口，看馬車燈愈來愈近。車緩緩駛向莊園，馬車速度減慢，燈光聚焦，光線彷彿變得更微弱。我看到燈光後的馬匹、馬車、威廉和一個模糊的身影。他們駛到莊園後方，我跑到愛涅絲的房間（現在即將成為蘇珊的房間），並站在窗前，終於看到了她。

她抬起頭，望著馬廄和鐘塔。威廉從座位跳下來，扶她下車。她頭上戴著兜帽，穿得一身黑，身材似乎很嬌小。

但她真的來了。計畫成真了。突然之間，我心中震撼，全身顫抖。

現在太晚了，不適合見她。我必須多等一會，這時候，她應該會先吃晚餐，接著會有人帶她到她的房間。我靜靜躺在床上，豎耳去聽她腳步聲和低語，兩隻眼睛死盯著那道區隔我和她房間的門（那塊一、兩吋厚的乾燥木板！）。

我曾起來一次，偷偷走到門後，將耳朵貼到木板上，但什麼都沒聽到。

＊ ＊ ＊

隔天早上，瑪格莉特小心翼翼替我更衣。她替我繫帶子時我說：「我想史密斯小姐到了。妳看到她了嗎？瑪格莉特？」

「有，小姐。」

「妳覺得她可以嗎？」

「可以？小姐？」

「當我的侍女。」

她頭一甩。「舉止感覺非常粗野。」她說：「說她去過法國好幾次了，但我也不知道那在哪。她倒是沒忘記跟印克先生提起。」

「好，我們要對她好一點。她待過倫敦，也許會覺得這裡很無聊。」她沒答腔。「她吃完早餐之後，妳可以請史黛西太太帶她來見我嗎？」

我一整晚睡睡醒醒，一心想著她如此靠近，卻又如此陌生。在我去找舅父之前，我一定要見到她，不然我怕我會生病。七點半左右，僕人樓梯那頭走廊上，終於傳來一陣不熟悉的腳步聲，我接著聽到史黛西太太的低語：「就是這。」這時門口傳來敲門聲。我要怎麼站？我站到壁爐前。我回應時聲音怪嗎？她有發現嗎？她有屏住呼吸嗎？我知道自己屏住呼吸，雙頰發燙，並努力鎮定心情。門打開。史黛西太太先進門，遲疑了一會兒之後，她來到我面前。蘇珊，全名蘇珊．史密斯，也就是我的蘇琪．陶卓，她就是那個好騙的女孩。她將取代我的人生，並賜給我自由。

我殷殷期盼這一刻，結果見了面，第一個感受到的卻是失望。我原以為她會很像我，原以為她會很美。但她身材嬌小，體態羸弱，全身都是斑痕，髮色和泥土一樣。她下巴尖得像個錐子，雙眼呈棕色，比我顏色深。她的目光有時太過老實，有時又透露出心機。她目光掃來，將我打量一番，她看我的洋裝、手套、便鞋和長襪上的花紋。接著她想必這時才回想起她的訓練，眨了眨眼，趕緊行個屈膝禮。我看得出來，她很滿意自己的屈膝禮。她也很滿意我。她覺得我是個傻瓜。我想到這點，心情異常難過起來。我心想，妳到荊棘莊園是來毀了我。我向前牽起她的手。妳難道不會臉紅、顫抖或躲避我的目光嗎？但她直視我的雙眼，而她冰冷粗糙的手指絲毫不曾顫抖（指甲咬得亂七八糟）。

史黛西太太在一旁盯著我們。她的心情全寫在臉上，彷彿在說：「這就是妳大老遠從倫敦請來的侍女啊。我想，她這樣子配妳剛好。」

「別讓我耽擱妳，史黛西太太。」我說。她轉身要離去時，我又說：「但我知道妳一定會善待史密斯小姐。」我再次望向蘇珊。「蘇珊，妳大概已經聽說，我跟妳一樣是孤兒。我小時候才來到荊棘莊園，當時我年紀尚小，根本沒人在乎我。從那時起，史黛西太太便處處關心我，讓我懂得何謂母愛，她對我的付出一言難盡……」

我微笑著說出這一席話。不過，我本來就照三餐折磨女管家，這沒什麼特別的。我真正想捉弄的是蘇珊。史黛西太太扭動身子，脹紅著臉離開之後，我將蘇珊拉近，帶她到壁爐前。她走來坐下，態度溫和，動作迅速。我摸著她手臂，她和愛涅絲一樣瘦，但結實很多。從她呼吸中，我聞到啤酒的氣味。她說話了。她聲音和我所想截然不同，語氣輕盈直率，但她刻意說得更溫柔婉約。她描述她從倫敦坐火車到此的旅程。她說倫敦兩字時，似乎特別有感觸。我想她還不習慣說出口，也不曾感受過對倫敦的思念和嚮往。我大半輩子都待在荊棘莊園，而這個微不足道的女孩，居然能在倫敦生活，這事情實在令我百思不解，難以接受。不過，這也算是個安慰。既然她在那都能活出一片天，我才思敏捷，豈不是能活得更好？

我一邊告訴自己，一邊跟她解釋工作內容。我發現她又在打量我的洋裝和便鞋，眼神中透露著憐憫和輕蔑，我臉紅了。我說：「妳上一個小姐，她一定很時髦吧？我猜她看到我恐怕會笑話我！」

我情緒一時有些失控，但就算語調透露一絲嘲諷，她也沒發現。她反而說：「噢！不，小姐。艾麗絲小姐心地善良，絕不會嘲笑別人。何況她經常說，華麗的衣服沒有價值，因為真正重要的是衣服底下的人。」

她字字真切，真心投入在她自己虛構的故事中，天真單純，毫無城府。我坐一會，默默端詳她，然後又牽起她的手。我說：「我覺得妳是個好女孩，蘇珊。」她露出微笑，有點不好意思，手指在我手中動了動。

「艾麗絲小姐常這麼說，小姐。」她說。

「是嗎？」

「是的，小姐。」

然後她想起一件事。她退開來，手伸進口袋，拿出一封信。信已摺妥並以蠟封好，筆跡熱情秀氣，像出自女人之手，但當然，那是理查寫的。我猶豫一下，並接了過來。我起身走到一旁，拆開信，遠遠避開她視線。

信上頭寫道：

我沒署名！但我想妳知道我是誰。這就是會讓我們一夜致富的女孩。那生嫩的小指匠，我過去曾經借助過她的技能，有資格推薦她。我寫這封信時，她就在一旁看著呢。噢！她無知透頂。我想她現在也注視著妳吧。她比我幸運多了，我還得忍受兩週骯髒的日子才能嘗到喜悅。看完麻煩把信燒了，好嗎？

我原本以為自己和他一樣冷靜。結果我沒有，我辦不到，我感覺她的目光盯著我。真被他說中了！我心裡湧起一股恐懼。我手裡拿著信，一瞬間驚覺我站太久了。要是她看到就完了！我趕緊把信摺起，一次、兩次、三次，摺到摺不動了。我當下還不知道她不識字，而且連自己的名字都不會。我發現時，不禁啞然失笑，鬆一口氣。但我不大相信。「不識字？」我說：「一個字、一個字母都不會？」我遞給她一本書。她不想接下。後來她將書拿過去，打開書封，翻開一頁，專注看著一段文字，但目光從頭到尾方向都錯了。她慌亂不知所措，而且情緒起伏微妙，無法偽裝。最後她滿臉通紅。

我將書拿回。「對不起。」我說。但我毫無歉意，只感到不可思議。不識字！我覺得不識字是天大的好事，像是殉道者或聖徒失去痛覺。

八點的鐘聲響起，我必須去找舅父了。我在門口停下腳步。畢竟我還是得面帶嬌羞，提一下理查。我說完之後，她果不其然露出狡猾的表情，接著又恢復開朗。她跟我說他人有多好。她再次說得像發自真心。也許她真這麼想。也許她來的地方，人好不好是用另一個標準衡量。他請她轉交的信我放在裙子口袋中，我感覺到信紙邊角抵著我。

＊　＊　＊

我不知道她獨自在我房間會做什麼，我想像她會撫摸我洋裝的綢緞，試穿我的靴子、手套和腰帶。她帶了放大鏡來鑑定我的珠寶嗎？也許她已經在琢磨珠寶歸她之後該如何處置。胸針她會留著，這個上面的寶石她會撬下來賣錢，我父親的金戒她會給她男人……

「妳分心了，茉德。」我舅父說：「妳寧可去做其他事情嗎？」

「沒有，舅父。」我說。

「我叫妳幫我個小忙，也許害妳不開心了。也許妳希望數年前，我乾脆把妳留在瘋人院。原諒我，當初把妳帶走時，我以為是為妳好。但也許妳寧可跟瘋子共處，也不想在書堆中努力？嗯？」

「不，舅父。」

他頓了頓。我以為他會就此打住，繼續筆記。但他繼續說。

「我可以叫史黛西太太來，請她把妳帶回去，這事容易得很。妳確定不要我這麼做嗎？我可以派威廉・印克駕車載妳去？」他說著彎身瞧我，眼鏡後方，他茫然的眼神露出凶光。然後他又頓了頓，幾乎泛起笑容。「真不知道瘋人院的人會怎麼看待妳。」他說著語調變了。「畢竟妳現在知道這麼多事了。」

他說得慢條斯理，咀嚼著那問題，彷彿那是留在舌下的餅乾碎屑。我沒回答，但垂下目光，讓他盡情自鳴得意。後來他脖子轉了轉，又望著桌上的紙頁。

「好吧。我們看一下《舞鞭帽販》。唸第二冊給我聽。標點符號全都完整了。但注意頁碼有誤。我會在這裡記下順序。」

＊　＊　＊

我唸這本書時，她剛好來帶我回房。她站在門口，看著滿牆的書本和上色的玻璃窗。她和我當初一樣，在荊棘莊園劃出純潔界線的手指附近徘徊。她也像當初純潔天真的我一樣，並未注意腳步，不知不覺便要跨越那條界線。我甚至比舅父還在意，我一定要阻止她！他又叫又跳時，我已面容溫柔地走到她面前，並伸出手。我手指碰到她時，她身體嚇得縮了一下。

「不要怕，蘇珊。」我說完指著銅版上的手指。

當然，我忘記了，她其實可以盡情、隨意參觀藏書室的一切，因為對她來說，那都只是印滿墨水的紙張。想起之後，我再次感到不可思議，緊接著，心中便燃起一股深深的嫉妒。我收回放在她手臂上的手，擔心自己會忍不住掐她。

我們走回房間時，我問她，她覺得我舅父怎麼樣？

她以為他在編字典。

我們一起吃午餐。我胃口盡失，於是我將盤子推給她。我身體靠在椅背上，看她拇指沿著盤子摸著，並欣賞著攤在腿上的餐巾。她像個拍賣官，或地產代理人。她把每件餐具都拿起來，仔細端詳，彷彿在計算每塊金屬值多少錢。她吃了三顆蛋，每顆都用湯匙稀里呼嚕吃得一乾二淨。蛋黃流下時，她不感到噁心，大口吞肉也不怕噎著。她用手指擦嘴，舌頭舔著指節，然後再吞了吞。

我想，妳來荊棘莊園就是想把我吃乾抹淨的吧。

＊＊＊

但當然，我想要她這麼做。我需要她這麼做。我已感到自己毫不猶豫開始放棄這段人生，彷彿燈芯冒出煙，將燈罩燻黑；也像蜘蛛吐出銀白色的蛛絲，包裹住顫動的飛蛾。我想像白絲緊緊纏繞住她。她此時還渾然不覺。等她發現時，一切都為時已晚，她會發現自己從頭到腳都被緊緊包裹，外表化為我的模樣。此時她只覺得疲倦，內心不安，並感到無聊。我帶她去庭園散步，她卻只拖著懶散的腳步跟在後頭。我坐著縫東西時，她一直打呵欠，揉眼睛，並在一旁發呆。她會咬指甲，但發現我在看便會停下的。不過，過一分鐘之後，她會拉一截頭髮到嘴邊，咬著髮尾。

「妳在想倫敦的事嗎？」我說。

她抬起頭。「倫敦？小姐？」

我點點頭。「倫敦的小姐這時間都在幹什麼？」

「您說小姐？小姐？」

「對，像我一樣的小姐。」

她看了看四周，然後過一會回答：「四處拜訪，小姐？」

「拜訪？」

「拜訪其他小姐？」

「喔。」

她壓根不知道。她在扯謊。我敢說這都是她亂編的！不過，我反覆思考她的話，心跳突然加快。我說，像我一樣的小姐。但這世上沒有小姐像我。一時間，我腦中清楚浮現一個可怕的畫面，我孤獨一人在倫敦，然後沒有人來拜訪我——

但我現在也孤單一人，沒人拜訪。而且我身邊會有理查，他會指示和建議我。理查會替我們買個房子，裡面有一間間房間，門都可以上鎖——

「您會冷嗎，小姐？」她說。也許我打了個寒顫。她起身替我拿披肩。我看她走路。她直接走斜線，踏過地毯，完全沒注意到地毯設計，把直線、菱形和方塊圖案全踩在腳下。

我不斷觀察她。她做起日常瑣事總一副無拘無束的模樣，我看再久、再仔細都看不膩。七點鐘，她替我更衣準備和舅父吃飯。十點鐘，她服侍我就寢。然後她站在自己的房間，我聽到她嘆口氣，便抬起頭，看她伸展和放鬆全身。燭火清楚照亮她的身影，我隱身在黑暗中。她靜靜來回走動。彎身撿起一條飾帶，後來又拿起斗篷，撥去衣角的泥巴。她沒有像愛涅絲一樣跪地禱告。她坐在床邊，抬起腳，我看不到她，但我看到她一腳鞋尖抵著另一腳鞋跟，把鞋脫下。接著她起身解開洋裝的釦子，讓衣服落到地上，笨拙地從中走出。她解開馬甲的繫帶，揉揉腰，又嘆口氣，並走到另一頭去了。我忍不住伸長脖子去看。她回來時身穿睡袍，身體冷得顫抖。我也跟著發抖，彷彿感同身受。她打呵欠，我也打呵欠。她伸展身體（很享受的樣子），迎向睡意！現在我看不到她了。她熄了燈，爬上床。我想她身子漸漸溫暖，並沉沉睡去……

她睡著了，天真純潔地睡了。我以前也曾如此。我等一會，然後將母親的肖像畫拿到嘴邊。

那就是她，我低聲說。那就是她。她現在是妳女兒了！

＊ ＊ ＊

太簡單了！但我將母親的肖像鎖回木盒中，躺在床上卻輾轉不寐。舅父的巨鐘鐘聲迴盪。庭園中有某種動物像孩子般發出嗚叫。我閉上眼時，腦中突然浮現瘋人院，這麼多年來，我回憶不曾如此強烈。我想起我第一個家。我想到眼神狂亂的神經病和看護。我突然想到看護的房間，房中放著椰殼纖維做成的墊子，白石灰粉刷的牆面上，有一行字寫著：我的食物就是遵行差我來者的旨意[35]。我記得通往閣樓的樓梯。我到屋頂上散步時，指甲會抓著柔軟的鉛皮，害怕自己失足，從上方墜落——

想著想著，我一定慢慢睡著了，並沉入濃密的黑夜中。後來我忽然間清醒。或者說，我意識從黑暗浮出一半，變得半夢半醒。我睜開眼，茫然無措，腦中一片糊塗，心中充滿恐懼。我望向床上，我的身體彷彿在不斷變化，一會變大，一會變小，甚至斷成兩半。我看不出自己幾歲。我全身開始顫抖，大聲喚著愛涅絲的名字，我忘記她已經離開。我忘記理查·瑞佛斯和我們的計畫。我呼喚愛涅絲，以為她來了。但她來了之後竟拿走我的燈。我以為她一定是故意在懲罰我。「別把燈拿走！」我說。但她還是拿走了，留我一人在恐怖的黑暗中，我隔著床簾，聽到門打開，還有陣陣腳步聲。燈光回來之前，我感覺過了好久。但愛涅絲抬起燈，看到我臉的時候，她驚聲尖叫。

「不要看我！」我哭喊，接著又說：「不要離開我身邊！」因為我感覺只要她留下，我就能避開災難，或任何可怕的東西（我不知道是什麼，也無法明確解釋）。總之，我或她就能得救。我臉避著她，緊抓她的手。但她皮膚白皙，沒有雀斑。我望向她，卻不認得她是誰。

她開口，聲音好陌生。「我是蘇，小姐。這裡只有我。您看見我了嗎？您只是在做夢而已。」

「做夢？」

她摸摸我的臉頰，並梳梳我的頭髮。她終究不像愛涅絲，而是像……誰都不像。她又說：「我是蘇，小姐。愛涅絲得了猩紅熱回家了。您該躺好了，不然您也會著涼。您生病就不好了。」

我的意識在黑暗之中又迷了一會路，終於脫離了夢境。我搞清楚她和自己的身分。我想起我的過去、現在和無法預測的未來。她是個陌生人，卻又是未來的一部分。

「不要離開我，蘇！」我說。

我感到她猶豫了一下。她退開時，我手抓得更緊。但她只是要爬過我，並鑽到被子裡。她手臂環抱著我，嘴巴靠在我頭髮上。

她身子很冷，我不禁也冷了起來，身體發抖，但不久便平靜下來。「好了。」她這時說。語氣輕柔如呢喃。我感到她的呼吸，她的嗓音深深震盪著我的頰骨。「好了。現在睡吧。好嗎？好女孩。」

＊＊＊

她說，好女孩。荊棘莊園多久沒人相信我善良了？但她相信。她必須相信，因為那樣我們的計畫才會成功。我一定要表現得善良親切，單純天真。大家不都說黃金很「好」嗎？我對她來說終究像黃金。她來這裡是

---

35 《聖經》〈約翰福音〉第四章第三十四節。

要毀了我，只是時機未到。現在她必須守護我，保護我安全，像是一筆她私自藏起、準備拿來揮霍的財富——

這我都知道，但感覺卻不是如此。我睡在她懷中，感到相當安穩，也不會做噩夢，醒來時我只感到溫暖和親密。她感覺我醒來，便移開身子。她揉揉眼，頭髮和我的頭髮錯落。她睡覺時臉型看起來不再銳利。她的眉毛平順，睫毛像粉末般細緻，目光和我交會時，雙眼澄澈，不帶一絲嘲笑和惡意……她嘴角泛起笑容，打個呵欠，並起身。毛毯掀起又落下，悶滯的熱氣撲面而來。我躺著回憶昨晚發生的事，心裡不由自主感到有些羞恥和驚恐。我摸著她剛才躺的地方，感覺溫度一點一滴消失。

她對我的態度變了，變得更有自信，也更親切。瑪格莉特端水來，她替我倒了一盆水。「準備好了嗎，小姐？」她說：「最好快點。」她將毛巾沾溼，用力擰乾。我起身脫下衣服之後，她沒先問，便動手擦拭我的臉和腋下。我對她來說彷彿變成了孩子。她要我坐下，並替我梳頭。她嘖嘖說著：「打結了！遇到打結有個訣竅，就是從髮尾開始梳……」

愛涅絲以前替我梳洗更衣時，動作總是又快又緊張，梳子每次卡住，她臉都會嚇得皺起。有一次，我用便鞋打她，打到她都流血了。現在我乖乖坐著讓蘇珊梳頭（她昨晚稱呼自己蘇），並捺著性子讓蘇替我梳開打結處，我雙眼望著鏡中的自己……

好女孩。

然後我說：「謝謝妳，蘇。」

接下來，不論白天和晚上，我都常把回應掛在嘴邊。我從來沒向愛涅絲說過。「謝謝妳，蘇。」她請我坐下或站起，舉起手臂或腳時我會說：「好，蘇。」她怕洋裝弄痛我時，我會說：「不會，蘇。」

不會，我不會冷。但她會邊走邊觀察我，默默確認，並會將我的斗篷領子拉高，以免冷風灌進去。沒有，我的靴子沒被露水浸透。但她會將手指伸向我腳踝處的襪子和鞋皮之間，確定沒溼。無論如何，我絕對不能著涼。我絕對不能太累。「您會不會覺得走得差不多了，小姐？」我絕對不能生病。「您早餐都沒動過，來，要不要吃一點？」我絕對不能變瘦。我是等著被殺的肥鵝。

當然，她不知道，其實肥鵝是她。她不久便學會如何睡覺、起床、更衣、散步，熟悉規律、信號和鐘聲。她以為她在迎合我。她以為她能可憐我！她會慢慢學習莊園的生活，卻不知道束縛住我的這套規矩，不久將束縛住她，就像摩洛哥羊皮革或小牛皮，緊緊將她包裹……我已經習慣覺得自己像本書。對她來說，我確實也像本書。她一字不識，面對我時只看到表面，卻不了解內容。她注意到我的皮膚，她會說：「您好白！」但看不到底下流竄的骯髒血液。

＊＊＊

我不該這麼做，但我情不自禁。她先入為主地覺得我個性單純天真，只是因為環境壓力大，才經常做噩夢。我決定順水推舟，找藉口讓她來床上陪我，畢竟只要她在我身旁，我都會睡得很安穩。第二天和第三天我都故技重施，後來她乾脆每天都來了。一開始，我覺得她有點提防，但她在意的其實是床上方的織毯和床簾。她每次都會舉高蠟燭，仔細觀察織毯的皺褶。她說：「小姐，您不覺得會有蜘蛛或蛾在上頭嗎？隨時可能會跑下來？」她抓住一根床柱搖動。結果一堆灰塵中，只有一隻甲蟲落下。

不過，她習慣之後，便自在地躺在床上了。看她舒服俐落地調好姿勢，我想她一定很習慣和別人一起睡，並好奇那人究竟是誰。

「妳有姊妹嗎，蘇？」我有次問她，大概是在她來了一週之後，我們當時正在河邊散步。

「沒有，小姐。」

「兄弟呢？」

「就我所知沒有。」她說。

「所以妳從小到大，跟我一樣，都一個人？」

「嗯，小姐，也不是您說的一個人……就是，身邊有很多表兄弟姊妹。」

「表兄弟姊妹。妳是說妳阿姨的小孩嗎？」

「阿姨？」她一臉茫然。

「妳的阿姨，瑞佛斯先生的奶媽啊。」

「喔！」她眨眨眼。「對，小姐。當然了……」

她別開頭，目光矇矓恍惚。她在想家。我試著想像那裡的樣子，但想像不出來。我試著想像她的表兄弟姊妹，他們是一群粗魯的孩子，每個人都長得跟她一樣，有尖尖的臉、舌頭和手指。不過她手指其實不尖，但她舌頭……有時她幫我夾頭髮，或皺眉拉著繫帶時，她會吐出舌頭。她舌頭確實尖尖的。我看她嘆了口氣。

「算了。」我說。侍女不快樂，親切體貼的大小姐也只能這麼說：「看，有艘駁船。妳可以讓船載走妳的願望。我們一起許願，讓船載去倫敦。」去倫敦，我暗中自忖。理查在那裡。再過一個月，我也會在那裡。我說：「就算船沒去倫敦，泰晤士河也會幫我們送去。」

「泰晤士河？」她說。

「河啊。」我回答：「這條河，眼前這條。」

「這條一丁點的小溪是泰晤士河？喔，不是，小姐。」她不確定地大笑。「怎麼可能？泰晤士河非常寬。」她將雙手張開。「這條河很窄。您知道嗎？」

過一會兒，我說我一直都知道河會愈流愈寬。她搖搖頭。

「這麼一丁點的小溪？」她又說一次。「哪可能，我家水龍頭打開都比這條溪的水還大。那裡，小姐！您看那裡。」駁船經過我們，船尾六吋的大字寫著：羅莎席斯號。但她指的不是那些字，而是船的螺旋槳划過水面後，隨船尾跡擴散的油漬。「看見了嗎？」她興奮地說：「那就是泰晤士河的樣子。那就是泰晤士河一年四季的樣子。看有那麼多顏色。五顏六色的……」

她露出笑靨。笑著的她很美麗。後來油漬散開，溪水再次變為棕色，她的笑容也隨之消失。她看起來又像個賊了。

＊＊＊

你一定要了解，我當時已下定決心要輕視她。不然，我怎能狠得了心下手？不然我怎能騙她、傷害她？我們長時間相依相伴，一定會變得情同姊妹。她對於親密的概念不同於愛涅絲，不同於芭芭拉，甚至不同於任何侍女。她態度真誠坦率，放鬆自在。她會大剌剌地打呵欠，還會任意彎身。她會隨心所欲搓揉疙瘩和傷口。我縫衣服時，她會剝著指節上的舊痂，還會問我：「有針嗎？小姐？」我從盒子拿根針給她之後，她會花十分鐘用針挑自己手上的皮膚。最後她會把針還給我。

但她還給我時，會將針頭反轉，免得刺到我柔軟的手指。「別刺傷自己。」她會說。舉手之勞，卻充滿善意，我不禁忘記她是為了理查才關心我。我想她也忘記了。

有一天我們散步時，她伸手勾住我手臂。這對她來說習以為常，但我心裡震盪，彷彿挨了一巴掌。另一次，我坐著坐著，抱怨自己的腳很冷。她跪到我身前，解開我便鞋的鞋帶，將我腳捧在雙手中不斷摩擦，最後還垂下頭，毫不在意地朝我腳趾呵氣。她開始照她喜歡的方式打扮我。在我洋裝、頭髮和房間做一點小改變。她替我拿了花。會客室梳妝檯上放了個花瓶，多年來那裡都放著枯捲的枝葉，她把那扔了，並去舅父的庭園樹籬採了些報春花，插到花瓶裡。「鄉下當然沒像倫敦有各式各樣的花。」她將花插入花瓶時說：「但這些花夠美了，對不對？」

她請瑪格莉特從魏伊先生那多拿點炭到我壁爐。這麼簡單的事！以前從來沒人為我想到，甚至我自己都沒想到，所以我白冷了七年。房中溫暖之後，窗戶都起霧了。她這時喜歡站在窗邊，在玻璃上畫圈圈、愛心和螺旋。

有次她將我從舅父房間帶回來之後，我看到餐桌上放著一副撲克牌。這裡以前是母親的房間，裡面都是她的東西，我想這是她的牌。但突然之間，我感到心好慌，因為我腦中浮現了母親的身影。我看到她在房間走動，或坐在椅子上，將各種花色的牌放到桌巾上。母親還沒結婚，神智清楚時，也許曾臉頰貼著手背，無所事事趴在桌上，也許曾嘆氣，不斷等待、等待……

我拿起撲克牌。透過手套，牌感覺好滑。但牌在蘇手中就不一樣了。她手法俐落，洗牌、發牌都輕快靈活。金色和紅色的花樣在她手指間變得更鮮豔，像無數珠寶。當然，她聽到我不會玩時大吃一驚，馬上要我坐下來，並教我玩。遊戲不是碰運氣，便是靠簡單的猜測，但她玩得很起勁。她盯著手中的牌總是歪著頭，瞇著眼。我累了之後，她會一個人玩，不然會將牌豎立，並將牌上端斜靠在一起，最後慢慢建起一座金字塔。最頂端她總是會預留一張國王和一張皇后。

「您看。」她完成之後會說：「您看，小姐。您看了嗎？」她會把金字塔底部一張牌抽出，讓建築全垮下來，並放聲大笑。

她會大笑。那聲音在荊棘莊園顯得格格不入，我想就像在監獄或教堂大笑一樣。有時她會唱歌。有次我們聊到跳舞。她起身拉起裙子，教我舞步。接著她要我也站起，讓我一直轉圈、一直轉圈。我感到她身體貼著我，心跳加速。我感到她的心跳漸漸傳向我，成為我的心跳。

＊　＊　＊

還有一次，我讓她用銀頂針替我磨平尖牙。

「我看看。」她說。她剛才看到我在揉臉頰。「來光底下。」

我站到窗邊，仰起頭。她手很溫暖，呼吸也很溫暖，散發啤酒酵母的氣味。她伸手摸著我的牙齦。

「哇，真的比——」她說著收回手。

「比毒蛇的牙齒還尖嗎，蘇？」

「比針還尖，我原本是要這麼講。」她看看四周。「蛇有牙齒嗎？小姐？」

「我覺得牠們一定有，據說蛇會咬人。」

「對。」她心不在焉地回答：「只是我以前都覺得牠們的嘴巴黏黏的……」

她走進我的臥房。透過門，我看到我的床和床下的夜壺。她不只一次提醒我，起床時不小心踩破夜壺的話，腳會因此殘廢。她也再三強調，赤腳不要踩頭髮，因為她說頭髮像蟲一樣，可能會插進肉裡，讓腳化膿潰爛。她也提醒我不要用不純的蓖麻油把睫毛染黑。另外，不管是躲避危險或逃跑，不要亂爬煙囪。現在她翻著我梳妝檯的東西，不說話了。我等待了半晌，然後開口。

「妳有認識誰被蛇咬死嗎？蘇？」

「被蛇咬，小姐？」她回來了，眉頭仍皺著。「倫敦？您是指在動物園嗎？」

「對，也許在動物園。」

「應該沒有。」

「真有趣。妳知道，我原本以為妳一定有認識。」

我微笑，不過她沒笑。後來她把手給我看，上面有個頂針。我現在終於明白她要做什麼，不禁露出奇怪的表情。「不會傷到您。」她看到我表情變了就說。

「妳確定？」

「確定，小姐。如果會痛，您可以叫出聲，那我就會停手。」

不痛，我也沒叫。但感覺很妙，金屬摩擦著牙齒，她手按著我的下巴，呼吸輕柔吹著我的臉。她專注磨牙時，我只能望著她的臉。於是我仔細凝視她雙眼，才發現她一隻眼中有深棕色的斑點，近乎黑色。我看著她臉頰平滑的輪廓，還有乾淨的耳朵，耳垂打了個洞，用來戴耳墜和耳環。「耳洞怎麼打的？」我有次靠近她，手指尖摸著她耳垂上的小凹洞問道。「小姐，拿針啊。」她回答：「還有一些冰塊……」現在，她繼續用頂針摩擦著我的牙。她微笑。「我阿姨會這樣做。」她邊磨邊說：「她會替小嬰兒磨牙。我敢說我小時候她也幫我磨過……快好了！哈！」她磨得更慢了，然後停下來，手摸一摸牙，又繼續磨。「當然，幫嬰兒磨牙不簡單。因為頂針如果不小心滑掉了。唉，我知道有好幾個就這樣沒了。」

我不知道她指的是頂針掉了，還是嬰兒死了。她手指和我嘴唇都漸漸變溼。我吞了兩次口水。我舌頭伸起時，碰到她的手。她手感覺變得無比巨大，非常陌生。我想到頂針上的汙痕。我想我的呼吸一定讓頂針溼了，讓髒東西順勢流下，我甚至覺得我嘴巴嘗到味道了。如果她再磨更久一點，我搞不好會陷入恐慌，但她頂針愈磨愈慢，不久便停了。她手繼續握著我的下巴，再用拇指試了試，最後收回手。

她手鬆開，我剛開始身體有點不穩。她握得很緊，也磨了好一陣子，她手拿開時，我不禁感到冷空氣撲面而來。我吞嚥一下，用舌頭舔了舔那顆牙，並擦拭嘴唇。因為她的手剛才抵著我嘴，我看到她指節上有的地方紅，有的地方白，手指也都是壓痕，頂針仍戴在指上。銀頂針乾淨明亮，上頭沒有髒汙，一點都沒有。我嘗到的，或想像中嘗到的，是她的味道，如此而已。

小姐可以嘗侍女的手指嗎？在我舅父的書中，小姐當然可以。我一想到，臉上就出現紅暈。

當我站在原地，血液莫名湧上雙頰，一個女僕拿了封理查寄的信來了。我已全忘了這事。我腦中沒有計畫、逃亡、結婚和矗立的瘋人院大門。我完全忘了他。但我現在一定要把他放在心上。我接過信，雙手顫抖，打開蠟封。他寫道：

> 妳跟我一樣迫不及待嗎？我相信妳很期待。現在她跟妳在一起嗎？她看得到妳的臉嗎？看起來開心點。微笑、傻笑什麼的。我們漫長的等待結束了。我倫敦的事解決了，我來了！

第十章

看到這封信，就像有個催眠師彈了手指。我一時間頭暈目眩，眨眨眼，環視四周，彷彿從恍惚的狀態中回神。我看向蘇和她的手，看到我嘴巴在上頭留下的痕跡。我望向床上的枕頭，上頭有我們兩人壓出的凹痕。我看向桌上花瓶中的花，還有壁爐中的火焰。房間溫暖，但我仍像受寒一樣全身發抖。她發現了。她和我目光交會，朝我手中的信點頭。「好消息嗎？小姐？」她問道。這封信彷彿也令她著了魔，因為她的語氣突然變得輕輕淡淡，虛無飄渺，她的臉變得好尖。她將頂針放到一旁，但雙眼一直望著我。我無法和她四目相交。

理查要來了。她跟我一樣有感覺嗎？我看不出她的反應。她和之前一樣，自在地走動就座。她吃得下中餐，也拿出母親的撲克牌，好整以暇地玩著單人遊戲。我站在鏡前，從鏡中看她抽起一張牌，放到桌上，接著將牌翻開，放到另一張牌上，拿起國王，抽出A……我端詳我的臉，納悶自己五官有何特色，也許是臉頰弧線特殊，也許是豐滿粉紅的厚嘴唇。

最後她將牌收成一疊，要我洗好牌，拿在手中誠心許願，接著她會用翻出的牌預知我的未來。她語氣認真，未帶諷刺。我不由自主來到她身旁坐下，笨手笨腳洗了牌，她拿起牌，然後將牌一一放下。「這些牌會述說您的過去。」她說：「這些牌述說您的現在。」她雙眼睜大，突然看起來好年輕，一時間，我們彎著頭，竊竊私語。像是我想像中正常的女孩，在正常的會客室、學校或廚房，低聲聊天：有個年輕男子，看，騎在馬背上。接下來有一段旅程。這是方塊王后，代表財富——

我有個鑲滿寶石的胸針。我腦中浮現出胸針的樣子。然後我想像蘇目光貪婪，朝寶石呵氣，計算著寶石的價值……我以前也想過這畫面，但已經好多天沒想了。

說到底，我們不是正常的女孩，也不在正常的會客室，她對我命運有興趣，只是因為她覺得我的一切將歸她所有。她眼睛看來又漸漸瞇起。她不再輕聲細語，而且語氣相當不客氣。我退開來時，她一邊收牌，一邊皺眉。她剛才掉了一張牌，一時沒看到。紅心二。我腳跟踩到上頭，想像其中一顆心是我的，並用力踩到地毯裡。

我起身時她看到牌了，並試著壓平上頭的皺紋，然後她又頑固地玩起單人紙牌遊戲。

＊＊＊

我再次觀察她的雙手。她雙手皮膚已變白，指甲也都整齊了。她雙手嬌小，戴手套會更顯小巧，也會更像我的手。

一定要準備好。我老早之前就該好好準備。現在理查要來了，我感到自己一事無成，內心倉皇，過去數小時、數天的時光彷彿一條陰險的黑魚，而我則任憑牠悄悄溜走。當天晚上，我心裡怔忡不安。我們醒來，她替我更衣，我拉著她洋裝的皺褶。

「除了這件素色的棕色洋裝，妳沒有其他洋裝嗎？」我說。

她說她沒有。我從我衣櫥拿了件天鵝絨洋裝讓她試穿。她心不甘情不願地拉下袖子，從裙子中踏出來，端莊地轉身，避開我的目光。那件洋裝很小，我用力拉緊鉤子，將腰間皺褶整理好，並去我的化妝盒拿個胸針。我拿的正是我之前提到的寶石胸針，並小心地別在她胸口。

然後我將她拉到鏡子前。

瑪格莉特進門，以為她是我。

＊＊＊

我漸漸習慣生活中有她，習慣她的溫度，習慣她古怪之處。她不再是邪惡計畫中好騙的女孩，也不再是蘇琪．陶卓，而是一個擁有厭惡和喜好並擁有過去的女孩。我突然發現，她的五官和身形漸漸變得和我一模一樣，而我彷彿第一次意識到理查和我打算做的事。我臉靠在床柱上看著她，她凝視著自己，感覺相當滿意。她一會兒向左轉，一會兒向右轉，順順裙子上的皺紋，全身放鬆，慢慢習慣這件洋裝。「真想給我阿姨看！」她臉紅說。我這時不禁心想，倫敦那黑暗的賊窩裡究竟有誰等著她？也許是阿姨、母親或祖母。我想那個婦人一定很不安，天天數著日子，因為她的寶貝小賊離家這麼遠，來幹一票如此危險的勾當。我想像她等待時，拿出屬於蘇的小東西，像腰帶、項鍊、手鐲等俗氣的幸運符，在手中翻來覆去……

雖然她還不知道，但她恐怕要翻一輩子了。蘇也不知道，上次她親吻阿姨粗糙的臉頰便是這輩子最後一次。

我想著這一切，心中充滿著類似憐憫的感覺。那股感覺相當強烈，不但出乎我意料，也讓我十分難受。同時，我心中好害怕。我不僅害怕未來，也害怕自己為了未來將付出的代價，以及內心會浮現多少不熟悉、無法控制的情緒。

她不知道。他也一定不能知道。他那天下午來了。一如愛涅絲在的那段日子，他來了之後，牽起我的手，和我四目交會，彎身親吻我的手。「里利小姐。」他語調彷彿一陣輕撫。他穿得一身黑，俐落整潔。不只如此，他還散發意氣風發、自信滿滿、親切友善、華而不實的那一面，像一抹顏料或香水。即使隔著手套，我仍感到他唇上的溫度。然後他轉向蘇，她行了個屈膝禮。不過，那套洋裝上身僵硬，不好行屈膝禮。她那一蹲顯得很彆扭，裙子上的褶邊全飛舞起來，身子彷彿不住晃動。她臉紅了。他注意到時，我看到他露出微笑。但我也察覺，他已注意到那件洋裝，可能也發現了她變白的手指。

「我以為她也是個小姐，真的。」他對我說。他走到她旁邊。他站到那裡，身形高大，一身是黑，簡直像頭熊，她感覺格外嬌小。他牽起她的手，手指撫摸她手指。他的手指不只粗壯，而且修長，拇指都能直接摸到她的手腕了。他說：「我希望妳服侍新的小姐有好好表現，蘇。」

她低頭望著地板。「我也希望，先生。」

我向前一步。「她是個非常好的女孩。」我說：「真的非常好。」

但我這句話脫口而出，不夠從容。他和我四目相交，收回大拇指。「當然。」他不動聲色地說：「她當然是個好女孩。我敢說每個女孩都是好女孩，里利小姐，只要有妳當榜樣的話。」

「你人真好。」我說。

「每個紳士人都很好，只要與妳相伴。」

他目光停留在我身上。他看中我，同情我，打算讓我從荊棘莊園毫髮無傷地逃出去。如果看到他此刻的表情，我心中沒有興起一絲犯罪的興奮感，那我就不再是我，也不是我舅父的外甥女。但那心情好強烈，簡直令我作嘔。我露出微笑，但笑容十分僵硬。

蘇歪著頭。她以為我在對愛人微笑嗎？我一想到，嘴角更僵硬了。我開始感覺喉嚨隱隱發疼。我避開她和他的目光。他要告辭了，但臨走之前他要她靠近，兩人在門口低聲交談。他給她一枚錢幣。我看到一道金色的光芒。他放到她手中，並讓她將錢幣好好握起。他指甲棕黃，和她粉嫩的手掌形成對比。她又笨拙地行個屈膝禮。

現在我的笑容像屍體一樣僵硬。她轉身時，我無法正視她。我走回房間，關上門，臉朝下倒在床上，全身發抖，無法抑止地大笑。那是一陣恐怖的笑，像是髒汙的河水無聲流過全身。我全身不斷顫抖，最後終於平靜下來。

＊　＊　＊

「妳覺得新侍女怎麼樣，里利小姐？」他晚餐時，眼睛望著盤子問我。他小心翼翼將魚肉從魚脊切下。魚骨精緻淨白，透明似的，肉則厚厚塗滿奶油和醬料。冬天我們的食物上桌都已涼了。夏天則會燙口。

「非常……乖巧，瑞佛斯先生。」

「妳覺得她能勝任嗎？」

「是的，我想可以。」

「對於我的推薦，沒有令妳失望吧？」

「沒有。」

「好，我真是鬆了口氣。」

為了逞口舌之快，他總是太多話了。我舅父在一旁看著呢。「這什麼？」他現在開口了。

我擦擦嘴。「我的新侍女，舅父。」我回答：「史密斯小姐，取代菲伊小姐那個。你經常看到她。」

「不如說常聽到她，她老是用靴子踢我藏書室的門。她怎麼了？」

「她是瑞佛斯先生介紹的。他在倫敦見到她，當時她需要一份工作，於是他好心引介給我。」

我舅父舌頭動了動。「是嗎？」他緩緩地說，目光從我身上移到理查身上，再從理查移回我，下巴稍稍抬起，彷彿感覺到一股暗潮。「妳說史密斯小姐？」

「史密斯小姐。」我平靜地回答：「取代了菲伊小姐。」我將刀叉放好。「菲伊小姐就是教皇狗。」

「教皇狗！哈！」他興奮地繼續吃起肉。「好，瑞佛斯。」他邊吃邊說。

「什麼事，先生？」

「你敢不敢……就看你敢不敢，先生！告訴我，哪個組織比羅馬天主教更懂得幹些淫蕩的惡行……」

晚餐結束前，他都沒再瞧過我。後來他要我讀一本古書一小時，書名叫《修女對修士的控訴》。

＊＊＊

理查坐在座位上文風不動聽我唸書。但我唸完起身離開時，他也起身說：「讓我送妳。」他說。我們走了一小段路到門口。我舅父沒抬頭，只盯著他自己髒汙的雙手。他有把鑲珍珠的小刀，歷史悠久，刀刃已磨到呈新月形，他現在拿著刀在削蘋果皮。蘋果來自荊棘莊園的果園，果實不僅小，而且乾硬酸澀。

理查見他沒在看，便正面望著我。不過他語氣仍保持拘謹有禮。「我有件事想問妳。」他說：「我現在已經回來了，妳希望繼續上我們的繪畫課嗎？我希望妳能繼續。」他等我回答。但我不答腔。「我明天要照常過去嗎？」他又等待一次。他手放在門上，並將門拉開。不過門只開了條縫，我其實出不去。他看到我想擠出門，也沒為我多打開一點。他此時一臉疑惑。「妳不要謙虛。」他說。但他的意思是，妳不要心軟。「妳不會不畫了吧？」

我搖搖頭。

「那好吧。我明天會照正常時間過去。請妳給我看我不在的這段時間妳完成的畫作。我敢說再練習一陣子，嘿，誰知道？搞不好便能讓妳舅父看看這陣子的成果。妳覺得呢？我們不如再練兩週？兩週，最多三週吧？」

我再次感到他大膽無畏的作風，並感到自己的血液隨之沸騰。但除此之外，我內心也依稀感到不知名的鬱悶、焦慮和恐慌。他等我回答時，我簡直心驚肉跳。我們精心策畫整起陰謀之後，已犯下一樁可怕的惡行，如今我們將再次動手。我知道自己該做什麼。我必須假裝愛他，假裝他贏得了我的芳心，並向蘇坦承我對他的愛意。這應該是多麼容易的事啊！我有多渴望這一刻！多少次，我凝視著舅父的莊園圍牆，希望牆能分開，讓我出去！但現在逃亡的機會近在眼前，我卻遲疑了，而且我完全不敢說出原因。我再次望向舅父的雙手和刀上的珍珠，看他削蘋果皮。

「不如就三個星期吧。也許再久一點。」我終於說：「也許再久一點，如果我覺得需要的話。」

他臉上閃過一絲憤怒，但他開口時刻意放輕語氣。「妳真的太謙虛了。妳的才能可不只如此。我向妳保證，三週就夠了。」

他終於拉開門，行禮讓我出去。雖然我沒轉身，但我知道他待在門口，望著我爬上樓梯。像我舅父的所有紳士朋友，一心一意關心著我的安危。

＊＊＊

不久之後，他會更關心我。但至少現在，我每天的生活又回到過去熟悉的節奏。他早上會去忙畫的事，下午會來我房間教我繪畫。說實話，他就是來接近我。趁我在紙上塗顏料時，觀察我，和我低聲交談，假裝一臉正經，展現男子氣概。

生活回到規律。只是我以前身邊是愛湼絲，現在是蘇。

蘇跟愛湼絲截然不同。她懂得更多。她懂得自己的價值和目的，也懂得要在一旁監聽和監視，不准瑞佛斯先生靠太近或對大小姐說悄悄話，但她也知道，他真的接近我時，她必須別開頭，裝聾作啞。我看到了，她確實別開頭，但我也發現她透過眼角、壁爐鏡子和窗玻璃偷瞄我們，甚至偷看我們兩人的影子！關了這麼久，我對這房間瞭若指掌，像監獄犯人熟知監牢一樣。但房間現在對我來說彷彿改變了。房間充滿反射面，每一處都是她的眼睛。

她視線和我交會時，那雙眼睛茫然又天真。但她和理查目光交會時，我看到兩人顯然心照不宣，彼此暗藏心機。這時我都不敢看她。

當然，她知道不少內情，但她所知的一切其實毫無價值，全是假的。看到她保守著祕密，一副揚揚得意的樣子，我心裡真難受。她不知道自己是陰謀的樞紐，也不知道計畫將以她為中心轉動。她以為我才是關鍵。她絲毫沒察覺理查看似在嘲弄我，實則在嘲弄她。他會先朝她一笑，擠眉弄眼，然後再真心朝我一笑，擠眉弄眼。

他當初嘲弄愛湼絲時，刺激我自己也殘酷地對待她，如今我只感到良心不安。因為蘇的關係，我變得太在意自己。我們假裝愛得昏頭轉向時，我時而太過擔心，變得綁手綁腳，猶豫不決，時而又跟理查一樣粗心大意。前一小時，我都能大膽表現，時而文靜，時而嬌羞，但在最後一分鐘，我全身都會忍不住發抖。我無法控制自己的四肢、血液和呼吸。我想她誤以為那是愛。

至少，理查心底知道，這是軟弱的表現。日子一天天流逝，第一週過去了，接著我們迎向第二週。我感到他的疑惑和期待。他的情緒一天天累積，最後化為滿腔怒火。他看著我的作品，開始搖頭。

「里利小姐。」他說了不止一次。「恐怕妳必須多加練習。我以為妳下筆能更堅定。我相信一個月前，妳下筆更穩。在我短暫不在的期間，妳不會忘記妳上過的課吧。我們花了那麼多時間！有件事藝術家在作畫時一定要避免，那就是猶豫不決。因為那會讓筆觸軟弱。軟弱的話，再好的作品都會毀了。妳了解嗎？妳了解我說的嗎？」

我不答腔。他離開時我仍待在座位上。蘇來到我身旁。

「小姐。」她溫柔地說：「如果瑞佛斯先生批評您的畫，您別放心上。您畫的那幾顆梨栩栩如生呢。」

「妳這麼覺得嗎？蘇？」

她點點頭。我望著她的臉，凝視她眼中的深棕色斑點。然後我看向自己在紙上畫的不成形圖案。

「這畫得糟透了，蘇。」我說。

她手放到我手上。「嘿。」她說：「但您不是還在學嗎？」

＊＊＊

我的確在學習，但不夠快。不久，他建議我們去庭園走一走。

「我們要去畫大自然的景物。」他說。

「我不想。」我跟他說。我有自己散步的路線，而且我喜歡和蘇一起走。我覺得跟他一起散步，路線就毀了。「我不想。」我又說一次。

他皺了皺眉，隨即露出笑容。他說：「身為妳的老師，妳不能拒絕。」

我希望下雨。但雖然荊棘莊園整個冬天天空一直灰濛濛的（在我眼中這七年來都是灰的），如今卻為他晴朗了。魏伊先生拉開門時，一陣清風吹入房中，拂過裙子沒遮到的腳踝。「謝謝你，魏伊先生。」理查說著彎起手臂，讓我勾著。他戴著扁黑帽，身穿黑羊毛大衣和淡紫色手套。魏伊先生打量那副手套，然後心滿意足地望著我，眼神中淨是鄙視。

覺得自己是小姐了，是不是？他那天拖著不斷掙扎的我到冰屋。哼，等著瞧。

我今天不會和理查走到冰屋。我選擇了另一條路。那條路漫長而無趣，繞著舅父的莊園向上，並能俯瞰莊園後方的景色，包括馬廄、樹林和禮拜堂。這些景色我太熟悉了，根本不想再看，於是我雙眼直盯地上。他繼續勾著我的手，蘇一開始尾隨在後，後來他加快腳步，把她甩到遠方。我們不說話，但我們一邊走，他一邊慢慢將我拉近。我的裙襬尷尬翹起。

但我想抽身時，他卻不讓我這麼做。我最後開口：「你不需要靠我這麼近。」

他微笑。「我們一定要看起來有說服力。」

「你不需要這樣抓我。你還有什麼悄悄話好說的，我不都知道了？」

他迅速轉頭望了一眼。他說：「如果我沒趁此機會接近妳，她會起疑。任何人都會起疑。」

「她知道你不愛我。你根本不需要愛成這樣。」

「春暖花開，紳士遇到機會難道不該放手去愛嗎？」他仰起頭。「看這天空，茉德。看天有多藍啊。」他抬起手。「藍到跟我的手套都撞色了。這就是大自然。沒有一點時尚概念。倫敦的天空至少比較聽話，就像裁縫師的牆，永遠單調乏味。」他又露出笑容，將我拉近。「但當然，妳不久便會知道了。」

我想像自己在裁縫店裡。我記得《舞鞭帽販》的場景。我像他一樣轉身瞄一眼蘇。她看到我裙襬緊抵著他身體，皺起眉頭，我想這代表她應該很滿意吧。我又一次試著抽身，他再次將我拉近。我說：「你能放手嗎？」他沒表示時，我又說：「所以你明知道我不喜歡靠太近，還是存心想折磨我。」

他和我目光交會。「我就像任何男人一樣。」他說：「專注於我得不到的東西。迫不及待等著我們結合的那天。我想在那之後，妳會發現我的注意力迅速冷卻。」

後來我不發一語。我們繼續向前走，他不久放開了我，雙手捻在一起點菸。我再看一眼蘇。腳下變成上坡路，風也變得比較強，她帽子後飄起兩、三綹頭髮，並不斷甩到她臉上。她手裡提著包包和籃子，沒空去撥。她身後斗篷像風帆一樣飄蕩。

「她還好嗎？」理查問著吸了口菸。

我轉回前方。「還可以。」

「總之，她比愛涅絲強壯多了。可憐的愛涅絲！我不知道她現在過得怎麼樣？」他又勾起我的手臂大笑。我沒答腔，他笑聲收起。「好了，茉德。」他換上冰冷的語氣。「不要這麼正經八百的。妳怎麼了？」

「沒有啊。」

他盯著我的表情。「那妳為何要拖拖拉拉？一切都已就緒。一切都準備好了。我在倫敦替我們租了間房。倫敦的房子可不便宜，茉德……」

我沉默地向前走，感到他的目光。他又將我拉近。他說：「我想妳該不會改變心意了吧？有嗎？」

「沒有。」

「妳確定。」

「非常確定。」

「但是妳仍遲遲不肯行動。為什麼？」我不回答。「茉德，我再問妳一次。我們上次見面之後，事情變卦了。到底發生什麼事？」

「沒事發生。」我說。

「什麼都沒有？」

「除了我們的計畫之外，沒別的事。」

「妳知道現在必須做什麼？」

「當然。」

「那好好做，好不好？表現得像個墜入情網的人。微笑、臉紅，彷彿愛得暈頭轉向。」

「我沒這麼做嗎？」

「妳有。但後來又會把事情搞砸，不是皺眉，就是身子畏縮。妳看妳現在的模樣。靠到我手上啊，媽的。我手放妳手上會死喔？對不起。」我聽到他說的話，全身僵硬。「對不起，茉德。」

「放開我的手。」我說。

我們沉默並肩走了一段。蘇蹣跚跟在後頭。我聽到她喘息聲，像是嘆氣一樣。理查將菸蒂扔到一邊，拔下一根草，拍打著靴子。「這土真是又紅又髒！」他說：「不過，查爾斯這下有得忙了……」他自顧自笑了笑，然後腳踩到一塊燧石，差點跌倒。他不禁咒罵一聲。他站穩身子，盯著我瞧。「我看妳走路倒靈活。妳喜歡走路，嗯？妳知道，妳在倫敦也可以到公園或草坪散步。妳知道嗎？不然，妳可以選擇這輩子都不用再走路。妳可以租馬車、轎子，讓人駕馬或扛著妳到處走——」

「我知道我會怎麼做。」

「是嗎？真的？」他將草梗放到嘴中，若有所思。「我很懷疑。我覺得妳很害怕。害怕什麼？怕孤身一人？是嗎？妳永遠都不用怕孤獨，茉德，因為妳很有錢。」

「你覺得我害怕孤獨？」我說。我們快走到舅父庭園的圍牆邊了。灰色的牆面高聳，如粉末一樣乾燥。

「你覺得我害怕？我什麼都不怕。」

他將草梗扔了，勾起我手臂。他說：「那妳為何猶豫不決，害我們困在這裡？」

我沒回答。我們緩下腳步。現在我們聽到蘇的聲音了，她喘息沉重，腳步加快。他再次開口時，語氣變了。

「妳剛才提到折磨。事實上，我覺得妳喜歡折磨自己，因此故意拖延時間。」

我聳聳肩，彷彿毫不在乎。但我其實心裡很在意。「我舅父曾對我說過類似的話。」我說：「那時我還沒變得像他一樣。現在對我來說，等待不是折磨了。我習慣了。」

「但我不習慣。」他說：「我也不想從妳或誰身上學習這美德。我過去就是因為等待才失去太多。我現在聰明多了，懂得操控時局，達到自己的目的。妳學習耐心時，我學到了這個。妳了解我嗎，茉德？」

我轉過頭，半閉起眼。「我不想了解你。」我口氣厭倦。「我希望你不要說話。」

「我會說到妳聽進去。」

「聽進去什麼？」

「聽進這個。」他嘴巴湊到我臉旁。他的鬍子、嘴唇和氣息都充滿菸味，像惡魔一樣。他說：「記得我們的約定。記得我們怎麼約好的。記得我一開始找妳時本來就不是紳士，我毫無損失。妳則不同，里利小姐，妳半夜在閨房和我單獨見面……」他身子抽開。「我想即使在這裡，妳的名節也一定很重要。小姐恐怕都必須顧慮這點。但妳和我見面時，自然心裡有數。」

他語氣散發另一股銳氣，我前所未聞。當我們轉彎，我望向他的臉時，他人背著光，表情難以辨讀。

我小心翼翼地說：「儘管你叫我小姐，但我根本不算。」

「但我想妳的舅父仍覺得妳是小姐。他覺得妳被玷汙的話，他會高興嗎？」

「他自己就玷汙我了！」

「那他知道另一個男人接手，他會高興嗎？當然，我說的只是他心裡認定發生過的事。」

我走開來。「你完全不了解他。他覺得我像是一台發動機，專門唸書和抄書。」

「那更糟了。發動機壞掉的話，他一定不開心。要是他把發動機扔了，替自己重新找一個呢？」

我感到額頭脈搏抽動。我將手摀住眼睛。「別鬧了，理查。扔了？怎麼扔？」

「送發動機回原本的家……」

我心跳彷彿漏了一拍，然後加快速度。我收回手，但他仍背著光，我看不清他的臉。我非常小聲地說：

「我在瘋人院對你來說就沒用了。」

「妳拖拖拉拉對我來說就沒用啊！小心我受夠這計畫。到時候，我可不會善待妳。」

「現在這算善待我嗎？」我說。

終於，我們走到陰影下，我看到他表情真誠又訝異，一臉興味盎然。他說：「這叫威脅利誘，茉德。我何時換過方法？」

我們停下腳步，彼此靠近像一對戀人。他語氣再次變得輕鬆，但雙眼依舊銳利，非常銳利。我心裡第一次湧現近乎害怕的感受。

他轉身向蘇大喊。「跟上來，蘇！我想我們快到了。」他對我低聲說：「我需要跟她單獨聊一下。」

「想像你剛才一樣，確保她不會作怪吧。」我說。

「早就搞定了。」他沾沾自喜地說：「至少她表現得比妳好多了。幹麼？」我打個寒顫，或表情變了。「妳不會以為她良心不安吧，茉德？妳以為她心軟了，或想擺我們一道？這是妳遲疑的原因嗎？」我搖搖頭。他繼續說：「好吧，這樣的話，我更應該跟她聊聊，看看她覺得我們表現如何。想辦法讓她這兩天來找我。找個辦法，好嗎？聰明點。」

他將沾有菸漬的手指放到嘴上。蘇已經跟上，來到我身旁。她提著大包小包，走得面紅耳赤。她斗篷仍在後頭拍動，頭髮仍飛舞，我好想將她拉到身旁，替她梳理整齊。我想我已情不自禁靠過去，並伸出手，但突然之間，我意識到理查在一旁，並顧忌他那精明、略有所思的雙眼。我交叉雙臂，轉身走開。

＊＊＊

隔天早上，我要她從壁爐拿塊炭給他點菸。我額頭抵著臥房窗戶，看他們低聲交談。她頭沒轉向我，但她離開時，他將雙眼移向我，和我四目相交，就像他之前在黑夜中一樣。他似乎再次強調，記得我們的約定。然後他扔下菸，重重踩熄，並甩掉鞋子上的紅土。

＊＊＊

在那之後，我感到排山倒海的壓力，彷彿機械卡住，卻不斷運轉；彷彿猛獸極力掙扎，想擺脫束縛；彷彿烏雲滙聚，熱帶風暴蓄勢待發。我每天醒來都心想，就是今天！今天我會拉開螺栓，讓發動機飛快運轉，釋放猛獸，穿破籠罩的烏雲！今天我會讓他娶我！

但我卻辦不到。我望向蘇，心裡總會有股陰影，有股黑暗……我想那是驚恐吧，或單純是恐懼；或是內心的一股震盪，彷彿天搖地動，彷彿我會從高空墜落，落入瘋狂的深淵——瘋狂。我母親的病也許一點一滴占據了我的身體！一想到這點，我內心更慌了。有一、兩天，我喝下更多安眠藥。藥讓我心情平靜，但也改變了我。我舅父注意到了。

「妳變得笨手笨腳了。」他某天早上說。我有本書出了錯。「妳覺得我每天要妳來藏書室，是讓妳胡鬧的嗎？」

「不是，舅父。」

「什麼？妳嘀咕什麼？」

「沒有，舅父。」

他舔舔嘴，雙唇嘟起，狠狠盯著我。他再次開口時，語氣變得異常奇怪。

「妳幾歲了？」他說。我吃了一驚，遲疑一下。他發覺了。「別跟我故作嬌羞，小姐！妳幾歲？十六？十七？妳倒吃驚。妳以為我是個學者，就不知道日子過多久了嗎？嗯？」

「我十七歲，舅父。」

「十七歲。胡思亂想的年紀，這是我們的書上寫的。」

「是的，舅父。」

「沒錯，茉德。只要記得，妳的工作不光是要靠腦袋想，而是要靠踏實的研究。也記得這點，妳年紀還不算大，我也還不算老，我還是能叫史黛西太太來抓住妳，讓我好好教訓妳一頓。嗯？妳記得這些事，對吧？」

「是的，舅父。」我說。

但現在我覺得自己必須記得的事太多了。我為了擺出適宜的表情和姿態，臉和關節都隱隱作疼。我再也不確定自己的動作和心情究竟是發自真心，或只是偽裝。理查目光仍緊盯著我。我不願和他視線交會。他的莽撞、戲弄和威脅，我決定一概忽略。也許我其實很軟弱。也許如他和舅父所想，我享受著折磨。現在和他上課，與他同桌用餐，晚上拿舅父的書唸給他聽，對我來說無不是一種折磨。就連和蘇相處，我都變得無法忍受。我們日常生活的規律都被破壞了。我發現蘇和他一樣在默默等待。我感到她的目光、算計和暗示。更糟的是，她開始替他說好話，稱讚他有多聰明、多好心、多有趣。

「妳真的這麼想，蘇？」我雙眼望著她問。雖然她會心虛地轉開目光，但嘴上還是會說：「是啊，小姐。噢！沒錯，小姐。每個人都這麼覺得，對不對？」

然後她會替我打扮得漂漂亮亮的，維持潔淨和美麗。她會將我頭髮梳直，將衣服縫邊壓平，挑起洋裝的毛球。我覺得她除了安撫我，也是要讓自己平靜下來。「好了。」她弄完之後會說：「您現在好多了。」她的意思是，她現在心情平靜多了。「現在您眉頭都鬆開了。剛才皺成什麼樣子！您不要皺眉頭——」為了瑞佛斯先生，眉頭一定不能皺。我聽到言外之音，血液又沸騰起來。我將她手臂抓來捏了一把。

「噢！」

我不知道誰出的聲，不知是她還是我。我心情煩躁地走開。但我捏她那一刻，身體彷彿脫了韁，全身顫抖快一小時。

「噢！老天！」我摀住臉說：「我腦袋怎麼回事！妳覺得我瘋了嗎？妳覺得我很壞嗎？蘇？」

「壞？」她揉著雙手回答。我看得出她在想：像妳一樣天真的女孩？

她服侍我上床，並躺在一旁，環抱著我。但她一睡著，手便會收回去。我想著我此時所在的屋子，想著床外的房間，想著房間每一個角落和每一面牆。除非我一一確認，不然我一定睡不著。我起身，雖然天氣寒冷，我仍悄悄觸摸著壁爐、梳妝檯、地毯、衣櫥。最後我來到蘇身旁。我想碰她，確認她在那裡。我不敢，但我不能獨留她不碰。於是我舉起雙手，停在離她身體一吋的地方，就一吋。停在她熟睡時的屁股、乳房、彎著的手臂、枕上的髮絲和面容上方。

＊＊＊

我連續這麼做了大概三天晚上。後來有件事發生了。

理查開始帶著我們去河邊。他叫蘇離我遠一點，坐到翻倒的平底船那裡。而他如常靠近我，假裝看我畫圖。我畫同一個點好幾次了，畫紙都開始凸起，被我的筆磨破。但我仍固執地畫著，他不時靠近我低語，態度看似隨意，語氣卻十分強烈：

「去妳的，茉德，妳怎麼能鎮定自若地坐在這？嘿？妳沒聽到鐘聲嗎？」荊棘莊園的鐘聲在河邊也清晰可聞。「又過一個小時，我們早該自由了。結果妳卻害我們待在這裡——」

「你可以走開嗎？」我說：「你擋到我的光了。」

「妳才擋住我的光了，茉德。要消除黑影，妳知道有多容易嗎？只要輕輕鬆鬆踏一小步。妳看到了嗎？妳看一眼行不行？她不看呀。她好喜歡她的畫。那鬼畫……噢！讓我找根火柴把畫燒了！」

我望向蘇。「安靜點，理查。」

但天氣愈來愈溫暖，最後有一天，空氣格外滯悶，教人窒息，他終於熱得受不了，將大衣攤在地上，身體躺在上頭，帽子斜斜遮住陽光。於是，那天下午有一陣子平靜安寧，幾乎令人愉快，只有燈心草叢傳出的蛙鳴，河水拍打著岸邊，鳥兒啁啾，偶爾會有船經過面前。我在畫紙上的筆觸變得更慢、更穩，而且我快睡著了。

這時理查忽然笑了，我嚇得手抽起，轉身望向他。他手指放在嘴唇上。「看那邊。」他輕聲說，並比一下蘇。

她仍坐在翻倒的船前，但她頭向後仰，靠著腐爛的木板，手腳攤開。一撮頭髮彎向她的嘴角，髮尖因為她常咬而變得黑黑的。她雙眼闔上，呼吸平順。她已沉沉睡去。陽光斜照她的臉，凸顯出她的尖下巴、睫毛和深色的雀斑。她手套和大衣袖子之間露出一截粉嫩的皮膚。

我再次望向理查，和他四目相交，再將目光移回畫作。我輕聲說：「她臉會曬傷。你不叫醒她？」

「要嗎？」他嗤之以鼻。「她來的地方可沒那麼多陽光。」他的口氣彷彿滿是憐愛，但邊說邊笑。他喃喃添了一句：「我想她要去的地方也是。可憐的賤貨，她應該睡。打從一開始我去找她，把她帶來，她其實都在昏睡，對一切渾然不覺。」

他語氣並不得意，只是玩味其中。接著他伸展身子，打個呵欠站起來，還打了個噴嚏。天氣好反而讓他身體無法適應。他手指放到鼻子下，使勁抽鼻子。「不好意思。」他說著拿出手帕。

蘇沒醒來，只皺了皺眉，別開頭。她下唇微微張開。那一撮頭髮從她臉頰滑下，但仍維持著形狀。我舉起筆刷，在亂七八糟的畫上塗了一筆。接著我筆停在空中，離畫紙一吋，怔怔地望著她睡覺。就這樣而已。理查又抽了一次鼻子，輕聲咒罵熱浪和季節。這時他和之前一樣，漸漸靜下心來，仔細觀察我。我想就在這一瞬間，畫筆顏料滴下了。我當下根本沒注意到，事後才發現藍洋裝上有滴黑色顏料。可能因為這滴顏料，他才察覺事有蹊蹺，當然，也可能是我表情露了餡。蘇又皺起眉頭。我又望了她好一會兒。當我轉頭，我發現理查看著我。

「噢，茉德。」他說。

他只說了這幾個字。但我終於從他表情看出我究竟多想要她。

一時間，我們文風不動。然後他走向我，抓住我的手腕，害我筆刷落地。

「快來。」他說：「趁她還沒醒快過來。」

他抓著我跌跌撞撞沿著燈心草向前。我們沿河向下，走到河道轉彎處和圍牆附近。我們停下來之後，他雙手緊緊抓住我肩膀。

「噢，茉德。」他又說一次。「我之前一直以為妳是良心不安或心軟之類的。結果居然是——！」

我別開頭，但感覺他在笑。「不准笑。」我顫抖著說：「不准笑。」

「笑？我沒幹下更糟的事妳就要慶幸了。妳一定懂。沒人像妳那麼懂！這種事據說會讓紳士被挑起胃口。感謝老天，幸好我不是紳士，只是個無賴。我們標準不同。妳要怎麼愛、怎麼搞都不關我的事。別扭了，茉德！」我試著掙脫他雙手。他將我抓得更緊，接著將我推開一點，扣住我的腰。「妳要怎麼愛、怎麼搞都沒關係。」他又說一次。「但讓我們拿不到錢，在這裡受苦，或一再拖延，剝奪我們的希望和光明的未來。不行，這樣可不行。尤其我現在終於知道，妳是為了什麼雞毛蒜皮的事讓我們待在這兒浪費時間。好了，叫醒她吧。我告訴妳，妳這樣掙扎，我跟妳一樣累！叫醒她，讓她來找我們。讓她看到我們這樣。妳不想靠近我？非常好。我就這樣抱著妳，讓她以為我們終成愛侶，一鼓作氣了結這事。現在站好。」

他身子向後彎，大吼一聲。叫聲穿透滯悶的空氣，迴盪於空中，然後漸漸淡去。

「那一定會叫醒她。」他說。

我手臂動了動。「你弄痛我了。」

「妳表現得像個戀人，我就會變得無比溫柔。」他又露出笑容。「把我當作她……啊！」我設法打他。「妳是要逼我真的弄傷妳是不是？」

他將我抓得更緊，雙手放在我身上，手臂順勢壓著我的手臂。他身材高大，體格強壯。他雙手握著我的腰。我相信乍看之下就像一個年輕男子扶著愛人腰際。我奮力抵抗一會兒。我們就像格鬥場中的摔角手，站在原地環抱，熱汗淋漓。但我想從遠處看來，我們可能像愛人一樣搖擺。

但我突然感到一切沉悶無趣，不久也累了。太陽依然照得我們一身炙熱。青蛙依舊鳴叫，水波依舊拍著蘆葦草間的河岸。但今日彷彿已被刺穿和撕裂，我感到萬物彷彿緩緩垂落，緊緊包裹我，將我窒息。

「對不起。」我虛弱地說。

「妳不需要道歉。」

「我只是——」

「妳一定要堅強。我以前見過妳堅強的樣子。」

「我只是——」

只是什麼？我要怎麼說？我夜半驚醒，不知身在何方時，她將我抱在懷裡。她曾呵氣吹暖我的腳。她用銀頂針替我磨平牙。她請人將蛋換成湯（而且是清湯），並微笑看我喝下。她眼睛有個深棕色的斑點。她覺得我是好人……

理查看著我的臉。「聽我說，茉德。」他說著將我拉近。我無力地倒在他手臂上。「聽好！如果不是她，如果是愛涅絲就好了！嘿？但這是我們要騙的女孩，一定要奪走她的自由，換取我們自由自在的人生。這是醫生要抓走的女孩，我們必須不吭一聲讓她被帶走。妳記得我們的計畫嗎？」

我點點頭。「可是——」

「什麼？」

「我還是擔心我狠不下心……」

「妳會愛上一個小賊？噢，茉德。」他語氣中充滿輕視。「妳忘記她來找妳的目的嗎？妳覺得她忘記了嗎？妳覺得自己對她來說有別的價值嗎？妳接觸妳舅父的書真的太久了。書裡的女孩子才會輕易落入愛河。那就是重點。如果生活中愛情這麼容易，書都不用寫了。」

他打量我。「要是她發現的話，她會當妳的面笑妳。」他語調變得淘氣。「若我告訴她，她會在我面前大笑……」

「你不准告訴她！」我說著抬起頭，全身僵硬。聽到這句話，我感覺糟透了。「要是你告訴她，我這輩子就待在荊棘莊園算了。我舅父會知道你如何利用我。我才不在乎他會怎麼處罰我。」

「我不會告訴她。」他緩緩回答。「只要妳不拖延時間，趕快做好該做的事。只要妳讓她覺得妳愛我，答應要成為我妻子，並依照承諾逃走，我就不會告訴她。」

我別開臉。兩人再次沉默。然後我低語……我還能說什麼呢？「好。」他點點頭，隨即嘆口氣。他仍緊緊抓著我，過了片刻，他嘴湊到我耳旁。

「她來了！」他輕聲說：「她偷偷摸摸躲在圍牆邊，打算在一旁觀看，不打擾我們。現在，讓她知道我征服妳了……」

他親吻我的頭。他塊頭很大，身體壓著我，熱氣迎面撲來，天氣又熱又悶，我四肢無力，腦中一團混亂，只能任他擺布。他一手從我腰際伸起，牽起我手臂，親吻袖口的衣服。我感到他嘴唇碰到手腕，不禁縮回手。「好了，好了。」他說：「暫時乖一點。八字鬍的話，不好意思。想像我的嘴是她的嘴。」他說這幾句話時，溼濡的氣息吹上我的皮膚。他將手套拉下一半，張開雙唇，用舌尖碰觸我的手掌。我全身虛弱，不住顫抖，滿懷恐懼和噁心。我悲痛欲絕，因為我知道蘇站在一旁看著，而且暗自竊喜，以為我已被他征服。

＊＊＊

他讓我看清自己的感情。他帶我回到她身旁，我們一同走回屋裡。她脫下我的斗篷和鞋子，她雙頰終究曬紅了。她站在鏡前皺眉，一手輕輕摸臉……如此而已，但我看到時心瞬間向下沉。我內心再次感到一陣慌亂，彷彿天搖地動，全身墜入黑暗的深淵，我以為那是恐懼或瘋狂。我看著她轉身，伸展身體，隨意在房中漫步，自由自在，無拘無束，那正是我過去貪婪注視的畫面。難道這就是欲望嗎？我明明應該最了解欲望，沒想到我根本一無所知！我以為欲望更精緻細膩。我以為欲望和器官綁在一起，像味道之於嘴巴，視覺之於眼睛。但這感覺卻縈繞在我內心和全身，彷彿生了場病，彷彿一層皮膚覆蓋住我。

我想她一定發現了。理查親口說出之後，我身上一定出現了痕跡或標記。我覺得痕跡一定是深紅色，像舅父圖畫中火燙出的紅點、鮮豔的雙唇、傷口和鞭痕。那天晚上，我不敢在她面前脫衣。我害怕躺在她身旁。我害怕睡眠。我害怕自己會夢到她。我害怕自己夢著夢著會轉身觸碰她……

但最後，就算她感到我改變了，她也以為是因為理查。如果她感到我顫抖或心跳加快，她都會以為是因為他。她仍默默等待，等待著我向她坦承。隔天，我帶她去我母親的墓。我坐在那，望著我清理乾淨、毫無髒汙的碑石。我好想拿鐵鎚將墓碑砸了。我好希望（我其實已想過無數次），我好希望母親仍活著，這樣我才能親手再殺死她一次。我對蘇說：「妳知道她怎麼死的嗎？我出生害死她了！」我費了點力氣才掩飾話中的驕傲。

她沒聽出來。她望著我，我忍不住開始哭泣。她原本能說些話來安慰我，任何話都可以，她卻只說：「瑞佛斯先生。」

我聽了不屑地別開頭。她到我身旁，將我拉到禮拜堂門口。也許是想讓我將心思放到結婚上。禮拜堂的門已被鎖起，無法打開。她等待我開口。最後我認分告訴她：「瑞佛斯先生向我求婚，蘇。」

她說她很高興。我再次哭泣起來（這次是假哭，並壓抑住我真正的淚水），聲音哽咽，擰著雙手哭喊：「噢！我該怎麼辦？」她伸手碰我，和我四目相交說：「他愛您。」

「妳覺得他愛我？」

她說她確定。她沒有畏縮。她說：「您一定要跟隨自己的心。」

「我不確定。」我說：「我要是確定就好了。」

「但您怎能愛他，卻拱手放開他！」她說。

我感到她深長的注視，不禁別開頭。她跟我說我血液會為他沸騰，聽到他聲音會感到興奮，還有我做的夢。我感到他的吻像燙傷一般留在手掌上。而她瞬間馬上察覺，我非但不愛他，還懼怕和憎惡他。

她滿臉蒼白。「那您要怎麼辦？」她悄聲問。

「我能怎麼辦？」我說：「我有什麼選擇？」

她沒答腔，只轉開身子，凝視著深鎖的禮拜堂門一會。我望著她蒼白的面龐和下顎，望著她耳垂的針洞。她轉過身來，表情變了。

「嫁給他。」她告訴我：「他愛您。嫁給他，照他所說的做。」

＊＊＊

她來荊棘莊園就是為了騙我、傷害我、毀了我。我告訴自己，看看她，看她這人皮膚多黃，多微不足道，根本不值一提！她是個賊！一個指匠！就像吞下悲傷和憤怒，我想我會吞下我的欲望。我會受她阻撓嗎？我難道會困在過去，不去追尋自己的未來嗎？我心想，我不會。我們逃跑的日子一天天靠近。我不會。這個月天氣漸漸變暖，夜晚愈來愈短。我不會，我不會——

「妳怎麼忍心。」理查說：「我不覺得妳真心愛我。我覺得——」他調皮地望向蘇。「我覺得妳心裡有別人……」

有時我看到他望著她的眼神，會懷疑他告訴了她。有時她看我的眼神變得好奇怪。她觸碰我身體時，雙手變得無比僵硬，動作緊張又生疏。我覺得她知道了。我不時必須讓兩人在我房中獨處，他可能趁那時告訴她了。

蘇，妳對這事怎麼看？她愛妳啊！

愛我？像小姐愛侍女嗎？

或許像某些小姐愛侍女一樣。她不是老是找些小方法，讓妳待在她身邊嗎？我有這麼做嗎？她不是假裝做噩夢嗎？那是我真正的意圖嗎？她有叫妳親吻她嗎？蘇，小心她不回吻妳……

她會像他說的一樣聽了大笑嗎？她會發抖嗎？我覺得她現在躺在我身旁，雙腿和手臂都會縮起，顯得格外拘謹，並隨時提起戒心。但我愈去想，愈想擁有她，欲望也愈膨脹。我生活變得好恐怖。或者說，周遭一切彷佛都活了過來，色彩變得鮮豔刺目，事物彷彿都會扎手。我只要看到陰影便會嚇到。不論在滿布灰塵的褪色地毯或窗簾花紋中，我都會看到人影。有時人影也會循著暈染的霉痕，爬過天花板和牆面。

就連我舅父的書在我眼中也變了樣，而且這是所有變化中最糟的一點。我原本覺得文字是死的。如今文字都像牆上的人影，變得栩栩如生，充滿意義。我書漸漸唸得含糊不清，結結巴巴，而且我完全不知所措。我舅父見我如此，尖聲大叫，從桌上抓起銅製的紙鎮扔向我。我暫時鎮定下來。但後來有天晚上，他要我唸一本作品……理查聽到睜大眼，手摀著嘴，一副看好戲的樣子。因為那本書的內容是關於女人想要而身邊又沒有男人時，取悅彼此的所有手法。

「她將雙唇和舌頭放上去，然後放進——」

「你喜歡嗎？瑞佛斯？」我舅父問。

「不得不說，先生，我很喜歡。」

「嗯哼，許多人也喜歡。不過這恐怕不合我胃口。但是，我很高興你喜歡。當然，這主題相關的作品都收錄在我的索引中。繼續唸，茉德。繼續唸。」

我繼續唸。雖然理查深沉的目光令我難受，但我唸著書中的陳腔濫調，仍情不自禁地欲火高漲。我面紅耳赤，無比羞恥，因為和這本書一樣，我內心的祕密終究會蓋上下流的印記，成為我舅父的收藏。我每天晚上都必須走出客廳，上樓回房。我每一步都放慢速度，走得躡手躡腳。如果我步伐平均，我覺得自己便能安全進到房內。接下來我會靜靜站在黑暗中。蘇來替我更衣時，我會用意志力克制自己，並冷靜讓她碰觸，像一尊蠟做的人體模型，讓裁縫師迅速丈量。

但是，即便是蠟做的四肢終究抵不住雙手散發的溫度。某天晚上，我終於為她融化。

＊＊＊

我晚上睡覺時開始做羞於啟齒的夢。每次我醒來都迷迷糊糊，充滿渴望和恐懼。有時她也會醒來，有時則不會。她醒來的話會說：「繼續睡吧。」有時我睡得著，有時睡不著。有時我會起床，在房中踱步，有時會乾脆喝安眠藥。這天晚上，我喝了安眠藥，並回到她身旁，但我並未陷入昏睡，反而腦中一片混亂。我想到最近才向理查和舅父唸過的書，書中片斷的字句湧入腦中……雙唇和舌頭放上去……握住我的手……屁股、雙唇和舌頭……使勁伸入……捧住我的乳房……打開我兩瓣的……她兩瓣的小陰唇……

我無法平息腦中的聲音。我幾乎看到，黑色的字句從白紙升起，飛旋在空中，交融混合。我雙手遮住臉。我不知道躺了多久。但我一定發出聲音或做了什麼，因為我放下手時，她已醒來看著我。雖然床上一片漆黑，但我知道她在看我。

「快睡吧。」她說。她的聲音含糊。

我感覺睡袍裡的腿赤裸裸的。我感到雙腿相連處的那個位置。我感覺到字句仍在盤旋。透過被子，我感到她四肢的溫度一陣陣傳來。

我說：「我好怕……」

她呼吸變了。她聲音變得更清晰親切。她打個呵欠。「怎麼了？」她說。她揉揉雙眼，將額前的頭髮撥開。如果她不是蘇就好了！如果她是愛涅絲該有多好！如果她是書中的女孩！

書裡的女孩子才會輕易落入愛河。那就是重點。

屁股、雙唇和舌頭——

「妳覺得我人好嗎？」我說。

「好啊，小姐？」

她覺得。我曾經覺得這讓我安心，現在卻感覺像陷阱。我說：「我希望……我希望妳告訴我……」

「告訴您什麼，小姐？」

告訴我。告訴我一個拯救妳的方法。告訴我拯救自己的方法。房中一片漆黑。屁股、雙唇——

書裡的女孩子才會輕易落入愛河。

「我希望……」我說：「我希望妳告訴我妻子在新婚之夜必須做的事……」

一開始很簡單。畢竟舅父書裡便是這麼述說的，兩個女孩，一個聰明，一個不諳世事……「他會想……」她說：「他會想親您。他會想擁抱您。」很簡單。我說了我的台詞，然後我稍微引導她一下，她便說了她的台詞。字句回到了書頁上。很簡單，很簡單……

然後她爬到我上方，吻了我的嘴唇。

我之前就感受過，每個紳士以乾燥乏味的雙唇貼上我戴手套的手和臉頰。我也曾忍受理查以潮溼挑逗的雙唇吻了我的手掌。如今她的吻冰涼、光滑、溼潤，和我的雙唇並未貼合，但漸漸變得溫暖溼滑。她頭髮落到我臉上。我看不見她，只能感覺她，嘗著她的味道。她口中散發睡覺時酸臭的氣味。酸臭到令人受不了。我張開嘴，試著呼吸和吞嚥，也許想移開頭。但不論是呼吸、吞嚥或移動，我似乎只讓她更深入我的嘴。她雙唇也打開，舌頭從其間伸出，碰到我的舌頭。

這一刻，我全身為之顫抖。因為我彷彿找到某種原始的感覺，找到某個令人心煩的傷口，或一條神經。她感到我怔了一下，便抽開身子，但動作非常緩慢，感覺依依不捨，我們濡溼的四片嘴唇彷彿黏在一起，分開時如撕裂一般。她仍在我上方。我感到心跳飛快，以為那是我的心跳。但其實是她的。她呼吸加速，開始輕輕顫抖。

我被她的興奮和驚奇給感染。

「您有感覺嗎？」她說。她的嗓音在徹底的黑暗中聽來很奇異。「您有感覺嗎？」

我感覺到了。我感覺全身彷彿墜落、下降、流瀉，如玻璃球中的沙。然後我動了，而且我不像沙一樣乾燥。我溼了。我像水和墨一樣流動。

我像她一樣開始顫抖。

「不要怕。」她聲音沙啞哽咽。我又動了動，她此時也動了，並向我靠近，我身體不禁迎向她。她全身顫抖得比之前都厲害。她因為親近我而顫抖！她說：「多想想瑞佛斯先生。」我想像著理查看著我們。她又說一次：「不要怕。」但看來她才是害怕的人。她的聲音仍有點哽咽。她又吻了我。然後她伸出手，我感到她指尖慌亂地撫摸我的臉龐。

「您看吧？」她說：「很簡單，很簡單吧。多想著他。他會想──他會想摸您。」

「摸我？」

「摸您而已。」她說。她的手向下摸索。「只是摸您而已。像這樣。像這樣。」

* * *

她掀起我的睡袍，手伸入我雙腿間。我們兩人都不動了。她手再次動起來時，手指已不再慌張。她手指變得溼滑，並如雙唇親吻一般滑動，速度愈來愈快，吸引著我，將我從黑暗中救出，讓我脫離自然的皮囊。我之前覺得自己渴望她。現在我感覺到那股渴望變得劇烈難抑，彷彿永遠無法滿足。我以為這情緒會不斷高升，讓我瘋狂，甚至殺了我。但她手仍緩緩動著。她輕聲說：「妳好柔軟！好溫暖！我想要──」她手動得更慢了。她開始向內深入。我嬌喘一聲。她聽到猶豫了一下，接著使勁向下鑽，我感到皮膚綻開，她進到我裡面。我想我不自覺大叫出聲。但她此時不再猶豫，反而靠近我，腰臀貼到我大腿上，手再深入一次。她好輕！但她腰臀頂著我，手的動作粗暴，她一下彎身，一下向前頂，腰和手彷彿有個節奏，速度漸漸加快。她到了。她摸到了深處，攫住我的生命和顫抖的心臟。不久，我彷彿不知身在何方，只感受著她抓住的那一點。然後她說：「噢，那裡！就是那裡！噢，那裡！」我感到自己在她手中爆發，全身支離破碎。她開始哭泣。淚水滴到我的臉上。她垂頭吻著一滴滴淚珠。妳是珍珠，她邊吻邊說。她聲音哽咽。妳是珍珠。

* * *

我不知道我們躺了多久。她無力地癱倒在我身旁，臉貼在我頭髮上。她緩緩收回手指。我大腿上她剛才摩擦之處一片溼滑。身下的羽毛墊凹陷，高大的床不透風，悶熱不已。她推開毛毯。夜晚依舊深沉，房間依舊漆黑。我們的喘息仍快，我們的心臟怦怦作響。萬籟俱寂中，我覺得彷彿更快、更大聲。床和整間房間（甚至莊園！）似乎都回響著我們的聲音、耳語和喊叫。

我看不到她。但過了一會，她找到我的手，用力握了握，然後拿到嘴前，親了親我的手指，並將臉頰枕在我手掌上。我感到她臉骨的形狀和重量。我感到她眨眨眼。她沒說話，只閉上雙眼，臉漸漸放鬆下來，身體中途發抖一下。她身體愈來愈溫暖，像香氣一樣散發。我伸手將毛毯再次拉起，輕輕掖在她周圍。

我對自己說，一切都改變了。我之前以為自己死了。現在她碰觸到了我的生命核心。她褪下我的肉體，將我全身打開。一切都改變了。我仍感覺得到她在我體內。我仍感覺得到她在我大腿上摩擦。我想像她醒來，和我目光交會。我心想：「那時我會告訴她。我會說：『我原本打算騙妳。我現在不能騙妳了。這全是理查的計畫。但我們可以將計就計。』」我想，我們應該可以將計就計。不然我們可以完全放棄計畫。我只要從荊棘莊園逃出去而已。她可以幫我。她是個賊，而且很聰明。我們可以自己偷偷去倫敦，想辦法賺錢……

她枕在我手上熟睡時，我便在腦中默默計畫。我心跳再次加速，內心充滿光彩，彷彿能感覺到我們一起擁有的生活。然後我也睡著了。睡夢中，我想我離開她身邊，不然就是她離開我身邊。然後她天亮醒來之後，也離開了床鋪，因為我睜開眼時，她已經不在了，床也涼了。我聽到她在自己的房間，還有潑水的聲音。我從枕頭抬起頭，胸前的睡袍敞開，她在黑暗中解開了我的緞帶。我動了動雙腿。她手滑過我身體之後，我到現在還是溼的。

妳是珍珠，她說。

然後她來了，和我眼神交會。我的心漏了一拍。

她別開頭。

起初，我以為她只是尷尬，覺得她感到害羞，彷彿無地自處。她默默走到房間另一邊，拿出我的襯裙和洋裝。我站起來，讓她替我洗身更衣。我想，*她現在該開口了吧*。但她不吭一聲。她看到自己用嘴在我胸上留下的紅痕，還有我溼滑的雙腿時，我覺得她全身顫抖一下。這時候我心裡開始害怕。她要我站到鏡前。我看著她的臉。鏡中的她神情扭曲古怪，有點不對勁。她替我別上髮簪，但雙眼一直盯著自己不穩定的雙手。我心想，*她感到羞恥*。

於是我開口了。

「我睡得很熟。」我語氣溫柔。「對不對？」

她眼皮快速眨了眨。「對。」她回答：「沒做夢。」

「沒做夢，只有一個夢。」我說：「但那是個……美夢。我覺得妳在那個夢裡，蘇……」

她臉紅了。我看著她面紅耳赤，昨夜的感受再次湧現，我感到她雙唇貼上我，我們激情笨拙地交吻，她手深入我。我原本打算要騙她。我現在不能再騙她了。我會說：「我不是妳想的那樣。妳以為我是好人。我不好。但跟妳在一起，我可以試著成為一個好人。這全是他的計畫。我們可以將計就計——」

「在您夢裡？」她終於說，並離開我身旁。「我想不是，小姐。不是我。我會說是瑞佛斯先生。看！他在那裡。他的香菸已經快抽完了。您快來看，不然會錯過他——」她打個寒顫，但接著繼續說：「再等下去會錯過他。」

＊ ＊ ＊

我坐在原地，目瞪口呆，彷彿被她甩了一巴掌。然後我起身，行屍走肉般地走到窗邊，看理查漫步，點著香菸，從額前撥開他垂下的頭髮。但他離開草坪，去找我舅父之後，我繼續留在窗前。如果天氣夠陰沉，我便能清楚看到自己的倒影。無論如何，我終究看到了。我臉頰凹陷，雙唇飽滿發紅。前一晚因為蘇的吻，我雙唇比以往都還紅腫。我記得我舅父說過：「*毒已沾上妳的嘴唇，茉德*。」我也記得芭芭拉嚇得退開的樣子。我記得史黛西太太用薰衣草肥皂刷洗我的舌頭，然後一次次用圍裙擦手。

一切都改變了。但其實沒有任何改變。她曾將我的肉體翻開，但肉體會密合，會變硬，並留下傷疤。我聽到她走進會客室，看到她坐下，並掩住臉。我靜靜等待，但她並未抬頭。我想她再也不會真誠地望著我了。我原本打算拯救她。但如今我發現，要是我這麼做……我從理查的計畫中抽身的話，我的下場很清楚。他會帶著她離開荊棘莊園。她為何要留下呢？她一定會離開，拋下我獨自面對舅父、書本、史黛西太太和一個新的、能任由我傷害的女孩……我想著我的人生。我想著人生過去累積的每分鐘、每小時、每一天。還有未來必須面對的每分鐘、每小時、每一天。我想著我未來的樣貌——沒有理查、沒有錢、沒有倫敦、沒有自由。而且沒有蘇。

＊ ＊ ＊

這樣一來，你就能明白，我最後不是因為輕蔑，不是因為惡意，而是因為愛，單純因為愛而傷害了她。

第十一章

我們按照計畫，在四月最後一天離開了。理查工作已完成。舅父的畫冊已經裱褙裝訂好。他帶我去看，彷彿是特別招待。

「好作品。」他說：「妳覺得呢，茉德？嗯？」

「是的，舅父。」

「妳看到了嗎？」

「有，舅父。」

「對。好作品。我想我該邀請霍崔伊和哈斯來。不如請他們……下星期來？妳覺得呢？我們是不是來慶祝一下？」

我沒回答。我想著餐廳和客廳。而我屆時人會在另一個陰暗遙遠的地方。他轉向理查。

「瑞佛斯。」他說：「你想跟霍崔伊回來當我的客人嗎？」

理查鞠躬，一臉歉意。「先生，我恐怕有事在身。」

「太可惜了。你聽到了嗎？茉德？太可惜了……」

他打開門。魏伊先生和查爾斯提著理查的行李站在迴廊上。查爾斯用袖子揉著雙眼。「滾！」魏伊先生粗蠻地說，腳隨之一踢。查爾斯抬起頭，看到我們從舅父房中走出（我想是看到了我舅父），他全身抽搐顫抖，拔腿就跑。我舅父也發抖一下。

「瑞佛斯，你看到了嗎？我每天受的折磨？魏伊先生，我希望你抓住那男孩鞭一頓！」

「好的，先生。」魏伊先生說。

理查望向我，露出微笑。我面無表情。到了樓梯上，他牽起我的手，我的手無力地放在他手中。「再見。」他說。我不發一語。他轉向我舅父說：「里利先生。再見了，先生！」

「真是個英俊的人。」馬車慢慢消失在視線中，舅父說：「嗯，茉德？妳怎麼不說話？妳難道不希望我們回到獨處的時光嗎？」

我們走回屋子裡。魏伊先生拉上受潮膨脹的門，大廳又變得一片昏暗。我隨著舅父走上樓梯，就像我還是小女孩時隨史黛西太太走上樓梯一樣。我心想，從那時起，我究竟爬上這座樓梯多少次？我腳踏上這裡和那裡多少次？我這段日子穿不下、穿壞多少便鞋、洋裝和手套？我默默讀了多少淫穢的文字？又為無數紳士朗誦多少文字？

樓梯、便鞋、手套、文字、紳士都會留下，而我則會離去。他們還會在嗎？我再次想著舅父這棟房子，想著餐廳、客廳和藏書室。我想到我在藏書室有色窗玻璃上偷偷刮開的新月形縫隙，未來不再有人會由內向外望了。我記得有次醒來，房間在黑暗中浮現，我當時心想：我永遠不可能逃出去！現在我知道我逃得走了。但我覺得我永遠忘不了荊棘莊園。或者，我在牆外過著陰鬱破碎的生活時，荊棘莊園也忘不了我，我如鬼魅的身影仍會不斷浮現。

我想著自己會成為何種鬼魂。大概是整潔單調的鬼吧，永遠踏著輕柔的腳步，順著古老的地毯花紋，穿梭在殘破的莊園。

其實，我也許早已成了鬼魂。我找到蘇，她給我看她準備要帶的洋裝和衣服，還有她準備打亮的珠寶，以及要打包的行李袋。但這段時間她都沒有和我眼神交會。我靜靜看著她，不發一語。比起她拿起的東西，我心思全放在她身上，我觀察她的雙手、她的呼吸、她嘴唇的蠕動，她說的話我都恍若無聞。最後，她沒有東西要給我看了。接下來，我們只需要等待。我們各自吃了午餐。下午我們走到母親的墳墓。我望著墓碑，心中沒有任何感覺。那天天氣和煦潮溼。我們散步時，鞋子踏在充滿露水的翠綠土地上，洋裝也沾上一條條泥痕。

就像順從舅父的安排，我順從了理查的計畫。這次的逃亡計畫感覺不再是由我的欲望驅使，反而是他的。我已毫無欲望。我在餐桌前吃完飯，唸完書。我回到蘇身旁，讓她決定我該穿什麼，她給我酒，我就喝，並和她站到窗邊。她不安地移動重心。「您看月亮。」她輕聲說：「好亮！您看草坪上的陰影。現在幾點了？還沒十一點？現在瑞佛斯先生應該在河上了……」

我走之前，只有一件事要做。一件事，一件可怕的事。我這些年在荊棘莊園吞下多少憤怒，度過多少黑暗不安的夜晚，而下手的畫面已浮現眼前，令我興奮又欣慰，我們逃跑的時間一分一秒接近，屋子漸漸陷入沉睡，趁四下一片死寂，無人留心，我便出發了。蘇離開我去看行李。我聽到她解開釦環。我在等的就是這一刻。

我偷偷溜出房間。我知道路，不需要燈，而深色的洋裝能讓我遁形。我走到樓梯口，窗口在破爛地毯上灑下月光，我快步穿過。然後停下腳步，豎耳傾聽。四下寂靜。我繼續向前，走進面前的走廊，沿著我房間正對面的路走。到第一扇門前，我再次停下，又豎耳傾聽，確認房裡全無動靜。

這道門通往我舅父房間。我過去從來沒進去過。但如我所猜想，手把和鉸鏈都有定時上油，轉動時沒發出聲響。地上鋪了厚地毯，讓我的腳步聲幾不可聞。

他的會客室比我的會客室更黑，看來也比較小。他牆上掛了簾布，還有更多書櫃。我一眼也不看。我走到他臥室門口，耳朵貼上木門，然後手握住門把轉動。一吋、兩吋、三吋……我屏住呼吸，手放在心口。沒有聲音。我將門向前推，站在原地再聽一次。如果他翻身，我會馬上轉身離開。他動了嗎？一時間毫無動靜。我躑躅不前，在原地等待。然後房中傳來細微、均勻、粗啞的呼吸聲。

他床簾拉緊，但像我一樣在桌上留了盞燈。這點令我十分驚訝，我沒想過他會怕黑。但昏暗的燈光幫上了忙。我身子不動，環顧四周，最後終於找到我這趟打算來拿的兩樣東西。他梳妝檯上一壺水旁邊放著他的錶鍊，上頭有一條褪色的天鵝絨線繫著藏書室的鑰匙。一旁還有他的剃刀。

我快步走去，將東西拿起。錶鍊輕輕順勢落下，我感到鍊子滑過我的手套。要是真掉了……錶鍊沒有落地。鑰匙像鐘擺搖晃。剃刀比我預期來得重，刀刃微微脫離刀柄，露出刀鋒。我將刀再拉開一些，拿到燈下看。刀一定很利，正合我意。我覺得應該夠利。我抬起頭。壁爐上的鏡子在一片漆黑的房中，出現了我的身影。我一手拿鑰匙，另一手拿刀刃。我的樣子就像警世畫中的女孩，畫名為《背信》。

我身後舅父的床簾並未拉緊。縫隙中透進一道光。光線微弱，其實稱不上是光，頂多說是沒那麼暗。光照亮他的臉。我從來沒見過他睡覺的模樣。他看起來像個孩子一樣嬌小。毛毯緊緊拉到下巴，繃得沒有一點皺褶。他鼓著嘴呼吸。他在做夢。也許夢中充滿墨水字、十二點活字、摩洛哥羊皮革和小牛皮。他在夢中一本本數著書脊。他的眼鏡彷彿交叉著雙臂，端坐在他床頭的小桌上。他眼睛皮膚細嫩，一眼的睫毛下有一抹潮溼的光澤。刮鬍刀在我手中漸漸發燙……

但這不是那種故事。時候未到。我站在那裡望著他睡覺快一分鐘，然後我離開了。如我進門一樣，我小心翼翼，無聲無息出了門。我走到樓梯口，並走向藏書室，我進到藏書室裡之後便把門反鎖，點亮燈。我如今心大力跳著，頭暈目眩，心中滿懷恐懼和期待。但時間一分一秒過去，我不能再多等了。我走到舅父書櫃前，打開書櫃前的玻璃門。我最先拿出的是《拉上窗簾：羅拉的教育》，那是他給我的第一本書。我拿出來，打開書，放到他書桌上。然後我拿起剃刀，手指握緊，將刀打開。刀卡得很緊，但拉到最後一吋時，刀刃自動彈開就位。畢竟，刀本來就是為切割而生。

但我終究難以下手。我狠不下心，差點放棄。我無法用刀在乾淨的紙頁上劃下第一刀。我害怕書本會尖叫，害我被人發現。但書沒有發出尖鳴，反而發出了嘆息，彷彿渴望有人將自己割開。我聽到那聲音之後，每一刀都更加快速和俐落。

＊ ＊ ＊

我回到蘇身旁時，她站在窗口，雙手不斷擰扭。午夜的鐘聲已過。她以為我迷路了。但她見到我，大大鬆了一口氣，也忘了罵我。「穿上您的斗篷。」她說：「把帶子繫好。行李袋拿著。不是那個，那對您來說太重了。好了，我們要走了。」她覺得我很緊張。她把手指放到我嘴上。她說：「冷靜點。」然後她牽起我的手，帶我穿過屋子。

她腳步跟賊一樣輕巧。她跟我說我該踩哪裡。她不知道我剛才如影子般無聲無息佇立於暗處，看我舅父睡覺。但我們這時走的是僕人的路，沒鋪地毯的通道和樓梯對我來說十分陌生，屋子這一區我完全不熟悉。她手一直牽著我，直到地下室門前。她將行李袋放下，並在鑰匙和門閂上塗油潤滑。她和我眼神交會，眨了個眼，像個男孩子。我心臟在胸中隱隱作痛。

然後門開了，她帶我走進夜裡，庭園全變了個樣，房子顯得詭譎古怪。當然，這個時間我只站在窗口向外望過，從未見過房子外觀。如果我這時站到窗邊，會看到自己向前奔跑，或看到蘇拉著我的手嗎？我會像草坪、樹林、石頭和常春藤的枯枝一樣失去顏色，一片慘白嗎？一時間，我腳步猶豫，轉身望向玻璃窗，心裡相信，我只要多等一會兒便會看到自己。接著我望向其他窗戶。會不會有人醒來叫我回去呢？

沒人醒來，也沒人出聲叫喚。蘇再次拉起我的手，我轉身隨她離去。我有圍牆柵門的鑰匙。我們走出門，重新鎖上之後，我便把鑰匙扔到燈心草叢中。天空一片晴朗。我們站在陰影處，沉默不語，宛如兩個西斯貝，等著皮拉摩斯[36]。月光下，溪流一半銀白色，一半烏黑。

他一直待在烏黑的地方。船低伏在水面上。船顏色深，船身瘦長，船頭微微仰起。承載我夢想的黑色輕舟。我看著它駛來，感到蘇的手在我手中動了動，然後我上前，接下他扔來的繩索，讓他扶我上船，聽話地坐到座位上。她搖搖晃晃走到我旁邊，身體完全失去平衡。他用單槳抵著岸穩住船，她坐好之後，我們便掉頭順水而下。

沒有人說話。除了理查划槳，也沒有人動。我們無聲地順水緩緩漂流，前往各自黑暗的地獄。

＊　＊　＊

接下來呢？河上這段旅程很平穩，我希望能繼續下去，但後來他要我下船騎馬。如果是平常，我應該會怕馬。但我如今死氣沉沉坐在馬上，讓馬載著我。我想如果牠想把我甩下，我也會任由牠處置。我記得那間燧石教堂、銀扇草枝和自己的白色手套。我雙手赤裸，手從一人手中交到另一人手中，然後被塞上戒指，感到痛楚。有人要我說特定的幾句話，我現在也不記得了。我記得牧師，他穿著滿是灰色汙漬的牧師白袍。我不記得他的臉。我知道理查親了我。我記得有一本書，有人交給我一枝筆，要我簽上名字。我不記得走出教堂的經過。我接下來記得的便是一間房間，蘇解開我的洋裝。然後我記得粗糙的枕頭靠著我的臉頰，而毛毯更粗糙，還有我在哭泣。我赤裸的手上仍戴著戒指。蘇的手指從我手上滑下。

「您一定不一樣了。」她說，我別開臉。

＊＊＊

我再次望去，她已離我而去。取而代之站在那兒的是理查。他在門口停留一會，我們四目相交。然後他吐口氣，手放到嘴上，掩住笑。

「噢，茉德。」他小聲搖頭說，摸著鬍子和嘴唇。「我們的新婚之夜。」他說完又笑了。

我看著他，一聲不吭，毛毯緊緊拉在我胸前。我現在醒了，意識清楚。他安靜後，我聽到房子的聲音。他剛才踏過的樓梯現在伸展著。一隻老鼠或鳥在椽梁上移動。那聲音很陌生。我的想法一定全寫在臉上。

「這裡對妳來說很不適應。」他走近說：「別在意。妳很快就會到倫敦了。那裡比較有像樣的生活。別想這裡的事。」我不吭聲。「妳說句話行不行？嗯，茉德？來嘛，妳不需要害羞，尤其現在是跟我在這裡。這可是

---

36 出於古羅馬詩人奧維德（Ovid, 43 BC-17/18 AD）的劇作《變形記》（*Metamorphoses*）。西斯貝和皮拉摩斯為一對戀人，因為父母反對兩人戀情，他們相約在森林一同私奔。

我們的新婚之夜，茉德！」他來到我身旁，伸手抓住枕頭上方的床頭板，使勁搖晃，床腳隨之摩擦著地板。

我閉上雙眼。晃動又持續了一會，然後床不動了。但他手臂仍停在我上方，我感受到他的目光，感受到他壯碩的身體。我彷彿能透過眼皮，看到他籠罩的黑暗。我感到他動作變了。老鼠或鳥仍在天花板上竄動，我想他仰起頭，去看聲音從何處而來。之後房子不再有聲音，他再次打量著我。

忽然他的呼吸撲上我的臉頰。他朝我臉吹氣。我睜開眼。「嘿。」他溫柔地說，表情古怪。「別說妳感到害怕。」他吞了吞口水，然後緩緩將手從床頭板上收回來。我縮了一下身子，以為他要打我。但他沒有這麼做。他的目光掃過我的臉，然後移到喉嚨的凹處。他看了看，彷彿驚嘆不已。「妳的心跳好快。」他輕聲說。他手伸下來，彷彿打算用手指來感覺我脈搏跳得多快。

「碰啊。」我說：「碰了就等死吧。我身上有毒。」

他手停在離我喉嚨一吋的地方。我直視他雙眼，眼睛眨也不眨。他直起身子，嘴唇抽搐一下，然後嘴角勾起，露出輕蔑的笑容。

「妳以為我想要妳？」他說：「是不是？」他用氣音說的。當然，他不能說太大聲，不然蘇會聽到。他激動地走開，手將頭髮梳到耳後。一個行李袋擋到他的路，他踢了它一腳。「他媽的。」他說。他脫下大衣，手拉扯袖釦，粗野地解開一手袖子。「妳一定要這樣看著我嗎？」他說，手臂此時已整截外露。「我不是已經告訴妳，妳很安全？如果妳以為結這個婚我比妳開心——」他來到床邊。「但我一定要表現得很開心。」他一臉陰鬱。「而且結婚時，新婚夜就是要開心。妳忘了嗎？」

他掀開大約在我屁股附近的毛毯，露出床墊上的床單。「過去。」他說。我照他吩咐做了。他坐下來，笨拙地轉身。他手伸到褲子口袋，拿出個東西。是一把小摺刀。

我看到時，馬上想到我舅父的剃刀。不過，我偷偷摸摸走過熟睡的房子，割開書頁，已是另一段人生的事了。現在我看著理查將指甲放到刀上的凹槽，拉開刀刃。刀上有黑色的汙斑。他面露噁心地看著刀，然後把刀抵在手臂上。金屬碰到他身體時，他猶豫不決，身體抽動，隨即放下刀。

「他媽的。」他又罵了一次。他摸摸鬍子和頭髮，眼睛望向我。「別看了，看有個屁用。妳現在沒在流血嗎？有的話就省得我受苦。妳現在沒有那個……女人要忍受的月事嗎？」我不吭聲。他嘴巴又抽搐一下。「哼，這倒像妳。我早該想到了，反正到頭來都要流血，不如用那血做點什麼。但是，剛好就是沒有……」

我說：「你就非得用各種方式羞辱我嗎？」

「小聲。」他回答。我們仍輕聲細語。「這是為我們兩人好。拿刀割手臂的又不是妳。」我馬上伸出手臂。他揮開我手。「不用，算了。」他說：「我來好了，等我一下。」他吸了口氣，刀刃沿手臂向下移動，放到手掌底的皺紋，那處皮膚上沒有長毛。他停頓一下，又吸一口氣，然後迅速劃了一下。「媽的！」他臉抽動說。傷口流出一點血。昏暗的燭光中，他白皙的手掌根部上，血彷彿呈黑色。他讓血滴到床上。血不多。他將大拇指壓到手腕和手掌上，血流更快了。他避開我的目光。

但過了一會，他輕聲說：「妳覺得這樣夠了嗎？」

我望著他的臉。「你不知道嗎？」

「對，我不知道。」

「可是——」

「可是什麼？」他眨了眨眼。「我想妳是指愛涅絲的事。別太抬舉她了。要羞辱一個貞潔善良的女孩方法太多了，可不只有那個方法。妳應該懂。」

血仍緩緩流著。他咒罵一聲。我想到愛涅絲那時讓我看她紅腫的嘴。我別開身子，心裡感到噁心。「好了，茉德。」他這時說：「我失血過多昏倒之前告訴我。妳一定讀過吧。我相信妳舅父他媽的索引裡一定有關於落紅的條目。對吧？茉德？」

我心不甘、情不願地望了床上的鮮血一眼，然後點點頭。他像是畫龍點睛，將手腕按上去，把血跡抹開。然後他皺眉看著自己的刀傷，臉頰蒼白，做了個鬼臉。

他說：「見自己灑出點血，我就沒力了，虧我還是男的。女人到底是什麼怪物，每個月都要忍受這種事。

難怪妳們總是在發瘋。妳看我皮開肉綻的樣子？」他給我看他的手。「我覺得我割太深了。都妳的錯，誰叫妳刺激我。妳有白蘭地嗎？我覺得喝點白蘭地會好一點。」

他拿出手帕，壓在手臂上。我說：「我沒有白蘭地。」

「沒有白蘭地。那妳有什麼？有藥水什麼的嗎？快，我看妳表情就有。」他望向四周。「收在哪裡？」

我猶豫一下，但他一提到，我身心也都渴望起安眠藥。「在我的皮革袋裡。」我說。他將瓶子拿過來，拔開瓶栓，鼻子湊過去聞，然後皺起眉頭。「也替我拿個杯子。」我說。他找來一個杯子，倒了點濁水進去。

「我不用那樣喝。」我滴著藥時他說：「妳那樣就行了。我想要快一點。」他將瓶子拿過去，掀開手帕，在傷口上滴了一滴藥。傷口刺痛，害他臉皺成一團。藥流下來時他伸舌去舔，然後嘆口氣，目光停在我身上，雙眼半閉。我喝口藥，全身發抖，隨即躺回枕頭上，將杯子放在胸前。

不久他露出微笑，然後笑出聲來。「『上流夫妻的新婚之夜』。」他說：「倫敦的報紙會替我們寫篇專文。」我身子又發抖，並把毛毯拉高。被子蓋住了床單上的血跡。我伸手拿藥。但他搶先一步，把瓶子拿起，收到我抓不到的地方。

「不行，不行。」他說：「妳現在處處跟我作對。今晚我先保管。」他將瓶子收到口袋，我疲倦到不想把瓶子拿回來了。他站起來打呵欠，手抹了抹臉，揉揉眼。「我好累！」他說：「現在已經三點多了，妳知道嗎？」我不吭聲，他聳聳肩。但他在床腳徘徊，垂頭看著我身旁的位置，彷彿猶豫不決。然後他看到我的表情，假裝全身發抖。

他說：「話說回來，要是我醒來發現妳掐我喉嚨，我也不意外。不，我不會冒險。」

他走到燭火旁，用舌頭舔溼拇指和食指，捻熄蠟燭，然後全身縮成一團坐到扶手椅上，拿大衣當毯子。他大概抱怨了一分鐘，說天氣多冷，姿勢多難睡，椅子角度多不舒服。但他最後比我還快睡著。

他睡著之後，我下床快步走到窗前，拉開窗簾。月光明亮皎潔，我不想睡在黑暗中。但其實，月光照亮的每個角落對我來說都很陌生。當我伸出手指，觸碰牆上的汙痕，那面牆只變得更陌生。我的斗篷、洋裝和內衣都收在衣櫥裡。我的行李袋已關上。我找了又找，想找到屬於自己的東西。最後只看到洗手檯的陰影處有雙我的鞋子。我走過去，彎腰將雙手放到鞋上，然後收回手站直，再彎腰碰一次。

我躺回床上，豎耳尋找我熟悉的聲音。尋找鐘聲和低吟的齒輪。四下只有瑣碎的聲響，像木板的嘎吱聲、鳥或老鼠的爬行聲。我頭向後仰，望著上方的牆。蘇就睡在那道牆後。如果她在床上翻身，如果她喚我名字，我想我聽得到。她只要發出聲音，任何聲音都好，我一定會聽到，我確定。

她沒有發出任何聲響。理查在椅子上移了移身子。月光緩緩爬過地板。不久我睡著了。我夢到了荊棘莊園。但房子的通道和我記憶中不同。我要去找舅父，結果遲到了，而且迷了路。

＊＊＊

那天之後，她每天早晨會來替我更衣，準備食物，並拿走我碰都沒碰過的盤子。但就像我們在荊棘莊園最後的日子，她躲避著我的目光。房間很小，她坐得靠我很近，但我們幾乎沒交談。她靜靜縫東西。我玩撲克牌。我赤裸著手指摸著我踩皺的紅心二。理查整天都不在房間裡。晚上他會不斷喃喃咒罵一切。他會罵鄉下髒亂的小徑，害他靴子沾滿泥。他會罵我悶不吭聲，怪里怪氣。他會罵我們在這裡空等。尤其，他會罵那硬邦邦的扶手椅。

「妳看。」他說：「我的肩膀。妳看到了嗎？骨頭都從關節跑出來了。根本要脫臼了。我一週內就要變畸形了。然後看這些皺痕——」他氣呼呼地撫平褲子。「早知道我就帶查爾斯一起來。照這樣子，我到倫敦會被笑死，淪為過街老鼠。」

倫敦，我心想。這個詞現在對我來說完全沒意義。

他每隔兩天會騎馬離開，打聽舅父的消息。他抽菸抽個不停，食指上的菸漬擴散到其他手指。他不時會讓我喝一滴安眠藥，但他堅持保管那瓶藥。

「非常好。」他看我喝藥時說：「差不多了。妳不但變瘦，臉色也好蒼白！蘇每分每秒都變得更圓更胖，像克林姆太太的黑面豬一樣。明天讓她穿上妳最好的洋裝，好嗎？」

我照做了。為了結束漫長的等待，我現在會做任何事情。他靠近來撫摸或斥責我時，我會假裝害怕、緊張和哭泣。我會避開蘇的目光，認分扮戲。不然我就會故意看她，露出絕望的目光，看她會不會臉紅或心虛。她不曾有反應。我記得那天晚上，她的雙手滑過我的肌膚，深入轉動，將我生命打開。現在她蒼白的雙手觸碰我都了無生氣，臉上也面無表情。她只像我們一樣，等待醫生到來。

＊＊＊

我們等了又等。我不記得多久了。兩、三週吧。終於，理查有天晚上告訴我：「他們明天要來了。」隔天早上又說一次：「他們今天要來。妳記得嗎？」

我昨晚不斷從噩夢中驚醒。

「我不能見他們。」我說：「你一定要請他們回去，擇日再來。」

「別鬧了，茉德。」

他起身穿衣服，繫好領子和領帶。他的大衣整齊地放在床上。

「我不會見他們！」我說。

「妳會。」他回答。「並且將這件事了結。妳不喜歡這裡。現在我們該離開了。」

「我太緊張了。」

他沒答腔，只轉身拿梳子梳頭。我傾身抓住他大衣，翻找口袋中的安眠藥，但他看到了，馬上過來，並把藥瓶從我手中奪走。

「噢，不行。」他說：「我不能讓妳昏昏沉沉的。而且妳亂喝藥，不小心毀了一切怎麼辦！喔，不行。妳神智一定要清楚。」

他將藥瓶放回口袋。我又伸出手，他馬上躲開。

「讓我喝藥。」我說：「理查，讓我喝藥。我發誓一滴就好。」我話說得飛快。他搖搖頭，摸了摸大衣的絨布，撫平我的指痕。

「還不行。」他說：「乖一點。努力一下。」

「我辦不到！沒喝藥我冷靜不下來。」

「為妳自己努力一下。為了我們，茉德。」

「去你的！」

「對，對，去我們的，去我們所有人。」他嘆了口氣，然後轉身繼續梳頭。過了一會我坐倒在床上，他望著我的眼睛。

「為什麼發脾氣，嘿？」他溫柔地說，隨即又說：「妳現在冷靜點了？非常好。他們來見妳的時候，妳知道要怎麼做吧？要蘇幫妳梳理乾淨，別太鋪張，樸素一點。要哭的話可以，但別太誇張。妳知道要說什麼？」

雖然不甘願，但我其實心底知道。因為我們已經練習過無數次。我等了一下，點點頭。「沒錯。」他說。他拍拍口袋裡的安眠藥。「想想倫敦的事。」他說：「那裡每個街角都有藥店。」

我的嘴巴嘲弄地顫抖。

「你認為到了倫敦，」我說：「我還需要我的藥嗎？」

連我聽起來，這句話都沒什麼說服力。他別開頭，沉默不語，也許是在忍住笑意。然後他站到壁爐旁清理指甲。他時不時甩刀，將細細的髒東西一絲不苟彈進火焰中。

＊　＊　＊

他先帶他們去跟蘇見面。當然，他們會以為她是他妻子，現在發瘋了，覺得自己是僕人，說話舉止都像侍女，並住在侍女的房間。我聽到樓梯咿呀作響，靴子咚咚敲著木地板。我聽到他們的嗓音低沉，沒有抑揚頓挫，但聽不清楚他們說什麼。蘇的聲音我完全聽不到。我坐在床上，他們進門，我便起身行個屈膝禮。

「她是蘇珊。」理查小聲說：「我妻子的侍女。」

他們點點頭。我仍不說話。但我想我表情一定很怪。我看到他們打量我。理查也望著我，接著他走過來。

「她是個忠誠的女孩。」他對醫生說：「但她這兩週內心悲傷，心力交瘁。」他帶我從床邊走到扶手椅上，讓我就窗邊的光坐下。「坐這裡。」他溫柔地說：「坐在妳大小姐的椅子上。現在別緊張。這幾位紳士只想問妳幾個小問題。妳一定要老實回答。」

他手放到我的手上。我好奇他是想讓我安心，還是在警告我。這時我感到他手指握起我一根手指。我手上仍戴著婚戒。他偷偷將戒指摘下，藏在手中。

「好。」其中一個醫生說，他現在看來滿懷信心。另一人在一本書上寫下筆記。我看他翻了一頁，心中突然好渴望摸到紙張。「好。我們見過妳大小姐了。妳確實有盡心盡力注意她的健康和安全，但我很遺憾地告訴妳，她恐怕病了，病得非常重。妳知道她以為自己叫妳的名字，成長背景和妳相同嗎？妳知道嗎？」

理查盯著我。

「是的，先生。」我小聲說。

「是的，先生。」

「妳的名字叫蘇珊．史密斯？」

「而瑞佛斯太太，也就是之前的里利小姐，在她結婚之前，妳是在她舅父荊棘莊園服侍她的侍女？」

我點點頭。

「在那之前，妳在哪裡工作？是不是為一個姓登菈凡的家族工作？地址應該是梅費爾區偉克街？」

「不，先生。我從來沒聽過這家族。他們全都是瑞佛斯太太的幻想。」

我語氣像個侍女一樣。我逼自己說出另一個地址和家族。那是理查認識的家族，如果醫生想去確認，他們能提供我們需要的背景。但我們猜他們不會費心去確認。

醫生又點點頭。他說：「而關於瑞佛斯太太，妳剛才提到她的『幻想』。這幻想是從什麼時候開始？」

我吞了吞口水。「瑞佛斯太太平時很奇怪。」我小聲說：「荊棘莊園的僕人都說小姐腦袋不大對勁。我記得她母親也瘋了，先生。」

「好了，好了。」理查故作圓融地打斷我。「醫生不想聽僕人私下的八卦。只要說妳自己的觀察就好。」

「好的，先生。」我說。我望著地板。木板已磨損，木頭有些碎片翹起，和針一樣粗。

「至於瑞佛斯太太的婚姻。」醫生說：「對她有什麼影響？」

「正是結婚害的，先生。」我說：「她從那時起就不一樣了。她之前似乎愛上了瑞佛斯先生。我們所有人在荊棘莊園都覺得他照顧她……」我和理查四目相交。「照顧得無微不至，先生！我們全都以為她會因此變好。結果新婚之夜後，她就變得非常古怪……」

醫生和他同事對望。「聽到了吧。」他說：「這段話和瑞佛斯太太的說法是不是不謀而合？太不可思議了！彷彿她受不了人生的負荷，因此將她的重擔交到更能承受的另一個身分身上。她像小說虛構了自己的身分！」他轉向我。「確實像小說。」他若有所思地說：「告訴我，史密斯小姐。妳的小姐喜歡書嗎？喜歡閱讀嗎？」

我和他目光相交，但我喉嚨彷彿已閉起或破裂，像木地板一般。我無法回答。理查代我回答了。他說：「我的妻子從小便接觸文學。她舅父是個孜孜矻矻的研究者，一手照顧她長大，他像待兒子一般重視她的教育。瑞佛斯太太這輩子最愛的就是書。」

「真相大白！」醫生說：「她舅父固然是個令人尊敬的學者，但讓女孩讀太多文學作品……就像建立女子學院一樣……」他額頭冒出汗珠。「我們國家此時竟然在教育女人。你妻子的病恐怕屬於未來大規模的精神疾病。我現在可以告訴你，英國人民的未來堪憂啊，瑞佛斯先生。你說她新婚之夜後便出現精神異常的現象？其實……」他意有所指地壓低聲音，並和在一旁記錄的醫生交換眼神。「還不夠明顯嗎？」他敲敲嘴唇。「我想替她把脈時，發現她縮起手，不想讓我碰。我也注意到，她手上沒有戴戒指。」

理查聽到這話，突然眼神一亮，裝模作樣地從口袋拿出一樣東西。這便是所謂的壞人總有狗屎運。

「戒指在這裡。」他神情嚴肅，手中拿著那枚金戒。「她不但脫下來，口中還罵髒話。她現在連說話都像僕人了，嘴裡不乾不淨的。天曉得她從哪裡學會的！」他咬著嘴唇。「先生，你們能想像我心裡有多沉痛。」他手掩住雙眼，重重坐到床上。然後彷彿心頭一驚，又站了起來。「這張床！」他沙啞地說：「我以為是我們新婚之床。沒想到我妻子寧可住僕人的房間，躺在稻草墊上！」他全身發抖。夠了，我心想，別再演了。他總會陶醉在自己幹的壞事中。

「可怕的案例。」醫生說：「但我們會治療你妻子，這點你別擔心，我們會讓她脫離違背自然的幻想——」

「違背自然？」理查說。他又一陣發抖，神情變得古怪。「啊，先生。」他說：「你有所不知。還有另一件事。我原本不想提，但我現在覺得不能瞞著你們。」

「什麼事？」醫生說。另一人停下手，筆懸在空中。

理查舔了舔嘴唇。那一瞬間，我便知道他打什麼主意，我頭馬上轉向他。他注意到了，趁我還來不及阻止便說出口。

「蘇珊。」他說：「大小姐的行為令妳感到羞恥。但妳不需要為自己感到丟臉。妳沒有錯。我妻子發瘋之後雖然逼妳就範，但妳並未引誘或迎合這令人作嘔的癖好——」

他咬著手。醫生睜大眼睛望著他，然後轉頭看向我。

「史密斯小姐。」醫生傾身說：「此事當真？」

我想著蘇。我想著她，想的不是她現在在牆另一頭沾沾自喜，幻想背叛我之後，開開心心回到倫敦賊窩的模樣。我想到的是她撐在我上方，頭髮垂下，妳是珍珠……

「史密斯小姐？」

我聲淚俱下。

「當然。」理查說著來到我身旁，手重重放上我肩膀。「她的眼淚不言而喻吧？我們需要將事情說明白嗎？我們要逼史密斯小姐說出我妻子對她說的輕佻話，還有毛手毛腳的事嗎？我們還稱得上紳士嗎？」

「這個自然。」醫生趕緊說，身體向後。「當然。史密斯小姐，妳的悲傷就是證據。妳現在不用擔心自己的安危了，也不需要擔心大小姐的安危。接下來，我們將好好照顧她，妳不用操心。我們會收留她，並醫好她所有疾病。瑞佛斯先生，你了解，像這樣的案例，治療恐怕需要相當長的時間？」

他們起身，將文件拿出來，並找地方放。瑞佛斯將梳妝檯上的梳子和髮簪清開，讓他們將文件放好，在每一張紙上簽名。我沒有看他們簽名，只聽到筆畫過紙面的聲響。我聽著他們一同走向門口，彼此握了握手。樓梯響起砰砰的腳步聲。我繼續坐在窗邊的座位上。他們駕車離去時，理查站在房子前的通道上。

接著他回到房中，關上門，走向我，將結婚戒指丟到我大腿上。他搓揉雙手，一副興高采烈的樣子。

「你這惡魔。」我冷漠地說，並擦去我臉頰上的淚水。

他哼一聲，走到我椅子後方，雙手扣住我的頭，並將我的頭向後掰，我們四目相對。「看著我。」他說：「老實告訴我，妳不欣賞我。」

「我恨你。」

「那恨妳自己。妳和我很像，像得超乎妳所想。妳以為世界會因為我們內心糾結掙扎而愛我們嗎？世界根本不把我們放眼裡。感謝老天！從愛裡向來就得不到好處。但只要沒人把我們放在眼裡，我們就能從中榨出財富，就像從抹布擰出髒水一樣。妳知道這千真萬確。妳跟我沒什麼兩樣。我再說一次，恨我，也恨妳自己吧。」

至少，他按在我臉上的雙手很溫暖。我閉上雙眼。

「我會。」我說。

＊＊＊

蘇從她房間過來，敲了敲我們的房門。他姿勢不變，但叫她進門。

「妳看小姐，」她進門時，他語氣一變。「妳看小姐，妳不覺得她雙眼亮了一點嗎……？」

我們隔天便出發去了瘋人院。

＊＊＊

她來替我換最後一次衣服。

「謝謝妳，蘇。」每次她替我鉤上釦子，或繫好衣帶，我會照舊溫柔地說。我仍穿著離開荊棘莊園時的那件洋裝，上頭仍沾著泥土和河水。她穿著我絲質的洋裝，一身藍色的絲綢，再加上棕色的頭髮和雙眼，襯托她如凝脂般白皙的手腕和喉嚨，顯得格外動人。她變得好美。她在房中走動，拿起我的內衣、鞋子、梳子和髮簪，並小心翼翼收到行李袋中。房中有兩只行李袋，一只準備帶去倫敦，一只要送入瘋人院。她以為前者是給自己，後者給我。看她選擇令人不忍卒睹。我看她皺眉打量著胸衣、長襪和鞋子，便知道她在想，在瘋子和醫生面前，穿這些應該夠了吧。這件要讓她帶著，以免晚上冷。好，這個和那個的話（安眠藥和手套），她一定要帶著。她離開之後，我將藥和手套放到另一袋的深處。

她不知道我另外還留了另一樣東西。我留下了荊棘莊園縫紉盒中，她用來磨我尖牙的銀頂針。

＊＊＊

馬車比我預想來得早。「感謝老天。」理查說。他拿起帽子。他太高了，不適合待在這間低矮傾斜的房子。我們走到屋外，他便伸展身子。但我在房中待太久，忽然覺得外頭好寬闊。我緊勾著蘇的手臂，走到馬車門邊。我必須放開她的手，永遠放開她的手！但這一刻，我反而遲疑了。

「好了，好了。」理查說著將我的手從她手中抽出。「沒時間多愁善感了。」

然後我們上路。馬蹄奔馳，車輪轉動，但我覺得這趟旅程不只如此。這趟彷彿抵消了我和史黛西太太從瘋人院到荊棘莊園的第一次旅程。馬車減慢速度，我將臉貼到窗前，以為自己會看到小時候的瘋人院和我所有母親。我相信我仍認得出她們。但那間瘋人院規模很大，這間小得多，氣氛沒那麼森嚴。這裡只收容女瘋子。以前那間瘋人院是蓋在光禿禿的空地上。這間門旁還有一片花床。花朵高大，頂端像尖刺一般。

我背靠到椅子上。理查望向我。

「別害怕。」他說。

然後他們將她抓走了。他幫忙將她送入他們手中，擋在我身前，站在門口向外望。

「等一下。」我聽到她說：「你們在幹麼？」然後她喊：「紳士！紳士！」突兀又正式的一個詞。

醫生語氣溫柔，安撫著她，後來她開始亂罵，這時他們的聲音也變得嚴厲起來。理查坐回座位。車廂擺正之後，我終於看到她了。兩個男人抓住她手臂，一個女看護抱住她的腰。她的斗篷已從肩膀滑落，帽子歪斜，頭髮從髮簪鬆脫。她臉一陣紅、一陣白，神情瘋狂。

她雙眼緊緊望著我。我像石頭僵坐在原地，理查這時抓住我手臂，用力按我手腕。

「說話啊。」他低聲說：「媽的。」於是我清楚但呆板地大喊：

「噢！我可憐的小姐啊！」她褐色帶斑點的眼睛睜得老大，頭髮在空中飄揚。「噢！噢！我心都碎了！」

＊＊＊

即使理查關上了門，馬車夫揮下馬鞭，將馬車掉頭，那段叫聲彷彿不斷在車廂中迴盪。我們沉默不語。在理查的頭旁邊有個菱形的霧玻璃窗，我一瞬間又見到她。她仍不斷掙扎，手高高伸起，指向馬車。這時馬車駛下一道坡，窗外只剩下一片樹林。我脫下婚戒，扔到地上，從行李袋拿出一雙手套，戴到手上。理查看著我顫抖的雙手。

「好了——」他說。

「不要跟我說話。」我啐道。「你敢跟我說話，我殺死你。」

他眨了眨眼，想擠出笑。但他嘴巴扭曲顫動，鬍子下的臉色慘白。他雙臂交叉，坐在座位上不斷變換姿勢。他跨著腿，後來又放下。不久他從口袋掏出香菸和火柴，想把馬車窗拉開。誰知車窗卡住了。他雙手流著汗，愈弄愈滑，最後滑到玻璃上。「去你媽的！」他這時大叫。他搖搖晃晃起身，敲著車廂頂，叫馬車夫把車停下來，然後找鑰匙。我們才開了不過一、兩英里，但他馬上跳下車，來回走動，不住咳嗽。他手不斷將額前的頭髮向後撥。我看著他。

「瞧你真像個壞人啊。」他回到座位上時我酸溜溜地說。

「妳現在又多像小姐了！」他冷笑道。

然後他別開頭，將頭靠在隨車震動的頭墊上，眼珠在眼皮下移動，假裝睡著了。我自己睜著眼，透過菱形玻璃窗望著窗外的道路。那是一條蜿蜒的紅土路，路上塵土飛揚，彷彿一條從我心中流出的血河。

＊　＊　＊

我們旅程有一段坐瘋人院的馬車，後來改搭火車。我以前從未搭過火車。那是個鄉下的火車站。因為理查仍怕舅父派人來搜索我們，所以我們找了一家旅舍，在那裡等火車來。他請旅館老闆給我們一間房，並替我準備茶、麵包和奶油。托盤我一眼都不瞧。茶愈泡顏色愈深，並慢慢涼掉了，麵包也受潮彎起。他站在壁爐旁，搖著口袋中的錢幣，突然破口大罵：「去妳的，妳以為我拿食物給妳是免費的嗎？」他自己把麵包塗奶油吃了。「我希望我趕快看到我那筆錢。」他說：「天曉得我多需要錢，這三個月跟妳和妳舅父在一起，幹些他所謂的紳士活，拿到的薪水根本連紳士的袖子都買不起。搬行李的他媽去哪了？為了兩張車票，還要騙我多少錢？」

一個男孩終於來拿我們的行李。我們站到車站月台，看著鐵軌。鐵軌彷彿有人擦過，散發著光澤。不久鐵軌開始震動，並像掉牙後的神經般嗡嗡作響。嗡鳴聲愈來愈大，變得相當刺耳。接著火車猛力順著鐵軌衝進站來，火車頭冒出一朵朵煙，無數車廂門映入眼簾。我仍戴著面紗。理查給列車人員一枚錢幣，一派輕鬆說道：「你可以確保到倫敦前，沒人來打擾我跟我妻子吧？」列車人員答應了。理查進到車廂，坐到我對面的座位，滿腹牢騷。

「我付錢給列車人員，搞得好像要大幹一場，結果卻只能跟我處女老婆規規矩矩坐在這！我跟妳說清楚，這趟費用我要跟妳分開算，從妳那份扣。」

我不吭聲。火車震動，彷彿被鐵鎚擊中，緩緩沿鐵軌向前。我感到車速愈來愈快，手不禁緊抓著皮革拉環，最後我手隱隱發疼，也被手套磨出水泡。

於是，旅途繼續展開。我以為我們肯定橫越了一塊遼闊的大地。你必須明白，我的空間感和距離感與常人不同。我們在一座紅磚房的小鎮暫停，後來又停到另一座類似的小鎮。接著來到第三座稍微大一點的鎮。每一站似乎都有一群人喧譁吵鬧地擠上車，乒乒乓乓關門。我怕人群會害火車開不動，搞不好還會讓車翻覆。

我心想，就算火車失事，讓我粉身碎骨也是我活該。我甚至暗自希望火車真的出事。

結果事與願違。引擎帶著我們加速，然後慢了下來，窗外再次出現街道和教堂的尖頂。但我從沒見過那麼多街道和尖頂。接著便是更多樓房，房子之間車水馬龍，有著各種牲畜和車輛，還有好多人。倫敦！我一想到心不由得一緊。但理查看到我的目光，賊賊笑了。「妳生來便屬於這裡。」他說。車在車站停下，我看到站名寫著：美登赫[37]。

37　美登赫（Maidenhead）有「處女」、「貞潔」之原意。

我們雖然速度很快，但目前才走不到二十英里，接下來還有三十英里的路。我坐下，手仍抓著拉環不放，身體靠向玻璃窗。但車站擠滿了男男女女——女人成群為伍，男人則隨意走動。見到他們，我不禁畏縮著身子。火車不久嘶嘶作響，拖著龐大的身軀，邊顫動邊活動起來。我們駛離美登赫的街道，並經過一片樹林。樹林另一端有著寬闊的平野和莊園，有的和我舅父的莊園一樣氣派，有的則更宏偉。平野上農舍四布，有一座座豬圈，花園立有斷木桿，讓豆藤生長，外頭也晾著衣服。曬衣線掛滿的話，衣服會掛在窗上、樹上、矮樹叢上、椅子上和壞掉的推車柄上。衣服晾得到處都是，顏色泛黃並滴著水。

我姿勢不變，將一切盡收眼底。看吧，茉德，我心想，這就是妳的未來。眼前這全是妳的自由，像塊布一樣鋪展開來……

我不知道蘇是不是受了傷。我不知道他們現在將她關在什麼地方。

理查打量我藏在面紗下的表情。「妳沒在哭，對吧？」他說：「好了啦，別心煩了。」

我說：「別看我。」

「難道妳想回到荊棘莊園，在書本裡打轉？妳知道妳不想，妳知道妳想要自由。妳不久便會忘記妳是怎麼得到自由的。相信我，我很了解這種事。妳只需要有耐心就好了。我們兩人都要有點耐心。我們還必須相處好幾週，那筆錢才會歸我們。對不起，我之前口氣太凶了。好了，茉德。我們很快就會到倫敦了。我向妳保證，到了那裡事情就不一樣了……」

我沒吭聲。最後他咒罵一聲放棄了。天色漸漸黑了。不如說是天空變黑了，這代表我們離城市愈來愈近。玻璃上出現一條條煤灰，風景逐漸變得骯髒灰暗。農舍被木屋取代，有的房子窗戶和牆面都破破爛爛的。花園被一片片雜草取代，再過一會，雜草變成一條條溝道，溝道化為黑色的渠道，接著可怕的爛泥路出現了，一旁還堆有石頭、泥土和灰燼。不過我仍心想，就連灰燼也是妳自由的一部分。我內心不由自主湧起一股興奮感。但後來興奮感化為不安。我一直以為倫敦像庭園中的一棟房子，四邊建有圍牆。我也曾想像倫敦拔地而起，高聳乾淨，屹立不搖。我從未想過城市會亂七八糟向外擴張，在外圍形成市郊和村落。我以為城市是完整的一個地方。但現在在我眼前的，卻是一塊塊溼潤紅土地和一道道深溝，還有蓋到一半的房舍和教堂。建築的梁柱交錯，如骨頭般裸露在外，窗戶還未裝設玻璃，屋頂也還未上瓦。

玻璃窗沾上一層煤塵，像是面紗上的瑕疵。火車開始爬升。我不喜歡這感覺。我們開始穿越街道。單調畫一的灰黑色街道不計其數，我覺得自己永遠分辨不出差別！城市裡，門窗和屋頂錯落，煙囪四立，車馬川流，人來人往！看板和花稍的招牌令人目不暇給，上頭寫著西班牙百葉窗、鉛製棺材、油脂和廢棉回收買賣。到處都是文字，兩公尺高的文字，彷彿不斷在尖叫和咆哮。皮革打磨、店面出租、四輪乾淨馬車、壁紙工匠、完全支持、出租！出租！自由參加……

倫敦每一吋都充滿文字。我看到之後嚇得摀住眼睛。等我再次睜開眼，火車已緩緩向下，四周出現覆蓋厚重煤灰的高大磚牆，車廂變得無比昏暗。不久，我們面前出現一個巨大寬闊的拱形屋頂，全由骯髒的玻璃構成，一眼望去鳥兒撲翅飛翔，漫天都是一縷縷煙霧和蒸氣。火車震盪一陣停了下來，令人心驚膽戰。附近還有別的引擎發出巨吼，車廂一道道門關上，走道擠了成千上萬人（在我眼中）。

「帕丁頓車站到了。」理查說：「來吧。」

他來到城裡，動作和說話都變得更快，整個人都變了。他不再看我，但我現在好希望他多顧著我。他找到一人替我們拿行李。我們和人群站成一條線（這叫排隊，我知道這個詞），並等著坐馬車（出租馬車，我從舅父的書中也有學到這個詞）。有人會在出租馬車中親吻，有人會跟愛人在裡頭恣意妄為，有人會叫馬車夫繞著攝政公園。我知道倫敦。倫敦是個能讓夢想成真的城市。但我不認識這個嘈雜紛擾的地方。這裡充滿我不了解的目的。這裡充滿文字，但我卻讀不懂。磚牆、房子、街道彷彿無窮無盡，人群雜沓來去（衣著、容貌和表情都一模一樣），讓我心惶驚愕，難以負荷。我站在理查身旁，手臂勾著他。要是他拋下我怎麼辦！哨音響起，穿著黑西裝的人（平凡人和紳士）個個拔腿奔跑，掠過我們身旁。

我們終於坐上了馬車，搖搖晃晃駛入嗆鼻髒亂的街道。理查感覺到我的緊張。「妳被街道嚇到了嗎？」他說：「我們恐怕還會見到更糟的景象。妳期待什麼？這是城市，名門縉紳和市井無賴彼此為鄰。妳放心。完全不需在意。我們要去妳新家了。」

「我們的家。」我說。我心想，到那裡，只要關上門窗，我就會冷靜下來。我會洗澡、休息並睡覺。

「到我們的家。」他回答。他又望了我一會兒，然後手伸向我身側。「來，如果這景象讓妳心煩——」他拉下窗板。

我們再次坐在馬車上，在稀微的暮光中隨車搖擺。但這次，倫敦所有懾人的聲響圍繞著我們。我們經過公園時我也沒看到。我完全看不到馬車夫走哪條路。雖然我研究過倫敦地圖，知道泰晤士河的位置，但就算我看見道路，恐怕也不知道自己身在何方。我們停下時，我也說不上來我們坐了多久的車。我心亂如麻，只一意安撫著心情。勇敢點，我心裡想，去妳的，茉德！這是妳渴望的未來。妳丟下蘇，妳放棄一切就是為了這裡。勇敢一點！

理查付錢給馬車夫，然後回來搬行李。「從這裡之後我們要步行。」他說。我獨自爬下車，在天光下眨眨眼。光線其實不強。太陽不見了，反正天空也籠罩著厚雲，雲朵呈棕褐色，像是綿羊身上髒兮兮的羊毛。我原本以為自己會到他家門口，但我面前沒有房子。我們面對一條街，景象淒涼殘破到無法形容。街道的這一側是一面高大呆板的牆，另一側倚著充滿石灰汙漬的拱橋。理查向前走。我抓住他的手臂。

「這條路對嗎？」我問。

「沒錯。」他回答：「來吧，別緊張。我們還不能住大房子。我們進城來一定要低調，就這樣而已。」

「你還在怕我舅父會派人來找我們？」

他再次向前走。「來吧。我們很快就能在室內聊了。不要在這裡說。快來，走這邊。把裙子撩起來。」

他此時腳步飛快，我幾乎快跟不上。他見我拖拖拉拉，便一手提著全部行李，另一手抓住我手腕。「沒多遠了。」他語氣不凶，但手抓得很緊。我們轉個彎，進到另一條路。我看到一棟大房子髒汙破爛的門面，後來我發現那其實是一間狹窄民宅的後陽台罷了。空氣滿是河道的臭味。人們好奇地看著我們。我腳步不禁更快了。不久我們轉進一條小巷，腳下都是碎煤渣。那裡的孩子成群結隊，隨意圍成圈，一隻鳥在中間撲動跳躍。

他們用細繩把鳥的翅膀綁起來了。他們看到我們時，便朝我們逼近。他們想要錢，或想拉我袖子、斗篷和面紗。理查伸腳踹他們。他們咒罵一會兒，便回去看鳥了。我們走上另一條更髒的小徑。這段時間，理查抓得更緊，走得更快，熟門熟路的。「我們快到了。」他說：「別管這裡多髒亂，這沒什麼。全倫敦都跟這裡一樣髒。再走一小段，我保證，然後妳就能休息了。」

終於，他腳步慢下來。我們來到一塊中庭，地上有一層厚厚的爛泥，並長著蕁麻草。周圍牆面高大，牆上都溼漉漉的。這裡沒有開闊的通道，只有兩、三處狹窄隱蔽的小道，裡頭一片黑。他拖著我走向其中一條，那條路又黑又臭，我突然猶豫了，全身反抗著他。

「快來。」他轉身說，臉上沒有微笑。

「去哪裡？」我問他。

「開啟妳的新生活，已經過太久了，現在一切正等著妳。到我們的家。我們的管家在等著我們。好了，來吧。還是我要把妳留在這裡？」

他的聲音疲倦，但態度強硬。我望向身後，觀察其他小道，他帶我走進來的爛泥路藏在暗處，彷彿潮溼的牆面打開一個口，讓我們進入之後又合起來，把我困住。

我能怎麼辦？我無法獨自回頭面對那群孩子以及迷宮般的巷弄、街道和城市。我無法回到蘇的身邊。我這趟目的也不是如此。我所作所為將我帶到這黑暗的地方。我一定要往前，不然我的存在便失去了意義。我再次想像等著我的房間。我想像我將鑰匙插入鑰匙孔，打開房門。我想像屋裡的那張床，我會躺到上面，沉沉睡去——

我猶豫一秒之後，便讓他拉著我進到那條暗道之中。沒走幾步，面前便出現幾階平淺向下的樓梯，樓梯尾端有道門，他伸手敲門。門後馬上傳來狗叫聲，接著是一陣輕快的腳步聲，門閂拉開。狗不叫了。開門的是個金髮男孩。我想是管家的孩子。他望著理查點點頭。

「你好嗎？」他說。

「很好。」理查回答：「大嬸在嗎？小姐來了，看，她來住這了。」

那男孩打量我，我看到他瞇起眼，辨認著面紗下的臉。然後他露出微笑，又點點頭，拉開門讓我們進去，等我們進門，他便緊緊將門關上。

房裡頭是個廚房。我覺得是僕人的廚房，因為那裡狹窄沒窗，昏暗髒亂，熱得令人難以呼吸。那裡有個壁爐，桌上還有兩盞冒著煙的燈。其實，這裡也許是馬夫的房間吧。那裡有個鐵籠架起的焊爐，四周放著各式工具。焊爐旁有個穿著圍裙、面色蒼白的男人，他見我們進門，便把火叉或銼刀放下，擦擦手，直率地打量我。壁爐前坐了一個年輕女子和一個男孩子。那女孩面龐圓潤，一頭紅髮，也毫不避諱地望著我。男孩面色土黃，愁眉苦臉，一口爛牙嚼著一條乾肉，身上穿著一件不尋常的大衣（即使我滿心困惑，仍一眼注意到那件衣服），那件大衣似乎是用各式各樣的毛皮拼湊而成。男孩膝間有隻不斷掙扎的狗，他雙手握住牠嘴，不讓牠叫。他看向理查，然後望向我。他打量我的大衣、手套和帽子，最後吹了聲口哨。

「衣服挺值錢的。」他說。

此時一旁的搖椅咿啞一聲，向前傾斜，一個白髮女人彎身打他，他縮了縮身子。我想她就是管家。她目不轉睛地望著我，看得比任何人還仔細。她懷裡抱著一捆東西。她將東西放下，費力地從座位站起，那一捆東西顫動一下。這比鐵架焊爐、毛皮大衣還教人吃驚。那捆毛毯中包著一個熟睡、腦袋腫脹的嬰兒。

我望向理查。我以為他會開口，或帶我離開。但他此時已收回抓著我的手，雙臂交叉，從容地站在一旁。他面露微笑，但笑容十分古怪。現場每個人都沉默不語，除了白髮女人，沒人在動。她從椅子起身，來到桌旁。她雙頰發紅，閃耀油光，身上的塔夫塔綢洋裝沙沙作響。她走來站到我面前，頭來回擺動，端詳我的輪廓。她嘴巴蠕動，舔了舔嘴唇，目光緊盯著我，神情格外激動。她將發紅粗糙的雙手伸向我，我身體不禁向後畏縮。「理查。」我說，但他仍袖手旁觀。女人怪模怪樣的，表情又好嚇人，我嚇得不敢動彈，任憑她掀開我的面紗。她看到我臉龐的那一刻，神情變得更為古怪。她觸碰我的臉頰，彷彿以為她一碰，我的臉就會消失。

她雙眼一直望著我，卻對理查說話。她聲音沙啞，眼中閃爍淚光，不知是因為年老，還是激動。

「好孩子。」她說。

第十二章

之後現場陷入一片混亂。

狗邊叫邊跳，毛毯中的嬰兒哭嚎一聲，另一個我沒注意到的嬰兒也開始哭泣（他躺在桌下的錫盒中）。理查脫下帽子和大衣，放下行李袋，伸展身體。一臉愁容的男孩張開嘴，滿嘴都是肉。

「不是蘇。」他說。

「里利小姐。」我面前的女人小聲說：「妳真是個美人兒。親愛的，妳應該非常累吧？這趟路真辛苦妳了。」

「不是蘇啦。」那男孩又說，這次更大聲了。

「計畫有變。」理查迴避著我的目光說：「蘇留在後頭，負責收尾。易卜斯先生，你好嗎？」

「不賴，孩子。」蒼白的男人回答。他脫下圍裙，安撫著狗。替我們開門的男孩已經走了。小焊爐的火漸漸熄滅，劈啪作響，化為一團灰燼。紅髮女孩手中拿個瓶子和湯匙，彎身靠向哭叫的嬰兒，但仍不時瞄向我。

一臉愁容的男孩說：「計畫有變？我不懂。」

「你之後就懂了。」理查回答：「除非——」他手指放到唇上，眨個眼。

那女人此時仍站在我面前，仍用雙手摸索我的臉，像拿到一串珠子似的，一一打量我的五官。「棕色眼睛。」她用氣音說。她氣息像糖一樣甜。「粉紅色嘴唇，兩個唇峰。下巴優雅秀麗。牙齒跟瓷器一樣白。臉頰……我敢說又柔又嫩？噢！」

我彷彿受到催眠，站在那裡，讓她在我面前喃喃自語。現在我感到她手指亂摸到我臉上，馬上退開來。

「妳幹什麼？」我說：「妳怎麼能跟我說話？你們所有人怎麼能看我？還有你——」我走向理查，抓住他的背心。「這是怎麼回事？你帶我來什麼地方？他們又知道蘇什麼事？」

「嘿，嘿。」蒼白的男子溫和地說。男孩大笑。女人面露悲傷。

「挺多話的，是不是？」女孩說。

「聲音尖銳得像刀一樣。」男人說：「口齒伶俐。」

理查和我眼神相交，然後別開頭。「我能說什麼？」他聳聳肩。「我是壞人。」

「去你的什麼態度！」我說：「告訴我這是在幹什麼。這是誰的房子？是你的嗎？」

「是他的嗎！」男孩笑得更大聲了，笑到被口中的肉梗到。

「約翰，閉嘴，不然我打你。」女人說：「別理他，里利小姐，真的別放心上，不管他！」

我感覺她擰著雙手，但我仍不看她。我雙眼盯著理查。「告訴我。」我說。

「不是我的。」他終於回答。

「不是我們的？」他搖搖頭。「那是誰的房子？這是哪裡？」

他揉揉眼睛。他累了。「是他們的房子。」他朝那男人和女人擺一下頭。「他們的房子，在自治市區。」

倫敦自治市區……我以前聽過他提到這詞一、兩次。我默默站在原地，回想他之前說的話，然後我心一沉。「蘇的家。」我說：「蘇的家，賊住的。」

「誠實的賊。」女人說著悄悄靠過來。「絕不騙我們認識的人！」

我心想：她是蘇的阿姨！我曾為她感到難過。我轉身，差點朝她吐口水。「妳別靠近我行嗎？妳這巫婆！」廚房全靜了下來，彷彿也變得更黑、更狹窄。我仍抓著理查的背心。他試著抽身時，我把他抓得更緊。

我思緒飛快，像野兔跳躍一般。我心想，他娶了我，並把我帶來這裡，想把我丟在此地。他打算自己獨吞那筆錢。他打算給他們一筆小錢殺了我，而蘇——即使我既震驚又困惑，一想到她，我的心仍沉了一下。他們會讓蘇重獲自由。她其實全都知情。

「你不能這麼做！」我提高嗓子說：「你以為我不知道你們打算做什麼？你們所有人？想玩什麼把戲？」

「妳什麼都不知道，茉德。」他回答。他試著將我雙手從他背心拉開。我不讓他得逞。我心想，如果他掙脫，他們絕對會殺了我。一時間，我們兩人扭打一陣，然後他說：「衣服要壞了，茉德！」他將我手指拔開。於是我抓住他手臂。

「帶我回去。」我一邊說，心裡一邊想：不要讓他們看出妳很害怕！但我聲音不由自主地變尖。「馬上帶我回去街上搭出租馬車。」

他搖搖頭，別開頭。「我不能這麼做。」

「現在帶我走。不然我自己一個人走。我可以自己找到路出去。我看到路了！我研究過了！我會去找……找警察！」

男孩、蒼白的男人、女人和女孩全都縮了縮身體，或皺起眉頭。狗吠了幾聲。

「好了，好了。」那男人摸著八字鬍說：「親愛的，妳在這裡講話要小心點。」

「該小心的人是你們！」我說。我從一人的臉望向另一人的臉。「你們以為這樣能得到什麼？錢嗎？喔，不。你們才要小心。你們所有人！還有你，理查。你！你最要小心，要是我找到警察，全盤托出，你就完了。」

但理查看著我，不發一語。

「你有聽到嗎？」我尖叫。

那男人臉又皺起來，手指放到耳朵，彷彿要清耳屎。「聲音像刀一樣尖。」他自顧自說著。「對不對？」

「去你的！」我說。我眼神瘋狂，四周顧盼，突然伸手去拿我的行李袋。但理查搶先一步，他用長腿勾住，彷彿在玩遊戲一樣，將行李袋踢到房間另一頭。男孩把行李袋拿起，抱在他大腿上。他拿把刀出來，開始撬鎖。刀刃閃現光芒。

理查雙臂交叉在胸前。「妳知道妳不能離開，茉德。」他簡單說：「妳沒帶東西不能走。」

他走到門口，站在門前。眼前還有其他門，可能通往街道，可能只是進到另一間昏暗的房間。我永遠不可能選對門。

「對不起。」他說。

男孩刀光再次閃現。我心想，他們現在要殺死我了。這念頭如刀，尖銳得令人吃驚。我在荊棘莊園不是想死嗎？我不是曾因為興起這念頭，心裡感到高興嗎？如今他們打算殺我，我卻比想像中來得恐懼，比面對任何事都還恐懼。

妳這傻瓜，我對自己說。但我對他們卻說：「你們不能這樣！你們不能這樣！」我跑到一邊，然後又跑向另一邊。最後我撲過去，不是撲向理查身後的門，而是那個熟睡、腦袋腫脹的嬰兒。我把他抓起，搖了搖，手放到他脖子上。「你們不能這樣！」我又說一次。「去你們的，你們以為我費了千辛萬苦，是為這樣的下場嗎？」我看著那女人。「我會先殺死你們的寶寶！」我覺得我下得了手。「看好！我會把他掐死！」

男人、女孩和男孩一臉興味盎然。女人一臉難過。「親愛的。」她說：「我這地方目前有七個嬰兒。妳想的話，剩六個也成。不然……」她比了一下桌下的錫箱。「弄成剩五個也成。對我來說都一樣。反正我覺得這行幹得差不多了。」

我手中的嬰兒繼續睡，但腳踢了一下。我手指感到他急促的心跳，他腫脹的頭頂有個地方不斷鼓動。女人仍望著我。女孩手放到脖子揉了揉。理查手伸到口袋掏出根香菸。他邊拿邊說：「茉德，把那該死的孩子放下，好嗎？」

他語氣溫和。我回過神來，發覺自己的雙手按著嬰兒喉嚨。我小心地將孩子放到桌上，桌上放滿了盤子和瓷杯。男孩馬上將停在行李袋鎖上的刀舉起，在嬰兒頭上揮舞。

「哈哈！」他大喊：「小姐下不了手。約翰・佛魯姆會下手。先割嘴唇、鼻子和耳朵！」

女孩尖笑，彷彿有人搔她癢。女人厲聲說：「夠了。再說下去，我所有搖籃裡的嬰兒只怕都要進墳墓了，是吧？那時我還經營什麼嬰兒農場？丹蒂，去顧著西尼，免得他不小心燙到自己，去。里利小姐會以為自己遇到野蠻人了。里利小姐，我看得出來妳很有活力。我想事實上也是。但妳不會以為我們打算傷害妳吧？」她再次走向我。她無法不碰我。她將手放到我身上，摸著我的袖子。「妳覺得自己在這裡不會受到歡迎嗎？」

我仍微微發抖。「我覺得不會。」我從她手中退開說：「我無法想像你們會善待我，因為我明白告訴你們我想離開，你們卻執意留下我。」

她歪著頭。「你聽到她用字遣詞多好？易卜斯先生？」她說。男人說他聽到了。她又摸了摸我。「坐下，親愛的。看這椅子，這是從氣派的地方拿來的，正適合妳。妳要不要脫下斗篷和帽子？妳會熱吧，我們廚房非常溫暖。妳要不要脫下手套？沒關係，妳愛怎麼樣都好。」

我一聽，雙手馬上縮起。理查和那女人四目相交。「里利小姐。」他輕聲說：「她對手指特別在意。她從小時候便戴著手套……」他聲音又放得更低沉，誇張地吐出最後幾個字。「照她舅父囑咐。」

女人看來心裡有底。

「妳舅父。」她說：「對，我知道他所有的事。他讓妳看了很多淫蕩的法國書。他碰過妳不該碰的地方嗎？親愛的？現在別擔心了。別想了。就像我常說的，與其是陌生人，不如是自己的親戚。噢！太不幸了。」

我剛才已坐下，掩飾發抖的雙腿，但我伸手將她推開。我的椅子靠近壁爐，而且她說得對，這裡很熱，熱得令人受不了，我雙頰發燙。但我不該輕舉妄動，我該好好思考。男孩仍在撬鎖。「法國書。」他聽了竊笑。紅髮女孩將嬰兒的手指放到嘴裡，漫不經心地吸吮著。男人靠近過來。女人仍在我身旁。火光照亮她的下巴、臉頰、眼睛和嘴唇。她嘴唇光滑。她舔了舔嘴。

我轉頭，但目光留在她身上。「理查。」我說。他沒答腔。「理查！」女人手伸向我，解開帽繩，並脫下我的帽子。她摸摸我的頭髮，然後拿起一綹頭髮，用手指搓了搓。

「很美。」她彷彿不可思議地讚嘆。「很美，幾乎像金子一樣。」

「妳想賣嗎？」我聽了說：「來啊，拿去！」我一把將頭髮抓過來，把頭髮從髮簪扯下。「看。」她臉皺起時我說：「我比你們還會傷害自己。好了沒？讓我走。」

她搖搖頭。「妳有點不講理，親愛的，還傷了自己美麗的頭髮。我不是說了嗎？我們不會傷害妳。這是約翰‧佛魯姆，看。然後她是丹麗亞‧瓦倫，我們叫她丹蒂。我希望不久之後，妳會待他們為表兄弟姊妹。還有杭佛里‧易卜斯先生。他一直在等妳，是不是，易卜斯先生？還有我。我也一直在等妳，日日期盼著。老天，這段日子真難熬。」

她嘆了口氣。男孩抬頭看她，皺起眉頭。

「搞毛啊。」他說：「這我可真一句也聽不懂了。」他朝我點點頭。「她不是應該要送到……」他雙臂抱住自己，伸出舌頭並翻白眼。「瘋人院裡嗎？」

女人舉起手，他眨眨眼，躲了開來。

「你小心點。」她凶狠罵道，然後她親切地望向我，「里利小姐現在和我們一夥了。只是里利小姐現在還沒弄懂。畢竟從她的角度想，誰搞得清楚？里利小姐，我敢說妳好幾小時都沒吃東西。我看有什麼能招待妳？」她搓搓雙手。「妳想吃羊排嗎？荷蘭乳酪？一條魚？我們街角有個攤販，各種魚都有賣。想吃什麼魚妳儘管說，丹蒂會去買回來，煎一下，一眨眼就好了。怎麼樣？我們有瓷盤，看，適合大家閨秀用。我們也有銀叉子。易卜斯先生，給我一支叉子。妳瞧，親愛的。叉柄有點粗糙，是不是？別放心上，親愛的。我們把那裡的紋章磨掉了。但妳掂掂這重量。這叉子樣式是不是很美？有個議員吃飯就用這叉子。所以，要吃魚嗎，親愛的？還是肉排？」

她彎身將叉子拿到我面前。我將叉子推開。

「妳以為我會坐在這裡，跟你們吃晚餐？」我說：「跟你們任何人？幹麼？叫你們僕人都還算看得起你們！跟你們一夥？我寧可去當乞丐。我寧可去死！」

所有人沉默片刻。「脾氣挺壞的。」男孩說：「對不對？」

但女人搖搖頭，眼神帶著欽佩。「丹蒂才愛發脾氣。」她回答。「我自己也愛發脾氣。尋常的女孩都會有脾氣。小姐的話，他們有另一個稱呼。他們都叫這什麼，紳士？」她對理查說，他傾身疲倦地搔著狗耳朵，狗嘴邊滴著口水。

「嬌。」他頭也不抬說了個文謅謅的法文。

「嬌。」她重述。

「謝囉。」男孩用爛法文答腔，並斜眼瞥了我一眼。「我可不希望誤以為她不禮貌，動手揍她一頓。」

他繼續去撬我行李袋的釦環。那男人看著，皺起眉頭，他說：「你還沒學會開鎖嗎？不要亂撬，把鎖桿弄碎，孩子。這活兒要輕手輕腳地幹。你都快把鎖弄壞了。」

男孩最後用刀子再戳一下，臉色難看。「幹！」他說，那是我第一次聽到這字拿來當髒話用。他刀尖從鎖上移開，對準袋身，我還來不及出聲阻止，他已迅速割了一長道切口。

「哼，這倒像你會做的。」男人一臉滿意。

他拿出菸斗，點燃菸草。男孩雙手伸進皮革的開口中。看他動手之後，我臉頰雖然因為坐在壁爐前仍在發燙，但我全身都涼了。親眼目睹他割開我的行李袋，我心中的震驚無法言喻，全身開始顫抖。

「拜託。」我說：「請你們把東西還我。我不會去找警察，只求你們物歸原主，並放我走。」

我想我聲音第一次透露出哀憐，他們現在全轉頭望著我，女人再次靠近，又摸摸我的頭髮。

「還在怕嗎？」她驚訝地說：「怕約翰．佛魯姆嗎？唉，他只是愛鬧。約翰，你搞什麼？把刀拿走，把里利小姐的行李袋拿來。好了。妳因為東西壞了難過嗎？親愛的？唉，那只是個皺巴巴的舊東西，看來五十年沒動過了。我們會替妳找個好貨。好不好！」

男孩嘴裡嘟囔，但還是把行李袋遞過來。女人將行李袋給我，我接下並抱在懷裡。我喉嚨感到一陣哽咽。

「嗚嗚。」男孩看我吞口水，一臉嫌惡，嘴裡發出哭聲。他彎身又嘻皮笑臉瞥著我。他說：「妳是張椅子的時候我比較喜歡。」

我確定他是這麼說的。但這句話我聽不懂，我全身縮起，轉頭望向理查。「拜託，理查。」我說：「求求你，你騙我還不夠嗎？你怎麼忍心站在那兒看他們折磨我？」

他和我眼神交會，摸著鬍子，然後對女人說：「妳沒有安靜的地方讓她待著嗎？」

「安靜的地方？」她回答：「當然有啊，我早就準備好一個房間了。我只是想里利小姐剛到，先讓她把身體暖一暖。妳想上樓嗎，親愛的？將頭髮梳理一番？洗洗手？」

「我希望能回到街上，並找一台出租馬車。」我回答：「就這樣，就這樣而已。」

「好，我們可以帶妳到窗邊，這樣妳就能看到街道了。上樓來吧，親愛的。我來拿這舊行李袋。妳想拿？好吧。瞧妳力氣真大！紳士，你也上樓來吧，要不要？你就照慣例住最上面那間？」

「好的。」他回答：「如果方便的話。這段時間，我會在這屋子裡等。」

他們交換眼神。她雙手扶我，我從她手中掙開，站起來。理查朝我站近。我也躲著他。於是他們像兩條狗趕羊進羊圈，夾著我走出廚房，穿過一道門，走向樓梯。這裡昏暗陰涼，我感到一股氣流，也許是通往街道的門吹來的，我慢下腳步。但我也想到那女人說的窗戶。要是他們想傷害我，我想我也許可以從窗口呼救，或從那裡撲向外面跳樓。樓梯很狹窄，沒有鋪地毯。樓梯上散落著缺角的瓷杯，裡頭都留有半杯水，水上飄著燭芯，投出一道道黑影。

「裙腳拉起來，別燒到了，親愛的。」女人上樓前在我前方說。理查緊跟在我身後。

到了樓梯上面有幾道門，全都關得死死的。女人打開第一道門，帶我進到一個方正的小房間。裡面有張床、一個洗手檯、一只箱子、一架抽屜櫃和馬鬃布屏風。還有一扇窗，我馬上走過去。窗很小，窗前掛塊泛白的薄圍巾。窗釦許久前就已壞了。窗框已用釘子釘死。從窗口望出去可以看到一條泥濘的街道，街上有棟房子，房子有藥膏色的百葉窗和心形的孔洞，一旁還有一道磚牆，上頭有黃色粉筆畫的圈圈和螺旋。

我站在窗前看著這一切，行李袋仍抱在懷裡，但我手臂開始痠了。我聽到理查腳步停頓一下，並爬上第二截樓梯，後來他便在我頭上的房間走動。女人走到洗手檯，從水壺倒了一點水到臉盆裡。現在我發現自己犯的錯，我太快來窗邊了。現在她擋在我和門之間。她身材圓胖，手臂粗壯。不過，如果出其不意，我想我也許能將她推開。

或許她也想到了同一件事。她在洗手檯忙東忙西，雖然歪著頭，但她同樣用熱切的目光凝視著我，眼中一半是敬畏，一半是欽慕。

「這裡有香皂。」她說：「還有扁梳和髮梳。」我不吭聲。「這毛巾給妳擦臉。這裡有古龍水。」她將瓶栓拉起，將液體晃了點出來。她走向我，伸出赤裸的手腕，抹上嗆鼻的香水。她說：「妳喜歡薰衣草嗎？」

我從她身旁退開，望向門。廚房中清楚傳來男孩的聲音：「妳這妓女！」

我又走了一步說：「我不喜歡被騙。」

她也走了一步。「什麼被騙？親愛的？」

「妳覺得我原本是要來這裡嗎？妳覺得我會住這裡嗎？」

「我想妳只是嚇壞了。我想妳現在腦袋不清楚。」

「腦袋不清楚？妳又多了解我？妳憑什麼說我何時腦袋清楚，何時不清楚？」

聽到這句話，她目光垂下，將袖子拉下來蓋住手腕，回到洗手檯前，又碰了一次香皂、扁梳、髮梳和毛巾。樓下有人把椅子拖過地面，有個東西扔到一頭，或落到地上，狗出聲吠叫。理查在樓上走動，咳了咳，喃喃自語。如果我要跑，就得趁現在。我該往哪跑？沿著我來的原路跑。樓下他們帶我走過的門是哪一道？第二道門，還是第一道門？我不確定。不管了，我心想，走吧！但我沒動。女人抬起臉，和我目光交會，我猶豫了。正當我猶豫不決，理查穿過房間，重重走下樓梯。他進到房間裡，香菸插在耳後，袖子已拉到手肘，鬍子沾了水，顏色變深。

他關門上鎖。

「把妳的斗篷脫了，茉德。」他說。

我心想：他現在要勒死我了。

我斗篷仍繫著，並緩緩向後退向窗戶，遠離他和那個女人。如果逼不得已，我會用手肘撞破玻璃。我會朝街道尖叫。理查看著我，嘆口氣。他睜大雙眼說：「妳不需要像隻兔子一樣。妳以為我大老遠把妳帶來，還會傷害妳嗎？」

我回答：「你以為我會相信你不會傷害我嗎？你自己在荊棘莊園坦承，為了錢，你願意做到什麼地步。我真希望那時聽仔細！現在告訴我，你不打算騙走我所有財產。告訴我你不會靠著蘇，拿到那筆錢。我想你避完風頭便會去接她。我想她那時候就剛好康復了吧。」我心揪了一下。「聰明的蘇。好女孩。」

「閉嘴，茉德。」

「幹麼？這樣你才能默默殺死我嗎？來，下手啊。然後受一輩子良心的譴責。我懷疑你有良心吧？」

「我可以向妳保證，我不會因為殺妳良心不安。」他馬上說，語氣輕描淡寫。他手摀住雙眼。「但薩克斯比太太不希望如此。」

「她。」我看那女人一眼。她仍凝視著香皂和髮梳，不發一語。「你所有事情都聽她的吩咐？」

「這件事我聽她的。」他意有所指地說。我頓了頓，一時沒意會過來，他繼續解釋：「聽我說，茉德。這次計畫全是她策畫的，從頭到尾都是。儘管我是壞人，但要我在她面前居功，我可沒那本事。」

「沒有。這就是真相。」

他一臉誠實。但是，我以前也曾覺得這張臉老實。「你在說謊。」我說。

「她的計畫。」我不敢相信。「她送你去荊棘莊園找我舅父？在這之前，還去巴黎？找到霍崔伊先生？」

「她指點我去找妳。中間繞了多遠都不重要。我也許還是會走上同一條路，然後忽略背後的好處。我也許會錯過妳！搞不好許多男人都沒發現。因為他們沒有薩克斯比太太指點。」

我的目光在兩人身上來回移動。「這麼說，她知道我的財產。」我過一會兒說：「我想任何人都可能探聽出來。她認識……誰？我舅父？還是莊園裡的僕人？」

「她認識妳，茉德，就是妳。恐怕比任何人都還早。」

那女人終於抬起雙眼望著我，點了點頭。

「我認識妳母親。」她說。

我母親！我手按上喉嚨。說來奇妙，肖像的緞帶已磨損，我好幾年沒戴在身上了，而是跟我的珠寶放在一起。我母親！我來倫敦便是為了逃出她的陰影。一瞬間，我腦中浮現她在荊棘莊園庭園的墓。因為沒人清理和除草，白色的墓碑漸漸變灰。

那女人仍望著我。我手放下。

「我不相信妳。」我說：「我母親？她叫什麼名字？告訴我。」

她表情變得狡猾。「我知道。」她說：「但我現在不會說出口。我可以告訴妳第一個字母。開頭是個M，跟妳名字開頭一樣。我會告訴妳第二個字母，是個A——哇，也跟妳的名字一樣！不過下一個字母就不一樣了。接下來是R……」

她知道，我知道她知道。她怎麼知道？我打量她的臉，仔細看她眼睛和嘴唇。看起來好熟悉。為什麼？她是誰？

「看護。」我說：「妳以前是看護——」

但她搖搖頭，臉上似笑非笑。「我為何以前會是看護？」

「那妳就不知道所有事情！」我說：「妳不知道我是在瘋人院出生的！」

「是嗎？」她答得迅速。「妳為什麼這麼說？」

「妳以為我不記得自己的家嗎？」

「就我看來，妳記得小時候生活的地方。我們全都記得。那不代表我們就是在那裡出生的。」

「我是，我知道。」我說。

「有人跟妳說的，我想。」

「我舅父的僕人每個人都知道！」

「大概也是聽來的。那就是事實嗎？也許是，也許不是。」

她邊說邊從洗手檯走向床，並慢慢坐到床上。她望向理查，手伸到耳朵上，摸摸耳垂，隨意地說：「你的房間還可以嗎？紳士？」我終於發現，這是他在賊窩闖蕩用的名字。「你房間可以嗎？」他點點頭。她又望向我。「我們樓上那間房。」她繼續用同樣輕鬆友善，卻散發危險的口吻說：「紳士來都睡那裡。那房間位置高，又在房子邊邊角角的地方，我跟妳說，在那裡，我見過各式各樣的事，聽過各種騙局。大家都懂得悄悄來這裡避風頭。」她故作驚訝。「嘿，就跟妳一樣！有時住個一天、兩天，有時住兩週，誰知道住多久？他們藏身在樓上。也許是警察在追緝的傢伙。他們躲到這裡……妳懂嗎？就不會被發現。不管是小伙子、女孩、小孩，還是小姐……」

她說出最後一種人後停頓一下，拍拍她身旁。「妳不如坐著吧，乖女孩？不想坐啊？嗯？那待會兒再坐。」床上有塊被子，做工粗糙，由一塊塊彩色的方塊草草拼湊而成。她開始心不在焉地挑著一條縫線。「好了，我剛才說到哪裡？」她望著我說。

「說到小姐。」理查說。

她手動了動，抬起手指。「說到小姐。」她說：「沒錯。當然，這裡貨真價實的小姐不多，妳見過之後絕不可能忘記。我就特別記得一位，她……噢！多久前來的？十六年？十七年？還是十八年前……？」她望著我的臉。「對妳來說，親愛的，我敢說那恐怕是好久以前的事了。彷彿有一輩子那麼久，對不對？乖女孩，只要妳到我這歲數，年份都會分不清楚，像是數不盡的淚水，全都混在一起……」她頭一扭，深吸一口氣，彷彿急著收回悲傷的嘆息。她等了一會兒。但我文風不動，只感到一絲涼意，然而我神情謹慎，不發一語。於是她繼續說了。

「唉，這個小姐啊。」她說：「她比妳現在大不了幾歲。但她身陷困境！她來到自治市區，從一個女的那兒打聽到我名字。那女的專門處理女孩子的麻煩事。妳懂我在說什麼嗎？親愛的？女孩的月事要是沒來，她會讓月事再來？」她手動了動，做個鬼臉。「我從來不操這心。我幹的不是那行。就我來看，如果生出來不會害死妳，那就好好生下來，事後賣掉就好了。不然也可以把嬰兒給我，我幫忙賣！當然是賣給想要嬰兒的人，像有人想培養僕人和徒弟，有人純粹想要子女。乖女孩，妳知道世上有這樣的人嗎？還有像我一樣專門提供嬰兒的人？不知道嗎？」我仍舊不吭聲。她手又動了動。「唉，也許這小姐來找我之前也不知道這些事。可憐的孩子。那女的試著幫她，但她懷孕太久了，她只會害她身體變得更虛弱。『妳的丈夫呢？』我收容她之前問：『妳媽媽呢？妳家人呢？他們不會找上門，是吧？』她說不會。她沒有丈夫。當然，這便是問題所在。她母親過世了。她從距離倫敦四十英里的宏偉莊園逃出來。她說那地方在泰晤士河上游……」她點點頭，雙眼仍直直望著我。我全身發涼。「她父親和哥哥在找她，可能想乾脆殺了她，但她篤定他們絕不可能找到自治市區來。至於一開始說愛她、後來害她懷孕的紳士。哼，他其實早已有了老婆和小孩。那人拍拍屁股一走了之，放她自生自滅。當然，這就像一般紳士會幹的事。

「幹我這行的，有這種事要感謝老天！」她笑了，幾乎是擠眉弄眼。「這小姐是有錢人。我收容了她，讓她住到樓上。也許我不該這麼做。易卜斯先生當時就警告過我。因為那時我房裡已有五、六個嬰兒了，而且我當時筋疲力盡，心神不寧。我比平常還焦躁不安，因為我自己剛生下的孩子不幸過世了——」說到這，她表情變了，一手在她雙眼前揮了揮。「不過，這我不想提了。不提了。」

她吞了吞口水，環顧四周，彷彿在尋找故事斷了頭的線。後來她臉上的疑惑漸漸消失，好像找到了。她再次望向我的眼睛，然後手向上比。我和她一起望向天花板。天花板又髒又黃，並被燈煙燻得一片灰。

「我們將她安置到樓上。」她說：「就在紳士的房間裡。我白天會整天坐在她身旁，握著她的手，每天晚上她都輾轉難眠，低聲哭泣。她的哭聲聽了都教人心碎。她跟牛奶一樣善良純潔。我當時覺得她可能會死。易卜斯先生也這麼認為。我想就連她自己也這麼覺得，因為她還要懷孕兩個月，但任誰看到她都知道，她根本連一個月都撐不過。不過也許連胎兒都知道，他們有時候真的懂。因為最後她才來了不到一週，羊水就破了，嬰兒馬上要出生。她生了一天一夜。結果孩子順利生下來了！那小姐身體原本就虛弱，雖然孩子像蝦子般嬌小，她仍被折騰得不成人形。她聽到嬰兒哭叫，便從枕頭上抬起頭。她問：『薩克斯比太太，那是什麼聲音？』我告訴她：『是妳的孩子啊！親愛的！』她說：『我的孩子？是男的還是女的？』我回答：『是女孩。』她一聽到便扯著嗓子哭喊：『願老天保佑她！這世界對女孩太殘忍了。我希望她死掉，讓我跟她一起死！』」

她搖搖頭，舉起雙手，然後手放鬆，落到雙膝上。理查靠在門邊。門上有個鉤子，上頭掛著一件絲質睡袍。他將睡袍上的衣帶拿起，心不在焉地掃過嘴前。他雙眼望著我，眼皮低垂，表情難辨。下方廚房傳來笑聲和斷斷續續的尖叫聲。女人聽到，神情悲傷地抽了一口氣。

「丹蒂又在尖叫了……」她翻白眼。「但我說得真久！是吧，里利小姐？沒覺得無聊吧，親愛的？畢竟這都是陳年往事了，也許沒必要多說……」

「繼續說。」我口乾舌燥。「繼續說關於那女人的事。」

「妳說那個生了個小女娃的小姐啊？她多麼嬌小啊，頂著一頭金髮，有雙藍眼睛。哼，當然小孩子眼睛出生都藍的，後來會漸漸變成褐色……」

她意有所指地望著我褐色的雙眼。我眨眼，不覺紅了臉，但我語氣平淡。「繼續說。」我又說一次。「我知道妳想告訴我。不如現在說清楚。那女人希望她女兒死。然後呢？」

「希望她死？」她搖搖頭。「她只是嘴上說說。有的女人確實會這麼說，有時也是認真的，但她不是。那孩子是她的一切，當我說她最好放棄這孩子，將孩子交給我，她大發雷霆。我說：『什麼？妳該不會打算獨自撫養她長大吧？妳一個小姐，又沒有丈夫？』她說她會假裝自己是寡婦，並打算逃到國外，到一個沒人認識她的地方，當女裁縫糊口。她說：『女兒知道我不幸的遭遇之前，我會讓她嫁給一個窮人。我受夠上流生活了。』可憐的孩子，那是她腦中唯一的想法，不論我怎麼跟她講道理，她都毫不動搖。她寧可看她女兒正直貧苦地過活，也不願送她回到過去的金錢世界。她打算恢復精力之後馬上前往法國。我老實說，我當時覺得她是個傻子，但我願切下一隻手臂幫助她，因為她為人單純又善良。」

她嘆口氣。「但這世上命運最坎坷的往往是單純善良的人。可不是嗎！她身體非常虛弱，嬰兒也還小。但她日日夜夜說著法國的事，腦中別無他想。後來有一天，我扶她上床時，廚房門傳來敲門聲。敲門的是一開始將她介紹來我這的女人。我一看到她就知道事情不妙了。果不其然。妳想怎麼著？小姐的爸爸和哥哥還是循線追來了。『他們來了。』那女人說：『老天，我不想告訴他們妳在哪。但她哥哥拿楞杖打我。』她給我看她的背，上頭全都是瘀青。『他們去坐馬車了。』她說。『還請了個流氓幫忙。我猜妳們還有一小時。如果她打算走的話，快把小姐帶走。如果妳藏著她不交出來，他們會把妳家拆了！』

「結果！可憐的小姐跟著我下樓，這些話她全都聽到耳裡，並放聲尖叫。她說：『噢！我完了！噢！我要是早點出發去法國就好了！』但她身子實在太虛弱，光是下樓就快要了她的命。她說：『他們會帶走我的寶寶！他們會帶走她，把她變成他們的！他們會在大房子將她撫養長大，他們乾脆直接把她埋了算了！他們會帶走她，讓她恨我。噢！我甚至還沒替她取名字！我甚至還沒替她取名字！』她嘴裡不斷說著：『我甚至還沒替她取名字！』我說：『那現在幫她取名字！』我只是想叫她安靜下來，便繼續說：『趁現在還有機會，快幫她取名字。』她回答：『好！可是，我該替她取什麼名字？』我想一下說：『嗯……考慮一下。現在也沒轍了，她最後還是會變成一個小姐。給她起一個適合的名字。妳自己叫什麼名字？乾脆跟妳一樣。』這時她臉色一沉說：『我的名字令人憎惡，我寧可現在咒死她，也不要叫她瑪莉安——』」

她停下來，看我的表情。我臉抽動或扭曲了一下。雖然我早已知道故事會揭露她的身分，也努力克制自己的反應，但隨著故事發展，我仍感到呼吸急促，肚子糾結。我吸一口氣。「假的。」我說：「我母親沒有丈夫陪同來到這裡？我母親瘋了。我父親是個軍人。我有他的戒指。在這裡，就在這裡！」

我走到我的行李袋，彎腰拉開破皮革，找到包著我珠寶的方巾。裡頭放著他們在瘋人院給我的戒指。我拿起來，手不住地顫抖。薩克斯比太太看了看，聳聳肩。

「戒指可能來自任何地方。」她說。

「從他那裡來的。」我說。

「任何地方都有可能。我可以替妳找十枚類似的戒指，印上V．R[38]。那樣會讓戒指變成女王的嗎？」

我無法回答。我怎麼知道戒指從何而來，又是如何刻印？我又說一次，語氣更加微弱，「我母親沒有丈夫

38　維多利亞女王（Victoria Regina）的縮寫。

陪同來到這裡。生病，跑來這裡。我父親……我舅父……」我抬頭。「我舅父。我舅父為何要說謊？」

「他為何要說出真相？」理查上前說，他終於開口了。「我敢說他妹妹墮落前一直清清白白的，可惜她運途多舛，但這樣的家醜……哼，一般人可不想張揚……」

我再次望著戒指。我小時候很喜歡上面一道凹痕，以為那是刺刀留下的。現在這枚金戒感覺好輕，彷彿已被刺穿挖空。

「我母親瘋了。」我頑強地說：「她被綁在一張桌上生下我……不對。」我雙手摀住眼睛。「那大概是我的想像。但其他事是真的，我母親瘋了。她曾關在瘋人院裡，我要以她為借鏡，不然我也會陷入瘋狂。」

「他們抓到她之後，她確實被關進了瘋人院。」理查說：「我們全都知道，女孩子時不時會為了紳士的方便被關進瘋人院。總之，這暫且不提。」他和薩克斯比太太交換眼色。「他們確實灌輸妳這種觀念，讓妳擔心自己會步上她的後塵，茉德。結果妳受到什麼影響？妳不就隨時擔心自己失控，並且乖乖聽話，過著委屈的生活？換言之，正好合妳舅父的意？我不是曾跟妳說過他是王八蛋嗎？」

「你們錯了。」我說：「你們搞錯了，或誤會了。」

「我們沒有錯。」薩克斯比太太回答。

「你們現在也可能在說謊。你們兩個！」

「也許吧。」她敲敲嘴巴。「但乖女孩，妳知道我們沒說謊。」

「我舅父……」我又說：「我舅父的僕人。魏伊先生、史黛西太太……」

但我說出口便感到似曾相識的壓迫感。魏伊先生的肩膀曾頂著我的肋骨，手抓住我膝蓋說，覺得自己是小姐了，是不是？然後，還有，史黛西太太雙手抓著我手臂，嘴裡的氣息噴到我臉頰：

妳母親明明家財萬貫，為什麼變成一個爛貨！

我知道，我其實心底知道。我手中仍拿著戒指。現在我大吼一聲，將戒指扔到地上，就像以前脾氣暴躁、亂扔杯盤的我。

「去他的！」我罵。我想到自己站在舅父床腳，手中拿著剃刀，還想到他那雙毫無防備的眼睛，和《背信》的畫面。「去他的！」理查點點頭。我這時轉向他。「我也去你的！這麼久以來，你都知情？那你在荊棘莊園為何不告訴我。你不覺得我會更心甘情願跟你走嗎？為何要等我來這……這爛地方！為何要欺騙我和嚇我？」

「嚇妳？」他說著耐人尋味地笑一聲。「噢！茉德，可愛的茉德，我們還沒真的進入正題。」

我不明白他說的話，還來不及反應。我腦中仍想著我舅父和母親。我母親生病，身敗名裂逃到這裡……理查手放到下巴，雙唇動了動。「薩克斯比太太。」他說：「妳這有喝的嗎？我口好乾。我想是因為期待的關係。我在賭場轉輪盤的時候也是；小時候看啞劇，仙女要飛上天的時候也是。」

薩克斯比太太猶豫一下，然後走向一個架子，打開盒子拿出酒瓶。她拿出三個杯口鑲金的平底玻璃杯，拉起裙襬，將杯子擦乾淨。

「里利小姐，我希望妳沒誤以為這是雪莉酒。」她邊倒邊說。刺鼻的酒氣飄散，滿房間都令人難受。「我永遠不可能把雪莉酒放在小姐的房間裡。但擺瓶純正的白蘭地，以備不時之需。哼，妳說說看，有什麼壞處？」

「絕對沒壞處。」理查說。他將杯子遞給我，我腦中一片混亂，頭暈目眩，怒不可抑。我馬上接下喝了一口，彷彿當作是紅酒。薩克斯比太太看我將酒吞入喉嚨。

「愛喝酒啊。」她頗開心。

「愛喔。」理查說：「尤其當瓶上標籤寫是藥的時候。嘿，茉德？」

我不回答。白蘭地辣口。我終於坐到床邊，解開斗篷的綁繩。房間比之前還暗，天漸漸黑了。馬鬃屏風高大陰暗地矗立在一旁，投出大片陰影。牆面陰沉封閉（壁紙有的花紋是花朵，有的是鑽石，花色已汙濁不清）。靠窗的薄圍巾變得更顯眼。一隻飛蠅受困圍巾後，孤注一擲嗡嗡撞著玻璃。

我雙手掩面坐在床上。我的腦袋像房間一樣受黑暗籠罩。我思緒動得飛快，但全是白費工夫。我沒開口提任何問題。如果這是別的女孩的故事，而我只是在讀書或聽故事而已，我想我會提問。我沒問他們為何帶我來這裡，他們要對我做什麼，而他們騙我、拿故事嚇我，又有什麼好處。我心裡仍只有對舅父的怒火。我腦裡一遍又一遍想著，我母親身敗名裂，備受羞辱逃到賊窩，躺在這裡流血。但沒有瘋、沒有瘋……

我想我的表情一定很奇怪。理查說：「茉德，看著我。現在不要想妳舅父和莊園的事了。不要去想那個叫瑪莉安的女人。」

「我一定會一直想她。」我回答：「我會跟之前一樣，像個傻瓜一心想著她！但我父親……你說他是個紳士？這麼多年來，他們都騙我說我是個孤兒。我父親還活著嗎？他從來沒有……」

「茉德、茉德。」他嘆口氣說，退到了門邊。「看看四周。想想妳怎麼來到這裡的。你覺得我把妳從荊棘莊園帶出來，幹了今早的事，冒那麼大的風險，只是要讓妳了解家族祕辛而已嗎？」

「我不知道！」我說：「我現在又知道什麼了？如果你多給我一點時間，讓我好好思考。如果你乾脆直接告訴我——」

但薩克斯比太太來到我身旁，輕輕摸我手臂。

「別急，乖女孩。」她語氣極為溫柔。她一指放到嘴邊，一眼半閉。「別急，仔細聽。妳還沒聽完我的故事。接下來才是最精采的部分。妳記得，剛講到有個小姐身體虛弱，一息尚存。父親、哥哥和流氓一小時後將出現。然後還有個嬰兒，而我說：『我們要替她取什麼名字？妳自己的名字瑪莉安怎麼樣？』小姐說她寧可咒死她，也不願叫她這名字。妳記得嗎，親愛的？那可憐的女孩接下來說：『至於小姐的女兒，妳告訴我。當個小姐除了毀了妳的人生有什麼好的？我想替她取個普通的名字。』她說：『像個普通女孩。我想替她取個普通的名字。』我說：『那妳就替她取個普通名字。』其實我只是在迎合她。她說：『好。沒問題。有個僕人曾對我很好。甚至比我父親和哥哥更好。我想以她的名字命名女兒。我會用她的名字叫她。我會叫她——』

「茉德。」我萬念俱灰地說，再次垂下頭。但薩克斯比太太不吭聲，我抬起頭。她神情古怪，沉默不語，氣氛更顯得詭異。她緩緩搖頭，吸口氣，又猶豫了一秒，然後說：

「蘇珊。」

理查手放在嘴前看著這一切。房間和整間屋子一片平靜。我的腦袋剛才像磨輪一樣轉動，現在似乎停了下來。蘇珊。蘇珊。我不會讓他們發現這個名字令我有如五雷轟頂。蘇珊。我不說話。我不動，因為我怕自己跌倒或發抖。我雙眼只盯著薩克斯比太太的臉。她緩緩喝了另一口白蘭地，然後擦擦嘴。她再次坐到床上，來到我旁邊。

「蘇珊。」她又說一次。「那是小姐給她的名字。嬰兒取個僕人的名字感覺很可惜，對不對？總之這是我的想法。我又能說什麼？可憐的女孩，她腦袋不清楚。她仍不斷哭泣、尖叫、說她父親會來帶走孩子，還會讓孩子恨母親敗壞名聲。她哀嚎：『噢！我能怎麼救她？任何人帶走她都可以，只要不是他和我哥哥就好！噢！我能怎麼辦？我能怎麼救她？噢！薩克斯比太太，我現在向妳保證，與其帶走我的孩子，我寧可他們帶走其他可憐女人的孩子！』」

她嗓門提高，臉頰發紅，眼皮有條血管快速搏動。她手按到眼睛上，然後又喝了口酒，再次擦擦嘴。「她是這麼說的。」她放輕聲音。「她是這麼說的。她一說出口，房裡躺著的所有嬰兒彷彿都聽到她說的話，同時放聲哭泣。只要不是親生的，每個嬰兒的哭聲聽起來都一樣。總之，她聽起來都一樣。我扶她到樓梯口，站在那道門外……」她頭擺了擺，理查換了個姿勢，門發出吱呀一聲。「然後她停下腳步，望著我，我知道她在想什麼，我心一涼說：『不行！』她反問：『為什麼不行？妳自己就說過，我女兒長大要當小姐。為什麼不讓其他孤兒代替她。可憐的孩子，她必須忍受當小姐的苦！但我發誓，我會分一半的財產給她，剩下一半給蘇珊。如果妳現在替我養她，讓她當個正常人長大，不告訴她遺產的事，讓她體會貧窮的滋味，這樣一來，她便會珍惜那筆錢的價值！』她說：『妳沒有孤兒可以代替蘇珊給我父親嗎？有沒有？有沒有？求求妳說有！我洋裝口袋現下就有五十英鎊。妳拿去！我會給妳更多！只要妳替我做這件事，然後守口如瓶。』」

也許下方的房間或街上有傳來動靜，但我不知道，就算有，我也沒聽到。我目光留在薩克斯比太太脹紅的臉上，望著她雙眼和嘴唇。她說：「這事真難辦，妳說是不是，乖女孩？這事確實難辦。我想我這輩子腦袋從沒動這麼快。最後我說：『妳錢留著。那五十英鎊留著。我不想要。我想要的是這個。妳爸爸是紳士，紳士很奸詐。我會替妳養孩子，但我希望妳寫一張契約，上面寫好妳打算做的事，然後簽名密封。讓文件變得有約束力。』她想也不想便說：『沒問題！我寫！』於是我們進到這間房，我替她拿了紙和筆，她把條件全寫下來。正如我剛才所說，蘇珊．里利是她的親生女兒，不過現在由我撫養，而那筆財產將分成兩半，諸如此類。她將契約摺起，並用手上的戒指將信蠟封，在上頭寫好，必須等她女兒年滿十八歲那天才能打開。她原本想訂為二十一歲。但正當她寫著，我腦筋也動很快，我說一定要十八歲。因為我們不能讓兩個女孩嫁人之後，才讓她們知道真相。」她笑了笑。「她覺得我說得對，並感謝我想到了這點。」

她繼續說：「後來，她才將信密封好，易卜斯先生便出聲警告。有輛馬車在鎖鋪門口停下，兩個紳士下了車，分別是一個老頭和一個年輕人，他們還帶著一個拿著棍子的流氓。唉唷！小姐尖叫跑回房，我站在原地，雙手抱頭，手抓著頭髮。然後我走到搖籃，伸手抱起一個孩子。她是個女孩，和蘇珊身形相仿，長大之後應該會像她一樣美。我帶她上樓。我說：『來！快把她抱過去，好好對她！她的名字是茉德，說到底，那也是個小姐的名字。記得妳的誓言。』她回答：『妳也記得妳的誓言！』那可憐的女孩失聲哭泣。她親了親自己的女兒，我接下她女兒，帶她下樓，放到空床裡……」

她搖搖頭說：「簡直是不足掛齒的小事！一分鐘之內便結束了。大功告成，而紳士仍在大力敲門。『她在哪裡？』他們大吼。『我們知道她在你們這！』這時已阻止不了他們。易卜斯先生讓他們進門，他們在房子裡怒火沖天，四處尋找。看到我時還將我撞倒在地，接下來，她爸爸便將那可憐的小姐拖下樓。她洋裝零落，鞋子都沒穿，臉上還有一道哥哥枴杖留下的痕跡。然後還有妳，乖女孩，她將妳抱在懷中，所有人都以為妳是她的孩子。誰會懷疑？那時要改變心意也太遲了。她父親拖她下樓時，她短短和我對望一眼，就這樣。但我有想像她從車廂窗戶看著我。她是否後悔，我不知道。我敢說她常想著蘇。但時間也不長。唉，沒想到她那麼早過世。」

她眨眨眼，別開頭。她將白蘭地放在我們之間。被子縫線間有一塊凹處，因此杯子不會打翻。她雙手緊握，用粗短發紅的拇指摸著另一手的指節。她穿著便鞋的腳輕點著地面。她說故事的這段時間，雙眼沒有離開過我的臉，直到現在。

我閉上眼睛，雙手摀在眼前，望向手掌中那片黑暗。房中一片沉默，沉默延續好長一段時間。薩克斯比太太彎身靠近。

「乖女孩。」她喃喃說：「妳不想跟我們說什麼嗎？」她摸摸我的頭髮。我仍不吭聲，動也不動。她放下手。「我知道這消息令妳非常震驚。」她說。也許她這時朝理查比了一下，因為他也過來蹲在我面前。他試著從我指間望著我說：「茉德，妳聽懂薩克斯比太太跟妳說的事嗎？一個嬰兒成為了另一個嬰兒。妳的母親不是妳真正的母親，妳的舅父不是妳真正的舅父。妳的人生原本不是妳的人生，而是蘇的。而蘇則過著妳的人生……」

據說人死前，一生會從眼前快速飛逝。理查說話時，我見到我的人生飛逝。我看到瘋人院、木棍、荊棘莊園緊繃的洋裝、珠繩、我舅父赤裸的雙眼、書本、無數書本……我的人生閃現一陣便消失了，像在濁水中閃現的一枚錢幣，稍縱即逝，徒然無用。我全身顫抖，理查見了嘆口氣。薩克斯比太太搖搖頭，發出嘖嘖聲。但我露出臉時，兩人都嚇得退開。他們以為我在哭，但我沒有哭。我在笑。我壓抑著難忍的笑意。我的表情肯定相當駭人。

「噢。」我想我這麼說了。「這太完美了！這正是我一直渴望的！你們幹麼盯著我？你們在看什麼？你們以為坐在這兒的是個小女孩嗎？那個小女孩早就不見了！她已經淹死了！她早已安眠，深埋在水底下。你們以為她現在還有手腳，身上還有肉，還穿著衣服嗎？你們以為她還有頭髮嗎？她只剩一具乾巴巴的白骨！她跟書頁一樣白！她是本書，裡頭的文字已經脫落四散——」

我試著呼吸，但嘴裡彷彿滿滿是水。我試著吸空氣，但空氣進不來。我抽噎一下，全身搖晃，接著又抽噎一次。理查起身看著我。

「別發瘋了，茉德。」他一臉厭惡。「記得。妳現在沒有藉口了。」

「我全都有藉口了！任何事都一樣！」我說。

「乖女孩……」薩克斯比太太說。她趕快拿起那杯酒，在我面前晃。「乖女孩……」但我仍顫抖大笑，並發出可怕的笑聲。我就像釣線上的魚全身不斷抽動。我聽到理查咒罵一聲，看到他走去我的行李袋，在裡頭摸索，他拿出我那瓶藥，滴了三滴藥到白蘭地裡，然後捧住我的頭，將杯子對到我的嘴。我喝了一口，吞下去並咳了咳。我雙手摀住嘴巴，感覺嘴巴麻掉了。我再次閉上雙眼，不知道我坐了多久，但不久我感覺床上的毯子裹住了我的肩膀和臉頰。我昏昏沉沉，倒到床上，身體仍不時抽動，感覺像在笑。理查和薩克斯比太太再次沉默地站在一旁，看著我。

不過，他們現在又站近點。「好了。」薩克斯比太太溫柔地說：「妳好點了嗎？親愛的？」我沒答腔。她望向理查。「我們是不是該離開，讓她睡一覺？」

「睡個屁。」他回答：「我還是覺得她以為我們帶她來這是為了她。」他靠過來，拍拍我的臉。「睜開雙眼。」他說。

我說：「我沒有眼睛。我怎麼能睜開眼睛呢？你把我眼睛奪走了。」

他手放到我眼皮，用力捏起。「張開妳該死的眼睛！」他說：「好多了。好，還有一些事妳必須知道。只剩一點點而已，然後妳就能睡了。聽我說。聽好！別問我妳要怎麼聽，妳敢問，我就把妳他媽的兩邊耳朵都割下來。對，看來妳有聽到。這妳也有感覺嗎？」他打我一巴掌。「非常好。」

那一下其實力道不重。薩克斯比太太看到他舉起手，便試圖阻止。

「紳士！」她臉色一沉說：「不必動粗。不必動粗。控制自己的脾氣，好不好？我覺得你傷到她了。噢，乖女孩。」

她手伸向我的臉。理查氣呼呼繃著臉。「她應該要心懷感激。」他說著站起身，將頭髮向後撥。「畢竟我過去三個月都沒動手。她應該要知道，我之後還會再打她，而且我一點都不在乎。妳有聽到嗎？茉德？妳見過我在荊棘莊園的樣子，人模人樣的。但在這裡，我可以不用裝模作樣。懂嗎？」

我躺在床上，摸著臉頰，雙眼盯著他不發一語。薩克斯比太太搓揉著雙手。他從耳後將香菸拿下來，放到嘴裡，找著火柴。

「繼續吧，薩克斯比太太。」他邊找邊說：「說完剩下的事。至於妳，茉德。仔細聽，聽清楚妳這輩子活著的目的。」

「我這輩子根本沒活過。」我輕聲說：「你們剛才告訴我，一切全是虛構的。」

「哼。」他找到火柴，劃亮。「虛構的故事一定要有個結局。現在聽聽看妳的故事如何結束。」

「已經結束了。」我回答。但他的話引起我注意。我還沒從剛才的震驚中醒來，再加上喝酒服藥，我感到頭暈目眩。但再怎麼暈，我心中都不禁為接下來會聽到的事感到害怕，不知他們打算怎麼囚禁我，而且不知是為了什麼……

薩克斯比太太見我陷入沉思，點點頭。「現在妳慢慢懂了。」她說：「妳開始看清楚了。我撫養了小姐的嬰兒，更好的是，我拿到小姐的契約。當然，契約最重要了。有契約就有錢，是吧？」她露出笑容，碰了碰鼻子。然後她彎身靠近。「想看看嗎？」她換了個口氣說：「想看看小姐的契約嗎？」

她吊了一下胃口。我沒回答，但她又笑了，並從我身旁走開，她望向理查，然後背對他，手解開洋裝的釦子。塔夫塔綢沙沙作響。她將釦子解開後，手伸到裡頭。從我這裡看來，她的手摸到心口上，並拿出一張摺起的紙。「貼身收著。」她拿給我說：「這麼多年來，比金子收得還小心！看這裡。」

那張紙像封信一樣摺著，表面以斜字寫著：在我女兒蘇珊．里利十八歲生日時打開……我看到那名字，身體打個寒顫，並伸出手，但她像我舅父一樣疑神疑鬼（他現在不是我舅父了），不讓我拿在手裡。不過，她讓我碰了那張紙。紙很溫暖，有著她胸口的溫度。墨跡棕黃，摺痕處起毛褪色。蠟封很完整。上頭印著我母親的名字……我是說蘇母親的名字。她不是我媽，再也不是了——

M．L。

「妳看到了嗎？乖女孩？」薩克斯比太太說。紙張不住顫抖。她將紙拿到自己面前，一副守財奴的模樣。她舉起紙，用嘴唇吻一下，然後轉身將紙放回洋裝裡頭，扣上洋裝，又看了理查一眼。他一直仔細看著，面露好奇，但不吭一聲。

我開口了。「她寫了契約。」我說，聲音沙啞，腦袋昏昏沉沉。「她寫了契約。他們帶走她。然後呢？」

薩克斯比太太轉身。她的洋裝已穿好，如同剛才一般平整，但她手仍按在胸口，彷彿小心呵護著衣下的文字。「小姐？」她心不在焉地說：「小姐死了，乖女孩。」她抽了抽鼻子，語氣變了。「不過，要是她沒多撐一個月，我就糟了！誰想得到？那個月裡，事情生變。她爸爸和哥哥帶她回家之後逼她改了遺囑。改成什麼妳可想而知，他們決定，她女兒結婚之前一毛錢都拿不到。乖女孩，那時他們指的是妳。紳士天性奸詐，是吧？她透過看護寄了封信來告訴我。他們那時已把她關進瘋人院了，並將妳也帶了進去。唉，關沒多久她便死了。她說，她不知道接下來會發生什麼事。但她心裡十分寬慰，相信我一定會信守承諾。可憐的孩子！」她彷彿真心為她難過。「那就是她犯下的錯。」

理查大笑。薩克斯比太太摸了摸嘴，露出狡詐的表情。「至於我。」她說：「哼，打從一開始我便只有一個問題，那就是這筆錢我只分到一半，我該怎麼做才能全收入口袋。而我唯一的安慰就是我有十八年可以好好思考。我經常想念著妳。」

我別開頭。「我從沒要妳想念我。」我說：「我現在也不要。」

「不知感激，茉德！」理查說：「薩克斯比太太為了妳，費盡苦心計畫這麼久。女孩子不都一心希望自己是羅曼史中的女主角嗎？換作別的女孩，可能會幻想自己與眾不同。」

我目光從他身上回到薩克斯比太太，不發一語。她點點頭。「我經常想念妳。」她又說了一次。「我不知道妳過得怎麼樣。我想妳一定變得很美。乖女孩，結果真是如此！」她吞了吞口水。「我只怕兩件事。第一件事是妳過世。第二件事是妳外公和舅父會帶妳離開英國，並在祕密公布前讓妳結婚。後來我在報紙上讀到妳外公死了，並聽說妳舅父帶著妳到鄉下隱居，遁世離群。我兩個恐懼都化為烏有！」她微笑。「同時……」她說著眼皮翻動。「同時，蘇在這兒過活。乖女孩，妳也見了，我默默貼身照顧著她，保護得多好。」她拍拍洋裝。「唔，少了蘇這個對象，那個約定對我來說又有什麼意義？想想我把她養得多好、多低調。想想她有多安全。在這樣的家裡，我們這條街道上，這女孩可能變得多精明。看我和易卜斯先生費了多少勁，才讓她保持老實。我眼光放多遠。我一直知道最後一定會用上她，但總想不到該如何是好。後來我遇到紳士，事情才漸現曙光。我一直擔心妳私下偷偷結婚，結果，我轉念一想，馬上發覺他一定得是那個偷偷娶妳的對象……至於蘇，我又花了一點時間，才想出要怎麼處理她。」她聳聳肩。「好了，現在我們做到了。蘇成為了妳，乖女孩。而我們之所以帶妳來——」

「仔細聽，茉德！」理查說。我閉上雙眼，轉開頭。薩克斯比太太來到我身旁，舉起手，開始摸我的頭髮。

「我們之所以帶妳來……」她語氣更溫柔。「是希望妳成為蘇。就這樣，乖女孩！就這樣。」

我睜開眼，一臉呆滯。

「妳不懂嗎？」理查說：「我們把蘇當作我妻子，關進瘋人院，等她母親的契約一公開，她那筆錢……茉德繼承的那筆遺產，便歸我所有。要我來說，那筆錢應該全數都給我，但說到底，這終究是薩克斯比太太的計畫，所以那筆錢一半歸她。」他鞠個躬。

「很公平？不是嗎？」薩克斯比太太說，她手仍摸著我頭髮。

「但另外一半。」理查繼續說：「也就是蘇真正的那一半，薩克斯比太太也會拿到。契約載明她為蘇的監護人。監護人通常對於財產沒分得那麼清楚……當然，如果蘇消失了，一切都是白費。不過，其實消失的是茉德．里利。而真正的茉德．里利……」他眨了眨眼。「當然我這裡指的是妳——假的茉德．里利。如果這身分消失的話，不正合妳意嗎？妳不是想消失嗎？妳一分鐘之前說，妳現在做任何事都有藉口了。那未來假裝自己是蘇有什麼不好？薩克斯比太太也會因此賺一大筆錢。」

「讓我們兩人都賺一大筆錢，親愛的。」薩克斯比太太馬上接口。「我可不是冷血的人，親愛的，我不會奪走妳的一切！妳仍是個美麗的小姐，不是嗎？我變成有錢人之後，我需要一個美麗的小姐在身邊，告訴我該如何生活。親愛的，我替我倆訂好遠大的計畫了。」她敲敲鼻子。

我站起身，從她身旁走開。但我仍暈頭轉向，站也站不穩。「你們瘋了。」我對兩人說：「你們都瘋了！我……要我假裝是蘇？」

「怎麼了？」理查說：「我們只需要說服一個律師就行了。我想我們辦得到。」

「怎麼說服他？」

「怎麼說服？簡單啊，薩克斯比太太和易卜斯先生能作證。他們對妳情同父母，要說誰能認識妳，我想非他們莫屬。約翰和丹蒂也能作證。妳別懷疑，只要有錢賺，要他們發什麼誓都行。還有我。茉德．里利小姐是我的妻子，妳在荊棘莊園服侍她時，我也見過妳。妳不也看到紳士一句話，在社會上占多大分量嗎？」他假裝突然想到。「當然，妳一定明白！鄉下瘋人院裡還有兩個醫生呢。我想他們一定記得妳。那才不過是昨天的事，妳不是伸出手，向他們行屈膝禮，並站到他們面前，以蘇的身分回答二十分鐘的問題嗎？」

他讓我思考一下。然後他說：「我們只希望時機一到，妳能在律師面前再表演一次。妳有什麼損失？茉德，妳一無所有。妳在倫敦沒有朋友，名下沒有財產。仔細來說，連個名字都不算有！」

我將手指放到嘴上說：「假設我不做呢？假設律師來，我告訴他——」

「告訴他什麼？告訴他妳騙了一個純真的女孩？醫生打鎮定劑帶走她時，妳在一旁袖手旁觀？嗯？妳覺得他會怎麼想？」

我坐在那看他說話。最後我輕聲說：「你真的這麼邪惡嗎？」他聳聳肩。我轉向薩克斯比太太。「而妳……」我說：「這麼邪惡嗎？關於蘇的事。妳就這麼卑鄙嗎？」

她手在面前揮了揮，不發一語。理查嗤之以鼻。「邪惡。」他說：「卑鄙。多麼咬文嚼字！那都只是虛構作品裡的詞。妳以為女人交換孩子，是像看護在演戲一樣，為了搞笑嗎？看看妳四周，茉德。站到窗邊，看看街道。這是現實，不是虛構世界。現實很苦、很悲慘。要不是薩克斯比太太好心讓妳遠離這一切，這會是妳的人生。老天！」他從門口走開，雙手放到頭後伸展。「我累死了！我今天幹了太多事，是吧？我把一個女孩送進瘋人院，另一個……哼。」他看著我，用腳頂了我的腳一下。「不辯啦？」他說：「不大吼大叫了？我想之後才會吧。大吼大叫也無所謂。蘇的生日是八月初。我們有三個多月的時間能說服妳。我想只要三天……我是指在自治市區生活三天。大概就能說服妳了。」

我望著他，無法說話。我腦中仍想著蘇。他歪了歪頭。「別說我們嚇妳一下，妳就一蹶不振，茉德。」他說：「這麼快？要真是這樣，我會很傷心。」他頓了頓，然後又補了一句說：「妳母親也會很難過。」

「我母親。」我開口，並想到眼神瘋狂的瑪莉安。接著我吸了口氣。聊了這麼多，我都沒想到問我親生母親的事。理查望著我，一臉狡猾。他將手伸到衣領，脖子伸展，忸怩作態，輕聲咳了咳，

「好了，紳士。」薩克斯比太太見他這副模樣，焦慮地說：「別鬧她了。」

「鬧她？」他說。他手仍拉著領子，彷彿脖子磨到了。「我只是一直說話，喉嚨都乾了。」

「還不是你說太多了。」她說：「里利小姐……我這樣叫妳好不好？親愛的？感覺比較自然，不是嗎？里利小姐，妳別理他。我們還有很多時間，可以慢慢聊。」

「妳指的是關於我母親的事。」我說：「我真正的母親，妳替蘇虛構的那個人。那個窒息……妳看，我還是知道一些事吧！那個吞針而窒息的女人。」

「吞針！」理查大笑。「蘇這麼說的？」薩克斯比太太咬著嘴唇。我目光在他們身上來回。

「她是誰？」我疲倦地問：「老天啊，快告訴我。你們覺得我現在還會驚訝嗎？你們覺得我在乎嗎？她是誰？像你們一樣是賊嗎？哼，如果那瘋女人不是我母親，我想賊也行……」

理查又咳了咳。薩克斯比太太別開頭，手握在一起搓揉。她開口時，語氣輕聲嚴肅。「紳士。」她說：「現在不准再跟里利小姐說別的事了。不過，我有話想說。這些事是女人間的私事。」

他點點頭。「我知道。」他說著，雙臂交叉。「我也迫不及待想聽。」

她等了等，但他不肯離開。她再次走來坐到我身旁，我再次縮開身子。

「乖女孩。」她說：「事實上，也沒有比較好聽的說法了。沒人比我更了解！因為我已經對蘇說過一次。妳母親……」她舔了舔嘴唇，然後望向理查。

「告訴她。」他說：「不然我來說。」

於是她再次開口，語氣加快。她說：「妳母親接受了審判，不光是因為偷竊，她還殺了人。然後……噢！

親愛的，他們將她吊死了！」

「吊死了？」

「殺人犯，茉德。」理查說，簡直樂在其中。「妳從我房間窗戶邊可以看到他們吊死她的地方——」

「紳士，夠了！」

他不說話了。我又說了一次：「吊死了！」

「絞刑。」薩克斯比太太說。不管這詞意思為何，彷彿換個詞就能讓我感覺好一點。她看了看我的表情。「乖女孩，別想了。」她說：「現在有什麼差別呢？妳是個小姐，不是嗎？誰會在乎妳的出身？看看妳周圍的東西。」

她站起身，點亮燈。四周都是俗豔的東西，像絲質睡袍和霧銅色的床架，壁爐上還放著瓷製飾品，在黑暗中顯得十分亮眼。她走到洗手檯，又說了一次：「看這香皂。多好的香皂！這是從西區的店裡拿來的。大概一年前到手的。我那時就想：『嘿，里利小姐會喜歡！』於是我用紙包起，好好收到現在。然後這個毛巾，看啊。絨毛布做的，像桃子一樣。還有這香味！不喜歡薰衣草，我們會替妳拿玫瑰香的。妳看見了嗎？親愛的？」她走到抽屜櫃，將最底層的抽屜打開。「看，我們裡頭放了什麼！」理查彎身去看。我也看了，但內心驚恐萬分。「襯裙、長襪還有束腹！不只如此，這裡還有小姐的髮簪。還有小姐的腮紅。還有水晶耳環，一對藍的，一對紅的。親愛的，有兩對是因為我不知道妳眼珠顏色！好了，藍的那對可以給丹蒂……」

她手抓著金屬絲，拿起那兩對俗氣的耳環。我看著水晶緩緩轉動，眼中漸漸模糊。我絕望大哭。彷彿眼淚能拯救我。

薩克斯比太太看著我，嘴中發出嘖嘖聲。「喔，好了。」她說：「多可惜啊！哭？看到這麼美的東西？紳士，你看她？哭，為什麼哭？」

「哭。」我忿恨無力地說：「因為我發現自己困在這裡，就像這樣！我以為自己的母親只是個傻瓜，結果我卻活在一場幻夢之中。我能不哭嗎！妳這種卑鄙的人靠這麼近，我能不怕嗎！」

她退開來。「乖女孩。」她聲音一沉，目光瞄向理查。「我讓他們帶走妳，妳就這麼看不起我嗎？」

「我看不起妳把我帶回來！」我說。

她盯著我，然後幾乎露出笑意。她比了比房間，一臉不可思議地說：「妳以為我會把妳留在蘭特街啊！乖女孩，乖女孩，我讓妳離開是為了讓他們把妳培養成小姐。他們果真讓妳成為完美無瑕的掌上明珠！妳現在氣質出眾，別以為我會讓妳屈就在這爛地方。我不是說了嗎？親愛的，我有錢之後，我希望妳待在我身邊。小姐不都有個伴？只要等我將妳的財產全拿到手，我們還不買下倫敦最富麗堂皇的房子！到時候，馬車和僕人我們樣樣都少不了！想戴什麼珠寶、穿什麼洋裝都行！」

她雙手又放到我身上。她想親我、吞噬我。我起身甩開她。我說：「妳以為妳噁心的計畫成真，我會想跟妳待在一起？」

「不然呢？」她說：「我不收容妳，妳以為還有誰？妳被帶走是命運，但把妳救回來的是我。我為此計畫十七年。自從我將妳交到那可憐小姐的懷中，我每分每秒都在思索和策畫。我看著蘇——」

她吞了吞口水。我哭喊得更大聲。「蘇。」我說：「噢！蘇……」

「好了，幹麼哭成這樣？我不是照她母親的期待，為她盡心盡力？我不是保護她安全，讓她乾乾淨淨的，成為一個普通的女孩子？我只是把妳奪走的人生交還到她手中，不是嗎？」

「妳殺了她！」我說。

「殺她？她身旁有無數醫生，他們全都覺得她是個小姐，怎麼會呢？而且那可不便宜，我告訴妳。」

「確實不便宜。」理查說：「那筆錢要妳出，別忘了。要我來決定，我會把她送進郡立瘋人院。」

「看吧，乖女孩？殺了她！要不是我，她這輩子不知道要死幾次！她生病時誰照顧她？誰替她趕走那些男孩子？為了救她，我願意放棄雙手、雙腿和肺。但妳以為我為她付出時是為了她嗎？我有錢時，一個普通的女孩對我有什麼用？我這一切都是為妳做的！別想她了。跟現在的妳相比，她是水，是木炭，是塵埃。」

我瞪著她。「我的天啊！」我說：「妳怎能這麼做？妳怎能這麼做？」

她再次露出不可思議的表情。「我為何不能？」

「可是，妳欺騙她！把她丟在那！」

她伸手拍著我的袖子。「妳讓他們抓走她了。」她說。然後她表情變了，彷彿眨了個眼。「噢！乖女孩，妳不覺得妳果真是自己親生母親的女兒嗎？」

樓下又傳來尖叫、喘息和笑聲。理查雙臂交叉，站在一旁看著。窗邊的飛蠅仍嗡嗡作響，一次次撞擊著玻璃。然後嗡嗡聲停止了。那彷彿是個信號，我轉身甩開薩克斯比太太的手，在床邊跪倒下來，臉埋入被子的縫線裡。我之前勇敢又果決。為了自由，我吞下憤怒、瘋狂、欲望、愛情。事到如今，那份自由卻從我手中被奪走，我呼天搶地也不足為奇吧？

我將自己交給黑暗，希望永遠都不用再抬頭望向光明。

第十三章

那天晚上，我記憶斷斷續續。我記得我待在床邊，頭埋在床上，不管薩克斯比太太怎麼勸，我都不肯起身，也不下樓去廚房。我記得理查過來，又站到我裙邊，頂了頂我，我沒動靜時，他起身大笑離開了。我記得有人拿湯上來，我不肯吃。有人把燈拿走了，房中一片漆黑。後來我終於起身，因為不得不去上廁所。紅髮的圓臉女孩（丹蒂）帶我去廁所，並擋在門邊，以免我順勢跑入黑夜之中。我記得我又哭一陣，他們又給我喝更多加藥的白蘭地。有人替我更衣，穿上不是我的睡袍。我睡了大概一小時，然後被一陣塔夫塔綢的沙沙聲吵醒。我驚恐地望著放下頭髮的薩克斯比太太聳肩脫下洋裝，露出身體和髒兮兮的內衣。她捻熄蠟燭，爬上床，躺到我身旁。我記得她躺下來時以為我睡著了。她將雙手伸向我，後來又收回去。最後像守財奴看到黃金一樣，她抓起我一綹頭髮，放到嘴上。

我感覺到她的溫度、不熟悉的身形和她身上的酸臭。我記得她迅速熟睡，並開始打呼，我則睡睡醒醒。睡眠斷斷續續，夜晚過得異常緩慢。我感覺黑夜彷彿分成了好幾個夜晚。好幾年的夜晚！我宛如在煙霧中飄蕩，不斷跌倒。我有時醒來會以為自己在荊棘莊園的臥房裡，有時以為在克林姆太太的房間，有時以為在瘋人院的床上，而身形龐大的看護舒適地躺在我身邊。我醒了無數次。醒來時，我會嘟囔一陣，並渴望著睡眠。但最後心裡總是會湧起一股強烈的恐懼，想起自己身在何處，如何來到這裡，以及我真正的身分。

終於，我醒來了，且無法再次入睡。黑夜已不再黑暗。街上原本有盞街燈，光芒照亮窗前那一條泛白的薄圍巾。現在街燈已經熄滅。光線呈混濁的粉紅色。不久，粉紅色的光化為令人作噁的黃色。光線慢慢移動，城市的聲音也漸漸出現。一開始聲音細微，並陸續增強。起初是雞鳴聲，後來口哨和鈴響傳來，小狗開始吠叫，嬰兒放聲哭嚎，人群激動呼喊，隨之而來便是咳嗽、吐唾沫的聲音，沉重的腳步聲來回，最後馬蹄聲和車輪聲在街上回響，不絕於耳。倫敦的喉嚨傳出各種聲音。時間已是六、七點鐘。薩克斯比太太睡在我身旁，但我現在已完全清醒，感覺好可憐、好想吐。雖然已是五月，氣候也比荊棘莊園溫暖許多，我起身時還是發抖了。我手上仍戴著手套，但我的衣服、鞋子和皮革包都被薩克斯比太太鎖在箱子裡。「親愛的，以免妳醒來腦筋糊塗，以為自己在家裡，換了換衣服便走出去不見了。」現在我睡眼惺忪、迷迷茫茫站在她面前，想起昨晚她說過這句話。她把鑰匙收在哪裡？門的鑰匙又在哪呢？我又發抖了。這次身體抖得更厲害，我感覺比之前更反胃，但我思緒非常清楚。我一定要逃出去。我一定要逃出去！我一定要逃出倫敦。去哪裡都好。回到荊棘莊園也行。我一定要有錢。我心想，我一定要去找蘇（這是我心裡最清晰的念頭）！薩克斯比太太呼吸粗重，平穩規律。她會將鑰匙放在哪裡？她的塔夫塔綢洋裝掛在馬鬃屏風上。我悄悄走過去，拍拍裙子上的口袋。空的。我站到架子、抽屜櫃和壁爐前找。沒有鑰匙。但我心想，可能藏在某個角落。

她翻身，沒醒過來，但頭動了動。我覺得我知道鑰匙的位置……記憶開始回來了……她將鑰匙藏在枕頭底下。我記得她手熟練的動作，然後依稀聽到鑰匙叮鈴聲。我向前走一步。她嘴唇打開，白髮散落在臉頰。我又向前，地板吱呀作響。我站在她身旁，遲疑一會，接著舉起手，將手慢慢伸進枕頭下。

她睜開眼，抓住我手腕，露出微笑。她咳了咳。

「親愛的，來得好。」她說著擦了擦嘴。「但我特別留心的話，恐怕只有從小偷到大的女孩偷得到我東西。」她手原本緊緊抓著我手臂，後來開始撫摸我。我全身顫抖。「老天，妳好冰！」她這時說：「來，親愛的，把這蓋上。」她將被子從床上拉起，裹住我身體。「好點了嗎？乖女孩？」

我糾結的頭髮散落到臉前，雙眼從髮下望著她。

「我希望自己死了。」我說。

「噢！好了。」她起身回答。「這是什麼話？」

「那我希望妳去死。」

她搖搖頭，臉上仍掛著笑容。「什麼瘋話，乖女孩！」她鼻子吸了吸。廚房傳來一股可怕的味道。「聞到了嗎？易卜斯先生在煮我們的早餐。我們看看如果面前放盤美味的醃燻鯡魚，還會不會想死！」

她又揉了揉雙手，手掌發紅，但手臂上鬆垮的肉如象牙一般白皙光滑。她睡覺時只穿著內衣和襯裙。現在她將兩片束腹扣起，穿上塔夫塔綢洋裝，然後將梳子沾水梳頭。「嗒啦咿咿。」她邊梳邊斷斷續續哼著曲調。我仍讓頭髮垂在眼前，並靜靜望著她。她腳皮都龜裂了，腳趾腫脹。她雙腿幾乎沒有毛。她彎腰穿長襪時，嘴裡不禁發出呻吟。她大腿肥胖，皮膚有一道吊帶留下的痕跡。

「好了。」她穿好衣服時說。一個嬰兒放聲哭泣。「那哭聲會驚醒其他孩子。下樓來吧，乖女孩，好嗎？我去餵小孩子。」

「下樓？」我說。如果我要逃走，我一定要下樓。但我看著自己。「像這樣？妳不把我洋裝和鞋還我？」

也許我語氣太激動了。也許我表情透露出一絲心機，或放手一搏的感覺。她怔一下，然後說：「那髒兮兮的舊衣？靴子？幹麼，那是出遠門才會穿的。看這裡，這件絲質洋裝。」她拿起掛在門後的睡袍。「這才是小姐早上在家穿的。這裡也有雙絲質便鞋。妳不覺得很美嗎？穿上吧，乖女孩，然後下樓吃早餐。別害羞。約翰．佛魯姆十二點前不會起床，樓下只有我、紳士和易卜斯先生。我想妳邋遢的模樣紳士早見過了！至於易卜斯先生，乖女孩，妳可以把他當……嗯，就說是個叔叔吧。嗯？」

我別開頭。這個房間令人厭惡，但我絕不會穿著睡衣，隨她下樓到昏暗的廚房裡。她又求又哄我一陣子，後來終於放棄，走出房間，並用鑰匙鎖上門。

我馬上走向裝著我衣服的箱子，試著掀開箱蓋。箱子緊閉，箱體堅固。

後來我走到窗邊，推著窗框。框能推開一、兩吋。釘死窗戶的釘子已經生鏽，我覺得如果我推大力一點，應該能推開。但窗仍很狹窄，離地也很高。何況，我還沒有衣服穿。更慘的是，街道人來人往。我原本看到人群，想打破玻璃窗，揮手呼救。過一會，我冷靜下來，仔細觀察，發現他們面露愁容，衣服骯髒，手上拿著個小布包，孩童和狗在旁奔跑，戲弄著他們。這是現實，理查十二小時前說過。現實很苦、很悲慘。要不是薩克斯比太太好心讓妳遠離這一切，這會是妳的人生……

對面設有挖了心形孔洞的百葉窗的房子門口，一個女孩身上綁著髒兮兮的繃帶，餵著她的嬰兒。她抬起頭，看到我望著她，便朝我揮舞拳頭。

我從玻璃窗前退開，雙手掩面。

＊　＊　＊

不過，薩克斯比太太回來時，我準備好了。

「聽我說。」我走向她說：「妳知道理查是從我舅父家帶走我的吧？妳知道我舅父很富有，並且持續在搜尋我？」

「妳舅父？」她說。她替我端了個托盤上樓，並站在門口，等我退開。

「里利先生。」我退後說：「妳知道我在說誰。至少他仍覺得我是他外甥女。妳不覺得他會派人來找我嗎？妳覺得他發現妳這樣待我，他會感謝妳嗎？」

「應該會吧。如果他真的在乎的話。我們讓妳過得不舒服嗎，親愛的？」

「妳心裡有數。妳知道你們違背我意願將我關在這裡。老天，把我的洋裝還我好不好？」

「沒事吧，薩克斯比太太？」那是易卜斯先生在說話。我聲音提高了，因此他走出廚房，來到樓梯口關心。理查也從床上翻起身。我聽到他腳步越過地面，打開門在聽。

「沒事！」薩克斯比太太輕快地回應。「好了，好了。」她對我說：「看，妳的早餐都涼掉了。」

她將托盤放到床上。門是打開了，但我知道易卜斯先生仍站在樓梯口，理查仍在樓上靜靜聽著下頭的動靜。「好了，好了。」她又說一次。托盤上有個盤子和一支叉子，還有一條餐巾。盤子上盛著兩、三條琥珀色的魚，魚下有攤奶油和水。魚鰭和魚頭都還在。餐巾放在光滑的銀環中，有點像在荊棘莊園特別為我準備的銀環，但上頭沒有名字的縮寫。

「拜託讓我走。」我說。

薩克斯比太太搖搖頭。「乖女孩。」她說：「去哪？」

她等了等，我沒回答她便離開了。理查關上門，回到他床上。我聽到他哼著歌。

我想拿起盤子，摔到天花板、窗戶或牆上。然後我心想：妳一定要堅強，妳一定要堅強，準備好逃跑。於是我坐下吃飯。我緩慢、細心又可憐地從琥珀色的魚肉挑出魚刺。我的手套變得潮溼和骯髒。我沒有可以替換的手套。

＊＊＊

過一小時，薩克斯比太太回房將空盤拿走。另一個小時過去，她端咖啡上來。她走之後，我再次站到窗前，或將耳朵貼到門上。我踱步一會坐下，然後再起來踱步。我從怒火中燒，傷感難過，漸漸變得麻木。但後來理查來了。「嘿，茉德——」他還說不到一句話，我便瞪著他，滿腔怒火。我衝向他，想打他的臉。他擋住我的手，並將我打倒在地，我躺在地上，一直踢、一直踢——

於是他們又用白蘭地加藥讓我昏睡過去。有一、兩天時間，我都在黑暗中度過。

＊＊＊

隔天我再次在莫名其妙的時間醒來。房裡多了一張竹編椅，椅子漆成金色，上頭放了塊深紅色的椅墊。我搬到窗邊，用睡袍包裹著身體，坐在椅子上。後來薩克斯比太太打個呵欠，張開雙眼。

「乖女孩，還好嗎？」她說，彷彿她會日復一日重複這句話。但我一點都不好，一切不對勁到了極點，我寧可一死了之。聽到這愚蠢又反常的問題，我不禁咬牙切齒，拉扯頭髮，雙眼滿是憎恨地瞪著她。「乖女孩。」她這時說：「喜歡那張椅子，是吧？親愛的？我就覺得妳會喜歡。」她又打個呵欠，環視四周。「夜壺呢？」她說。我之前維持禮貌，將夜壺拿到馬鬃屏風後使用。「幫我拿過來，好嗎？親愛的？我快尿出來了。」

我文風不動。過一會兒，她自己起身去拿了。夜壺是白瓷做成，清晨天還昏暗時，我起初看到內側的黑痕，心裡一陣作嘔，以為是一團毛髮。但後來發現只是裝飾。夜壺上頭畫著一隻眼，眼上有睫毛，眼睛四周以黑字寫下一句格言：

好好使用保清潔
我不透露我見聞！
威爾斯贈

那隻眼睛總讓我感到不安。但薩克斯比太太將夜壺放好，漫不經心拉起裙子，彎下身子。我打個寒顫，她露出俏皮的表情。

「不好看，是吧，親愛的？別放心上。我們到大房子裡，會替妳弄個隔間。」

她站起身，將襯裙塞到雙腿間擦了擦，再揉揉雙手。

「好了。」她說。她打量我，雙眼閃爍。「妳覺得怎麼樣？不如我們今天替妳打扮一下，讓妳漂漂亮亮的？妳的洋裝在箱子裡。但那是件呆板的老洋裝，是吧？樣式奇怪又過時，對吧？我們替妳換上好一點的衣服。我替妳留了不少衣服。全包在銀箔紙裡。美得很，妳看到絕不會相信。不如我們請丹蒂來替妳穿上？丹蒂雖然看來很粗魯，但用針很靈活，妳說是吧？她舉止就是那樣，沒辦法。有人說她不是受人撫養、而是受人飼養長大。但她心底是個善良的人。」

她現在引起我注意了。換洋裝，我心想。我一穿好衣服就有機會逃跑了。

她看到我神情改變，相當開心。她又替我端來一盤魚，我再次吃下。她替我帶來像糖漿一樣甜的咖啡，害我心悸。後來她替我拿一罐熱水，將毛巾弄溼，想替我擦洗身體。我不讓她碰我，直接將毛巾從她手中接過來，擦過我的臉，手臂下和雙腿間。我這輩子第一次親手清洗自己的身體。

然後她走了。當然，她出門後不忘鎖上門。不久，她帶著丹蒂一起回來了。她們手中拿著一個個紙盒，將盒子放到床上，解開緞帶，拿出一件件洋裝。丹蒂看到不禁驚喜尖叫。洋裝全由絲做成。一件是紫色的洋裝，並縫上黃緞帶為裝飾，另一件是綠色的，上面有一條銀色的條紋，第三件是深紅色的。丹蒂抓起洋裝邊緣，摸了摸。

「繭綢？」她彷彿不敢置信地說。

「繭綢，混入紅棉絲。」薩克斯比太太說。她說這幾個字時語氣生硬，像在吐櫻桃核。她拉起深紅色的裙襬，絲綢反射著光，讓她下巴和雙頰一片通紅，彷彿沾到胭脂。

她和我目光交會。「親愛的，妳覺得怎麼樣？」

我從不知道世上有這些顏色、材質和洋裝。我想像自己穿上這幾件洋裝，走在倫敦街頭。我心一沉說：「難看，太難看了。」

她眨眨眼，隨即表情恢復正常。「妳現在是這麼講。但妳關在妳舅父乏味的大房子裡太久了。說實話，搞不好蝙蝠都比妳了解時尚。乖女孩，等妳初次在倫敦登上社交場合，妳會有五彩繽紛的洋裝，到時候妳回頭看這幾件衣服，想到自己曾以為顏色太搶眼，恐怕會笑掉大牙。」她搓揉雙手。「好，哪件妳覺得漂亮？謝勒綠和銀色那件？」

「妳沒有灰色、棕色或黑色的洋裝嗎？」

丹蒂望著我，一臉嫌惡。

「灰色、棕色或黑色？」薩克斯比太太說：「可是妳現在有銀色和紫色洋裝耶？」

「那紫色吧。」我最後說。我覺得銀條紋會害我瞎掉，深紅色讓我作噁。但反正我本來就快吐了。薩克斯比太太走到抽屜櫃，拉開抽屜。她拿出長襪、束腹和五顏六色的襯裙。襯裙令我嘆為觀止，因為我一直以為麻一定是白色，就像我小時候以為所有黑色的書都是《聖經》。

但我現在一定要穿有顏色的了，不然就要赤身裸體。她們替我更衣，像兩個女孩打扮洋娃娃一樣。

「好，哪邊要夾起？」薩克斯比太太看著洋裝說：「丹蒂在量身的時候別動，親愛的。老天，看看妳的腰。別動！丹蒂手上拿針的時候別亂動，我告訴妳。好多了。太鬆了嗎？尺寸就別太計較了。哈，哈！畢竟又不是買的。」

她們脫下我的手套，但替我拿新的來。她們讓我穿上白色絲質便鞋。「我可以穿鞋嗎？」我說，薩克斯比太太回答：「鞋子？乖女孩，鞋子是走路穿的。妳又要走去哪裡……？」

她說得好像一副心不在焉的樣子。她打開大木箱，拿出我的皮革行李袋。我一邊看，丹蒂一邊縫，薩克斯比太太走到窗邊光下，舒舒服服坐進吱呀作響的竹藤椅上，開始翻看裡面的東西。我看她摸著便鞋、撲克牌和梳子。但她找的是我的珠寶。她很快找到了小布包，打開將東西倒在腿上。

「好，有什麼？戒指、手鐲、女士肖像。」她打量這東西，表情突然變了。我知道她在上頭看出誰的容貌，畢竟我曾在那張臉上尋找我自己。她馬上把肖像放到一旁。「綠寶石手鐲。」她接著說。「喬治國王[39]時期的流行，但寶石滿美的。這我們會幫妳賣個好價錢。珍珠墜鍊、紅寶石項鍊。對妳這樣的女孩來說太重了。我會替妳找個珠串。玻璃珠好了，但會亮到妳以為是藍寶石！那比較配妳。還有……噢！這是什麼？太美了，對不對？丹蒂妳看，看裡頭漂亮的寶石！」

丹蒂望過去。「好東西耶！」她說。

那是鑲著寶石的胸針，我曾想像蘇呵著氣，擦著寶石，並瞇眼盯著它瞧。薩克斯比太太將胸針拿高，瞇著眼睛仔細看。光彩燦爛奪目，即使在房中也一樣。

「我知道這適合別在哪裡。」她說：「乖女孩，妳不介意吧？」她打開釦針，別到自己胸前。丹蒂放下手中針線，看著她。

「噢！薩克斯比太太！」她說：「妳看起來像個王后。」

我心臟再次大力跳動。「方塊王后[40]。」我說。

她不解地望著我。不確定我在稱讚、還是嘲笑她。我自己也不知道。

＊　＊　＊

後來有段時間，我們沉默不語。丹蒂縫好衣服之後，動手梳理我的頭髮，並用髮簪束起。接著她們要我起身，讓她們好好欣賞。她們歪著頭，一臉期待，但後來表情全垮下來。丹蒂搓搓鼻子。薩克斯比太太手指在嘴唇上敲，眉頭皺起。

壁爐上有塊方鏡，四周有石膏心形裝飾。我轉身，從那一小面鏡子中端詳自己的臉和樣子。我幾乎認不出自己。我嘴唇蒼白，雙眼腫脹發紅，雙頰肌膚和顏色像蠟黃色的法蘭絨。我久未清潔的頭髮烏黑，頭皮出油。洋裝的衣領太低，露出我喉嚨附近骨頭的輪廓和形狀。

薩克斯比太太說：「也許紫色終究不適合妳，乖女孩。會凸顯出妳的黑眼圈，看起來都像瘀青了。至於妳臉頰……稍微捏一下好了，恢復一點血色？不要？讓丹蒂幫妳吧。她手勁像雷電一樣強，真的。」

丹蒂走來捏我臉，我大叫一聲掙開。

「好啊，很皮是吧！」她頭一甩，腳跺地。「好啊，繼續當黃臉婆吧！」

「嘿！嘿！」薩克斯比太太說：「里利小姐是個名門閨女！我希望妳對她說話時也把她當小姐。妳別噘嘴。」丹蒂剛才嘟起嘴。「好多了。里利小姐，不如我們把洋裝脫了，換綠色和銀色的洋裝試試？那件綠洋裝

39 喬治四世（George IV, 1762-1830），一八二〇年繼承王位，一八三〇年駕崩。他喜歡豪華奢侈的生活，注重生活風格和品味，英國上層人士的時尚潮流都受到他的影響。

40 英文中，撲克牌的方塊（diamond）花色與鑽石同義。

只有一點點砷[41]。只要妳上身別流太多汗，完全不會害到身體。」

我無法從頭再受同樣的苦，於是我不讓她脫下我身上的紫色洋裝。「妳喜歡啊？乖女孩？」她表情和語氣都變溫柔了。「看！我就知道絲質衣服會讓妳心情好點。好了，我們下樓讓男生開開眼界怎麼樣，里利小姐？丹蒂，妳走前面。樓梯不好走，我怕里利小姐跌倒了。」

她打開門鎖。丹蒂經過我身前，過一會兒，我跟在她後面。我仍希望能穿上鞋子、帽子和斗篷。但萬不得已的話，就算沒戴帽子，腳穿絲質便鞋也會逃跑，並一路跑回荊棘莊園。走到了樓梯最底下，我該從哪道門出去？我不確定。我看不到。丹蒂走在我前面，薩克斯比太太心情焦慮，緊跟在後。「腳有踏穩嗎？乖女孩？」她說。我不答腔。附近房間傳出一個非比尋常的聲音，聽起來很像雌孔雀的啼叫，聲音拔尖震顫，然後漸漸歇止。我嚇了一跳，並轉身去望，薩克斯比太太也轉身。「走開，老傢伙！」她揮舞拳頭大喊。接著溫柔地對我說：「沒嚇到吧，親愛的？沒事，只是易卜斯先生年老的姊姊，可憐的傢伙，她長年臥床，大驚小怪的。」

她嘴角勾起笑容。叫聲再次傳來，我聽到之後加快腳步走下陰暗的樓梯。我腳底隱隱發疼，呼吸急促。丹蒂在最底下等。走廊很狹窄，她一人彷彿就擋住所有空間。「這裡。」她說。她打開通往廚房的門。我想她身後的門通往街道，因為上面有門閂。我腳步變慢。但薩克斯比太太跟上，並摸著我肩膀。「沒錯，乖女孩。這邊。」我跌跌撞撞再次向前。

廚房比我印象還悶熱昏暗。理查和約翰・佛魯姆那男孩坐在桌前玩骰子。我出現時兩人都抬起頭，齊聲大笑。約翰說：「看那張臉！那是誰打出來的黑眼圈？丹蒂，告訴我，是妳的話我要親妳一口。」

「小心我待會也把你揍成黑眼圈。」薩克斯比太太說：「里利小姐只是累了。你這小混蛋，別占著椅子，讓她坐下。」

她說完鎖上身後的門，將鑰匙放到口袋，走過廚房，檢查另外兩道門，確定都鎖好了。她見我看著她，便說：「以免寒風吹進來。」

約翰又擲了骰子，看完點數便起身。理查拍拍空椅子。「來坐，茉德。」他說：「來，坐我旁邊。只要保證妳不會像妳星期三朝我撲過來就好。我就以約翰的命發誓不會再把妳揍倒。」
約翰生起氣。「你別隨便拿我的命發誓。」他說：「不然，小心我要你的小命，聽到了嗎？」
理查沒回答。他和我目光相交，露出微笑。「來，我們重新當朋友，嗯？」
他手伸向我，我躲開他，將裙子拉開。門已鎖起，廚房狹窄封閉，讓我不禁心生一股莽勇。我說：「我不想當你朋友。我不想跟你們任何人當朋友，我來到這裡是逼不得已，是薩克斯比太太的意思，我現在無力反抗她。其他人記得一件事：我憎惡你們所有人。」
我沒有坐到他身旁的空椅，反而坐到主位的大搖椅上。我坐上去時，椅子吱呀作響。約翰和丹蒂馬上望向薩克斯比太太，她朝我眨眼兩、三下。
「這樣也不錯吧？」她最後擠出笑容。「妳坐得舒服就好，親愛的。我坐這硬椅子就行，對我身體也好。」
她坐下抹抹嘴。「易卜斯先生不在？」
「去幹活了。」約翰說：「還帶了查理．瓦格去。」
她點點頭。「我所有嬰兒都在睡覺？」
「紳士半小時前餵他們吃了藥。」
「好孩子，好孩子。讓這裡舒服又安靜。」她望向我。「好啦，里利小姐？喝點茶好不好？」我沒回答，只坐在搖椅上，緩緩搖晃。「還是喝咖啡？」她舔了舔嘴唇。「那喝咖啡好了。丹蒂，煮熱水。乖女孩，想配蛋糕嗎？要約翰溜去拿個蛋糕來嗎？不想吃蛋糕啊？」
我緩緩說：「這裡每一樣食物對我來說都形同糞土。」
她搖搖頭。「妳真是出口成詩！要蛋糕嗎？」我別開頭。
丹蒂開始煮咖啡。俗麗的鐘滴答作響，整點鐘聲響起。理查捲根菸。牆之間飄散著香菸、燈和蠟燭的煙。

41　謝勒綠的染料受潮之後會讓身體接觸到有毒的砷。

牆面都呈棕色，隱隱散發光澤，彷彿漆上了肉汁。牆上零散釘著幾張彩色的圖片，畫的是胖天使、玫瑰和盪秋千的女孩，還有幾張剪報，紙張受潮捲起，內容都是運動員、馬匹、狗和盜賊的版畫。易卜斯先生的焊爐旁的軟木板上釘有三張肖像，分別是恰博先生、耶魯先生和布拉默先生[42]。上面都是飛鏢洞。

我想，如果我有飛鏢，我也許能威脅他們，逼薩克斯比太太把鑰匙拿出來。如果我有個破玻璃瓶，或如果我有刀的話也行。

理查點燃香菸，在煙霧中瞇眼端詳我。「衣服很美。」他說：「顏色正適合妳。」他手伸向黃色緞帶飾邊，我打他的手。「嘖嘖。」他這時說：「看來脾氣還是不好。我們原本希望關一陣子妳會乖點。像蘋果或小牛一樣。」

「去死，好不好？」我說。

他笑了。薩克斯比太太臉紅了一陣，然後大笑。「聽。」她說：「一般女孩罵，聽起來多沒氣質。小姐罵人，聽起來還是悅耳。不過，親愛的。」她身子越過桌子彎過來，聲音壓低。「我希望妳說話不要那麼惡毒。」

我瞪著她，語氣平淡地回答：「妳覺得我會在意妳對我的看法嗎？」

她身子縮了一下，臉變得更紅。她眼皮顫抖一陣，別開頭。

* * *

我後來喝著咖啡，不再開口。薩克斯比太太坐在一旁，手輕輕敲著桌面，眉頭糾結。約翰和理查再次玩起骰子，邊玩邊吵。丹蒂在一盆棕色的水裡洗尿布，然後掛在火前烘乾，散發臭味。我閉上雙眼，肚子不斷抽痛。我再次想，如果我有刀，或一柄斧頭……

但房間太悶熱了，我身體疲憊又周身不適，不知不覺仰頭睡著了。我醒來時已經五點。骰子已收起來。易卜斯先生回來了。薩克斯比太太在餵嬰兒，丹蒂在煮晚餐。晚餐是培根、捲心菜、碎薯塊和麵包。他們給我一盤，我像早上挑魚刺一樣，可憐兮兮切掉培根上的脂肪和麵包邊，才將食物吃下肚。後來他們拿出玻璃杯。
「想喝點酒嗎？里利小姐？」薩克斯比太太說：「啤酒還是雪莉酒？」
「琴酒？」理查說，他雙眼閃爍著頑皮。
我喝了琴酒。酒入口很苦，但聽到銀湯匙攪拌時敲擊玻璃杯的叮鈴聲，依稀令我莫名安慰。

* * *

那天就這麼過去了。接下來幾天也順利度過。我很早便就寢。每天都由薩克斯比太太幫我更衣，她會脫下我的洋裝和襯裙，將衣服鎖起來，然後再把我鎖起來。我睡得不好，每天早上醒來都想吐，而且滿懷恐懼。我會坐在金椅上，一遍遍想著我被關在這裡的各項細節，擬定我的逃亡計畫。我一定要逃，我一定會逃出去，我會逃出去找蘇。抓走她的人叫什麼名字？我記不得了。他們的房子在哪？我不知道。算了，算了，我之後再查。總之，首先我要去荊棘莊園，求舅父給我錢。當然，他仍會相信自己是我舅父。如果他不給我錢，我會求僕人！我會求史黛西太太！不然我會用偷的！我會從藏書室偷本稀有的書，然後賣掉！

不，我不能這麼做。即使現在，我一想到要回荊棘莊園，全身都會打冷顫。我後來突然想到，我在倫敦其實有朋友。我認識哈斯先生和霍崔伊先生。哈斯先生就是喜歡看我爬樓梯的那位。我能去投奔他嗎？我覺得可以，我已被逼到絕境……不過霍崔伊先生人比較親切。他曾邀請我去他家和他在霍利韋爾街的店。我想他會幫我。我相信他會幫忙。而且我覺得霍利韋爾街不可能多遠，對吧？我不知道，這裡沒有地圖。但我應該會找

42　恰博（Charles Chubb, 1779-1845），英國保險櫃和鎖頭製作工匠。耶魯（Linus Yale Jr., 1821-1868），美國機械工程師和製造商，他是彈子鎖的發明者。布拉默（Joseph Bramah, 1748-1814），英國發明家和鎖匠，除了液壓沖床之外，他發明的布拉默圓筒鎖也改變了世界。

到路。霍崔伊先生那時便會幫助我。霍崔伊先生會幫我找到蘇……

我思緒動得飛快，倫敦汙濁的天光亮起。易卜斯先生煮著醃燻鯡魚，他姊姊尖叫，紳士在床上咳嗽，薩克斯比太太也在床上翻身，打呼嘆息。

只要他們不要盯我這麼緊就好了！一天就好，每次門在我身後鎖上，我心裡都會想，總有一天他們會忘記鎖門。那時我便會逃走。他們時時提防，哪天一定會累。但他們不曾忘記。我抱怨空氣沉滯，令人無力。我抱怨不斷飄來的熱氣。我故意一直說要上廁所，因為廁所在房子後面，並在昏暗、滿是灰塵的走道另一頭，那裡看得到天光。我知道有機會的話，我能從那裡逃向自由。但機會遲遲不來，丹蒂每次都會和我走到那裡，等我出來。有次我想逃，她輕輕鬆鬆便將我抓回去。薩克斯比太太打她，因為她居然讓我有機會逃跑。

理查帶我上樓，並動手打我。

「對不起。」他邊打邊說：「但妳知道我們為了這一切努力了多久。妳唯一要做的就是等我們把律師帶來。妳曾告訴我，妳很擅長等待。為什麼不幫幫我們呢？」

他打得我身體瘀青。每天瘀青的顏色都愈來愈淺，我心想：瘀青消失之前我就會逃走！

我沉默度過無數小時，腦中仔細思考。我坐在廚房，待在檯燈光線照不到的角落。我心想，也許他們會忘了我。有時感覺他們真忘了，屋子裡的喧鬧依舊。丹蒂和約翰會親吻和吵架，嬰兒會不時哭啼，男人會玩紙牌和骰子。有時其他的男人會出現。有時是小男孩，偶爾會有女人和女孩。他們會帶著贓物來賣給易卜斯先生，讓他再轉賣出去。他們隨時會出現，拿來不可思議的東西。在我眼中，全都是噁心庸俗的爛東西，諸如帽子、手絹、便宜的珠寶，甚至是一截飾帶。有次竟然還有人帶一束黃頭髮來，帶來時，髮上仍繫著緞帶。贓貨川流不息，一波波湧入。這和荊棘莊園的書截然不同。書送入莊園時，彷彿沉入黏稠的海水，無聲無息落到幽暗的海床上。贓貨也不像書中描述的東西，書中的東西都很實用，充滿明確的目的，例如椅子、枕頭、床、簾布、繩子、棒子……

這裡沒有書。只有生活中最糟糕混亂的一面。這裡生活唯一的目的就是賺錢。

而這裡最值錢的東西就是我。

「不冷嗎？乖女孩？」薩克斯比太太會說：「不餓嗎？妳額頭好燙！不會發燒了吧？可不能讓妳生病。」我沒回答。這我全都聽過了。我讓她將毯子裹到我身上，讓她坐在一旁，幫我摩擦手指和雙頰。「妳心情不好嗎？」她說：「妳看那嘴唇。笑一笑的話會多美啊。不想笑啊？甚至……」她吞了吞口水。「為我笑笑也不肯？乖女孩，只要看看萬年曆啊。」她將過去的日子畫上黑叉叉。「已經過了一個月，只要再過兩個月就行了。那時我們就知道會有什麼事！其實沒多久，對吧？」

她簡直語帶哀求，但我只直直望著她的臉。彷彿在說，和她在一起一天、一小時、一秒都嫌太久。

「噢！好了！」她先緊握住我的手，再鬆開手，拍了拍我。「還是覺得很奇怪嗎？是不是，親愛的？」她說：「別在意。怎麼能讓妳精神好一點？嘿？一束花？還是想要蝴蝶結，來綁妳美麗的頭髮？首飾盒？籠中鳥？」也許我動了一下。「啊哈！約翰呢？約翰，這先令拿去。這是假幣，所以付錢動作要快點。你去替里利小姐買隻籠中鳥回來。親愛的，妳想要黃鳥還是藍鳥？算了，約翰，只要漂亮就好……」

她眨眨眼。約翰去了，半小時回來，提個柳條籃，裡面裝了隻燕雀。後來他們忙了一陣。他們把牠掛在梁上，搖籃子看牠撲翅。查理．瓦格那條狗在下頭又跳又叫。但那隻鳥就是不唱歌。房間太黑了。牠只會拍動或啄著翅膀，並去咬籠子。最後他們把牠忘了。約翰喜歡餵牠吃藍色的火柴頭。他說他不久打算讓牠吞下一根細長的燈芯，然後用火點燃。

＊　＊　＊

沒有人聊到關於蘇的事。有一次，丹蒂擺設晚餐時望著我，搔搔耳朵。

「說也奇怪。」她說：「蘇怎麼還沒從鄉下回來，對不對？」

薩克斯比太太望向理查、易卜斯先生，最後望向我。她舔了舔嘴。「聽著。」她對丹蒂說：「我本來不想說的，但現在乾脆告訴妳吧。其實，蘇永遠不會回來了。紳士派她收尾的那事跟錢有關。那筆錢比原本要給她的還多。丹蒂，她帶著那筆錢跑了。」

丹蒂嘴巴張大。「不是吧！蘇．純德？妳情同女兒的人？約翰！」約翰這時剛好下來吃晚餐。「約翰，你猜猜發生什麼事了！蘇把薩克斯比太太的錢全拿走，所以她遠走高飛，不回來了。薩克斯比太太心都碎了。如果我們看到她，我們一定要殺了她。」

「遠走高飛？蘇．純德？」他哼了一聲。「她才沒那個膽。」

「但是真的。」

「她跑了。」薩克斯比太太說著又望了我一眼。「這間房子裡，我再也不想聽到她的名字。就這樣。」

「沒想到蘇．純德最後變聰明啦！」約翰說。

「這就叫骨子裡流著罪犯的血。」理查說。他也望著我。「總教人出其不意。」

「我剛才怎麼說的？」薩克斯比太太沙啞地說：「不准提她的名字。」她舉起手，約翰不說了。但他搖搖頭，吹個口哨。過一會，他大笑。

「不過，我們分到的肉就變多了，對不對？」他說著把肉舀進盤子。「要不是這臭小姐在這裡。」薩克斯比太太看到他瞪我，彎身打他。

＊　＊　＊

在那之後，如果有人來到屋子裡，問起蘇的事，就會被帶到一旁，像約翰和丹蒂一樣，聽說蘇本性畢露，擺了薩克斯比太太一道，害她心碎了。大家聽了全都說同樣的話：「蘇．純德？誰想得到她這麼壞？可見有其母必有其女……」他們會搖搖頭，面露遺憾。但就我看來，他們也忘得很快。甚至約翰和丹蒂都忘記她了。在這棟房子，在這區域，記憶終究無法久留。我晚上多次聽到腳步和車輪聲驚醒。我聽到有人奔跑，聽到一家人靜靜趁夜逃走。之前綁著繃帶，在設有挖了心形孔洞百葉窗的房子前餵小孩的女人消失了，房裡換了另一個人。再過一會，又出現另一個會喝酒的人。對她們來說，蘇算什麼？

蘇對我來說算什麼？我在這裡會害怕自己想起她親吻我的雙唇，撫摸我的雙手。但我也害怕忘記。我希望能夢到她。不過我從未夢過她。有時我會拿出我假母親的肖像，在裡頭尋找蘇的雙眼和她的尖下巴。薩克斯比太太發現我在看。她愈看愈心神不寧，最後她索性把肖像畫拿走。

她說：「木已成舟，妳別再想無法改變的事了。好不好，乖女孩？妳多想想未來的事。」

＊＊＊

她以為我對過去念念不忘。但我其實仍在思考未來。我仍注意著鑰匙是否鎖上門。我知道，不久有人會把鑰匙忘在鑰匙孔上。我仔細觀察丹蒂、約翰和易卜斯先生。他們漸漸習慣我了。他們會大意，會忘記我。快了，我心想，快了，茉德。

我是這麼想的。結果卻發生了這件事。

理查每天都會出門，沒說他去哪。他身無分文，要等律師來那天，他才會有錢。我以為他只是去骯髒的街上散步，或坐在公園。我以為封閉的廚房不只令我窒息，也令他窒息。但有一天他出門後一小時便回來了。今天屋子難得一片寧靜。易卜斯先生和約翰已出門，丹蒂睡在椅子上。薩克斯比太太替他開門，讓他走進廚房，他將帽子脫下，親吻她臉頰。他雙頰紅潤，眼睛冒著光芒。

「嘿，妳猜怎麼了？」他說。

「親愛的，我想不到！你賭的馬全贏了？」

「比那更好。」他說。他手伸向我。「茉德？妳猜怎麼了？來，別躲在陰影下。表情別這麼凶嘛！等妳聽完這消息再凶。這件事跟妳關係可大了。」

他抓住我的椅子，開始連人帶椅將我拖向桌旁。我甩開他。「怎麼跟我有關係？」我生氣地說。我剛才坐在一旁，正靜靜思考自己的人生。

「妳聽了就知道。來看。」他手伸入背心口袋，拿出個東西。原來是一張紙。他將紙抖開。

「契約嗎，親愛的？」薩克斯比太太站到他身旁說。

「一封信。」他說：「從……嘿，猜猜看誰寄的？妳猜嘛，茉德？」我不吭聲。他做個鬼臉。「不想玩嗎？我給妳線索？是妳認識的人。一個朋友，非常親近。」

我心一震。「蘇！」我馬上說。但他頭一扭，哼了聲。

「不是她。妳以為在那地方，他們會給她紙嗎？」他望向丹蒂，她眼睛開了又合，然後便繼續睡了。「不是她。」他又壓低聲音說了一次。「我指的是另一個朋友。妳不想猜？」

我別開頭。「我幹麼猜？你本來就打算告訴我，不是嗎？」

他又等了一會兒才說：「里利先生。」他說：「就是妳以前的舅父。啊哈！」我聽了嚇一跳。「妳有興趣啊！」

「讓我看。」我說。也許我舅父終究有在搜尋我。

「好了。」他將信拿高。「收信人是我，不是妳。」

「讓我看！」

我起身拉他的手臂，看到信封上一排字，便把他推開。

「那才不是我舅父的筆跡。」我說。我失望透頂，想出手打他。

「我從來沒說上頭是他的字。」理查說：「信是他寫的，但是由他的總管魏伊先生寄來的。」

「魏伊先生？」

「更好奇了，嗯？哼，妳讀了信就知道了。拿去。」他打開信拿給我。「先讀這面。那是附注。我其實一直覺得很奇怪。至少解釋了我們在這之前，為何從未聽到荊棘莊園的消息……」

字跡潦草難以辨讀。墨水受摩擦而抹開。我將紙湊向附近的光線下，開始閱讀。

親愛的先生：

我今日在老爺個人文件中發現這封信，我覺得他原本打算將信寄出。先生，只是他寫完這封信過沒多久，便病倒了，至今不見好轉。史黛西太太和我起初以為是由於他外甥女深夜私奔，敗壞門風所致。後來我們發現此信，先生，從信中看來，他對此並未感到震驚。恕我直言，我們其實也不驚訝。謹寄此信，先生，希望信能順利送到您手上。

荊棘莊園總管馬丁．魏伊先生

我抬頭，但沒多說什麼。理查看到我的表情，嘴角勾起。「讀完其他內容吧。」他說。我將信紙翻面。那封信不長，時間為五月三日，已是七週前的事了。上頭寫著：

致理查．瑞佛斯先生：

先生。我想你帶走我外甥女茉德．里利了。我希望你喜歡她！她母親是個婊子，除了那張臉，她跟她母親一個樣。我作品的進度確實會大受影響，但我並不放在心上，因為我佩服你，先生，你懂得如何好好對付婊子。

克里斯多佛．里利先生敬上

我反覆讀了兩、三遍，然後又讀一次，信從我手中滑落。薩克斯比太太馬上拿起，自己讀了起來。她辛苦地辨讀文字，臉色漸漸發紅。她讀完時大喊一聲：

「那惡棍！噢！」

她的叫聲驚醒了丹蒂。「誰，薩克斯比太太？誰？」她說。

「一個壞蛋而已。大壞蛋，他生病了，罪有應得。不是妳認識的人。回去睡。」她手伸向我。「噢，親愛的——」

「不要碰我。」我說。

那封信比我原本所想令我更難過。我不知道是文字傷了我，還是這封信終於證實了薩克斯比太太的說詞。但我心情動盪，無法忍受她和理查的目光。我盡可能遠離他們。其實也不過兩、三步之遙。我靠到棕色的廚房牆邊，然後從那裡走到另一面牆，那裡有道門，我手枉然抓住門把。

「讓我出去。」我說。

薩克斯比太太來到我身旁。她手沒有伸向門，而是伸向我的臉。我將她推開，馬上走到第二道門，然後第三道門。「讓我出去！讓我出去！」她跟過來。

「乖女孩。」她說：「不要因為那老壞蛋說的話難過。他不值得妳流淚！」

「妳能讓我走嗎？」

「讓妳去哪裡？這裡難道不能滿足妳嗎？這裡不是應有盡有嗎？而且未來更是如此，不是嗎？想想未來那些珠寶、洋裝——」

她再次靠近。我再次將她推開。我退到肉汁色的牆邊，伸出拳頭，一次次敲打。然後我抬頭，面前便是萬年曆，上頭都是黑色叉叉。我一把抓起，將它從牆上的釘子扯下。「乖女孩——」薩克斯比太太又說。我轉身將萬年曆扔向她。

＊＊＊

但後來我放聲哭泣。哭完之後，我覺得我變了。整個人失魂落魄。那封信奪去我的靈魂。萬年曆掛回牆上，我置之不理。萬年曆一天天變得更黑，我們一吋吋靠近彼此的命運。日換星移，季節更迭。六月天氣變暖和，甚至變得更熱。屋子裡開始飛滿蒼蠅。理查被蒼蠅煩得抓狂。他拿便鞋，滿面通紅，滿頭大汗追打牠們。

「妳知道我出身名門望族嗎？」他說：「看我現在這樣子，妳會覺得我是嗎？會嗎？」

我不回答。我開始跟他一樣，渴望蘇八月生日的到來。我心想，我會照他們吩咐向任何律師或法務人員作證。但我每一天都過得焦躁不安，昏昏沉沉。天氣太熱，我根本睡不著。晚上我會站在薩克斯比太太狹小的窗邊，眼神茫然地望著街道。

「從那裡過來，親愛的。」薩克斯比太太如果醒了會咕噥。據說自治市區有霍亂。「誰知道妳會不會吹到風發燒？」

氣流和臭氣可以讓人發燒嗎？我躺到她身旁，等她睡著，再走回窗前，將臉貼到窗框中的縫，大口呼吸。

我幾乎忘記自己打算逃跑。也許他們感覺到了。因為一天下午，我想是七月初吧，終於只剩丹蒂看守著我。

「妳看緊她。」薩克斯比太太邊戴手套邊告訴她。「她出什麼事，我會把妳殺了。」至於我，她親了親我。「還好嗎？親愛的？我離開應該不到一個小時。回來給妳帶禮物，好不好？」

我不回答。丹蒂讓她出門，然後將鑰匙放到口袋裡。她坐下，將燈從桌上拉近，開始工作。她不是在洗尿布，因為現在屋裡嬰兒不多了。薩克斯比太太開始替他們找家，因此現在屋裡漸漸平靜下來。她拿著偷來的手絹，拆著上頭繡的字。不過，她做得很無聊。「無聊死了。」她發現我在看便說：「以前都是蘇在做的。妳想不想試試看？」

我搖搖頭，眼皮垂下。她不久打個呵欠。我聽到突然精神一振。我心想，如果她睡著，我也許可以從她口袋偷鑰匙，試著開門！她又打了呵欠。我開始冒汗。時鐘滴答作響，時間一分一秒過去。十五、二十、二十五分鐘。半個小時過去了。我穿著紫色洋裝和白色絲質便鞋。我沒有帽子和錢。算了，算了。霍崔伊先生會給妳。

睡啊，丹蒂。丹蒂，睡啊，睡啊……快睡，去妳的！

但她只打個呵欠，點著頭。一小時快過去了。

「丹蒂。」我說。

她嚇了一跳。「幹麼？」

「我……我可能要去上廁所。」

她放下手上工作，扮個鬼臉。「真的啊？現在，非得在這時候去？」

「對。」我手按著肚子。「我覺得不舒服。」

她翻白眼。「從沒見過女生像妳這樣不舒服。那就是大家說的小姐病嗎？」

「我想一定是。對不起，丹蒂。可以請妳幫我開門嗎？」

「那我跟妳去吧。」

「不用。妳想的話，可以待在這裡拆繡字……」

「薩克斯比太太吩咐我每次一定都要跟著妳，不然我會挨罵。走吧。」

她嘆口氣，伸展身體。她洋裝手臂下有一片汗漬，邊緣發白。她拿出鑰匙，打開門，帶我走進走廊。我走得很慢，看著她的背搖搖晃晃向前。我記得上次想逃走，被她一把抓住的事。我知道就算我現在能把她撞開，她仍舊能夠馬上站起來追我。我也許能拿她頭去撞磚牆……但我光想，雙手都軟了，我覺得我辦不到。

「去吧。」她說，我遲疑了一下。「怎麼了？」

「沒事。」我拉著廁所門，緩緩拉上。「妳不需要等我。」我說。

「不，我會等妳。」她靠到牆上。「透透氣也好。」

天氣溫暖，臭氣薰天，廁所又更悶更臭了。但我進去之後關上門，拉上門閂，環顧四周。那裡有個小窗，沒比我的頭大多少，破窗格用破布補起。那裡有蜘蛛和蒼蠅。廁所的座位龜裂，十分骯髒。我站著思考大概一分鐘。「好了嗎？」丹蒂喊。我沒回答。地板是泥土，已被踩得很實。牆面一片粉白。有條繩子，上面掛著一張張新聞紙。徵求女士先生二手衣物，狀態新舊皆可——威爾斯羊肉和新鮮雞蛋——

快想，茱德。

我將臉轉向門口，將嘴靠近木門的開口。

「丹蒂。」我小聲說。

「幹麼？」

「丹蒂，我不怎麼好。妳能不能幫我拿東西。」

「什麼？」她拉了拉門。「妳先出來，小姐。」

「我不行。我不敢。丹蒂，妳上樓到我房間，幫我去衣櫃抽屜拿，好不好？妳會看到。好嗎？噢！拜託妳快點！噢！一直流！我好怕男生回來——」

「噢。」她終於懂我在說什麼了。她壓低聲音。「突然來了，是吧？」

「妳能替我去嗎，丹蒂？」

「可是我不能離開妳身邊，小姐！」

「那我一定要待在這裡，等薩克斯比太太回來！可是假如約翰或易卜斯先生先回來怎麼辦！或我暈倒怎麼辦？而且門上閂了！那時候薩克斯比太太會怎麼想？」

「噢，老天。」她嘟囔，接著又說：「妳剛才說衣櫃抽屜嗎？」

「最上面的抽屜，右邊。妳快點好不好？我只想弄乾淨，然後躺下來。我每次都很慘——」

「好。」

「快點！」

「好啦！」

她聲音遠去。我耳朵貼到木門上聽她的腳步聲，接著聽到廚房門打開，然後關上。我將門閂拉開，拔腿就跑。我沿著通道跑出去，來到中庭。我記得這裡，我記得蕁麻和磚牆。接下來要走哪條路？我四周都是高大的磚牆。但我繼續跑，牆漸漸不見了。我面前出現一條泥路。我之前來的時候整條路都是滑溜的爛泥。我看到並認出來了。我認識這條路！這條路會通到一條巷子，接著會連到另一條路，穿過一條街，最後會到……哪裡？我最後來到一條我不認得的路上。那條路向前延伸，穿過遠方橋下的拱門。我記得當時有座橋，但記得它沒那麼遠，印象中也沒那麼高大。我記得這裡應該有面高大、死氣沉沉的磚牆。但這裡沒有牆。

不管了。繼續走。背對房子，繼續跑就對了。走到更寬闊的路上，巷弄昏暗彎曲，妳一定不能在裡面迷路。跑，快跑。不管妳覺得天空多開闊，多有壓迫感；不管倫敦多麼嘈雜；不管這裡有多少人，也不要管他們的目光；不管他們衣著破舊，而妳的洋裝多光鮮亮麗；不管他們都戴著帽子，妳卻拋頭露面。不管妳穿絲質便鞋，每次踩到石頭和煤渣腳都被割破——

我逼自己繼續向前。只有橫衝直撞的馬匹和車輪能阻擋我。每次我到路口，我都會停下來，然後撲身鑽入大小馬車之間，我想是因為我神色慌張茫然，或者也許是我洋裝亮眼，馬車夫大都拉住了韁繩，以免把我撞倒。我一直向前。我想中途有隻狗對我吠，咬我裙子一口。我想還有兩、三個小孩衝到我旁邊，邊尖叫邊看我步履蹣跚。「你。」我手扶著腰。「你可以告訴我，霍利韋爾街在哪嗎？往哪走會到霍利韋爾街？」但一聽到我出聲，他們全都跑走了。

這時我速度變慢了。我越過一條繁忙的道路。這裡的建築變得更雄偉。但過兩條街之後，房舍變得無比破爛。我該往哪走？我待會再問人，再等一會。現在我只要一直走，讓我跟薩克斯比太太、理查、易卜斯先生隔愈多條街愈好。我迷路又有什麼關係？我已經迷路了……

接著我經過一個路口，舉目望去是一道鋪黃磚的緩坡，尾端殘破的屋頂上頭，有個隆起的黑影，建築上頭的金十字架閃閃發光，那是聖保羅座堂。我在圖畫上看過，我想霍利韋爾街在那附近。我轉身撩起裙子，往那方向走。這條路氣味難聞，但座堂似乎不遠。看起來近在咫尺！磚石變綠，氣味愈來愈糟。我向上爬，路突然向下，我眼前一片開闊，差點跌倒。我原本以為自己會到一條街，或一個廣場。結果我站在一段歪扭的樓梯上方，樓梯通往臭氣薰天的河水。我來到了河岸邊。聖保羅座堂確實近在眼前，但我們中間隔了一整條泰晤士河。

我站在岸邊望著河，心中既害怕又驚惶。我記得自己在荊棘莊園沿著泰晤士河散步。我記得受到侵蝕的河岸看似焦慮和擔心。我以為河跟我一樣，渴望加速並變寬。但我沒料到河水會變得如此寬闊。河水如毒液流動。河面漂滿雜物，如乾草、木頭、雜草、紙張、破布、軟木塞和歪斜的玻璃瓶。河水流動不像河，反而像海洋潮起潮落。船頭劃水而過，河水擊打岸邊時，樓梯、河道和木碼頭附近都漂著泡沫，如同酸奶一樣。

那是河水和垃圾交集匯聚之處，但河上還是有人，他們在船上划槳，拉著船帆，像老鼠一樣毫不遲疑。河邊不時還有女人和孩子赤腳彎身，在起伏的垃圾間挑選路徑，像在田野中拾穗的人。

我站了一分鐘，看他們涉水向前，但他們沒抬頭，因此沒見到我。不過，岸邊全都是倉庫，倉庫裡都是工人。我注意到他們時，他們也都注意到我了。我想是注意到我的洋裝。他們先盯著我瞧，然後揮手大喊。我見了自震驚中回過神來。我轉身，沿著黃磚道返回，再次走到大路上。我看到通往聖保羅座堂的橋，但我現在位置不夠高，我找不到向上的路。我現在走的這條路很狹窄，路面沒有鋪磚，臭氣逼人，處處積著泥水。這條路上也有人群。他們是船工和倉庫工，和其他人一樣，他們時而吹口哨，時而大喊，試圖吸引我的目光，不過他們沒有碰我。我手放到面前，加快腳步。最後我找到一個男孩，他穿著看來像個僕人。我問：「過橋到對岸的路怎麼走？」他指向一條樓梯，並盯著我爬上去。

不管是男人、女人或小孩，大家都在盯著我瞧。我又回到車水馬龍的路上，但即使在這裡，他們仍盯著我。我想撕下一段裙布遮住我的頭。我想乞討一枚錢。要不是我不知道該乞討哪一種錢幣、帽子要多少錢、要去哪買，我一定會這麼做。但我一無所知，只能繼續向前。我便鞋的鞋底開始破了。不要管，茉德。如果妳開始在意，妳就會哭。這時前方的路逐漸爬升，我再次看到河水的光澤。終於看到橋了！我不禁加快腳步，結果便鞋的洞馬上破更大。過不了多久，我不得不停下來。橋頭的牆邊有個小空間，並設有淺淺的石椅。旁邊掛著一個軟木圈。告示牌上寫這是為了救掉到河裡的人而設置的。

我坐下來。橋比我想像來得高。我從來沒到過這麼高的地方！我想到不禁一陣頭暈。我摸著我破爛的便鞋。女人能在橋上當著大庭廣眾揉腳嗎？我不知道。車輛迅速接連經過，像湍流般轟聲不斷。假如理查追來呢？我再次掩面。再等一會，我會繼續向前。陽光炎熱。再等一會，讓我喘口氣。我閉上雙眼。現在即使有人盯著我，我也看不到。

有人站到我面前，開口說話。

「妳是不是身體不舒服？」

我睜開雙眼。是個年老的男人。一個陌生人。我手放下。

「不要怕。」他說。也許我露出疑惑的表情。「我不是故意嚇妳的。」

他摸摸帽子，略行個禮。他看來就像我舅父的朋友。他說話像個紳士，領口潔白。他笑了笑，然後仔細打量我，神情友善。「妳不舒服嗎？」

「你可以幫我嗎？」我說。他聽到我的聲音，表情變了。

「當然了。」他說：「怎麼了？妳受傷了嗎？」

「沒有。」我說：「但我過去這段日子太折騰了。我——」我望一眼橋上的馬車。我說：「我怕某些人。你能幫我嗎？噢！我希望你答應我！」

「我已經說了。可是這可是大事！而且妳一個小姐……妳願意跟我來嗎？告訴我妳的經歷，我會好好聽妳述說。現在先別說話。妳站得起來嗎？妳恐怕腳受傷了。天啊，天啊！我招輛出租馬車。沒問題。」

他手臂伸出，我扶著他站起。我一鬆懈，全身便軟弱無力。「感謝老天！」我說：噢！感謝老天！可是聽我說。」我抓他抓得更緊了。「我身上什麼都沒有。我沒有錢可以付你——」

「錢？」他手放到我手上。「我不會拿妳半毛錢。別放心上！」

「可是我有個朋友，我覺得他會幫我。你可以帶我去找他嗎？」

「當然好，當然好。還能怎麼辦？來，妳看，車來了。」他彎向路旁，舉起手。一輛出租馬車從車流中靠過來，停在我們面前。那紳士抓住門，將門拉開。車廂封閉且黑暗。「小心。」他說：「妳上得去嗎？小心，階梯很高。」

「感謝老天！」我抬起腳又說一次。我上車時，他站到我後面。

「就是這樣。」他說。接著又說：「瞧，妳爬樓梯的樣子多美啊！」

我腳踏在樓梯上，停下來。他手放到我腰上。「上車啊。」他催我進車廂。

我向後退。

「想一想。」我馬上說：「我覺得我還是用走的。你能告訴我路嗎？」

「今天太熱了。妳身體太虛弱了。上車。」

他手仍放在我身上，並推得更用力。我扭開身子，我們幾乎像在扭打。

「好了，別鬧了！」他微笑著說。

「我改變主意了。」

「來嘛。」

「放開我。」

「妳想在大庭廣眾吵吵鬧鬧嗎？來吧。我知道有個房子——」

「房子？我不是說我只想去找我朋友？」

「噢！我想妳洗淨雙手，換雙長襪，喝杯茶之後，他會更喜歡妳。不然……誰曉得？在那之後，妳搞不好會比較喜歡我。嗯？」

他神情依舊親切友善，臉上仍掛著笑容，但他手抓住我手腕，大拇指撫摸我的皮膚，並再次試著將我推上馬車。我們現在真的扭打成一團。沒有人來插手。我想路上其他車子經過時看不到我們。橋上路人曾看我們一眼，後來便轉開頭。

不過還有馬車夫。我朝他喊。「你沒看到嗎？」我大喊。「我們有誤會。這人冒犯我了。」那人聽了便放開我。我繞到馬車前，仍繼續喊他。「你願意載我嗎？載我一個人？到的時候，我會找人付你錢，我向你保證。」

我說話時，馬車夫望著我，面無表情。他發現我沒錢時，轉頭吐沫。

「沒錢，不載。」他說。

那人又靠近過來。「來嘛。」他說。現在他臉上沒有笑容了。「不需要弄成這樣。妳在玩什麼把戲？妳顯然遇到了困難。妳不想換雙長襪？喝杯茶嗎？」

但我仍對馬車夫喊。「那你可以跟我說嗎？」我說：「我要往哪邊走？我一定要去霍利韋爾街。你可以跟我說從這裡要怎麼走嗎？」

他聽到那路名，哼了一聲。我分不出來是輕蔑還是笑聲。但他舉起馬鞭。「那邊。」他指著橋另一頭。「然後到弗利特街往西走。」

「謝謝你。」我開始走。那人手伸向我。「放開我。」我說。

「妳不是這個意思吧。」

「放手！」

我幾乎在尖叫。他向後退開。「好啊，去啊！」他說：「妳他媽逗我開心啊。」

我用盡全力向前走，幾乎要奔跑起來。但過一會，馬車駛到我身旁，配合我的腳步慢下來。紳士探出頭。他表情又變了。

「對不起嘛。」他哄著我說：「上車。對不起。妳上車來嘛。我會帶妳去找妳朋友，我發誓。看這邊，看這邊。」他拿出一枚錢幣。「我會給妳這個。上車。妳不能去霍利韋爾街，那裡的人都是壞人。跟我完全不同。來吧，我知道妳是個小姐。來，我會待妳很好……」

於是他一下提聲喊，一下低語，並一路跟著我走到橋中央。最後馬車後頭堵了一排車，馬車夫喊說不能再這麼慢了。於是那人身子縮回車廂，砰一聲拉下車窗，馬車加速開走。我吐出一口氣，全身開始搖晃。我好想停下來休息，但現在不敢。我下了橋，並遇到另一條路，這裡比南岸交通更繁忙，但也更沒有特色了。我心裡其實一方面慶幸人潮眾多，但一方面又覺得好可怕。不要管，不要管，直接鑽過他們。繼續走。照馬車夫的指示向西走。

現在街道又變了。路旁一間間房子都有大面的窗戶——商店。我終於了解什麼叫商店了。窗戶中展示著商品，並用卡片標價。有的賣麵包，有的賣藥。還有賣手套、鞋子和帽子。噢！只要一點錢！我想到紳士從馬車窗遞出來的錢幣。要是我拿了錢就跑呢？現在想到太遲了。不重要了。繼續走吧。這裡有間教堂，像橋墩將河分開一樣將路分成兩條。我該走哪一條路？一個女人經過。她像我一樣頭沒戴帽子。我抓住她手臂，向她問路。她替我指了路之後，像所有人一樣，站在原地望著我走遠。

終於到霍利韋爾街了！只是我現在猶豫了。我想像中的霍利韋爾街是什麼樣子？總之，不像這樣。不該這麼狹窄彎曲，晦暗不明。倫敦天氣依舊炎熱，陽光明亮，但是一轉入霍利韋爾街，我彷彿踏入暮光之中。話說回來，如暮光般昏暗也好，這樣我面孔就不明顯，洋裝顏色也較不惹眼。我向前走，路變得愈來愈窄。地面沒鋪磚石，坑坑洞洞，滿是塵土。兩邊都有商店，裡頭都點亮了燈，有的掛著一排破爛的衣服，有的放著破椅、空相框和有色眼鏡，堆積如山。不過，賣書的店最多。我看到時，心裡又猶豫了。我離開荊棘莊園之後便不曾碰過書，現在卻突然看到無數書本，而且每本都封面朝上，像托盤裡的麵包，或是雜亂地堆在籃子裡。它們一本本破爛、脫線、褪色，並標價為二、三便士。有一箱的書甚至只賣一先令，我不禁感到惶恐不安。我停下腳步，看著一個男的隨意翻著一箱沒有書皮的書，並拿起一本，書名是《捕鼠器之愛》。我認得這本，我曾無數次唸給舅父聽，都快倒背如流了！

那人這時抬起頭，發現我看著他，我繼續往前。街上有更多店，更多書，也更多男人，最後我看到一面比其他家都還亮的櫥窗。印刷書一本本掛在線上向外展示。玻璃上的燙金字印著霍崔伊先生的名字，金漆斑駁。我看到時全身搖晃，差點跌倒。

店裡又小又擁擠，出乎我意料之外。牆上都是書冊，一旁也放著書櫃。有三、四個人站在店裡，每個人都快速專注地翻著一本本圖畫或書。門打開時，他們沒抬頭，但我向前一步時，裙子沙沙作響，他們全都抬起頭望向我，毫不避諱。但我這時已經習慣目光了。店後面有一張小巧的寫字桌，有個年輕人坐在那裡，他穿著西裝背心和襯衫。他如同他們一樣盯著我。看我走向前，他站了起來。

「請問有什麼事嗎？」他說。

我吞了吞口水，嘴巴很乾。

我靜靜說：「我在找霍崔伊先生。我希望能跟霍崔伊先生說話。」

他聽到我的聲音，眨了眨眼。店內顧客全都移了移身子，又上下打量我。「霍崔伊先生。」他說，語氣略微改變。「霍崔伊先生沒有在店裡工作。妳不該來店裡。妳跟他約好了嗎？」

「霍崔伊先生認識我。」我說：「我不需要跟他約。」

他望向顧客，說道：「妳找他有什麼事？」

「私事。」我說：「你能帶我去見他嗎？或你可以帶他來找我嗎？」

但是一定是我的表情或語氣讓他更加提防，只見他向後退。

「其實我也不知道他在不在。」他說：「真的，妳不該來店裡。店裡是賣書和圖畫的。妳知道是什麼書嗎？霍崔伊先生的房間在樓上。」

他身後有道門。「你能讓我去找他嗎？」我說。

他搖搖頭。「妳可以送一張名片上去之類的。」

「我沒有名片。」我說：「但你給我一張紙，我會把名字寫給他。他讀到我的名字就會來了。你可以給我一張紙嗎？」

他沒動作。他又說一次：「我不覺得他在。」

「這樣的話，那我會在這裡等。」我說。

「妳不能在這裡等！」

我回答：「那我想你一定有間辦公室之類的地方，我會在那裡等。」

他又望了顧客一眼，然後拿起鉛筆，放下來。

「可以嗎？」我說。

他臉皺了皺，然後替我拿了紙跟筆。他說：「但如果他不在，妳不能在這裡等。」我點點頭。「寫上妳的名字。」他指著說。

我開始寫。然後我想起理查曾跟我說，倫敦的書商是怎麼說我的。我不敢寫下茉德．里利。我怕那年輕人會看到。最後我想到一個別名，並寫下：葛拉蒂亞。

我摺起紙片，交給他。他打開門，到走廊吹了聲口哨。他靜靜聽了一下，然後又吹一聲口哨。腳步聲傳來。他傾身喃喃說了句話，比了一下我。我在桌前等待。

這時，一個顧客闔上圖冊，和我目光交會。「別理他。」他輕聲說，他指的是那名年輕人。「他只是覺得妳很隨便。不過誰都看得出來妳是個小姐……」他打量我，然後朝架上的書點點頭。「妳喜歡這些書，嗯？」他換了個語調。「妳當然喜歡。是不是？」

我不吭聲，也不動作。年輕人回來了。

「我們正在問他在不在。」他說。

他頭後面的牆上釘有一張張裝在蠟紙裡的圖片。女孩露著腿盪秋千、女孩在船上快滑倒了、女孩從斷枝上落下……我閉上雙眼。他向其中一人喊道：「你想買那本書嗎？先生？」

不過這時傳來更多腳步聲，門再次打開。

是霍崔伊先生。

他看起來比印象中瘦小。他的大衣和褲子都是皺痕。他站在走廊上，一臉焦慮，也沒打算走進店裡。他望向我，但臉上沒有笑容——他環顧我四周，彷彿確認我是一個人，接著招手要我過去。年輕人退開，讓我過去。「霍崔伊先生——」我說。但他搖搖頭，暗示他會等門關上才會開口。門關上之後，他壓低聲音，情緒激動到那串話都成了氣音，他劈頭說：

「老天啊！真的是妳？妳還真的來找我？」

我一語不發，只站在原地，雙眼望著他。他心不在焉地將手伸到頭上，然後抓住我的手臂。「這邊。」他說著帶我走上樓梯。樓梯上堆滿了盒子。「小心。小心。」我們爬上樓梯時他說。到了上面，他說：「這裡。」

樓上有三間房，專門用來印刷和裝訂書。其中一間，兩人在排鉛字。另一間我想是霍崔伊先生的辦公室。第三間房不大，瀰漫著濃郁的膠水味。他帶我進了那個房間。桌上堆著散落的紙張，邊緣參差不齊。那些是尚未裝訂完成的書頁。地面空無一物，灰塵滿地。一面牆上裝有霧面玻璃。那面牆另一邊便是剛才看到的排字室。從那裡可以隱約看到兩人彎身工作的身影。

那裡有張椅子，但他沒請我坐下。他關上門，站在門前，拿出手帕，擦擦臉。他臉色蒼白，帶點蠟黃。

「老天。」他又說一次，隨即又說：「不好意思。原諒我。我只是太震驚了。」

他語氣親切了一點。我聽他這麼說，稍微轉開頭。

「對不起。」我說。我聲音顫抖。「我怕我會哭。但我來找你不是來哭的。」

「妳想哭可以哭！」他說著瞄了霧面玻璃一眼。

但我不會哭。他看我強忍著眼淚，過了一會兒，他搖搖頭。

「親愛的。」他最後溫柔地說：「妳怎麼能做出這種事？」

「別問我。」

「妳逃走了。」

「從我舅父那裡逃走，對。」

「我指的是從妳丈夫身邊。」

「我丈夫？」我吞了吞口水。「這麼說，你知道這件事？」

他聳聳肩，臉脹紅，別開臉。

我說：「你誤會我了。你不知道我這段時間受了多大委屈！別擔心……」因為他雙眼又瞄向玻璃窗。「別擔心，我不會失控。你們要怎麼看我隨便你們，我不在乎。但你一定要幫我。可以嗎？」

「親愛的——」

「你要幫我。你一定要幫我。我一無所有。我需要錢，還有一個房子住。你以前常說希望我來作客——」

我不由自主地提高音量。

「冷靜點。」他說。他舉起雙手，彷彿想安慰我，但並沒有從門邊走過來。「冷靜點。妳知道這看起來會多奇怪嗎？妳知道嗎？我的職員會怎麼想？一個女孩急著來找我，寫了個假名……」他苦笑一聲。「我女兒和妻子知道了會怎麼想？」

「對不起。」

他再次擦擦臉，嘆一口氣。「我希望妳告訴我。」他說：「妳為何來找我。我不會支持妳反抗妳舅父。我向來不喜歡他嚴格待妳，但他不能知道妳來過這裡。我也不會……這是妳此趟的目的嗎？我也不會幫妳重回荊棘莊園。妳知道，他其實已經不要妳了。何況由於這件事，他生病了，病得非常嚴重。妳知道嗎？」

我搖搖頭。「我舅父現在對我來說一點都不重要了。」

「但他對我來說很重要，妳了解吧。如果他聽到妳來過——」

「他不會知道。」

「唉。」他嘆口氣，然後表情再次變得為難。「可是來找我！來這裡！」他看了看我，仔細看著俗豔的洋裝和手套，上面滿是髒汙，而我的頭髮想必已亂成一團，我的臉肯定滿是塵土，毫無光澤，一片慘白。「我幾乎認不出妳來了。」他仍皺著眉頭說：「妳變好多。妳的大衣和帽子呢？」

「我來不及——」

他一臉震驚。「妳就這樣來這裡？」他瞇眼望著裙角，然後看到我的腳嚇一跳。「哇，妳的便鞋！妳腳在流血！妳沒穿鞋就出門了？」

「我不得不如此。我一無所有！」

「連鞋子都沒有？」

「沒有。連那也沒有。」

「瑞佛斯連鞋子也不給妳？」

他難以置信。我說：「只要容我向你解釋──」但他沒在聽。他環顧四周，彷彿第一次看到桌子和那堆紙。他拿起幾張空白紙頁，急急忙忙蓋住那些印刷好的書稿。

「妳不應該來這裡。」他邊蓋邊說：「妳看這些！妳看！」

我看到其中一行字，上頭寫著：妳會感到滿足，我保證，我會不斷鞭打妳、鞭打妳……我見了開口：「你要遮起來，不想讓我看到？我在荊棘莊園看過更噁心的書。你忘了嗎？」

「這裡不是荊棘莊園。妳不懂。妳怎麼會懂？妳在那裡身邊全是紳士。這都是瑞佛斯害的。他應該……既然都把妳帶走了，好歹把妳看緊。他看清妳的真面目。」

「你不知道。」我說：「你不知道他怎麼利用我！」

「我不想知道！我根本不需要知道！不要告訴我。噢！妳自己看看自己！妳知道妳在街上成什麼樣子嗎？大家當然都注意到妳了，對吧？」

我低頭望向裙子和便鞋。「橋上有個男的。」我說：「我以為他打算幫我。但他只打算──」我的聲音開始發抖。

「看吧？」他這時說：「看吧？假如警察看到妳，跟著妳到這兒？妳知道我會發生什麼事嗎？我的職員，我的書……如果警察來掃蕩怎麼辦？這種不堪入目的東西，他們搞不好會有動作。噢！天啊，看看妳的腳！真的在流血嗎？」

他扶我坐進椅子，然後看向四周。「隔壁有個洗手檯。在這裡等著，好嗎？」他走出門，進到排版工人在的那個房間。我看到他們抬起頭，聽到他聲音。我不知道他說了什麼。我不在乎。我坐下便感到一陣疲倦，我的腳底剛才都還一片麻木，現在漸漸恢復知覺。房裡沒有窗戶，沒有煙囪，膠水氣味變得更強烈了。我坐的地方離其中一張桌子很近。我彎到桌上，看著桌面上一堆未經裁切、尚未手縫的紙頁，有些已被霍崔伊先生動過或蓋起。「……我會不斷鞭打妳、鞭打妳，打到妳背流血，流到妳腳上……」書是新印的，字是黑的，但紙質不好，墨水都起了毛邊。字型是什麼？我明明知道可是我卻想不起來（真是好煩）。

「……所以、所以、所以、所以、所以，妳喜歡被鞭，是嗎？」

霍崔伊先生回來。他拿一塊布，一盆半滿的水。他手中還有一個玻璃杯，裝水給我喝。

「來。」他將水盆放到我面前，把布沾溼交給我，然後緊張地望到一旁。「妳可以自己來嗎？暫時把血擦乾淨……」

水很冰。我擦完腳之後，再將布沾溼，放到臉上一會兒。霍崔伊先生轉過來，看到我這麼做。他問道：「妳沒發燒吧？妳沒生病吧？」我回答：「我只是熱而已。」他點點頭，過來拿走水盆，然後把玻璃杯給我，我喝了一點。「非常好。」他說。

我再次望向桌上的書頁，但字型的名字我還是無法記起。霍崔伊先生看一下錶，然後將手放到嘴上，咬著大拇指的皮膚，皺起眉頭。

我說：「你願意幫助我，人真的很好。我覺得其他人只會責怪我。」

「不，不。我剛才不是說了，我怪的是瑞佛斯。算了。現在告訴我。老實告訴我。妳現在身上有多少錢？」

「我沒有錢。」

「一毛錢都沒有？」

「我只有這件洋裝。但我想我們可以把它賣了？反正我該快點換上樸素一點的衣服。」

「賣掉妳的洋裝？」他眉頭皺得更深。「別說這種莫名其妙的話，好不好？妳回去——」

「回去？回荊棘莊園？」

「荊棘莊園？我是說回到妳丈夫身邊。」

「回他身邊？」我不可思議地望著他。「我不能回去他身邊！我花了兩個月才逃離他！」

他搖搖頭。「瑞佛斯太太——」他說。我打了個寒顫。

「不要叫我這名字。」我說：「我求你。」

「又來了，莫名其妙啊！我不叫妳那個，那該怎麼稱呼妳？」

「叫我茉德。你剛才問過我，有什麼東西是我的。我有這名字，除此之外，我一無所有。」

他手動了動。「別傻了。」他說：「現在聽我說。我為妳感到難過。你們吵架了，是不是？」

我大笑，聲音尖銳，害他嚇了一跳。兩名排版人員抬起頭。他看到他們的反應，轉向我。

「妳保持點理智行不行？」他小聲警告我。

但我怎麼辦得到？

「吵架。」我說：「你覺得是吵架。你覺得我腳走到流血，橫越大半倫敦就是因為吵架？你什麼都不知道。你無法想像我現在處境多危險、多混亂！但我不能告訴你。這件事情牽扯太多了。」

「什麼事？」

「一個祕密。一個陰謀。我不能說。我不能……噢！」我垂下雙眼，目光落在書頁上。妳喜歡被鞭，是嗎？「這是什麼字體？」我說：「你可以告訴我嗎？」

他吞了吞口水。「這個字體？」他語氣變了。

「這個字型。」

他好一會兒沒回答，然後說：「粗襯線體。」他小聲說。

粗襯線體。粗襯線體。我其實還是知道。我繼續望著那頁書。手不由自主放到文字上。後來霍崔伊先生過來，像剛才一樣用空白紙把書頁遮住。

「別看了。」他說：「不要一直盯著！妳怎麼回事？我想妳一定病了。」

「我沒病。」我回答：「我只是很累。」我閉上雙眼。「我希望我可以留在這裡睡覺。」

「留在這裡？」他說：「留在這裡？在我店裡？妳瘋了嗎？」

我聽到這個字睜開眼，和他眼神交會。他面紅耳赤，馬上別開頭。我語氣更穩定地再說一次。「我只是累了。」但他沒回答，把手放在嘴上，再次咬著拇指的皮膚。他小心翼翼、戒慎恐懼地用眼角瞄著我。「霍崔伊先生——」我說。

「我希望……」他突然說：「我只是希望妳告訴我，妳打算怎麼做？我到底要怎麼把妳從店裡帶出去？我想我一定要租輛出租馬車，並讓車開到後門。」

「你可以嗎？」

「妳有地方去嗎？睡覺吃飯的地方？」

「我無處可去！」

「那妳一定要回家。」

「我不行。我沒有家！我只需要一點錢，一點時間。我想去找一個人，去救——」

「去救？」

「去找。去找而已。找到她之後，我可能又會需要幫忙。只要幫一點忙就好。我被騙了，霍崔伊先生。我被欺負了。我想可以找個律師。如果我們可以找到一個正直的律師。你知道我很有錢嗎？或者說，未來應該會很有錢。」他又盯著我瞧，但不發一語。我說：「你知道我很有錢。如果你現在幫助我。如果你收留我——」

「收留妳！妳知道自己在說什麼嗎？收留妳？留在哪？」

「不能留在你家？」

「我家？」

「我以為——」

「我家？跟我妻子和女兒在一起？不行，不行。」他開始踱步。

「但在荊棘莊園時你說了無數次——」

「我剛才不是跟妳說了？這裡不是荊棘莊園。荊棘莊園跟這世界不同。妳一定要知道這件事。妳多大了？妳是個孩子。妳不能像離開舅父一樣離開丈夫。在倫敦，妳根本無以謀生。妳有沒有想過妳要怎麼生活？」

「我不知道。我以為……」我想說，我以為你會給我錢。我望向四周，然後靈光一現。我說：「我能不能替你工作？」

他站在原地，全身僵硬。「替我？」

「我可以在這裡工作嗎？裝訂書本？甚至寫作？我懂這行。你知道我有多熟悉！你可以付我薪水。我能租個房間。我只需要一個房間，一個安靜的房間！我可以暗中租個房間，理查永遠都不會知道，你能替我保密。我可以工作，賺一點錢。存夠錢我們便能找到我朋友，並找來一個正直的律師，然後……怎麼了？」

他這段時間文風不動，但他表情變了，神情相當古怪。

「沒事。」他說著動了動。「我……沒事。妳喝水吧。」

我想我臉紅了。我剛才話說得很快，臉上泛起紅潮。我吞下一口水，感覺清涼的水滑入胸中，像把劍一樣。他走到桌邊，靠在桌上，雙眼不看我，一直思考。我放下玻璃杯。他轉過身，雙眼避開我的目光。

「聽我說。」他說，聲音很輕。「妳不能待在這裡，妳知道。我一定要租輛出租馬車來載妳。我、我一定也要請個女人。我會付錢給那女人跟妳一起去。」

「跟我去哪裡？」

「去一間……旅館。」現在他又轉身了，並拿起一支筆，目光盯著一本書，開始在上頭寫下指示。「某個房子。」他邊寫邊說：「妳在那裡可以休息吃飯。」

「我能在那休息？」我說：「我想我永遠都不能休息了！但一個房間！房間！你會到那裡找我嗎？今晚？」他沒回答。「霍崔伊先生？」

「今晚不行。」他仍動筆寫著。「今晚不行。」

「那明天好了。」

他揮著那張紙，讓墨水風乾，最後摺好。「明天。」他說：「可以的話。」

「你一定要來！」

「好，好。」

「還有工作。我替你工作的事。你會考慮吧？說你會考慮！」

「噓。好，我會考慮。好。」

「感謝老天！」

我手摀住我的雙眼。「待在這裡。」他說：「好嗎？別亂跑。」

我聽到他走進隔壁房間，並看到他小聲和其中一個排版人員說話。那人穿上夾克便離開了。霍崔伊先生回來，他朝我的腳點了點頭。

「現在穿上鞋子吧。」他說著轉開頭。「我們一定要準備好。」

「你人真好，霍崔伊先生。」我彎身穿上破了的便鞋。「天曉得一直沒有人善待過我，自從——」我這句話說不完。

「好了，好了。」他心不在焉地說：「現在別再想了……」

我沉默地坐在原地。他靜靜等待，拿出手錶，不時走到樓梯口，聽底下的聲響。終於他走下樓看了看，並馬上回來。

「他們到了。」他說：「好了，妳東西都帶了嗎？從這邊來，小心點。」

他帶我下樓，並穿過一個個房間，裡面堆著成山的籃子和箱子，接著穿過類似洗碗室的地方，來到一道門前。出了門有個灰色小通道，從那裡走一段階梯便會進到一條小巷。出租馬車便停在那裡，旁邊還站著一個女人。她看到我們，點點頭。

「妳知道該怎麼做吧？」霍崔伊先生對她說。她又點點頭。他給她錢，錢就包在他剛才寫的那張紙裡。「這便是那位小姐，來。她叫瑞佛斯太太。妳必須好好待她。妳有披巾嗎？」

她有一塊格紋的羊毛披巾，她將披巾裹到我身上，蓋住頭。羊毛靠在我臉頰上陣陣發熱。雖然已近傍晚，天氣仍暖和。太陽漸漸西沉。我離開蘭特街已經過了三個小時。

在出租馬車門口，我轉身，牽起霍崔伊先生的手。

「你會來吧。」我說：「明天？」

「當然了。」

「你不會跟任何人講這件事吧？你記得我提到的危險嗎？」

他點點頭。「去吧。」他小聲說：「這個女人會照顧妳，比我照顧得更好。」

「謝謝你，霍崔伊先生！」

他將我送上車廂。猶豫了一下，才牽起我的手親吻。那女人接著上車。她上車之後，他關上門，然後向旁退開，免得擋到馬車的路。我彎向玻璃窗，看到他拿出手帕，擦了擦臉和脖子。然後我們拐彎，駛出小巷，他的身影就此消失。我們離開霍利韋爾街，一路向北，就我看來是如此。因為我知道我們沒有過河（我滿有把握的）。

但車程一路斷斷續續。交通非常擁擠。我起初臉一直湊在窗前，看著路上來往的群眾和商店。後來我想，假如我看到理查怎麼辦？於是我向後靠在皮椅上，從那裡觀察街道。

過一陣子，我才再次端詳那女人。她雙手放在大腿上，沒戴手套，皮膚粗糙。她和我眼神交會。「還好嗎？親愛的？」她說，臉上不帶笑容。她聲音和手指一樣粗糙。

我是不是在此時開始有所警覺？我不確定，畢竟霍崔伊先生找這女人的時間不充裕。只要她為人正直，態度不好有差別嗎？我更仔細觀察她，裙子是棕黑色，鞋子顏色和質感都像烤肉。出租馬車顛簸震動，她平靜地坐著，不發一語。

「我們要走很遠嗎？」我最後問她。

「沒多遠，親愛的。」

她聲音仍粗糙，面無表情。我焦慮地說：「妳為何這樣叫我？我希望妳不要用這個詞。」

她聳聳肩。這姿勢很失禮，態度又漫不經心。我想我這時心裡漸漸不安起來。我再次將臉貼到窗邊，想吸點空氣。空氣卻沒吹進來。我心想，這裡離霍利韋爾街多遠？

「我覺得不對。」我轉向女人說：「我們不能用走的嗎？」

「用走的，穿那便鞋？」她哼了一聲。她望出去。「到康登鎮了。我們還要走一陣。坐好別亂動。」

「妳可以不要這樣跟我說話嗎？」我又說：「我不是小孩子。」

她再次聳聳肩。我們繼續向前，速度更平穩了。我們開上一道上坡，或許坐了半小時。現在天更黑了，我也更緊繃。我們離開了燈火和商店，來到某條街上——這條街上有樸素的房子。我們拐過轉角，房子變得更簡陋。我們靠到一棟巨大的灰色房子前。門階底有個提燈。一個穿著破爛圍裙的女孩拿個燭芯想點燃燈。玻璃燈罩有裂痕。街道一片寂靜。

「這是什麼？」馬車停下，我發現車不會再走時，我問那女人。

「這是妳的房子。」她說。

「旅館？」

「旅館？」她笑了笑。「妳可以這麼說。」她手伸向門閂。我抓住她手腕。

「等一下。」我現在終於感到恐懼了。「什麼意思？霍崔伊先生要妳送我到哪裡？」

「這裡啊！」

「這是哪裡？」

「是棟房子，不是嗎？是什麼房子有差別嗎？反正妳一樣會吃到晚餐。放開妳的手，好不好！」

「妳先跟我說我在哪裡。」

她想抽開手，但我不讓她掙脫。最後她發出嘖一聲，放棄了。

她說：「給小姐的房子，像妳這種小姐。」

「像我？」

「像妳。貧窮的小姐，守寡的小姐……還有幹壞事的小姐，我也不意外。就這樣！」

我將她手腕甩到一旁。

「我不相信妳。」我說：「我原本要去旅館。霍崔伊先生付妳錢就是——」

「他付我錢帶妳來這，然後把妳留在這裡。非常明確。如果妳不滿意……」她手伸到口袋。「來，這是他親手寫的。」

她拿出那張紙。那是霍崔伊先生包錢的紙。上面有這房子的名字——

他寫道，上流棄婦之家。

一時間，我不可置信地看著那段文字。彷彿我看著那段字，字便會改變意義和形狀。然後我望向那女人。

「那是誤會。」我說：「他不是這個意思。他誤會了，不然就是妳誤會了。妳一定要帶我回去——」

「我只要把妳帶來，讓妳留下，非常明確。」她再說一次，態度頑固。「『貧窮的小姐，精神虛弱，需要帶去慈善機構。』這裡就是慈善機構不是嗎？」

她朝那房子點點頭。我沒回答。我想起霍崔伊先生的表情，也想起他奇怪的語氣和他說的話。我心想，我一定要回去！我一定要回到霍利韋爾街！但我滿懷恐懼，內心冰涼，用想的也知道，我回去會看到什麼情況。我會看到書店和一個個男人，那個年輕人，而霍崔伊先生則早已離開，回到自己的家。他家可能在城裡任何地方……接下來，我便只能流落黑暗的街頭。那時我該怎麼辦？我怎麼能獨自在倫敦活過一個晚上？

我開始發抖。「我該怎麼辦？」我說。

「啊，就進裡頭啊。」女人說，頭又朝房子一擺。拿著燭芯的女孩不見了，燈發出微弱的光芒。窗戶都拉上了，玻璃內一片漆黑，彷彿房間充滿黑暗。大門高聳，分成兩扇，像荊棘莊園巨大的前門。我看到之後，心中一陣驚慌。

「我不行。」我說：「我不行！」

那女人又嘖了一聲。「總比流落街頭好吧，是不是？二選一。我收錢只要帶妳過來，把妳留在這，就這樣。好了，下車吧，讓我回家。」

「我不行。」我又說一次。我抓住她袖子。「妳一定要帶我去別的地方。」

「一定要?」她大笑。不過，她沒甩開我的手。但她表情變了。「嗯，好啊。」她說:「妳付我錢就沒問題。」

「付妳錢?我沒錢能付給妳!」

她又大笑。「沒錢?」她說:「穿成這樣說沒錢?」

她看著我裙子。

「噢!天啊。」我不顧一切扯著裙子。「可以的話，我整件洋裝都會給妳!」

「真的?」

「披巾妳拿去!」

「披巾是我自己的!」她哼了一聲，雙眼仍盯著我裙子。然後她歪著頭。「妳底下……」她壓低音量。「穿了什麼?」

我打個寒顫，然後畏畏縮縮、緩慢地拉起衣襬，讓她看我的襯裙。我洋裝下有兩件襯裙，一件白、一件深紅。她看到之後點點頭。

「可以。絲做的，對不對?這兩件可以。」

「什麼?兩件嗎?」我說:「妳兩件都要?」

「還有馬車夫的車資，是吧?」她回答:「妳也要付我錢，所以一件給我，一件給他。」

我猶豫了一下。但我能怎麼辦?我將裙子拉高，摸到腰間的繫帶，將結拉開，接著小心翼翼將襯裙脫下。

她連頭都沒轉開，接下襯裙，馬上塞到大衣裡。

「這東西紳士可不知道，嗯?」她咯咯說了句，彷彿我們現在是親密的共謀。她搓揉雙手。「那要去哪?嗯?我要跟馬車夫說去哪?」

她打開窗，等著喊出目的地。我雙臂抱著身體，坐在座位上，我赤裸的大腿感覺到洋裝粗糙的質料。我覺得如果我萬念俱灰，恐怕會臉紅或哭泣。

「要去哪？」她又問一次。從她頭後方望去，街道一片漆黑。月亮已升起。那天是新月，形狀細瘦，顏色棕黃。

我垂下頭。經過徒然的掙扎，我的希望最後也化為泡影，我只有一個地方可去。我告訴她，她喊出那地點，馬車再次移動。她這會兒舒舒服服坐在位子上，重新穿好大衣，望著我。

「還好嗎，親愛的？」她說。我沒回答，她放聲大笑，別開頭。「她無所謂了，是吧？」她彷彿自言自語。「無所謂了。」

＊　＊　＊

我們抵達時，蘭特街昏暗不明。我知道該停在哪棟房子前，因為我很熟悉對面的房子。我從薩克斯比太太家窗邊天天目不轉睛，看著那棟設有藥膏色百葉窗的房子。約翰來應門，他臉色蒼白，看到我眼睛睜大。「幹。」他說。我經過他。那道門我想應該是通往易卜斯先生的鎖鋪，從那裡走入走廊，便能直接進到廚房。除了理查，他們所有人都在裡頭。他在外頭搜尋我。丹蒂在哭，她鼻青眼腫，從來沒見過她被打成這樣，她嘴唇破裂流著血。易卜斯先生穿著襯衫來回踱步，踩得地板鬆動，咿呀作響。薩克斯比太太站在一旁，雙眼茫然，她臉像約翰一樣慘白，動也不動。但她一見我進門，身體弓起，臉驚訝地皺起，一手放到心口，彷彿心臟病發。

「噢！我的女孩。」她說。

我不知道他們接下來做了什麼。我想丹蒂尖叫了。我看也不看便經過他們，走上樓，進到薩克斯比太太的房間——我的房間，我們的房間，我想現在我不得不這麼說了。我坐在床上，臉面向窗戶。我雙手交疊在大腿上，頭低垂。手指上都是汙泥，雙腳再次開始流血。

她讓我獨處一分鐘才上樓來。她動作輕巧地關上門，將門鎖上。她鑰匙轉得很輕，彷彿覺得我睡著了，怕驚醒我。然後她站在我身旁，沒有試著碰我，但我知道她身體在顫抖。

「乖女孩，」她說：「我們以為妳走丟了。我們以為妳淹死或被殺了——」

她聲音哽咽，但沒有啞掉。她等了等，見我沒有反應便說：「站起來，親愛的。」她說。

我照做了。她將洋裝從我身上脫下，然後脫下束腹。她沒問我襯裙的事，看到我的腳和便鞋也沒驚呼。不過她脫下我長襪時，全身打了個寒顫。她讓我赤身上了床，並把被子拉到我下巴，然後坐在我身旁。她撫摸我的頭髮，用雙手抽起髮簪，梳開分叉。我頭放鬆，隨著她手擺動。「好了。」她說。

房子一片寂靜。我想易卜斯先生和約翰在說話，但都是竊竊私語。她的手指動得更慢了。「好了。」她又說一次，我打個寒顫，因為她的聲音和蘇一模一樣。

她的聲音和蘇一樣，但那張臉……房間昏暗，她沒有拿蠟燭進來。她背對窗戶坐著，但我感到她的目光和呼吸。我閉上雙眼。

「我們以為妳走丟了，」她又喃喃說：「可是妳回來了。乖女孩，我就知道妳會回來！」

「我無處可去。」我萬念俱灰，緩緩回答。「我無處可去，無人投靠。我以為我自己知道，但我一直到現在才明白。我一無所有。沒有家——」

「這裡是妳的家！」她說。

「沒有朋友——」

「這裡有妳的朋友！」

「沒有愛——」

她抽一口氣，才輕聲開口。

「乖女孩，妳不知道我愛妳嗎？我不是說過一百次……？」

我開始哭泣，傷心難過，筋疲力盡。「妳為何會說愛我？」我雙眼噙淚哭喊。「為何這麼說？把我抓來這裡還不夠嗎？妳為何一定要愛我？妳為何要抓住我的心，非得如此折磨我，讓我窒息？」

我撐起身體，但那陣哭喊用盡全身的力氣，我不久便又倒下，她沒說話，只望著我，靜靜等我平靜下來。她別開臉，頭歪了歪。從她臉頰的輪廓，我想她在笑。

「這房子多安靜。」她說：「現在許多嬰兒都送走了！是吧？」她再次轉向我。我聽到她吞了吞口水。「乖女孩。」她柔聲說：「我有沒有跟妳說，我曾懷過一個孩子，後來不幸過世了？大概是那小姐，也就是蘇的母親來的那時候？」她點點頭。「我是這麼說的。所以如果妳去附近打聽，多半也是聽到這說法。嬰兒確實經常死去。沒人會起疑……？」

她語氣意有所指。我開始顫抖。她感覺到了，於是又伸出手，撫摸我糾結的頭髮。「好了。噓，沒事了。妳現在很安全……」然後她手停下，抓起一綹頭髮，又露出笑容。「妳的頭髮說來好笑。」她換了個語調。「我原本就覺得妳眼睛會是褐色的，並會有白皮膚，而妳的腰和手我知道一定會又細又瘦。唯獨妳的頭髮，比我想像中顏色淺了不少……」

她話沒說完，伸手時，頭也轉個方向。街燈的火光和晦暗的銀色月光灑在她身上，我一瞬間看到她的臉。她有雙褐色的雙眼，臉頰白皙，還有雙厚唇，我突然意識到，那嘴唇以前一定更豐潤飽滿……她舔了舔嘴。「乖女孩。」她說：「我自己的乖女孩——」

她又遲疑了一會，終於說出口了。

第三部

第十四章

我尖叫個不停，像惡魔一樣不停掙扎。但我扭得愈凶，他們把我抓得愈緊。我看到紳士向後靠到椅背上，馬車開動，並開始轉向。我看到茉德將臉湊到霧面玻璃上。看到她雙眼，我再次尖叫。

「她在那！」我大喊，舉手指著她。「她在那！不要讓她走！幹你媽的不要讓她走——！」

但馬車繼續向前開，車輪揚起沙塵和碎石，馬匹漸漸加速。馬車愈快，我愈用力掙扎。現在另外那個醫生也上前來幫克里斯帝醫生。穿圍裙的女人也來了。他們將我拖向瘋人院。我不讓他們拖。馬車加速，愈來愈小。「他們要逃走了！」我大喊。女人走到我身後，抱住我的腰。她手勁像男人一樣大。她抱起我，走上通往瘋人院前門的兩、三階樓梯，彷彿我是一袋羽毛。

「好了，」她邊拉著我邊說：「搞什麼？亂踢腳，想找醫生麻煩嗎？」

她嘴靠近我耳朵，臉就在我後面。我不知道自己在做什麼。我只知道她抱住我，而紳士和茉德要逃走了。我聽到她說話，便將頭向前，然後猛力向後仰。

「噢！」她大叫，手鬆開了。「噢！噢！」

「她發瘋了。」克里斯帝醫生說。我以為他在說她，後來發現他指的是我。他從口袋拿出哨子，吹一聲。

「老天啊。」我大喊。「你們為何不聽我說？他們騙了我，他們騙了我！」

女人再次抓住我，這次她扣住我喉嚨。我在她手臂下扭動時，她重重用指尖打我肚子。我想她這樣打是怕醫生看到。我扭開身體，大口抽氣。然後她又打了一下。「她痙攣了！」她說。

「小心手！」葛雷維醫生說：「她嘴會咬緊。」

同時間，他們已把我拖進瘋人院大廳，哨子聲招來另外兩個男人。他們將棕色的紙袖套加到衣袍袖子上。他們不像醫生，來了之後抓住我的腳踝。

「別讓她亂動。」葛雷維醫生說：「她在痙攣了，可能會脫臼。」

我無法告訴他們，我沒有痙攣，我只是在喘氣，因為那女人傷了我。我跟他們一樣神智清楚，根本不是瘋子。我喘不過氣，一句話都說不出。我只能咳出字。男人拉直我的腿，而我的裙子已跑到我的膝蓋。我開始擔心裙子被掀起，因此開始扭動身體。

「把她抓緊。」克里斯帝醫生說。他拿出個獸角做的巨大平湯匙，走到我身邊，抓住我的頭，把那湯匙塞到我牙齒間。湯匙光滑，但他用力塞進來，弄痛我了。我以為我會噎死。我咬住湯匙，以免戳入我喉嚨。味道很臭。我至今仍想著在我之前，這東西不知放入多少人嘴中。

他看到我下巴緊咬。「她咬住了！」他說：「沒錯。把她抓好。」他望向葛雷維醫生。「帶到軟墊病室？我這麼覺得。史畢勒看護怎麼想？」

那便是扣住我喉嚨的女人。我見她朝他點點頭，然後朝戴袖套的人點點頭，他們轉身，和我一起走到屋子更深處。我感到他們前進，又開始掙扎。此時我沒有在想紳士和茉德，我只想著自己，心中無比害怕。看護手指戳得我肚子好痛。我嘴被湯匙弄傷。我覺得他們一旦把我帶進房間，便會殺了我。

「很愛扭啊，是吧？」其中一個男的說，他手把我腳踝抓更緊。

「這病人相當嚴重。」克里斯帝說。他看著我的臉。「至少痙攣過去了。」他提高嗓音。「不要怕，瑞佛斯太太！我們知道妳全部的事情。我們是妳的朋友。我們帶妳來是為了讓妳康復。」

我試著說話。「救命！救命！」我試著說。但湯匙讓我像鳥發出咯咯咯的聲音，也害我流出口水。一點唾液從我口中噴出，濺到克里斯帝醫生臉頰。也許他以為我故意吐他口水。總之，他馬上退開，臉色嚴肅。他拿出手帕。

「很好。」他擦著臉對男人和看護說：「就這麼做。你們現在帶她去。」

＊＊＊

他們帶我進入走廊，經過一排排門和房間，接著又到另一個空間，步入另一條走廊，進到另一個房間。我試著記路線，但他們讓我仰躺。我只能看到顏色單調的天花板和牆壁。大概一分鐘後，我知道他們已將我帶到房子深處，我分不清方向，也無法大叫。看護手臂一直勒著我脖子，我嘴裡仍咬著獸角湯匙。我們到了一截樓梯，他們將我搬下去之後說：「交給你了，貝茲先生。」還有「當心轉角，這裡很窄！」彷彿我不是一袋羽毛，而是一只皮箱或一架鋼琴。他們沒正眼看過我的臉。最後其中一人開始吹口哨，並用指尖在我腿上打著節拍。

後來我們到了另一間房，天花板的顏色顯得更淺，他們停下腳步。

「好，小心。」他們說。

男人將我腳放下。女人手臂從我脖子鬆開，推我一把。她推得不太大力，但經過剛才拉拉扯扯，我不由自主跌倒在地。我雙手撐地，張開嘴，湯匙落下。其中一個男人迅速伸手將湯匙拿走，甩下上頭的唾液。

「求求你們。」我說。

「妳現在倒會哀求了。」那女人說，然後她對男人說：「她在階梯上拿頭撞我。看這裡。我受傷了嗎？」

「感覺有。」

「小混蛋！」

她腳頂著我。「克里斯帝醫生帶妳來這是害我們受傷的嗎？嗯，小姐？妳叫什麼太太？瓦特斯還是瑞佛斯太太？是嗎？」

「求求你們。」我又說一次。「我不是瑞佛斯太太。」

「她不是瑞佛斯太太？聽到了嗎，貝茲先生？那我敢說我也不是史畢勒看護。赫基先生也不是他自己。大概是這樣。」

她靠近我，環抱我的腰，將我抱起，然後把我丟到地上。她其實沒有用力摔我，但她將我抱高，讓我墜落在地上。我當時仍驚惶失措，全身無力，於是便重重跌落地面。

「這便是妳撞我臉的代價。」她說：「妳該慶幸我們不是在樓梯上，或在屋頂上。再敢撞我的話，誰曉得？搞不好我們就會換個地方。」她將帆布圍裙拉平，彎身抓住我衣領。「來，我們把這身洋裝脫了。妳看來也很生氣。我根本不在乎。噢！多小的扣鉤！我很粗魯，是不是？習慣過好日子，是嗎？就我打聽，妳確實過慣好日子。」她大笑。「哼，我們這裡沒有小姐的侍女。我們有赫基先生和貝茲先生。」他們仍站在門口看。「要我叫他們來嗎？」

我以為她要把我剝個精光，我寧死也不願受辱，便跪起身，從她手中掙開。

「妳要叫誰來都隨便妳，賤人。」我喘氣說：「妳不准拿走我的洋裝。」

她臉色一沉。「妳罵我賤人？」她回答：「哼！」

她手向後收，握緊拳頭，揍我一拳。

我從小在自治市區長大，身邊圍繞不擇手段過活的賊。但我母親是薩克斯比太太，我從來沒挨打過。那一拳差點將我揍昏。我雙手摀住臉，縮著身體倒在地上。她還是將我洋裝脫下了。我想她經常替瘋子脫洋裝，有了小技巧。她接著伸出手，也將我馬甲脫下，然後脫了我的吊襪帶、鞋子和長襪，最後是我的髮簪。

她站起來，臉色凶狠，汗流浹背。

「好了！」她俯瞰著只穿著襯裙和內衣的我。「妳全身的緞帶和繫帶都拿走了。現在如果妳勒死自己，那就跟我們沒關係了。妳聽到了嗎？『不姓瑞佛斯』的太太？妳在那堆軟墊中待一晚，儘管發癲。看妳喜不喜歡。痙攣？我想鬧脾氣跟痙攣我分得很清楚。妳在這裡儘管亂踢。鬧到脫臼，咬斷舌頭最好，那樣妳會安靜點。我們喜歡瘋子安靜，這樣耳根子才清靜。」

她說完這些，便把我衣服捲成一團，掛到肩上離開。男人和她一起走了。他們看她打我，卻袖手旁觀。他們也眼睜睜看她脫下我的長襪和束腹。我聽到他們脫下紙袖套。一人又開始吹口哨。史畢勒看護關門上鎖，口哨聲幾不可聞。

口哨聲愈來愈遠，我再也聽不到聲音時，便站起身，接著我又倒下了。我雙腿剛才被使勁拉扯，現在像橡皮做的一樣顫抖，我的頭因為那一拳嗡嗡作響，雙手也在發抖。不消說，我心中無比害怕。我跪地爬到門邊，眼睛望入鑰匙孔。門上沒有把手。門板罩著一塊髒帆布，底下鋪著稻草。四周的牆面也都鋪著塞滿稻草的帆布。地板鋪著油布。房中有一塊破破爛爛的骯髒毛毯，還有個讓我尿尿用的錫盆。高處有扇窗，外頭設有鐵柵。鐵柵外看得到常春藤的枝葉。昏暗綠色的光線照耀，像一池湖水。

我迷迷糊糊站起來，環顧四周。真不敢置信，油布地板上那是我冰冷的雙腳，綠光下是我疼痛的臉龐和雙臂。然後我轉向門口，手指摸著鑰匙孔、帆布、門的邊緣和各處，試圖將門拉開。但門像蛤蜊一樣緊閉。更糟的是，我站在那裡拉著門時，漸漸發現骯髒的帆布上有著細小的凹痕和裂口。帆布磨損的地方不大，呈新月狀。我馬上明白，那一定是其他瘋子關到這裡時，指甲留下的抓痕。我的意思是，真正的瘋子。一想到我也站在這裡，和他們做同樣的事，不禁感到莫名恐懼。我從門邊退開，腦袋慢慢清楚起來，恐懼令我失去理智。我撲回門上，開始用雙手敲打鋪著軟墊的帆布。每一下都擊出陣陣灰塵。

「救命！救命！」我大叫，聲音聽起來好怪。「噢！救命！他們把我關在這裡，以為我瘋了！叫理查．瑞佛斯來！」我咳嗽。「救命！醫生！救命！你們聽得到我嗎？」我又咳嗽。「救命！你們聽得到嗎？」

我不斷重複，站在那大喊、咳嗽、拍打門，同時不時停下來，將耳朵貼到門上，想聽聽看有沒有人在附近。不知過了多久，但都沒有人來。我想軟墊太厚了，不然就是聽到我的人都習慣瘋子大吼大叫，通常不加理會。於是我試了牆。牆很厚實，我放棄敲門吼叫之後，便把錫盆和毛毯在窗下堆起，爬到上頭，試著爬到玻璃窗上。但錫盆扭曲，毛毯一滑，害我跌倒在地。

最後我坐在油布地板上大哭。淚水流到臉上讓我感到刺痛。我指尖摸著臉頰，感覺著我腫脹的臉。我撫摸我的頭髮。那女人剛才拿髮簪時用力扯了我的頭髮，現在頭髮散落我肩膀上。我抓起一束頭髮，原本想用手梳，結果好幾根頭髮直接脫落。我一看又痛哭失聲。我不敢說自己多美，但我想到一個我認識的女孩，她頭髮被捲到工房的輪子裡，再也沒長回來。要是我禿頭怎麼辦？我手摸著頭，將脫落的頭髮拿起，不知道我該不該留著，也許未來做頂假髮。但其實頭髮掉得不多。最後我把頭髮捲起，放到角落。

這時候，我看到地上有個白白的東西。看起來像是一隻乾癟的白手，我一開始嚇一跳，後來發現那是什麼。看護將洋裝從我身上脫下時，它從我胸口掉出來，然後被踢到角落。上頭有鞋印，一顆釦子也碎了。

那是茉德的手套，我那天早上從袋中把手套拿出來，原本想珍藏紀念。

我將手套拿起，在雙手翻來覆去。剛才一分鐘前，我以為自己感到絕望。哼，但我看到這只手套，想到茉德，想到她和紳士的詭計時，剛才內心的絕望感根本不足掛齒。我將臉埋到手臂中，感到羞恥萬分。我從一面牆走到另一面，來來回回。我一停下來便感到如坐針氈，於是便跳起來，放聲大吼，冷汗直流。我想到自己在荊棘莊園的那段日子，自以為聰明絕頂，結果卻是個大蠢蛋。我想起我和那兩個壞蛋在一起多少時日。兩人互使眼色，會心一笑。別鬧她了，好不好？我曾同情她，對他這麼說，也曾對她說，別理他，小姐。他愛您。嫁給他。他愛您。

他會像這樣……

噢！噢！我甚至現在都感覺得到胸中的刺痛，再想下去我可能真的會發瘋。我赤腳啪答啪答走在油布上，將手套拿到嘴邊咬著。我本來就料到他不是個好東西，但我滿腦子在想的是她。那賤貨，那毒蠍女人。噢！想到我不曾覺得她是壞東西。我還曾嘲笑她天真。我還愛過她！我還以為她愛我！我還以紳士的名義親她，撫摸她！我還——

想到她結婚那天晚上，我還用枕頭蓋住頭，以免聽到她哭。我想到，如果那天我仔細聽，是否會聽到她嘆息（會嗎？會嗎？）。

我受不了。一時間，我忘了一點，她即使騙我，也不過是利用我的計謀，讓我自食惡果。我踱步、呻吟、咒罵並詛咒她。我拿著手套，又擰又咬，後來窗外光線淡去，房中變得一片漆黑。沒有人來看我。沒有人拿食物、洋裝或長襪來。起初我因為一直走動，身體很暖和，最後我太累了，只能躺在毛毯上。我身體開始發冷，接下來便無法讓身體再溫暖起來。

我難以入睡。瘋人院其他地方經常傳來古怪的聲音，像大吼和腳步聲，中途還聽到一聲醫生的哨聲。晚上一度下雨，雨水滴答敲著窗戶。花園有隻狗吠叫。我聽到之後，腦袋想到的不是茉德，而是查理．瓦格，也想到易卜斯先生和薩克斯比太太。薩克斯比太太躺在床上等著我，旁邊有個空位。她會等多久？

紳士多快會去找她？他會說什麼？他可以說我死了。那如果他這麼說，她會追問我的屍體在哪，她要為我安葬。我想到我的葬禮，誰會哭得最慘。他可能會說我淹死了，或在沼澤中失蹤了。她會想要文書證據。文件可以偽造嗎？他可能會說，我拿了我那筆錢就跑了。

他一定會這麼說，我確定。但薩克斯比太太不會相信他。她會像看玻璃一樣看穿他。她會找到我。她養我十七年，不會輕易放棄我！她會翻遍全英國的房子，不找到我不罷休！

我想到這些事，漸漸冷靜下來。我想我只要跟醫生說清楚，他們一定會發現自己誤會了，並放我走。但總之薩克斯比太太會來，我也可以那樣出院。

等我自由之後，我會尋找茉德．里利的下落。畢竟我是母親的親生女兒是吧？我會殺了她。

＊ ＊ ＊

你可以發現，我對自己目前的處境多麼盲目。

＊ ＊ ＊

隔天早上，把我關進房的女人回來找我。她沒有跟那貝茲和赫基先生來，而是跟另一個女人——大家稱她們為看護，但她們沒比我好到哪去，她們只是因為身材粗壯，像熨平機有兩隻粗壯手臂。她們進門，站在那裡打量我。史畢勒看護說：

「就是她。」

另一人有一頭黑髮，她說：

「年紀輕輕就發瘋。」

「聽我說。」我小心翼翼地說。我已經準備好了。我聽到她們腳步聲，已經事先站起，將襯裙順平，整理好頭髮。「聽我說。妳們覺得我瘋了。我沒瘋。妳們和醫生覺得我是小姐，但我根本不是。那個小姐和她丈夫理查．瑞佛斯是一對騙子。他們騙過你們和我，也幾乎騙了所有人。這件事非常重要，一定要告訴醫生，這樣我才能重獲自由，那些騙子才能繩之以法。我——」

「她撞我臉。」史畢勒看護說，她插嘴。「用她頭，直接撞這裡。」

她手放到靠近鼻子的臉頰處，那裡有個微小淡淡的紅痕。當然，我自己的臉腫得像布丁。我敢說我眼睛都有黑眼圈了。但我仍小心翼翼地說：

「對不起，我弄傷妳的臉。我只是被當作瘋子帶到這裡，一時慌了手腳。過去這段時間，要來這裡的一直是另一個小姐，里利小姐，也就是真正的瑞佛斯太太。」

她們再次站在那打量我。

「妳要跟我們說話時，要稱我們為看護。」黑髮那個最後開口。「但親愛的，我私下跟妳說，我們寧可妳完全不理我們。我們聽多了這種廢話。唉，來吧。妳要先洗乾淨身體，這樣克里斯帝醫生才會見妳。妳要先換上洋裝。哇，這女孩好小！妳一定不到十六歲。」

她靠近我，想抓住我手臂。我躲開她。

「可以請妳聽我說嗎？」我說。

「聽妳說？唉呀，如果這地方所有瘋話我都聽，我自己都要瘋了。夠了，來吧。」

她的語氣原本呆滯溫和，現在變得嚴厲。她抓住我手臂。她手指一碰到我，我身體不禁一縮。「小心她。」

史畢勒看護見我扭動說。

我說：「妳別碰我，妳要去哪我都會跟著妳。」

「呵！」黑髮看護這時說：「還真有禮貌咧。跟我們來好不好？我一定感激萬分。」

她拉我，我反抗她時，史畢勒看護也來幫忙。她們雙手抓住我手臂底下，並將我扛起，半拖半抬地將我抓出房間。我嚇到了，不禁雙腳亂踢，嘴裡痛罵，結果史畢勒看護粗大的手指又伸到我腋下，用力戳我。腋下的瘀青平時看不到。我想她心底知道。「她失控了！」我大叫時她說。

「我頭又要嗡嗡作響一整天了。」另一人說。她手抓得更緊，並搖著我。

後來我不說話了，怕自己又會挨打。但我也望向窗戶和門，努力辨認著我們走的路。有的門有鎖。所有窗戶都有鐵柵。窗外是一塊庭園。這裡是瘋人院的後側。在荊棘莊園那種房子裡，這裡會是僕人的空間。在瘋人院，這是看護所在的地方。我們路上遇到兩、三個看護。她們穿著圍裙，頭戴便帽，拿著籃子、瓶子和床單。

「早安。」她們全都打招呼。

「早安。」抓著我的看護會這樣回答。

「新人？」終於有個人朝我點頭說：「從軟墊病室上來？壞嗎？」

「撞傷南西的臉頰。」

她吹了聲口哨。「應該要把她們綁起來。但很年輕啊，是吧？」

「至少十六歲。」

「我十七歲。」我說。

剛遇到的那名看護看著我，略有所思。

「樣子滿好的。」她過了一會說。

「是不是？」

「她怎麼了？幻覺？」

「各種都有。」黑髮看護說。她壓低聲音。「她就是那個……妳知道？」

新看護表情透露出興趣。「這女孩？」她說：「看起來太瘦了。」

「她們畢竟各形各狀啊……」

我不知道她們是什麼意思。但被抓著給陌生人端詳、討論和訕笑，我心裡不禁感到羞恥，並沉默不語。那女人走了，兩個看護再次抓緊我，帶我走下另一條走廊，進到一個小房間。那裡以前可能是食物儲藏室，很像荊棘莊園史黛西太太的房間，因為那裡櫥櫃有上鎖，還有一個扶手椅和水槽。史畢勒看護坐到椅子上，長吁口氣。另一個看護在水槽中倒水。她給我一塊黃色肥皂和一條髒法蘭絨巾。

「拿去。」她說。我毫無反應時，她說：「來。妳有手，對吧？妳自己洗身體。」

水很冷。我洗淨臉和手臂，然後彎身打算洗腳。

「好了。」她看到我想洗腳時說：「妳以為克里斯帝醫生會在乎妳腳趾髒不髒嗎？來，我們看妳衣服。」她拿起我內衣衣襬，然後轉向史畢勒看護，她點點頭。「好東西，對吧？對這裡來說太好了。那在滾水中煮了就壞了。」她拉一下。「妳把那件脫了，親愛的。我們會替妳好好保管到妳離開那天。幹麼，妳害羞啊？」

「害羞？」史畢勒看護打呵欠說：「別浪費我們時間。妳還是結了婚的女人。」

「我沒結婚。」我說：「而且我希望妳們兩個不要碰我的衣服。我想要拿回我的洋裝、長襪和鞋子。我只要跟克里斯帝醫生說清楚，到時候妳們就會倒大楣。」

她們看著我，齊聲大笑。

「神氣的咧！」黑髮看護笑道。她擦擦眼淚。「老天，好了好了。生氣也沒用。我們還是要脫妳衣服。那不是要給我和史畢勒看護，這只是院內的規矩。這是妳新的衣服，看，有洋裝。看，還有便鞋。」

她走到其中一個櫥櫃，拿出一組灰暗的內衣褲，一件羊毛洋裝和一雙靴子。她回到我身旁，手裡拿著衣服，史畢勒看護也靠近，不管我怎麼爭辯和咒罵全都白費力氣，她們抓住我，將我剝個精光。她們脫下我襯裙時，茉德的手套掉了。我原本把手套插在腰間的繫帶上。我趕緊彎身拿起來。「那是什麼？」她們馬上說。後來她們看到只是個手套，還看著手腕內側的繡字。

「那是妳自己的名字，茉德。」她們說：「做工很細，是吧。」

「妳們不准拿走！」我搶回來大吼。她們奪走我的衣服和鞋子，但我一整晚都拿著手套踱步，又扯又咬，這是唯一能讓我保持冷靜的東西。如果她們拿走，我覺得我會變成像失去頭髮的參孫[43]。

也許她們注意到我的眼神。

「一只手套也沒用。」黑髮看護小聲對史畢勒看護說：「記得泰勒小姐，她以前用線串起釦子，說那是她寶寶？有人想拿，她都會阻止！」

於是她們讓我留著手套，我擔心她們改變主意，因此無力地站在原地，乖乖讓她們替我更衣。衣服全是瘋人院的裝配。馬甲是用勾的，而不是用繫帶，而且尺寸太大了。「隨便啦。」她們大笑說。她們胸部都像船一樣大。「有很多成長空間。」洋裝原本應該是花呢格紋，但顏色都褪色了。長襪很短，像男孩子穿的。鞋子是天然橡膠製的。

「好啦，仙杜瑞拉。」黑髮看護說，她替我穿好之後，上下打量我。「嘿！妳穿這樣簡直可以像球一樣彈來彈去了。」

她們又大笑一陣。後來她們做了一件事。她們要我坐在椅子上，替我梳頭，並綁成辮子。她們拿出針和棉布，將辮子縫在我頭上。

「要麼盤起，要麼剪掉。」我掙扎時，黑髮看護說，「不管怎麼樣，我都沒差。」

「讓我來。」史畢勒看護說。她將頭髮縫好。中途假裝不小心，拿針刺我頭皮兩、三下。那也是另一個看不出受傷和瘀青的地方。

她們兩人合力之下，讓我準備就緒，然後帶我去我的房間。

「好，現在注意妳的禮貌。」我們邊走她們邊叮嚀。「不要再發瘋，我們會把妳關回軟墊病室或浸妳。」

「不合理！」我說：「這樣一點都不合理！」

她們並未答腔，只使勁搖我。於是我不作聲，再次默默研究路線。我也愈來愈害怕。我腦中浮現出瘋人院畫面，我想我的印象來自繪畫或戲劇，目前這棟房子都絲毫不像。我心想：「她們將我從醫生和看護住的地方拉出來。現在要帶我去瘋狂的病房了。」我當時以為會是地牢或監獄。但我們只沿著色彩乏味的走廊向前，經過一道道單調的門，我望向四周，開始發現些細節。像是燈雖然是一般的銅燈，但燈上有粗鐵線護住火焰。門上的門閂很精緻，但鎖很醜。牆上不時會設有把手，如果轉動的話，看起來會敲響警鈴。最後我終於發覺，這裡就是瘋人院。這裡原本是一個鄉紳的莊園，牆上原本是掛著畫和鏡子，地板原本鋪有地毯，但現在全都為瘋女人重新打造。房子彷彿原本也是個整潔體面的人，如今卻發瘋了。

我說不上來原因，但這樣莫名令我更毛骨悚然，還不如帶我到一個像地牢的地方。

我身體打顫，慢下腳步，差點跌倒。天然橡膠靴子很難走路。

「別鬧了。」史畢勒看護說著戳我一下。

「哪一間？」另一個看護看著門問。

「十四號房。到了。」

每一道門上都鎖著一塊牌子。我們踏進其中一間，史畢勒看護敲一下門，然後插入鑰匙，打開門鎖。鑰匙很普通，因為常用而散發光澤。鑰匙繫在鑰匙圈上，她放到口袋裡。

她帶我們進去的房間不是個完整的房間，而是用木板所分割出的隔間。如我所說，房子已被大卸八塊，令人錯亂。木牆最上面設有玻璃，玻璃另一頭的窗戶會透進光，但這間房沒有自己的窗戶。裡頭空氣很悶。房裡有四張床，旁邊放著一張便床，那是護士睡覺的地方。三個女人在各自的床邊更衣。有一張床是空的。

「這是妳的床位。」史畢勒看護帶著我過去說。位置離護士的便床非常近。「這個位置是專門給麻煩小姐睡的。要是耍什麼把戲，培根看護全都會發現。對不對，培根看護？」

43 《聖經》故事中，上帝賜給參孫極大的力量，以對抗外敵非利士人。但他頭髮一旦被剪掉，就會失去超人的力量。

那是負責這間房的看護。「噢！當然了。」她說。她點點頭，搓揉雙手。她得了一種病，害她手指又粗又紅，像香腸一樣。我想，對叫這名字的人來說，得這病真的很衰。而且她手會忍不住一直搓。她像其他看護一樣冷漠地打量我，也像她們一樣說：

「很年輕，是吧？」

「十六歲。」黑髮看護說。

「十七歲。」我說。

「十六歲？除了貝蒂，妳就是院內年紀最小的。妳看，貝蒂！來了個新的年輕小姐，看，跟妳年紀相仿。我敢說她上下樓梯跑很快，而且她很有條理。嗯，貝蒂？」

她朝站在我對面床鋪的女人喊，那人將洋裝從大肚皮拉下。我一開始以為她是個小女孩，但她轉身讓我看到臉時，我發現她已經是成人，但是個低能兒。她一臉不解地望著我，看護大笑。我後來發現她們都把她當僕人在使喚，叫她去做各種家事。不過她其實是名門貴族的千金（看你信不信）。

看護大笑時，她縮著脖子，淘氣地瞄著我的腳，彷彿她想自己看看我的腳到底快不快。最後其中一個病人小聲說：

「別管她們，貝蒂。她們只想鬧妳。」

「誰跟妳說話了？」史畢勒看護馬上說。

那女人嘴唇蠕動。她年紀不小，身材乾瘦，雙頰相當蒼白。她和我眼神交會，然後別開頭，彷彿感到羞愧。

她看起來人畜無害，但我看著她、貝蒂和另一個女人（第三個女人站在那裡，眼神茫然，手將頭髮拉到臉前），就我所知，我知道她們大概就是瘋子。而我現在居然必須跟她們同寢。我走向看護，說：

「我不會待在這裡。妳們不能逼我。」

「不能嗎？」史畢勒看護說：「我想我們懂法律。妳的契約已經簽好，不是嗎？」

「但這是一場誤會！」

培根看護打呵欠，翻白眼。黑髮看護嘆口氣。「好了，茱德。」她說：「夠了。」

「我不叫茱德。」我回答。「我到底要告訴妳們幾次？我不叫茱德．瑞佛斯！」

她和培根看護使個眼色。「聽到了嗎？她會一直用這種態度說話。」

培根看護將指節頂在腰上，搓了搓。

「不想好好說話嗎？」她說：「太可惜了！她大概想嘗嘗看當看護的滋味。看她喜不喜歡。就可惜那雙白嫩的小手。」

她邊用裙子揉著手，邊盯著我的手。我和她一起看。我手指看起來像茱德。我將手藏到背後。我說：

「我手這麼白是因為我當小姐的侍女。小姐設計我。我——」

「小姐的侍女！」看護再次大笑。「喔，太妙了！我們這裡很多女孩覺得自己是公爵夫人。我從來沒遇到一個覺得自己是夫人的侍女！老天，這事沒見過。我們一定要讓妳進廚房，給妳抹布和清潔劑。」

我跺腳。

「他媽夠了沒！」我大叫。

她們聽了不笑了，轉而抓住我，一直搖。史畢勒看護又打了我臉一拳，跟之前同一個位置，但這次下手不重。我想她覺得新傷不會被看出來。蒼白的老女人見她打我，大叫一聲。白痴的貝蒂開始呻吟。

「看，妳害她們都發作了！」史畢勒看護說：「醫生隨時會來。」

她又搖我，然後讓我踉蹌走開，拉平圍裙。醫生對她們來說像國王一樣。培根看護走向貝蒂，恫嚇要她不准哭。黑髮看護則跑向老女人。

「妳把釦子扣好，畜生！」她揮舞手臂說：「還有妳，普萊斯太太，馬上把頭髮從嘴巴拿出來。我不是告訴過妳一百次，妳要是吞一團頭髮會噎死？我真不知道自己幹麼警告妳，妳要是噎死，我們全部的人還高興咧……」

我望向門口。史畢勒看護剛才沒關門，我心想如果全力衝過去，也許出得去。但就在我考慮的時候，隔壁房以及我們經過走廊上所有房間的門都打開了，每間房中都傳來看護喃喃嘟囔的聲音，還有奇怪的尖鳴。某處鈴聲響起。那代表醫生來了。

我心想，我若站著小聲和克里斯帝醫生說話，而不是穿橡膠鞋跑向他，應該比較有說服力。我靠近床，將雙膝靠在床上，以免我雙腿發抖。我摸了摸頭髮，原本想整理。一時間卻忘了她們將我頭髮縫起來了。黑髮看護跑出了門。我們其他人沉默地站在原地，注意著醫生的腳步聲。史畢勒看護朝我搖搖手指。

「注意妳那髒嘴，破麻。」她說。

我們等了十分鐘，走廊傳來動靜，克里斯帝和葛雷維醫生快步走進病房，他們頭低垂，看著葛雷維醫生的筆記本。

「各位小姐早安。」克里斯帝醫生抬頭說。他先走向貝蒂。「妳好嗎？貝蒂？乖女孩。當然，妳該吃藥了。」

他手伸入口袋，拿出一塊糖。她接下行個屈膝禮。

「乖女孩。」他又說一次，然後走到下一個人前面，「普萊斯太太。看護告訴我，妳又在哭了。這樣不好。妳丈夫會怎麼說？他聽到妳憂鬱難過會開心嗎？嗯？還有妳所有小孩？他們會怎麼想？」

她低聲回答：「我不知道，醫生。」

「嗯？」

他握住她手腕，不斷朝葛雷維醫生低聲說話，葛雷維醫生最後在筆記本上寫下註記，然後他們走向蒼白的老女人。

「威爾森小姐，妳今天想跟我們抱怨什麼事呢？」克里斯帝醫生說。

「跟平常一樣。」她回答。

「唉，我們聽過好幾次了。妳不需要重複。」

「我想呼吸新鮮空氣。」她馬上說。

「好，好。」他望向葛雷維醫生的筆記。

「我要健康的食物。」

「其實食物夠健康了，威爾森小姐，只要妳好好吃飯。」

「水很冷。」

「那是通寧水，專門給精神異常的人喝的。妳知道的，威爾森小姐。」

她嘴唇蠕動，身體搖晃，接著她突然大喊：「賊！」

我聽到嚇一大跳。克里斯帝醫生抬頭望向她。「夠了。」他說：「記得妳的舌頭。我們在上頭放了什麼？」

「賊！惡魔！」

「妳的舌頭，威爾森小姐！我們在上頭放了什麼？嗯？」

她嘴巴動了動，過了一會說：

「勒繩。」

「沒錯。勒繩。非常好。把繩子拉緊。史畢勒看護——」他轉身叫看護過去，小聲吩咐她。威爾森小姐雙手放到嘴上，彷彿在摸那條勒繩。她再次和我目光交會，手指顫抖，一臉羞愧。

其他時候，我會同情她。但現在，如果有人把她和另外十個瘋女人放倒在地，告訴我出去唯一的方式是踩過她們，我會毫不猶豫穿木鞋踩過去。我靜靜等待克里斯帝醫生叮嚀完看護，接著舔了舔嘴，傾身說：

「克里斯帝醫生，你好！」

他轉身走向我。

「瑞佛斯太太。」他握住我的手腕，臉上毫無笑容。「妳好嗎？」

「醫生。」我說：「醫生，我——」

「脈搏很快。」他小聲對葛雷維醫生說。葛雷維醫生寫下筆記。克里斯帝醫生再次轉向我。「妳傷到臉了，真令人遺憾。」

史畢勒看護搶在我之前開口。

「她痙攣發作了，克里斯帝醫生。」她說：「自己摔到地上。」

「啊，對。妳應該記得自己剛來時激烈的情況，瑞佛斯太太。我希望妳有好好睡覺？」

「睡覺？沒有，我——」

「唉呀，唉呀。我們可不能這樣。我會請看護讓妳喝藥。妳沒好好睡覺，身體絕不會好。」

他朝培根看護點頭示意。她也點頭回應。

「克里斯帝醫生。」我提高聲音說。

「脈搏又變快了。」他喃喃說。

我將手抽開。「可以請你聽我說嗎？你錯把我抓來這裡了。」

「是嗎？」他瞇起雙眼，看著我的嘴。「牙齒看來算健康，我想。不過，牙齦是有點腐爛。如果牙齦痛了一定要跟我們說。」

「我不會待在這裡。」我說。

「不待在這裡，瑞佛斯太太？」

「瑞佛斯太太？老天，我怎麼可能是她？我站在一旁，親眼看她結婚。你後來來找我，聽我說話。我——」

「確實如此。」他緩緩說：「妳告訴我，妳擔心小姐的健康。妳希望她能寧靜度日，安全無虞。有時候，這樣比較輕鬆，不是嗎？比起為自己，不如為他人求援？我們了解妳，瑞佛斯太太，了解得非常深。」

「我不是茉德．瑞佛斯！」

他舉起一根手指，嘴角淺淺勾起。

「妳還沒準備好要承認自己是茉德．瑞佛斯。嗯？兩者不大一樣。等妳承認時，我們的工作便結束了。在那之前——」

「你不能把我關在這裡。不行！你把我關在這，那些騙子——」

他雙臂交叉。「什麼騙子？瑞佛斯太太？」

「我不是茉德・瑞佛斯！我的名字是蘇珊——」

「什麼？」

但這時，我第一次支吾了。

「蘇珊・史密斯。」我終於說了。

「蘇珊・史密斯。在——那是在哪，葛雷維醫生？梅費爾區偉克街的蘇珊？」

我沒回答。

「好了，好了。」他繼續說：「這全是妳的幻想，不是嗎？」

「那是紳士的幻想。」我氣呼呼地說：「那惡魔！」

「哪個紳士，瑞佛斯太太？」

「理查・瑞佛斯。」我回答。

「妳的丈夫。」

「她的丈夫。」

「啊。」

「她的丈夫，我告訴你了！我目睹他們結婚。你可以去找他們結婚時的那位牧師。你可以帶克林姆太太來！」

「克林姆太太是曾和妳們住在一起的那個？我們和她聊很久。她傷心地告訴我們，在她房裡，妳整日鬱鬱寡歡。」

「她說的是茉德。」

「這個自然。」

「她說的是茉德，不是我。你把她帶來，你給她看我的臉，看她到時候說什麼。帶任何認識茉德・里利跟我的人來。帶荊棘莊園的管家史黛西太太來。帶里利先生來！」

他搖搖頭說：「妳不覺得自己的丈夫跟妳舅父一樣應該認得妳嗎？還有妳的侍女？她站在我們面前，提到妳還哭了。」他壓低聲音。「妳究竟對她做了什麼，害她哭成那樣？」

「噢！」我雙手擰在一起（「注意她臉變紅了，葛雷維醫生。」他輕聲說）。「她哭是要騙你！她什麼不厲害，演技最好！」

「演技？妳的侍女？」

「茉德・里利！你沒在聽我說話嗎？茉德・里利和理查・瑞佛斯。他們把我關在這裡。他們欺騙和設計我。他們讓你們以為我是她，她是我！」

他再次搖搖頭，雙眉皺起，然後嘴角再次勾起，接著緩慢、輕描淡寫地說：

「可是，親愛的瑞佛斯太太，他們為何要大費周章這麼做？」

我張開嘴，接著又把嘴閉起。我能說什麼？我仍覺得我只要透露真相，他便會相信我。但真相是，我計畫要偷一個小姐的財富。我其實是個賊，我想扮作侍女。要不是我剛從軟墊病室出來，身心俱疲，受傷害怕，我也許能想出個聰明的故事。但現在我腦中一片空白。培根看護搓揉雙手，打個呵欠。克里斯帝醫生仍看著我，臉上露出遷就的表情。

「瑞佛斯太太？」他說。

「我不知道。」我最後回答。

「啊。」

他朝葛雷維醫生點點頭，兩人轉身要走了。

「等一下！等一下！」我大喊。

史畢勒看護上前來。「妳夠了。」她說：「妳在浪費醫生的時間。」

我沒看她。我看著克里斯帝醫生轉身，看到他後方蒼白的老女人，她手指仍摸著她的嘴，滿面愁容的女人將頭髮全撥到眼前，白痴貝蒂嘴唇上全是糖。我再次抓狂。我心想：「我不怕他們把我關到監獄！監獄最好，我寧可和賊或殺人犯為伍，也不要在瘋人院裡！」我說：

「克里斯帝醫生！葛雷維醫生！聽我說！」

「夠了。」史畢勒看護又說一次。「妳不知道醫生多忙嗎？妳以為他們不幹正事，專門來聽妳胡言亂語嗎？退後！」

我追上克里斯帝醫生，伸手去抓他醫生袍。

「拜託，醫生。」我說：「聽我說。我沒有老實跟你說。我名字其實不是蘇珊·史密斯。」

他原本想甩開我。現在他稍微轉向我。

「瑞佛斯太太。」他開口。

「蘇珊·純德，醫生。我叫蘇珊·純德，來自——」我原本要說蘭特街，但後來發現我絕對不能說，因為易卜斯先生的鎖鋪會因此惹上麻煩。我閉上雙眼，搖搖頭，頭腦發燙。克里斯帝醫生從我手中退開。

「不准碰我的袍子。」他語氣嚴肅。

我再次抓住他。「聽我說，我求求你！聽我告訴你我原本參與的陰謀，一切全是理查·瑞佛斯設計的。那惡魔！他正在笑你，醫生！他在笑我們所有人！他偷走了一大筆錢。他拿走一萬五千英鎊！」

我不肯放開他的醫生袍。我嗓子拔尖，像一隻尖聲吠叫的狗。史畢勒看護手臂扣住我脖子，克里斯帝醫生雙手抓住我的手，剝開我的手指。葛雷維醫生也來幫忙。我感覺到他們的手，馬上放聲尖叫。我想我那時真像瘋了。但那是因為我說的全是真相，卻被認為是妄想。我不斷尖叫，克里斯帝醫生拿出哨子，像之前一樣。鈴響響起。貝茲先生和赫基先生跑過來，手上穿著棕色紙袖套。貝蒂大叫。

他們將我關回軟墊病室。不過，他們讓我穿著洋裝和靴子，並給我一碗茶。

「等我出去，你們就倒大楣了！」他們關上門時我說：「我在倫敦有個母親。她會來找我，找遍全英國每一間房子！」

史畢勒看護點點頭。「是嗎？」她說：「那還不只是妳媽，恐怕是這裡所有小姐的媽吧。」她大笑。

＊　＊　＊

我覺得茶嘗起來很苦，裡頭一定有加藥。我白天都在睡覺。也許睡了兩天，等我回過神來，變得十分呆滯。我一路跌跌撞撞，任憑他們帶我回房。克里斯帝醫生巡房時，握住我的手腕。

「妳今天比較平靜，瑞佛斯太太。」他說。因為喝了藥又睡了覺，我嘴巴很乾，舌頭都黏在牙齦上，我想回答：

「我不是瑞佛斯太太！」

結果我來不及說出口，他便走了。

不過後來我神智愈來愈清楚。我躺在床上，試著思考。早上他們讓我們待在房間，我們必須在培根看護監視下，安安靜靜坐著，也可以看書。但我想那裡的書這幾個病人都看過了。因為她們跟我一樣，只躺在床上無所事事，倒是培根看護將腳蹺在凳子上，看著一本小雜誌。不時舔舔發紅的粗手指翻頁，不時咯咯咯偷笑。

十二點一到，她將雜誌放到一旁，打了個大呵欠，帶我們下樓用餐。另一個看護來幫忙。「快點，快點。」她們說：「別慢吞吞的。」

我們排成一列。蒼白的老女人威爾森小姐緊貼在我背後。

「不要怕。」她說：「不要怕妳的——不要轉頭！噓！噓！」我感到她呼吸吹到我脖子。「不要怕。」她說：「不要怕妳的湯。」

這時我加快腳步，靠近培根看護。

她帶我們進到餐廳。有人在那裡搖著鈴，其他看護帶著各自負責的女病人加入我們的隊伍。瘋人院中，我估計差不多有六十個女病人。我待在軟墊病室一段時間，她們在我眼中像是洶湧可怕的人潮，全身穿得跟我一樣。我的意思是每個人的打扮都奇形怪狀，歪七扭八。她們有些人剃了光頭，有的掉牙，有的牙齒被拔掉，有的身上有傷口和瘀青，有的手腕纏著帆布，有的戴著手籠。這讓她們看起來比實際上更古怪。我不是說她們全都沒瘋，只是瘋得千奇百怪。對我來說，她們看起來和馬蠅一樣瘋狂。但其實，就像每個人幹的壞事都不同，每個人的瘋也都不一樣。有的腦袋完全瘋了。兩、三個人像貝蒂一樣只是低能兒。一個喜歡罵髒話。另一人會痙攣。剩下的純粹神情悲慘。她們雙眼盯著地上向前，坐下將雙手放在大腿上，喃喃自語，咳聲嘆氣。

我坐在他們之中，吃著端到面前的晚餐。如威爾森小姐所說，餐點是碗湯，我見她盯著我喝湯，不住點著頭。但我不想跟她目光交會，也不想跟任何人目光有所交會。我之前被下了藥，昏昏沉沉，現在我回到慌張的狀態。我驚惶失措，六神無主，冷汗直流，毫無理智地扭動身體。我望向門和窗。如果我看到一扇普通的玻璃窗，我便會直接衝出去。但每扇窗都設有鐵柵。我不知道失火該怎麼辦。門上掛著普通的鎖，有對的工具的話，我應該撬得開。但我身上沒有任何工具，連個髮夾都沒有，也沒有可以代替的東西。喝湯用的湯匙是錫做的，軟到像橡膠一樣，用來挖鼻屎都辦不到。

用餐時間半小時。看護和幾個高大健壯的男人盯著我們。其中包括貝茲先生和赫基先生，還有另外一、兩人。他們站在餐廳側邊，不時巡視桌子。一人靠近時，我扭了一下，伸起手說：

「拜託，先生，醫生在哪？先生？我可以跟克里斯帝醫生見面嗎，先生？」

「克里斯帝醫生在忙。」他說：「安靜。」他繼續走。

一個女人說：「妳現在不能看醫生。他們只有早上會來。妳不知道嗎？」

「妳從哪裡來？」剛才先開口的女人說。

「她是新來的。」另一人說。

「倫敦。」我仍望著那男人說：「不過這裡的人以為我從別的地方來。」

「倫敦！」她大喊。有些女人也說：「倫敦！」「啊！倫敦！我好想念！」

「這季節才剛開始。對妳來說很難受吧。而且這麼年輕！妳出門社交了嗎？」

我問：「出門？」

「妳是哪個家族？」

「什麼？」健壯的男人轉身，再次走向我們。我又舉起手揮舞。「你可以告訴我。」我對他說：「我到哪裡可以找到克里斯帝醫生嗎？先生？拜託，先生？」

「安靜！」他又說一次，並走過我。

我身旁的女人將手放到我手臂上。她說：「妳一定很熟悉肯辛頓廣場。」

「什麼？」我說：「沒有。」

「我敢說那裡樹都長滿樹葉了。」

「我不知道。我不知道。從來沒見過。」

「妳是哪個家族？」

健壯的男人走到窗邊，轉身交叉雙臂。我再次舉起手，但這次我手慢慢垂下。

「我的家人都是賊。」我難過地說。

「噢！」旁邊的女人紛紛皺起臉。「怪女孩……」

但我身旁的女人招手要我靠近。

「妳東西都被拿走了嗎？」她低聲說：「我也是。但妳看。」她給我看她脖子上戴著一枚用繩子串起的戒指。戒指材質是鍍金，上頭沒有寶石。「這是我的財產。」她說：「這就是我的保障。」她將戒指塞回衣領內，敲敲鼻子點頭。「我姊姊把剩下的都拿走了。但她們拿不走這個！噢！不行！」

＊　＊　＊

接下來，我都不跟人說話了。吃完飯之後，看護帶我們去花園，讓我們在那裡走一小時。花園四面都是高牆，還有一道門。門上了鎖，但從欄杆望出去可以看清房子之外的庭園。那裡有許多樹木，不少離高聳的庭園圍牆不遠。我在心底默默記住。我這輩子從來沒爬過樹，但那會有多難？為了自由，如果我能爬到夠高的樹枝上，就算摔斷腿也要跳出去。

要是薩克斯比太太沒先來救我的話。

但此時，我仍覺得自己應該跟克里斯帝醫生說個明白。我打算讓他知道我意識多清楚。花園散步時間結束時鐘聲響起，我們又回到房內，坐等下午茶。時間一到，我們被帶到她們稱為客廳的地方，那是個寬敞灰色的大廳，裡頭瀰漫著瓦斯味。用完茶之後，我們又被鎖回房內。我身體仍在抽搐，全身冒汗，不發一語地跟著大家走。我跟著其他人，像悲傷的普萊斯太太、蒼白的威爾森小姐和貝蒂。她們怎麼做，我就照著做。她們洗好之後，我在洗手檯洗淨臉和雙手；她們刷完牙，我便跟著清潔自己的牙齒。我將討厭的花呢格紋洋裝摺成一堆，穿上睡袍。培根看護嘟囔禱告時，也一起說了「阿們」。後來史畢勒看護拿一壺茶進門，倒了一碗給我，我接下茶，但沒有張口喝下。我趁沒人注意，將茶倒到地板上。茶冒出蒸氣一會，接著滲入木板之間的縫隙。我用腳踩著倒茶的地方，一抬頭，發現貝蒂在看。

「弄得髒髒。」她大聲說。她聲音像男人一樣。「壞女孩。」

「壞女孩？」培根看護轉身說：「我倒是知道誰是壞女孩。上床睡覺。快！快！妳們所有人。老天保佑，什麼鬼日子！」

她像發動機一樣不斷咕噥。那裡每個看護嘴巴都閒不下來，但我們必須安靜。我們必須靜靜躺著。如果不這麼做，她們會來掐或打我們。「妳，茉德。」第一天晚上，培根看護看到我輾轉難眠，全身不住顫抖，便說：「不要再動了！」

她坐著看書，燈光照著我的雙眼。就算好幾個小時之後，她放下雜誌，脫下圍裙和洋裝上床睡覺，她仍會讓燈繼續亮著，注意我們晚上有沒有亂動。然後她才會睡覺，並開始打呼。她打呼像銼刀磨鐵桿的聲音，讓我更想家。

她睡覺時鑰匙也會放在身上，掛在她脖子上。

我躺在床上，手中握著茉德的白手套，不時將手套上的一根手指放到我嘴中，想像茉德柔軟的手在裡面，不斷囓咬著。

＊　＊　＊

但我最後睡著了，隔天早上，醫生和史畢勒看護巡房時，我已準備好。

克里斯帝醫生給貝蒂糖，花了一分鐘替普萊斯太太和威爾森小姐看診後，他對我說：「瑞佛斯太太，妳好嗎？」

「我腦子非常清楚。」我說。

他看一下自己的錶。「太好了！」

「克里斯帝醫生，我求求你！」

我垂下頭，和他四目相交，我從頭告訴他我的故事。我不是茉德．瑞佛斯，而是因為一場詭計被關進瘋人院。我解釋理查．瑞佛斯如何將我送進荊棘莊園當茉德．里利的侍女，這樣我才能幫他娶她，之後會如何編造她發瘋的事。而他們卻設計我，將她的財產全部拿走。

「他們全騙了我。」我說：「他們也騙了你！他們現在都在笑你！你不相信我？帶荊棘莊園的任何人來！把替他們證婚的牧師請來！拿教堂那本大書來。你會看到上頭不但有他們的名字，旁邊還有我的名字！」

他揉揉眼睛說：「妳的名字是蘇珊……妳現在叫什麼？純德？」

「蘇珊……不是！」我說：「那本書裡簽的不是。書裡簽的是蘇珊．史密斯。」

「又變回蘇珊．史密斯了！」

「只有書裡簽那名字。他們逼我簽的。全是他設計的！你看不出來嗎？」

現在我快哭了。克里斯帝醫生臉色嚴肅。「我讓妳說太多話了。」他說：「妳太激動了。我們不能容許這種事。我們一定要隨時保持冷靜。妳這些妄想——」

「妄想？老天啊，這是明擺的事實！」

「妄想，瑞佛斯太太。妳聽清楚自己在說什麼！可怕的陰謀？壞人在背後大笑？偷走一筆財產，將一個女孩設計成瘋子？這只是駭人聽聞的虛構故事！對於這種病我們有個名字。我們稱之為『超美學病症』。妳過去生活過度沉浸在文學之中，腦中萌生出強烈的妄想。」

「萌生？」我說：「過度沉浸？文學？」

「妳讀太多書了。」

我望著他，無法說話。

「老天啊。」他轉身時我最後說：「我最好能識字！至於寫字，給我一枝鉛筆，我確實能寫下我的名字。但就算你叫我坐著寫一年，我這輩子能寫出的就那幾個字而已！」

他開始走向房門口，葛雷維醫生緊跟在後。我聲音哽咽，因為史畢勒看護抓住我，阻止我追過去。她說：「妳怎麼能對著醫生的背影說話！別掙扎！我敢說妳又發癲了，應該要關到軟墊病室。克里斯帝醫生，你覺得呢？」

但克里斯帝醫生聽到我說的話，在門口轉身，伸手拂鬚，現在用全新的眼光望著我。他望向葛雷維醫生，小聲說：

「其實那樣我們能看看妄想的程度，也許甚至能讓她幡然醒悟。你覺得呢？好，從筆記本拿張紙給我。史畢勒看護，放開瑞佛斯太太。瑞佛斯太太——」他走回到我面前，給我葛雷維醫生從筆記本撕下的紙。接著他手伸到口袋，拿出一枝鉛筆，準備交到我手中。

「小心她，先生！」史畢勒看護看到筆尖時說：「她這傢伙很狡猾！」

「很好，我會看著她。」他回答：「但我不覺得她會傷害我們。妳會嗎，瑞佛斯太太？」

「不會，醫生。」我說。我接下筆，手在顫抖。他看著我。

「我想妳筆能握得更好。」他說。

我用手指試著拿好，但掉到地上。我將筆撿起來。「小心她！小心她！」史畢勒看護又說，已經準備好要再抓住我。

「我不習慣拿筆。」我說。

克里斯帝醫生點點頭。「我想妳會。來吧，在這張紙上寫行字。」

「我辦不到。」我說。

「妳當然可以。妳好好坐到床上，將紙放在膝蓋上。我們都是這樣坐著寫字的，不是嗎？妳心底知道。好了，寫妳的名字給我。妳至少會寫名字吧。妳剛才是這麼說的。來。」

我猶豫一下，然後寫下我的名字。紙被鉛筆戳破了。克里斯帝醫生看著我寫，我寫完之後，他將紙接過去，拿給葛雷維醫生看。他們皺起眉頭。

「妳寫下了蘇珊。」克里斯帝醫生說：「為什麼？」

「那是我的名字。」

「妳字寫得很醜。妳是故意的嗎？來。」他將紙還給我。「照我剛才所說，寫一行字給我。」

「我辦不到。我不會寫！」

「會啊，妳會。那寫一個字好了。幫我寫個字。寫：斑。」

我搖搖頭。

「好了，好了。」他說：「這個字不難。妳知道第一個字母，我剛才看妳寫過了。」

我再次遲疑。後來因為他目光熱切。而他身後，葛雷維醫生、史畢勒看護、培根看護、甚至普萊斯太太和威爾森小姐都歪著頭看我寫。我寫了個S。其他字母我隨便亂寫。那個字不斷延伸，愈來愈長。

「妳手還是很用力。」克里斯帝醫生說。

「有嗎？」

「妳知道妳寫得很用力。而且妳的字寫得一塌糊塗，歪七扭八。這是什麼字母？我想這出自妳的想像。好，就我所知，妳舅父……我想是個學者吧？他會接受祕書字寫成這樣嗎？」

我的機會來了。我全身打顫。然後我望向克里斯帝醫生雙眼，盡可能冷靜地說：

「我沒有和我同姓的舅父。你指的是里利先生。我敢說他的外甥女茱德字跡秀麗，但你看，我不是她。」

他敲敲下巴。

他說：「因為妳是蘇珊．史密斯或純德。」

我又打顫一下。「醫生，沒錯！」

他沉默不語。我心想，就是這樣！心裡鬆了口氣，差點昏倒。然後他轉向葛雷維醫生，搖搖頭。

「非常徹底。」他說：「對不對？我覺得自己沒見過如此徹底的病例。妄想甚至影響了運動能力。我們會從這裡開始著手。我們一定要好好研究，再來決定療程。瑞佛斯太太，麻煩將鉛筆還我。各位女士，再會。」

他將鉛筆從我手中拿走，並轉身離開我們。葛雷維醫生和史畢勒看護和他一起走了，培根看護在他們走出去之後鎖上門。我看到她轉動鑰匙，彷彿她打我一巴掌，或將我擊倒在地。我倒到床上，放聲大哭。她嘖了一聲。不過她們在瘋人院對此已司空見慣。不論女人在餐桌前淚水滴到湯裡，或在花園泣不成聲，對她們來說一點也不特別。她嘖完便打個呵欠，打量我一陣，然後別開頭。她坐到椅子上，揉揉雙手，皺起臉。

「妳覺得自己受盡折磨。」她對我或對所有人說：「手指染上這病一小時，大拇指成這德性。這才叫折磨，火辣刺痛，像挨鞭子一樣。喔！喔！老天，我快死了！來，貝蒂乖女孩，來可憐的老看護這兒。替我拿膏藥，好不好？」

她仍拿著她的鑰匙。我見到鑰匙哭得更凶了。她將一個鑰匙取下。貝蒂拿著鑰匙到看護的櫥櫃，打開門，拿出一罐油脂。油脂呈白色固狀，像豬油一樣。貝蒂坐下來，挖了一點，開始塗抹培根看護腫脹的手指。培根看護臉又皺起。然後她呼了口氣，表情漸漸放鬆。

「來得正好！」她說。貝蒂咯咯笑了。

我頭埋入枕頭中，閉上雙眼。如果瘋人院是地獄，培根看護是魔鬼，貝蒂便是她身邊的小惡魔，我陷入萬劫不復之境。我哭到再也哭不出來。

這時我床邊出現動靜，我聽到一個相當溫柔的聲音。

「來，親愛的。妳不要再哭了。」

是那個蒼白老婦人——威爾森小姐。她手放到我身上，害我身子縮起。

「啊。」她這時說：「妳躲著我。我不怪妳。我腦袋不清楚。妳在這裡會慢慢習慣。噓！別說話。培根看護在看。噓！」

她從袖中拿出一條手絹，比了比，要我擦臉。那條手絹泛黃，已有些時日，但質地柔軟。她表情親切，手絹又無比柔滑，雖然她已經瘋了，卻是我來到瘋人院中第一次感到的善意，我心頭一酸，不禁又哭了。培根看護望過來。「我會時時盯著妳。」她對我說：「別以為我沒在看。」她又坐回椅子裡。貝蒂仍拿油脂塗抹她的手指。

我小聲說：

「我其實在家裡沒那麼愛哭。」

「我相信妳。」威爾森小姐回答。

「我只是很害怕他們要把我關在這裡。我被人整慘了。他們卻說我瘋了。」

「妳一定要保持好精神。這瘋人院跟其他醫院比起來沒那麼糟，但也好不到哪裡去。例如，這房間我們呼吸的空氣像牛欄一樣臭。還有餐點也是。他們叫我們小姐，但那些食物不過是流質的玩意兒！那東西給園丁的兒子吃，我都會覺得羞愧。」

她聲音不覺提高。培根看護又朝這看了一眼，噘起嘴。

「我倒想看妳羞紅臉，妳這妖怪！」她說。

威爾森小姐嘴巴動了動，一臉難為情。

她對我說：「至於我為何臉色蒼白。如果我跟妳說，這裡的水裡有像白堊的物質，妳信嗎？不過，噓！不要再說了！」

她手揮了揮，一瞬間神情瘋狂，我心又沉到谷底。

「妳在這裡很久了嗎？」她揮舞的手放下之後我問。

「我覺得……我們來看看……我們對季節沒注意……我敢說好幾年了。」

「二十二年。」培根看護仍在一旁聽著，她插嘴。「妳算是資深了，對不對？我剛來這裡時還算年輕。今年秋天就十四年了。啊，按用力點，貝蒂，就是那裡！乖女孩。」

她臉板起來，吐一口氣，雙眼閉上。我內心恐慌，二十二年！我心思一定全寫在臉上，威爾森小姐見了說：

「妳不要以為自己會待那麼久。普萊斯太太每年都會進來，但她只要瘋病過了，她丈夫就會把她接回家。我想把妳送進來的是妳丈夫？我是哥哥送進來的。男人也許不需要姊妹，但他們需要老婆。」她手抬起。「我可以的話會說明白一點。但我舌頭……妳了解。」

我說：「把我關進來的人是個可怕的壞人。他只是假裝自己是我的丈夫。」

「那妳就麻煩了。」威爾森小姐說著搖搖頭，嘆了口氣。「那真是糟糕。」

我碰了碰她手臂。我剛才沉下的心，現在像浮標一樣重新升起，重重撞到我胸口，令我發疼。

「妳相信我。」我說。我望向培根看護，但她聽到我，睜開雙眼。

「別高興得太早。」她舒舒服服地說：「威爾森小姐什麼鬼話都相信。妳問問看她，月亮上住著什麼怪物。」

「去妳的！」威爾森小姐說：「我跟妳說那是祕密！瑞佛斯太太，妳看她們是怎麼貶低我。我哥付一週一纖尼[44]是讓妳們來虐待我的嗎？賊！惡魔！」

培根看護假裝從椅子起來，手握拳頭。威爾森小姐再次沉默。過一會，我說：

「妳要怎麼想月亮上的事都可以，威爾森小姐。又有什麼關係？但我說我是被騙子設計的，而且我腦袋完全正常，這全都是真的。克里斯帝醫生不久一定會察覺。」

「但願他能察覺。」她回答：「我相信他辦得到。但妳知道，也要丈夫肯簽名讓妳出院才行。」

我睜大眼睛望著她，然後望向培根看護。「是真的嗎？」我問。培根看護點點頭。我又落下淚來。「這樣的話，天啊，我完蛋了！」我大哭。「那賤人永遠都不會放我走！」

威爾森小姐搖搖頭。「慘！太慘了！但也許他會來探望妳，也許他會改變心意？妳知道，他們一定得讓妳見訪客，法律有規定。」

我擦擦臉。「他不會來。」我說：「他知道如果他來我會殺了他！」

她害怕地朝四周張望。「妳在這裡不能說這種話。妳一定要乖乖的。妳難道不知道，他們有辦法帶走妳，綁住妳——他們有一種水——」

「水。」普萊斯太太喃喃說道，聲音顫抖。

「夠了！」培根看護說：「還有妳，小婊子。」她指的是我。「不要再刺激大家了。」

她再次秀出拳頭。

於是我們全都沉默了。貝蒂又塗了一、兩分鐘，然後把罐子放到一旁，回到床上。威爾森小姐垂下頭，目光憂鬱。普萊斯太太頭髮垂在面前，不時喃喃作聲或發出呻吟。隔壁房傳來斷斷續續的尖叫。我想到易卜斯先生的姊姊，想著我家和所有人。我再次冒汗，突然覺得自己像被蛛網裹住的蒼蠅。我站起來在房間來回踱步。

「要是這裡有扇窗就好了！」我說：「要是我們能看到外頭就好了。」然後又說：「要是我從來沒離開自治市區就好了！」

「妳能坐下嗎？」培根看護說。

她咒罵一聲。門口傳來敲門聲，她從椅子起身，走去開門。是另一個看護，她手中拿著一張紙。我等她們兩人交頭接耳，便偷偷回到威爾森小姐身旁。面對絕望的處境，我開始動歪腦筋了。

「聽我說，」我小聲說：「我一定要盡快離開這裡。我在倫敦有人有不少錢。我有個母親在那。妳在這裡很久了，妳一定知道方法。怎麼逃？我發誓我會付妳錢。」

她望著我，隨即向後退。「不是吧。」她以平常的口吻說：「妳不會以為我是那種從小到大都偷偷摸摸講悄悄話的女孩吧？」

培根看護轉頭過來看。

「妳，茉德。」她說：「妳現在在幹麼？」

「講悄悄話。」貝蒂用她粗啞的嗓子說。

「悄悄話？再講試試看！回妳床上，不要再去煩威爾森小姐。我不過轉個身，妳不要去招惹其他人好不好？」

我想她已猜到我的意圖。我回到床上。她和另一個看護站在門口，低聲朝她說了些話。另一個看護皺起鼻子。然後她們以同樣冷漠嫌惡的目光瞪著我，之前其他看護也曾這麼看我。

當然，那嫌惡的目光是怎麼回事，我當時仍一無所知。但我的老天！不久之後我終於明白了。

44 一枚金幣，價值隨金價漲跌，大約為一英鎊左右。

第十五章

但在那之前，我自己也沒空多想。我仍覺得自己會逃出去。即使一週週過去，我仍堅信不疑。我只是終於明白，不能把希望寄託在克里斯帝醫生身上。因為如果一開始他就相信我是個瘋子，之後不論我說什麼，他只會覺得我病情加重了。更糟的是，他仍信誓旦旦覺得，只要我能寫字我就有機會痊癒，並明白自己是誰。

「妳接觸太多文學作品了。」他有次巡房說：「那就是妳的病因。但有時我們醫生必須採用矛盾的治療方式。我打算讓妳再次接觸文學，藉此重新恢復自我。看。」他替我帶了個用紙包著的東西。那是一塊字板和粉筆。「妳把這空白字板放面前坐好。」他說：「今天之前，妳必須替我寫出妳的名字。注意，字要寫工整！我指的是妳的真名。明天妳要替我寫出妳人生開頭的故事。然後妳要繼續書寫，一天天接續下去。當妳重拾寫字的能力，妳將重拾自己的理智……」

於是他要培根看護讓我拿著粉筆，一次坐好幾小時。當然，我什麼也寫不出來，粉筆會碎成粉末，不然便會因為手汗而受潮或變得滑溜。他回來見到空白的字板便會皺眉搖頭。有時他身旁跟著史畢勒看護。「妳怎麼不寫個字？」她會說：「醫生花這麼多時間，希望妳康復。這就叫不知感恩。」

他走之後，她會一直搖我，我大叫或咒罵的話，她會搖得更用力，搖到我牙齒都快從頭上鬆落，搖到我快吐了。「生病啦。」她這時會對其他看護說，並眨個眼，看護會大笑。她們恨小姐。她們恨我。她們覺得我用自然的方式說話是在嘲笑她們。我想她們以為我為了引起克里斯帝醫生注意，故意假裝舉止低俗。這點讓小姐也恨我。只有瘋了的威爾森小姐偶爾會對我好。有次她見我拿著字板哭，便趁培根看護背對我，走過來替我寫了我的名字。我指的是茉德的名字。雖然她是好意，但我希望她沒有寫。因為克里斯帝醫生看到，他露出笑容大喊：「幹得好，瑞佛斯太太！我們大大進步了！」而隔天，我又只能亂塗亂畫時，他當然以為我又在搗亂。

「不要讓她吃晚餐，培根看護。」他嚴厲地說：「直到她再次寫字為止。」

於是我一次次寫著：蘇珊、蘇珊……寫了五十次。培根看護打我。史畢勒看護也打我。克里斯帝醫生搖搖頭。他說我的病比他所想的還嚴重，需要用另一個方法。他讓我喝木餾油。他要看護抓住我，並把油倒入我嘴中。他還說要帶養蛭人來，替我的頭放血。後來有個新的小姐入院，她只會說編造的語言，並說那是蛇語。於是他便將所有時間放在她身上。他用針刺她，在她耳朵後面用力擠破紙袋，用滾水燙她，想方設法嚇到她說英文。

＊　＊　＊

我希望他會一直專心刺她、燙她。木餾油差點噎死我，我也害怕水蛭。而且我覺得他不理我的話，我會有更多時間計畫逃亡。我腦中依然只有這個念頭。已經六月了。我是在五月某天到瘋人院的。不過，我神智都清楚，仍能好好觀察房子的窗戶和門，注意是否有鬆脫。每次培根看護拿出鑰匙，我都仔細看，默默記得哪一支鑰匙開哪一扇門。我發現有一支鑰匙能打開房間和走廊每扇門的門鎖。如果我能把那支鑰匙從看護鑰匙圈取下，我相信自己一定能逃走。但鑰匙圈很牢固，每個看護都把鑰匙看得很緊。之前有人警告培根看護我很狡猾，因此她尤其注意。她想從櫥櫃拿東西時，只會把鑰匙給貝蒂，然後她會馬上把鑰匙收回，放到口袋裡。

每次見她將鑰匙收到口袋，我都不禁全身顫抖，心中湧起難抑的憤恨。這世界這麼多人！怎麼會是我。我被囚禁在這裡，無法拿到我的錢，過著半死不活的日子，而這一切就差一把鑰匙。一把簡單的鑰匙！甚至不是多好的鑰匙，只是一把普通有四個凹痕的鑰匙，我只要拿到對的鑰匙胚和銼刀，轉眼間就能複製好。這念頭每天在我腦中不斷出現。我洗臉也想，吃飯也想。我在小花園散步也想，我坐在客廳聽小姐嘟囔哭泣也想，我躺在床上，看護的燈照著我的眼睛也在想。如果思緒是鐵錘和鶴嘴鋤，我大概已逃走上萬次了。但我的思緒更像毒藥，我想太多，反而讓我有了心病。

和剛來時不同，這種病不會令人恐慌冒汗，不知所措，而是會令人感覺遲鈍麻木。那是一股憂鬱悲慘的氣氛，會不知不覺、一點一滴滲入內心，就像牆面的顏色、餐點的氣味、哭泣和尖叫的聲響一樣，我發覺情況不對時，一切已太遲了。我依舊會跟所有願意和我說話的人強調，我腦袋很清楚，我來這裡是個錯誤，我不是茉德．瑞佛斯，他們一定要馬上放我走。但我太常掛在嘴邊，這些話反而變得輕飄飄的，彷彿錢幣經手太多次，上面的臉孔慢慢磨損消失。最後有一天，我和一個小姐在花園散步時，我又重複一次相同的話。那小姐望著我，眼中淨是憐憫。

「我以前也曾有過這念頭。」她好心地說：「但妳看，因為妳進到這裡，恐怕妳真的瘋了。我們其實各有各的古怪之處。妳要好好觀察身邊的事物，並好好看看自己。」

她露出笑容，但像剛才一樣，她笑容中也淨是憐憫，接著她繼續向前走了。但我停留在原地。我說不上自己已經多久沒有想過，自己在他人眼中是什麼模樣。克里斯帝醫生吩咐院內不能有鏡子，擔心鏡子被砸破，所以我最後照鏡子應該是在克林姆太太家（在克林姆太太家嗎？）。那時茉德讓我穿上她藍色絲質洋裝（是藍色嗎？還是灰色？），並拿起一小面鏡子。我雙手遮住雙眼。洋裝是藍色的，對，我確定。他們把我送進瘋人院時，我一直穿著那件！後來他們把洋裝奪走了。也拿走了茉德母親的行李袋，還有裡頭所有東西，包括梳子、內衣和紅色毛織便鞋。那些東西我再也沒見過。我低頭望著身上的花呢格紋洋裝和橡膠靴。我身體已慢慢習慣這套服裝了。現在我再次看清它是什麼樣的裝束，並且希望自己早點認清現實。負責盯著我們的看護閉著眼坐在一旁，在陽光下打盹，但她身旁有面窗，裡面是漆黑的客廳，玻璃像面鏡子，映照出花園排隊繞圈的小姐。鏡中有個人停在原地，手放在臉上。我眨眨眼。她也眨眨眼。她就是我。

我緩緩走向她，仔細看著自己，內心驚恐萬分。

一如那個小姐所說，我看起來就像個瘋子。我頭髮仍縫在頭上，但長度已變長，變得蓬鬆散亂。我的臉色蒼白，上頭各處都有斑點、抓痕和淺淺的瘀傷。我想因為缺乏睡眠的關係，我雙眼浮腫，眼周布滿紅絲。我臉不曾如此乾瘦過，脖子像根木棍。花呢格紋洋裝穿在我身上像個洗衣袋一樣。衣領下，我看到茉德以前的白手套骯髒的末端，我至今仍將手套收在心口，隱約可以看出小牛皮上留著我的齒痕。

我看了大概一分鐘，一直看，心中想著小時候，薩克斯比太太一直精心清洗、梳理和保養我的頭髮。我想到她怕我冷，都會先替我暖床，才讓我睡覺。我想到她會替我挑出最軟的肉。牙齒刺嘴的時候會替我磨牙。雙手一次次按摩我手臂和雙腿，以免我手腳長歪。我記得她這輩子有多仔細保護我的安全。我出發去荊棘莊園是為了致富，這樣我才能和她一同分享。現在我美好的未來沒了。茉德·里利偷走了那一切，並把她的命運給了我。她原本應該要在這裡。結果她讓我成為她，自己逍遙於世，而她照的每一面鏡子，例如在衣飾店試穿洋裝，或在戲院，或在宴會廳跳舞……每一面鏡子都會照出和我處境截然相反的面貌，她會變得美麗、快樂、自信、自由自在——

我應該要勃然大怒。我內心確實漸漸感到怒火。但這時我看到自己的眼神，我的表情嚇壞我了。我怔在原地，不知如何是好，後來負責的看護醒來，走過來戳我。

「好了，自戀小姐。」她打個呵欠說：「我敢說妳連腳跟都值得欣賞一番吧。我們現在來看看。」她將我推入隊伍中，我垂下頭，慢慢向前，看著裙襬、靴子，還有前一個小姐的靴子。什麼都好，就是別讓我抬頭看向客廳窗戶，再次看到我雙眼中的瘋狂。

＊　＊　＊

我想那時候大概是六月底了吧。也許是更早的時候。在那裡，時間難以分辨，連每一天都分不清楚。你多半只能知道一週又過去了，因為其中一天早晨，我們必須去客廳聽克里斯帝醫生唸禱告詞，那時便知道禮拜日又到了。也許我應該要像罪犯一樣，每個星期天畫下記號。但當然，前面好幾週，這麼做似乎毫無意義。因為每次禮拜日一到，我便想下一週我就會逃出去了。後來我漸漸迷糊了。我覺得有幾週好像有兩、三個禮拜日。

有時又好像沒有禮拜日。我們唯一確定的是春天已經過去，夏天來了。因為白天愈來愈長，太陽愈來愈熾烈。院內像烤爐一樣愈來愈熱。

院內我記憶最深的便是悶熱，光憑這股熱就足以讓人發瘋。我們房間的空氣簡直變得像湯一樣。我記得有一、兩個小姐因此過世。當然，葛雷維醫生和克里斯帝醫生是醫療人士，他們會將死因解釋為中風。我聽到看護私下討論。天氣愈來愈熱，她們脾氣愈來愈暴躁。她們一直抱怨頭痛和流汗的事，也抱怨身上的洋裝。「我為何要穿羊毛，待在這裡照顧妳們。」她們會拉扯我們，嘴裡罵道：「我明明可以去唐橋瘋人院，那裡的看護全都穿府綢——！」

但我們都知道，事實上，沒有其他瘋人院接受她們，而且她們也不會去。她們太懶散了。她們老是說小姐多麻煩、多心機，並常給大家看身上的瘀青。但其實小姐嚇都嚇傻了，生活悲慘，根本無法耍心機，麻煩其實都是看護心血來潮自找的。其他時候，她們的工作清閒得要命，因為我們七點就得上床睡覺。看護會給我們藥，讓我們昏睡，接著她們會坐在那兒，閱讀書和報紙直至半夜，有時會做烤吐司和泡巧克力、刺繡、吹口哨和亂放屁，有時會站到門口，隔著走廊大呼小叫聊天。真的無聊到不行時，她們甚至會溜到別人房裡，自己負責的小姐則鎖在房裡，根本沒人看顧。

早上克里斯帝醫生巡完房之後，她們會脫下便帽，解開頭髮，拉下長襪，撩起裙子。她們會給我們報紙，要我們站在旁邊搧她們白皙的粗腿。

至少培根看護是這樣。她比其他人更常抱怨熱氣，因為她雙手更癢了。她一天要貝蒂替她抹十次油。有時她會煩得大叫。天氣最熱的時候，她會在床邊放兩瓷盆的水，將手泡在水裡睡覺。她會因此做夢。

「他太滑了！」有天晚上她大叫，然後嘟囔：「看吧，他跑了……」

我也做夢了。我每次閉上眼似乎都會做夢。可想而知，我會夢到蘭特街、自治市區和家。我會夢到易卜斯先生和薩克斯比太太。夢到他們，我都會很難過，醒來我通常會哭。我有時會夢到瘋人院。我會夢到自己醒來過完一整天，接著才真的醒來，發現一天正要開始，而且接下來的日子會過得和夢中幾乎一模一樣，我會懷疑這兩天搞不好都是我的夢。瘋人院的夢會令我神經錯亂。

好幾週過去，夜晚愈來愈熱，我腦袋愈來愈不清楚，並開始做最可怕的夢。我夢到荊棘莊園和茉德。她是毒蛇和惡賊，但夢中的她從未露出真面目。我從來沒夢到紳士。我只會夢到我們回到她舅父的莊園，我是她的侍女。我夢到我們散步到她母親的墳墓，或是坐在河邊。我夢到我替她打扮，梳理頭髮。我夢到我愛她（做夢有錯嗎？）。我知道我恨她。我知道我想殺了她。但有時我半夜醒來，一時間會忘記這些事。我會睜開眼，望向四周，房間悶熱，所有人都輾轉難眠。我會看到貝蒂赤裸的粗腿，培根看護滿頭大汗，還有威爾森小姐的手臂。普萊斯太太睡覺會把頭髮向後放，就像茉德以前一樣。半夢半醒間，我會望著她，忘記自四月底以來的日子。我會忘記自己從荊棘莊園逃了出來，忘記黑色燧石教堂中的婚禮，忘記在克林姆太太家的日子，忘記自己坐車到瘋人院，也忘記這場可怕的陰謀。我會忘記自己打算逃跑，以及逃跑之後自己打算怎麼做。驚慌之中，我心中只想著，她在哪裡？她在哪裡？然後我會鬆口氣，她在那……我會再次閉上雙眼，在那一瞬間，我不是在自己的床上，而是在她的床上。床簾已經拉起，她會躺在我身旁。我感受著她的氣息。「今晚好黑！」她會用溫柔的聲音說，然後說：「我好怕！我好怕——！」

「不要怕。」我總是回答。「喔，不要怕。」那一刻，夢會消逝，我會醒來。我醒來會滿懷恐懼，想到自己可能像培根看護說夢話，或嘆氣顫抖。接著我會躺在床上，心中感到無比羞恥。因為我恨她！我恨她！但我知道每次我心底都偷偷希望夢能到最後。

我開始害怕自己會夢遊。假如我試著去親普萊斯太太或貝蒂怎麼辦？但如果我努力保持清醒，腦袋最後一定會更迷糊。我想像各種可怕的可能情景。那幾個晚上相當詭異。悶熱讓我們全都昏昏沉沉，但也時不時會讓小姐痙攣，再怎麼安靜服從的小姐都有可能發作。從床上便能感覺到那陣騷動。有人尖叫，鈴聲大作，接著傳來一陣腳步奔跑的聲音。聲音像是一聲響雷，打破悶熱寂靜的夜，雖然不陌生，但每次聽到，你心中仍會發毛。有時一人發作會引起另一人發作。想到這點，你會害怕自己會不會發作，彷彿能感到痙攣漸漸占領全身，身體冒汗，不由自主抽動。喔，那真是可怕的夜晚！貝蒂有時會呻吟。普萊斯太太會開始哭泣。培根看護會坐起，「噓！噓！」她會出聲，並打開門彎身去聽。後來尖叫聲會停止，腳步聲會漸漸遠去。「她這下好了。」她說：「不知道她們會把她關進軟墊病室，還是浸她？」聽到浸這個字，貝蒂又會呻吟，普萊斯太太、甚至威爾森小姐都會發抖，將頭縮起來。我不知道為什麼。這個字很特別，卻沒有人願意解釋。我只能想像她們會拿一根黑色橡膠吸盤，像通排水管一樣將我壓進水裡。這想法太可怕了，不久當培根看護提到這詞，我也開始發抖。

「我不知道妳們在發什麼抖。」她走回床上時會對我們所有人說，語氣厭惡。「又不是妳們誰發作了，對吧？」

但有一次，有人發作了。我們被噎到的聲音吵醒，發現普萊斯太太倒在床邊地板上，用力咬著手指，手都流血了。培根看護搖了鈴，男人和克里斯帝醫生跑來，他們綁住普萊斯太太，將她搬下樓，一小時後，他們將她帶回來時，她的洋裝和頭髮都滴著水，彷彿淹死了半條命。我後來才知道浸水代表把人扔到浴缸裡。我聽了心裡舒坦一點。因為就我看來，比起被吸、被壓到水裡，丟進浴缸不算太糟吧……

我當時仍一無所知，不懂自己在說什麼。

後來事情發生了。我想是溽暑中最熱的一天。那天正巧是培根看護的生日。當天晚上，她偷偷要其他看護到我們房間，並辦了個派對。我好像說過，她們偶爾會這麼做。雖然規定不准，並吵得我們難以入睡，但我們絕對不敢跟醫生告發。因為護士會說是我們的妄想，事後再揍我們一頓。她們要我們靜靜躺著，她們則找地方坐著打牌或玩骨牌，喝檸檬水，有時也會喝啤酒。

因為培根看護那天生日，這天晚上她們喝啤酒。也因為天氣太熱，她們喝得很盡興，喝到頗有醉意。我躺在床上，被子蓋著臉，但雙眼半睜著。她們在時我不敢睡覺，以免我又夢到茉德。我怕這些夢洩漏出去，怕到已可以稱之為（或我想克里斯帝醫生會稱之為）病態的恐懼。話說回來，我也覺得自己該保持清醒，要是她們喝太多，全都茫了，那我就能起來偷鑰匙……

不過，她們沒喝茫。她們只滿臉通紅，變得更吵、更開心，房間愈來愈熱。我覺得自己慢慢打起瞌睡。她們的聲音開始變得遙遠空洞，像夢裡的聲音一樣。有時其中一個看護會大叫，發出哼聲或笑聲，其他人會叫她小聲點，然後自己哼哼哼笑起來。我聽到會全身抽動，驚醒過來。看到她們肥臉脹紅流汗，血盆大口張開，我好希望自己有槍能射死她們。她們坐在那兒，誇耀自己最近弄傷了哪個小姐，用的又是什麼手段。她們開始比手勁。她們將手掌和其他人的手掌合在一起，看誰手最大。然後其中一人露出她胳臂。

「我們看妳的手臂，貝琳達。」這時另一人大喊。貝琳達便是培根看護。她們全都有個好聽的名字。你能想像她們的母親在她們小時候望著她們，期待她們長大成為芭蕾舞者。「來，我們看看。」

培根看護故作害羞，然後拉起袖子。她手臂壯得像卸煤工人，但相當白嫩。她彎起手，肌肉鼓脹。她說：「這是愛爾蘭的肌肉，遺傳自我祖母家。」其他看護摸了一下，吹起口哨。然後其中一人說：

「我敢說有這樣的胳臂，妳可以跟芙露看護比了。」

芙露看護患有斜視，她負責樓下的一間房。據說她曾經是監獄的女看守。現在培根看護臉全脹紅。「比？」她說：「我倒想看看她把手臂跟我放一塊。然後我們看誰手臂比較粗。比？好啊，來比啊！」

她的聲音吵醒了貝蒂和普萊斯太太。她望過去，看到她們身子移動。「回去睡。」她說。她沒看到我半閉著眼看她，並在心裡咒她死。她再次露出手臂，把肌肉鼓起來。「要比沒問題。」她嘟囔，還朝其中一個看護點頭。「妳去把芙露看護帶過來，然後我們來看看。瑪格麗塔，妳去拿條繩子。」

看護站起來，搖搖晃晃，吃吃笑著離開了。一分鐘之後，第一個看護帶著芙露看護、史畢勒看護和第一天幫我更衣的黑髮看護來了。她們剛才都在樓下一起喝酒。史畢勒看護雙手扠腰看看四周說：

「哼，克里斯帝醫生要是看到，妳們就有得受了！」她打嗝。「比胳臂是怎麼回事？」

她把袖子挽起。芙露看護和黑髮看護也挽起袖子。另外那個看護拿了一段緞帶和一把尺來，她們輪流量她們的肌肉。我看她們量著手臂時，就像夜晚在樹林中看到小妖精的男人，心中難以置信。她們站成一圈，將燈從一人移到另一人，燈光飄動，投出詭異古怪的陰影。啤酒、熱氣以及測量比較的興奮感，讓她們彷彿不斷上下起伏晃動。

「十五！」她們嗓門起高大喊，接著又一聲：「十六！十七！十八點五！十九！芙露看護最粗！」

這時她們不再圍圈，放下燈，散坐各處，嘴上不饒人地吵著。突然之間，她們不像小妖精了，比較像水手。看見她們這樣子，心底會期待她們身上會有刺青。培根看護臉比平常更陰沉。她悶悶不樂說：

「哼，胳臂這次我就讓芙露看護贏吧，但我相信脂肪應該不能跟肌肉一樣算數。」她雙手在腰上揉一揉。

「好，那重量咧？」她抬起下巴。「這裡誰敢說自己比我重？」

有兩、三個人馬上站到她旁邊，說她們比較重。其他人試著把她們抱起來測量。其中一個跌倒了。

「方法不對。」她們說：「妳們動來動去的，我們根本分辨不出來。我們需要換個方法。不如妳們站到椅子上往下跳？我們看誰讓地板嘎吱響得最大聲。」

黑髮看護大笑一聲說：「不如妳們跳到貝蒂身上？看誰能讓她嘎吱響。」

「看誰能讓她嘰嘰叫！」

她們望向貝蒂的床。貝蒂聽到自己名字睜大眼睛。現在她閉上眼，開始發抖。

史畢勒看護哼了一聲。「她會為貝琳達嘰嘰叫，屢試不爽。」她說：「不要選她，不公平。用威爾森小姐。」

「沒錯，她會叫！」

「或普萊斯太太。」

「她會哭！哭的話不——」

「用茉德！」

其中一人說了。我不知道是誰。她們剛才全都笑成一團，現在突然都不笑了。我想她們望向彼此。然後史畢勒看護開口。

「椅子拿過來。」我聽到她說：「站到上面——」

「等一下！等一下！」另一個看護大喊。「妳在想什麼？妳不能跳到她身上，那樣會害死她。」她頓了頓，彷彿抹了抹嘴。「躺到她身上就好了。」

聽到這句話，我把被子從我臉上拉開，睜大雙眼。也許我那時候不該這麼做。搞不好她們其實只是在鬧著玩。但我一拉開被子，她們看到我的表情，全爆出笑聲，並朝我衝來。她們把被子從我身上扯下，將枕頭從我頭下抽走。其中兩人壓在我腿上，另外兩人抓住我手臂。她們一瞬間便束縛住我，像是一隻全身火燙、滿身大汗的野獸，長著五十顆頭，五十張大嘴喘著大氣，還有一百隻手。我掙扎時，她們便捏我。我說：

「妳們放開我！」

「閉嘴。」她們說：「我們不會傷害妳。我們只是要看培根看護、史畢勒看護和芙露看護誰比較重。我們只想看誰會讓妳尖叫得最大聲。妳準備好了嗎？」

「放開我！放開我！我會跟克里斯帝醫生說！」

有人打我臉一拳。另一人扭我的腿。「少在那掃興。」她們說：「好了，誰要先？」

「我來。」我聽到芙露看護說，其他人後退一點，讓她靠過來。她順了順她的洋裝。「妳們抓好她了嗎？」她說。

「我們抓住她了。」

「好。別讓她亂動。」

她們緊緊壓著我，彷彿我是張溼被單，她們打算將我擰乾。我當時思緒難以形容。我覺得她們會把我手腳從身上撕下，會捏碎我的骨頭。我開始大叫，並再次被揍一拳，然後身體被扯了一陣。後來我便安靜了。這時芙露看護爬上床，拉起裙襬，開腳跪在我旁邊。床發出咿呀聲。她搓著手，咕嚕轉動的斜眼盯著我。「我來啦！」她說著作勢摔到我身上。雖然我臉緊皺，吸氣準備承受撞擊，她卻沒落下。培根看護阻止了她。

「不准用摔的。」她說：「摔就不公平。慢慢壓上去，不然就不玩了。」

於是芙露護士回到原位，然後四肢就位，慢慢傾身，將重量全放到我身上。我準備好的那口氣全被擠了出來。我心想，如果我躺在地上，不是躺在床上，她肯定會壓死我。我雙眼流淚，鼻水和口水噴出。「求求妳！」我說。

「她求饒了！」黑髮看護說：「那代表芙露看護得五分！」

她們這時鬆開手。芙露看護親我的臉頰，從我身上爬下，我看到她雙手舉高站起，像是拳賽的贏家。我抽了口氣，斷斷續續咳嗽。後來她們又將我抓緊，換史畢勒看護了。她比芙露看護更令人難受。不是更重，而是動作更粗暴，她倒下來時，四肢的關節，像膝蓋、手肘和髖骨都用力壓著我。她的馬甲也是硬的，邊緣像鋸子一樣刮著我身體。她頭髮油膩，氣味酸臭，她呼吸像響雷一樣在我耳邊隆隆作響。「快啊，妳這小賤人。」她對我說：「叫出來！」但我仍保有一絲尊嚴。我牙齒緊咬，不論她怎麼壓，我死也不出聲。最後圍觀的看護大叫：「喔，真可惜！史畢勒看護零分！」她膝蓋使勁頂了一下，悻悻然爬起，口中咒罵。我頭從床墊抬起，雙眼流滿淚水，但看護身後，我看到貝蒂、威爾森小姐和普萊斯太太紛紛看著我，全身顫抖，但假裝在睡覺。她們害怕自己會受到怎樣的欺負。我不怪她們。我頭倒回去，再次咬緊牙關。現在輪到培根看護了。她仍滿臉通紅，白皙的手臂凸顯出她紅腫的雙手，簡直就像戴著手套。

她像芙露看護一樣，雙腳張開跪坐在我旁邊，伸展手指。

「茉德啊。」她說。她手抓住我睡袍的衣襬，將衣服拉整齊，拍拍我的腿。「好了，小婊子。誰是我的乖女孩？」

然後她壓到我身上。她比其他人動作都快，衝擊倏忽其來，令人無比難受。我大叫，看護們紛紛拍手。「十分！」她們說。培根看護大笑。我感到她全身顫動，像擀麵棍一樣，我不禁雙眼緊閉，叫得更大聲。接著她又故意顫抖一陣。看護歡呼。但接下來她做了一件事。她雙手撐起身子，將臉湊到我面前，但她胸腹和雙腿都仍緊緊貼著我。她屁股開始動，用特別的方式磨蹭我。我雙眼倏地睜開。她眼神挑逗。

「喜歡嗎，嗯？」她邊動邊說：「不喜歡啊？我們聽說妳喜歡。」

聽到這句話，看護全哄堂大笑。她們大笑時，我在她們臉上看到之前見過的嫌惡，只是我一直都不明白。當然，我現在了解了。我馬上猜到，茉德在克林姆太太家對克里斯帝醫生說了什麼。我一想到她把這件事說出來，還在紳士面前說出口，作為我發瘋的證據，我內心彷彿天打雷劈。我離開荊棘莊園之後，內心受到無數打擊，但這次、這一刻心感覺最痛。彷彿我全身都是火藥，此時碰到火柴。我開始掙扎尖叫。

培根感到我扭動，她笑聲停止，再次使勁用屁股緊壓住我。我看到她脹紅的臉在我臉上方，便用力撞她。

「放開我！」我尖叫。「放開我！放開我！下來！」

她鼻子發出卡一聲。她痛得大叫，血噴到我臉上。

這時我其實不知道發生什麼事。原本抓住我的看護已鬆開手，但我仍不斷掙扎尖叫，彷彿她們仍抓著我。培根看護從我身上滾下來。我想有人在打我。可能是史畢勒看護，但我仍不斷痙攣。我依稀察覺貝蒂開始咆哮。隔壁房中的小姐也跟著尖叫起來。我想看護都跑了。「把這些瓶子和杯子收一收！」我聽到一人說，她和其他人飛奔離去。然後有人一定嚇到了，順手拉了走廊上的手把。鈴聲響起。男人應聲趕來，而再過一會兒，克里斯帝醫生也到了。他還在穿衣袍。他看到我在床上不住踢腳搖晃，培根看護鼻子的血灑了我滿臉。

「她發作了。」他大喊。「很嚴重。老天，她受到什麼刺激？」

培根看護不發一語。她手摀在臉上，但雙眼盯著我。「發生什麼事？」克里斯帝醫生又說一次。「做夢嗎？」

「做夢。」她回答。後來她看著他，回過神來。「喔，克里斯帝醫生。」她說：「她喊著一個小姐的名字，邊睡邊動！」

我聽了又重新開始尖叫。克里斯帝醫生說：「好。我們知道發作時該怎麼治療。你們幾個和史畢勒看護負責。浸冷水。三十分鐘。」

男人抓住我手臂，將我抬起。剛才看護將我緊緊壓住，如今他們將我抬起時，我感覺自己彷彿飄浮在空中。但其實他們是拖著我向前。隔天我發現自己腳趾磨破皮了。但我現在不記得自己從樓上被帶到地下室的過程。我不記得自己經過軟墊病室，走下黑暗的走廊，來到他們放浴缸的地方。我記得水龍頭嘩啦嘩啦的水聲，我腳下冰涼的瓷磚，但畫面相當朦朧。我最記得的是他們將我手腳固定在一個木框上，絞盤嘎吱聲中，木框升到了水面正上方。我抵著皮帶掙扎，懸空搖晃。

然後我記得他們將絞盤鬆開，我落入水中那一刻，還有他們突然停住絞盤時的震動。冰水淹沒了我的臉，而我試著吸氣時，水嗆入我的口鼻。我試著嘔吐咳嗽時，只吞進更多水。

我以為他們吊死我了。

我以為我死了。然後他們轉動絞盤將我吊起，接著又讓我落下。吊一分鐘，浸一分鐘。總共浸了十五次。十五次衝擊。我的生命之繩被拉扯了十五次。

在那之後，我什麼都不記得了。

＊＊＊

他們終究殺死了我。我倒在黑暗中，沒做夢，思緒盡皆支離破碎。我不是自己，我誰都不是。也許我永遠都不能恢復自己了。我醒來時，一切都變了。她們替我穿上一樣的洋裝，一樣的靴子，帶我回一樣的房間，而我像隻羊乖乖跟著她們。我全身都是傷口和瘀青，但我毫無感覺。我沒有哭。我坐在那兒，跟別的小姐一樣眼神發直。有人說要用帆布繫住我手腕，以免我又發作。但我寧靜無聲躺著，她們便打消了念頭。培根看護替我和克里斯帝醫生討論。我撞得她眼睛發黑，我以為後來和我獨處時，她會打我一頓。我心想，要是她來打我，我會默默承受，毫不閃躲。但我發覺她似乎像周圍的一切都變了。她望著我，眼神古怪。那天晚上，我躺在床上，其他小姐閉上雙眼，她和我目光相交。「沒事吧？」她輕聲說。她望向其他人的床位，然後又轉頭望著我。「沒受傷吧，嗯，茉德？只是好玩而已，對吧？我們一定得找點樂子，不是嗎？不然我們會發瘋……」

我別開頭。不過我想她仍看著我。我不在乎。我現在什麼都不在乎了。我一直維持著精神和心智，一直等待機會逃跑，卻淪落至此。突然，我對於薩克斯比太太、易卜斯先生、紳士、甚至是茉德的記憶都漸漸模糊了，彷彿我腦袋充滿煙霧，或拉上一道不斷飄動的簾布。我試著回想自治市區的街道，卻發現自己在其中迷了路。瘋人院沒有其他人知道那幾條街。如果小姐提到倫敦，她們只會提到她們小時候記得的上流區域。那和我所知的城市截然不同，說是孟買我也信了。沒有人叫我真正的名字。當別人叫我茉德和瑞佛斯太太，我都開始回應，有時我覺得因為這麼多人叫，我一定是茉德。有時我甚至不做自己的夢，而是做她的夢。有時我會記起荊棘莊園她曾說或做過的事，彷彿是我自己的記憶一樣。

我被浸水那一晚之後，除了培根看護，其他看護都對我更冷漠。但我已習慣別人搖我、欺負我和賞我巴掌。我習慣看到其他小姐被欺負。我習慣了一切。我習慣我的床和刺眼的燈，習慣威爾森小姐、普萊斯小姐、貝蒂和克里斯帝醫生。現在就算拿水蛭來，我也不在乎了。但他從來沒這麼做。他說我叫自己茉德不代表我更好了，只是代表病情轉到另一個方向，有天會轉變回來。在那之前，治療都沒有意義，於是他連試都不試了。不過，我聽說事情的真相是他對治療失去興趣了。他之前治好了說蛇語的小姐，她人已復元，並已讓母親帶她回家。再加上有的小姐死了，瘋人院損失不少收入。現在每天早上，他會測量我的心率，看看我嘴巴，然後便走了。空氣變得又悶又臭之後，他在房中也不再久留。當然，我們大部分時間都在房裡，而我甚至連空氣都習慣了。

天曉得我還習慣了什麼。天曉得他們會把我關在那裡多久。也許好幾年吧。也許跟可憐的威爾森小姐一樣久。搞不好……誰知道？她哥哥將她關進這裡時，她曾跟我一樣神智清楚。要不是後來發生的事，搞不好我到今日依舊會在瘋人院裡。我現在想到身體仍會顫抖。我可能永遠都逃不出去。而薩克斯比太太、易卜斯先生、紳士和茉德，他們現在又會在哪裡？

我會遙想這些事。

＊　＊　＊

但後來，我真的成功逃出來了。怪命運吧。命運無常，卻有其安排。命運將特洛伊的海倫送到希臘，不是嗎？並把一個王子送到睡美人面前。命運使我一整個夏天都待在克里斯帝醫生那裡，然後你看命運把誰送上門來。

我想事情發生在他們浸我之後的五、六週，也就是七月某日。可想而知我那時已變得多笨。天氣依然炎熱，我們整天都在昏睡。我們早上等待吃飯鈴響前會睡，下午大家會一個個點著頭，口水滴到衣領，在客廳各處打盹。畢竟沒有別的事好做。沒有什麼事能讓我們保持清醒，而睡覺能消磨時間。我睡了又睡，睡得跟其他人一樣多。後來有一天，史畢勒看護早上來房間說：「茉德．瑞佛斯，跟我來，有訪客來看妳。」她們還得把我叫醒，重新跟我說。她們重述時，我聽不懂他們的意思。

「訪客？」我問。

史畢勒看護交叉雙臂。「不想見他是吧？我要叫他回家嗎？」她望向培根看護，她仍揉著指節，皺著臉。

「痛嗎？」她說。

「像被蠍子螫，史畢勒看護。」

史畢勒看護嘖了嘖。我又問一次：

「訪客？找我？」

她打呵欠。「總之是找瑞佛斯太太。妳今天是她不是？」

我不知道。但我站起，雙腿發抖，感覺血液從心臟加速流動，因為如果訪客是男的，那不管我是茉德、蘇還是誰，我唯一想得到的就是紳士。我的世界瞬間縮小，腦中只想著一件事，我被傷害了，而罪魁禍首就是他。我望向威爾森小姐，想起三個月前我曾對她說，如果紳士來我要殺死他。我那時是認真的。現在我一想到自己將見到他，出其不意之下，卻感到反胃。

史畢勒看護見我猶豫了。「來啊。」她說：「要來就快！別管頭髮了。」我把手放到頭上。「我想他看妳瘋愈好，免得期望太高，是不是？」她望向培根看護一會兒。「快來！」她又說一遍。我身子一扭，腳步蹣跚跟在她身後，進到走廊下樓。

那天是星期三。很幸運，不過我那時還不知道，因為星期三克里斯帝醫生和葛雷維醫生會搭著馬車，去招攬新的瘋子小姐，瘋人院那天很安靜。幾個看護和一、兩個男人站在走廊上，打開門呼吸新鮮空氣，其中一人拿著菸，他一看到史畢勒看護便把菸藏起。不過，他們沒看我，我也沒多看他們。我腦中只想著接下來的事，每分每秒都感到更反胃和不舒服。

「裡面。」史畢勒看護說，她頭朝客廳門一扭，然後抓住我的手臂將我拉近。「妳記好，不准假裝發作。軟墊病室這種天氣裡又舒服又涼爽。有一陣子沒關人了。醫生不在院內時，我說話分量跟男人一樣，一切我說了算。妳聽到了嗎？」

她搖了搖我，然後將我推進門。「她來了。」她換個語調朝裡頭的訪客說。

我原本以為是紳士。結果不是他。站在那裡的是個金髮藍眼的男孩，他身穿一件藍色的厚呢外套，我看到他第一秒心中五味雜陳，一方面鬆了口氣，一方面又失望透頂，差點沒暈過去。因為我以為他是陌生人，而這全是場誤會，他一定是來找別人的。他看著我的臉，面露疑惑，這時終於、終於……彷彿他的面容和名字緩緩從薄霧和濁水中浮出我的腦袋，即使他沒有穿著僕人的服裝，我也終於認出他了。他是荊棘莊園的磨刀童查爾斯。如我所說，他上下打量我，然後歪頭望向我和史畢勒看護後面，彷彿他以為茉德跟在後頭。後來他再次望著我，雙眼睜大。

這一刻，我獲得了拯救。因為他眼中見到的不是茉德，而是蘇，從我離開克林姆太太家之後至今，他是第一個。那雙眼將我的過去還給我。它們也給了我未來。我站在門口，和他四目相交，看到他目光移開，然後疑惑地回到我身上，我自己的困惑慢慢消失，腦中有了計畫。每一步都很完整。

我已不顧一切，只能孤注一擲。

「查爾斯！」我說。我已不習慣說話，聲音沙啞得像是蛙鳴。「查爾斯，妳認不出我來了。我想……我想我一定變很多。但是，噢，謝謝你來看你以前的大小姐！」

我走向他，抓住他的手，目不轉睛地望著他。然後我將他拉近，差點要哭出來，低聲向他耳語：

「說我是她，不然我就完了！我什麼都給你！說我是她！噢，拜託說我是她！」

我緊抓著他的手，並用力擰扭。他向後退。他剛才戴著帽子，額頭上有一條紅色的痕跡。現在他滿臉通紅，張開嘴說：

「小姐，我……小姐……」

當然，他在荊棘莊園也是這麼叫我的。感謝老天，他原本就這樣叫我！史畢勒看護聽到他開口，便心滿意足又充滿嫌惡地說：「好啦，見了家裡熟悉的面孔，小姐腦袋瓜一眨眼就治好了不是？克里斯帝醫生會多開心啊？」

我轉身和她目光交會。她表情厭煩。她說：「妳不請那年輕人坐下啊？他大老遠跑來？是啊，坐下吧。但年輕的先生，我是你的話，我不會太靠近她。她們何時會發作、亂抓人我們也說不準。再溫和的病人都一樣。這距離好多了。好，我會站在門口，如果她開始亂動，你就叫我，好嗎？」

我們坐在靠窗的兩張硬椅子上。查爾斯仍一臉疑惑，但他現在眨眨眼，面露恐懼。史畢勒看護站在門口涼爽處，門維持敞開。她交叉雙臂盯著我們，但她也時不時將頭轉向走廊，對那頭的看護點頭低語。

我雙手仍握著查爾斯的手，無法放開。我彎向他，全身顫抖，悄聲說話。我說：

「查爾斯，我……查爾斯，我這輩子從來沒這麼高興看到一個人！你一定、一定要幫我。」

他吞了吞口水，同樣壓低聲音說：

「妳是史密斯小姐？」

「噓！噓！我是。噢，我是！」我雙眼開始流淚。「但你在這裡一定不能這麼說。你一定要說……」我望向史畢勒看護，然後繼續小聲說：「你一定要說我是里利小姐。不要問為什麼。」

我在想什麼？其實我想到的是那個說蛇語的小姐，還有那兩個之前死掉的小姐。我在想克里斯帝醫生之前說，我的病情轉到另一個方向，並確定有朝一日會變回來。我在想如果他聽到查爾斯說我是蘇，不是茉德，他可能會找個方法，緊緊看住我，也許束縛住我，將我關進軟墊病室，或浸我和查爾斯。換言之，恐懼改變了我的思路。但我還是有所計畫，而且每分每秒都愈來愈明朗。

「不要問為什麼。」我又說：「可是，噢！我被設計了！他們誣陷我，說我瘋了，查爾斯。」

他望向四周。「這地方是瘋人院？」他說：「我以為是間大旅館。我以為我會在這兒找到里利小姐。還有……還有瑞佛斯先生。」

「瑞佛斯先生。」我說：「噢！噢！那惡魔！他騙了我，查爾斯，他拿了我的錢逃到倫敦了。他和茉德·里利！噢！這對狗男女！他們把我關在這裡等死！」

我聲音不禁提高，彷彿成為另一個人，彷彿有個真正的瘋子透過我的嘴巴說話。我握緊查爾斯的手，阻止自己放大音量。我用力捏，彷彿要把他的手指扯下關節一樣，並害怕地望向門口的史畢勒看護。她頭已轉開，背對門框，和看護及男人說說笑笑。我頭轉回來，望著查爾斯，正想再次開口，但他表情變了，我不禁怔住。他雙頰原本通紅，現在一片慘白。他低聲說：

「瑞佛斯先生去倫敦了？」

「倫敦。」我說：「不然天曉得跑哪去了。就算是地獄我也不意外！」

他吞了吞口水，身子扭開，然後將手從我手中抽出，雙手掩面。

「噢！噢！」他顫抖地說，正和我剛才一樣。「噢，那我完了！」

大大出乎我意料之外，他開始哭了。

後來他一把鼻涕、一把眼淚告訴我他的故事。正如我幾個月前所猜想，紳士一走，他覺得自己在荊棘莊園磨刀一輩子根本不值得。查爾斯抗拒人生，成天鬱鬱寡歡。他一直沒精打采的，總管魏伊先生就鞭打他。

「他說會打得我皮開肉綻。」他說：「真的那麼狠。老天，我一直尖叫！但被鞭其實不算什麼，我敢說鞭個一百下都沒關係！小姐，這根本比不上我的失望和心痛。」

他說得無比動人，我覺得他有事先演練過。後來他全身僵硬，彷彿覺得我會打他或大笑，並準備承受任何打擊。我雖然語氣苦澀，但口中說的是：「我相信你。瑞佛斯先生確實會讓人心痛。」

我心裡想的其實是茉德。查爾斯似乎沒注意到。「真的！」他說：「多好的一個紳士！喔，是不是？」他臉上神采飛揚。他擦了擦鼻子，然後又開始哭了。史畢勒看護望過來，噘起嘴。除此之外，她沒多做反應。也許大家來克里斯帝醫生這兒見小姐時經常落淚。

她又望向走廊，我轉向查爾斯。看他楚楚可憐的模樣，我腦袋又更冷靜了。我讓他哭一會兒，仔細打量他。我注意到起初沒發現的事。他脖子很髒，髮型很怪，這頭像羽毛一樣白又蓬，另一頭黑又硬，他沾了點水，把頭髮梳貼。他外套袖子羊毛裡卡著樹枝。他的褲子都是塵土。

他擦拭雙眼，見我在看，又滿臉通紅。我小聲說：

「現在別說謊了，告訴我真相。你從荊棘莊園逃出來了，是不是？」

他咬著嘴唇，點點頭。我說：「全是為了瑞佛斯先生？」他又點點頭。然後他全身顫抖，抽一口氣。

「瑞佛斯先生以前常跟我說，小姐。」他說：「他說只要他付得起一份好薪水，他便會雇用我。我心想，與其待在荊棘莊園，我寧可免費去替他工作。但他在倫敦我要怎麼找他？後來，事情生變，里利小姐逃了。莊園自那時起每個人都自求多福。我們都覺得她和他私奔了，但其實沒人說得準。他們說這是一件醜聞。一半的女僕都走了。凱克柏太太離開了，她去另一個紳士家！現在瑪格莉特負責煮飯。里利先生腦袋不正常。魏伊先生必須拿湯匙餵他吃飯！」

「凱克柏太太。」我皺眉說：「魏伊先生。」名字像一盞盞燈。每次一盞燈亮起，我腦中一部分便更清晰。「瑪格莉特。里利先生。」然後：「湯匙！全部……全部都因為茉德跟瑞佛斯先生私奔害的？」

「我不知道，小姐。」他搖搖頭。「據說他一週後才發作。因為他一開始很冷靜，後來他發現他有些書被毀了之類的。再後來有一天，他突然痙攣，倒在藏書室地板上。現在他不能拿筆或任何東西，詞彙也都忘了。魏伊先生讓他坐個大輪椅，要我推他。但我推不到十公尺就會崩潰大哭。我什麼都做不來！最後他們把我送去我阿姨家，照顧她的黑面豬。據說……」他又擦擦鼻子。「據說照顧豬心情會好點。但我心情一直好不起來……」

他接下來說的，我都沒聽到。我腦中有一處亮起，比其他處都亮。我又握住他的手。「黑面豬？」我瞇起眼說。他點點頭。

他的阿姨是克林姆太太。

我想鄉下就是這樣。我從來沒問過他的姓。他和我睡在同一間房，躺在同樣都是蟲的稻草床墊上。他阿姨講到住在房裡偷偷結婚的紳士和小姐時，他馬上猜到是他們，但是不敢相信自己運氣這麼好，所以隻字未提。他聽到兩人是坐馬車離開，而克林姆太太的長子曾和馬車夫聊天，並從馬車夫口中得知克里斯帝醫生管理的房子的名字，以及房子所在位置。

「我以為這是一間大旅館。」他又說，並再次害怕地望著四周，看向上鐵網的燈、光禿禿的灰牆和窗上的欄杆。他三天前趁夜逃出克林姆太太家，從那時起便睡在山溝和樹籬下。「太遲了。」他說：「我來到這裡便不能回頭了。我在門口找瑞佛斯先生。他們查了登記簿，說我應該是要找他妻子。然後我想起茉德小姐心地一直都很好，如果要有人說服瑞佛斯先生雇用我，也就是她了。結果現在……！」

他嘴唇開始顫抖。魏伊先生其實說得對。他這麼大個人，居然還這麼愛哭，要是換個地方，換個時間，我也會忍不住打他。但現在我看著他的淚水，在我傷痕累累、絕望的雙眼中，他的淚水就像無數撬鎖工具和鑰匙。

「查爾斯。」我說著傾身靠近他，努力讓自己冷靜。「你不能回荊棘莊園。」

「我不能啊，小姐。」他說：「喔，我不能！魏伊先生會活生生剝我的皮！」

「而且我敢說你阿姨也不要你了。」

他搖搖頭。「她會說我逃跑根本是個傻瓜。」

「你要找的是瑞佛斯先生。」

他咬著嘴唇，點點頭，仍不住哭泣。

「那你聽我說。」我說。我現在不像在說話，甚至稱不上悄悄話，我彷彿是用呼吸在講話，因為我擔心史畢勒看護會聽到。「聽我說。我可以帶你去找他。我知道他在哪裡。我知道是哪一間房子！我可以帶你去找他。但首先你一定要幫我逃離這裡。」

我說我知道紳士下落，即使不算真話，也不算假話。因為我非常確定，一旦我到倫敦，得到薩克斯比太太幫助，我一定能找到他。但那一刻，我無論如何都會說謊。我敢說誰都會說謊。查爾斯望著我，用手掌根部擦了擦臉。

「幫妳逃出這裡？怎麼做？」他說：「妳為何不能自己走出去，小姐？」

我吞了吞口水。「他們覺得我瘋了，查爾斯。有人簽了一份約……唉，別管是誰了。他決定把我關在這裡。那是法律規定。看到那看護了嗎？看到她手臂了嗎？他們這裡有二十個看護，個個手臂都像那樣，而且她們每人動作都毫不客氣。好，看我的臉。我瘋了嗎？」

他看著我，眨眨眼。「嗯——」

「我當然沒瘋。但這裡，有的瘋子很狡猾，她們能裝作自己沒瘋，所以醫生和看護分不出來她們和我的差別。」

他再次望向四周，然後看向我，就像我之前打量他一樣，他彷彿第一次好好端詳我的樣子。他看著我的頭髮、洋裝和天然橡膠靴。我將雙腳收到裙子下。

「我……我不確定。」他說。

「不確定？不確定什麼？不確定你想不想回阿姨家，顧豬一輩子？還是不確定你想去倫敦，替瑞佛斯先生工作？倫敦耶，想清楚！還記得小孩子付一先令就能騎大象嗎？哇，還真難選擇。」

他垂下目光。我望向史畢勒看護。她望向我們，打著呵欠，然後拿出錶。

「豬？」我馬上說：「還是大象？哪一個？老天，選哪個？」

他嘴巴蠕動。

「大象。」他沉默了好一會兒說。

「好孩子。好孩子。感謝老天。好，聽好。你身上有多少錢？」

他吞了吞口水。「五先令六便士。」他說。

「好。現在要做的事是這樣。你去個城鎮，找一間鎖鋪，到店裡之後你要跟他們買……」我手伸到雙眼前。我感到腦中彷彿有股濁水淹上來，彷彿有面窗簾覆蓋住我的思緒。我差點嚇得尖叫，幸好窗簾再次拉開。「買一個房間鑰匙胚。」我說：「房間鑰匙胚，葉片長一吋。說你家老爺要的。如果那人不賣，你一定要偷到手。好了，不要露出這種表情！我們到倫敦時，會寄給他另一組。你拿到鑰匙胚之後保管好。接著去鐵匠鋪。買個銼刀。看到我手指嗎？跟這一樣寬。比給我看我說的寬度。好孩子，沒錯。然後銼刀和鑰匙胚一樣保管好。下星期帶來這裡。下星期三，只有星期三才行！你聽到了嗎？然後把東西給我。聽懂我說的話嗎？查爾斯？」

他睜大眼睛望著我。見到這樣，我心中又一陣狂亂。但這時他點點頭，然後目光移到我身後，扭了扭身子。史畢勒看護已自門口走向我們。

「時間到了。」她說。

我們站起身。我手握著椅背，以免自己腳軟。我望著查爾斯，彷彿我雙目能烙印在他眼中。我剛才放開他的手，現在又伸手握住他。

「你會記得我剛才說的話吧？」

他點點頭，面露恐懼，垂下目光。他想抽開手，向後退開。然後一件怪事發生了。我感到他手抽離我手中，卻發現自己不想讓他走。

「不要拋下我！」我脫口而出。「拜託，不要拋下我！」

他嚇了一跳。

「好了。」史畢勒看護說：「我們沒時間鬧了。來。」

她開始剝開我手指。她花了一點時間。查爾斯手掙脫時，他馬上收起手，將指節放到嘴上。

「很難過，對不對？」史畢勒看護對他說，手臂扣著我手臂。我肩膀抽動。「不過別放心上。瘋子全都像這樣。我們都說，最好別來看她們。最好別讓她們想家。她們會很激動。」她將我抓得更緊。查爾斯緩緩退開。「現在你回去可以跟其他人說，她究竟瘋成什麼德性了，好嗎？」

他眼神在她和我之間遊移，然後點點頭。我說：

「查爾斯，對不起。」我牙齒打顫，斷斷續續說出話。「別放心上。這沒什麼。完全沒關係。」

但我看得出來，他終究覺得我一定瘋了。如果他這麼想，那我就完蛋了，我會關在克里斯帝醫生的瘋人院一輩子，永遠都見不到薩克斯比太太，永遠無法對茉德復仇。這念頭勝過了恐懼。我逼自己冷靜下來，史畢勒看護終於放開我。另一個看護進門，帶查爾斯到大門。他們讓我目送他離開，而且，噢！我用盡全力才阻止自己追過去。他走一段，中途轉身，腳步跌跌撞撞，並和我四目相交，然後再次面露驚恐。因為我剛才試著微笑，我想笑容大概很可怕。

「你要記得！」我大喊，聲音又尖又怪。「記得大象！」

看護哄堂大笑。其中一人推我一把。我全身乏力，她那一下將我推倒在地。我斜倒在地。「大象！」她們說。她們站著嘲笑我，笑到眼淚都流出來。

＊　＊　＊

那一週令人心焦如焚。我神智清楚之後，瘋人院變得無比難熬，我意識到自己先前習慣這裡的生活，代表心智喪失到什麼程度。假使我這七天又再次陷入習慣之中呢？假使我變笨呢？假使查爾斯回來，我瘋到認不出他來？一想到此，我就嚇得要死。我不擇手段不讓自己再做夢。我會捏自己的手臂，直到手上青一塊、紫一塊。我會咬自己的舌頭。每天早上醒來，心中都滿懷恐懼，怕自己不知不覺多錯過一天。「今天是星期幾？」我會問威爾森小姐和普萊斯太太。當然，她們都不知道。威爾森小姐總是覺得是美好的星期五。接著我會問培根看護。

「今天是星期幾，培根看護？」

「審判日。」她會回答，並皺著眉頭揉手。

我還怕查爾斯根本不會來。也許我那天表現得太過瘋狂，也許他已不知所措，或也許他中間出了意外。再不可能的情況我都想過一遍，例如他被吉普賽人或盜賊捉走；或被公牛撞倒；或遇到正直的人，他們說服他回家；有一天下雨，我覺得他睡覺的山溝可能湧入大水把他淹死了；後來打了雷，我想像他躲在樹下，手中拿著銼刀……

整週都像這樣。後來星期三到了。早上葛雷維醫生和克里斯帝醫生坐馬車離開病院，接近中午時，史畢勒看護來到我們房間門口，看著我說：「妳哪來的魅力啊？樓下那小伙子又回來看妳了。照這速度，我們馬上要宣布婚訊了……」她帶我下樓。到了走廊，她戳我一下。「不准耍花招。」她說。

這次，查爾斯看起來比之前更害怕。我們坐在跟上週一樣的位子，史畢勒看護再次站到門口，和走廊上的看護打鬧。我們沉默對坐無語一會兒。他臉色慘白。我悄聲說：

「查爾斯，你幹了嗎？」

他點點頭。

「鑰匙胚？」

他又點點頭。

「銼刀？」

他又點一下頭。我用手摀住眼。

「但鑰匙胚。」他嘟囔。「幾乎快花光我所有錢了。鎖匠說鑰匙胚品質有好有壞。妳從沒跟我說。我買了品質最好的。」

我手指鬆開，望向他。

「你給他多少錢？」我問。

「三先令，小姐。」

三先令買了個六便士的鑰匙胚！我再次摀住眼。「算了。」我接著說：「別管了。好孩子……」

我告訴他接下來該做的事。我說他晚上一定要在克里斯帝醫生庭園圍牆另一頭等我。我說他要找到樹最高的地方，並在那等我。有必要的話，他必須等一整晚。因為我不確定自己逃跑需要多久。他要靜靜等待，隨時準備跑。如果我沒逃出來，他一定要知道，我中途遇到問題，隔天晚上，他必須再來等我。他必須等我三個晚上。

「在那之後，如果妳沒逃出來呢？」他睜大眼睛問。

「如果我沒逃出來。」我說：「你就這麼辦。你去倫敦，找到蘭特街，那裡住個女人叫薩克斯比太太。你告訴她我在哪。願上天保佑，查爾斯，那女人愛著我！她會因為你是我朋友好好待你。她會知道該怎麼辦。」

我轉頭。眼眶中全是淚水。「你聽懂了嗎？」我最後說：「你發誓？」

他說他聽懂了。「給我你的手。」我說。我看到他手在抖，不敢讓他偷偷塞給我鑰匙胚和銼刀，擔心他會不小心掉到地上。他東西收在口袋裡。我和他道別時從他口袋拿走了，就在史畢勒看護眼皮底下拿的，她看到他滿臉通紅親我臉頰還嘲笑他。銼刀我收到袖子裡。鑰匙胚我拿在手上。上樓梯時，我假裝彎腰拉襪子，把它滑入我靴子裡。

接著我躺在床上，想著我聽過的所有盜賊，他們都很會說大話。我現在跟他們一樣。我手上有銼刀，也有鑰匙胚。瘋人院圍牆外也有人接應。現在我唯一要做的就是拿到鑰匙，想辦法複製。

我是這麼做的。

＊　＊　＊

那天晚上，培根看護坐在椅子上，彎著她的手指，我說：「今晚不要找貝蒂，讓我替妳按摩手，培根看護。貝蒂不喜歡。她說油弄得她聞起來像塊排骨。」

貝蒂嘴巴張大。「噢！噢！」她大喊。

「老天啊。」培根看護說：「好像悶熱還不夠我受。安靜，貝蒂！像排骨是不是？我對妳那麼好？」

「我沒有！」貝蒂說：「我沒有！」

「她有說。」我說：「像排骨，準備要丟到鍋裡煎了。讓我幫妳塗，看我手多乾淨柔軟。」

培根看護望過來，她沒看我的手，而是盯著我的臉。然後她瞇起雙眼。「貝蒂，閉嘴！」她說：「吵死了，我手都痛死了。我相信誰來擦都一樣，但我寧可找個安靜一點的。來。」她拇指放到她裙子上，拉開口袋。「拿出來。」她對我說。

她指的是鑰匙。我猶豫了一下，然後手伸進去，拿起鑰匙。鑰匙因為她的腿變得溫熱。她看著我拿。「最小那支。」她說。我握住最小那支鑰匙，其他鑰匙在底下晃，接著走到櫥櫃，拿出那一罐油脂。貝蒂趴在床上，踢著腳，頭埋在枕頭哭泣。培根看護向後倒，拉起袖子。我坐到她旁邊，替她在腫脹的雙手上塗油，如我之前見過無數次一樣。我揉了半小時。她不時皺起臉，然後雙眼半閉，從眼皮下望著我。她眼神溫和，略有所思，泛著笑意。

「沒那麼糟，對吧？」她喃喃說：「嗯？」

我沒答腔。我想的不是她，而是晚上和接下來要做的事。如果我臉紅了，她一定會以為是害羞。如果我神情古怪，略有遲疑，那在她眼中像什麼？這裡我們所有人都很古怪。最後她打呵欠，抽回手伸展身子，我心大力跳一下，但她沒注意。我從她身邊走開，將油膏放回櫥櫃。我心又大力跳動。我只有一秒鐘能做我必須做的事。鑰匙圈和鑰匙掛在鎖上，開門的那把垂在最底下。我不打算偷，我偷走的話，她會發現。但大家來蘭特街時，經常帶著肥皂、油灰和蠟……我拿起鑰匙，迅速並小心地壓到罐子裡。

油脂留下了壓痕，形狀漂亮。我看了一眼，轉緊蓋子，將油罐放回架子上。我關上櫥櫃，假裝上了鎖。我用袖子把鑰匙擦乾淨，還給培根看護，她跟之前一樣用拇指尖拉開口袋。「放進來。」我還鑰匙的時候她說：「放到口袋底。沒錯。」

我避開她的目光。我走向我的床，她打呵欠，坐在椅子上打盹，和平常一樣，後來史畢勒護士拿安眠藥來了。我以前也習慣跟其他小姐喝藥，但今晚我把藥倒到床墊上，然後還回空碗。接著我全身發燙，等著看培根看護接下來的打算。如果她走去櫥櫃，例如拿紙、蛋糕或一塊縫紉作品，不管是多小的東西，如果她走去櫥櫃，發現櫃子沒關，並拿鑰匙鎖起來，我的計畫就毀了，我那時要怎麼做就難說了。我真的覺得自己可能會殺了她。但總之，她沒走過去。她只睡在椅子上。她睡了好久，我開始感到絕望，覺得她永遠不會再醒來了。我咳了咳，拿起我的靴子扔到地上，用床腳磨地，但她仍睡個不停。後來她做了個夢醒來，起身穿上睡袍。我手指遮著臉，透過指間看她。我看到她站起來，透過棉質洋裝揉揉肚子。我看到她望向每個小姐，然後看向我，似乎略有所思……

但後來，她不想了。也許是太熱的關係。她又打呵欠，將那串鑰匙掛到脖子上，走上床，不久便開始打呼。

我聽著她的打呼聲，數到二十時便起身，像鬼魂一樣，悄悄走回櫥櫃，拿出那一罐油。我開始著手複製鑰匙。我說不上來耗了多久。我只知道花了好幾小時。當然，雖然銼刀品質很好，我也用被子和毛毯裹住雙手蓋住聲音，但聲音仍然很大聲，我只敢配合培根看護的打呼聲磨鑰匙。而且我動作依然不能太快，因為我時時要比對油脂上的壓痕，確定沒有磨錯。再加上我手指會痛，我偶爾不得不停手休息。我有時還會流手汗，鑰匙胚會在我手中滑開。拚老命磨鑰匙真的好可怕，我感到夜晚像沙粒從我手中一點一滴落下。有時，培根看護會安靜下來，我會住手，望向四周，重新注意自己和一張張床上熟睡的小姐，房間靜得彷彿時間停止，我害怕自己會永遠困在這一刻。那天晚上沒人大叫，沒人做噩夢，沒有鈴響，所有人都沉沉躺在床上。我是瘋人院裡唯一醒著的人。其實我可說是全世界唯一醒著的人，但我知道查爾斯也醒著，他在克里斯帝醫生瘋人院的圍牆外等待著我。遠方薩克斯比太太也等待著，也許她在床上嘆息，或擰著雙手原地踱步，喚著我的名字……這念頭給了我勇氣，讓我繼續穩穩地移動銼刀。

最後好不容易，我將鑰匙胚對到罐裡，發現所有刻痕都符合了。鑰匙磨好了。我將鑰匙拿在眼前，不敢相信。我手指沾滿鐵屑，銼刀也磨破了手，手指發麻。但我不敢多花時間將傷口包好。我小心翼翼起身，穿上我的花呢格紋洋裝，拿起橡膠靴。我也拿了培根看護的梳子。就這樣，我只拿了這點東西。我從她桌上拿起梳子時，她的頭動了一下。我屏住呼吸，但她沒有醒來。我無聲無息站在原地，望著她的臉，內心突然充滿罪惡感。我心想：「她發現我騙了她，會多難過啊！」我想到我要幫她揉手時，她有多開心。

這一刻腦中浮現這想法真是太奇怪了。我又看了她一分鐘，然後走到門口，動作無比緩慢地將鑰匙插進鎖孔，動作無比緩慢地輕輕轉動。「拜託，老天。」鑰匙邊轉我邊悄聲說：「親愛的神，我發誓我會變個好人。我這輩子改頭換面，我發誓——」鑰匙有了阻力，並卡住了。「幹！幹！」我說。葉片卡住了，我最後還是沒刻好。現在鑰匙不管正反都轉不動了。「幹！幹你媽的！噢！」我緊抓住鑰匙，再轉動一次，門鎖仍然沒動靜，最後我放開手，默默回到床邊，拿起培根看護的油罐，躡手躡腳回到門旁，將鎖孔塗上油，並用嘴吹進去。我心中怕得快昏倒了，我再次抓住鑰匙，這次……這次成功了。

在這之後，還有三道門。鑰匙全都一樣，中途卡住了，一定要上油。每一次我聽到鎖中金屬摩擦聲都全身顫抖，並加快動作。但沒人醒來。走廊悶熱無聲，樓梯和大廳一片寂靜。前門上了門，但這道門不需要鑰匙。我出去之後沒關上門。這跟我和茉德從荊棘莊園逃出去那次一樣簡單。我只有在院前的步道才感到驚慌，因為我走上一條碎石道時，我聽到腳步聲，然後一個聲音傳來。那聲音輕聲喊：「嘿！」我聽到差點嚇死。我以為那人在叫我。後來有個女人笑聲傳來，我看到人影。兩個人，我想一個是貝茲先生，另一個是斜視的芙露看護。「你會讓你的——」其中一人說。但我接下來聽不到了。他們穿過房側的矮樹叢。芙露看護再次大笑，然後笑聲被摀住了，四下恢復沉默。

我沒停下腳步，不知道接下來發生什麼事。我拔腿就跑。一開始輕手輕腳跑過那條碎石路，後來全力衝過草坪。我沒回頭望向瘋人院。我沒替仍關在裡面的小姐著想。我曾想過將鑰匙丟到設有小圍牆的花園裡，讓別人撿到，但我沒這麼做。除了自己，我誰也沒救。我太害怕了。我找到最高的那棵樹，接著花了半小時攀上樹幹上的樹瘤，後來又摔下來，於是我再試一次。摔了第二、三、四次……最後我好不容易才爬到最低的樹枝上，接著再爬到更高的樹枝。一步步爬過咿呀作響的大樹枝，來到圍牆邊……天曉得我是怎麼辦到的。我只能說我辦到了。「查爾斯！查爾斯！」我從磚牆上大喊。沒人回答。但我毫不猶豫，向下一跳。我落到地面，聽到一聲驚叫。是他，他等太久睡著了，我差點壓死他。

他那一聲叫讓瘋人院的一條狗吠了起來。那狗讓其他狗也跟著叫了。查爾斯手摀住嘴。

「快來！」我說。

我抓住他手臂，我們背對牆，全力向前跑。

＊　＊　＊

我們跑過草坪和樹籬。天依舊很黑，根本看不見路，而且起初我太害怕了，根本無暇找路。查爾斯不時會跌倒或慢下腳步，手扠著腰，上氣不接下氣，這時我會歪頭去聽，但除了鳥叫、微風和老鼠，四周沒有別的聲響。不久，天空愈來愈亮，我們看到一條淺色的道路。「往哪走？」查爾斯說。我不知道。我上次站在一條路前，決定要往哪走已是好幾個月前的事。我望向四周，原野和漸漸明亮的天空突然變得廣大無邊，令人懼怕。然後我看到查爾斯望著我，等我的答案。我想到倫敦。「這邊。」我邁開腳步，心中的恐懼煙消雲散。

一路上都像如此。每次我們遇到兩、三條路形成的岔路，我會站在原地一分鐘，用力想著倫敦。彷彿我是迪克．惠廷頓[45]，心底會知道該往哪裡走。天色更亮時，我們開始聽到馬匹和馬車聲。如果能搭便車多好，但每次聽到馬車或推車聲，我都擔心是瘋人院派來追我們的人。後來我們看到一個老農夫駕著驢車從一道大門出來，我才確定他不是克里斯帝醫生的人員。我們站到路上，他慢下驢子，讓我們坐在他旁邊，搭了一小時的車。我把髮辮梳開，解開頭髮的縫線，現在頭髮像椰棕繩一樣豎起，我沒有帽子，於是我拿了查爾斯的手帕，蓋在我頭上。我說我們是姊弟，之前跟阿姨住一起，現在要回倫敦。

「倫敦，嗯？」農夫說：「據說那裡的人可以活到四十歲，連個鄰居都沒見過。是這樣嗎？」

他在一座城鎮外圍一條路放我們下車，並告訴我們接下來要走哪條路。我猜我們大概走了十五公里左右。接下來還有六十公里。現在天還算早。我們找到一家麵包坊，買了些麵包。但店裡的女人神情古怪地盯著我的頭髮、洋裝和橡膠靴，害我好希望乾脆不買麵包，挨餓算了。我們坐在教堂墓園的草地上，靠著兩個歪斜的石頭。教堂鐘聲響起，我們兩人都嚇一跳。

「七點鐘。」我說，突然感到心裡一陣沮喪。我望向培根看護的梳子。「如果他們沒有早點發現，現在會起床看到我床上空蕩蕩的。」

「魏伊先生會在擦鞋。」查爾斯說。他嘴唇開始顫抖。

「想想瑞佛斯先生的靴子。」我馬上說：「我敢說那雙靴子需要好好擦亮。倫敦的路都會把紳士的鞋弄得很髒。」

「真的？」

他感覺好多了。我們吃完麵包，起身撥了撥身上的草。一人拿著鏟子過來。他看著我們，眼神和麵包坊的女人一模一樣。

「他們覺得我們是野孩子。」我們望著他經過時，查爾斯說。

但我想像有人會從瘋人院來，問他們關於一個穿花呢格紋洋裝和橡膠靴的女孩。「我們走。」我說。我們從大路彎進一條安靜的小道，跨越平野。我們盡量沿著樹籬走，但這裡草比較長，走起來更辛苦，速度更慢。

太陽高照，空氣愈來愈熱。蝴蝶和蜜蜂在四周飛舞。我不時停下來，解開頭上的手帕擦臉。我這輩子從來沒走過這麼遠，這麼辛苦。這三個月來，我頂多繞著瘋人院小花園一圈圈走著。我腳跟長了個先令大小的水

45 民間故事《迪克·惠廷頓和他的貓》的主角，故事中，他出身貧苦，前往倫敦尋求發大財的機會。

泡。我心想：「我們永遠都到不了倫敦！」

但每次我這麼想，都會想到薩克斯比太太，想像我出現在蘭特街門口時她臉上的表情。然後我會想到茉德，不論她在哪裡，並想像她的表情。

但她的臉在我腦中一片模糊。我愈想不清楚愈心煩。我說：「告訴我，查爾斯，里利小姐眼睛是什麼顏色？是褐色還是藍色？」

他眼神古怪地望著我。

「我想是褐色，小姐。」

「你確定？」

「我想是吧，小姐。」

「我也這麼覺得。」

但我不確定。我腳步又走得快一點。查爾斯在我身旁跑步，不住喘氣。

＊＊＊

那天中午，在通往一座村莊的小道上，我們經過一排小屋。我讓查爾斯停下來，我們站在樹籬後，我探頭看了看門窗。其中一間有個女孩站在那抖衣服。但過了一會，她往裡頭走，不久便關上窗。另一道窗，有個女人拿了桶水，來回走動，她沒望向窗外。另一棟小屋門窗都關起，裡頭一片黑。但我想裡面一定有什麼值得偷的東西。我考慮去敲門，如果沒有應門，便試著打開門閂。但我站在那做心理準備時，最後一間小屋突然傳來聲音，花園的柵門口有個女人和兩個孩子。女人綁著軟帽的繫帶，和孩子吻別。

「好了，珍娜。」她對年紀比較大的孩子說：「請妳顧好小寶寶。我回來會給妳蛋吃。想的話，妳可以縫手帕邊，但用針記得要小心。」

「好的，媽媽。」女孩回答。她抬起頭讓媽媽親吻，然後站在柵門上搖晃。她母親快步從小屋走開。經過我和查爾斯，不過她沒發現我們，因為我們仍躲在樹籬後面。

我看她走遠，然後目光從她移到小女孩身上。她已經跳下柵門，帶著弟弟沿原路走向敞開的小屋大門。這時我望向查爾斯說：

「查爾斯，命運總算站在我們這邊了。給我六便士，好嗎？」他摸了摸口袋。「不要那枚。有沒有比較亮的？」

我拿了他最亮的一枚，用洋裝袖子擦得更亮了。

「妳打算做什麼，小姐？」他問。

「別管我。待在這裡。如果有人來，吹個口哨。」

我站起來拉平洋裝，然後從樹籬後面走出來，俐落地繞到小屋柵門前，彷彿我剛才沿著路走過來。小女孩轉頭看我。

「妳好？」我說：「妳一定是珍娜。我剛才遇到妳媽。妳看她給我什麼。一個六便士。很棒吧？她說：『請把這六便士給我的女兒珍娜，要她快去商店一趟買麵粉。』她說她剛才忘記了。妳知道麵粉是什麼，對吧？乖女孩。知道妳媽還說什麼？她說：『我的女孩珍娜是個乖小孩，告訴她其中半分錢她可以拿去買糖果。』啊，妳喜歡糖果對不對？我也是。糖果最好吃了，是吧？但對牙齒不好。沒關係。我敢說妳牙齒都還沒全部長出來吧。噢！看妳牙齒多漂亮啊！像一串珍珠一樣！最好趁剩下的牙齒長出來之前，快去商店。我會待在這裡顧家，好不好？那六便士很亮吧！還有妳弟弟啊，看。妳不想帶他一起去嗎？乖孩子……」

這是最下流的伎倆了，我非常討厭。但我能說什麼？我也被下流的伎倆害了。我說話這段時間不斷快速掃視著四周小屋的窗戶和道路，但沒人出現。小女孩把錢放到圍裙口袋，抱起弟弟，搖搖晃晃走了。我看她離開，然後衝進房子。那地方沒東西好偷，但我在樓上箱子裡找到一雙黑鞋，差不多是我的尺寸，還有一件用紙包著的印花洋裝。我覺得這件洋裝可能是那女人結婚時穿的。我向老天發誓！我差點下不了手，但最後我還是偷走了。

我也拿了頂黑色的稻草軟帽、一件披肩和一雙羊毛長襪，並從食品儲藏室拿了一塊派和一把刀。

然後我跑回樹籬，來到查爾斯的藏身處。

「轉身。」我換衣服時說：「轉身！不要一臉驚恐，你他媽娘斃了。去她的！去她的！」

我指的是茉德。我想到那小女孩珍娜，拿著麵粉和她一袋糖果回到小屋的畫面。我想到她母親回家時，還來得及喝下午茶，卻發現自己結婚洋裝不見了。

「去她的！」

我拿起茉德的手套，扯到縫線鬆脫。然後我把手套丟地上，在上面跳。查爾斯看著我，臉上十分害怕。

「不要看我，白痴！」我說：「噢！噢！」

但後來我怕有人來。我又將手套拿起，放回我胸口，繫好軟帽的繫帶。我將瘋人院的洋裝和橡膠靴丟到溝裡。我腳上的水泡破了，像眼睛一樣流著淚。但長襪很厚，黑鞋已經老舊柔軟。洋裝有玫瑰的圖案，軟帽的邊緣有雛菊。我想像我看起來的樣子，可能像牛奶店牆上擠奶女工的圖片。

但我想鄉村就適合這樣子。我們離開田野和陰暗的小道，回到大路上。過了一會，另一個老農夫經過，他也載了我們幾公里，然後我們再次步行。

我們加緊趕路。查爾斯一路都沉默不語。最後他終於開口：

「妳問都沒問就拿走他們的鞋子和洋裝。」

「我也拿了這塊派。」我說：「不過我猜你會吃。」

我說我們會把那女人衣服送回去，在倫敦替她買一塊全新的派。查爾斯看起來很懷疑。我們找到一個開放的穀倉，並在稻草堆上過夜，他身體背對著我躺著，肩胛骨顫抖。我心想他會不會趁我睡覺時逃回荊棘莊園。我等到他熟睡之後，將他靴子鞋帶和我的綁在一起，如果他想逃，我就會醒來。他是個令人惱怒的孩子，但我知道目前有他在還是比沒他在好。因為克里斯帝醫生的人在找的是單獨旅行的女孩，不是姊弟。我心想如果逼不得已，一到倫敦，我就會把查爾斯拋下。

但倫敦依舊感覺很遙遠，空氣依然太過清新。晚上我突然醒來，結果穀倉中全是牛。牠們站一圈，看著我們，其中一隻牛的咳嗽聲像人一樣。別告訴我那很自然。我把查爾斯搖醒，他跟我一樣害怕。他起身想跑。當然，他跌倒了，差點把我腳扯斷。我解開鞋帶。我們向後退出穀倉，跑了一陣才用走的。我們看到太陽在山坡後緩緩升起。

「那代表東方。」查爾斯說。晚上跟冬天一樣冷，但山丘很陡，我們愈爬愈熱，到達山頂時，太陽高掛天空，天都亮了起來。我覺得早晨就像顆蛋，這時已經破殼而出，蛋破了條縫，慢慢蔓延。我們前方是一片英國鄉野，河流、道路和樹籬蜿蜒，教堂四立，煙囪冒著裊裊炊煙。鄉野再過去之處煙囪變得更高，道路和河道變寬，縷縷煙霧更密集。最後視線盡頭有個汙點和黑痕，或可謂化為一片黑暗。那黑暗像是火焰中的黑炭，其中不時閃現著玻璃窗的反光，還看得到金色的圓頂和光彩奪目的尖塔。

「倫敦。」我說：「噢，倫敦！」

第十六章

然而，我們還是花了一整天才抵達倫敦。其實不如乾脆找個車站，坐火車過去。但我覺得我們得把那點錢留著買食物。我們跟一個男孩走了一段路，他背著一大籃洋蔥。他帶我們去一個馬車聚集處，大家會去那裡載蔬菜，送去城市市場。我們錯過了最繁忙的時段，但最後我們還是搭到便車了，有個人馬跑得比較慢，他要送花豆去漢墨斯密。他說查爾斯讓他想起兒子（查爾斯就是有張兒子臉），所以我讓他倆坐在前面，我坐到後頭的車裡，和花豆坐一起。我臉頰靠著木箱，雙眼望著前方的路，路不時會上下起伏，我們看到倫敦變得愈來愈近。我其實可以睡覺，但我忍不住一直看。道路上愈來愈繁忙，鄉間的樹籬慢慢變成柵欄和圍牆。我看著樹葉變成磚石，草坪變成煤渣和塵土，路溝變成路緣。車子中途靠近一間房子，上面貼著兩吋厚不斷飛動的廣告單，我伸手將一張撕下來，拿在手上一會，然後放手讓它飛走。圖上畫著一隻手，手中拿著一把槍。廣告單上的煤灰沾到我手指。這時，我知道我到家了。

到了漢墨斯密，我們下車走路。倫敦這一塊我不熟悉，但我發現我知道自己的方向，就像我在鄉下岔路時知道該走哪條路一樣。查爾斯走在我旁邊，眨著眼睛，有時會抓住我的袖子。最後我牽住他的手，帶他穿過街道，他沒甩開我。我從一家大的商店櫥窗看到我們的倒影。我戴著軟帽，他穿著素色厚呢外套。我們就像他媽的在樹林中迷路的孩子[46]。

我們來到西敏市，第一次好好看到泰晤士河，我不得不停下來。

「等一下，查爾斯。」我一手放到心口，轉向另一邊。我不希望他看到我心情激動。但這時最強烈的情緒已經過去，我開始思考。

「我們先不要過橋。」我們繼續走時我說。我怕我們遇到人。假如我們遇到紳士呢？或他遇到我們？我覺得他不會親自對我動手，但一萬五千英鎊是筆大數目，我知道他以前會雇流氓替他幹髒活。我原本腦中只想著回倫敦，這時才想到這點。我開始東張西望。查爾斯看到我的樣子。

「怎麼了，小姐？」他說。

「沒事。」我回答。「我只是擔心這裡還是有克里斯帝醫生派來的人。我們從這裡走。」

我帶他走入一條昏暗狹窄的街道。但後來我想，要是在昏暗狹窄的街道被抓到，那後果不堪設想。我們到了查令十字路口附近，轉進河岸街。過了一會兒，我們來到街尾，那裡有一、兩間小攤子，賣著二手衣。我走進第一間，替查爾斯買了條羊毛圍巾。我自己則買了一條面紗。賣我東西的人向我開玩笑。

「別買面紗，不如買頂帽子吧？」他說：「妳的臉太美了，怎麼好意思遮起來。」

我伸出手，接下找回的半分錢。「是喔。」我不耐煩地說：「我屁股也美啊。」

查爾斯嚇得縮了縮身子。我不在乎。我戴上面紗，感覺好多了。面紗和我的軟帽及印花洋裝風格不搭調，我看起來像臉上有疤或有隱疾。我讓查爾斯將羊毛圍巾遮住臉，壓低帽子。他埋怨天氣很熱時我說：

「如果我把你帶去找瑞佛斯先生之前，就被克里斯帝醫生的手下抓走，那你會覺得天氣多熱，嗯？」

他望向前方，盧德門山馬車和馬匹在路上大打結。已經六點了，這是交通最糟的時候。

「那妳何時會帶我去找他？」他說：「他住的地方還有多遠？」

「一點都不遠。但我們一定要小心。我必須思考。我們找個安靜的地方……」

我們最後進了聖保羅座堂。我們走進門，我坐在其中一張長椅上，查爾斯則四處走動，欣賞著雕像。我心想：「我只要去蘭特街就安全了。」但我擔心的是紳士可能在自治市區散布我的壞話。假如易卜斯先生的姪兒個個想幹掉我怎麼辦？假如我找到薩克斯比太太之前先見到約翰．佛魯姆怎麼辦？他可不用人吩咐就想幹掉

---

46 童話和民間故事常見的元素。

我，就算我戴面紗，他也認得出我。我一定要小心。我要觀察房子的動靜，確定腳踩穩再行動。小心謹慎、步步為營並不容易，但我想起我母親，她當初不夠小心，看看她的下場。

我打個寒顫。即使是七月，聖保羅座堂仍然很冷。天色漸漸昏暗，窗玻璃都失去了色彩。此時，克里斯帝醫生的瘋人院中，她們會將我們叫醒，下樓吃晚餐。我們會吃麵包配奶油，配一品脫的茶……查爾斯過來坐到我旁邊。我聽到他嘆氣。他雙手拿著帽子，金髮閃閃發光，雙唇呈粉紅色。三個男孩穿著白袍，手拿銅燭台，走向四周點亮更多燈和蠟燭。我看著他，心想他穿上白袍的話，也可以是他們的一份子。

然後我看著他的外套。雖然髒兮兮的，但是件好外套。

「我們現在有多少錢，查爾斯？」我說。

我們剩一分半錢。我帶他去惠特靈街一間當鋪，我們當了他的外套，拿兩先令。

他把外套交出去時哭了。

「噢，怎麼辦。」他說：「我現在怎麼見瑞佛斯先生？他永遠不會想要一個只穿襯衫的孩子！」

我說我們這一、兩天就會把外套贖回來。我帶他去買蝦、一塊麵包和奶油及一杯茶。

「倫敦蝦。」我說：「好吃，你說是不是？」

他不答腔。我們繼續走，他走在我後頭，雙臂抱著自己，目光盯著地上。他雙眼通紅，一方面是因為淚水，一方面也因為沙塵。

我們從黑衣修士區過河。我一直相當謹慎，但從那裡開始，我更為提防。我們避開後巷和小道，盡量都走大路。城市仍有一絲暮光。其實根本稱不上光，這時候尤其適合幹些見不得光的勾當，甚至比黑夜更適合。暮光掩飾我們的行蹤。但我們每走一步，都離家愈來愈近。我開始看到熟悉的景物，甚至是熟悉的人，我腦袋和心裡再次感到混亂，以為自己再也把持不住了。後來我們到了碎石巷和南華克橋路口，轉彎走到蘭特街西口，站在街角望著蘭特街。我血液沸騰，心跳飛快，我以為自己會昏倒。我們停在路邊，抓緊身旁的磚牆，頭垂下來，等血流變慢。我開口時聲音沙啞。我說：

「看到那道黑門了嗎？查爾斯，有窗的那道門？那便是我家的門。住在那裡的婦人就像我的母親。我現在心裡最想要的便是衝向那道門，但目前不行，因為還不安全。」

「不安全？」他說。他面露恐懼，望向四周。我想眼前的街道在他眼中可能骯髒低劣。但在我眼中好親切，我好想趴下來親吻地面。

「不安全。」我又說：「克里斯帝醫生的人仍在搜尋我。」

我望向蘭特街，找到易卜斯先生店鋪門，望向上頭的窗。那扇窗後是我和薩克斯比太太的房間，我好渴望靠近那裡。我抓住查爾斯，將他擋在我身前，我們向前走，然後貼到牆邊，躲到兩扇凸窗間的一點陰影下。幾個孩子經過，嘲笑我的面紗。我認識他們的母親，他們是我們的鄰居，我再次怕被看到或認出。我覺得自己根本是個傻瓜，居然走進街道裡，後來我心想：「我幹麼不乾脆衝到門口，大聲找薩克斯比太太呢？」也許我那一刻真的會去。但其實現在也不確定。因為我轉身將軟帽戴好，心裡還在猶豫時，查爾斯手摀住嘴大叫：「喔！」

嘲笑我面紗的孩子跑到另一頭，這時他們分開，讓人走過。是紳士。他一樣戴著那頂寬簷軟帽，脖子上綁著一塊深紅的方巾。他頭髮和鬍子都比之前更長。我們看著他漫步而來。我想他在吹口哨。他到了易卜斯先生的鎖鋪前，停下腳步。手伸進外套口袋，拿出一支鑰匙。他腳踢了一下門前的階梯（先踢了一下右腳，然後左腳），把腳上的土踢下，然後將鑰匙插入鎖中，隨意地望向四周，走進門。他一派輕鬆又熟悉的模樣，超乎你的想像。

我看到他，全身戰慄。但我感覺五味雜陳。「那惡魔！」我說。我應該想殺了他，射殺他，或衝向他打他的臉。但看到他，我心中也興起一股恐懼，出乎我意料的恐懼，彷彿我還在克里斯帝醫生的瘋人院，隨時會被抓走、搖晃、束縛和浸入水中。我呼吸莫名地急促起來。我覺得查爾斯沒注意到。他心裡只想著他的襯衫。

「噢！」他仍在叫。「噢！噢！」他看著自己指甲和袖子上的汙痕。

我抓住他手臂。我想照原路折返回去。我一心一意想逃走，真的差點就跑了。「來。」我說：「來，快啊。」這時我又望一眼易卜斯先生鎖鋪的門，想到門後的薩克斯比太太，又想到她身邊冷靜、一派輕鬆的紳士。去他的，他居然害我怕自己家！「我不會被趕走！」我說：「我們留下來，但先躲起來。來，這裡。」我將查爾斯抓得更緊，開始推他向前，我們沒離開蘭特街，反而更往裡頭走。街上這一側全是合租房。我們來到一間前面。「有床位嗎？」我問門口的女孩。「有半張床。」她說。半張不夠。我們走到下一間，然後再到下一間。兩間全都滿了。最後，我們來到易卜斯先生鎖鋪正對面的房子。門階有個抱著孩子的女人。我不認識她。很好。

「有房間嗎？」我語氣急促。

「可能有吧。」她回答，仔細透著面紗打量我。

「靠前面嗎？」我抬頭指著說：「那間？」

「那間比較貴。」

「我們租一個星期。我現在先給妳一先令，剩下明天付。」

她皺了皺眉，但我知道她想喝琴酒。「好吧。」她說。她站起來，將寶寶放到門階上，帶我們走上溼滑的樓梯。樓梯最上面有個不省人事的醉鬼。她帶我們走進門，門上沒有鎖，只有一塊石頭頂著門。房間又小又黑，有兩張矮床和一張椅子。面街的窗板已拉上，玻璃窗旁放著開窗用的長桿鉤。

「像這樣用。」女人準備示範給我們看。我阻止她。我說我眼睛畏光，不喜歡陽光。

因為我馬上看到窗板上有小洞，這點多少合我心意。那女人拿了先令就走了，她出去之後，我關上門，脫下我的面紗和軟帽，然後人貼到玻璃窗前向外看。

其實沒什麼好看的。易卜斯先生的門仍關著，薩克斯比太太窗內一片漆黑。我看了一分鐘才想起查爾斯。他站在一旁凝視著我，雙手擰著帽子。另一間房一個男人大叫一聲，嚇了他一跳。

「坐下。」我說。我將臉轉回窗戶。

「我想要我的外套。」他說。

「不行。當鋪關門了。我們明天去贖回來。」

「我不相信妳。妳對那女人撒謊，說妳眼睛不好。妳偷走洋裝、鞋子和派。那塊派害我不舒服。妳又帶我來住這間可怕的屋子。」

「我帶你來倫敦了。你不是想要來嗎？」

「我以為倫敦不一樣。」

「你還沒看到最好的一部分。去睡覺。我們早上會去贖你的外套。那時你會感覺整個人都煥然一新。」

「我們要怎麼贖？妳剛才把我們的先令給那女人了。」

「我明天會替我們賺個先令。」

「怎麼賺？」

「你別問。去睡覺。你不累嗎？」

「這張床上面有黑頭髮。」

「那睡另一張床。」

「那張床有紅頭髮。」

「紅頭髮不會傷害你。」

我聽到他坐下，揉揉臉，以為他又要哭了。但後來過了一會兒，他開口時語氣變了。

「但瑞佛斯先生鬍子真長，對不對？」他說。

「是吧。」我雙眼仍湊在窗板前回答。「我敢說他需要人幫他修剪。」

「是不是！」

他嘆了口氣，躺到床上，帽子蓋到眼睛上。我一直湊在玻璃窗上監看，像是貓盯著老鼠洞一樣。我不在意過了多少小時，一心一意只望著前方。天漸漸黑了，街道變得安靜，空無一人（夏天街道會很繁忙），孩子全躺到床上，大人從酒吧回來，狗都睡覺了。屋子其他房間的人來回走動，椅子摩擦地板。一個嬰兒哭啼。一個女孩不斷大笑（我想她醉了）。我仍目不轉睛地望著家。鐘聲響起。我現在對每一聲鐘響感受都特別深，並會嚇得皺起眉頭。最後我聽到十二點鐘、十二點半鐘響，並等著四十五分鐘響。我仍不住看著，等待著。但我漸漸納悶，自己期待看見什麼。結果我看到這畫面：

薩克斯比太太房中出現火光和影子，然後我看到一個人影。是薩克斯比太太！我的心幾乎整個崩散。她有了一些白髮，並穿著以前的黑色塔夫塔綢洋裝。她手中拿著燈，臉背對我，下巴動著。她在跟房間深處某個人說話，而她向後退時，那人走了過來。是個女孩。腰身苗條的女孩……我看到她，全身開始顫抖。薩克斯比太太繞到女孩身後走動，脫下胸針和戒指，女孩則靠近窗前。她站到玻璃窗前，抬起手臂，靠到窗框上，然後將額頭靠在手腕上，靜靜望著窗外。她手指輕輕撥著窗上的帶子。她手赤裸，一頭鬈髮。我心想，不是她吧。

然後薩克斯比太太又開口，女孩抬起臉，街燈照亮她的面龐，我大聲驚呼。

她可能聽到我了。雖然我覺得她應該聽不到，但她轉頭，越過黑暗，越過塵土飛揚的街道，彷彿望著我一分鐘。這段時間我都沒眨眼。我覺得她也沒眨眼，她雙眼睜大。我看到那雙眼，終於想起她眼睛的顏色。接著她轉向房內，踏開了一步，拿起燈，把火調小，薩克斯比太太靠近她，抬起雙手，解開她領口上的鉤釦。

然後房內一片漆黑。

＊＊＊

我從窗前退開，蒼白的臉映照在窗中，街燈照亮我的臉。我雙眼下的臉頰照出一塊心形。我從玻璃窗轉身。我驚呼時吵醒查爾斯，我想自己肯定表情古怪。

「小姐，怎麼了？」他低聲問。

我手放到嘴上。

「噢，查爾斯！」我腳步不穩地走向他。「查爾斯，看著我！告訴我我是誰！」

「不是小姐，不要叫我小姐！雖然他們讓我扮作小姐，但我從來就不是個小姐。噢！她將我一切都奪走了，查爾斯。她狠心地將我的一切占為己有。她讓薩克斯比太太愛她，就像她……噢！我今晚要殺了她！」

我瘋狂地奔回到百葉窗前，望向屋子的門面。我說：「好，我要從窗戶爬進去嗎？我可以撬開窗閂，神不知、鬼不覺爬進去，趁她睡覺捅死她。刀在哪裡？」

我又跑起來，一把將刀抓起，摸了摸刀鋒。「不夠利。」我說。我看向四周，然後拿起當作門擋的石頭，開始磨刀。「像這樣？」我對查爾斯說：「還是像這樣？怎麼把刀磨利？快啊，快說啊。你他媽是磨刀童，不是嗎？」

他望著我，滿面驚恐，然後走過來，用顫抖的手指示範給我看。我磨著刀。「這樣好。」我說：「拿刀刺她胸口一定很痛快。」然後我怔了怔。「話說回來，你不覺得被捅死太乾脆了嗎？我是不是該找個比較慢的方法？」我考慮悶死她、勒死她，或用棒子打死她。「我們有棒子嗎，查爾斯？那樣會比較久。噢！她死的時候，一定要讓她認出我來。你跟我一起來，查爾斯。你可以幫忙……怎麼了？」

他退到牆邊，背靠著牆，全身發抖。

「妳不是……妳一點都不像荊棘莊園時的那個小姐！」他說。

「你看看自己。你也不是磨刀童。那男孩還有點膽子。」

「我想見瑞佛斯先生！」

我大笑，笑聲瘋狂。「那我有個新鮮事告訴你。瑞佛斯先生也不是你所想的紳士。瑞佛斯先生是個惡魔，也是個惡棍。」

他走向前。「他不是！」

「他是。他和茉德小姐逃走，告訴所有人我是她，並把我關進瘋人院。不然你以為是誰簽名把我送進去的？」

「如果他簽了，那一定是妳瘋了！」

「他是個壞人。」

「他是最高貴的人！荊棘莊園所有人都這麼說。」

「他們從未像我一樣了解他。他簡直壞到骨子裡。」

他雙手握拳。「我不管！」他大喊。

「你想要替惡魔工作？」

「總比、比……噢！」他坐到地板上，雙手掩面。「噢！噢！我這輩子從來沒這麼慘。我恨妳！」

「我也恨你。」我說：「你他媽臭娘炮。」

我手中仍拿著石頭，便把石頭丟向他。

石頭打到他身旁一呎處，但牆面和地板傳來的聲音好可怕。我全身顫抖，跟他一樣。我望著手中的刀，然後將刀放到一旁，摸摸自己的臉。我雙頰和額頭全都是冷汗。我走向查爾斯，跪到他身旁。他想把我推開。

「走開！」他哭喊。「不然殺了我好了！我不管了！」

「查爾斯，聽我說。」我用比較平靜的聲音說：「我其實不恨你。而你一定不能恨我。我是你唯一的希望。你失去荊棘莊園的工作，阿姨也不要你了。你現在無法回到鄉下。何況，沒有我幫忙，你永遠走不出南華克自治市。你自己亂走一定會迷失方向。倫敦充滿殘忍骯髒的男人，專挑迷路的金髮男孩下手。你也許會被船長抓上船，最後送到牙買加。你覺得呢？老天，別哭了！」他又嚎啕大哭。「你以為我不想哭嗎？我被騙得那麼慘，現在把我騙得團團轉的人此刻正睡在我自己的床上，我母親還抱著她。這件事嚴重到你根本無法體會。這是攸關生死的事。我說今晚要殺死她只是傻話。但給我一、兩天時間思考。那裡有錢。我發誓，查爾斯！那裡的人一旦知道我受了委屈，一定不會虧待幫助我回家的男孩……」

他搖搖頭，不住哭泣。終於，我也開始哭了。我手抱住他，他靠到我肩膀，我們一起顫抖哭嚎，最後隔壁房的人受不了，開始敲牆，要我們安靜。

「好了。」我擦了擦鼻子說：「你現在不怕了吧？你會像好孩子乖乖睡嗎？」

他說如果我睡在他旁邊，他覺得可以。於是我們一起睡在有紅頭髮的床上，他睡著時粉嫩的嘴唇微張，呼吸平順和緩。

但我一直醒著，一整晚都想著茉德和我只隔一條街，並躺在薩克斯比太太懷中呼吸，她嘴巴和他一樣開著，像朵花一樣，她喉嚨纖柔細緻，白嫩赤裸。

＊＊＊

早上一到，我有了初步的計畫。我站在窗前，看易卜斯先生的店門口一會，然後看沒有人來，便放棄了。這可以等等。我現在需要的是錢。我知道要怎麼賺到手。我要查爾斯梳好頭髮，將髮線分清楚，然後悄悄和他從後門溜出去。我帶他到白教堂區。我覺得這裡離自治市區夠遠，我不戴面紗被認出的機會比較小。我在高街找了個位置。

「站在這裡。」我說。他照做了。「現在，記得你昨晚哭得多慘嗎？我們看你再哭一次。」

「什麼？」

我抓住他手臂，用力捏他。他尖叫一聲，然後開始哭。我手放到他肩膀，望向街道兩邊，一臉焦急。幾個人好奇地望向我們。我朝他們招手。

「拜託，先生，拜託，小姐。」我說：「我剛才遇到這可憐的孩子，他今早從鄉下進城，結果跟老爺走丟了。你們能不能給我幾枚法新[47]，讓他回家？可以嗎？他孤身一人，一個人也不認識，法院巷和伍利奇都分辨不出來。他外套留在老爺的馬車上。神祝福你，先生！別哭了，孩子！看，這個紳士剛才給了你兩便士。又有

---

47 法新（farthing），相當於四分之一便士。

人慷慨解囊！在鄉下，大家總說倫敦人鐵石心腸，對不對……？」

當然，一想到自己淪落到讓紳士施捨，查爾斯更是哭天喊地。他的眼淚像是一顆顆小磁鐵。我們第一天就賺了三先令。足以支付我們的房錢，我們隔天換了條街，試了同一套伎倆，賺了四先令。我們餐費搞定了。剩下的錢和查爾斯外套的當票我全收在鞋子裡。我連在床上都穿著鞋。「我想要我的外套。」查爾斯每個鐘頭都會說個一百次。我每次都回答：「明天。我發誓。我保證。只要再一天就好了……」

接下來一整天，我都站在百葉窗前，雙眼望出心形的窗洞，盯著房子，觀察他們的作息。我像盜賊一樣有耐心，記錄一切。我看到賊帶贓物來找易卜斯先生。我看到他轉開門鎖，拉下窗簾。我看到他的雙手和老實的臉，便害我想哭。我心想：「我為何不能去找他呢？」過了一會兒，我看到紳士，內心再次滿懷恐懼。接著我看到茉德。我看她出現在窗邊。她喜歡站在那裡，臉靠在窗框上，彷彿她知道我在看她，並藉此嘲笑我！我看到丹蒂早上幫她更衣，綁好頭髮。我看到晚上薩克斯比太太會替她將頭髮放下。我有次看到她把一綹頭髮放到嘴上親吻。

每次看到新的事，我臉都會緊緊貼在玻璃窗上，窗框都會發出吱呀聲。晚上，房子一片漆黑之後，我會拿起蠟燭，從房間一頭走到另一頭，不斷來回踱步。

「所有人都被他們控制了。」我說：「丹蒂、易卜斯先生和薩克斯比太太都是。我敢說約翰，甚至費爾也一樣。他們像兩隻大蜘蛛，已經織好了蛛網。我們一定要小心，查爾斯。喔，對吧！因為克里斯帝醫生一定通知他們我逃跑的事了？他們現在一定知道了！他們在等待，查爾斯。他們在等我自投羅網。她從沒出過房子。很聰明！因為只要在裡頭，她便能在薩克斯比太太身邊。但他會出門。我看到了。我也一直在等待。他們不知道。他有出門。我們等他下次出門就行動。我是他們想抓的蒼蠅。但他們抓不到我。我們會派你去。他們一定想不到！嘿，查爾斯？」

查爾斯從未回答。我一直將他留在漆黑的房中，他的臉變得更蒼白了，他雙眼像玩偶一樣蒙上一層白霧。「我想要我的外套。」他仍不時低聲抱怨。但我想他已經快忘記自己為何要外套了。因為有次他這麼說時，我終於回答：「好。今天你會拿到。我們等夠久了。今天就行動。」他非但沒看起來很高興，反而一臉驚恐。

也許他在我眼中看到狂熱。我不知道。我覺得我這一生第一次像騙子一樣思考。我帶他回惠特靈街當鋪，將他的外套贖回來，但我一直拿在手上。然後我帶他搭上巴士。「享受一下。」我說：「看看店鋪的櫥窗。」

我替我們找了個座位，坐到一個抱著嬰兒的女人身旁。我坐下，將外套放在我大腿上，然後望向嬰兒。那女人和我目光相交，我露出笑容。

「長得很可愛。」她說：「對不對？但晚上會吵媽媽。我帶他來坐公車，搖搖晃晃會讓他睡著。我們剛才從富勒姆到堡區，現在回程了。」

「他真好看。」我說，彎身摸摸他臉頰。「看那睫毛！他以後一定會讓人心碎。」

「真的！」

然後我彎回身子。到了下一站，我要查爾斯下車。那女人道了再見，巴士開走時，她從窗戶揮手。但我沒朝她揮手。因為我手剛才蓋在查爾斯的外套下，摸上了她的腰布，偷走她的錶。那是只女士用的精緻小錶，來得正是時候。我把錶給查爾斯看。他望著那錶，彷彿見到一條要咬他的蛇。

「妳從哪裡拿來的？」他說。

「有人送我的。」

「我不相信妳。還我外套。」

「待會。」

「還我外套！」

我們走在倫敦橋上。「閉嘴。」我說：「不然我把外套丟下橋。好多了。好，跟我說，你會寫字嗎？」

我走到橋邊，將他外套拿到牆外晃，他才肯回答。雖然他嘴上說可以，但他又哭了。「好孩子。」我說。

我帶他再往前走，最後找到有人在賣紙和墨水。我買了張白紙和鉛筆。我帶查爾斯回我們房間，要他坐下寫一封信。我站在一旁，手按在他脖子上看他寫。

「寫：薩克斯比太太。」我說。

他問道：「怎麼拼？」

「你不知道嗎？」

他皺眉頭，然後寫下。我看起來沒問題。我說：

「現在你照我說的寫。來，你寫下：我被關進瘋人院，那壞蛋就是妳……（所謂的！）朋友，也就是紳士那傢伙——」

「妳說太快了。」他邊寫邊說，歪著頭。「那壞蛋就是妳——」

「（所謂的！）朋友，也就是紳士那傢伙，還有臭婊子茉德．里利……你一定要強調這幾個名字。」

鉛筆繼續寫，然後停下來。他臉紅了。

「我不寫那個字。」他說。

「什麼字？」

「臭後面那個字。」

「什麼？」

「里利小姐之前的。」

我捏他脖子。「你給我寫。」我說：「聽到了嗎？然後你寫這個，給我寫大一點：呆頭鴿個屁！她比他更壞！」

他猶豫了一下，然後咬著嘴唇寫下。

「很好。現在寫這個：薩克斯比太太，我逃出來了，人就在附近。請這男孩把訊息轉交給我。他是我朋友，這封信是他寫的，他叫查爾斯。相信他，而且相信我。噢！如果這次失敗我就死定了！相信我仍和妳女兒一樣，心地善良，不曾變心……這裡你要留空。」

他照做了。我從他手中拿起紙，然後在最底下簽上我的名字。

「別看我！」我邊簽邊說，然後親吻我寫好的地方，摺起信紙。

「你接下來要這麼做。」我這時說：「今天晚上，當紳士……就是瑞佛斯先生離開房子，你就過去敲門，說你要找易卜斯先生。說你有東西要賣給他。你馬上能認出他，他很高，八字鬍乾淨整齊。他會問你有沒有被跟蹤，這時你一定要肯定地說沒人在追你。然後他會問你怎麼找上他的。你就說你認識費爾。如果他問你怎麼知道他，你就這樣回答：『透過一個叫喬治的人。』如果他問你指的是哪個喬治，你一定要說：『喬治・賈斯林，他住科利爾租屋那兒。』我說喬治誰？」

「喬治・賈斯林，他住……噢！小姐！我不要做這件事！」

「所以你寧可讓殘忍的人對你下手，然後送你到牙買加？」

他吞了吞口水。「喬治・賈斯林，他住科利爾租屋那兒。」他說。

「好孩子。接下來你給他這支錶。他會給你個價錢，但不管他給你什麼價錢，假設一百鎊或一千鎊，你一定要說不夠。說這支錶是支好錶，日內瓦製的。說……我不知道……說你爸是錶匠，所以你懂。讓他仔細看看。幸運的話，他會把錶拆開。那樣你就有機會能觀察四周。這時你要找到一個人。一個上年紀的婦人，她有一些白髮。她會坐在一張搖椅上，大腿上也許會抱著嬰兒。那就是將我一手養大的薩克斯比太太。她會為我做任何事。你要想辦法到她身旁，將這封信交給她。查爾斯，你辦到的話，我們就有救了。但聽好。如果有個臉色陰沉凶惡的男孩在的話，不要靠近他，他會害死我們。紅頭髮的女孩也一樣。如果那蛇蠍女人茉德・里利小姐在附近，你臉要藏好。懂嗎？這比靠近那男孩更糟，如果她看到你，我們就完蛋了。」

他又吞了吞口水。他將信放到床上，一臉恐懼地坐著，目不轉睛盯著信。他練習自己的說詞。我站到窗邊一面看一面等待。時間慢慢到了日暮時分，然後黑夜降臨。天黑之後，紳士從易卜斯先生店門溜出來，他頭上帽子歪斜，脖子綁著深紅方巾。我看著他離去，多等半小時以防萬一，然後望向查爾斯。

「穿上外套。」我說：「時間到了。」

他臉色蒼白。我給他帽子和圍巾，翻起他的領口。

「你信拿了嗎？非常好。現在鼓起勇氣。別搞些有的沒的。我會在這裡看，別忘了。」

他不吭一聲便出發了，過了一會兒，我看到他越過街道，站到易卜斯先生門口，像是要走上絞刑台一樣。他將圍巾拉高，遮住臉，然後回頭看，望向我面前的百葉窗。「別亂看，傻瓜！」我看到時心想。然後他又拉了拉圍巾，敲了門。我不知道他會不會索性從門階轉身逃走。他看起來很想逃。但他還來不及跑，丹蒂就把門打開了。他們對話一陣，她讓他在外頭等，並去找易卜斯先生，後來她回來了。她左右看了看街道。他像傻瓜一樣和她一起看，彷彿在看她在看什麼。然後她點點頭，退後讓他進門。他走進去，門便關上了。我想像她用乾淨白皙的手拉上門閂。

接著我靜靜等待。

大概五分鐘過去了。十分鐘過去了。

我以為會發生什麼事？也許門會打開，薩克斯比太太會奪門而出，易卜斯先生尾隨在後。也許她只會回到房間，點亮燈，打個信號。我不知道。但房子毫無動靜，最後門打開，出來的只有查爾斯，丹蒂仍在他身後，然後門又關上了。查爾斯站在原地顫抖。我現在習慣看到他發抖了，但我從他表情看出事情有異。我看到他抬頭望向窗戶，考慮要不要跑走。「你敢逃試試看，幹你娘！」我說著揍了一下窗戶。也許他聽到了，因為他馬上垂下頭，越過街道，走上樓梯。等他來到房中，他滿臉通紅，涕淚縱橫。

「老天啊，我不是故意的！」他開口便說：「老天啊，她認出我，逼我做的！」

「逼你幹麼？」我說：「怎麼了？到底怎麼了，臭小鬼？」

我抓住他，死命搖晃。他雙手摀住臉。

「她把信從我手中搶走，拿去看了！」他說。

「誰？」

「茉德小姐！茉德小姐！」

我驚恐地望著他。「她看到我了。」他說：「她認出我。我全都照妳吩咐做了。我把錶給高大的男人，他拿去打開錶後蓋。他覺得我的圍巾很怪，問我是不是牙疼。我說對。他給我一把鉗子，說那用來拔牙很好使。我覺得他在逗我。陰沉的男孩也在一旁燒紙。他罵我是個單純的呆子。紅頭髮女孩一眼也不瞧我。但那婦人，也就是妳媽，她在睡覺。我試著走到她身旁，但茱德小姐看到我手中的信，然後她望向我，便認出我來。她說：『過來，小子，你手受傷了。』其他人還來不及看到，她便抓住我。她原本在桌上玩牌，她將信拿在桌下看，她還扭我手指，扭得好用力……」

他話漸漸說不下去了，像是鹽粒融化在他的淚水中一樣。

「不要哭了！」我說：「拜託你別哭了，再哭我發誓我打死你！告訴我，她做了什麼？」

他抽口氣，手伸入口袋，拿出個東西。

「她什麼都沒做。」他說：「但她給我這個。她從她坐的桌子那裡拿來的。她突然偷偷摸摸把這塞給我。這時高大的男人已將錶鎖好，她便將我推開。他給了我一英鎊，我收下了，最後紅髮女孩就讓我出來了。茱德小姐看著我離開，目光像著了火一樣，但她從頭到尾沒說一個字。她只給我這個，我覺得她一定是想把這給妳，可是……噢！小姐！也許是我笨吧，但天曉得這到底是幹麼用的！」

他將手中東西交給我。她摺得非常小，我費了一番工夫把它攤開，才看出那是什麼。我拿在手上，反覆轉動，然後我茫然不解地凝視著。

「就這樣？」我說。查爾斯點點頭。

那是一張撲克牌。而且是以前在荊棘莊園玩的撲克牌其中一張。紅心二。牌已變得髒兮兮，處處都是她弄出的摺痕。但紅色牌面上仍留著她腳跟留下的皺痕。

我拿在手上，想起和她坐在會客室，抽牌預測她的未來。她當時穿著藍色洋裝，手摀著嘴說：妳別嚇我了啦！

她後來想起這件事一定笑死！

「她在耍我。」我語氣不是相當平靜。「她給我這個。你確定上頭沒有訊息，沒有做記號或暗示？她給我這個就是要嘲笑我。不然呢？」

「小姐，我不知道。她從桌上拿來的，動作很快，而且她眼神中有一種……瘋狂。」

「什麼樣的瘋狂？」

「我說不上來。她看起來不像她了。她沒戴手套，頭髮變捲了，變得好奇怪。她坐的地方有個玻璃杯。我原本不想提，但我覺得裡頭裝的是琴酒。」

「琴酒？」

我們面面相覷。

「現在該怎麼辦？」他問我。

我不知道。

「我一定要思考。」我開始來回踱步。「我一定要想她會怎麼做。她會告訴紳士，對不對？她會把信給他看。然後他很快便會找到我們。他們沒看到你上來這裡吧？但也許有別人看到。我們無法確定。目前為止，我們都算幸運，現在運氣漸漸用完了。噢！要是我沒拿那女人的結婚禮服就好了！我就知道會倒楣。運氣就像潮夕，潮起潮落，速度快到誰都阻止不了。」

「別說了！」查爾斯大喊。他擰扭著雙手。「把那小姐的洋裝還回去好不好？」

「那樣運氣還是回不來。我們能做的頂多就是大膽面對一切。」

「大膽面對？」

我再次走到窗邊，望向那棟房子。

「薩克斯比太太現在在裡頭。」我說：「我直截了當說句話不就結了？我何時會怕約翰．佛魯姆了？我想丹蒂也不會傷害我。易卜斯先生也不會。茉德聽起來喝得糊塗了。查爾斯，我東等西等根本是個傻瓜。把刀給我。我們過去了。」

他站起來，嘴巴張大，愣在原地。我自己拿了刀，接著抓住他手腕，帶他走出房間，走下滑溜的樓梯。一樓站著一個男人和一個女孩，兩人在吵架，但他們轉身看到我們經過時，聲音變小了。也許他們看到我手中的刀。我身上無處可藏。街上揚起沙塵和紙屑，夜晚依舊悶熱。我頭上沒戴帽子。現在不論誰看到我都會認出我是蘇珊·純德，但現在回頭也太遲了。我帶著查爾斯跑到易卜斯先生的店門前，伸手敲門，然後我讓他站在門階上，自己則站到一邊，背靠著牆。一分鐘之後，門打開了一吋。

「你太晚了。」丹蒂的聲音傳出來。「易卜斯先生說……噢！又是你。現在怎麼了？改變主意了？」門又開了一點。查爾斯站在那裡，舔著嘴唇，雙眼望著丹蒂。然後他望向我，她看到他的目光，便也探出頭來看，然後她尖叫。

「薩克斯比太太！」我大叫。我將丹蒂一把撞開，衝進門。我抓住查爾斯手臂，將他拖進店裡。「薩克斯比太太！」我又吼一次。我跑向毛呢布簾，一把將它拉開。後頭的走道一片漆黑，我拉著查爾斯，一同跌跌撞撞進去。然後我走到了尾端的門前，將門推開。熱氣、煙霧和光撲面而來，我不禁眨了眨眼。我先看到了易卜斯先生。他聽到叫喊聲，已慢慢走到門前。他看到我，腳步便停下來，雙手嚇得揮起。後頭是穿著狗皮大衣的約翰·佛魯姆。而約翰·佛魯姆後面就是薩克斯比太太。我看到她，本應該像個孩子嚎啕大哭。但桌子那邊，薩克斯比太太的搖椅裡坐了一個人，還會有誰，坐在那兒的便是茉德。

查理·瓦格在椅子下。牠看到大夥的動靜便開始吠叫。現在牠看到我，叫得更瘋了，尾巴甩來甩去，並上前站起，想將腳掌搭到我身上。牠叫得吵死人了。易卜斯先生向前，抓住牠的項圈，用力將牠拉回來。他手勁好大，查理·瓦格差點無法呼吸。我退開身子，舉起雙臂。其他人全盯著我。如果他們剛才沒見到我手中的刀，現在也瞧見了。薩克斯比太太張大嘴，她說：

「蘇，我……蘇……」

丹蒂從易卜斯先生鎖鋪那頭追來。

「她在哪？」她尖叫。她雙手握拳，並將查爾斯推到一旁，看到我用力跺腳。「妳要不要臉，居然敢回來。妳這婊子！妳害薩克斯比太太心都碎了！」

「別靠近我。」我揮著刀說。她驚愕地看著刀，踉蹌退開。我希望她反應不是如此，因為感覺很可怕。畢竟，她只是丹蒂。我手中的刀開始顫抖。

「薩克斯比太太。」我轉向她說：「他們跟妳說的都是謊話。我從來沒有……他們害我……他和她……害我被關起來！我花了這麼久時間，這麼久時間，從五月到現在！才回到妳身邊。」

薩克斯比太太手按在心口。她又驚訝又害怕，就像是我拿刀對著她。她望向易卜斯先生，然後望向茉德。接著她似乎回過神來，敏捷地向前兩、三步，越過廚房，伸出手臂緊緊抱住我。

「乖女孩。」她說。

她將我臉埋在她懷裡，有個硬硬的東西壓到我的臉。那是茉德的鑽石胸針。

「噢！」我感覺到時大叫，隨即掙脫開來。「她用珠寶把妳從我身邊奪走了！用珠寶和謊言！」

「乖女孩。」薩克斯比太太又說。

但我望向茉德。她看到我，絲毫沒有像其他人表現出退縮和驚恐。她只將手按在胸口，像薩克斯比太太一樣。她穿著像個自治市區女孩，但她的臉藏在暗處，雙眼蒙在黑影中。她看起來美麗又驕傲，但她手在顫抖。

「沒錯。」我看到時說：「妳發抖吧。」

她吞了吞口水。「妳最好不要來這裡，蘇。」她說：「妳最好離這裡遠一點。」

「妳說得倒好聽！」我大喊。她聲音清楚又悅耳，我回想起自己在瘋人院夢裡聽到的她。「妳說得倒好聽，妳這騙子、毒蛇！」

「女生打架！」約翰拍手叫好。

「嘿！嘿！」易卜斯先生說。他拿出手帕擦著額頭，望向薩克斯比太太。她手仍抱著我，我看不到她的臉。但我感覺到她手漸漸鬆開，並伸手來拿我的刀。「唉，他嘴利得很，是不是？」她情緒緊張，笑一聲說。她將刀溫柔地放到桌上。我彎身再次拿起。

「不要放那裡。」我說：「那裡她拿得到！噢，薩克斯比太太，妳不知道她有多邪惡！」

「蘇，聽我說。」茉德說。

「乖孩子。」薩克斯比太太又開口，蓋過她說的話。「這真教人又驚喜，但又詭異。這真是……妳看看妳！像個中規中矩的……哈哈！士兵一樣。」她擦擦嘴。「現在不如妳坐下來，靜一靜？如果妳看到里利小姐不高興，我們不如叫她上樓？嗯？還有約翰和丹蒂，我們也請他們上樓好不好？」她頭一扭。

「不要讓他們走！」丹蒂才開始行動我便大喊。「她不行，他們也不行！」我揮舞著刀。「你，約翰．佛魯姆，留下來。」我說。然後我對薩克斯比太太和易卜斯先生說：「他們會去找紳士！不要相信他們！」

「她瘋了吧。」約翰說著從椅子站起。我朝他大衣袖子揮刀。

「我說留下來！」我大吼。

他望向薩克斯比太太。她看著易卜斯先生。

「坐下來，孩子。」易卜斯先生小聲說。約翰坐下。我朝查爾斯點點頭。

「查爾斯，站在我後面，擋住通往店鋪的門。如果他們想跑，不要讓他們衝出去。」

他脫下帽子，嘴巴咬著帽帶，一臉蒼白走到門口，在黑暗中那張白臉彷彿發著光。

約翰看著他，失聲大笑。

「你別鬧他。」我馬上說：「比起你，他一直對我很好。薩克斯比太太，要是沒有他，我永遠無法回到妳身邊。我永遠都逃不出瘋人院。」

她手放到臉頰上。「他幫妳這麼多啊，真的？」她說著雙眼望向查爾斯，露出笑容。「真是個好孩子，我們一定會好好報答他。對不對，易卜斯先生？」

易卜斯先生一語不發。茉德從她椅子傾身。

「你快走，查爾斯。」她清楚低聲說道。「你們一定要離開這裡。」她看著我，表情古怪。「你們兩個快走，趁紳士還沒回來之前。」

我朝她勾起嘴角。「紳士。」我說：「紳士。妳自治市區的用語學得真快。」

她雙頰發紅。「我變了。」她喃喃說：「我不是以前的我了。」

「沒錯。」我說。

她垂下目光，望著自己的雙手，似乎發覺自己雙手赤裸，接著彷彿手能遮羞一樣，她將手笨拙地交疊在一起。她手腕傳來輕微的叮噹聲響，那上頭戴了兩、三個銀製細手鐲，像我以前愛戴的那種。她握住滑動的手鐲，然後再次抬起頭，和我四目相交。我咬牙切齒，穩穩吐出話：

「當小姐對妳來說還不夠嗎？妳一定要來自治市區，奪走我們的東西嗎？」

她不吭聲。

「怎樣？」我說。

她開始將手鐲摘下。「拿去。」她說：「我不想要！」

「妳以為我想要嗎？」

薩克斯比太太走向前，她雙手伸向茉德的雙手。

「不准脫！」她大喊。

她聲音沙啞，望著我，然後笑了笑，想化解難堪。「乖女孩。」她退回說：「在這裡，銀算什麼？見到妳我們多開心，銀算什麼東西？」她一手放到喉嚨，另一手抓著椅背，彎身靠著椅子。她身子沉沉頹倒在椅子上，椅腳摩擦地面。「丹蒂。」她說：「去幫我倒杯白蘭地好不好？這會兒嚇得我站不住了。」

她像易卜斯先生一樣拿出手帕，擦著臉。丹蒂把酒拿給她，她喝一口坐下來。

「來我旁邊。」她對我說：「把那把舊刀放下，好嗎？」我猶豫了，這時她說：「幹麼，怕里利小姐？這裡有我跟易卜斯先生，還有妳的朋友查爾斯，我們都看著呢？來，坐吧。」

我再次望向茉德。我一直覺得她是個毒蛇，但丹蒂拿白蘭地時，燈換了位置，我看到燈光下的她多麼憔悴蒼白，神色疲倦。剛才薩克斯比太太一喊，她便不動了，但她雙手仍在顫抖，她頭靠在高大的椅背上，彷彿連頭的重量都令她痛苦。她臉上流著汗，幾綹頭髮黏在臉上。她雙眼比原本還烏黑，似乎閃爍著光芒。

我坐下來，將刀放在身前。薩克斯比太太牽起我的手。我說：

「我真的被害得非常慘，薩克斯比太太。」

薩克斯比太太緩緩搖搖頭。「親愛的，我漸漸明白了。」她說。

「天曉得他們跟妳說了什麼謊言！事實是，她從一開始便和他一夥。他們私下設計我，讓我替代她。他們把我關進瘋人院，那裡所有人都以為我是她——」

約翰吹了聲口哨。「計中計。」他說：「真聰明，不過……噢！」他大笑。「妳這天真的傻子！」

我心底一直都知道他一定會這麼說。但現在似乎不重要了。薩克斯比太太此時看的不是我，而是我們交握的手。她大拇指撫摸著我的手指。我當時以為這消息一定讓她十分震驚。

「太不幸了。」她小聲說。

「不幸根本不足以形容！」我大喊。「噢！簡直糟糕透頂！瘋人院啊，薩克斯比太太！裡頭看護傷害我，還讓我挨餓！我有一次被狠狠打了一頓！我還被浸到……浸到一個浴缸裡！」

她手抽起，放到她的臉上。

「別再說了，乖女孩！別再說了。我聽不下去了。」

「他們有用鉗子折磨妳嗎？」約翰問：「他們有讓妳穿上束縛衣嗎？」

「他們讓我穿格紋花呢洋裝，靴子是——」

我猶豫了一下，然後望向查爾斯。

「鐵做的？」

「靴子沒有鞋帶。」我說：「他們覺得如果給我鞋帶，我會上吊自殺。還有我的頭髮——」

「剪掉嗎？」丹蒂問，她坐在一旁，一手摀嘴。她的嘴邊有塊褪色的瘀痕，我想是約翰打的。「他們把妳頭髮剃光了？」

我又猶豫了一下，然後說：「他們把我頭髮縫在頭上。」

她雙眼充滿淚水。「噢！蘇！」她說：「我發誓，我剛才罵妳婊子絕不是真心的！」

「沒關係。」我說：「妳剛才什麼都不知道。」我再次轉向薩克斯比太太，摸著我洋裝的裙子。「這件洋裝是我偷來的，」我說：「這雙鞋也是。而且我幾乎一路走來倫敦。我唯一的想法就是回來這裡找妳。因為我腦中一直在想，比起我在瘋人院承受所有殘忍的暴行，我覺得更糟的事是紳士一定會向妳說謊，誣賴我逃走了。我最早還以為他會說我死了。」

她再次握住我的手。她說：「他可能有想過。」

「但我知道妳一定會想親眼看到屍體。」

「對啊！我一定會這麼說！」

「後來我猜到他會怎麼說了。他會說我私吞了錢，騙了你們所有人。」

「他是這麼說的。」約翰說。他嘖一聲。「我就說妳一定沒那個膽。」

我望著薩克斯比太太的臉。「但我知道妳不會相信。」我說：「我是妳的女兒。」她握緊我的手。「我知道妳會來找我，沒找到之前絕不會罷休。」

「乖女孩，我……喔，我原本就快找到妳了，只要再一個月！妳知道，只是我找的時候一直瞞著約翰和丹蒂。」

「真的嗎，薩克斯比太太？」丹蒂說。

「親愛的，真的啊。我偷偷派人去打聽了。」

她擦了嘴，望向茉德。但茉德雙眼望著我。我想照亮她臉的燈同時照亮了我的臉，因為她突然柔聲說：

「妳看起來氣色不好，蘇。」

這是她第三次喊我的名字。我聽到時不由自主想起她過去溫柔喊我名字的時刻，我雙頰發燙。

「妳真的看起來筋疲力盡。」丹蒂說：「看起來像一週沒睡了。」

「我真的沒好好睡過。」我說。

「不如這樣。」薩克斯比太太作勢起身說：「妳現在上樓躺一下？然後明天我和丹蒂會來替妳換上以前的洋裝，幫妳梳好頭髮——」

「不要在這裡過夜，蘇！」茉德從椅子彎身過來，將手伸向我。「這裡很危險。」

我又拿起刀，她將手抽回去。我說：

「妳以為我不知道危險嗎？妳以為我看著妳，不覺得那張臉就是危險的化身嗎？那張臉多假啊，還有像演員一樣虛情假意的嘴巴。臉紅也是騙人的，妳以為我不知道那對狡猾的褐色眼珠嗎？」

我舌頭彷彿沾上了煤渣，吐出一個個惡毒的字句，但我一定要吐出來，不然只能吞下去噎死自己。她凝視我的目光，她雙眼看來一點也不狡猾。我轉動刀，刀刃映著火光，照過她的臉頰。

「我來這裡是為了殺妳。」我說。

薩克斯比太太在位子上挪了挪。茉德眼珠閃爍，目不轉睛凝視著我。

「妳當初來到荊棘莊園。」她說：「就是為了殺我……」

這時我別開臉，刀從我手中落下。我突然感到好疲倦，內心一陣作噁。這段時間我長途跋涉，天天提心吊膽，疲憊感一時間全湧上來。現在一切都不如我所想。我轉向薩克斯比太太。

「妳就這樣坐著，聽她欺負我嗎？」我說：「妳明知道她怎麼設計我，卻容她好端端坐在那兒，妳不想掐死她嗎？」我這句話發自內心，聽起來卻像無用的威脅。我望向全場。「易卜斯先生，你呢？」我說：「丹蒂，妳難道不想幫我把她大卸八塊嗎？」

「我當然想！」丹蒂說。她伸起拳頭。「騙我最好的朋友，怎麼可以？」她對茉德說：「把她關到瘋人院，縫她的頭髮？」茉德不發一語，只微微轉開頭。丹蒂又揮了一下拳頭，然後手放下來。她和我目光交會。「聽起來是很壞的陰謀，蘇。但里利小姐其實人不壞。而且滿勇敢的？我上星期替她穿耳孔洞，她一聲都沒叫。後來她不知不覺也學會挑繡字——」

「夠了，丹蒂。」薩克斯比太太馬上說。

我再次望向茉德。我現在看到了，她乾淨的耳朵有條金線，下頭掛了個水晶耳墜。我還看到她的金鬈髮和深色的眉毛。她的眉毛用鑷子修理成兩道漂亮的弧線。我剛才都沒發現，一切彷彿都是一體，包括耳墜、鬈髮、眉毛和手腕上的手鐲。她椅子上方橫梁上還掛了個小竹籠，裡頭養了隻黃鳥。

我喉嚨一陣哽咽。

「妳奪走我擁有的一切。」我說：「妳奪走了，而且還弄得更好。」

她回答：「我奪走正是因為這都是妳的。因為我一定要這麼做！」

「為什麼一定？為什麼？」

她張開嘴，正要開口，接著她望向薩克斯比太太，神情變了。

「為了作惡。」她毫無感情地說：「純粹為了作惡。妳剛才說得對。我的面容是假的，我的嘴是演員的嘴，我臉紅是為了說謊，我的雙眼……我的雙眼……」她別開頭，音量愈提愈高，現在她把音調降下來。「理查最後發現，我們等待拿錢的時間比我們預期來得久。」

她雙手拿起杯子，吞下剩餘的酒。

「你們還沒拿到錢？」

她把杯子放回去。「還沒。」

「太好了。」我說：「那我要一份。我應該要拿一半。薩克斯比太太，妳聽到了嗎？他們至少要給我一半的財產。不光只是三千英鎊臭錢，而是一半。想想看拿到一半我們能怎麼花！」

但我一點也不想要那筆錢。我開口時，我的聲音令我生厭。薩克斯比太太不吭聲。茉德說：

「妳要拿多少隨便妳。我什麼都給妳，全部都能給妳。只要妳現在趁理查還沒回來，趕快離開這裡。」

「離開這裡？妳叫我走就走？這是我家！薩克斯比太太——薩克斯比太太，妳告訴她好不好？」

薩克斯比太太再次用手擦了擦嘴。

「話說回來，蘇。」她緩緩說：「里利小姐可能說得對。如果考慮到錢的事，妳現在暫時最好別碰到紳士。

先讓我跟他聊一聊。讓我教訓教訓他！」

她語氣古怪，漫不經心，同時又想微笑。我覺得她的態度彷彿是發現紳士玩牌時騙走她兩、三先令而已。我猜她只想著茉德的錢要怎麼分。其實，我心底有點希望她不在乎那筆錢。我說：

「妳要我走？」我輕輕吐出這句話，別開頭，望向廚房，看著架子上老舊的荷蘭鐘及牆上的畫。往樓梯的門旁地板上有個白瓷夜壺，上面畫著黑色的眼睛，夜壺原本是在我房間，一定是拿下來洗之後忘了拿上樓。我從來不會忘記。我手下方的桌面上有個愛心。去年夏天我才刻到木桌上。那時我仍像個小孩子，像個嬰兒一樣。我再次望向四周。為什麼房裡沒有嬰兒？廚房一片寧靜。每個人都文風不動地望著我。

「妳要我走？」我又對薩克斯比太太說：「然後讓她留下？」我現在聲音哽咽，像個小男孩。「妳相信他們不會找克里斯帝醫生來抓我？妳……妳替她換洋裝，替她拆下頭上的髮簪，親吻她，讓她睡在我的舊床上，睡在妳身旁，然而我卻睡在……睡在有紅頭髮的床上？」

「睡在我身旁？」薩克斯比太太馬上說：「誰告訴妳的？」

「紅頭髮？」約翰說。

茉德倏地抬起頭，目光變得犀利。「妳監視我們！」她說。後來她更是恍然大悟，「從百葉窗！」

「我一直看著妳。」我回答，語氣強硬。「我一直看著妳，妳這蜘蛛！居然奪走我的一切。妳寧可跟薩克斯比太太睡……去妳媽的！也不肯跟妳丈夫睡！」

「跟理查……一起睡？」她一臉不可思議。「妳該不會以為？」

「蘇。」薩克斯比太太手放到我身上說。

「蘇。」茉德也同時開口，她身子從桌子另一邊彎過來，也伸出手。「妳不會以為他對我有任何意義吧？除了名義上之外，妳難道以為他算我丈夫？妳難道不知道我恨他嗎？妳不知道我在荊棘莊園便恨他嗎？」

「妳現在難道是說……」我語氣顫抖，卻又充滿不屑。「是他逼妳，妳才不得不這麼做的嗎？」

「他確實有逼我！不過，跟妳說的意思不一樣。」

我說：「妳想假裝自己不是狡猾的騙子？」

她說：「妳呢？」

她再次凝視我的雙眼，而我別開頭，內心再次感到羞愧。過了一會兒，我小聲說：

「我恨透了。至少我沒背著妳，跟他一起笑。」

「妳覺得我有嗎？」

「怎麼沒有？妳就是個演員。妳現在就在演！」

「有嗎？」

她說這句話時，雙眼仍望著我的臉，手仍伸向我，但因為我遲遲不接，她手便垂在半途。燈光全照在我們身上，廚房四周都一片昏暗。我望著她的手指，上頭全都是髒汙，或是瘀青。我說：

「如果妳恨他，妳為何這麼做？」

「沒有其他辦法了。」她說：「妳見過我的人生。我需要妳成為我。」

「然後妳就能來這裡，成為我！」她不吭聲。我說：「我們本來可以一起騙他。如果妳坦白告訴我。我們原本可以——」

「怎樣？」

「怎樣都好。設法做些什麼。我不知道……」

她搖搖頭，並小聲問道：「妳願意放棄多少？」

她的目光陰鬱，但又如此堅定和真誠。但在那一瞬間，我突然察覺薩克斯比太太、約翰、丹蒂和易卜斯先生全都望著我們，他們既沉默又好奇，心裡想著：*這是*……？在那一刻，我正視自己懦弱的心，發覺我根本不會為她放棄任何事物，哪怕是一丁點。一想到此，我羞愧得想死。

她再次伸出手，手指撫過我手腕。我拿起刀，刺她的手。

「不要碰我！」我邊刺邊說。我站起身。「你們所有人都不准碰我！」我語氣瘋狂。「每個人都一樣！聽到了嗎？我回到這裡，以為這是我的家。現在你們又想趕我走。我恨你們！我真希望自己待在鄉下算了！」

我目光掃過一張張臉。丹蒂開始哭泣。約翰坐在原地，瞠目結舌。易卜斯先生手放在臉頰上。茉德按著流血的手指。查爾斯不住發抖。薩克斯比太太說：

「蘇，放下刀。把妳趕出去？哪來的念頭！我——」

她突然住口。查理·瓦格抬起頭。易卜斯先生的鎖鋪傳來鑰匙轉開鎖的聲響，緊接著是踢靴子的聲音，還有口哨聲。

「紳士！」她說。她望向茉德、易卜斯先生，再望向我。她站起來，彎身抓住我手臂。「蘇。」她邊說邊抓住我。她語氣像在說悄悄話一般。「蘇，親愛的，能不能請妳上樓……？」

但我沒回答，手只緊緊握著刀。查理·瓦格略有似無吠了一聲，紳士聽到聲音，也狗叫一聲回答。接著他又吹起口哨，那是慵懶的華爾滋，我們聽他跌跌撞撞走過走廊，推開門。我想他喝醉了。他的帽子歪七扭八，雙頰脹紅，嘴唇嘟成完美的O形。他站在原地，微微搖晃，望向整間廚房，瞇眼盯著陰影。他口哨停下來，雙唇合起，並舔了舔。

「哈囉。」他說：「查爾斯來啦。」他眨了眨眼，然後望向我和刀。「哈囉，蘇也來啦。」他脫下帽子，開始解下脖子上的深紅色方巾。「我就想說妳可能會來。要是妳晚個一天，我就會準備好了。我剛才才收到一封信，克里斯帝那蠢蛋寄的。他確實拖了好一段時間，居然現在才通知我妳逃走了！我猜他想在東窗事發前把妳抓回去。有個瘋子小姐逃出來，對醫院名聲不好。」

他將深紅色方巾放到帽子裡，手一鬆，讓帽子落下。他拿出一根菸。

「你他媽倒冷靜。」我說，全身顫抖。「薩克斯比太太和易卜斯先生都知道真相了。」

他大笑。「我想也是。」

「紳士！」薩克斯比太太說：「聽我說。蘇告訴我們好可怕的事。我希望你走。」

「別讓他走！」我說：「他會去找克里斯帝醫生！」我揮舞著刀。「查爾斯，阻止他！」

紳士點燃香菸，除此之外沒有別的行動。他轉頭望向查爾斯，查爾斯遲疑地朝他走了幾步。他手放到查爾斯頭髮上。

「查爾斯啊。」他說。

「拜託，先生。」查爾斯說。

「你發現我是壞蛋啦。」

查爾斯雙唇開始顫抖。「我對天發誓，瑞佛斯先生，我絕不是故意的！」

「好了，好了。」紳士說。他撫摸查爾斯臉頰。易卜斯先生嘴唇發出噗一聲。約翰站起來，然後看向四周，彷彿不知道自己為何要站起。他臉紅了。

「坐下，約翰。」薩克斯比太太說。

他雙臂交叉。「我想站就站。」

「坐下，不然我打你。」

「打我？」他聲音嘶啞。「要打就打他們兩個！」他指著紳士和查爾斯。薩克斯比太太迅速上前兩步，打他一下。她這下打得很重。他雙臂抱頭，從手肘間瞪著她。

「妳這老母牛！」他說：「自從我出生之後，妳就一直瞧不起我。妳敢再碰我就等著瞧！」

他滿眼怒火，但後來眼眶出現淚水，開始啜泣。他走到牆邊，用腳踢牆。查爾斯發抖，哭得更大聲了。紳士目光從一個男孩移到另一個男孩，然後望向茉德，假裝無比吃驚。

他說：「小男孩都哭了，該不會是我的錯吧？」

「幹，我不是小男孩！」約翰說。

「你可以安靜嗎？」茉德用她低沉清晰的嗓音說：「查爾斯，夠了。」

查爾斯擦擦鼻子。「是的，小姐。」

紳士靠到門柱上，仍抽著菸。「所以，蘇啊。」他說：「妳現在全都知道了。」

「我知道你是個骯髒的騙子。」我說：「但我六個月前早就知道了。我居然傻到相信你，如此而已。」

「乖女孩。」薩克斯比太太馬上說，雙眼盯著紳士的臉。「乖女孩，我和易卜斯先生讓妳去才是傻瓜。」

紳士剛才將嘴上的菸拿起要吹菸頭。現在聽到薩克斯比太太說的話，他和她四目相交，菸拿到雙唇前，動也不動站了一會。然後他頭轉向一旁大笑，彷彿不可置信，並搖搖頭。

「老天喔。」他小聲說。

我以為她令他感到羞愧。

「好了。」她說：「好了。」她舉起雙手，像在竹筏上一樣站起，彷彿她害怕動作太大會讓船翻覆。「現在別再鬧了。約翰，別再生氣了。蘇，拜託把刀放下，我求妳。不要讓任何人受傷。易卜斯先生、里利小姐、丹蒂、查爾斯……蘇的朋友，親愛的孩子，大夥都坐下吧。紳士。紳士。」

「薩克斯比太太。」他說。

「不要讓任何人受傷。好嗎？」

他望向我。「妳去跟蘇說。」他說：「她瞪著我，眼神像個殺人犯。在這種情況下，我可不喜歡。」

「情況？」我說：「你是說你把我關到瘋人院，讓我自生自滅？我真該把你頭剁了！」

他瞇起眼，皺起眉頭。他說：「妳知道妳聲音有時很刺耳嗎？有人跟妳說過嗎？」

我拿刀作勢撲向他，但其實我還是一頭糊塗，噁心想吐，全身疲憊，所以那一下有氣無力的。他看著我，身子連縮都沒縮，我站在那，刀尖指向他心臟前，然後我怕刀顫抖被他看到，於是我放下刀，放到桌邊，也就是檯燈那一圈光線之外。

「好了，這樣不是很好嗎？」薩克斯比太太說。

約翰眼淚流乾了，他一臉陰沉，有一邊臉比另一邊顏色更深，那是因為薩克斯比太太剛打了他。他望向紳士，但朝我點點頭。

「她剛才對里利小姐動手。」他說：「說她是來殺她的。」

紳士盯著茉德，她拿手帕包著流血的手指。他說：「我真想親眼見到。」

約翰點點頭。「她想要你一半的錢。」

「是嗎？」紳士緩緩說。

「約翰，閉嘴。」薩克斯比太太說：「紳士，別理他。他只是在搗亂而已。蘇說一半，但那只是一時氣話。她現在腦袋不清楚。她不……」她手放到額頭，神情略微古怪，掃視廚房，並望向我，再望向茉德。她手遮住雙眼。她說：「只要給我一點時間，好好想一下！」

「慢慢想。」紳士態度一派輕鬆，語氣酸溜溜的。「我迫不及待想知道妳會想到什麼主意。」

「我也是。」易卜斯先生說。他說得很小聲。紳士和他眼神交會，揚起眉毛。

「很棘手，對不對，先生？」

「太棘手了。」易卜斯先生說。

「你這麼覺得？」

易卜斯先生點了頭。

紳士說：「你覺得我該走嗎？這樣事情會簡單一些？」

「你瘋了嗎？」我說：「你們看不出來嗎？他為了錢，仍會不惜做出任何事？別讓他走！他會去找克里斯帝醫生。」

「別讓他走。」茉德對著薩克斯比太太說道。

「你哪裡也別想去。」薩克斯比太太對紳士說。

他聳聳肩，臉頰脹紅。「妳兩分鐘前才希望我走！」

「我改變主意了。」

她望向易卜斯先生，他別開頭。

紳士脫下大衣。「幹你媽的。」他邊脫邊罵，然後賊笑起來。「現在太熱了，不適合搞這種事。」

「幹你娘。」我說：「媽的死賤人。你照薩克斯比太太的話做好嗎？」

「跟妳一樣。」他回答，並把大衣掛到椅子上。

「沒錯。」

他哼一聲。「可憐的小婊子。」

「理查。」茉德說。她站了起來，身子傾向桌子。她說：「聽我說。你回想你幹過的所有骯髒事，絕對都比不上你現在打算做的事糟糕，而且你不會因此獲得什麼。」

「做什麼事？」約翰問。

但紳士又哼了一聲。他對茉德說：「等妳終於懂得善待別人再來教訓我。蘇知不知道實情妳哪在乎？老天，妳怎麼又臉紅！不是那回事吧，還來啊？而且妳看薩克斯比太太那樣子？別說妳在乎她的想法！幹麼，妳本來就跟蘇一樣壞。看妳抖成這副德性！勇敢一點，茉德。想想妳母親。」

她手按到心上。現在她神情驚恐，彷彿他剛才捏她。他看到又大笑起來，然後望向薩克斯比太太。她聽到他說的話，心也同樣一驚。她站在原地，手像茉德一樣按在鑽石胸針下方。然後她感覺到他的目光，快速瞄了茉德一眼，手便放下了。

紳士笑聲突然停止，動也不動。

「這什麼？」他說。

「什麼什麼？」約翰說。

「好了。」薩克斯比太太移著身子說：「丹蒂——」

「噢！」紳士說：「噢！」他看著她繞過桌子，然後他來回望著她和茉德，興奮莫名，臉更脹得通紅。他手伸起，將額前的頭髮向後撥。

「我現在看出來了。」他說完笑了笑，接著又仰頭大笑。「噢，我現在看出來了！」

「你什麼都沒看出來。」茉德說著朝他走一步，但她目光望向我。「理查，你什麼都沒看出來。」

他朝她搖搖頭。「我怎麼一直這麼傻啊，居然沒早點猜到！噢！這太絕了！妳知道這件事多久了？難怪妳又踢又罵的！難怪妳悶悶不樂！難怪她對妳百依百順！我一直百思不得其解。可憐的茉德！」他放聲大笑。「噢！薩克斯比太太，妳也好可憐！」

「夠了！」薩克斯比太太說：「你聽到了嗎？我不會容許你再說一句！」

她也朝他走一步。

「妳好可憐。」他又說了一次，仍一直笑著，然後朝另一頭喊：「易卜斯先生，先生，你也知道這事嗎？」

易卜斯先生不吭聲。

「知道什麼？」約翰問道，他雙眼像兩個黑點。他望著我。「知道什麼？」

「我不知道。」我說。

「什麼都不知道。」茉德說：「什麼都不知道，沒事！」

她仍緩緩向前，雙眼直盯著紳士的臉。她雙眼現在幾乎全黑，眼珠閃爍著光芒，比以往更顯眼。我看到她將手伸到昏暗的木桌邊緣，彷彿在摸索自己的路。我想薩克斯比太太也看到了，而且她也注意到另一件事。因為她嚇一跳，迅速開口。

「蘇，」她說：「我希望妳走，帶著妳朋友離開。」

「我哪兒都不去。」我說。

「不，蘇，妳留下來。」紳士深情款款地說：「別管薩克斯比太太怎麼想。妳在意她的想法太久了。說到底，她的看法對妳來說重要嗎？」

「理查。」茉德說，語氣幾乎在求情了。

「紳士，」薩克斯比太太說，她雙眼仍望著茉德。「乖孩子，別說了，好不好？我好怕。」

「怕？」他回答：「妳會怕？我敢說妳這輩子從來沒怕過。我敢說妳胸口韌皮之下，那硬皮做的心臟現在依舊平穩地跳著。」

聽到他的話，薩克斯比太太的臉皮抽動，她一手放到胸前。

「你來摸！」她手指在胸上移動。「你來感覺我的心跳，再來說我不怕！」

「摸那裡？」他望了她胸部一眼。「我可不要。」然後他露出笑容。「不過，妳可以叫妳女兒去摸。她找人練習過了。」

接下來發生什麼事，我也說不上來。我只知道聽到這話之後，我朝他走一步，想揍他或讓他閉嘴。我知道茉德和薩克斯比太太搶先到他身旁。我不知道薩克斯比太太撲過去時，究竟是撲向他，還是因為看到茉德撲過去，而撲向她。我知道有一道亮光，眾人鞋子摩擦地板，塔夫塔綢和絲綢沙沙作響，有人抽口氣。我想有張椅子刮過地面，或被撞倒在地。我知道易卜斯先生大聲喊叫。他喊著：「葛蕾斯！葛蕾斯！」場面一片混亂，但我覺得他喊這名字有點莫名其妙。後來我才意識到那是薩克斯比太太的名字，但我們從來沒聽人喊過。

因此事情發生時，我只望著易卜斯先生。我沒見到紳士腳步不穩地退開。但我聽到他呻吟一聲，聲音輕柔無力。

「妳打我？」他語氣奇異。

這時我望了過去。

他以為自己只被打一拳。我原本也以為只是這樣。他雙手抱著肚子，身子向前彎，彷彿小心呵護著痛楚。茉德站在他身前不遠處，現在退開。這時我聽到有個東西落下，是從她還是他手中，還是從薩克斯比太太手中，我不確定。薩克斯比太太離他比較近。她確實近多了。她手臂摟著他，他全身軟倒在她懷裡，她用力支撐著他的重量。「妳打我？」他又問。

「我不知道。」她說。

我覺得沒人知道。他的衣服是黑的，薩克斯比太太的洋裝也是黑的，他們站在陰影之中，很難看清楚。但是最後他手從背心伸起，舉到面前，這時我們看到他白色的掌心沾滿深色的鮮血。

「我的天啊！」他這時驚呼。

丹蒂尖叫。

「拿燈來！」薩克斯比太太說：「拿燈來！」

約翰抓起燈，顫抖著手舉到一旁。深色的血突然之間變成深紅色。紳士的背心和褲子上全是血，薩克斯比太太身上塔夫塔綢洋裝也染出一片紅，並不斷擴大。

我從沒見過血流如注的景象。我一小時前曾說要殺茉德。我磨利刀，並將刀放在桌上，現在刀不在桌子上了。我從來沒見過血流成這樣。我一陣反胃。

「不。」我說：「不，不！」

薩克斯比太太抓住紳士的手臂。「你手拿開。」她說。他仍緊抱著肚子。

「我辦不到。」

「手拿開！」

她想看傷口有多深。他皺起臉，然後抽開手。他背心出現一顆血泡，像是肥皂冒出的泡泡，但呈鮮紅色，接著血馬上湧出，像水或湯一樣，嘩啦一聲噴濺在地。

丹蒂再次尖叫。燈光搖晃。「幹！幹！」約翰說。

「讓他坐到椅子上。」薩克斯比太太說：「拿塊布，壓住傷口。拿個東西來接血。去拿，什麼都好——」

「救我。」紳士說：「救救我。喔，天啊！」

他們一面悶哼嘆氣，一面手忙腳亂將他拉起。他們滿懷恐慌地把他搬到一張硬背椅上，我則站在一旁看著。現在我回想起來，內心其實感到羞愧，因為我袖手旁觀。易卜斯先生從牆壁鉤子上拿了條毛巾，薩克斯比太太跪在紳士身旁，拿布壓著傷口。他每次將手拿開肚子，血便會湧出來。「拿個水桶或壺。」她再說一次。丹蒂終於跑到門口，拿起放在那裡的夜壺，並放到椅子旁邊。血滴滴答答落入瓷壺中，紅血滴到白瓷和巨大的黑眼上，比任何畫面都更駭人。紳士聽到聲音，更加驚惶失措。

「噢，天啊！」他又說：「噢，天啊，我要死了！」每一句之間他都在呻吟。他無法壓抑自己，全身顫抖，斷斷續續呻吟。「噢，老天，救救我！」

「好了。」薩克斯比太太摸著他的臉。「好了。勇敢一點。我看過女人生孩子流這麼多血。後來她活下來，還拿來說嘴。」

「不像這樣！」他說：「不像這樣吧！我被刺傷了。我被刺得多重？噢，天啊！我需要醫生。對吧？」

「拿酒來。」薩克斯比太太對丹蒂說。但他搖頭。

「不要拿酒。拿菸。我口袋這邊。」

他下巴頂了頂背心，約翰手伸到口袋中，拿出一包菸，還有火柴。一半的香菸都染了血，但他找到一根乾的，叼在嘴上點燃了，再拿給紳士。

「好孩子。」紳士咳嗽說。但他臉皺起，香菸掉了。約翰顫抖著手拿起，放回他雙唇間。他又咳了咳。他雙手間滲出更多血。薩克斯比太太拿開毛巾，將毛巾擰乾，彷彿在擰乾水一樣。紳士開始發抖。

「怎麼會發生這種事？」他說。我望向茉德。他倒下那一刻，她退開之後，便不曾動過。她和我一樣全身僵硬，雙眼望著他的臉。「怎麼可能？」他瘋狂地望向四周，看向約翰、易卜斯先生和我。「為何你們一個個光站在那裡看我？找醫生來。找醫生來啊！」

我想丹蒂走了一步。易卜斯先生抓住她手臂。

「醫生不能來這裡。」他堅定地說：「不能讓那種人進到屋子裡。」

「那種人？」紳士說。香菸落下。「你在說什麼？看看我！天啊！你沒認識密醫嗎？看看我！我快死了！薩克斯比太太，妳愛我。找個醫生來，拜託妳。」

「親愛的，別動。」她說，她仍用毛巾按著傷口。他痛苦和恐懼交織著，提聲大吼。

「去你們的！」他說：「你們這群婊子！約翰——」

約翰放下燈，手摀住雙眼，他已泣不成聲，但試圖忍住。

「約翰，去找醫生！約翰！我會付你錢！幹！」血再次湧出來。現在他臉色蒼白，烏黑的鬍子沾了血，糾纏成一團，臉頰散發光澤，像塗了層油。

約翰搖搖頭。「我不行！不要找我！」

紳士轉向我。「蘇！」他說：「蘇，他們殺死我了——」

「不准找醫生。」我望向易卜斯先生時，他這麼說：「帶那種人來，我們就完了。」

「把他帶到街上。」我說：「不行嗎？在街上找醫生。」

「他傷得太重了。看看他。他們一定會找到這裡來。流太多血了。」

確實。血已幾乎裝滿瓷壺。紳士呻吟，愈來愈虛弱。

「他媽的！」他無力地說，開始哭泣。「誰來救救我？我有錢，我發誓。誰啊？茉德？」

她臉頰和他一樣蒼白，雙唇毫無血色。

「茉德？茉德？」他說。

她搖搖頭，然後輕聲說：「對不起。對不起。」

「去你們的！救救我！噢！」他咳嗽，嘴巴噴出深紅色血沫，流下嘴邊。然後過了一會兒，他嘔出一口血。他手無力地舉起，看到手指上鮮紅色的血，眼神變得瘋狂。他手伸到燈光外，開始掙扎，彷彿想從椅子站起。他手伸向查爾斯。「查爾斯？」他說話時，嘴中噴出血和血泡。他抓住查爾斯的外套，想將他拉近。但查爾斯不肯靠近。他這段時間一直站在陰影中，臉色僵硬，充滿恐懼。現在他看到紳士雙唇和鬍子上的血泡，紳士鮮紅滑溜的手抓著他外套粗糙的藍色領口，他像隻野兔一樣扭動身體，轉身就跑。他循原路跑出去，並沿著走道鑽出易卜斯先生的鎖鋪。我們還來不及叫住他、追他或阻止他，我們便聽到他打開門，像個女孩一樣朝蘭特街尖叫：

「殺人啦！救命啊！救命啊！殺人啦！」

聽到這聲，除了薩克斯比太太和茉德，我們全都向後彈起。約翰衝向鎖鋪。「太遲了！」易卜斯先生說：「太遲了。」他舉起一隻手。約翰站在原地，豎耳傾聽。鎖鋪門口捲來一陣熱風，風中捎來一個聲響，起初我以為那只是查爾斯叫喊的回音。後來聲音變得更大，我才發現那是有人回應的叫聲，也許來自附近某棟房子的窗口。過了一會兒，又有另一聲傳來，緊接著我們聽到最糟的聲響。呼嘯的風聲捎來一陣陣雜亂的車輪聲，而且聲音愈來愈近。

「條子！」約翰說。他轉身到丹蒂身旁。「丹蒂，跑啊！」他說。她怔一下，拔腿就跑，奔向後門，拉開門閂。「快！」她回頭時他催促她。但他沒隨著她跑走。他跑回紳士身旁。

「我們可以把他帶走。」他對薩克斯比太太說。他望向我，然後望向茉德。「動作快的話，我們可以扛走他。」

薩克斯比太太搖搖頭。紳士的頭垂在胸前。嘴唇間仍冒著一顆顆血泡，破了又冒，冒了又破。

「救你自己。」她對約翰說：「把蘇帶走。」

但他沒走。而且不論是當時或現在，我都很確定，如果他想帶我走，我也不會跟他逃。我彷彿中了魔咒，只能待在原地。我望向易卜斯先生，他奔到焊爐旁的牆邊，抽起一塊磚。我後來才知道，他偷偷將一筆錢放到老舊的菸盒中藏在那裡。他將菸盒放到背心裡。然後開始觀察四周，看向瓷器、刀叉和架上的飾品。他在檢查有什麼東西會害他被抓。他目光沒望向紳士和薩克斯比太太，也沒望向我。他中途靠近我，將我用力推到一旁，並伸手拿起一個瓷杯，將杯子摔在地上。查理．瓦格站起來，嗚咽吠了一聲，他踹牠一腳。

同一時間，喊叫和車輪聲愈來愈近。紳士抬起頭。他鬍子、臉頰和眼角上都沾著血。

「妳聽到了嗎？」他虛弱地說。

「親愛的，有啊。」薩克斯比太太說，她仍跪在他身旁。

「那是什麼聲音？」

她血紅的雙手蓋到他手上。「那是命運的聲音。」她說。

她望向我，然後望向茉德。「妳們可以逃。」

我不發一語。茉德搖搖頭。「我不會逃。」她回答：「尤其是現在。」

「妳知道接下來會發生什麼事？」

她點點頭。薩克斯比太太再次望向我，然後望向茉德，她閉上雙眼，嘆口氣，彷彿累了。

「我曾失去妳一次，乖女孩。」她說：「現在，又要再次失去妳——」

「妳不會失去我！」我大喊，她雙眼睜開，一時間和我目光相交，彷彿不明白我說的話。然後她望向約翰。他歪著頭。

「他們來了！」他說。

易卜斯先生聽到他這麼說，拔腿就跑，但他還沒跑到房子後面漆黑的中庭，一名警察便抓住他，將他抓回來。這時兩名警察已從鎖鋪進到廚房。他們望向紳士，望向夜壺中的鮮血，再望向我們剛才都沒想到要藏的那把刀。刀在混亂中被踢到角落，上頭還沾著血。他們搖搖頭。自治市區警察看到這類事通常都這副樣子。

「這事太可怕了，是不是？」他們說：「這非常嚴重啊。我們來看多嚴重。」

他們抓住紳士的頭髮，將他頭向後拉，摸一把他脖子的脈搏，然後說：

「這是一起冷血謀殺案。誰幹的？」

茉德動了動，或向前一步。但約翰動作更快。

「她幹的。」他毫不猶豫地說。他剛才被打的臉頰，顏色比平常更深。他舉起手，指向一個人。「她幹的。我看到了。」

他指著薩克斯比太太。

我看到和聽到他說的話，但無法反應。我只說：「什麼？」我想茉德也大喊：「什麼？」或「等一下！」但薩克斯比太太從紳士身旁站起。她的塔夫塔綢洋裝沾滿他的血，胸針上的鑽石彷彿變成紅寶石。她雙手從指尖到手腕都一片血紅，像是小報上畫的女謀殺犯一樣。

「我幹的。」她說：「天曉得，我現在好後悔。但這是我幹的。這兩個女孩都是無辜的，她們跟此事毫無關係，也沒傷害過任何人。」

第十七章

在那段過去之中，我叫蘇珊・純德。如今那段日子將畫下句點。

除了丹蒂，警察抓走了我們所有人。他們將我們關到監獄，並將蘭特街廚房整個翻過來，尋找線索、髒錢和贓物。他們將我們關在不同的牢房，每天來問同樣的問題。

「被害人和妳是什麼關係？」

我說他是薩克斯比太太的朋友。

「妳在蘭特街很久了嗎？」

我說我在那裡出生。

「犯罪的那天晚上，妳看到什麼？」

但說到這裡，我總是支支吾吾。有時我覺得看到茉德拿刀，有時甚至記得刺人的是她。我知道自己看到她碰桌面，看到刀光閃過。我知道紳士身子搖晃時，她退開來。但薩克斯比太太也在，她動作和其他人一樣快，有時我確定看到她衝上前，然後刀光一閃……最後我只坦白說，我不知道自己看到什麼。總之，我的證詞根本不重要。他們得到約翰・佛魯姆的指證和薩克斯比太太的自白。他們不需要我。事發第四天他們便讓我走了。

他們把其他人關了更久。

易卜斯先生是第一個到法官面前的人。他的審判歷時半小時。他終究栽在警方手裡，不是因為廚房留下的贓物。畢竟他贓物上的紋章和用印都已清得乾乾淨淨。他最後栽在他菸盒中做了記號的鈔票。原來，警察盯上易卜斯先生鎖鋪已經一個多月。他們暗中要費爾將做記號的錢交給易卜斯先生。你還記得的話，費爾曾發誓自己無論如何都不想再吃牢飯，所以他乖乖和警方合作。易卜斯先生被判收售贓物罪，關進了本頓維爾監獄。當然，他在那裡認識了不少人，大家原本覺得他在那裡應該會過得不錯。但說來好笑，在監獄外頭，盜賊和小偷都因為他多賞一先令，表現得無比感激，現在來到裡頭卻不給他好日子過。我想他在裡頭水深火熱。他入獄一週後，我去探望他。他看到我，臉埋到雙手之中，神情頹喪，望著我的眼神無比古怪，整個人都變了。我不忍看到他那樣子，後來便不曾再去找他。

他的姊姊怪可憐的，後來警方搜索蘭特街的房子時，在床上找到她。我們全都忘記她了。她被安置到教區醫院。但搬家對她來說衝擊太大，她死了。

約翰．佛魯姆並未犯下任何罪狀，不過由於那件大衣，他偷狗的舊案子曝了光。他被判在特希爾平野監獄服刑六個晚上，還被處以鞭刑。據說，他在獄中相當討人厭，為了鞭打他，獄卒還賭撲克牌來決定。他原本只要鞭十二下，但負責的獄卒意猶未盡，多賞了他一、兩下。鞭刑之後，他哭得像個嬰兒。丹蒂來監獄門口接他時，他揍她一拳，害她有了黑眼圈。不過多虧了他，她才能逃出蘭特街，逃過一劫。

我從來沒再和他說過話。他在另一間房子替自己和丹蒂租了個房間，和我沒交集。我只再見過他一次，那次在薩克斯比太太審判日的法庭上。

審判來得非常快。審判前的夜晚，我都在蘭特街度過。我躺在舊床上無法入眠。有時丹蒂會回來睡在我旁邊，和我相伴。我所有朋友中，她是唯一一個。畢竟所有人都以為我是騙子。他們都聽過之前的說法，更聽說我偷偷在易卜斯先生家對面租了個房間，鬼鬼祟祟住了快一個星期。我為何要這麼做？有人說看到我在謀殺當晚匆忙逃跑，眼神瘋狂。他們提到我母親，以及我身上流著罪犯的血。他們現在不稱讚我勇敢了，反而說我很大膽。他們說如果是我下的手，他們也不會感到驚訝。雖然我變壞了，薩克斯比太太仍將我視如己出，愛護著我，因此她挺身而出，替我頂罪……

我在自治市區外頭時，大家都詛咒我，有次一個女孩還朝我丟石頭。

其他時候，我一定會心碎。現在我不在乎了。我心中只有一個想法，那就是盡可能多見見薩克斯比太太。他們將她關在馬販巷監獄。我一整天都會待在那裡。時間如果太早，我便坐在門外的階梯上，和獄卒或在法庭上替她辯護的人聊天。易卜斯先生的朋友替我們找了這名律師。據說，他曾幫最糟糕的大壞蛋辯護，讓他免於絞刑。但他坦白告訴我案子不樂觀。他說：「我們唯一的希望是法官考量到她年紀網開一面。」

我不只一次問他：「假如能證明不是她殺的呢？」

他搖搖頭。「證據在哪裡？」他會說：「再說，她自己都承認了。她為何要承認呢？」

我不知道，也無法回答。這時，他便會讓我留在監獄門口，快步走向街道，招一輛出租馬車離開。我會雙手摀著耳朵，望著他離去。他的叫車聲、喧譁的人群、車輛來往的噪音、甚至我腳下的碎石聲都讓我感到刺耳。那一刻，一切都令人難受，震耳欲聾，比以往更強烈、更快速。我好幾次都會停下，想起紳士抱著肚子，難以置信地望著我們難以置信的臉。「怎麼會發生這種事？」他當時說。我現在也想對所有人說：怎麼會發生這種事？怎麼可能？為何你們一個個光站在那裡看我……？

如果我會寫字，知道要向誰求情，我一定會寫信。如果我能探聽到法官是誰，我一定會去他家找他。但這些我都沒做。我唯一的一點安慰，就是能陪在薩克斯比太太身邊。監獄雖然氣氛森嚴，陰森淒涼，至少相當寧靜。獄卒好心讓我多待些時間。我想他們覺得我比實際上還年輕，也比較不像個賊。「妳女兒來了。」他們會打開薩克斯比太太的牢門說。每次她都會迅速抬起頭，端詳我的臉，或望向我後頭，面露焦慮，彷彿不相信他們又讓我進來，並讓我留在這裡。

她會眨眨眼，試著擠出笑容。「乖女孩。一個人嗎？」

「一個人。」我會回答。

「很好。」她過一會兒便牽起我的手說：「是不是？就妳跟我。很好。」

她喜歡握著我的手坐著。她不喜歡說話。起初我會哭會罵，並乞求她收回自己的自白，但我說的話總讓她更難過，我怕她會因此生病。

「別再說了。」她臉色蒼白，嘴巴緊抿。「我幹的，就這樣。我不想再聽到這件事。」

我想起她的脾氣便不說了，只默默撫摸她的手指。我每次見到她，她的手指都好像變細了。獄卒說她餐點都沒怎麼吃。看到她豐滿的手日漸消瘦，我難過到無法言喻。對我來說，彷彿只要薩克斯比太太的手能再次漂亮，一切錯誤都能重來。之前蘭特街房中所剩的錢我都拿去找律師，但現在不管我借的錢或當來的錢，我都拿去買點心，想讓她多吃點。我買了蝦、乾臘腸和牛油蛋糕。有一次，我買了個糖果小老鼠，覺得她可能會想起她曾為了哄我入睡，在床上跟我說《孤雛淚》南西的事。但我覺得她不記得了。她只接過去，跟拿到其他東西一樣，心不在焉地放到一旁，說她會晚點再吃。最後獄卒叫我別浪費錢了。她都將那些點心給他們。

她好幾次用雙手捧著我的臉，並親吻了我。有一、兩次，她緊緊握著我的手，好像要透露可怕的事。但最後她總是換了話題。當我有事想問她，心裡有放不下的奇怪想法或懷疑，我也像她一樣緘口不提。事情已經夠糟了，為何還要讓事情更糟呢？我們反而聊起了我該做的事和我的未來。

「妳留在蘭特街的老房子裡嗎？」她會說。

「當然！」我會回答。

「妳不會想離開嗎？」

「離開？我想把房子整理好，等哪天他們把妳放了……」

我沒跟她說，她、易卜斯先生和他姊姊不在了，房子完全變了樣。我也沒跟她說，鄰居都不肯上門來了，有個女孩朝我扔石頭，還有些陌生人會站在門口和窗邊好幾小時，就想瞧一眼紳士死的地方。我沒跟她說我和丹蒂多努力將地板血跡刷乾淨。我們一直洗一直洗，提走無數桶深紅色的水。最後，我們不得不放棄，因為我們刷到木板表面都破了，底下白色的木頭也染成噁心的粉紅色。我沒告訴她，房子四處都是紳士的血跡，包括門上和天花板上，還有牆上的畫、壁爐上的飾品、餐盤和刀叉上也都是。

我沒告訴她，我掃地和刷洗廚房時，意外找到無數讓我充滿回憶的事物，像狗毛、破杯的碎片、假的法新和撲克牌，還有我一寸寸長大時，易卜斯先生用刀在門框上劃下的刻痕。我沒告訴她，我每次看到都掩面哭泣。

＊＊＊

晚上，我夢到謀殺。我夢到自己殺了一個人，將屍體裝在小袋子裡，拖過倫敦街頭。我夢到紳士。我夢到我在荊棘莊園的紅色小禮拜堂墓園遇到他，他給我看他母親的墓。墓上有個鎖。我手裡會握著鑰匙胚和銼刀，想打造出正確的鑰匙。每天晚上我都會加快動作，馬上動手，但每一次我快完成時，總會發生詭異的災難。鑰匙會縮水或變大，銼刀會在我手中軟掉。鑰匙上的最後一個刻痕，我永遠無法及時刻好……

太遲了，紳士會說。

有一次，那是茉德的聲音。

太遲了。

我抬頭，但看不到她。

＊＊＊

自從紳士過世之後，我便沒再見過她。我不知道她人在哪裡。我知道她關得比我久。她告訴警方她的名字，名字因此登上報紙。當然，克里斯帝醫生看到了。我從獄卒口中得知真相終於大白，原來她是紳士的妻子，應該要關進瘋人院，結果卻逃了出來。警察都不知道該讓她走，還是要像瘋子一樣關住她。克里斯帝醫生說只有他能決定，於是他們請他來檢查。我聽到這消息，差點昏倒。我那時候創傷之深，仍不敢靠近浴缸。但事情最後是這樣，他看了她一眼，臉色瞬間慘白，路都走不好了。後來他說自己只是一時情緒激動，因為他發現她完全康復了。他說這代表他的醫療方法多有效。他讓報紙詳細介紹自己的病院。我想，他因此多了不少病人，讓他賺了一筆。

茉德自此之後重獲自由，接著似乎消失了。我想她回荊棘莊園了。我知道她從未來過蘭特街。我想她太害怕了！當然，如果她回來，我一定會掐死她。

但我確實想過她會不會來蘭特街。我每天都在想，每天早上都會想：「也許今天會來吧。」然後每天晚上都會想：「也許明天吧。」

＊　＊　＊

但如我所說，她從未出現。後來，審判日到了。那是八月中旬的事。炎炎夏日，陽光猛烈，法庭擠滿了旁聽的人。每小時都有人在地上灑水，試著降低溫度。我和丹蒂坐在一起。我希望能陪薩克斯比太太坐在被告席，握著她的手。但我向警察開口問時，他們當著我的面大笑。他們進出法庭時都將她上銬，並讓她一人坐在被告席。她穿著監獄制式的灰色洋裝，臉色顯得格外蠟黃，但在法庭黑木牆下，她銀白色的頭髮無比耀眼。她進門時，看到觀審的陌生大眾，全身縮了一下。後來她在人群中找到我，我覺得她心情放鬆一點。後來在審判過程中，她不時望向我，不過我也看到她掃視法庭，彷彿在找另一個人。但最後她都會垂下目光。

她開口時，聲音虛弱。她說因為紳士欠她房錢，兩人爭執不下，因此她一怒之下刺死了他。

控方律師問道，她靠租房賺錢嗎？

「對。」她說。

不是靠處理贓物，或是非法撫養孤兒，也就是一般所稱之的嬰兒農場？

「不是。」

然後他們帶進證人，說曾不只一次見過她經手贓物。更糟的是，他們找到幾個女人發誓，她們曾將嬰兒交給她撫養，但不久便死了……

後來約翰．佛魯姆提供證詞了。他們讓他穿上像書記的西裝，替他把頭髮梳理整齊。他看起來更像孩子了。他說事發當晚，他親眼目睹了蘭特街廚房中的一切。他看到薩克斯比太太將刀刺到紳士身上。她大叫：

「你這王八蛋，吃我一刀！」他看到她手持刀至少一分鐘，最後才下了手。

「至少一分鐘？」律師問道。「你確定？你知道一分鐘有多長嗎？來，看這個時鐘。看時針走動……」

我們全都望著時針一分一秒移動。法庭一片靜默。我從來不知道一分鐘這麼久。律師回望著約翰。

「有這麼久？」他說。

約翰開始哭。「對，先生。」他目光含淚說。

後來他們將刀拿來給他指認。眾人看到刀時開始竊竊私語。約翰擦乾眼淚，看了看，點點頭，一個女人昏倒了。接著陪審團每個人都一一檢視那把刀，律師說，一定要注意，那把刀的刀刃磨利了，正常來說，那種刀子不會這麼利。正因為刀磨利了，紳士才會被刺得那麼深。他說薩克斯比太太的證詞因此不攻自破，證據指出她有所預謀——

我聽到差點從座位上跳起來。但我看到薩克斯比太太的目光。她搖搖頭，哀求我保持沉默，於是我又坐下。沒人知道刀不是她磨的，而是我。他們不曾找我作證。薩克斯比太太不讓他們這麼做。他們有找查爾斯，但他泣不成聲，全身發抖，法官宣布他不適合作證。他被送回阿姨家了。

沒人提到我和茉德的事。沒人提到荊棘莊園和里利先生。沒人上前透露紳士是個壞人，他想奪走一個女繼承人的錢，並賣過不少假股票，毀了不少人的未來。他們以為他是個正直的年輕人，前景一片美好。他們說薩克斯比太太就是因為貪婪，奪走他的生命。他們甚至找到他家人，並帶他父母出庭。你絕對不敢相信，他以前總說自己出身名門，結果全是吹牛皮。他父母在霍洛威路旁的街道上經營一間小布店。他姊姊在教鋼琴。他真名不是理查·瑞佛斯或理查·威爾斯。他叫費德利克·邦特。

報紙上畫了他的肖像。全英國的女生據說將他的肖像剪下，放在心口。

但我看著那張畫，聽大家談論邦特先生駭人聽聞的謀殺案，以及背後骯髒的買賣時，總覺得他們聊的是另一樁案件。那案件和紳士無關，也無關乎他被誤傷，地點也不在我們家廚房，周遭更沒有我的家人。這段時間，法官讓陪審團離席，我們在原地等待，我看到記者摩拳擦掌，等判決一下來，他們馬上會對外公布。過一小時，陪審團回來，其中一人站起，簡短說出判決。法官拿黑布蓋住他的馬毛假髮，並向神祈禱，願神保佑薩克斯比太太的靈魂。即使在這些時刻，我的心情其實與一般人所想不同，我不覺得、也不相信我和薩克斯比太太這類人生命中的精神、熱情和色彩，會被這群神色凝重的人以莊嚴單調的文字一筆勾銷。

然而我望向她的臉，看到她身上的精神、熱情和色彩已逝去大半。她無神地望向四周，望向竊竊私語的群眾。我想無非是尋找著我的身影，我起身舉起手。但她和我四目相交時，眼神略過我，和方才一樣繼續掃視。我看她目光巡視全場，彷彿在找誰或什麼東西，最後她目光停下，雙眼彷彿發光，我循著她的目光看到旁聽席後排坐著一個女孩，她穿一身黑，剛將面紗拉下——是茉德。我完全沒預料會見到她。我告訴你，我的心馬上綻放開來。但我隨即想起一切，心又封閉起來。她一臉憔悴。我心想，活該。她獨自一人坐著，沒有對我比出任何手勢，也沒有和薩克斯比太太示意。

後來律師招我過去，他和我握手，說他很遺憾。丹蒂不斷哭泣，必須挽著我的手才走得動。我再次望向薩克斯比太太，她頭垂在胸前，而我望向茉德時，她已經消失了。

* * *

接下來那週在我記憶中彷彿不是一週，而是無止無盡的一天。在那一天之中，我都沒有睡覺。我怎麼能睡？薩克斯比太太就要死了，我如果睡著，腦中便不會想著她。那幾乎像是沒有夜晚的一天。因為她牢房裡燭火會點一整晚。我和她分開的時候，我會待在蘭特街，讓燭火在房中燒一整夜。我會燒完房中所有蠟燭，甚至四處去借。我獨自坐在房中，雙眼望著光，看到眼睛發疼，彷彿她重病在床。我幾乎廢寢忘食，也沒有更衣。我出門時腳步飛快，只想趕緊到馬販巷監獄找她。回家時我腳步緩慢，因為我又再次拋下她。

當然，她們現在已將她移入死牢，那裡一直都有兩個女看守輪流值班。我覺得她們人都很好，但她們就像克里斯帝醫生的看護，個個身材壯碩，並穿著同樣的帆布圍裙，身上也帶著鑰匙。我和她們目光交會時，身子都會不禁一顫，全身上下還未消退的瘀青都彷彿痛了起來。其實光是因為她們的身分，我便無法真心喜歡她們。如果她們人真的那麼好，理當直接開門，讓薩克斯比太太逃走，不是嗎？結果她們還是將她關在那裡，等著她被吊死。

我試著不去多想。像之前一樣，我發現自己無法思考，也無法相信。薩克斯比太太腦中是不是也一直在想，我說不上來。我知道他們請監獄牧師來找她，她和他共處了幾個小時，但她從未告訴過我他對她說什麼，或她是否得到慰藉。比起之前，她現在似乎更不願開口了，只讓我溫柔地握著她的手。她望向我的目光有時也會比之前看起來更憂愁。她臉會發紅，彷彿被沒說出口的話壓得喘不過氣來……

但她只對我說過一件事，也是她希望我記得的話。最後一天，也就是我最後一次見到她時，她開口了。我心碎著去找她，以為會看到她在牢中踱步，或搖著窗上的鐵柵。沒想到她很冷靜，哭的人反倒是我，她坐在牢椅上，讓我跪在地上，頭枕著她的大腿，她手指摸著我的頭髮，拆下我的髮簪，讓頭髮垂放在她的膝蓋上。我一直沒心思將頭髮弄鬈。我這輩子恐怕都不會再有心思管頭髮了。

「薩克斯比太太，沒有妳，我該怎麼辦？」我說。

我感到她全身顫抖，然後她悄聲說：「乖女孩，沒有我會更好。」

「不！」

她點點頭。「更好，好多了。」

「妳怎麼能這麼說？當時，如果我留下來，如果我從來沒隨紳士去荊棘莊園……噢！我當初真不該離開妳！」

我將臉埋入她裙子中，再次哭泣。

「噓，好了。」她說。她撫摸我的頭。「噓，好了……」她的洋裝布料粗糙，摩擦著我的臉頰，牢椅頂著我身側。但我像個孩子靜靜坐著，讓她安慰我。我們兩人都沉默不語。她牢房牆面的高處有扇小窗，從外頭照進兩三束陽光。我們看陽光爬過地板上的一塊塊石板。我從未發現光會這樣爬行。後來陽光像手指一樣，從一面牆爬到另一面牆時，我聽到一記腳步聲，女看守彎身，手放上我的肩膀。「時間到了。」她低聲說：「道別吧。好嗎？」

我們站起來。我望著薩克斯比太太。她目光依然清晰，但一時間，她臉色變了，變得慘灰，皮膚滲出汗，像黏土一樣。她開始發抖。

「親愛的蘇。」她說：「妳對我一直很好……」她將我拉向她，嘴巴湊到我耳旁。她嘴巴已經一片冰冷，像屍體一般。但她嘴唇不斷抽動，彷彿中風一樣。「乖女孩……」她低聲斷斷續續說。我差點抽回身子。我心想，別說了！雖然我不明白自己不希望聽到什麼。我只知道我突然好害怕。別說了！她將我抓得更緊。「乖女孩……」然後她語氣變得更強烈。「明天看著我，」她說：「看著我。不要摀住眼睛。如果我死了之後，妳聽到任何關於我的壞話，就回想——」

「好！」我說。我半是恐懼，半是鬆了口氣。「好！」那便是我對她說的最後一句話。接著我想獄監可能又碰我，並帶著我跌跌撞撞退出牢門，站到走道上。我不記得了。我接下來記得的是自己走過監獄中庭，感覺陽光照耀著我的面龐，我不禁轉身哭泣，心裡不平地想，在這時刻，在監獄，陽光怎能依舊燦爛，簡直莫名其妙，一點都不對勁，太過分了……

一名獄卒的聲音傳來，我聽到他低沉的聲音響起，但聽不清楚他說的話。他開口問了我身旁女看守一些話。她點點頭。

「這是其中一個。」她瞄了我一眼說：「另一個早上來過了……」

我事後才好奇這句話的意思。現在，我內心茫然，悲痛萬分，無法多做思考。我盡可能走在陰影下，躲避刺眼的陽光。我恍恍惚惚走回蘭特街，到了易卜斯先生鎖鋪門口時，看到幾個男孩在門階上用粉筆畫套索，他們看到我便尖叫一聲跑走了。但我習慣了，也不抓他們，只用腳將套索的塗鴉踢掉。我進到室內，站在原地喘口氣，望向四周。鎖匠的檯子上沾滿了灰塵。工具和鑰匙胚都失去光澤。毛呢布簾已從掛環脫落，垂落在一邊。我走進廚房，腳下碎炭喀啦作響。焊爐已被翻倒好一陣子，木炭和煤渣散落一地。我也不知道何時打翻的。正常人應該會清掃乾淨，並將焊爐擺正，但反正地板已經毀了。警察搜索時將木板撬開，地上滿是坑洞。洞中一片漆黑，拿燈下去照，會看到下方兩呎的泥土地。土地潮溼，充滿骨頭和牡蠣殼，還有甲蟲和蠕蟲。

桌子已被推到牆角。我走到桌前，坐在薩克斯比太太的舊椅子上。查理．瓦格躺在椅子下。可憐的查理．瓦格，自從易卜斯先生用力扯牠項圈之後，牠一聲都沒叫過。牠現在看到我，大力搖著尾巴，並過來讓我搔牠耳朵。後來牠溜走了，頭枕在腳爪上趴到地上。

我和牠一樣文風不動靜靜坐了快一個小時。後來丹蒂來了，她帶點東西來吃。我不想吃，她也不想，但食物是她偷人皮包專程買來的，所以我拿出碗和湯匙，我們緩慢地默默吃著。我們如常不斷望向壁爐上的舊荷蘭鐘。我們知道時鐘劃下的每分每秒都是薩克斯比太太生命中最後幾個小時的時光……可以的話，我想好好感受。我想感受每一分每一秒。「我留下好嗎？」丹蒂差不多要走時說：「感覺讓妳一人待在這裡怪怪的。」但我說我想這樣。最後她親了親我臉頰離開了。廚房又只剩下查理．瓦格和我，房子四周漸漸一片漆黑。我點了更多蠟燭。我想到薩克斯比太太，坐在明亮的牢房裡。我想著她，不是在牢房的她，而是在自家廚房的她。她會餵嬰兒，啜飲著茶，並抬起臉讓我親她。我想到她切肉、擦嘴和打呵欠的樣子……時鐘滴答響著，在我耳中彷彿前所未有的快速和響亮。我把頭靠在桌上，枕著我的手臂。我多累啊！忍不住閉上雙眼。我原本想保持清醒，但我閉上眼睡著了。

我第一次睡得這麼安穩。後來我被一個奇怪的聲音吵醒。外頭街道傳來雜沓的腳步聲，還有一陣陣談話聲。我半睡半醒心想：「今天一定是假日，外頭有市集吧。今天星期幾？」我忽然睜開眼。我點的蠟燭已融成一池蠟油，火焰像是無數鬼魂，看到蠟燭，我才想起自己在哪。時間已是早上七點。薩克斯比太太再過三小時便要接受絞刑。我聽到人群喧譁，他們迫不及待要去馬販巷，搶位子看處刑。但在那之前，他們先來蘭特街看事發的房子。

早晨一分一秒過去，更多人來了。「是這裡嗎？」我聽到有人說。然後有人回答：「正是這裡。據說血噴得又快又急，牆上都是血。」「據說受害那男的哀嚎震天。」「據說那女人會悶死嬰兒。」「據說他賴她房錢。」

「心裡都毛毛的，對不對？」「他活該。」「據說——」

他們來到房子前駐足一會，然後繼續向前，有人找到路走到後門，拉了拉廚房門，或站到窗邊，想從百葉窗的縫隙朝內張望，但我把門窗都鎖死了。我不曉得他們知不知道我在房裡。不時會聽到一個男孩大喊：「讓我們進去！如果你讓我們看裡面，給你一先令！」或「嗚！嗚！我是被刺死的鬼，現在回來纏著你了！」但我覺得他們只是在嚇朋友，不是要嚇我。但我討厭他們。可憐的查理．瓦格緊緊窩在我身旁，每次聽到喊叫和門窗震動聲，都會嚇得全身顫抖，想開口吠叫。最後我帶牠上樓，那裡聲音比較小。

但過了一會，吵鬧聲漸漸小了。這樣更糟，代表行刑時間快到了，大家都去找好位置。這時我離開查理．瓦格身邊，獨自爬上樓梯。我步伐緩慢，四肢都像是鉛做的，然後站在閣樓門口，不敢走進去。那是我出生的床。那裡有洗手檯，一小塊油布釘在牆面。我上次來這裡，紳士還活著，他喝醉酒與丹蒂、約翰在樓下跳舞。我站在窗邊，大拇指碰著玻璃，讓霜融化成髒水。薩克斯比太太進門來撫摸我頭髮……如今我走到窗前。我走過去看，差點暈倒，因為當時的自治市區街道原本空蕩昏暗，現在天已全亮，街道滿滿都是人。好多人！人群擠在路中間，擋住了車流。旁邊有人站在牆上和窗台邊，甚至有人攀在柱子、樹和煙囪上。有人將孩子舉高，有人伸長脖子，就為了看得更清楚。大多數人雙手放在眼睛上遮住刺眼的陽光。所有人的臉都轉向同一個方向。

他們看著監獄大門上方的屋頂。絞刑台已搭起，繩子也上好了。一人在上頭走動，檢視落下的高度。我看到他時，心情一半冷靜，一半反胃。我記得薩克斯比太太對我說的最後一句話，她要我看著她。我答應她了。我原以為我能承受。和她所受的苦相比，這似乎微不足道……現在那人手拿起繩索，測量繩子的長度。眾人紛紛伸長脖子，想看得更清楚。我內心開始害怕，但我仍相信自己會目睹到最後一刻。我仍對自己說：「我會看。我會看。她親眼看著我母親受絞刑，我也會為她這麼做。除了這件事，我現在還能為她做什麼？」

十點鐘敲響，鐘聲緩慢而穩定。繩索旁的人已走下刑台，通往監獄樓梯的門被大力推開，監獄牧師出現在屋頂，後面跟著第一批獄卒。話雖是這麼說，但我辦不到。我背對窗戶，雙手掩面。

我聽街上傳來的聲音便知道接下來發生的事。鐘聲響起，監獄牧師出來後，大家都一片靜默。但後來，群眾突然發出叫囂和噓聲，這代表絞刑手出來了。我聽到叫囂聲慢慢擴散出去，像油滴到水上一般。聲音愈來愈大，代表絞刑手可能比了手勢，或行個禮。接著突然之間，聲音又變了，整條街彷彿顫抖、震動起來，聲音愈來愈急促，有人大喊：「脫帽！」中間夾雜幾聲刺耳的訕笑。聽到這聲音就知道，一定是薩克斯比太太出來了。現場所有人都想看清楚她的樣子。一想到所有陌生人為了看得更清楚，瞪得兩眼發直，而我卻不忍心看，我只覺得好噁心。我辦不到，真的辦不到。我手汗直流，無法轉身，也無法將雙手從我臉上放下。我只能聽著一切。笑聲變成竊竊私語，有人發出噓聲，那代表監獄牧師在禱告了。而在不間斷的噓聲中，我心跳怦怦作響。牧師說完阿們之後，人群也跟著複誦，聲音才沿著街道一聲聲傳出去時，最靠近絞刑台、看得最清楚的人，已發出不安的低鳴。低鳴聲愈來愈大，每個人都發出了聲音。聲音慢慢轉變成像呻吟或哀鳴……我知道那代表他們帶她走上了絞刑台，綁住她雙手，蒙住她的臉，將套索套上她的脖子……

說時遲、那時快，全場一瞬間鴉雀無聲，毫無動靜，令人無比難受。嬰兒停止哭啼，所有人屏息以待，原本手拍向心口的聲音停了，張大了嘴，血液變慢，腦中思緒飛奔：這不可能吧，不會吧，他們該不會，他們不能——這迅雷不及掩耳之際，處刑人執行了絞刑，眾人尖叫，受刑人落下。繩子到底時，人群抽口氣，沉吟一聲，彷彿大家肚子合而為一，一隻巨手重重朝肚子打了一拳。

現在我睜開眼了，就在這一秒，我轉身看到……那不是薩克斯比太太，根本不是薩克斯比太太，在繩子上搖搖晃晃的比較像個假人，它外表弄得像個女人一樣，穿著馬甲和洋裝，但手臂毫無生命，頭低垂著，像一袋塞滿稻草的帆布袋……

我從窗前走開。我沒哭。我坐到床上，躺在上面。外頭的聲音又變了，眾人恢復呼吸，找回聲音。一張張嘴巴開始說話，他們鬆開懷中的嬰兒，移動腳步，四散開來。街上傳來更多叫囂、叫喊和可怕的笑聲，最後更傳來歡呼聲。我想我自己目睹別人處刑也曾歡呼，我從未想過歡呼背後的意思。現在我聽到那一聲聲「萬歲」，即使我心中充滿悲痛，似乎仍能了解。她死了，他們乾脆明說吧。人人心中都湧起這個想法，比血液流竄得更快：她死了——我們活著。

＊＊＊

丹蒂晚上又來了，並帶來新的食物。我們一點都沒吃。我們只一起哭，聊我們看到什麼。她和費爾及其他易卜斯先生的姪子從靠近絞刑台的地方一起看。約翰說只有傻子才會從那裡看。他說他認識的人屋頂更適合，於是自己跑去了。我心裡好奇他究竟有沒有看，但我沒跟丹蒂討論。除了最後一刻，她從頭看到尾了。費爾連處刑也看了，說那一下乾淨俐落。他覺得其實大家傳言應該是真的，絞刑手要處刑女人時，繩結有特殊的綁法。總之，所有人都同意，薩克斯比太太表現得毫無畏懼，並勇敢赴死。

我想起那具假人身上的馬甲和洋裝緊緊裹著身子。就算她有顫抖或踢腿，我覺得我們也無從得知。

＊＊＊

但那不是我該思考的事。現在還有其他事情要處理。我再次淪為孤兒，如同世上所有孤兒，接下來兩、三週我在哀愁中開始考量自己的處境，漸漸體會到世界多麼辛苦和黑暗。我必須自立自強，獨自走過難關。我沒有錢，鎖鋪和房子八月租約便會到期。有個男人來到門口，大力敲門，丹蒂捲起袖子說會打他，他才悻悻然離去。在那之後，他便不管我們了。我想大家都聽說這棟房子是凶宅，沒人想租。但我知道過一陣子便會有人租了。總有一天，那個男人會帶著其他人來，破門而入。到時候，我該住哪裡？我獨自一人要怎麼辦？我想我可以找個正常的工作，也許去農場、染坊或毛皮廠，但我一想到就反胃。幹這行的每個人都知道，正常工作不只代表要被剝削，還無聊得要死。我寧可繼續偷拐搶騙。丹蒂說她認識三個女孩，她們在伍利奇一帶組了個幫派，專門在街上偷東西，目前想找第四個人……但她說時不敢看我的眼睛。因為我們兩人都知道，跟之前的生活相比，在街上偷東西根本沒搞頭。

但這就是我擁有的機會。我覺得或許還可行吧，而且也無心去找更好的選擇了。我目前毫無精神和心思安排任何事情。蘭特街的東西一件件消失，不是拿去當了，就是拿去賣了。而我仍穿著從鄉下那女人房中偷來的白色印花洋裝！洋裝穿在我身上更難看了。我在克里斯帝的瘋人院中早已瘦得不成人形，現在又更消瘦。丹蒂說我整個人瘦得像根針，如果能設法將我串上棉線，就能拿我來縫衣服。

後來我準備整理行李前往伍利奇時，發現自己其實沒東西可帶。我想找人道別，也想不到半個人。我去之前，只知道自己該做一件事。我必須去馬販巷監獄拿薩克斯比太太的遺物。

我請丹蒂陪我一起去。我覺得自己無法獨自承受。九月的某一天，我們去了。判決已經是一個多月前的事。倫敦從那時起都變了。季節更迭，天氣終於變得涼爽。街上充滿塵土和稻草，樹葉紛飛。監獄看起來昏暗淒涼。守門人認識我，便讓我進去了。我覺得他目光中帶著憐憫。女看守也是。他們已經將薩克斯比太太的東西用蠟紙包起，並繫好繩子。「交還給女兒。」他們一邊記錄一邊說。他們請我在底下簽名。我在克里斯帝醫生那兒待過之後，現在簽名跟一般人一樣快了……接著他們帶我走過中庭，穿過灰色的監獄墓園。我知道薩克斯比太太就葬在這裡。她的墳沒有墓碑，沒人能到這裡悼念她。他們帶我走出大門，上次看到的絞刑台便搭建在這座大門低矮扁平的屋頂上。他們每天都從此處出入，這對他們而言習以為常。他們想牽住我的手和我道別，但我沒伸出手。

包裹很輕，但我拿回家時因為心中充滿恐懼，似乎變得無比沉重。等我回到蘭特街，都已步履蹣跚。我快步走到廚房桌前，將包裹放下，大口喘氣並揉著手臂。我怕的是必須打開包裹，一一看她所有東西。我想著裡頭的東西，包括她的鞋子和長襪，也許仍保留著她雙腳的形狀。還有她的襯裙和梳子，上頭也許還有她的頭髮。不要！我心想。別管了！藏起來！改天再打開，不要今天，不要現在開！

我坐下來望著丹蒂。

「丹蒂。」我說：「我覺得我辦不到。」

她手握住我的手。

「我覺得妳應該打開。」她說：「我跟姊姊從停屍間拿回母親的東西時也一樣。我們把包裹放在抽屜，幾乎一年沒去看。等茱蒂打開的時候，因為上頭還都是河水，洋裝都泡壞了，鞋子和軟帽也全毀。結果除了她經常戴的項鍊，我們完全沒有能紀念母親的東西。最後爸爸還把項鍊當了去買琴酒……」

我看到她嘴唇開始顫抖。我無法面對她的淚水。

「好吧。」我說：「好。我會打開。」

話雖如此，我雙手仍在發抖，我將包裹拿到面前，試著解開繫繩，發現女看守綁得太緊了。後來丹蒂試了一下，也無法解開。「我們需要一把刀。」我說：「或一把剪刀……」但紳士死後，我有一段時間看到任何刀具都會嚇得縮起身子，我當時要丹蒂把刀全拿走，所以現在整間屋子（除了我）沒有任何尖銳的東西。我又拉又扯了繩結一陣子，但我好緊張，雙手都流滿手汗。最後我將包裹拿到嘴上，用牙齒咬住繩子。繩結終於鬆開，蠟紙順勢攤開。我嚇得後退。薩克斯比太太的鞋子、襯裙和梳子落到桌上，這正是我害怕見到的景象。另一塊像焦油一樣黑的東西順勢攤開，原來是她的黑色塔夫塔綢洋裝。

我不曾想過會見到這件洋裝。我怎麼沒想到？這是最糟的東西。乍看之下好像薩克斯比太太頭暈躺在桌上。洋裝胸口處仍別著茉德的胸針。有人把胸針上的鑽石撬下了（我不在乎），但上頭銀製的鑲台留有棕色的血跡，血跡已乾枯，幾乎如粉末一般。塔夫塔綢本身也十分乾硬。血讓布面變得粗糙。血跡邊緣有畫白線。律師當初將洋裝帶上法庭，並在每一塊血跡上用粉筆做記號。

那一條條線在我眼中彷彿畫在薩克斯比太太身上。

「噢！丹蒂。」我說：「我受不了了！幫我拿塊布和水來，好不好？喔！好可怕！」我開始搓洗洋裝。丹蒂也開始搓洗。我們神色凝重，全身顫抖，像在刷洗廚房地板一樣洗著衣服。洋裝變得一片汙濁。我們呼吸愈來愈急促。一開始我們先清理裙襬，然後抓住衣領，將洋裝上身拉近來清洗。

這時，洋裝發出奇怪的聲音——沙沙沙的聲響。

丹蒂放下手中的布。「那是什麼？」她說。我不知道。我將洋裝再拉近一點，又聽到那聲音。

「是不是蛾？」丹蒂問。「蛾在裡面拍翅膀？」

我搖搖頭。「我覺得不是。聽起來像張紙。也許女看守把什麼放在這裡……」

我拿起洋裝，搖了搖，往裡面望，卻什麼也沒有。不過我把洋裝放下時，又聽到沙沙沙的聲音。聲音聽起來是從上半身傳來的。而且在洋裝正面，剛好位在薩克斯比太太的心臟下方。我手放到上面觸摸。那個位置的塔夫塔綢感覺很僵硬，不光是血跡的關係，外布和內裡之間有東西卡在那裡，或是被刻意放在那裡。那是什麼？我光摸摸不出來。所以我將上半身內裡外翻，仔細看縫線。縫線開了個口，內裡鬆開了，但邊緣的縫線都有加強過，防止洋裝愈破愈大。總之，洋裝上多了個類似口袋的開口。我望向丹蒂，然後把手伸進去。那東西再次沙沙作響，她向後退。

「妳確定不是蛾？或蝙蝠？」

最後我們發現那是一封信。薩克斯比太太將信……藏了多久？我猜不到。起初我以為她放那裡，信肯定是要給我的。也許她在監獄裡寫好信，希望死後將信留給我。一想到此，我心情好緊張。但那封信上有紳士的血，所以至少他死的那天晚上，這封信就藏在洋裝裡了。而且我仔細去看，覺得那封信一定放了更久，因為信紙年代已久，皺褶都已模糊，墨跡也褪了色。信紙放在薩克斯比太太塔夫塔綢洋裝上身中，被馬甲壓成弧形。蠟封——

我望向丹蒂。蠟封還沒打開。「蠟封沒打開！」我說：「怎麼會？她為何要長年貼身帶著這封信，還這麼小心，而且還沒讀過？」我將信拿在手中翻來覆去，看著信封上的字。「上面寫的是誰的名字？」我說：「妳看得懂嗎？」

丹蒂看了看，然後搖搖頭。「妳呢？」她說。但我也看不懂。手寫字在我眼中比印刷字更難了。這筆跡字很小，又歪歪斜斜的，而且如我所說，墨水部分暈開，上頭還有模糊的汙斑。我走到燈旁，將信湊到燭芯前。

我瞇起雙眼，一直看、一直看……最後我發現，如果那張摺起的信紙上有寫人名，那只可能是我的名字。我確定我看得出一個大寫S，然後後頭是個小寫的u，接著又是小寫s——

我再次緊張起來。「怎麼了？」丹蒂看到我表情問。

「我不知道。我想這封信是給我的。」

她手摀住嘴，然後說：「妳親生母親寫的！」

「我母親？」

「還會有誰呢？噢！蘇，妳一定要打開來看。」

「我不知道。」

「但搞不好信裡會告訴妳……告訴妳財寶在哪裡！搞不好是張地圖！」

我覺得這不是張地圖。我肚子糾結，滿懷恐懼。我再次看著信，看著S和u——「妳開。」我說。丹蒂舔了舔嘴唇，將信翻面，緩緩打開蠟封。廚房裡一片寂靜，我覺得自己聽到蠟屑從信紙落到地上的聲響。她打開信，然後眉頭皺起。

「都是字而已。」她說。

我走到她身旁，看到一排排墨字。字很小，排列緊密，令人眼花撩亂。我盯得愈用力，字愈令我迷糊。我很確定這封信是給我的，只是信所透露的恐怖祕密，我也許寧可永遠不要知道。雖然我內心緊張又恐懼，但最糟的是信就攤在眼前，我卻完全不懂信寫了什麼。

「來吧。」我對丹蒂說。我把她的軟帽給她，也拿起我的軟帽。「我們到街上，找個人來唸給我們聽。」

我們走後門。我不想請我認識的人讀，他們都詛咒我。我想找個陌生人。於是我們向北走，快步走向河邊的釀酒廠。街上有個男的。他脖子上掛個托盤，上面放滿肉豆蔻磨粉器和頂針。但他戴著眼鏡，而且我不知道為什麼，他看起來有讀過書。

我說：「找他好了。」

他看到我們走來，朝我們點頭。「想買磨粉器嗎，女孩？」

我搖搖頭。「聽著。」我試著開口說，因為我們快步走來，再加上心情起伏，恐懼萬分，我差點要喘不過氣了。我手按到心上。「你識字嗎？」我終於開口問他。

他說：「識字？」

「會讀小姐寫的信嗎？我指的不是書。」

他看到我手中的信紙，推了推眼鏡，歪著頭。

「十八歲生日時……」他讀道。「拆開此信……」我一聽到便全身發抖。他沒注意到。不過他將頭擺正，哼了一聲。「這不是我本行。」他說：「我可不要浪費時間站在這裡讀信。那樣又不能多賣幾個頂針，是吧……？」

有人就連挨揍也會跟你算錢。我手邊發抖邊放入口袋，拿出所有錢幣。丹蒂也這麼做了。

「七便士。」我將錢湊一湊說。

他拿在手中反覆打量。「是真幣嗎？」

「夠真了。」我說。

他又哼一聲。「好吧。」他將錢收好，然後將眼鏡從耳朵上摘下擦了擦。「好了，我們來看看。」他說：「但妳拿著。這玩意兒看起來是法律文件。我以前吃過官司。我可不想因為碰了，惹上什麼麻煩……」他將眼鏡戴上，準備開始讀。

「上面每個字都要唸。」我見他準備好說：「每個字。有聽到嗎？」

他點點頭，然後開口了。「在我女兒蘇珊．里利十八歲生日時拆開此信——」

我將信紙放下。「蘇珊．純德。」我說：「你是說蘇珊．純德吧。你唸錯了。」

「上頭是寫蘇珊．里利啊。」他回答。「好了，拿好，翻面。」

「有什麼意義？」我說：「你又不照著上面的字唸……？」

但我愈講聲音愈小。我胸中彷彿出現一條蛇，緊緊捲繞住我的心臟。

「來吧。」他說。他表情變了。「這玩意滿有趣的。這什麼？遺囑是吧？這是瑪莉安．里利的遺囑……果然——此狀立於一八四四年九月十八日南華克自治市蘭特街，並在葛蕾斯．薩克斯比太太見證下——」他停下來，表情再次一變。「葛蕾斯．薩克斯比？」他語氣震驚。「什麼？那殺人犯？這是死人的東西，是不是？」

我不答腔。他又瞄一眼信紙，看到上頭的血跡。也許他剛才以為是墨水或顏料。他馬上說：「我不知道我該不該……」他一定看到我的表情了。「好啦，好啦。」他說：「我們看看。這裡寫什麼？」他湊近信紙。

「我，瑪莉安．里利來自……這寫什麼？荊辣莊園？荊棘莊園？白金漢郡的荊棘莊園。我，瑪莉安．里利，本人目前神智清楚，唯身體虛弱，因此將我於襁褓中的女兒蘇珊託付……妳別晃行不行？好多了。因此將我於……嗯哼……託付給葛蕾斯．薩克斯比太太照顧，且不得向孩子透露她真實的身分。她的身分必須等到一八六二年八月三日，她十八歲生日時才能告訴她，而該日我也會將我個人一半的財產交給她。

「作為交換，葛蕾斯．薩克斯比太太會將她親生女兒茉德給我照顧……老天，妳怎麼又抖了！好好拿著，好不好？親生女兒茉德給我照顧，在上述日期前，同樣不得透露她真實的身分。該日我願將我剩餘的財產轉讓給她。

「這份遺囑出自本人真實意願，也是合法聲明書。這是我和葛蕾斯．薩克斯比之間的契約，與我父親和兄長無關，並具有法律效力。

「蘇珊．里利不會知道她不幸母親的事，只會明白母親努力不讓她受到照顧。

「茉德．薩克斯比將以小姐的身分受撫養長大，她將知道她母親愛她，更勝過生命……好了！」他抬頭站好。「告訴我這七便士值不值得。妳看，報社要是知道，我敢說一定值更多錢。妳表情怎麼這麼怪！妳該不會快昏倒了吧？」

我搖搖晃晃，手抓住他的托盤。他的磨粉器滑動。「小心一點，嘿！」他氣呼呼說：「這裡是我全部的貨。聽著，要是全砸壞的話——」

丹蒂來扶住我。「對不起。」我說：「對不起。」

「沒事吧？」他將磨粉器放好。

「沒事。」

「很驚人，對吧？」

我搖搖頭，或許是點頭，我不記得了。我手抓著信，踉蹌退開。「丹蒂。」我說：「丹蒂——」

她扶我靠牆坐下。「怎麼了？」她說：「噢！蘇，信上寫的是什麼意思？」

那人仍在看。「要是我會給她喝點水。」他喊道。

但我不想喝水，我不讓丹蒂離開。我緊抓著她，臉靠在她袖子上。我全身開始顫抖，像是一個生鏽的鎖，彈簧老舊，但鎖簧被頂起，鎖閂硬被撬開，不住地劇烈發抖。「我母親——」我說。我說不出口。這句話太沉重了。光是知道便令人無法負荷！我母親，茉德的母親！我不敢相信。我回想起我在荊棘莊園木盒中看到的那名美麗的女士肖像。我想起茉德經常去清理的墳。我想到茉德和薩克斯比太太，然後想到紳士。噢，我現在看出來了！他那時這麼說。現在我也看出來了。現在我終於知道，薩克斯比太太在監獄一直想說，卻不敢說出口的事。如果我死了之後，妳聽到任何關於我的壞話，就回想……她為何要藏著這祕密這麼久？關於我母親的事，為何她要說謊？我母親不是殺人犯，她是個小姐。她是個有大筆財產的小姐，她原本打算分給……

妳聽到任何關於我的壞話，就回想……

我心裡想了又想，開始感到噁心。我將信放到面前，口中呻吟。賣頂針的人仍離我們一段距離看著我。不久，其他人也靠近，站在一旁看。「喝醉了，是嗎？」我聽到有人說。然後有人問：「嚇到啦？」「她痙攣發作了嗎？她朋友應該在她嘴裡放個湯匙，不然她會咬斷舌頭。」我受不了他們的聲音和目光。我手伸向丹蒂，站了起來，她摟著我，扶著腳步蹣跚的我回家。她倒了白蘭地給我喝，並扶我坐到桌邊。薩克斯比太太的洋裝仍攤在桌上。我拿起衣服，雙手握緊成拳，臉埋到衣服的皺褶裡。然後我發出像野獸一樣的嘶吼，將衣服扔到地上。我攤開信，再看著那一行行墨水字。蘇珊・里利……我再次呻吟，然後站起來，開始踱步。

「丹蒂。」我說話時彷彿是在喘氣一樣。「丹蒂，她一定知道。她一定一直都知道。一定是她送我去那裡的，去幫忙紳士，知道他最後打算——噢！」我聲音沙啞。「她送我去的，這樣他就能將我關到瘋人院，帶茉德回來。她從頭到尾都只想要茉德。她讓我安全長大，就是要拋棄我，這樣茉德，這樣茉德——」但這時候，我全身動也不動。我想起茉德被刀子嚇了一跳，想到茉德讓我恨她，想到茉德讓我以為她傷害了我，不讓我知道誰傷我最重……

我手摀著嘴，不禁痛哭失聲。丹蒂也開始哭。

「怎麼了？」她說：「噢，蘇，妳好奇怪！到底怎麼了？」

「全天下沒有更慘的了。」我淚水交織說：「全天下最慘！」

我明白了，如黑夜中一道閃電，清楚而深刻。茉德試著救我，而我卻渾然不覺。我只想著殺她，結果這段時間她卻——

「我讓她走了！」我起身說，並四處亂走。「她現在在哪？」

「誰在哪？」丹蒂差點尖叫。

「茉德！」我說：「喔，茉德！」

「里利小姐？」

「叫她薩克斯比小姐！噢！我快瘋了！一想到我以為她是蜘蛛女，將你們全都捕入網中。想到我有次站著替她固定頭髮！如果我當時說出口……如果她轉身……如果我那時知道……我就會吻她……」

「吻她？」丹蒂說。

「吻她！」我說：「噢，丹蒂，妳也會吻她！任何人都會！她是珍珠，珍珠！結果現在我失去她了，我把她拋棄了！」

我繼續胡言亂語。丹蒂試著讓我冷靜，但我停不下來，只能不斷踱步，擰著雙手，扯著頭髮，不然我會倒地呻吟。最後我癱軟在地上。丹蒂一直哭，哀求我別這樣。她拿水潑在我臉上，並跑到街上去找鄰居借一瓶嗅鹽，但我彷彿失去生命倒在地上。我生病了，就在一瞬間生病了。她把我抱到我以前的房間，讓我睡在我自己的床上。我再次睜開眼時，她說我望著她，不知道她是誰，她要幫我脫下洋裝時，我還打她。她說我像個瘋子一樣胡言亂語，提到格紋花呢和天然橡膠靴，尤其我還怪她拿走我沒有會死的東西。「在哪裡？」她說我哭喊。「在哪裡？喔！」她說我哭個不停，可憐兮兮的，於是她把我所有東西拿來，一個個舉到我面前。最後她找到了，我洋裝口袋裡有個舊羔皮手套，皺巴巴的，外表汙黑，上頭還有齒痕。她拿起來時，我從她手中接過來，捧在手上心碎大哭。

我不記得了。我發燒將近一星期，後來全身虛弱，彷彿一直沒退燒似的。丹蒂不離不棄地照顧我。她餵我喝茶、喝湯和粥，扶我起身用夜壺，替我擦掉滿臉的汗水。我想到薩克斯比太太和她怎麼騙我時，我仍會哭泣、咒罵、扭動身子。但我哭大都是因為想到茉德。因為這麼久以來，我像在心中立起一道水壩，防堵自己的愛。現在那道牆被沖破，愛淹沒了心，我彷彿快淹死了……但我身體慢慢好轉，我的愛也漸漸恢復平衡，並平靜下來。最後我這輩子從未感到如此冷靜。「我失去她了。」我又對丹蒂說。我一次次重複這句話，但我語氣穩定。起初是輕聲細語，後來日子一天天過去，我力量漸漸恢復，變成低聲傾訴，最後我聲音回來了。「我失去她了。」我會說：「但我會去找她。就算花上一輩子，也要把她找出來，告訴她我知道的事。她可能已經遠走高飛，可能躲到世界另一個角落。她搞不好結婚了！我不管。我會找到她，告訴她一切……」

那是我腦中唯一的念頭。我只在等自己身體康復，便馬上出發。最後我覺得等得夠久了。我從床上起來。之前每次我抬起頭，整個房間都彷彿不斷打轉。這次房間文風不動。我梳洗更衣，拿起我原本計畫要帶去伍利奇的行李袋。我拿起信，塞到洋裝中。我想丹蒂一定覺得我腦袋又發燒了。後來我親吻她臉頰，讓她知道我臉不燙。「替我照顧查理．瓦格。」我說。她發現我認真又誠摯，便開始哭泣。

「妳要怎麼做？」她說。我說我打算從荊棘莊園開始。「但妳要怎麼到那裡？妳要怎麼支付旅費？」我說：「我會用走的。」聽到時，她擦乾眼淚，咬著嘴唇。「在這等一下。」她說。她跑出房子，離開了二十分鐘，回來時，手中拿著一英鎊。這是她好久以前藏在粉刷牆面裡的錢，她曾說她要是死了，我們一定要拿這筆錢埋葬她。她將錢給我。我又親吻她一下。「妳會回來嗎？」她說。我說我不知道……

＊＊＊

於是我人生第二次離開自治市區，重新出發前往荊棘莊園。這次路上沒有濃霧，火車一路順暢。到了馬洛，當時我想叫出租馬車，卻笑我的那個車站人員，如今來扶我下車。他不記得我。就算他記得，他現在也認不出我了。我骨瘦如柴，他以為我是殘疾人士。「從倫敦來這裡呼吸新鮮空氣，是吧？」他親切地說。他看著我拿的小袋子。「妳拿得動嗎？」這時他跟上次一樣問：「沒有人來接妳嗎？」

我說我會用走的。我確實走了兩、三公里。後來我停下來，坐在路旁階梯上休息，一個男人和一個女孩駕著馬車經過，他們望著我，一定也以為我是殘疾人士。因為他們停下車，讓我搭一程。他們讓我坐在座位上，男人將大衣披在我肩上。

「要去很遠的地方嗎？」他說。

我說我要去荊棘莊園，他們可以在任何靠近荊棘莊園的地方放我下車──

「荊棘莊園！」他們聽到驚呼。「可是妳為何要去那裡？自從老爺子死了以後，那裡人去樓空了。妳不知道嗎？」

人去樓空！我搖搖頭。我說我知道里利先生生病了。他雙手無法動，也說不出話，必須拿湯匙餵。他們點點頭。可憐的先生！他們說。他整個夏天悲慘度日，拖了好一陣子。畢竟天氣熱得難受。「聽說最後他散發難聞的氣味，」他們壓低嗓音說：「雖然他外甥女……就是跟紳士私奔那丟臉的女孩子。妳知道那件事嗎？」我不答腔。「雖然她回來照顧他，但他一個月前還是死了。在那之後，莊園便荒廢了。」

所以茉德回來，然後走了！要是我早知道……我轉頭。當我開口時，聲音有點哽咽。我希望在馬車顛簸聲中能夠不明顯。我說：

「那個外甥女，里利小姐？她後來……她後來怎麼了？」

但他們只聳聳肩。他們不知道。有人說她回去丈夫身邊。有人說她去了法國……

「妳想去拜訪其中一個僕人是嗎？」他們看著我的印花洋裝問。「僕人也都鳥獸散了。除了一個人，他負責阻止盜賊偷東西。他這工作我可不幹。據說莊園現在鬧鬼了。」

確實青天霹靂。但我本就料到會事與願違，並已做好心理準備。他們問我要不要送我回馬洛？我說不用，我還是要去。我覺得他們說的僕人一定是魏伊先生。我心想：「我會找到他，他認識我。而且，喔！他看到茉德了。他會告訴我她去哪裡了……」

於是他們送我到荊棘莊園的圍牆邊。我從那裡再次步行。馬蹄聲漸漸遠去。路只有一條，天氣淒冷。時間不過兩、三點，黃昏的氣息卻已潛伏在陰影中慢慢浮現。我搭威廉．印克的小馬車時，圍牆似乎沒那麼長。我感覺走了一個小時，後來看到拱形大門，還有後頭的小屋屋頂。我加快腳步。但這時，我的心情幾乎沉到谷底。小屋門窗緊閉，一片漆黑。大門全上了鐵鍊和鎖，地上堆滿樹葉。風吹過時，鐵欄發出低吟。我走到大門前推了一把，門發出咿呀聲響。

「魏伊先生！」我大喊。「魏伊先生！有人在嗎？」

我的聲音驚起十幾隻黑鳥，牠們從矮樹叢飛起，呀呀叫著。那聲音令人心慌。我心想：「聽到那聲音，應該有人會來吧。」但沒人過來。鳥兒繼續呀呀鳴叫，風聲呼嘯，穿過鐵柵，我又叫了一次，依舊沒有人來。於是我看了看鐵鍊和鎖。鐵鍊很長。我覺得上鐵鍊只是要擋牛或小孩子。但我現在比孩子還瘦。我心想：「這沒犯法。我以前在這裡工作。其實我不曾正式離開……」我再次推動大門，這次推到底。大門的縫正好讓我鑽得進去。

門碰一聲在我身後關上。鳥兒再次飛起，但仍然沒人過來。

我等了一分鐘，繼續向前走。

牆內感覺比以前更安靜了。寂靜中添了份詭異。我沿著路走。風吹得樹林像在竊竊私語，輕聲嘆息。樹枝上光禿禿的。葉子在地上鋪成厚厚一層。樹葉溼潤，黏在我裙子上。四處不時有一池池泥水窪，還有一叢叢未修剪的矮樹叢和藤蔓。庭園中的草坪也長了，夏天烤得長草枯黃，又被雨水淋得低垂在地。草的頂端都成了爛泥，散發特殊的氣味。我想裡頭有老鼠。也許還有大老鼠。我經過時，聽到牠們窸窸窣窣的聲音。

我開始加快腳步。路先有個下坡，隨後開始爬升。我記得和威廉・印克在黑暗中駕馬車經過這段路。我知道接下來的路會怎麼轉，以及轉彎之後的風景……雖然我心底知道，但突然看到那棟大宅，心中仍吃了一驚。灰色的房子彷彿從土地長出，莊嚴肅穆。我停在碎石道邊緣，心中依稀有點害怕。四周萬籟俱寂，一片昏暗。窗戶百葉窗都已拉起。屋頂上停著更多黑鳥。牆上的藤蔓已攀不住牆，如髮絲在空中搖擺。巨大的正門原本就因為雨水有點膨脹，現在更是浮腫變形。門廊有著更多溼漉漉的樹葉。這棟房子不像給人住的，倒像給鬼住的。我忽然想起那男人和女孩剛才說這裡鬧鬼……

我打了個冷顫，望向四周，先回首來時路，然後望向草坪另一頭，草坪延伸到黑暗糾結的樹林中。我和茉德以前常走的那條路消失了。我轉回頭。天空灰暗，下著綿綿細雨。風仍在樹林中細語嘆息。我又打了個冷顫。這棟房子彷彿看著我。我心想：「要是我能找到魏伊先生就好了！他會在哪？」我繞到房子後頭，走向馬廄和庭院。因為腳步聲很響，我走得格外謹慎。但這裡和其他地方一樣寂靜空蕩。沒有狗叫聲。馬廄門開著，裡頭沒有半匹馬。白色的巨鐘仍在，但時針已不動了，時間都錯了，這點令我無比震驚。我走的這段時間時鐘都沒敲響。我想這便是令我感到靜得詭異的原因。「魏伊先生！」我喊道，但我聲音放輕。在這裡大喊感覺不大對勁。「魏伊先生！魏伊先生！」

後來我看到有個煙囪冒出一縷輕煙。我心不禁一跳。我走到廚房門，敲了敲門，沒人應門。我轉動把手。門鎖住了。接著我走到花園那側的門。那便是那天晚上我和茉德逃跑的那道門。那道門也鎖住了。接著我又繞到正門，走到一扇窗前，拉開窗板，朝裡面張望，什麼都看不到。我雙手和臉都湊到玻璃上，當我向前推的時候，窗門似乎有點鬆動……我猶豫了一分鐘，後來滂沱大雨從天而下。我用力頂了一下窗。窗門從門孔中彈出，窗往內打開。我從窗台爬上去，跳到裡面。

我站起來，動也不動。窗門彈開的聲音一定很大聲。要是魏伊先生聽到，拿槍趕來，以為我是盜賊怎麼辦？我現在感覺就像盜賊。我想到我的母親，但我母親從來不是個賊，我母親是個小姐，我母親是這棟豪宅的小姐……我搖搖頭。這種事我一輩子都不敢相信。我躡手躡腳向前。屋子裡很黑。我想這裡應該是餐廳。我之前從未進到這裡。但我曾想像茱德坐在這兒和舅父吃晚餐。我曾想像她小口吃著餐點……我走到餐桌旁，桌上仍設有蠟燭、刀叉和一盤蘋果。但上頭全都是灰塵和蜘蛛網。蘋果已經腐爛。空氣滯悶。地上有個破酒杯，那是一只水晶杯，杯緣是金色的。

門緊閉著。我覺得這扇門已經好幾週沒打開過。不過，我轉動門把推開門時，門一點聲音都沒有便開啟了。這房子裡每一道門都毫無聲響。地板鋪著滿是灰塵的地毯，消除了我的腳步聲。

於是我無聲地向前，像在房子中滑行。我彷彿是鬼魂。這想法很奇怪。我對面又是另一扇門，通往客廳。我也從未進過客廳。我走過去，朝裡面看。那裡頭也一樣昏黑，四處都掛著蜘蛛網。壁爐前地上有點灰燼。爐邊有一張張椅子，我想里利先生和紳士一定曾坐在這裡，聽茱德唸書。那裡還有一張小巧僵硬的沙發，旁邊有盞燈，我想那是她的座位。我想像她坐在那兒。我回憶著她溫柔的聲音。

現在回想起來，我當時完全忘了魏伊先生的事，忘了去想我母親的事。她對我來說重要嗎？我心中只想著茱德。我原本想走去廚房，但後來我緩緩繞過大廳，經過膨脹的正門，爬上樓梯，想去她以前的房間。我想站在她站過的地方，站到玻璃窗前，站到鏡子前。我想躺在她的床上，回憶自己如何親吻她，並失去她……

如我所說，我像鬼魂一樣走著。我落淚時也像個鬼魂，默默無聲，淚水不經意從臉頰滑落。彷彿我知道自己的眼淚足以流一百年，而我將一點一滴把淚流盡。我走到迴廊上。藏書室就在我面前，門半敞開著。門旁標本都還掛著，仍有著玻璃珠做成的眼睛和尖牙。我想起自己第一次來找茱德時，曾伸手摸過標本。我當時站在門外，聽著她唸書。我再次回憶她的聲音。我的思念無比強烈，彷彿能依稀聽到她。平靜無聲的房中，彷彿傳出她的悄語或低吟。

我屏住呼吸。低吟聲停下，然後再次響起。那不是我腦中的聲音，我真的聽到了。聲音是從藏書室傳來的……我全身開始顫抖。也許這棟房子終究鬧鬼。或也許，該不會……我走到門口，伸出發抖的手，將門推開，然後站在原地，眨了眨眼。藏書室變了。窗上的彩漆已刮掉，地上的銅製手指也被撬走。書架上幾乎沒有書。壁爐有一小團火。我將門推更開。里利先生以前的書桌上點了一盞燈。

而光線中的那人，正是茉德。

她坐在書桌前寫字。她一手手肘放在桌上，另一手托著臉，手指彎曲靠在眼睛上方。因為光，我清楚看到她的身影。她眉頭糾結，雙手赤裸，袖子挽起，手指烏黑沾滿墨漬。我站在那裡看著她寫下一行字。那張紙上已經寫了好幾行字。然後她抬起筆，在空中畫著一圈又一圈，彷彿不確定接下來該寫什麼。她再次低聲喃喃自語，並咬著嘴唇。

她再次下筆，並將筆伸到墨水瓶中蘸了蘸。這時她手從眼前收回，抬起頭，發現我看著她。

她沒有嚇一跳，全身文風不動，也沒有失聲大叫。她起初一聲不吭，只靜靜坐著，雙眼凝視著我，臉上露出驚訝。我向前踏了一步，她見了站起身來，手中的筆滾過紙頁和書桌，最後落到地上。她雙頰變得蒼白。她抓住椅背，彷彿手離開的話自己會癱軟或昏倒。我又向前走一步，她手抓得更緊了。

「妳是來殺我的嗎？」她問。

她輕聲將這句話說出口。我聽到她說的話，看到她蒼白的臉，這才發覺她不只驚訝，內心也感到恐懼。這令人難以承受。我別開頭，臉埋到雙手中。因為剛才落淚，我的臉仍溼答答的，現在更是淚如泉湧。「噢，茉德！」我說：「噢，茉德！」

我之前從來沒有這樣噢過她的名字，只叫過她小姐。事到如今，即使在這裡，我仍感到十分陌生。我雙手用力拭淚。剛剛不久，我才想著自己多愛她。我以為她消失了，原本打算花好幾年時間搜尋她的下落。我內心為她煎熬，如今卻馬上遇到她，如此真實，充滿溫度，我心情激動，難以負荷。

「我不是……」我說：「我不行……」她沒靠近，而是臉色蒼白地站在原地，手仍緊緊抓著椅背。於是我用袖子擦臉，努力讓自己好好說話。「有張紙。」我說：「我找到一張紙，藏在薩克斯比太太的洋裝裡……」

我開口時，感到那張紙僵硬地放在我洋裝中，但她沒反應，我猜她知道我在說什麼。從她神情看來，她也知道上面的內容。那一刻，我不由自主討厭她。當然，只有一瞬間而已。情緒一過，我全身便失去力量。我走到窗前，坐到窗台上。我說：「我付錢請人唸給我聽，後來我生病了。」

「對不起。」她說：「蘇，對不起。」

但她仍沒走向我。我再次擦擦臉。

我說：「我搭了一個男人和女孩的便車。他們說妳舅父過世了，也說除了魏伊先生，這裡沒有別人了——」

「魏伊先生？」她皺起眉頭。「魏伊先生走了。」

「他們說有個僕人。」

「他們指的一定是威廉．印克。他和我待在這裡。他妻子負責替我煮飯。就這樣。」

「只有他們跟妳？在這麼大的房子。」我環顧四周，打了個寒顫。「妳不會怕嗎？」

她聳聳肩，垂頭望著雙手，表情十分憂鬱。「我現在又有什麼好怕的呢？」她說。

這句話意味深長，再加上她的語氣，我起初沒答腔。我再次開口時，聲音更小了。

「妳什麼時候知道的？」我說：「妳什麼時候知道一切的，關於我們，關於……妳一開始就知道嗎？」

她搖搖頭。她聲音也放輕了。「那時不知道。」她說：「後來理查帶我到倫敦才知道。那時她……」她臉紅了紅，但抬起頭。「那時我才得知。」

「之前不知道？」我問。

「之前不知道。」

「那他們也騙了妳。」

以前想到這點，我可能會高興。但這點也同樣屬於過去，屬於我這九個月以來，嘗到、看到和體會到的悲涼和折磨。一時間，我們沉默不語。我身體靠著窗，臉頰貼著玻璃，玻璃冰涼。窗外的雨仍猛烈地下著。雨落到碎石上，讓石頭不住晃動。草坪彷彿受了傷。透過潮溼的枯枝交織之中，我看到遠處的紫杉林，和紅色小禮拜堂的尖頂。

「我母親埋在那裡。」我說：「我以前看著她的墳，腦中都一片空白。我以為我母親是殺人犯。」

「我以為我母親瘋了。」她說：「結果……」

她說不出口。我也是，現在還說不出口。但我再次轉頭望向她，吞了吞口水說：

「妳去監獄看她。」我想起女看守說的話。

她點點頭。「她有提到妳。」她說。

「提到我？她說什麼？」

「她說她希望妳永遠都不要知道。她寧可他們吊死她十次，也不願讓妳知道。她覺得她和妳母親都錯了。關於想讓妳成為一個普通的女孩。但那就像把珍寶藏在土中。泥土沖刷之後……」

我閉上雙眼，再次睜開時，她終於靠近一些。

「蘇。」她說：「這棟房子是妳的。」

「我不想要。」我說。

「錢也是妳的。妳母親一半的錢。如果妳想要的話，全都能歸妳。那筆錢我不會拿。妳會很有錢。」

「我不想要有錢。我從來就不想要有錢。我只想要……」

但我猶豫了，我的心已無法承受更多。她的目光也過於親密和清晰。我想到自己最後一次見到她。不是在法庭，而是在紳士死的那天晚上。她當時雙眼閃爍，現在她的目光不再發光。她頭髮之前燙成鬈髮，現在恢復光滑的直髮，她頭髮沒有用髮簪固定，只用條樸素的緞帶綁在後頭。她雙手沒有發抖。如我剛才所說，她沒有戴手套，手上沾滿墨漬。她手靠在額頭時，上頭也沾到了墨水。她穿著深色洋裝，裙子修長，但沒有鋪展到地上。那是件絲質洋裝，但繫帶卻綁在正面。最上頭的釦子沒有扣上。她脖子上的脈搏陣陣搏動。我別開頭。

之後我轉回頭，凝視她雙眼。

「我只想要妳。」我說。

她臉上泛起紅暈，雙手放開，朝我又走一步，差點情不自禁伸出手。但後來她轉開身子，目光低垂。她站在書桌旁，手放到紙頁和筆上。

「妳不認識我。」她語氣古怪，毫無情緒。「妳從來都不認識我。有些事……」

她深吸口氣，卻說不出口。「什麼事？」我說。她沒回答。我站起來靠近她。「什麼事？」

「我舅父……」她抬起頭，面露恐懼。「我舅父的書……妳以為我是好人，對不對？我從來不是好人。我……」她一時之間似乎百般糾結，內心掙扎。然後她又走到書桌後的書架上，拿下一本書。她將書緊緊抱在胸前，轉身拿到我面前。她攤開書頁，我覺得她雙手在顫抖。「這裡，」她目光掃過書頁說：「或這裡也可以。」我看她目光停下，然後她用和剛才一樣不帶情緒的聲音開始朗誦。

她唸道：「我使勁將她推倒在沙發上，她頸子美麗，肩膀白皙赤裸，光澤動人，香豔可口。她驚惶失措，雪白豐滿的雙峰頂著我的胸膛，狂野地起伏……」

「什麼？」我說。

她不回答我，也沒抬頭。反而翻過那頁，唸另一頁。

「我不知道自己在幹什麼。一切全化為動作。舌頭、雙唇、腹部、手臂、大腿、小腿、屁股，每一處動作都充滿淫欲和激情。」

我此時臉頰都紅了。「什麼？」我小聲說。

她又翻了好幾頁，又開始唸。

「不久，我大膽地將手摸到她最私密的寶藏，不理會她輕柔嬌嗔，用炙熱的雙唇堵住她的口，手指深入愛的廊道……」

她停下來，語氣絲毫沒有起伏，但心臟大力跳動著。我自己的心也跳得厲害，但我仍不明白，便問道：

「妳舅父的書？」

她點點頭。

「全都像這樣？」

她又點點頭。

「每一本都像這樣？妳確定？」

「非常確定。」

我從她手中接過書，看著書上的印刷字。在我看來，跟任何一本書毫無差別。於是我放下來，走到書架，拿起另一本。那本也一樣。接著我又拿起另一本，這本上面有圖畫。你絕對沒看過這樣的圖。有張圖中有兩個裸女。我望向茉德，我的心彷彿揪成一團。

「妳全都懂。」我說。那是我腦中第一個想法。「妳說妳什麼都不懂，但其實……」

「我當時真的不懂。」她說。

「妳明明都懂！妳讓我親妳。妳讓我想再親妳！其實長久以來，妳天天都來這裡……」

我聲音哽咽。她看著我的臉。我想到自己來到藏書室門口，聽到門後她起伏的聲音，想到她唸書給紳士聽……給紳士聽！我則和史黛西太太和魏伊先生坐著吃烤塔和卡士達醬。我手按住胸口，心揪得好緊、好痛。

「噢！茉德。」我說：「要是我知道！一想到妳……」我不禁哭了出來。「一想到妳舅父……噢！」我手摀住嘴。「我的舅父！」沒有比這更詭異的事了。「噢！」書仍在我手中，我看了一眼，不禁鬆手讓書落到地上，彷彿被燙到。「噢！」

我說不出話來。茉德動也不動，她手放在書桌上。我擦拭雙眼，然後望著她手指上的墨漬。

「妳怎能忍受？」

她不回答。

「一想到他。」我說：「那王八！噢，噁心還不夠形容他！」我雙手擰在一塊。「現在看到妳還在這，旁邊放滿他的書！」

我望向書架，好想把書全砸了。我走向她，伸手要將她拉近。但她推開我，頭撇向一邊，要是在平時，我會說那姿態透露著驕傲。

「別因為他可憐我。」她說：「他死是死了，但我仍是他一手帶大的。我永遠都會是這個樣子。這裡大半的書籍都毀了，或拿去賣了。但我還在這裡。來，我來告訴妳全部的事。妳看我怎麼謀生。」

她從書桌上拿起一張紙，就是我剛才看到她寫字的那張紙。墨水還沒乾。她說：「我之前問舅父的朋友能不能替他寫作。他把我送去小姐走投無路時會去的小姐之家。」她苦笑。「他們說小姐不會寫這種書，但我不是小姐……」

我看著她，一時沒意會過來。我望著她手中的紙，然後心跳漏了一拍。

「妳在寫像他收藏的書！」我說。她點點頭，不吭聲，表情嚴肅。我不知道我露出什麼表情。我覺得雙頰發燙。「那種書！」我說：「我不敢相信。我想遍自己找到妳的各種情境。結果妳居然在這裡，一人在這豪宅生活——」

「我不是一個人。」她說：「我剛才跟妳說了。威廉．印克也在，他和他妻子照顧著我。」

「結果妳自己在這裡，還居然寫著那種書！」

她再次露出驕傲的表情。「為什麼不行？」她說。

我不知道。「感覺就不對勁。」我說：「一個像妳一樣的女孩子——」

「像我？世上沒有女孩子像我一樣。」

我好一會兒不說話。我再次望著她手中的紙頁，然後小聲說：

「有錢賺嗎？」

她臉紅了。「一點點。」她說：「我寫快點的話，夠用了。」

「那妳……妳喜歡嗎？」

她臉又更紅了。「我發現我滿擅長的……」她咬著嘴唇，仍凝視著我的臉。「妳會因此討厭我嗎？」她說。

「討厭妳！」我說：「我早就有五十個名正言順的理由恨妳，可是我卻……」

我卻深愛著妳，我原本想這麼說。但我沒說出口。我還能說什麼？如果她姿態仍這麼高，暫時來說，我也能……總之，我不需要說出口。她從我表情就懂得我的意思。她神情變了，雙眼澄澈。她伸起手，摀住雙眼，手指在眼上留下更多黑痕。我真是受不了。我馬上伸出手，抓住她手腕，並舔溼我大拇指，幫她擦額頭。我一心只想著墨漬，還有她白皙的肌膚。但她感覺到我的手時，全身不動了。我大拇指動作變慢了，接著摸過她臉頰，情不自禁捧著她的臉。她閉上雙眼，臉頰光滑細緻，不像珍珠，比珍珠更溫暖。她轉動頭，將嘴放到我手掌上，雙唇好柔嫩。她額上的黑痕仍在，但我覺得別在意了，那終究只是墨痕而已。

我親吻她時，她全身發抖。我這一刻想起那夜親吻她，讓她顫抖的感覺。我自己也不禁顫抖起來。我大病初癒，覺得自己要昏倒了！我們分開來。她手按著胸口。她的手剛才仍拿著那張紙，現在紙飄到地上。我彎身拿起，將紙撫平。

「上面寫了什麼？」我壓平之後問她。

她說：「上面一字一句寫的都是我多想要妳……看。」

她拿起燈。藏書室變得更暗了，雨仍拍打著玻璃窗。她帶我到火爐旁，讓我坐下，並坐到我身旁。她絲質的裙子隨動作飛揚落下。她將燈放到地上，將紙鋪平，開始一字一句帶著我看她寫了什麼。

（全文完）

後記

書中的歷史細節和靈感來自不少作品。以下是我特別感謝的兩本書：

《The Hanging Tree: Execution and the English People, 1770-1868》，作者為V.A.C. Gatrell，牛津，一九九四。

《Legally Dead: Experiences During Seven Weeks' Detention in a Private Asylum》，作者為Marcia Hamilcar，倫敦，一九一〇。

克里斯多佛·里利編撰索引書的情節是根據歷史改編，人物參考了Henry Spencer Ashbee，他以Pisanus Fraxi為筆名，出版了三本加註索引：

《Index Librorum Prohibitorum: being Notes Bio- Biblio- Icono- graphical and Critical, on Curious and Uncommon Books》，倫敦，一八七七。

《Centuria Librorum Absconditorum: being Notes Bio- Biblio- Icono- graphical and Critical, on Curious and Uncommon Books》，倫敦，一八七九。

《Catena Librorum Tacendorum: being Notes Bio- Biblio- Icono- graphical and Critical, on Curious and Uncommon Books》，倫敦，一八八五。

里利先生對於收藏書的理念和Ashbee相符，除此之外，角色純屬虛構。

茱德所引用的文字都出自真實的作品。其中包括：《The Festival of the Passions》、《Memoirs of a Woman of Pleasure》、《The Curtain Drawn Up》、《The Bagnio Miscellany》、《The Birchen Bouquet》和《The Lustful Turk》。出版資訊可參考上述Ashbee的索引。

謝詞

感謝 Lennie Goodings、Julie Grau、Judith Murray、Markus Hoffmann、Bridget Ibbs、Caroline Halliday、Laura Gowing、Kate Taylor、Joanne Kalogeras、Judith Bennett、Cynthia Herrup、Hirāni Himona 以及 Veronica Rago。

莎拉・華特絲年表

一九六六年　七月二十一日出生於英國威爾斯。八歲時舉家搬遷至北約克郡。
一九八七年　於英國肯特大學取得英美文學學士學位。
一九八八年　於英國蘭開斯特大學取得現代文學碩士學位。短暫於書店任職。
一九八九年　於倫敦康頓圖書館任職，直到二〇〇〇年。
一九九二年　進入倫敦瑪莉皇后大學攻讀英國文學博士學位，這段時間在多部期刊發表與女性及女同志相關的研究文章。也開始寫以學術研究素材為背景的小說。
一九九五年　獲得博士學位。
一九九六年　於英國開放大學授課。
一九九八年　出版《輕舔絲絨》。
一九九九年　出版《華麗的邪惡》。《輕舔絲絨》獲得英國作家協會貝蒂・特拉斯克獎、《圖書館》雜誌年度最佳書籍、《星期日郵報》／約翰・李韋林・里斯青年文學獎，並入選《紐約時報》年度值得關注作品。
二〇〇〇年　《華麗的邪惡》獲毛姆文學獎、《星期日泰晤士報》年度青年作家獎。並入圍《星期日郵報》／約翰・李韋林・里斯青年文學獎、浪達同志文學小說獎、威爾斯藝術理事會年度圖書獎決選名單。《輕舔絲絨》獲浪達同志文學小說獎，入圍菲洛－格魯姆利同志作品獎決選名單。

二〇〇一年　《華麗的邪惡》獲得菲洛—格魯姆利同志作品獎、石牆圖書獎（美國圖書館協會同志書籍圓桌獎）。

二〇〇二年　出版《指匠情挑》。《指匠情挑》獲CWA歷史犯罪小說匕首獎、浪達同志文學小說獎，及同時入圍布克獎和柑橘獎決選名單。

二〇〇三年　獲選《格蘭塔》雜誌最佳青年作家二十人、英國圖書獎年度作家、水石書店年度作家。《指匠情挑》入圍石牆圖書獎。

二〇〇四年　《華麗的邪惡》獲日本「這本推理小說好厲害」最佳翻譯犯罪小說第一名。

二〇〇五年　《指匠情挑》獲日本「這本推理小說好厲害」最佳翻譯犯罪小說第一名。

二〇〇六年　獲石牆圖書獎年度作家獎。出版《守夜》，同時入圍布克獎和柑橘獎決選名單。

二〇〇七年　《守夜》獲浪達同志文學小說獎，並入圍石牆圖書獎、英國圖書獎年度圖書和詹姆斯·泰特·布萊克紀念文學獎。

二〇〇九年　獲選為英國皇家文學學會會士。出版《小陌生人》並入圍布克獎決選。同時入圍雪莉·傑克森獎。再次獲得石牆圖書獎年度作家獎。

二〇一〇年　獲Glamour年度作家獎。

二〇一四年　出版《房客》，獲選為《星期日泰晤士報》年度小說。三度獲石牆圖書獎年度作家獎。

二〇一五年　《房客》入圍貝禮詩女性小說獎決選（前身為柑橘獎）。《小陌生人》入選當年十二月BBC發布的百大英國文學小說。獲石牆圖書獎十年內最優秀作家獎。

二〇一九年　《指匠情挑》入選《衛報》二十一世紀百大好書，名列第十四，打敗戈馬克·麥卡錫《長路》、強納森·法蘭岑《修正》、吉莉安·弗琳《控制》、姜峯楠《妳一生的預言》等叫好叫座的作品。

《指匠情挑》作品大事紀

二〇〇二年	《指匠情挑》出版。書中荊棘莊園主人「里利先生」編撰索引書的情節是根據歷史改編，人物原型來自十九世紀倫敦知名藏書家亨利・史賓塞・阿許比（Henry Spencer Ashbee）。
二〇〇五年	獲改編為三集電視劇。莎拉・華特絲客串飾演一名女僕。電視劇入圍愛爾蘭電視電影獎電視劇集類最佳女主角和最佳導演。
二〇〇六年	電視劇入圍英國電視學院獎（BAFTA）導演獎、編劇獎、最佳女演員獎。
二〇一六年	由韓國導演朴贊郁改編為《下女的誘惑》，背景設定在日本殖民時期的韓國。電影入選為該年坎城影展正式競賽片。獲得該年度韓國青龍電影獎最佳女主角獎、最佳新人獎、最佳藝術指導獎。
二〇一七年	改編電影《下女的誘惑》獲亞洲電影大獎最佳女配角獎、最佳新人獎、最佳服裝設計獎、最佳美術指導獎。
二〇一八年	改編電影《下女的誘惑》獲英國電影學院最佳外語片獎。

Hit 暢/小說

指匠情挑

097 Fingersmith

•原著書名：Fingersmith•作者：莎拉．華特絲（Sarah Waters）•翻譯：章晉唯•封面設計：莊謹銘•協力編輯：聞若婷、呂佳真•責任編輯：徐凡•國際版權：吳玲緯•行銷：何維民、吳宇軒、林欣平、陳欣岑•業務：李再星、陳紫晴、陳美燕、葉晉源•總編輯：巫維珍•編輯總監：劉麗真•總經理：陳逸瑛•發行人：凃玉雲•出版社：麥田出版／城邦文化事業股份有限公司／104台北市中山區民生東路二段141號5樓／電話：(02) 25007696／傳真：(02) 25001966、發行：英屬蓋曼群島商家庭傳媒股份有限公司城邦分公司／台北市中山區民生東路二段141號11樓／書虫客戶服務專線：(02) 25007718；25007719／24小時傳真服務：(02) 25001990；25001991／讀者服務信箱：service@readingclub.com.tw／劃撥帳號：19863813／戶名：書虫股份有限公司•香港發行所：城邦（香港）出版集團有限公司／香港灣仔駱克道193號東超商業中心1樓／電話：(852) 25086231／傳真：(852) 25789337•馬新發行所／城邦（馬新）出版集團【Cite(M) Sdn. Bhd.】／41-3, Jalan Radin Anum, Bandar Baru Sri Petaling, 57000 Kuala Lumpur, Malaysia.／電話：+603-9056-3833／傳真：+603-9057-6622／讀者服務信箱：services@cite.my•印刷：漾格科技股份有限公司•2020年8月初版一刷•2022年4月初版二刷•定價560元

國家圖書館出版品預行編目資料

指匠情挑／莎拉．華特絲（Sarah Waters）著；章晉唯譯. -- 初版. -- 臺北市：麥田出版：家庭傳媒城邦分公司發行, 2020.8
面；　公分. --（Hit暢小說；RQ7097）
譯自：Fingersmith
ISBN 978-986-344-765-8（平裝）
873.57　　109004834

城邦讀書花園
www.cite.com.tw